中国社会科学院学部委员专题文集
ZHONGGUOSHEHUIKEXUEYUAN XUEBUWEIYUAN ZHUANTI WENJI

# 《文选》学丛稿

刘跃进◎著

中国社会科学出版社

# 图书在版编目(CIP)数据

《文选》学丛稿/刘跃进著.—北京：中国社会科学出版社，2021.7
（中国社会科学院学部委员专题文集）
ISBN 978-7-5203-8172-7

Ⅰ.①文… Ⅱ.①刘… Ⅲ.①中国文学—古典文学研究—文集
Ⅳ.①I206.2-53

中国版本图书馆 CIP 数据核字（2021）第 056449 号

| | |
|---|---|
| 出 版 人 | 赵剑英 |
| 责任编辑 | 郭晓鸿 |
| 责任校对 | 刘 娟 |
| 责任印制 | 戴 宽 |

| | |
|---|---|
| 出　　版 | 中国社会科学出版社 |
| 社　　址 | 北京鼓楼西大街甲 158 号 |
| 邮　　编 | 100720 |
| 网　　址 | http://www.csspw.cn |
| 发 行 部 | 010-84083685 |
| 门 市 部 | 010-84029450 |
| 经　　销 | 新华书店及其他书店 |
| 印刷装订 | 北京君升印刷有限公司 |
| 版　　次 | 2021 年 7 月第 1 版 |
| 印　　次 | 2021 年 7 月第 1 次印刷 |
| 开　　本 | 710×1000　1/16 |
| 印　　张 | 28.25 |
| 字　　数 | 449 千字 |
| 定　　价 | 158.00 元 |

凡购买中国社会科学出版社图书，如有质量问题请与本社营销中心联系调换
电话：010-84083683
版权所有　侵权必究

# 《中国社会科学院学部委员专题文集》编辑委员会

主　任　谢伏瞻

委　员　(按姓氏笔画排序)

　　　　马　援　王　巍　李　扬　李培林

　　　　卓新平　周　弘　赵剑英　郝时远

　　　　高培勇　朝戈金　谢伏瞻　蔡　昉

统　筹　郝时远

编　务　李　沫　黄海燕

# 前　言

哲学社会科学是人们认识世界、改造世界的重要工具，是推动历史发展和社会进步的重要力量。哲学社会科学的研究能力和成果是综合国力的重要组成部分。在全面建设小康社会、开创中国特色社会主义事业新局面、实现中华民族伟大复兴的历史进程中，哲学社会科学具有不可替代的作用。繁荣发展哲学社会科学事关党和国家事业发展的全局，对建设和形成有中国特色、中国风格、中国气派的哲学社会科学事业，具有重大的现实意义和深远的历史意义。

中国社会科学院在贯彻落实党中央《关于进一步繁荣发展哲学社会科学的意见》的进程中，根据党中央关于把中国社会科学院建设成为马克思主义的坚强阵地、中国哲学社会科学最高殿堂、党中央和国务院重要的思想库和智囊团的职能定位，努力推进学术研究制度、科研管理体制的改革和创新，2006年建立的中国社会科学院学部就是践行"三个定位"、改革创新的产物。

中国社会科学院学部是一项学术制度，是在中国社会科学院党组领导下依据《中国社会科学院学部章程》运行的高端学术组织，常设领导机构为学部主席团，设立文哲、历史、经济、国际研究、社会政法、马克思主义研究学部。学部委员是中国社会科学院的最高学术称号，为终生荣誉。2010年中国社会科学院学部主席团主持进行了学部委员增选、荣誉学部委员增补，现有学部委员57名（含已故）、荣誉学部委员133名（含已故），均为中国社会科学院学养深厚、贡献突出、成就卓著的学者。编辑出版《中国社会科学院学部委员专题文集》，就是从一个侧面展示这些学者治学之道的重要举措。

《中国社会科学院学部委员专题文集》（下称《专题文集》），是中国社会科学院学部主席团主持编辑的学术论著汇集，作者均为中国社会科学院学部委员、荣誉学部委员，内容集中反映学部委员、荣誉学部委员在相关学科、专业方向中的专题性研究成果。《专题文集》体现了著作者在科学研究实践中长期关注的某一专业方向或研究主题，历时动态地展现了著作者在这一专题中不断深化的研究路径和学术心得，从中不难体味治学道路之铢积寸累、循序渐进、与时俱进、未有穷期的孜孜以求，感知学问有道之修养理论、注重实证、坚持真理、服务社会的学者责任。

2011年，中国社会科学院启动了哲学社会科学创新工程，中国社会科学院学部作为实施创新工程的重要学术平台，需要在聚集高端人才、发挥精英才智、推出优质成果、引领学术风尚等方面起到强化创新意识、激发创新动力、推进创新实践的作用。因此，中国社会科学院学部主席团编辑出版这套《专题文集》，不仅在于展示"过去"，更重要的是面对现实和展望未来。

这套《专题文集》被列为中国社会科学院创新工程学术出版资助项目，体现了中国社会科学院对学部工作的高度重视和对这套《专题文集》给予的学术评价。在这套《专题文集》付梓之际，我们感谢各位学部委员、荣誉学部委员对《专题文集》征集给予的支持，感谢学部工作局及相关同志为此所做的组织协调工作，特别要感谢中国社会科学出版社为这套《专题文集》的面世做出的努力。

《中国社会科学院学部委员专题文集》编辑委员会
2012年8月

# 目　　录

## 第一辑　《文选》综论

《文选》研究的几个问题 …………………………………………（3）
昭明太子与梁代中期文学复古思潮 …………………………（47）
从《洛神赋》李善注看尤刻《文选》的版本系统 ……………（61）
段玉裁《文选》研究平议 ………………………………………（72）
关于《文选》旧注整理的若干问题 ……………………………（101）

## 第二辑　《文选》析读

《文选》中的四言诗 ……………………………………………（121）
《文选》中的骚体 ………………………………………………（134）
《过秦论》三题 …………………………………………………（148）
《子虚赋》《上林赋》的分篇、创作时间及其意义 ……………（165）
有关《文选》"苏李诗""古诗十九首"若干问题的考察 ……（182）
虎啸而风寥戾，龙起而致云气
　　——论王褒的创作及其心态 ……………………………（203）
西道孔子　世纪鸿儒
　　——扬雄简论 ……………………………………………（234）
班固《典引》及其旧注平议 ……………………………………（262）
《文选》中班彪、班昭父女创作 ………………………………（276）

《文选》中的"祖饯"诗 …………………………………………（291）
《文选》中的"三谢诗" …………………………………………（298）
《文选》中的陶渊明 ……………………………………………（314）

# 第三辑 《文选》中的文学批评史料

引言 ………………………………………………………………（341）
风以动之，教以化之
　　——《毛诗序》论诗乐文明与伦理教化的关系 ……………（342）
文艺批评的初祖
　　——读曹丕的《典论·论文》 …………………………………（347）
同盟者的文学活动
　　——读曹丕与吴质的往还书信 ………………………………（359）
文章之难，难在知音
　　——读曹植与吴质的往还书信 ………………………………（374）
诋诃文章，搉摅利病
　　——读曹植与杨修的往还书信 ………………………………（382）
音义既远，清辞妙句
　　——读曹植与陈琳的往来书信 ………………………………（391）
"文以气为主"的展示
　　——读曹丕与繁钦的往来书信 ………………………………（395）
体国经制，可得按验
　　——读皇甫谧《三都赋序》 ……………………………………（401）
述先士之盛藻，论作文之利害
　　——读陆机《文赋》 ……………………………………………（407）
以情纬文，以文被质
　　——读沈约《宋书·谢灵运传论》 ……………………………（419）

我研读《文选》的体会
　　——《〈文选〉学丛稿》后记 …………………………………（430）

# 第一辑

## 《文选》综论

# 《文选》研究的几个问题[*]

1917年7月,《新青年》杂志第3卷第5号"通讯"一栏发表了钱玄同致陈独秀的信,信中说:"惟《选》学妖孽所推崇之六朝文,桐城谬种所尊崇之唐宋文,则实在不必选读。"这就是后人习惯所说的"选学妖孽,桐城谬种"的由来。其实,钱玄同的这个提法,并未得到多数人的认可,鲁迅就表示不同意,钱仍坚持。"五四"战将中对于桐城派和《文选》派,态度是不同的。对于桐城的打击不遗余力,最终打倒,乃至绝迹。而对于《文选》学则有扶持的味道。一是《文选》本身不易否定,二是当时的革新者认为《文选》的趣味与西方观念接近。刘师培讲骈文,章太炎讲非骈文,鲁迅讲小说,都特别关照魏晋南北朝文学。因此,一百年来,《文选》学研究不绝如缕。

## 一 《文选》的编者、成书年代及文体分类

《文选》是我国现存最早的一部综合性文学总集。但是编选各家诗赋文章成为总集却并不始于《文选》。《隋书·经籍志四》"总集后叙"云:

> 总集者,以建安之后,辞赋转繁,众家之集,日以滋广。晋代挚虞,苦览者之劳倦,于是采摘孔翠,芟剪繁芜,自诗赋下,各为条贯,合而编之,谓为《流别》。是后文集总钞,作者继轨,属辞之士,以为覃奥,而取则焉。

---

[*] 本文系《中古文学文献学》(修订本)中的一章,对各家之说均注明出处。限于体例,这里未逐一标注。有兴趣的读者可以参考该书。

继挚虞《文章流别集》四十一卷之后，有谢混《文章流别本》十二卷、刘义庆《集林》一百八十一卷、孔逭《文苑》一百卷等。此外，杜预有《善文》五十卷①，李充有《翰林论》三卷，荀勖有《杂撰文章家集叙》十卷，张湛有《古今箴铭集》十四卷，谢灵运有《诗集》五十卷、《赋集》九十二卷，宋明帝有《晋江左文章志》等，这些都见载于《隋书·经籍志》，总共"一百七部，二千二百一十三卷，通计亡书，合二百四十九部，五千二百二十四卷"。这说明总集的正式编撰始于晋代，是文章发展的必然要求。《四库全书总目》"总集类序"称：

> 文籍日兴，散无统纪，于是总集作焉。一则网罗放佚，使零章残什，并有所归；一则删汰繁芜，使荛稗咸除，菁华毕出。是固文章之衡鉴，著作之渊薮矣。三百篇既列为经，王逸所哀，又仅《楚辞》一家。故体例所成，以挚虞《流别》为始。其书虽佚，其论尚散见《艺文类聚》中，盖分体编录者也。

朱彝尊《书〈玉台新咏〉后》主张萧统《文选》实先有长编，再删繁就简。此说似不足据。胡应麟《少室山房笔丛》说，昭明太子萧统编《文选》"仿自挚虞"。《文选》收张华《答何劭》下刘良注："何劭，字敬祖，赠华诗，则此诗之下是也。赠答之体，则赠诗当为先，今以答为先者，盖依前贤所编，不复追改也。"这说明，《文选》的编撰，很可能是在既有选本如挚虞《文章流别集》、李充《翰林》、刘义庆《集林》、萧衍《历代赋》、沈约《集钞》、丘迟《集钞》、萧统《古今诗苑英华》《正序》基础上重新筛选编成的。随着时间的流逝，包括《历代赋》《文章流别集》在内的许多总集渐渐亡佚，而《文选》的影响却越来越大。

## （一）《文选》的编者

《梁书·昭明太子传》载：

---

① 总集的编纂，一说始自杜预《善文》。骆鸿凯《〈文选〉学》即持此说。杜预卒年早于挚虞。不过，从《隋书·经籍志》来考察，此书似限于应用文，不包括诗赋。又，华廙，晋初人，亦有《善文》，"集经书要事"。见《晋书》本传。《隋志》不收。华书似是类书，杜书则属文章"总集类"。

所著文集二十卷,又撰古今典诰文言,为《正序》十卷,五言诗之善者,为《文章英华》二十卷,《文选》三十卷。

《隋书·经籍志》卷三十五亦明确著录:"《文选》三十卷,梁昭明太子撰。"[1] 根据一般的情况,很多帝王、太子、诸王所编大型著述,多是成于众人之手,其例甚多[2]。因此,许多学者认为此书恐怕也不是萧统一人所编。据宋代邵思《姓解》(收在黎庶昌编《古逸丛书》下)所载,张缵、张率、张缅、陆倕、刘孝绰、王筠、到洽等人并为昭明太子及兰台两处十学士。《南史·王锡传》:"再迁太子洗马,时昭明太子尚幼,武帝敕锡与秘书郎张缵,使入宫,不限日数,与太子游狎,情兼师友;又陆倕、张率、谢举、王规、王筠、刘孝绰、到洽、张缅为学士十人,尽一时之选。"他们很可能参与过萧统署名的一百多卷书籍的编纂工作。《文选》的编选也不能例外。

刘勰的协助亦很有可能,因为刘勰是萧统"兼东宫通事舍人"。作为一位杰出的理论家,刘勰的观点应该会对萧统发生影响。宋代僧祖琇《隆兴佛教编年通论》等好几部佛教编年史都把刘勰出家一事紧接在萧统死后,说明刘勰在东宫时间较长,和萧统的关系较深。《文心雕龙》的文体分类和《文选》大体相同,关于"原道"、"宗经"以及文质关系等基本观点,两书也多有相通之处。因此,很多学者认为两书有相当大的关系,并且做了比较详尽的考释工作。

还有一种说法,认为何逊亦参与了《文选》的编选工作。如宋代王应麟《玉海》卷五十四引《中兴书目》录《文选》并注曰:"与何逊、刘孝绰等

---

[1] 生平事迹见周贞亮《梁昭明太子年谱》,《民国期刊资料分类汇编:〈文选〉学研究》上册,国家图书馆出版社 2010 年版。又,穆克宏《萧统年谱》,见《〈昭明文选〉研究》,人民文学出版社 1998 年版。

[2] 《梁书·武帝纪》:"又造《通史》,躬制赞序,凡六百卷。"《隋书·经籍志》卷三十三:"《通史》四百八十卷,梁武帝撰,起三皇,讫梁。"又《梁书·萧子显传》载梁武帝云:"我造《通史》,此书若成,众史可废。"但是根据《梁书·吴均传》:"寻有敕召见,使撰《通史》,起三皇,讫齐代,均草本纪、世家,功已毕,唯列传未就。"说明吴均是主要撰者之一。又《梁书·简文帝纪》记载萧纲著述多部,其中《法宝连璧》三百卷,卷帙浩繁,其实并非纲著。据《南史·陆罩传》:"初,简文在雍州,撰《法宝连璧》,罩与群贤,并抄掇区分者数岁,中大通六年而书成,命湘东王为序。"此序载《广弘明集》中,明载编者共三十八人。又,萧纲名下《长春义记》一百卷,据《南史·许懋传》"皇太子召与诸儒录《长春义记》",亦成众人之手。其他可类推。

选集。"晏殊《类要》卷二十一《总叙文》引元稹之父元宽《百叶书抄》四称："《文选》，梁昭明太子与文儒何逊、刘孝绰选集《风》《雅》已降文章善者，体格精逸，文自简举，古今莫俦，故世传贵之。"晁公武《郡斋读书志》卷二十引唐人窦常话说："统著《文选》，以何逊在世，不录其文。盖其人既往，而后其文克定。"晏殊《类要》卷三十一引窦常《南熏集序》："梁昭明太子撰《文选》，以何水部在世不录；钟参军著《诗评》，称其人既往，斯文克定。"两段话意思相近，都说明《文选》选编时，何逊尚在世。不过，此说矛盾较多。从年辈上说，何逊最早死去，约在天监十八年（519）卒。其他诸人，陆倕卒于普通七年（526），张率、到洽并卒于大通元年（527），张缅卒于中大通三年（531），与萧统同年卒，其他很可能都卒于萧统之后①。何逊死时，萧统不过十七八岁。而且何逊卒时并不在建康，而在江州。死前数年曾有短时期居建康，旋丁母忧，服阕，其时萧统不过十三四岁，也谈不上编《文选》。再说，从《梁书》《南史》本传来看，何逊并没有在萧统东宫任职，在何逊本人的诗文及其他史料中也看不到他和萧统有任何来往。因此，《中兴书目》把何逊列为编者之一，实难以叫人信从。

上述诸人中，最有可能的主编者是刘孝绰和王筠，尤以刘孝绰为最。《文镜秘府论·南卷·集论》：

> 梁昭明太子萧统与刘孝绰等撰集《文选》，自谓毕乎天地，悬诸日月。然于取舍，非无舛谬。

《梁书·刘孝绰传》：

> 时昭明太子好士爱文，孝绰与陈郡殷芸、吴郡陆倕、琅邪王筠、彭城到洽等，同见宾礼。太子起乐贤堂，乃使画工图孝绰焉。太子文章繁富，群才咸欲撰录，太子独使孝绰集而序之。

---

① 王锡中大通六年（534）卒，王规大同二年（536）卒，刘孝绰大同五年（539）卒，谢举太清二年（548）卒，张缵、王筠并太清三年（549）卒。至于刘勰，以往多谓普通（520—527）初年卒，近来又有学者提出，刘勰卒于中大通四年（532）或大同（535—546）初年。

《梁书·王筠传》：

> 昭明太子爱文学士，常与筠及刘孝绰、陆倕、到洽、殷芸等游宴玄圃，太子独执筠袖、抚孝绰肩而言曰："所谓'左把浮丘袖，右拍洪崖肩。'"其见重如此。

萧统在世时，就有刘孝绰给他编文集的事，不但有萧统本人所作《答湘东王求文集及〈诗苑英华〉书》为证，而且刘孝绰所作《昭明太子集序》还在，因此《梁书》的这些记载当是可信的。再就《文选》所选篇目也可推知一二。从《文选》所收作品看，绝大多数是梁代天监十二年以前作家作品，但也有个别例外，即选录了此后三位作家的五篇作品，即刘孝标的《辨命论》和《广绝交论》；徐悱的《古意和到长史溉登琅邪城》；陆倕的《石阙铭》和《新刻漏铭》。这三个人和刘孝绰有相当的关系。陆倕与刘孝绰父刘绘是齐竟陵王萧子良西邸旧友，又与孝绰为忘年之交。陆倕有《以诗代书别后寄赠》，孝绰有《酬陆长史倕》。徐悱是刘孝绰的妹夫，即女诗人刘令娴的丈夫[①]，属裙带关系。刘孝绰与刘孝标同姓不同宗，一属彭城，一属平原，二人之间并没有明显的交谊，但在攻击到洽兄弟人情淡漠，由此而引发作者"世路崎岖"感慨，可能有内在联系。任昉死后，其子侄辈"流离不能自振"，而任昉"生平旧交莫有收恤"。李善注《广绝交论》说，文章就是针对到溉、到洽兄弟。他们都曾得到过任昉的提携奖掖，而任昉死后，他们却对任昉的后人毫不关心，叫旁人看起来都很寒心。刘孝标《广绝交论》实有感而发。[②] 从这几方面情形看，刘孝绰

---

[①] 徐悱为徐勉之子，属名家子弟。《梁书·刘孝绰传》载："其三妹适琅邪王叔英、吴郡张嵊、东海徐悱，并有才名。悱妻文尤清拔。悱，仆射徐勉子，为晋安郡，卒。丧还京师，妻为祭文，辞甚凄怆。"

[②] 《颜氏家训·风操》："到洽为御史中丞，初欲弹刘孝绰，其兄溉先与刘善，苦谏不得，乃诣刘涕泣告别而去。"此事经过，见《梁书·刘孝绰传》："孝绰少有盛名，而仗气负才，多所陵忽，有不合意，极言诋訾。""初，孝绰与到洽友善，同游东宫。孝绰自以才优于洽，每于宴坐，嗤鄙其文，洽衔之。"后来到洽为御史中丞，借机弹劾刘孝绰，使其免官。孝绰恨之。刘孝标《广绝交论》也针对到氏兄弟而言。李善注引刘璠《梁典》："刘峻（字孝标）见任昉（死后）诸子西华兄弟等流离不能自拔，生平旧交莫有收恤。西华冬月著葛布帔、练裙，路逢峻。峻泫然矜，乃广朱公叔《绝交论》。到溉见其论，抵几于地，终身恨之。"

对《文选》的编定确乎起过重要作用,学术界基本持一致的意见。唯日本学者清水凯夫教授坚持认为,《文选》系刘孝绰独立编撰。他在《〈文选〉撰者考》《〈文选〉中梁代作品的撰录问题》及《〈文选〉编辑的周围》等文中提出,《文选》所选录的梁代作品,除上述五篇外,还有王简栖《头陀寺碑文》、任昉《刘先生夫人墓志》等,都与刘孝绰个人情趣有关;而没有选录的重要作家作品,如卒于天监十六年的柳恽,卒于十八年的何逊,卒于普通元年的吴均,卒于普通三年的王僧孺,他们的作品所以落选,也是由刘孝绰个人成见所决定的。日本另外一位重要学者冈村繁基本赞同这一观点,认为三十卷《文选》不可能是当时宫廷文人们合力积年编纂出来的,而是以刘孝绰为中心,大量采录以往各种选集中作品,对之再度编纂的结果。曹道衡、沈玉成二位先生《有关〈文选〉编纂中几个问题的拟测》则提出不同的看法。《文选》不录何逊、吴均作品,因为二人都得罪过梁武帝。吴均私撰《齐春秋》,"帝恶其实录"(《梁书·吴均传》)。梁武帝甚至说:"吴均不均,何逊不逊。"乃至"自是疏隔"(《南史·何逊传》)。王僧孺则在南康王长史任上为典签汤道愍所谤而被免官。可见,这些人作品不见收录,政治上的因素不能不予考虑。还有一个原因,就是文学观点的不同。萧统、刘孝绰的文学趣味偏于典雅,所以对陆机、颜延之、任昉较为重视,而对绮丽平易乃至近俗的柳恽、何逊、吴均的诗文加以排斥。屈守元、顾农等学者则完全不同意清水凯夫的见解,坚持认为《文选》虽不排除其他人协助的可能,但是不能据此否定萧统是主持编选的事实,更不能说刘孝绰就是《文选》的实际编者。屈守元先生的论点集中在《〈文选〉导读》中,而顾农先生的主张详见《〈文选〉论丛》。韩晖、力之还注意到,《文选》收录江淹作品多达35篇,而江淹是刘孝绰的仇家。其伯父刘峻为江淹弹劾,差点判了死刑。当时,刘孝绰已经14岁,应当清楚此事。如果《文选》是刘孝绰所编,不近情理。这些问题,还有进一步展开讨论的空间。

**(二)《文选》成书年代**

《文选》收录作家卒年最晚的是陆倕,卒于普通七年(526)。据此可以推知,《文选》成书似不得在此之前。宋代吴棫《韵补·书目》:"《类文》，此书本千卷，或云梁昭明太子作《文选》时所集，今所存止三十卷。"据此，许逸民先生认为《文选》的编成，是以成书天监末年的《类文》为基础。因为《文选序》说："略其芜秽，集其清英。"这个"其"字或可理解为吴棫《韵补》中提到的《类文》。据此，《文选》成书应在普通初年。何融《〈文选〉编撰时期及编者考略》以为《文选》编辑始于普通（520—527）中而成于普通末。饶宗颐先生《读〈文选序〉》以为到洽、明山宾、张率皆卒于普通四年，《文选》不收此数人作品，因此断定"《文选》之编纂或始于此时"，"其编成定稿必在普通七年之末陆倕卒后"。但是，如果确定此书主要是刘孝绰所编，还可以考察普通七年后到中大通三年（531）间刘孝绰的活动，将成书年代往后推移。刘孝绰被到洽奏弹免官约在普通七年，这可以从《梁书》本传载萧绎所写慰问信的时间约略推断。史书有"时世祖出为荆州"云云。萧绎为荆州刺史在普通七年十月，则孝绰之被罢官，当在十月前不久。同年十一月，萧统母丁贵嫔卒。根据当时礼制，父在为母服丧，时间应为一年。从普通七年十一月至大通元年十月，当为萧统服丧期间，据礼制不得从事《文选》的编纂。因此，《文选》的编选至早得在大通元年（527）底。又《梁书》本传载《谢高祖启》后云："后为太子仆，母忧去职。服阕，除安西湘东王谘议参军。"刘孝绰以母忧去职的时间可以根据其弟刘潜（字孝仪）、刘孝威的传记定为中大通元年（529）①。由此来看，《文选》在中大通元年前必已编成，因为在礼仪细节都规定得相当严格的梁代，是不可能在服丧期间受昭明太子之命从事《文选》的撰录的。因此，《文选》的撰录正当是在刘孝绰重回东宫任太子仆的时期，亦即大通元年至大通二年间（527—528）。之后不久，刘孝绰即丁母忧，而再过不到两年，萧统也得病死去了。

---

① 《梁书·刘潜传》："晋安王纲出镇襄阳，引为安北功曹史，以母忧去职。王立为皇太子，孝仪服阕，仍补洗马。"《刘孝威传》："初为安北晋安王法曹，转主簿。以母忧去职，服阕，为太子洗马。"就是说，晋安王立为太子的时间（中大通三年五月）也正是刘孝仪、刘孝威服阕时间。古人所谓"三年之丧"，其实是两年零七十天，或两年零九十天。如果照此往回推算，则刘氏兄弟"以母忧去职"当在中大通元年。

### （三）《文选》的分类

《文选》三十卷，收录了先秦至齐梁间130位作家的700余篇作品。按照尤袤刻李善注本统计：全书总篇目为475题。其中如《古诗十九首》、《演连珠》50首等，各自均按照一题计算。如果逐首计算，则有764首。

尤袤刻李善注本分为三十七体：赋、诗、骚、七、诏、册、令、教、策文、表、上书、启、弹事、笺、奏记、书、檄、对问、设论、辞、序、颂、赞、符命、史论、史述赞、论、连珠、箴、铭、诔、哀、碑文、墓志、行状、吊文、祭文等。

陈八郎刻五臣注本在"书"与"檄"之间多出"移"体，在《难蜀父老文》上多"难"体。但是少"史述赞"和"符命"二体，也是三十七体。如果把两种版本的文体加起来是三十九体。

其中赋和诗两类所占比例最大。

赋类有51篇，分列15个子目，包括京都、郊祀、耕籍、畋猎、纪行、游览、宫殿、江海、物色、鸟兽、志、哀伤、论文、音乐、情。

诗类有251题452首，分列23个子目，包括补亡、述德、劝励、献诗、公燕、祖饯、咏史、百一、游仙、招隐、反招隐、游览、咏怀、哀伤、赠答、行旅、军戎、郊庙、乐府、挽歌、杂歌、杂诗、杂拟。

各类的作品是按照时代的先后编排的。这种细密的文体分类，较之曹丕《典论·论文》将文体分为四科八目、陆机《文赋》将文体分为十类，显然精确合理得多。[①] 文体的辨析与文学的繁荣，两者的关系是中国中古文学研究的重要课题。《文选》的重要价值不仅在于提供了极为丰富的文学作品，而且通过这种分类，为世人提供了文体方面的范本。这种分类是在前人基础上发展起来的，特别是很有可能受到《文心雕龙》文体分类的启发，比较周密细致，受到很多研究者的推崇。当然也因为其分类过于琐碎，不时受到后人批评。

---

① 鲁迅《且介亭杂文·序言》："分类有益于揣摩文章，编年有利于明白时势，倘要知人论世，是非看编年的文集不可的。现在新作的古人年谱的流行，即证明着已经有许多人省悟了此中消息。"

### (四)《文选》的选录标准

中国古代典籍往往通过各种选本流传下来。编选家也往往通过选本表达自己的政治主张和文学思想。《文选》的编选，就是典型一例。[①] 从选录作品看，《文选》中，陆机作品入选最多，计76篇；谢灵运次之，41篇；曹植又次之，39篇；江淹35篇，颜延之27篇，谢朓23篇，潘岳22篇，任昉21篇，鲍照20篇，阮籍19篇，沈约18篇，左思15篇，王粲14篇，10篇以下不再统计。从这个统计数字来看，《文选》收录标准重在内容的典雅，反对浮艳之风，故陆机、谢灵运、江淹、颜延之的作品选录较多，情兼雅怨的屈原、曹植、鲍照的作品也得以较多入选，而思想空虚、比较轻靡的艳体诗和咏物诗以及乐府民歌中的情诗则不在入选之列。总之，要符合"事出乎沉思，义归乎翰藻"的要求，善于用事，善于用比。问题是，《文选》还选录了《〈尚书〉序》《〈春秋左传〉序》等与"沉思""翰藻"全然不相干的作品，这就不能不从当时特定的政治背景寻找答案。

从《梁书·徐摛传》所载梁武帝萧衍（464—549）曾为徐摛倡作新体诗而发怒这一事例不难看出，梁武帝对永明后期兴起的侧艳诗风有所不满。他在代齐建梁不久就发布了《置五经博士诏》《定选格诏》，规定"年未三十，不通一经，不得解褐"。后来又作《令皇太子王侯之子入学诏》等，并将持续修撰达二十余年的五礼最终完成。在文学创作方面，倡导典雅古朴之风，比如他后来对于沈约所撰郊庙歌辞就很不满，下令萧子云（486—549）重修："郊庙歌辞，应须典诰大语，不得杂用子史文章浅言。"正因为如此，他对于"为文典而速，不尚丽靡之词，其制作多法古，与今文异"的裴子野（469—530）等褒奖有加。《梁书·裴子野传》载普通七年（526）裴子野奉诏为喻魏文，萧衍以为"其文甚壮"，"自是凡诸符檄皆令草创"。当时以裴子野为代表的古体派在梁代中期影响甚大，刘

---

[①] 鲁迅《集外集·选本》："选者总是层出不穷的，至今尚存，影响也最广大者，我以为一部是《世说新语》，一部就是《文选》。""选本可以借古人的文章，寓自己的意见。博览群籍，采其合于自己意见的为一集，一法也，如《文选》是。"

之遴、刘显、阮孝绪、顾协、韦棱以及昭明太子门下的殷芸、张缵等与裴子野"深相赏好","每讨论坟籍,咸折衷于子野焉。""当时或有诋诃者,及其末皆翕然重之。"从这个背景下看,昭明太子萧统编纂《文选》,在很大程度上反映了梁武帝对文风的倡导。

在《文选序》中,萧统明确提出编选宗旨及选录标准。他主张有四类作品不能入选。第一,相传为周公、孔子的著作,大体相当于中国传统目录学四部分类中的经部。第二,老子、庄子、管子、孟子的著作,大体相当于子部。第三,贤人、忠臣、谋夫、辩士的辞令,即《国语》《战国策》以及散见于史籍中的这类著作。第四,记事、系年之书。这后两类相当于史部。通过这种编选,萧统要为"文"与"非文"划一疆界。他所要编选的是"文",具有"综辑辞采"、"错比文华"和"事出于沉思,义归乎翰藻"的特点,而经、史、子这三类作品较为质朴,以实用为主,所以不选。在选录作品中,编者更重视陆机、谢灵运、江淹、颜延之等人作品,对风格轻琦的艳情诗和精美细微的咏物诗很少选录,也不看重乐府民歌中的情诗。看得出来,萧统的选录标准浸润着齐梁时期的儒家色彩,"文典则累野,丽则伤浮,能丽而不浮,典而不野,文质彬彬,有君子之致"(萧统《答湘东王求文集及〈诗苑英华〉书》)。不尚绮丽,倾心典雅,正是他所以编录《文选》的标准。再从萧统的成长环境看,我们不能简单地把《文选》看作为学士"肴核坟史、渔猎词林"而编的文学总集,它具有官方色彩,是梁代中期文学复古思潮影响下的必然成果。

## 二 《文选》的注释

《文选》甫一问世,即受到重视,对后代文学的发展更是产生莫大影响。《太平广记》卷二四七"石动筩"条记载:"(北齐)高祖尝令人读《文选》,有郭璞《游仙诗》,嗟叹称善。诸学士皆云:'此诗极工,诚如圣旨。'动筩即起云:'此诗有何能,若令臣作,即胜伊一倍。'高祖不悦,良久语云:'汝是何人,自言作诗胜郭璞一倍,岂不合死?'动筩即云:'大家即令臣作,若不胜一倍,甘心合死。'即令作之。动筩曰:'郭璞《游仙诗》云:青溪千余仞,中有一道士。臣作云:青溪二千仞,中有两道士。岂不胜伊一倍?'高祖始大笑。"按这条材料出隋侯白《启颜录》,当不致有误。北齐高祖高欢武定五年(547)去世,说明在这之前《文选》已经传至北朝。萧统公元531年去世,至公元547年仅16年,而《文选》已经传至北齐,可见流传速度之快,亦可见《文选》在当世已受人瞩目。北朝情况如此,南朝应该更为关注这本选集,这是可以推想出来的。

《大唐新语》也记载,隋炀帝开设科举考试,置明经、进士二科。从《北史·杜正玄传》可以推断,进士科的考试内容,主要就是《文选》中的作品,说明《文选》早就流传到北方,并成为准官方确认的科举教材。这可能与萧统族侄萧该有密切关系。《隋书·儒林传》记载,荆州陷落后,萧该与何妥等同至长安,仕隋为国子博士。他精通音韵学,著有《〈汉书〉音义》《〈文选〉音义》等书。开皇初年,他还与陆法言、刘臻、颜之推、魏渊、卢思道、李若、辛德源、薛道衡等八人共同商定编撰《切韵》(见陆法言《切韵序》)。萧该参与《切韵》编纂,独立撰著《〈文选〉音义》,目的就是选篇定音,为士子提供研读的选本,为考官提供命题的参考。《隋书·儒林传》曰:

> 兰陵萧该者,梁鄱阳王恢之孙也。少封攸侯。梁荆州陷,与何妥同至长安。性笃学,《诗》《书》《春秋》《礼记》并通大义。尤精《汉书》,甚为贵游所礼。开皇初,赐爵山阴县公,拜国子博士。奉诏书与妥正定经史,然各执所见,递相是非,久而不能就。上谴而罢之。该后撰《汉书》及《〈文选〉音义》,咸为当时所贵。

萧该受学术氛围影响,研习《汉书》《文选》,由音到义,成为一代鸿儒。萧该书,《隋志》著录为《〈文选〉音》三卷,两《唐志》则著录为《〈文选〉音义》十卷。萧该注《文选》,实开"选学"先河。据此,可知萧该是在长安时作《〈文选〉音义》,而且随他学习的人也还不少,可是现有的资料却未见他有什么传人。这却是一个值得研究的问题,比如说五臣本《文选》,其正文与李善本颇多歧异,那么他们使用的底本有什么根据呢?我甚至怀疑五臣的底本可能就出自萧该。黄季刚先生《〈文选〉平点》说："顷阅余仲林《音义》，考其旧音，意非五臣所能作，必萧该、许淹、曹宪、公孙罗、僧道淹之遗。"又说："余所称旧音，乃六臣本音及汲古阁本音不在善注中者，称为旧音，或旧注音。五臣既谫陋，亦必不能为音，今检核旧音，殊无乖谬，而直音、反切间用，又绝类《博雅音》之体，纵命出于五臣，亦必因仍前作。"① 按，余仲林即余萧客，清初人，著有《〈文选〉音义》一书。又黄氏所说"僧道淹"，即许淹。据黄氏所说，五臣所注之音，大皆继承前人，而非如他们所说的自具字音。由此我们怀疑五臣不仅依据的《文选》音，可能就是萧该的《〈文选〉音义》，他们所依据的三十卷底本，也同样出于萧该。当然这还只是猜测，还有待进一步发掘史料来证明。

唐代以诗赋取士，士亦以诗赋名家。由此而来，《文选》日益风行。唐太宗、高宗时，曹宪、李善等人讲授《文选》，当时有所谓"《文选》学"。《旧唐书·儒学·曹宪传》曰：

> 曹宪，扬州江都人也，② 仕隋为秘书学士。每聚徒教授，诸生数百人。当时公卿已下，亦多从之受业。宪又精诸家文字之书，自汉代杜林、卫宏之后，古文泯绝，由宪此学复兴。大业中，炀帝令与诸学者撰《桂苑珠丛》一百卷，时人称其该博。宪又训注张揖所撰《博雅》，分为十卷。炀帝令藏于秘阁。贞观中，扬州长史李袭誉表荐之，太宗征为弘文馆学士。以年老不仕，乃遣使就家拜朝散大夫，学者荣之。太宗又尝读书有难字，字书所阙者，录以问宪，宪皆为之音训及引证明白，太宗甚奇之。年一百五岁卒。所撰《〈文选〉音义》，甚为当时所重。初，江、淮间为《文选》学者，本之于宪，又有许淹、李善、公孙罗复相继以《文选》教授，由是其学大兴于代。

据《旧唐书·儒学传》载：许淹，润州句容人，少出家为僧，后又还

---

① 黄侃平点，黄焯编次：《〈文选〉平点》，上海古籍出版社1985年版，第2页。
② 《续高僧传》卷十二《智琚传》载，武德二年，陈西阳王记室谯国曹宪为智琚作碑文，或曹宪祖籍谯郡。

俗，博物洽闻，尤精训诂。撰《〈文选〉音》十卷。① 李善，扬州江都人，尝注《文选》，分为六十卷。公孙罗，江都人，历沛王府参军，无锡县丞，撰《〈文选〉音义》十卷行世。

《新唐书·李邕传》：

> 李邕字泰和，扬州江都人。父善，有雅行，淹贯古今，不能属辞，故人号曰"书麓"。显庆中，累擢崇贤馆直学士，兼沛王侍读，为《文选》注，敷析渊洽，表上之。赐赉颇渥。除潞王府记室参军，为泾城令。坐与贺兰敏之善，流姚州。遇赦还，居汴、郑间讲授，诸生四远至，传其业，号"《文选》学"。邕少知名，始善注《文选》，释事而忘意，书成以问邕，邕不敢对，善诘之，邕意欲有所更，善曰："试为我补益之。"邕附事见义，善以其不可夺，故两书并行。

这说明，《文选》之有注本，肇自萧该、曹宪，至李善而集其大成。李邕补益李善注，很多学者认为不可靠。今存李善注多数征引故实，引而不发，也有少数注释疏通文意。李济翁《资暇集》记载，李善注释《文选》有初注、二注乃至三注、四注，当时旋被传写。现存李善注体例上的差异，是李善本人的补充修改，还是李邕的补益，皆已不可详考。甚至，还有一种可能，就是现存宋刊《文选》李善注，还有羼入五臣注的情况。赵建成博士论文《〈文选〉李善注引书研究》统计，李善引书多达1966种，其中经部234种，史部354种，子部190种，集部1154种，还有2种无主名。唐高宗显庆三年（658）完成呈上。当时，李善三十多岁。从所引各类典籍看，李善最初很可能从当时类书中寻摘典故，初注而成。而后又用了三十多年的时光，扩大阅读量，对原先注解中的空白逐渐填补，有所谓"覆注"，乃至三注、四注。其注解体例近于裴松之（372—451）注《三国志》、刘孝标（462—521）注《世说新语》、郦道元《水经注》，偏重词源和典故，参经列传，探赜索隐，引证赅博，校勘精审，体例严谨，凡有旧注而义又有可取者就采用旧注，足见其用力之勤、影响之大。这一

---

① 《新唐书·艺文志》作"僧道淹"。黄侃《〈文选〉平点》认为僧道淹，即许淹。

学派，自从李善注本出现以后，涓涓细流终于汇为长江大河。

至于李邕补益之说，《四库全书总目》"《文选》注六十卷"条驳斥甚详：

> 今本事义兼释，似为邕所改定。然传称善注《文选》在显庆中，与今本所载进表题显庆三年者合。而《旧唐书》邕传称天宝五载坐柳绩事杖杀，年七十余，上距显庆三年凡八十九年，是时邕尚未生，安得有助善注书之事？且自天宝五载上推七十余年，当在高宗总章咸亨间，而《旧（唐）书》称善《文选》之学受之曹宪，计在隋末，年已弱冠，至生邕之时，当七十余岁，亦决无伏生之寿，待其长而著书。考李匡乂《资暇录》曰：李氏《文选》有初注成者，有复注、有三注四注者。当时旋被传写，其绝笔之本皆释音训义，注解甚多。是善之定本，本事义兼释，不由于邕。匡乂唐人，时代相近，其言当必有征。

如果比勘两《唐书》及相关文献记载，可以进一步证实这种看法是有充分根据的。

李注行世既久，至"开元中，中书令萧嵩以《文选》是先代旧业，欲注释之，奏请左补阙王智明、金吾卫佐李玄成、进士陈居等注《文选》。先是，东宫卫佐冯光震入院校《文选》，兼复注释。解'蹲鸱'云：'今之芋子，即是着毛萝蔔。'院中学士向廷之、萧嵩抚掌大笑。智明等学术非深，素无修撰之艺。其后或迁，功竟不就"。[①]《玉海》卷五十四引《集贤注记》也说："开元十九年（731）三月，萧嵩奏王智明、李元成、陈居注《文选》。先是冯光震奉敕入院校《文选》，上疏以李善旧注不精，请改注。从之。光震自注得数卷。嵩以先代旧业，欲就其功，奏智明等助之。明年五月，令智明、元成、陆善经专注《文选》，事竟不就。"而同

---

[①] 《大唐新语》卷九。屈守元《文选导读》据《玉海》卷五十四所引，考订这段话实出自韦述天宝十五载（756）所撰《集贤注记》，说明冯光震校注《文选》在开元十九年前，在五臣注《文选》之后。冯氏攻击李善注，恰好说明五臣注问世后，李善注依然有巨大影响。

时代的五臣注《文选》却留存下来了。开元六年（718），吕延祚有《进五臣集注〈文选〉表》曰：

> 臣尝览古集，至梁昭明太子所撰《文选》三十卷，阅玩未已……往有李善，时谓宿儒，推而传之，成六十卷，忽发章句，是征载籍，述作之由，何尝措翰？使复精核注引，则陷于末学，质访指趣，则肖然旧文，只谓搅心，胡为析理？臣愍其若是，志为训释，乃求得衢州常山县尉臣吕延济、都水使者刘承祖男臣良、处士臣张铣、臣吕向、臣李周翰等，或艺术精远，尘游不杂，或词论颖曜，岩居自修，相与三复乃词，周知秘旨，一贯于理，杳测澄怀，目无全文，心无留义，作者为志，森乎可观。记其所善，名曰集注，并具字音，复三十卷。

《新唐书·文艺传》："吕向字子回，亡其世贯，或曰泾州人……尝以李善释《文选》为繁酿，与吕延济、刘良、张铣、李周翰等更为诂解，时号五臣注。"[①] 由于五臣学力远不及善，因此书中错误较多，唐代李匡乂（济翁）《资暇集》、邱光庭《兼明书》等就有过激烈的批评。宋代苏轼直至清代许多学者更是多有指责。这些批评在骆鸿凯《〈文选〉学·源流》中征引甚详。《四库全书总目》在概述了前人的批评后，也客观地评估了它的历史价值："然其疏通文义，亦间有可采。唐人著述，传世已稀，不必竟废之也。"

其实，五臣注与李善注，底本不同，体例也不同。从底本看，五臣本《文选》与李善本颇多歧异，可能不是李善注六十卷本，而是以萧该《〈文选〉音义》为底本，甚至就是《文选》初编时的三十卷本。黄季刚先生《〈文选〉平点》说，五臣所注之音，大皆继承前人，而非如他们所说的自具字音。他们所依据的《文选》底本未必与李善本相同。再从注释

---

① 吕向作品今存三篇，除此序外，还有《美人赋》《谏不许突厥人仗驰射表》，分别见于《文苑英华》卷九六、卷六二〇。另有《述圣颂》石刻保存于西安碑林，作于开元十三年。见赵力光主编《镌石华墨——西安碑林书法艺术》，陕西师范大学出版总社2016年版。

体例和校勘方法说，李善和五臣多有不同。李善注广征博引，而五臣注则对文意作简明扼要的注解，揭示"述作之由"及作品的写作特点，使读者对"作者为志，森乎可观"。五臣注在串讲大意时，自然会参考李善注，也常有不同于李善注的地方，甚至多有发挥。很多讹误，往往由此而出。但是不能因为这些问题的存在，就全盘否定五臣注的价值。五臣注的意义，是由注音释词走向文学批评的开始。

唐人注本中还有一种《文选集注》，不见新、旧《唐书》著录。《集注》以李善本为底本，依次录《钞》《音决》、五家本和陆善经本。据《日本国见在书目录》记载，公孙罗有《〈文选〉钞》六十九卷、《〈文选〉音决》十卷。《文选集注》有载《〈文选〉钞》和《〈文选〉音决》，或是公孙罗所著书。但是也有疑问。第一，公孙罗时代，《文选》由原来的三十卷析为六十卷。此"九"或衍，或后来增添附溢者。第二，《文选集注》所引《钞》《音决》多有异同，如果是一人所撰，则匪夷所思。第三，《文选集注》卷四十七曹子建《赠徐幹诗》有"《钞》曰：罗云从此以下七首，此等人并子建知友云云"的话，可见《文选集注》所引《钞》未必是公孙罗所撰。至少可以确定，《钞》的撰者，在公孙罗之外又有一人，可能出于李善之后，有意订补李善注。《〈文选〉钞》《〈文选〉音决》究竟为何人所撰，较难确考。紧接公孙罗《〈文选〉钞》后，《见在书目》又著录一部三十卷本《〈文选〉钞》，未著作者，说明不是同一作者。

《文选集注》的编辑年代不可知，以前，很多学者认为这部书大约编于唐末宋初。由于此书在中国历史上未见任何著录，只是在日本发现，所以一直有人怀疑是否出自日本人之手，甚至断定为日本平安中期大江匡衡（953—1012）为一条天皇侍讲《文选》而编纂。该书是为日本研究学习《文选》者编纂而成，非出中土。有学者认为《文选集注》编成的下限应当是泰定三年（1326），也就是说，是公元14世纪的产物。

1974年台湾学者邱棨鐊发表文章，指出在第六十八卷发现有"荆州田氏藏书之印"及"博古堂"钤记，荆州田氏即北宋著名藏书家田伟，其藏书堂号"博古堂"，由此可证这个写本曾经田伟所藏，亦可证《集注》的编成在田伟之前。不过此说未必确切。所谓荆州田氏藏书之印的主任，乃近代田潜。据周勋初先生《〈文选集注〉上的印章考》说，北京图书馆藏《文选集注》第七十三卷残片，附有汪大燮与田潜的题记。田潜说："日本金泽文库所藏唐写《文选》，彼中定为国宝，予督学时得有《七启》、五《颂》、《晋纪总论》各卷，首尾完全，极为可贵，今均归之他人。此虽断简残编，亦足珍也。丙辰十一月朔日，潜山题。"下盖印章"田潜之印"。著名学者罗振玉在清朝末年东渡日本时，发现此书，叹为观止，于是请人摹写。又从田潜处摹写一本，编成《唐写〈文选集注〉残本》十六卷。罗振玉为影印本所写的序言云：

  日本金泽文库藏古写本《文选集注》残卷，无撰人姓名，亦不能得总卷数。卷中所引李善及五臣注外，有陆善经注，有《音决》，有《钞》，皆今日我国所无者也。于唐诸帝讳，或缺笔，或否，其写自海东，抑出唐人手，不能知也。

中国学者得以据此考见《文选集注》之一斑。但是罗氏本多为摹写本，且收录颇多缺失，不无遗憾。2000年上海古籍出版社出版了由周勋初先生组织影印的《唐代〈文选集注〉汇存》则弥补了这些缺憾。该书据日本京都帝国大学文学部影印本加以复制，并根据《文选》原来的次序重新编定，对于影印本前后重出或颠倒之处时有订正。更有意义的是，该书在京都大学影印本基础上又增补了一些新的资料，如海盐张氏所藏二卷、楚中杨氏所藏一卷、周叔弢所藏一卷等，就是新增补的部分。至此，流传至今的《文选集注》，已经发现达二十四卷之多。

  《文选集注》的排列顺序是李善注、《〈文选〉钞》《音决》、五臣注、陆善经注，然后是编者的按语。在叙述各家注本正文的异同时，按语常常提到《钞》作某，《音决》作某，五臣本作某，陆善经本作某，唯独没有说过李善本作某。据此，《文选集注》的正文当是采用李善注本，《集注》本又将李善注《文选》六十卷，每卷一分为二，成为一百二十卷。从现存残卷来看，正文引李善注，与今本颇有差异，可以证明李匡乂所记李善注有几种传本的说法是言而有征的。有关《文选集注》的综合性研究，可参见金少华《古钞本〈文选集注〉研究》。

除《文选集注》外，还有一些抄本残卷保存佚名古注。

（1）俄藏敦煌《文选》242残本有束广微《补亡诗》，自"明明后辟"始，讫曹子建《上责躬应诏诗表》"驰心辇毂"句，相当于李善注本《文选》卷十九至卷二十，其中曹子建《上责躬应诏诗表》在卷二十，而在五臣本则同为卷十。这份残卷共计185行，行13字左右。小注双行，行19字左右，抄写工整细腻，为典型的初唐经生抄写体。其注释部分，与李善注、五臣注不尽相同，应是另外一个注本，具有文献史料价值。

（2）卷十四班固《幽通赋》德藏敦煌本残卷，有古佚注。许云和《德藏吐鲁番本汉班固〈幽通赋〉并注校录考证》据所引之书最晚者为卒于刘宋元嘉十二年的师觉授《孝子传》，认为此古注大约形成至少在元嘉十二年（435）之后。此注最早为《北堂书钞》引录，可以确定为注释形成的时间下限为隋大业年间。该注是继曹大家、项岱注之后最重要的古注单行本。

（3）天津艺术馆藏旧抄本卷四十三"书下"赵景真《与嵇茂齐书》至卷末《北山移文》，有部分佚注。

（4）日本永青文库所藏旧抄本卷四十四"檄"司马相如《喻巴蜀檄》至卷末司马相如《难蜀父老》开篇至"使疏逖不闭，阇爽暗昧，得耀乎光明"止，也有部分佚注，均不知何时何人所作，都可以视之为无名氏的注释。

后两种，罗国威《敦煌本〈文选注〉笺证》过录并校订，其中收录了冈村繁《永青文库藏敦煌本〈文选注〉笺订》，作者又有补笺。近年，作者又有订补，完成《敦煌本〈文选〉旧注疏证》一书，巴蜀书社2019年版。

## 三　《文选》的版本

### （一）抄本

《文选》问世以后，在北宋刻本出现以前一直是以抄本行世的。现存最早的抄本为唐人写本，主要是流传东瀛的《文选集注》残卷和分别藏于英、法、俄及中国的敦煌遗书《文选》残卷。《文选集注》以及保留佚名古注的四种已见前述。这里集中介绍另外两类抄本，一是敦煌抄本，二是国内外保存的古抄本。

1. 敦煌抄本

据原卷影印并为学者常见。

（1）罗振玉《鸣沙石室古籍丛残》，最先影印者有张衡《西京赋》、东方朔《答客难》、扬雄《解嘲》。这三种俱有李善注。又有任昉《王文宪集序》、沈约《恩幸传论》至范晔《光武纪赞》，则为白文。

（2）日本神田喜一郎《敦煌秘籍留真新编》，影印扬雄《剧秦美新》、班固《典引》、王俭《褚渊碑文》，俱白文无注。又影印《〈文选〉音》一种。

（3）黄永武《敦煌宝藏》，将英、法所藏诸卷均予影印。

（4）饶宗颐《敦煌书法丛刊》第十七集所刊 P3345 影印本亦可获见《文选》唐写本残卷概貌。在此基础上，饶宗颐先生汇集各地所藏残卷照片，编成《敦煌吐鲁番本〈文选〉》，交由中华书局 2000 年出版，是目前为止收录《文选》敦煌残卷最为齐全的著作。值得注意的是，法藏敦煌本 P2528 张平子《西京赋》影印 19 面，共 353 行，起"井干迭而百增"，讫篇终，尾题"文选卷第二"。双行夹注，薛综注，李善补注，与尤袤本大致相同。卷末有"永年二月十九日弘济寺写"数字，"年"旁有批改作"隆"字。永隆为唐高宗李治年号，永隆二年为公元 681 年。而据《旧唐书·李善传》，李善在高宗"显庆中累补太子内率府录事参军崇贤馆直学士兼沛王侍读。尝批注《文选》，分为六十卷，表上之"。今存李善上表标注"显庆三年九月日上表"，与史传同。说明《〈文选〉注》成于显庆三年（658）。而距这个抄本才 23 年，为现存李善注最早的抄本。

敦煌本的校录成果颇多，罗国威先生《敦煌本〈昭明文选〉研究》对《文选》20 种写卷所录正文和各家注进行细致过录、校订，便于阅读。金少华《敦煌吐鲁番本〈文选〉辑校》收集到已经公布的 44 种敦煌吐鲁番写卷，纷呈白文本、李善注本、佚名注本三类，并对每一种写卷作了精细的校录勘对工作。该书已由浙江大学出版社 2017 年出版。

2. 古抄本

（1）卷十二木玄虚《海赋》，新疆吐鲁番阿斯塔那 230 号墓文书中有古抄本残片，收录在《吐鲁番文书》第四册，唐长孺主编，文物出版社 1994 年版。

（2）卷十七陆机《文赋》，有初唐书法家陆柬之真迹流传，避"渊""世"字。陆柬之为虞世南外甥，应当生活在唐代贞观年间，与李善同时代。原件藏北京故宫博物院，后移至台湾。上海图书馆有照片，上海书画出版社1978年据以影印出版。

（3）卷五十四"论"陆士衡《五等论》，白文无注。饶本未见。此为饶本之外比较完整的第二种。见中国历史博物馆编《中国历史博物馆藏法书大观》图版第82—84页，文字著录部分第16—17页。上海教育出版社2001年版。

（4）白文无注三十卷本《文选》。森立之《经籍访古志》卷六总集类著录。光绪二十三年杨守敬《日本访书志》卷十二也著录了此书，并影抄传世。黄侃从杨氏处购得一部影抄的折叠本，而杨氏本又入徐恕手中。向宗鲁曾据黄、徐二本对校，加以校录，而屈守元先生又过录向本，仍存于世。此外，日本阿部隆一《中国访书志》谓台北故宫博物院亦有此书。此抄本出现的时间，各家考证不同，森立之以为是日本正平时代，即元顺帝至正前后。屈守元先生以为"《文选》的古抄无注三十卷本，即属渊源于隋唐者"。此抄本的最大价值有三：一是保存了李善注本出现以前的三十卷白文本面目；二是校勘价值，因为与昭明原本相近；三是标记、旁注，如《〈文选〉序》标记"太子令刘孝绰作之"云云，就特别值得注意。

（5）九条家藏三十卷白文无注本，存二十一卷。各卷字体不同，盖出自不同手笔。卷首收录了李善《上〈文选〉注表》及注释，正文旁并附小字李善注、五臣注、《钞》，字旁多附小字音注，经与《文选集注》本比对，此音注大部分出自《〈文选〉音决》，也有少部分与五臣音同。少量正文旁同时标注李善本作某、五臣本作某，可以见出其所据底本并非李善或五臣中的一种。又卷后多有或多或少的抄写者的识语，可以窥见此抄本的传播信息以及日本人学习《文选》的方法途径。

（6）三条家藏五臣注《文选》卷第二十。三条家藏《五臣注〈文选〉》第二十卷残卷，简称三条本。为今所见仅存的单本五臣注的抄本，昭和十二年（1937）东方文化学院影印一轴，列在《东方文化丛书》第九。1980年天理图书馆印入《善本丛书汉籍部》第二卷，由八木书店出版。由避讳、字形、音注、正文和注文等方面的内部考校，日古抄五臣本的确早于现今所见的传世诸五臣本,甚至《文选集注》中的五臣本。饶宗颐先生所说"日钞此卷,为现存最古之《文选》五臣注本,可以窥见未与善注合并时之原貌"。其"民"字缺笔,或换以"人"字。抄录也多失误。如枚乘《上书重谏吴王》脱吕延济注"失职,谓削地也。责,求。先帝约,谓本封"和正文"今汉亲诛其三公,以谢前过"。因此,就版本而言,未必最好。

**(二) 刻本**

1. 五臣注刻本

据王明清《挥麈余话》等书记载,在五代孟蜀时,《文选》已有毋昭裔为之镂版,大约就是五臣注本,因为《宋会要辑稿》载景德四年(1007)始议刻李善注本,则可以知道《文选》之第一刻本为五臣注。《崇文总目》《郡斋读书志》均有著录,故知有单行本行世。[①] 清初钱曾《读书敏求记》卷四总集著录"五臣注《文选》三十卷",称系宋刻,惜难知存佚。[②]

中国大陆尚存五臣注残卷,如北京大学图书馆藏第二十九卷,北京图书馆藏第三十卷。目前所见最完整的宋刻本是保存在台湾"中央图书馆"的南宋绍兴三十一年(1161)陈八郎宅刻五臣注本,并于1981年据原本影印出版。[③] 顾廷龙《读宋椠五臣注〈文选〉记》亦提到此本。[④] 蒋镜寰

---

[①] 田况《儒林公议》:"孙奭起于明经,敦履修洁,端议典正,发于悃愊。章圣崇奉瑞觊,广构宫殿以夸夷夏。奭累疏切谏,上虽不能纳用,而深惮其正。疏语有'国之将兴,听之于人;国之将亡,听之于神'。其忠朴如此。孙奭敦守儒学,务去浮薄。判国子监积年,讨论经术必诣精致。监库旧有《五臣注〈文选〉》镂板,奭建白内于三馆,其崇本抑末,多此类也。"

[②] 钱曾曰:"宋刻《五臣注〈文选〉》,镂板精致,览之殊可悦目。唐人贬斥吕向,谓'比之(善注),犹如虎狗凤鸡'。由今观之,良不尽诬。昭明序云:'都为三十卷。'此犹是旧卷帙,殊足喜耳。"按:台湾"中央图书馆"藏有南宋绍兴三十一年(1161)刊行五臣单行本。此本是否与下文介绍的北图藏五臣注为同一系统,因未见原书,难以推测。

[③] 详见王同愈《宋椠五臣〈文选〉跋》及笔者所附按语。《〈文选〉旧注辑存》附录,凤凰出版社2018年版。

[④] 顾廷龙:《读宋椠五臣注〈文选〉记》(《国立中山大学语言历史研究所周刊》,1929年10月第9集第102期)称:"余外叔祖王胜之先生,藏书甚富,尤多善本,海内孤本。宋椠五臣注文选三十卷其一也。年来获侍杖履,幸窥秘籍。……是书原委,详外叔祖跋。"顾廷龙跋还多出"诸家印记,悉以附志",记录毛氏藏印、徐氏印以及栩缘老人印,如"王氏藏书""同愈""王氏秘籍""栩缘所藏""三十卷萧选人家""王同愈""栩栩盦""元和王同愈"等。最后落款是:"十八年八月四日记于槎南艸草堂。"这段跋,不见台湾影印本,而吴湖凡题记又未见顾廷龙过录。

辑《〈文选〉书录述要》、傅增湘《藏园群书经眼录·〈文选〉注三十卷》亦著录此书。① 北京图书馆编《中国版刻图录》，此残卷被列入浙江地区版刻图录之一，并附有说明：北京图书馆所藏卷三十，后有钱塘鲍洵题字"杭州猫儿桥河东岸开笺纸马铺钟家印行"二行。按绍兴三十年刻本释延寿《心赋注》卷四后有"钱塘鲍洵书"五字，与此鲍洵当是一人。以鲍洵一生可有三十年工作时间计算，此书当是南宋初年杭州刻本。猫儿桥原名平津桥，在府城小河贤福坊内，见《咸淳临安志》。又考建炎三年（1129）升杭州为临安府，推知此书之刻当在建炎三年之前。

此外，日本东京大学东洋文化研究所收藏朝鲜版五臣注《文选》，凡三十卷，明正德四年刊，卷帙完整，版刻精审。该书刊刻年代不及陈八郎本，但时有优异之处，可补陈八郎本之不足，并由此推测《文选》由唐抄到宋刻、从单行到合注的嬗变轨迹。该书已由凤凰出版社 2018 年影印出版。

2. 李善注刻本

继五臣注刻本之后是李善注刻本单行于世。《宋会要辑稿·崇儒四》载：

> （景德）四年八月，诏三馆，秘阁直馆，校理分校《文苑英华》、李善《文选》，摹印颁行。……李善《文选》校勘毕，先令刻板，又命官复勘。未几，宫城火，二书皆烬。至天圣中，监三馆书籍刘崇超上言："李善《文选》，援引该赡，典故分明，欲集国子监官校定净本，送三馆雕印。"从之。天圣七年十一月板成。又命直讲黄鉴、公孙觉校对焉。②

这大约就是彭元瑞《知圣道斋读书跋》卷二所载国子监刻本，因书前有"准敕雕印"的公文，与上引大同而小异："五臣注《文选》传世已

---

① 蒋镜寰跋："宋绍兴辛巳刊本。见《邶亭知见传本书目》。王同愈《宋椠五臣〈文选〉跋》。此书为吴中王胜之同愈所藏，半叶十二行，行二十二字。"文载《江苏省苏州图书馆刊》1932 年 4 月第 3 号。

② 《宋会要辑稿》，刘琳、刁忠民、舒大刚等点校，上海古籍出版社 2014 年版，第 2816 页。

久，窃见李善《文选》，援引该赡，典故分明，若许雕印，必大段流布。欲乞差国子监说书官员，校定净本后，钞写版本，更切对读后上版，就三馆雕造。"中国台北故宫博物院收录北宋本《文选》前十五卷中的十一卷残卷，北京国家图书馆收录后四十五卷中的二十四卷残卷，总计三十五卷。书中"通"字缺笔，大约避宋仁宗时刘太后父亲讳。学术界普遍认为，这就是天圣、明道（1023—1033）时期国子监所刻李善注本。[①]

宋版《文选》流传至今的除上述北宋刻本残卷、陈八郎宅刻本外，尚存数种影响较大。最重要的是淳熙八年（1181）尤袤刻李善注本，现藏国家图书馆。中华书局 1974 年据原本影印，4 函 20 册。元、明、清三代所刻印《文选》李注，大都以尤刻本为底本。最为通行的是清代嘉庆十四年（1809）胡克家翻刻本，它的底本就是尤刻。胡本八易其稿，改正了尤袤刻本明显的错误多达七百多条，并附有"考异"十卷，学者推崇。但也有人认为，十卷"考异"实际为顾千里所作。把这两个本子加以比较，可以发现，胡刻本所用尤刻底本很可能是一个屡经修补的后期印本，与北京图书馆所藏初版的早期印本有所不同。第一，北图本较胡刻本多袁说友的两篇跋（其中一篇是昭明文集的跋，因与《文选》同时刻印而误附在后）和一卷《李善与五臣同异》。第二，两本文字也有所不同，有些地方可以确知是胡刻底本的错误，而胡克家《考异》中认为是尤袤所改，实际上尤刻初版却并非如此。《四库全书总目》评李注《文选》时称："其书自南宋以来，皆与五臣注合刊，名曰《六臣注〈文选〉》。而善注单行之本世遂罕传。此本为毛晋所刻，虽称从宋本校正。今考其第二十五卷陆云答兄机诗注中有'向曰'一条、'济曰'一条。又《答张士然》诗注中有'翰曰''铣曰''向曰''济曰'各一条，殆因六臣之本，削去五臣，独留善注。故刊除不尽，未必真见单行本也。"此说出来后，学者多信而不疑，以为今传李善注本均系从六臣本中摘出重编而成。胡克家《重刻宋淳熙本〈文选〉序》称："宋代大都盛行五臣，而善注反微矣。淳熙中，尤延之在贵池仓使，取善注雠校锓木，厥后单行之本，咸从之出。"言下之意，李注

---

[①] 张月云《宋刊〈文选〉李善单注本考》亦定为天圣、明道国子监刻本。张先生对此有详论，然所列目录我所目验略有差异。其存佚情况，拙编《〈文选〉旧注辑存》附录有详细记录。

单行本是尤袤始从六臣注析出。问题是，如果仅就汲古阁本李注《文选》而言，称之从六臣本中辑出，或言而有据，但不能据以推而广之，认为现存李注本，包括尤刻本都是从六臣注本中辑出。这是因为，第一，根据《崇文总目》《郡斋读书志》《遂初堂书目》等著录，北宋初年国子监刻李注《文选》一直与五臣注本并行不悖。第二，上述几部书目未载六臣注本，李注当然不可能从所谓六臣注本中辑出。《直斋书录解题》未载五臣注本，在卷十五著录了"六臣《文选》六十卷"，称后人并五臣与李善原注为一书，名曰六臣注。据朱彝尊《曝书亭集》卷五十二"宋本六家注文选跋"考证："六家注《文选》六十卷，宋崇宁五年镂版，至政和元年毕工。墨光如漆，纸坚致，全书完好。序尾识云：'见在广都县北门裴宅印卖。'盖宋时蜀笺若是也。每本有'吴门徐贲私印'，又有'太仓王氏赐书堂印记'。是书袁氏褧曾仿宋本雕刻以行，故传世特多。然无镂版毕工年月，以此可辨真伪也。"由此来看，六臣注刻本要比李注刻本晚好几十年。第三，这部六臣注合刻本转录了国子监本的"准敕雕印"公文，更足以说明六臣本的流行是在李注本刻印之后。第四，将《文选集注》与现存诸本比勘，也可以说明李注本单独行世已久。第五，前引《宋会要辑稿》中载天圣七年（1029）刻李善注本，今仍存残本，亦为胡克家所未见。如此等等，都可以证明，《四库总目提要》以来的传统看法值得修订。

3. 六臣注刻本

朱彝尊《曝书亭集》卷五十二考证，广都裴氏刻《六家注〈文选〉》为现在所知六臣注第一个合刻本，宋崇宁五年（1106）镂版，政和元年（1111）毕工。这一看法，得到学术界的普遍认可。1983年，韩国正文社影印出版原藏于韩国首尔大学奎章阁铜活字版《六臣注〈文选〉》，则改变了传统的看法。该书为五臣李善注，系朝鲜世宗二年（1420）刊行的后印本。据金学主教授考证，其底本是北宋哲宗元祐九年（1094）刊刻的秀州州学本，五臣注以平昌孟氏校正本为底，李善注据天圣七年（1029）国子监本为底本，比淳熙八年（1181）尤刻早约150年，比崇宁五年（1106）六臣本早约80年，比较完整地保存早期五臣注和李注的原貌，具有较高的学术价值。秀州本早已失传，据奎章阁藏本可以推断该本的基本面貌。俞绍初先生《新校订六家注〈文选〉》即以奎章阁本为底本进行校勘整理，广泛吸收前人校勘成果，力图呈现最早的五臣、李善合刻本的六家注《文选》面貌。目前所知，现存朝鲜刻古活字本六家《文选》尚有十多部，多为残本。除奎章阁所藏为全帙外，日本东京大学东洋文化研究所、日本京都大学附属图书馆皆有藏本，版式、字体大致相同，应当是同一系统的本子。但仔细勘对，各本之间也有若干重要差异。相比较而言，日本所藏这两种六家本《文选》较之奎章阁藏本，更紧近于初刻。2018年，凤凰出版社影印出版了东京大学所藏朝鲜活字本六臣注《文选》，为广大读者提供方便。

今传宋本六臣注有两个系统，一是五臣、李善注，世称六家本。秀州本为最早，失传。上述三种朝鲜活字本《文选》即源自此一系统。人民文学出版社2008年据日本足利学校所藏影印出版的绍兴二十八年明州重修本，亦属于这个系统。二是李善、五臣注，世称六臣本。商务印书馆编《四部丛刊》所收绍兴年间（1131—1162）赣州刻《文选》，即属于这个系统。一般认为，六家本早于六臣本。

## 四　《文选》学

《文选》而有"学"，自唐代已然，相承久远。钱锺书先生《管锥编》称"词章中一书而为学，堪比经之有'易学'、诗学'等，或《说文解字》之蔚然成'许学'者，惟'选学'与'红学'耳"。

**（一）《文选》学述略**

如前所述，初唐已有"《文选》学"之说。《旧唐书·裴行俭传》："高宗以行俭工于草书，尝以绢素百卷，令行俭草书《文选》一部。帝览之称善，赐帛五百匹。"这是李善注释《文选》之后的事。上有所好，下必风行。今天看到很多抄本《文选》，绝非无故。根据《朝野佥载》的记载，盛唐时，乡学亦立有《文选》专科。① 天元、天宝年间，《文选》李善注、五臣注盛行，《文选》成为当时士子必读的书目。士子求学时随身

---

① 张鷟《朝野佥载》："唐国子监助教张简，河南缑氏人也。曾为乡学讲《文选》。"

携带的"十袱文书",《文选》与《孝经》《论语》《尚书》《左传》《公羊》《穀梁》《毛诗》《礼记》《庄子》等九种经典并列。① 杜甫有两首诗说到《文选》,一是《水阁朝霁奉简云安严明府》:"呼婢取酒壶,续儿诵《文选》。"一是《宗武生日》:"诗是吾家事,人传世上情。熟精《文选》理,休觅彩衣轻。"这两首诗,一是让儿子诵读《文选》,一是说熟精《文选》理与写诗之间的关系。唐代另一位大诗人李白也非常看重《文选》,《酉阳杂俎》记:"李白前后三拟《文选》,不如意者,悉焚之,惟留《恨》《别赋》。"可见李白对《文选》所下的功力之深。② 除了这些大作家外,唐代士子也都把《文选》作为必读书。其他唐代诗人亦大多如此,可以随手拈出《文选》掌故。韩愈《李邢墓志》说邢:"年十四,能暗记《论语》《尚书》《毛诗》《左氏》《文选》,凡百余万言。"(《全唐文》卷五六三)这里以《文选》与经书相提,作为士子必诵之书,已说明唐时的风气。《旧唐书·武宗本纪》载李德裕对皇帝称说:"臣祖天宝末以仕进无他伎,勉强随计,一举登第。自后不于私家置《文选》,盖恶其祖尚浮华,不根艺实。"由此可见,这个时期,家置《文选》,已成普遍现象。《旧唐书·吐蕃传》记载,开元十八年(730),吐蕃使奏称金城公主请赐《毛诗》、《礼记》、《左传》、《文选》各一部,玄宗令秘书省写与之。金城公主远嫁吐蕃,所索书把《文选》和儒家经典并列,亦见《文选》在当时的特殊地位,已远播异域,影响深远。现存早期的《文选》写本,多是敦煌石室所藏,还有一部分在新疆吐鲁番等地发现。从新发现的《文选》残卷看,字体有好有劣,可见阅读的人、传抄的人,水平参差不齐。敦煌遗书还有一篇《西京赋》抄本,由唐高宗永隆年间弘济寺僧所写,则见《文选》的流传更是深入道俗。

从萧该、曹宪到李善、公孙罗、许淹、五臣、陆善经等人的《文选》学研究成果,构成了隋唐"《文选》学"的基本学术格局,对后代产生过不可估量的影响。对此,汪习波《隋唐〈文选〉学研究》有比较全面的描述。

---

① 《敦煌变文集》卷二《秋胡变文》。
② 唐人所读《文选》是李善注,还是五臣注,这是一个值得讨论的问题。屈守元《文选导读》认为李杜时代应当读李善注。同时他又引白居易诗"《毛诗》三百篇后得,《文选》六十卷中无",推断所读也是李善注本。这个时期,五臣注已经流传,也可能两书并行,读书人各取所需吧。

宋初承接唐代余绪，重视选学不亚于唐，陆游《老学庵笔记》称宋初崇尚《文选》，草必称"王孙"，梅必称"驿使"，月必称"望舒"，山水必称"清晖"，方为合格。以至有"《文选》烂，秀才半"的说法（陆游《老学庵笔记》卷八）。王得臣《麈史》卷二记载，《新唐书》的作者宋祁生母孕育时梦见朱衣人送《文选》一部，于是给宋祁起小名"选哥"。他少时三抄《文选》。到王安石执政，以新经学取士，"熙、丰之后，士以穿凿谈经，而选学废矣"（王应麟《困学记闻》卷十七）。其后，在相当长的一段历史时期里，关于《文选》的注释考据没有做出多少成绩。但是在文章评点方面，著述很多。王书才《〈昭明文选〉研究发展史》有简明扼要的叙述。宋志英、南江涛编《〈文选〉研究文献集成》主要收录宋元至清代比较重要的《文选》学研究著述42种，分装六十册。简介如下：

宋人著述三种：苏易简《〈文选〉双字类要》三卷，刘攽《〈文选〉类林》十八卷，高似孙《〈选〉诗句图》一卷。《〈文选〉双字类要》为宋刻影印本，较为珍贵。《〈文选〉类林》为明刻本，后有王十朋跋："陆务观言：先世遗书至富、其工夫浩博而有益于子孙者，惟《〈文选〉类林》。"《〈选〉诗句图》为旧抄本，按照诗人顺序排列，每位诗人名下选录名句。这三部著作，征引《文选》中藻丽之语，分类纂辑，对于临文选字用词，不无帮助。《四库全书总目》怀疑这些书多为托名之作，供当时举子考试参考。

元代著述三种：方回《〈文选〉颜鲍谢诗评》四卷，虞集《〈文选〉心诀》一卷，刘履《〈选〉诗补注》八卷。其中，虞集的著作虽题曰《文选》，实系唐宋古人家韩愈、柳宗元、欧阳修、曾巩、苏洵、苏轼六家的文章选本，列入此编，当误。方回的著作，是对颜延之、谢灵运、谢惠连、谢朓诗歌的评论，应是作者平日阅读《文选》的批注，系后人所辑。《四库全书总目》认为该书较之《瀛奎律髓》更胜一筹，当为晚年所作，足资参考。刘履的著作是在《文选》基础上，增删而成，凡二百四十六首，补注前人所不足，特别是有关诗歌本事、背景材料，多所辨析，很有参考价值。

明代著述八种：冯惟讷《〈选〉诗约注》八卷，张凤翼《〈文选〉纂注》十二卷，凌迪知《〈文选〉锦字录》二十一卷，孙鑛评、闵齐华注《孙月峰先生评〈文选〉》三十卷，陈与郊《〈文选〉章句》二十八卷，王象乾《〈文选〉删注》十二卷，郭正域批点、凌蒙初辑评《合评〈选〉诗》七卷，邹思明辑评《〈文选〉尤》十四卷。其中，冯惟讷《〈选〉诗约注》前有《〈选〉诗评议》，始于钟嵘《诗品》，止于杨慎《丹铅余录》，便于读诗者参考。张凤翼的著作杂取各家诠释《文选》的说法，融汇而成，简明易懂，较为流行。凌迪知的著作，取碎锦散珠之义，仿宋人《〈文选〉双字类要》之例，择《文选》字句丽雅者，厘为四十六门。孙鑛评、闵齐华注的《孙月峰先生评〈文选〉》，又称《〈文选〉瀹注》，删繁就简，提要钩玄，于题下篇末施注，便于阅读。王象乾《〈文选〉删注》底本白文无注，天头有比较详尽的批注，行间亦有批注。

清代著述二十八种：洪若皋辑评《梁〈昭明文选〉越裁》十一卷，吴淇《六朝〈选〉诗定论》十八卷，何焯《义门读书记·〈文选〉》五卷，陈景云《〈文选〉举正》，杭世骏《〈文选〉课虚》四卷，汪师韩《〈文选〉理学权舆》八卷，余萧客《〈文选〉音义》八卷、余萧客《〈文选〉纪闻》三十卷，孙志祖《〈文选〉理学权舆补》一卷，孙志祖《〈文选〉考异》四卷，孙志祖《〈文选〉李注补正》四卷，张云璈《〈选〉学胶言》二十卷、补遗一卷，胡克家《〈文选〉考异》十卷，许巽行《〈文选〉笔记》八卷，朱珔《〈文选〉集释》二十四卷，梁章钜《〈文选〉旁证》四十六卷，薛传均《〈文选〉古字通疏证》六卷，胡绍煐《〈文选〉笺证》三十二卷，石蕴玉《〈文选〉编珠》二卷，吕锦文《〈文选〉古字通补训》四卷、补遗一卷，朱铭《〈文选〉拾遗》八卷，杜宗玉《〈文选〉通假字会》四卷，何其杰《读〈选〉集箴》，胥斌等辑《〈文选〉集腋》六卷，徐攀凤《〈选〉注规李》一卷，徐攀凤《〈选〉学纠何》一卷，陈秉哲《读〈文选〉日记》一卷，赵晋《〈文选〉叩音》一卷。

吴淇《六朝〈选〉诗定论》十八卷是继方回《〈文选〉颜鲍谢诗评》、刘履《〈选〉诗补注》之后又一部全面阐释《文选》诗歌的重要著作。所谓定论，作者说："昭明业有定选，余不过从而论之，所以尊《选》也。"对此，四库馆臣似乎不以为然，认为该书"诠释诸诗亦皆高而不切，繁而鲜要"（《四库全书总目》），所以多为后人诟病。但在当时，此书也曾流行一时，卷首有周亮工、吴伟业序，称颂一通。近代著名诗学家黄节教授对此书也评价较高，称"余读汉魏六朝诗，得此方能用思锐入。其中虽有堆求过当，而独见之处殊多"。① 广陵书社2009年出版汪俊、黄进德的点校本，极便阅读。

何焯《义门读书记·〈文选〉》五卷，以汲古阁刊李善注本为底本，博采众说，校订异同。黄侃称赞何焯说："清代为《选》学者，简要精核，未有超于何氏。"可惜此五卷多评骘之言，较少校订注释。多赖胡克家《〈文选〉考异》、梁章钜《〈文选〉旁证》等书征引，略得窥见全貌。

陈景云曾从何焯问学。作者据汲古阁本校订其他诸本，校订是非。如《两都赋》"建玄弋，树招摇"，陈景云《〈文选〉举正》"弋当作戈"。黄侃《〈文选〉平点》卷一："何焯改'弋'为'戈'。今见日本抄本，竟与之同。"弋，敦煌本正文、九条本作"戈"。该书为其家人辑录，定名《〈文选〉举正》。该书曾为顾千里所收藏。今本每条下有"广圻按"，即明证。其精华多为《〈文选〉考异》所吸收。据此更证明署名胡克家撰《〈文选〉考异》实出顾千里之手，也有部分成果首创于陈景云。

汪师韩《〈文选〉理学权舆》八卷，是一部《文选》学著作。该书以类分为八门：一是撰人，以《文选》所收作者为目，下录篇名。二是注引群书目录。三是选注订误，实为读《文选》札记。四是《选》注补阙。五是《选》注辨析。六是《选》注未详，凡李善注未详，且无疑补充者条目罗列出来，供后人进一步研讨。七是前贤评论。八是质疑，如避讳改顺为填，但是有的地方又不改。类似可疑处，所在多有。八门之下各附以己说。作者自谦《〈文选〉理学权舆》只是一部供初学者阅读的《文选》学概论，其实，该书订误、补阙、辨论、质疑等部分提出了很多有启发的问题，值得进一步思考。孙志祖有《〈文选〉理学权舆补》一卷，《考异》四卷，《李注补正》四卷，皆补汪著所未备。如《文赋》："寤防露与桑间，又虽悲而不雅。"孙志祖《〈文选〉理学权舆补》："注引东方朔《七谏》谓楚客放而防露作。此说谬矣。若指楚客，即为屈原。屈原忠谏放逐，其辞何得云不雅？'防露'与'桑间'为对，则为淫曲可知。谢庄

---

① 清华大学图书馆藏康熙刻本《六朝选诗定论》扉页黄节题跋。

《月赋》：徘徊房露，惆怅阳阿。注：房露，古曲名。'房'与'防'，古字通，以防露对阳阿，又可证其非雅曲也。《拾翠集》引王彪之《竹赋》云：上承霄而防露，下漏月而来风。庇清弹于幕下，影嬥歌于帏中。盖楚人男女相悦之曲，有防露、有鸡鸣，加今之竹枝。《东坡志林》亦云：然则竹枝之来亦古矣。《诗》云：野有蔓草，零露漙兮。有美一人，清扬婉兮。邂逅相遇，适我愿兮。以此推之，防露之意，可知。"此类辨析，要言不烦。沈家本又有《李善〈文选〉注书目》未刊稿，以汪师韩《注引群书目录》为蓝本，辑补汪目所遗，具录汪目和孙志祖补原文及按语，然后有解题，并加"今案"以示区别。

余萧客《〈文选〉音义》八卷。《文选》在世间流传不久，南北统一，语音的差异便日益显示出来。最初的《文选》注本，多以"音义"为题。萧该、曹宪、李善、公孙罗、许淹等都有《〈文选〉音义》。余萧客亦仿上述著作，以何焯所校为依据，摘字为音注。《〈文选〉纪闻》三十卷则是针对有疑义的词句、史事加以考订辨析，颇见朴学功力。江藩《汉学师承记》赞美余萧客曰："余氏以汉学名，自幼受《文选》。"

此外，张云璈《〈选〉学胶言》二十卷、梁章钜《〈文选〉旁证》四十六卷、胡绍煐《〈文选〉笺证》三十二卷、朱珔《〈文选〉集释》二十四卷亦为清代选学重要著作。张云璈多采众说，撰为札记，颇见功力。梁章钜的著作以博采见长。阮元序称"可为《选》学之渊海"。胡绍煐的著作详于训诂，由音求义，即义准音，反复就李注、诗文古注、《史》《汉》旧注及当时旁证考异诸书，触类引申，旁搜博考，补阙详略，正讹纠谬。江苏广陵古籍刻印社1990年有影印本，黄山书社2007年有校点本。

张之洞《书目答问》说："国朝汉学、小学、骈文家，皆深《选》学。"清代学者研究《文选》，主要集中在李善注与五臣注上。正文与注释相互校订，根据旧注体例定夺去取，内证与外证比勘寻绎，因声求义，钩沉索隐，在文字、训诂、版本等方面取得了前所未有的成绩。当然，他们的研究也存在着一些问题。概括而言，主要集中在下列三个方面。

首先，清代以来的《选》学家，根据当时所见书籍对于李善注释所引书加以校订。问题是，李善所见书，与后来流传者未必完全一致，譬如李善引《说文》《尔雅》就与今本多有不同。更何况，清代《选》学名家所

见书也未必就是善本。如果只用通行本校订李善注,其结论很难取信于人。下举数例:

(1) 班固《西都赋》李善注"容华视真二千石"之"容"字,"充衣视千石"之"衣"字,《〈文选〉考异》所见为"俗""依",作者认为作"容"和"衣"为是,而"俗"与"依"两字,"此尤校改之也"。然今见尤刻本正作"容"和"衣"。

(2) 班固《西都赋》"内则别风之嶕峣",陈八郎本、朝鲜五臣注本下无"之"字。但是《〈文选〉考异》以为此"之"字为尤袤所加,就非常武断。刘文兴《北宋本李善注〈文选〉校记》指出北宋本就有"之"字,"据此则非尤添,乃宋刻原有也"。[①]

(3) 张衡《西京赋》"黑水玄址",《〈文选〉考异》作者所见为"沚",据薛综注,认为当作"址",今尤袤本正如此。

(4) 班固《东都赋》"寝威盛容"之"寝",陈八郎本、朝鲜五臣注本、《后汉书》并作"祲",梁章钜曰:"尤本注祲误作侵。"然国家图书馆所藏尤袤本正作"祲",显然梁氏所据为误本。

(5)《西京赋》"上春候来"下李善注"孟春鸿雁来",《〈文选〉旁证》卷三据误本,以为"鸿"下当有"雁"字。"各本皆脱"。而敦煌本、北宋本、尤袤本并有"鸿"字。

(6)《东京赋》"而众听或疑",而胡绍煐所见为"而象听或疑"。《〈文选〉笺证》卷三:"按:当作:而众听者惑疑。字涉注而误。惑与下野为韵。"而尤袤本不误。

(7) 江淹《恨赋》"若乃骑迭迹,车屯轨"之"屯"字,胡绍煐所见为"同",于是在《〈文选〉笺证》中考证曰:"六臣本作屯轨。按注引《楚辞》:屯余车其千乘。王逸曰:屯,陈也。明为正文屯字作注。则善本作屯,不作同。此为后人所改。"殊不知,尤袤本正作"屯"。

(8)《吴都赋》"宋王于是陋其结绿"。宋王,王念孙所见本为"宋玉",于是考曰:"宋王与隋侯对,无取于宋玉也。"而尤袤正作"宋王"。

---

[①] 刘文兴:《北宋本李善注〈文选〉校记》,《国立北平图书馆馆刊》1931年9—10月5卷第5号。

应当说，《〈文选〉考异》《〈文选〉旁证》，还有《〈文选〉笺证》的作者，目光如炬，根据有限的版本就能径直判断是非曲直，多数情况下，判断言而有征，可称不移之论。但他们的研究也存在一些明显的问题。譬如，《〈文选〉考异》的作者认为，"凡各本所见善注，初不甚相悬，逮尤延之多所校改，遂致迥异"。作者没有见过北宋本，更没有见到敦煌本，他指摘为尤袤所改处，往往北宋本乃至敦煌本即如此。这是《〈文选〉考异》的最大问题。再看梁章钜《〈文选〉旁证》，虽取资广泛，时有新见，也常常为版本所困。如果据此误本再加引申发挥，就带来一些新的问题。譬如梁章钜没有见到过五臣注本，常常通过六臣注本中的五臣注来推断五臣注本的原貌。而今，我们看到完整的五臣注至少两种，还有日本所藏古抄本五臣注残卷。由此发现，五臣注与五臣注本的正文，也时有不一致的地方。仅据注文推测正文，如谓"五臣作某，良注可证"，根据现存版本，梁氏推测，往往靠不住。《东都赋》"韶武备"，梁氏谓："五臣武作'舞'，翰注可证。"根据六臣注中的五臣注，乃至陈八郎本、朝鲜五臣注本，注文中确实作"舞"，但是，这两种五臣注的正文又都是"武"字。朝鲜本刊刻的年代虽然略晚，但是它所依据的版本可能还早于陈八郎本。不管如何，今天所能看到的五臣注本均作"韶武备"，梁氏推测不确。又如扬雄《甘泉赋》："齐总总以撙撙。"梁章钜《〈文选〉旁证》卷九："五臣'撙'作'尊'，铣注可证。"然陈八郎不作"尊"，作"蓴"。因此我们说，梁氏据所见本五臣注推测五臣本原貌，确实不可靠。这是梁章钜《〈文选〉旁证》的一个很大的问题。胡绍煐的《〈文选〉笺证》，篇幅虽然不多，但是由于撰写年代较晚，征引张云璈、段玉裁、王念孙、王引之、顾千里、朱珔、梁章钜等人的成果，辨析去取，加以裁断，非常精审。同样，胡氏所据底本也时有讹误，据以论断，不免错讹。如张衡《思玄赋》"何道真之淳粹兮"之"真"字，胡氏所见为"贞"，推断曰"此涉注引《楚辞》'除秽累而反贞兮'误"，尤袤本正作"真"字。又，"翩缤处彼湘滨"之"翩"字，胡氏所见为"顾"字，谓"此'翩'字误作'顾'"，尤袤本正作"翩"字。潘岳《西征赋》"狙潜铅以脱膑"，李善注"狙，伺候"。然胡所见本误作"狙，猕猴也"。故论曰："'猕猴'，当'伺候'二字之讹。《史记·留侯世家》：'狙击秦皇帝博浪中。'《集解》

引服虔曰：'狙，伺候也。'训与《仓颉》篇同。六臣本善注作'伺候'，不误。"实际上，尤袤本正作"狙，伺候"。

其次，古人引书，往往节引，未必依样照录。如《魏都赋》"宪章所不缀"，刘逵注引《礼记》曰"孔子宪章文、武"，就是节引。又如张衡《思玄赋》："潜服膺以永靓兮，绵日月而不衰。"李善注引《礼记》作"服膺拳拳"，而李贤注引则作"服膺拳拳而不息"。《礼记》原文是："得一善，则拳拳服膺而弗失之矣。"李善注颠倒其文，而李贤注释不仅颠倒其文，还将"弗失之矣"改作"不息"。只有两种可能，一是二李引《礼记》另有别本，二是约略引之。又如木华《海赋》"百川潜渫"，用今本《尚书大传》"大川相间小川属，东归于海"的典故，《水经注序》引同。《长歌行》李善注则引作"百川赴东海"。蔡邕《郭有道碑》李善注引作"百川趣于东海"，同一文本，后人所引各不相同。如果用今本订补，几乎每则引录，均有异文。据此可以订补原书之误之阙，也可据原书订正李引书之讹。应当说，这项工作很有意义，但是有些考证与李善注书的本意有所背离。

最后，清人对于《文选》的考订，很多集中在李善注释所涉及的史实及典章制度的辨析，很多实际是详注，甚至是引申发挥，辗转求证，有时背离《文选》主旨。如《上林赋》"亡是公听然而笑"，汪师韩谓"听然"，通作"哂然"，又通作"吲然"，又通作"嚬然"，甚至还可以作"怡然"。这种引申，就本篇而言并无任何版本依据，似乎有些牵引过多。又如鲍照《舞鹤赋》"燕姬色沮"，《〈文选〉旁证》引叶树藩据《拾遗记》的记载，认为燕姬指燕昭王广延国县舞者二人，曰旋娟、提嫫，实属附会。其实燕姬犹如郑女、赵媛、齐娥等，泛指美女而已。这些研究，不免求之过深。

**（二）20世纪前50年中国《文选》研究**

50年间的《文选》研究，影响最大的有四部著述：丁福保《〈文选〉类诂》、高步瀛《〈文选〉李注义疏》、黄侃《〈文选〉平点》及骆鸿凯《〈文选〉学》。

丁福保《〈文选〉类诂》参照程先甲《选雅》的体例，是用编字典的方式，将正文中的字、词，按照笔画排列。每个字词下面，先列李善注释。如有异文，则作必要的辨析。对一些通假字，则征引薛传均《〈文选〉古字通疏证》、杜宗玉《〈文选〉通假字会》的考证成果，对读者了解字义、字形演变轨迹，极有参考价值。如"洗马"条李善注："《汉书》曰：太子属官有洗马。如淳曰：前驱也。先或作洗。"括注：《赠答士衡》。然后下引杜宗玉《〈文选〉通假字会》考证："案《仪礼·大射仪》'先首'注：先犹前也。《荀子·正论》：诸侯持轮扶舆先马。注：先马，导马也。《易·系辞上传》：圣人以此先心。《集解》引韩康伯：先，读为洗。此其证也。又洗同洒。潘安仁《为贾谧作赠陆机诗》：吾子洗然。注引《庄子》曰：庚桑子之始来也，吾洒然异之。以先、西音类也。《说文》：痒，寒病也。段曰：《素问》《灵枢》《本草》言洗洗洒洒者，其训皆寒。皆痒之假借。古辛声、先声，两声同在真文一类。"文后括注：《字会》。该书20世纪20年代由医学书局排印出版。1990年中华书局出版点校整理本，并附有汉语拼音索引、四角号码索引，便于查询。

　　高步瀛《〈文选〉李注义疏》最为博洽。作者1929年开始动手编著，惜因病逝，未竟全功，六十卷中仅成八卷，曾由北平文化学社排印。这是一部集大成的著作。高步瀛根据唐写本，在校勘上确有不少超越前人之处。尤其难能可贵的是，作者紧步张云璈、钱泰吉之后尘，深入阐发李注义例，辨别李注与李善所引旧注或误入的五臣注及其他羼入的文字。如《魏都赋》疏中考出"亭亭峻阯"的"阯"字，李注本作"阯"，五臣注作"趾"，汲古阁本作"趾"乃误从五臣注本。又中华书局校点本第529页"孟津"二字注文下引《尚书》作"盟津"，高氏引朱珔说，考订"《尚书》曰"以下为李善注，今本误脱"善曰"二字，并进一步指出："疑薛（综）本作'孟'，李氏及五臣作'盟津'耳。"类似这样的例子不胜枚举，再就史实训释而言，也有许多精湛的见解值得重视。如司马相如《子虚赋》《上林赋》原为一篇问题，作者罗列众家之说而辨其是非，并对此赋分成两篇的时间作了考证。又如左思《三都赋》，本有刘逵注《蜀都》《吴都》、张载注《魏都》之说，但刘孝标注《世说》引《左思别传》提出怀疑，以为自撰。作者据清姚范说引晋卫权《三都赋略解序》提到刘、张作注事不误，还引证《文选》注及《隋书·经籍志》说明刘逵也曾为《魏都赋》作注。又考证鲁般，说明公输与鲁般非一人。"鲁般之名，前有所因，后犹有袭之者，其殆为巧人之通名也。"这些意见不但征引详博，立论亦极精当。

黄侃的评点，生前并未辑录成书，只是手批圈点在胡克家刻本上，在弟子间传抄。近年将此批本过录刊行的有两家，一由黄侃女儿黄念容辑录，题作《〈文选〉黄氏学》，1977年台湾文史哲出版社初版；一由黄侃侄子黄焯辑录题作《〈文选〉平点》，1985年上海古籍出版社刊行。黄侃一生精研《文选》，章太炎先生誉之为"知选学者"。他尤其重视选文的诵读，"以为可由此得古人文之声响，而其妙有愈于讲说者"。著者诵读时的抑扬顿挫虽不能传世，但著者独到的"得古人文之用心处"却能赖此书的圈点部分保留下来。本书在总结前人研究的基础上，无论评笺或考证，多有独到见解，体现了较高的学术水准。

骆鸿凯《〈文选〉学》初版于1936年，中华书局1989年又予影印。全书旁征博引，分为十类。

（1）纂集。探源溯流，勾稽《文选》前历代总集片段，描述昭明太子生平，特别又对所谓高斋十学士编选《文选》之说，引高步瀛氏《〈文选〉李注义疏》加以驳正。

（2）义例。汇集《〈文选〉序》及后代关于《文选》的"封域"、分体、去取、选编得失的讨论。

（3）源流。综述历代《文选》研究情况，特别是对《选》学大盛的唐代和清代论述尤详，征引繁富，给人以清晰的选学发展的历史轮廓。

（4）体式。征引历代文论，特别是《文心雕龙》用以诠释《文选》所收各种文体。

（5）撰人。《文选》按体而分，一个作品分散几处。此节则以人而分，将散见各文汇于作家名下；又对有争论的作品，如古诗十九首、《长门赋》、苏李诗、李陵《答苏武书》、孔安国《〈尚书〉序》、赵景真《与嵇茂齐书》等，汇列诸家之说，断以己意。

（6）撰人事迹生卒著述考。对于《文选》所收作家的生平事迹汇编资料于该作家名下。

（7）征故。分赋、诗、杂文三类辑录"时流品藻""史臣论断""艺苑珍谈""选楼故实",对读者理解有关作品有所帮助。

（8）评骘。汇集张惠言、谭献、王闿运、李详等对赋、诗、杂文的品评，逐一汇辑于每篇作品名下。

（9）读《选》导言。分为十六小节，具体论列了研究《文选》的主要方法。

（10）余论。包括"征史"、"指瑕"、"广选"三节。

书后又附录有《〈文选〉分体研究举例》、《〈文选〉专家研究举例》及《〈选〉学书著录》三篇。《著录》分全注本、删注本、校订补正、音义训诂、评文、摘类、《选》赋《选》诗、补遗广续等八类开列《文选》书目，以供参考。在中国学术史上，对《文选》作出如此全面系统的清理论述，此书显然是首创。

20世纪前50年间，以研究《文选》名家的还有周贞亮、李详等人。周贞亮的《〈文选〉学》是作者20世纪30年代在武汉大学讲授《文选》学的讲义，为《文选》的传承做出贡献。李详《〈文选〉学著述五种》，以杜甫、韩愈诗为例，详尽考察唐代文人熟读《文选》的具体例证，极富学术价值。

**（三）《文选》在域外的流传与研究**

《文选》至迟在唐代即已流传到日本，深受欢迎，甚至成为选士拔擢的必读书。岛田翰《古文旧书考》载："《文选》之见于史者，以《续日本书纪》为首，曰：袁晋卿，唐人也。天平七年从遣唐使来归，通《尔雅》《文选音》，因授大学博士。"天平七年，约唐玄宗开元二十三年（735）。据严绍璗先生说，日本《十七条宪法》已多采用《昭明文选》。大约成于唐代的《日本国见在书目》已著录了《文选》多部。日本正式将《文选》作为一门独立的学科加以研究，大约始于大正末年（20世纪20年代）。当时仅有斯波六郎和吉川幸次郎二人在京都大学聆听铃木虎雄《文选》讲座。正是在这个时期，京都帝国大学文学部影印了《文选集注》，为日本《文选》学开创了新纪元。斯波博士毕业后赴广岛，以这个《集注》本为主攻方向，继续潜心研究《文选》，在日本成为《文选》学的权威，《文选》也因此成为广岛大学中国文学专业的"家传文艺"。斯波六郎在战后的混乱岁月中编成的《〈文选〉索引》是一部《文选》中全部作品的便览索引，1954年初刊于广岛大学中文研究丛刊，1959年再刊于京都大学人文科学研究所，对《文选》的研究提供了极大的便利。该书已由李庆翻译，上海古籍出版社1997年出版。由于有了这样的影印本、索引，又有了冈田正之和佐佐节的《文选》全译本，所以《文选》的研究在战后很快发展起来。这主要表现在两个方面，一是基本资料的建设，二是专题研究的深入。基本资料是指除《文选集注》影印外，还有《敦煌本〈文选〉注》、足利本《文选》（南宋本六臣注）、江户时代刻本《文选》（六臣注）、三条本《五臣注〈文选〉》残一卷（平安朝于五臣注刚刚完成不久的抄本的重抄本，大约保留了五臣注的原貌）、天理图书馆善本丛书所收《文选》三种（无注本、五臣本和集注三种）。

李庆《日本的〈昭明文选〉研究》重点介绍了《文选》在日本的流传过程、日本研究《文选》的主要学者、《文选》研究的论证焦点，涉及《文选》版本研究，斯波六郎有《关于〈文选集注〉》《关于〈文选〉的版本》等一系列论文。1957年广岛文理大学斯波博士退官纪念事业会出版了《〈文选〉诸本研究》一书，集中了他对包括集注本在内的诸本研究成果。中文版《文选索引》第一册即《〈文选〉诸本研究》，上篇分为李善单注本、五臣李善注、李善五臣注三个系统讨论33种版本。下篇三种旧抄本，包括唐抄李善单注本残卷二种和《文选集注》残卷。冈村繁《〈文选集注〉与宋明版本的李善注》根据程毅中、白化文《略谈李善注〈文选〉的尤刻本》，认为尤本、胡刻本与六家注、六臣注本为并列的两个系统，否定了斯波博士据《四库全书总目》所说李注单行本是从六臣注本中单独抽出来而成书的传统看法。还涉及《文选》的编者及成书年代问题，清水凯夫先生《〈文选〉编纂的周围》《关于〈文选〉中梁代作品的撰录问题》《〈文选〉编纂的目的与撰录标准》等文，力主编者为刘孝绰。这些文章已由韩基国先生翻译成中文，收在《六朝文学论文集》中。又有《〈文选〉编纂实况研究》等，收入周文海编译《清水凯夫〈诗品〉〈文选〉论文集》中。清水凯夫先生又著《〈梁书〉"携少妹于华省，弃老母于下宅"考》分析这两句话背后的道德与法律含义，推断《文选》中所以收录很多表现万念俱灰思想作品与刘孝绰的遭遇密切关系。这个结论可能不一定得到多数学者的认可,但是结合南朝的礼制进行研究,还是一个值得注意的思路。韩基国先生认为,清水先生是日本"新《文选》学"的代表人物,并不为过。冈村繁《〈文选〉编纂的实态与编纂当初的〈文选〉评价》也认为《文选》是刘孝绰一人所编,是从原有的各种选集中采编而成的。还涉及《文选》李善注的成书问题,斯波六郎有《四部丛刊本〈文选〉书类》(《立命馆文学》1—12)。1942 年成《〈文选〉李善注所引〈尚书〉考证》,油印发行。1982 年汲古书院正式出版。小尾郊一《〈文选〉李善注引书考证稿》、小林俊雄《〈文选〉李善注引刘熙本〈孟子〉考》、小林靖幸《〈文选〉李善注所引〈说文解字〉》、富永一登《〈文选〉李善注引〈楚辞〉考》等,在此基础上,由小尾郊一、富永一登、衣川贤次合撰的《〈文选〉李善注引书考证》已由研文出版社出版,分上、下两卷。上卷除凡例、解题及《文选》李善注引书一览表外,是《文选》卷一至卷三十的李善注引书考证。下卷是卷三十一至卷六十的李善注引书考证及上卷的补正表。此书问世后得到日本汉学界的赞誉,石川忠久、兴膳宏等先生撰文予以介绍。此外,《文选》编著的资料来源、《文选》的性质和选录标准、关于《文选》对陶渊明的评价、《文选》李善注和《汉书》颜师古注、《后汉书》李贤注的关系、有关胡刻本《文选》的流变等问题,也都是讨论的热点,线索清晰,具体而微,很有参考价值。日本学者的《文选》研究,常常提出一些很新颖的见解,且论证细密,有时虽不免偏颇,却有启发性,值得重视。

欧美《文选》研究虽不及日本那样广泛和深入,也受到了越来越多的重视,翻译、介绍及研究专论日渐增多。特别应当提及的是,西雅图华盛顿大学的康达维先生潜心英译《文选》,字斟句酌,功力较深。全书八巨册,现已由普林斯顿大学出版了其中两册。

白承锡《韩国〈文选〉研究的历史和现况》介绍高丽传入《文选》,当也在唐代,《旧唐书·东夷列传》说:"(高丽)俗爱书籍,至于衡门厮养之家,各于街衢造大屋,谓之扃堂,子弟未婚之前,昼夜于此读书习射。其书有《五经》及《史记》、《汉书》、范晔《后汉书》《三国志》、孙盛《晋春秋》《玉篇》《字统》《字林》;又有《文选》,尤爱重之。"《旧唐书》成于晚唐,则《文选》之传入高丽,必在此之前。如前所述,现存比较完整的三部朝鲜活字本《六臣注〈文选〉》，比较忠实地保留了秀州州学本的五臣、李善注原貌，也最大限度地保留了北宋国子监刻李善注面貌，以及平昌孟氏刻五臣单注本面貌，具有非常珍贵的价值。这也说明朝鲜对五臣注格外重视。

**（四）当代《文选》研究的新课题**

综观20世纪《文选》研究，前50年虽有一些学者如黄侃、高步瀛、骆鸿凯等做出了令人瞩目的成绩，但是由于社会、历史的原因，现代"选学"毕竟还未能形成声势，不过是清代"选学"的余波而已。50年代以后，"选学"日益受到冷落。近十余年，经过一些学者的努力，"选学"又开始引起学者的重视。1988年和1992年在长春又召开了两届《文选》国际学术研讨会，出版了《〈昭明文选〉研究论文集》和《〈文选〉学论集》。学者们就《文选》的编者版本、选录标准等问题展开了广泛深入的讨论，并成立了全国性的《文选》研究会。总结旧"选学"，创建新"选学"，这是历史赋予当代学者的新使命。

第一，《文选》的文献学研究。

新的版本不断被发现，为系统性的研究提供了前所未有的学术际遇。过去30年重点讨论的《文选》作者问题、成书年代问题、分类问题、版本问题、传播问题等，都还有进一步拓展的空间。傅刚《〈昭明文选〉研究》《〈文选〉版本研究》已经有很好的示范。

一是延续前辈学者李详的研究思路进一步拓展。近年有专文论政治家乾隆皇帝与《文选》，当代伟人毛泽东与《文选》，文学家鲁迅与《文选》、钱锺书与《文选》，学问家顾炎武与《文选》、段玉裁与《文选》、阮元与《文选》等，具体而微，很有开拓性。

二是对《文选》作具体而微的解读考证。2009年至2013年，《古典文学知识》开辟专栏，连续发表《文选》解读文章。2016年，《文史知识》又开辟"《文选》中的中国文学批评史料"专栏。这项工作值得继续做下去。蔡丹君《独山莫氏复刻缩宋本〈陶渊明集〉源流探疑》涉及萧统收录陶渊明诗的来源问题，宋展云《"苕苕万里帆，茫茫终何之"——〈文选〉所录谢灵运行旅诗探微》涉及刘宋人所塑造谢灵运孤傲的形象问题，徐建伟《唐以前集注的便捷之途——以〈汉书注〉〈文选注〉为例》认为蔡谟的《汉书》是李善注引汉代史实的重要来源。此说，民国年间段凌衣已有论述。此文的意义在于，作者由此推断，《文选》注引书多用集注本，很多属于间接引用，并非逐本直接引用，胡旭《〈汉书〉〈文选〉所录〈报任少卿书〉文字异同分析》亦提出类似观点，在冈村繁论证基础上有所推进。赵建成《经典注释征引范式的确立与四大名注引书》、黄燕平《张衡〈二京赋〉札记》认为张衡写作此赋实际是抒发个人情感，非关朝廷。蒋晓光《〈文选·西京赋〉秦穆公故事源流考》与史记的记载略有不同（说明来源不一致），孙少华《〈文选〉"吊文"分类与"华过韵缓，则化而为赋"问题浅议》比较了《文心雕龙》论及"吊"体的10位作家作品，《文选》选录了头、尾两篇。他还辨析了吊文与赋的关系，认为伤人为吊，伤情为赋。由此看出，《文心雕龙》辨体，而《文选》定名。

三是传统的考证方法依然不可或缺。韩晖《〈文选〉编辑及作品系年考证》涉及《文选》的全部作家作品，在以往研究基础上，对《文选》中收录的可以系年的作品逐一考证，提出自己的见解。从某种意义上，又可以当作一部工具书来查阅。王玮《集注本〈文选〉引五家注三题》通过对集注本所引五家本以及日古本抄本旁记中所存五家本的整理，发现集注本中所引五家本与现存五臣注刻本存在较多差异，由此分析五臣注系统由抄本到刻本过程中的演变；另从五家本的角度提出集注本的编纂地应为日本，而非中国的观点。

四是对《文选》音注进行系统的整理。如萧该是《切韵》一书编成的"多所决定"者。他的《〈汉书〉音义》今存一半以上是反切，有的是不同时期的同一韵，有的是前分后合或前合后分，有的是合韵现象，有的是方言韵异。对照罗常培和周祖谟《汉魏晋南北朝韵部演变研究》（第一分册）、周祖谟《魏晋宋时期诗文韵部的演变》和《齐梁陈隋时期诗文韵部研究》的结论，萧该同义异音的这些韵变，显示其音切的传承性、多维性和泛时性特点。《文选集注》所收《文选》注中李善注音和《〈文选〉音决》距《切韵》相去不远，通过比较，可以看到《切韵》音系在当时的影响和地位。曹宪、李善、公孙罗等人都生活在扬州等地，与陆德明地域相近，比较《切韵》与《〈文选〉音决》声母上的异同，有助于了解当隋唐期间南北方音系在声母方面的差异。编纂《〈文选〉音注辑存》从通转、声纽未分化、互转等方面，分析《文选》音注中所存在的古音现象，借此可以校订音注反切字的讹误，是很有意义的工作。

五是拓展《文选》文献研究范围。刘明《蒭说拓展〈文选〉研究的三种视角》，强调实物版本与文本版本相结合的研究理念、《文选》与六朝别集的编纂研究、《文选》之选的溯源与比勘等。

第二，《文选》的集成式研究。

许逸民先生、俞绍初先生都提出以《〈文选〉汇注》为中心的《〈文选〉学研究集成》的设想。这一课题包括《〈文选〉学书录》《〈文选〉学论著索引》《〈文选〉学论文集》《〈文选〉学研究资料汇编》《〈文选〉集校》《〈文选〉汇注》《唐人注〈选〉引书考》《〈文选〉版本研究》《〈文选〉学史》《〈文选〉学史料学》《〈文选〉今注今译》《〈文选〉学概论》《〈文选〉字头篇名人名地名引书索引》《〈文选〉学大字典》等。此后，游志诚先生提出新《文选》学应包括《文选》版本学、《文选》校勘学、《文选》注释学、《文选》评点学、《文选》学史、《文选》综合学，简明扼要，具有指导性。

清代著名学者阮元在编纂《皇清经解》之余，还有一个设想，就是清人的研究成果，分门别类地辑录在每部经书的相关字句之下。王先谦整理三家《诗》说、游国恩整理《楚辞》，实际上也采用了这种文献方法。从目前所见资料看，依据这样的方法，可以重新对《文选》加以整理。我试图给自己寻找一条重新研读《文选》的途径，辑录旧注，客观胪列，编纂一部《〈文选〉旧注辑存》。所谓《文选》旧注，我的理解，有五个方面的含义，一是李善所引旧注，如薛综的《两京赋注》，刘逵的《吴都赋注》和《蜀都赋注》，[①] 张载的《魏都赋注》和《鲁灵光殿赋注》，郭璞的《子虚赋注》和《上林赋注》，徐爰《射雉赋》，颜延年和沈约的《咏怀诗注》，王逸的《楚辞注》，蔡邕的《典引注》，刘孝标的《演连珠注》

---

[①] 卷四左思《三都赋》中的《蜀都赋》有刘渊林注。李善曰："《三都赋》成，张载为注魏都，刘逵为注吴、蜀，自是之后，渐行于俗也。"

等。有一些旧注只是部分征引，如曹大家《幽通赋注》、项岱《幽通赋注》、綦毋邃《两京赋音》、曹毗《魏都赋注》、颜延之的《射雉赋注》[①]以及无名氏《思玄赋注》等都是如此。张衡《思玄赋》题下标为"旧注"。此外，《史记》《汉书》收录的作品，如《史记》三家注，《汉书》颜师古注等，李善亦多照录旧注。二是李善独自注释。三是五臣注。四是《文选集注》所引各家注释。五是后来陆续发现的若干古注。这部著作的最大特点，是将清代学者所未见、未知的注释资料辑录下来，有助于考订六臣注成书之前，李善注本和五臣注本的流传系统。

第三，《文选》的文艺学研究。

最重要的是与《文心雕龙》的比较研究。根据穆克宏先生的考察，《文选》选录的作家130人，见于《文心雕龙》者五分之四。《文选》选录作品，在《文心雕龙》中指出篇名的有百余篇。所以，骆鸿凯《〈文选〉学》说："《文心》一书，本与《文选》相辅。今宜据彦和所述四义，以观《文选》纂录之篇，用资证明。"刘师培在《秦汉专家文研究》中，反复征引刘勰之说以为佐证，说明刘师培所归纳的这些写作要求，在很大程度上是总结了汉魏六朝文学批评的业绩。尤其是《文心雕龙》，更是刘师培有关中古文学史研究的重要学术资源。如果把《文选》与《文心雕龙》结合起来阅读，就可以清楚地看出中国文学从先秦到齐梁间文体发展与演变的轨迹。不过，也有截然不同的观点。从现存史籍看，还没有发现两者有必然的、直接的联系。如果说两者主张相同，也只能说是在同样文化背景下的不谋而合。清水凯夫发表了系列文章，如《〈文选〉与〈文心雕龙〉的相互关系》《〈文选〉与〈文心雕龙〉的关系——关于韵文的研讨》《〈文心雕龙〉对〈文选〉的影响——关于散文的研讨》，坚持认为《文选》的编纂与《文心雕龙》没有关系。这就需要做一些对两书进行地毯式的资料整理工作。《文选》所收作品，均为名篇佳作，其写作特点，历来受到重视，多有评赏。黄霖、陈维昭、周兴陆主编，赵俊玲辑著的《〈文选〉汇评》，选录明清（主要是明代）二十五家《文选》评点著作，

---

[①] 《射雉赋》"雉鷕鷕而朝雊"句下，徐爰注："雌雉不得言雊。颜延年以潘为误用也。"说明颜延之亦对此赋有注。

以胡克家本《文选》为底本，将各家评点文字，随文小字辑录在相关句子之下，极便阅读，有助理解。该书已由凤凰出版社2017年出版。

第四，《文选》的文章学研究。

《文选》编选之初，本身就体现出当朝的文化理念，是一定政治文化背景下的产物。"《文选》学"作为一门学科的成立，也与科举制度的建立密切相关。唐代科举考试分试律诗和试策文两大类，《文选》所收作品也可以分为诗赋和文章两类，很多篇章用典，多可以从《文选》中找到源头。唐人读《文选》，多半是从中学习诗赋骈文的写作技巧。宋代以后，《文选》作为文章典范，成为历代读书人的案头读物。同时，《文选》注释博大精深，蕴含着丰富的学术信息，这又成为清代学者潜心研究的对象。我们今天为什么研究《文选》？又如何研究《文选》？"《文选》学"如何实现创新性转化，创造性发展？这是当代学者必须面对且必须给予回答的问题。追溯这个问题的来龙去脉，绕不开20世纪初叶《文选》所面临的窘境。"五四"运动时，"选学妖孽，桐城谬种"成为一把利剑，把中国的文章成就一笔勾销。又引进西洋的文学观念，将文学分为四大类，诗歌、戏曲、小说、散文，前三类都有理论的借鉴，也有作品的比较。唯独中国的文章，真不知从何说起，也不知如何评说。传统文章学的隔绝与失落，是我们这个时代文学发展的最大困境。如何吸取《文选》文章写作精华，历代学者为此也下了很多功夫。如宋的苏易简《〈文选〉双字类要》、刘攽《〈文选〉类林》、高似孙《〈文选〉句图》，明代的凌迪知《〈文选〉锦字》、方弘静《〈文选〉拔萃》、陈与郊《〈文选〉章句》，清代杭世骏《〈文选〉课虚》、石韫玉《〈文选〉编珠》等，近似于类书，比较切合文章写作实际。类似的著作，还有一些与《文选》密切相关的辞典，如清代程先甲编《选雅》、近代丁福林编《〈文选〉类诂》等。近代刘师培精研《文选》，他的《汉魏六朝专家文研究》主要是以《文选》作品为主，讨论文章的各种做法。今天研究《文选》，或许可以从中汲取有益的启示。刘师培《汉魏六朝专家文研究》除绪论和各家总论外，归为20个专题：①学文四忌（忌奇僻、忌驳杂、忌浮泛、忌繁冗）；②谋篇之术；③文章之转折与贯串；④文章之音节；⑤文章有生死之别；⑥《史》《汉》之句读；⑦蔡邕精雅与陆机清新；⑧各家文章与经子之关系；⑨文章有主观、客观之别；⑩神似与形似；⑪文质与显晦；⑫文章变化与文体迁讹；⑬汉魏六朝之写实文学；⑭研究文学不可为地理及时代之见所囿；⑮各家文章之得失应以当时人之批评为准；⑯洁与整；⑰记事文之夹叙夹议；⑱传赞碑铭之繁简有当；⑲轻滑与蹇涩；⑳文章宜调称。就题目而言，或涉及一个时代的文学，或论及某一作家，或旁及某一文体，更多的是文章的具体修辞写作的方法，与文学理论方面的一些基本问题，譬如神似与形似问题、文质与显晦问题，还有如何处理简洁与完整的关系等问题，不仅是中国古代文话、诗话每每论及的话题，也是现代文学理论常常要触及的问题。编纂《〈文选〉实用文体叙说》也正逢其时。

第五，《文选》的普及工作。

在此基础上，文选的普及工作也在开展，除上文介绍过的几部影印出版的《文选》不同版本外，上海古籍出版社又组织力量将《文选》李善注本重新标点排印出版，尽管版本上未见特色，但毕竟提供了一个方便的读本。据我所知，凤凰出版社也在组织力量，对其他《文选》重要版本进行校点整理。吉林文史出版社又出版了《〈昭明文选〉译注》六大册。[①]屈守元《〈昭明文选〉杂述及选讲》和《〈文选〉导读》，具体论述了《文选》产生的时代文化氛围、《文选》的编辑、《文选》研究史况、清代《文选》研究代表著作等，是对传统《文选》学研究的继承和重要发展。此外，借鉴历代《文选》辞藻类编的经验，编选《〈文选〉学辞典》时机业已成熟。

《中古文学文献学》，江苏古籍出版社1997年初版，凤凰出版社即将出版修订版

---

[①] 1994年出齐，凡六巨册。左振坤《新选学的开路者》(《〈文选〉学散论》，吉林大学出版社2004年版) 回顾了这套书的缘起。尽管还存在这样或那样的问题，必须承认，翻译《文选》，难度极大。最近，课题组充分吸收各方意见，修订再版。

# 昭明太子与梁代中期文学复古思潮

　　天监元年（502），刘绘死。二年，范云死。七年，任昉死。十二年（513），沈约死。至此，永明文学最主要代表作家相继谢世。这标志着文学史上一个历史段落的结束。[①] 与此同时，梁代后期一些重要作家还未登上文坛。沈约死时，庾信刚好来到人世，徐陵三岁。他们的父辈在文坛虽已崭露头角，但庾肩吾、徐摛在文坛真正产生影响实际在梁代后期，也就是在中大通三年（531）萧纲被立为太子，他们成为萧纲文人集团的骨干之后。从天监十二年到中大通三年昭明太子死，其间十有八年，实际是昭明太子文人集团独擅文坛的历史时期。这个历史时期，作者颇众，创作亦丰，号称"晋宋以来所未之有也"（《梁书·昭明太子传》）。不过从现存作品来看，他们的创作成就不仅不能与元嘉三大家即谢灵运、颜延之、鲍照相媲美，而且也没有达到永明三大家即沈约、谢朓、王融所取得的成就；就是与梁代后期一些重要作家如庾信、徐陵等人的艺术成就相比，他们在许多方面也显得颇为逊色。平心而论，这个历史时期的文学，在前后两个文学高潮之间呈现出平缓发展的态势，成就平平，还没有出现一个足以彪炳文坛的作家。但不管怎么说，这个文人集团毕竟给后世留下一部影响极为久远的《文选》，毕竟较早发现了陶渊明的真正价值，毕竟创作了一些为数不能算少的文学作品。仅此而言，这个文人集团就很值得深入探讨。

---

　　[①] 钟嵘《诗品》以沈约为入评的最后一位作家，《昭明文选》也主要收录沈约以前的创作。曹道衡、沈玉成先生《有关〈文选〉编纂中几个问题的拟测》认为，这"确实在文学史上标志着一个历史的段落"。

一

一个文学集团的形成，起码应具备三个基本条件：一是相当的作家群体；二是近似的创作倾向；三是相通的文学主张。《南史·王锡传》载：

> 十三为国子生，十四举清茂，除秘书郎，再迁太子洗马。时昭明太子尚幼，武帝敕锡与秘书郎张缵使入宫，不限日数，与太子游狎，情兼师友。又敕陆倕、张率、谢举、王规、王筠、刘孝绰、到洽、张缅为学士，十人尽一时之选。

屈守元先生《昭明太子十学士说》[①]据此推断说："王锡十四岁为天监十一年，这时萧统十二岁。十学士的设置，这一年的可能性最大。"这个推测，我觉得不能成立。《梁书·王锡传》：

> 十四举清茂，除秘书郎，与范阳张伯绪齐名，俱为太子舍人。丁父忧，居丧尽礼。服阕，除太子洗马。时昭明尚幼，未与臣僚相接。高祖敕："太子洗马王锡、秘书郎张缵，亲表英华，朝中髦俊，可以师友事之。"

说明王锡十四岁时与张伯绪同为太子舍人，与张缵共同侍奉昭明太子是在王锡丁父忧、服阕之后。王锡父王琳，史传未载其卒年，但据王锡弟王佥传记可以考知。《王佥传》载，佥"八岁丁父忧"。王佥太清二年（548）底卒，时年四十五岁。据此而知，王佥父卒于天监十一年。这年王锡十四岁，除秘书郎，时间很短，即丁父忧。其"服阕，除太子洗马"至少在天监十四年（515）以后。[②]又据《南史·张缵传》：

---

① 见《昭明文选研究论文集》，吉林文史出版社1988年版。
② 两晋丁父忧用王肃说，两年零五月。南朝用郑玄说，两年零三月。至少都在两年以上。

起家秘书郎，时年十七。……秘书郎四员，宋齐以来为甲族起家之选，待次入补，其居职例不数十日便迁任。缵固求不徙，欲遍观阁内书籍。尝执四部书目曰："若读此毕，可言优仕矣。"如此三载，方迁太子舍人，转洗马、中舍人，并掌管记。缵与琅邪王锡齐名，普通初，魏使彭城人刘善明通和，求识缵与锡。缵时年二十三，善明见而嗟服。

按：张缵太清三年（549）被杀，时年五十一，其十七岁为天监十四年（515），又任秘书郎三载。就是说，张缵为太子舍人当在天监十七年（518）。上文载张缵与王锡共见刘善明，亦见《王锡传》。《通鉴》系此事在普通元年末。若依张缵年二十三而推，当是普通二年。史传称"普通初"当亦不错。据《梁书·庾於陵传》："旧事，东宫官属，通为清选，洗马掌文翰，尤其清者，近世用人，皆取甲族有才望。"稍事补充说明的是，所谓甲族，大多指渡江甲族。像王规，为东晋开国重臣王导之后；谢举为刘宋谢庄之后。两人均起家秘书郎，随即迁太子舍人。《梁书·王规传》："父忧去职，服阕，袭封南昌县侯，除中书黄门侍郎，敕与陈郡殷钧、琅邪王锡、范阳张缅同侍东宫，俱为昭明太子所礼。"王规父王骞卒于普通三年（522），这在《梁书·太宗王太妃传》中有明确记载，说明王规亦在普通年间从游东宫。十人中，唯有张率、陆倕、到洽有些例外。张、陆为东南豪族子弟，到氏门第不如其他渡江士族高，其所以出入东宫，亦非偶然。陆倕为梁武帝西邸旧友，张率被梁武帝誉为"东南才子"，到洽门第虽低，却以"清言"驰名一时。[1] 张率先任秘书丞。萧衍说："秘书丞天下清官，东南胄望未有为之者，今以相处，足为卿誉。"天监八年（509）随晋安王萧纲，"在府十年"，天监十七年（518）"还除太子仆"，"俄迁太子家令，与中庶子陆倕、仆刘孝绰时掌东宫管记"。十学士中，到洽和陆倕最早侍奉昭明太子。据《梁书·到洽传》载，天监七年（508），到洽"迁太子中舍人，与庶子陆倕对掌东宫管记，俄为侍读。侍

---

[1] 《梁书·到洽传》载梁武帝问丘迟到洽与溉、沇异同。丘迟说："正情过于沇，文章不减溉，加以清言，殆将难及。"

读省仍置学士二人，洽复充其选"。"十四年入为太子家令"，"十六年迁太子中庶子"。普通五年"复为太子中庶子"。从这些材料看，十学士之游东宫，早自天监七年（508），晚至普通初，方聚齐。再从王锡、张缵、张率的行迹推测，十学士并聚集在东宫，主要在天监末到普通七年陆倕死前这七八年间。

其时，不止上述十学士从游东宫。到溉、殷钧、殷芸、陆襄、何思澄、刘杳、刘勰等亦为东宫重要学士。《梁书·殷芸传》：天监十年（511）"除通直散骑侍郎，兼尚书左丞，又兼中书舍人，迁国子博士，昭明太子侍读"。《梁书·何思澄传》：天监十五年（516）为徐勉荐举与刘杳等五人撰《华林遍略》，"久之迁秣陵令，入兼东宫通事舍人"。说明这些人多是在天监后期侍从昭明太子的，与十学士不相先后。可以说，这些人是昭明太子文人集团最主要的骨干力量。

与这个文人集团先后辉映的，前有沈约、任昉于天监初年奖掖后进，围绕他们而形成的作家群体，后有以萧纲、萧绎兄弟为首的文人集团。把昭明太子文人集团的人员构成和流向与前后两个文人集团作些比较，是很可以说明一些问题的。

萧纲曾组织编纂《法宝联璧》，中大通六年（534），萧绎为该书作序，末尾罗列了三十八位编者的姓名、官职。可以这样认为，这些是萧纲文人集团的中坚人物。有趣的是，昭明太子十学士中，只有王规一人入选。王规与萧纲的关系非同一般。萧纲的宠妃王灵嫔是王规的姐姐。其余的学士，除陆倕、张率、到洽、张缅、王锡等卒于此年前外，都还活跃一时，正处于创作旺盛时期，但这时都未曾进入萧纲文人集团。刘孝绰可能"母忧去职"，姑且不论。王筠在昭明太子死后，曾著《昭明太子哀册文》，颇见称赏，但并未留居京城，而是"出为贞威将军，临海太守，在郡被讼，不调累年"。（《梁书·王筠传》）张缵大约正在吴兴太守任上，直到大同二年（536）才被征回。[①] 谢举任侍中，亦不从萧纲游。《梁书·刘杳传》载："昭明太子薨，新宫建，旧人例无停者。"后一句话是很耐

---

① 《梁书·张缵传》：大通"三年人为度支尚书，母忧去职，服阕，出为吴兴太守"，"大同二年征为吏部尚书"。

人寻味的。这说明萧纲有意不用昭明太子的旧部，不是偶然的现象。除了文学主张不同外，恐怕还有政治的因素。①

与此形成鲜明对照的是，昭明太子的许多侍从来自永明作家任昉、沈约门下。陆倕不必说，本来就是竟陵八友之一，是永明重要作家。其他如《南史·到溉传》：

> 梁天监初，昉出为义兴太守，要溉、洽之郡，为山泽之游。昉还为御史中丞，后进皆宗之，时有彭城刘孝绰、刘苞、刘孺，吴郡陆倕、张率，陈郡殷芸，沛国刘显及溉、洽，车轨日至，号曰兰台聚。

《南史·陆倕传》称此为"龙门之游"。《梁书·到洽传》也载："乐安任昉有知人之鉴，与洽兄沼、溉并善，尝访洽于田舍，见之叹曰：'此子日下无比。'"据《姓解》等文献所称，到洽、到溉、张缵、张率、张缅、刘孝绰、刘苞、刘显、刘孺、陆倕并称为兰台十学士。其中有六人后来进入东宫。六人中，除陆倕外，与永明作家关系最紧密的要算刘孝绰了。其父刘绘是永明重要作家。孝绰幼年就深得"父党"沈约、范云、王融、任昉等人的赏识，被目为神童。其他作家，如殷钧、殷芸、到溉、谢举、王筠、刘勰、何思澄等亦先为永明文学的追随者，嗣后成为东宫重要学士。殷钧"善隶书，为当时楷法，南乡范云、乐安任昉并称赏之"（《梁书·殷钧传》）。谢举十四岁"赠沈约五言诗，为约称赏"（《梁书·谢举传》）。张率在齐末造访沈约、任昉，被沈约称为"南金"（《梁书·张率传》）。王筠以"晚来名家"被沈约称为"后来独步"（《梁书·王筠传》）。刘勰《文心雕龙》为沈约"大重之，谓为深得文理，常陈诸几案"（《梁书·文学·刘勰传》）。何思澄作《游庐山诗》，沈约称赏"自以为弗逮"，并请人书于郊居别墅的墙壁上（《梁书·文学·何思澄传》）。东宫学士与永明作家不只彼此揄扬，还每每投诗赠赋，来往唱和。陆倕有《感

---

① 昭明太子死，立萧纲为皇太子，"废嫡立庶，海内噂諮"。袁昂、周弘正等并提异议，要求立萧统之子为太子。见《南史·袁昂传》《周弘正传》等。萧纲能被立为太子，看来是很不容易的。他不能不考虑到昭明门下旧部的失意不满，所以"立无停者"，以减少麻烦。

知己赋赠任昉》《赠任昉诗》，到洽有《赠任昉》，到溉有《饷任新安班竹杖因赠诗》，刘孝绰有《归沐呈任中丞昉诗》等，任昉有回赠《答陆倕感知己赋》《寄到溉诗》《答刘孝绰诗》等。

从上述比较可以看出，昭明太子文人集团的主要成员与永明文学有千丝万缕的联系，甚至可以说，这个文人集团的形成，最初胎息于永明文学的滋补，而与萧纲文人集团迥然有别。

这是一个非常有趣而且耐人寻味的特异现象。

## 二

得到永明文学沾溉，昭明太子也不例外。下文还要谈到，天监时期的文坛，就其主要倾向而言，仍是永明文风的延续。可以说，萧统的青少年时期是在永明文风的沐浴下度过的。这就使得他的文学思想、他的艺术创作不能不受到永明文学的重要影响。

永明文学创作以游历、叙别与咏物这三类题材最具特色。[①] 总的来看，昭明太子文人集团的创作大致也是这样。就题材内容而言，描绘征旅游历以寄托感情的作品，张缵《秋雨赋》《南征赋》可为代表；抒写生离死别之情的作品，昭明太子的《与晋安王令》《与张缅弟缵书》等悼念明山宾、到洽、张率、张缅等，写得沉痛迫肠，比较真挚感人。不过这两类作品与永明文学相比，所表达的思想情绪还是淡薄多了，永明代表作家毕竟经历过较为动荡的生活，政治方面的磨难遭际也较梁代中期这些作家为多，这些都是昭明太子文人集团中代表作家所不能比拟的，所以他们的游历伤别之作，其感人程度不能与永明文学同日而语。也许由于平静的生活经历，他们的咏物诗相比较来说存世较多，还可以与永明咏物诗争衡媲美。此外，昭明太子《大言诗》《细言诗》写得比较有趣，前者极尽夸大之能事，后者则尽量缩小所写物象，王锡、王规、张缵、殷钧等并有奉和，说明是一时所作。[②]

---

[①] 参见刘跃进《永明诗歌平议》，载《文学评论》1992年第6期。
[②] 《艺文类聚》卷十九引上述诸作外，最后是沈约两首应令诗，不知是否应昭明太子之令。

在文学思想方面，我曾比较过沈约与刘勰文学思想的异同，发现他们在某些具体主张上尽管存在差异，但在倡导平易自然的审美理想、追求艺术形式的完美和谐以及崇尚清新遒丽的艺术风格这两个方面还是一致的，实际上比较客观地总结了永明文学的成就。[①] 这些主张，有的被昭明太子文人集团通盘接受，有些则有保留地接受，有些则摈弃不取。

倡导平易自然的审美理想，这与昭明太子的文艺思想、生活情趣颇为相近。《梁书·昭明太子传》本传说他："性爱山水，于玄圃穿筑，更立亭馆，与朝士名素者游其中。尝泛舟后池，番禺侯轨盛称'此中宜奏女乐'，太子不答，咏左思《招隐诗》曰：'何必丝与竹，山水有清音。'"他在《答湘东王求文集及〈诗苑英华〉书》中也说：

> 与其饱食终日，宁游思于文林。或日因春阳，其物韶丽，树花发，莺鸣和，春泉生，暄风至，陶嘉月而嬉游，藉芳草而眺瞩。或朱炎受谢，白藏纪时，玉露夕流，金风多扇，悟秋山之心，登高而远托；或夏条可结，倦于邑而属词，冬雪千里，睹纷霏而兴咏。

《答晋安王书》表达了同样的思想情趣：

> 知少行游，不动亦静，不出户庭，触地丘壑，天游不能隐，山林在目中。冷泉石镜，一见何必胜于传闻；松坞杏林，知之恐有逾吾就。

正是具有这样热爱自然、崇尚山水的情怀，他才能超越时人，从人品和诗品两个方面发现了陶渊明的价值。尽管陶渊明谢世已近百年，而他读陶诗时仍强烈地感受到"语时事则指而可想，论怀抱则旷而且真"（《陶渊明集序》），纯真自然，绝少雕饰，这与"任真自得"（《陶渊明传》）的诗人形象彼此辉映。为了表示崇敬之情，不仅在《文选》中选录

---

① 详见刘跃进《士庶天隔·文心相通——沈约刘勰文学思想异同论》，载《江淮论坛》1991年第5期。

八首诗和《归去来兮辞》，还亲自为陶渊明编辑作品集。对于这种真淳浑朴的审美理想的追求当然不止限于昭明太子。张缵亦"性爱山泉，颇乐闲旷，虽复伏膺尧门，情存魏阙，至于一丘一壑，自谓出处无辨，常愿卜居幽僻，屏避喧尘，傍山临流，面郊负郭。依林结宇，憩桃李之夏荫；对径开轩，采桔柚之秋实"（张缵《谢东宫赉园启》）。曾侍奉东宫、深为昭明太子礼重的徐勉，在其《为书诫子崧》中也曾表达了类似的思想感情。

文章由质朴趋于藻饰，所谓"踵其事而增华，变其本而加厉"，这是文学发展的一般趋势。这一点，昭明太子有着比较明确的认识。因此，他对于文章形式方面的一些问题，诸如体裁的分类、辞藻的考究等是比较重视的。在这方面，他与永明文学思想中偏重形式完美的一些主张有某些近似之处，但又有很明显的不同。永明文学比较重视艺术形式方面的新变，比如运用声律论的积极成果，形成永明诗体。对此，昭明太子似乎不以为然。沈约《郊居赋》重视声律调配的和谐，在当时传诵一时（详见《梁书·王筠传》《刘杳传》），而《文选》不收。就诗而言，永明以后，句式渐短，以四句、八句为多。以竟陵八友诗为例，在《玉台新咏》中，四句诗有48首，八句诗有32首，均超过其他句式诗。而《文选》四句无一首，八句则四首，较多的是十句、二十句诗。其他如律句、如押韵，《玉台新咏》所收诗歌大多比《文选》所收在声律方面更为考究。[①] 这说明昭明太子对于永明诗人沾沾自喜的声病说是不十分重视的。尽管《文选》收录了专从声病角度评述历代作家的《宋书·谢灵运传论》，但主要是从史论着眼，因为六朝人十分重视史论的缘故。

至于倡导什么样的文风，昭明太子与永明作家的见解则相去甚远。永明代表作家沈约、谢朓、王融等倡导清丽诗风，并在创作过程中身体力行之；由清及丽，甚至出现了最初的艳体诗的萌芽[②]。对这类作品，昭明太子编《文选》都剔除不录，而偏重他们抒写羁旅愁思之作。这与《玉台

---

① 详见刘跃进《若无新变·不能代雄——永明诗体辩释》，刊在《中国诗学》第二辑，南京大学出版社1992年版。

② 详见兴膳宏先生《沈约与艳体诗》，载彭恩华编译《六朝文学论稿》，岳麓书社1986年版。

新咏》专收绮丽轻靡之音很不相同。竟陵八友的作品，昭明太子似更偏爱于任昉、陆倕之作。任昉作品收录在《文选》中有21篇，高于沈约。陆倕《石阙铭》被萧衍誉为"辞义典雅"、《新漏刻铭》见重一时，均入《文选》。由任、陆而上溯，他更重视太康潘、陆，元嘉颜、谢之作。江淹擅长古体，所以亦受重视。前人所说"古体之选，莫昭明若矣"（翁嵩年《采菽堂古诗选序》），是符合实际的。这里所说的"古体"是指晋宋盛行的典雅繁富的文体，是与永明以后流行的"新体"相对而言的。尽管昭明太子本人及其门下深受永明诗风影响，但对于永明作家所倡导的清丽文风及其所造成的余波流蕴是有所不满的，所以倡言古体，恢复太康、元嘉之风，以纠正永明诗风的偏颇。他在《答湘东王求文集及〈诗苑英华〉书》中说：

夫文典则累野，丽亦伤浮，能丽而不浮，典而不野，文质彬彬，有君子之致。

看来，他是把"丽而不浮，典而不野"作为最完美的审美理想来追求的。刘孝绰《昭明太子集序》以为昭明太子的创作已臻此境界：

窃以属文之体，鲜能周备，长卿徒善，既累为迟；少孺虽疾，俳优而已；子渊淫靡，若女工之蠹；子云侈靡，异诗人之则；孔璋词赋，曹祖劝其修今；伯喈笑赠，挚虞知其颇古；孟坚之颂，尚有似赞之讥；士衡之碑，犹闻类赋之贬。深乎文者，兼而善之，能使典而不野，远而不放，丽而不淫，约而不俭，独擅众美，斯文在斯。

昭明太子的文章能否享此殊荣，这里姑且不论，他们所共同倡导的这种非古、非今、非典、非丽的折中理论却是显而易见的。推终原始，这种观点实本于儒家正统的美学观。我们还可以从昭明太子的其他论述中得到些旁证。《与何胤书》称："每钻阅六经，泛滥百氏。"《答晋安王书》称："静然终日，披古为事，况观六籍，杂玩文史，见孝友忠贞之迹，睹治乱骄奢之事，足以自慰，足以自言。"由此可以推想，昭明太子组织班子编选历代诗文选集，似乎不外有两个目的：一是借此"研寻物理"[①]，即推寻历代"孝友忠贞之迹"，"治乱骄奢之事"；二是借以"顾略清言"，向世人展示历代文章体裁之美。前者重在政治方面的教化意义，而后者则具有明显的指导现实文学创作的导向作用。

## 三

由此看来，《文选》的编定，似不能简单地把它看作昭明太子为学士"肴核坟史、渔猎词林"（萧统《与何胤书》）而编的总集。事实上，它是一定政治文化背景下的必然产物。梁代中期文学复古思潮的形成，是皇太子萧统具体贯彻乃父萧衍文化政策的必然结果。

梁武帝萧衍本出身于文人，为竟陵八友之一，是永明时重要作家。代齐称帝后，西邸旧友如沈约、任昉、范云都还很活跃，所以就天监前期，具体说天监十二年以前而言，当时文坛主要还笼罩在永明文风之下。梁初郊庙歌辞皆沈约所撰，一反常规，不以五经为本，而是杂用"子史文章浅言"（《梁书·萧子云传》）。梁武帝萧衍本人在梁初亦以文义相标榜，广求儒雅。《梁书·文学·刘苞传》：

> 自高祖即位，引后进文学之士，苞及从兄孝绰、从弟孺、同郡到溉、溉弟洽、从弟沆、吴郡陆倕、张率，并以文藻见知，多预宴坐。虽仕进有前后，其赏赐不殊。

萧衍自己亦"下笔成章，千赋百诗，直疏使就"，在天监十二年前已编辑成集。沈约《武帝集序》：

> 至于春风秋月，送别望归，皇王高宴，心期促赏，莫不超挺睿兴，浚发神衷。及登庸历试，辞翰繁蔚，笺记风动，表议云飞，雕虫小艺，无累大道。

---

[①] 见《与何胤书》，俞绍初《昭明太子集校注》，中州古籍出版社2001年版，第212页。

萧衍现存诗歌较有价值的多属当时"新声"的乐府歌辞。《乐府诗集》所收《襄阳白铜鞮歌》，《古今乐录》说是萧衍从襄阳领兵西下而作。又《江南弄》七首，《古今乐录》记载作于天监十一年（512），沈约也有四首同题之作，当亦作于同时。由此来看，这些清新可诵的乐府歌辞，大约多数作于天监前期，永明诗味较浓。

但此时的萧衍，身份毕竟与永明作家完全不同了。作为开国君主，他提出了一系列主张，致使社会风尚亦随之开始发生变化。

在思想文化领域，萧衍集诸家之长，明确标举"三教同源"，于儒、释、道兼收并蓄，但在具体政策制定方面，他更偏重于儒学。天监四年（505）发布《置五经博士诏》《定选格诏》，规定："年未三十，不通一经，不得解褐。"九年（510）作《令皇太子王侯之子入学诏》。十一年（512），持续修撰几达二十年的五礼最终完成。普通初，徐勉表上，萧衍下诏说："可以光被八表，施诸百代，俾万世之下，知斯文在斯，主者其案以遵行，勿有失坠。"在《敕何胤》中他明确表露自己倡导儒术，目的在于移风易俗：

> 顷者学业沦废，儒术将尽，闾阎搢绅，鲜闻好事。吾每思弘奖，其风未移，当宸兴言为叹。

终其一生，弘扬儒术，原因在此。

在生活作风方面，崇尚节俭，不贪声色。他说自己不近女色，杜绝淫逸，三十年始终如一。平生不饮酒，不好音乐，"朝中曲宴，未尝奏乐"。"至于居处，不过一床之地，雕饰之物，不入于宫。"他说这些"人所共知"，"群贤之所观见"（《敕责贺琛》），我想去事实亦不会太远。萧统的母亲丁贵嫔亦"不好华饰"，追随武帝"屏绝滋腴，长进蔬膳"（《梁书·高祖丁贵嫔传》）。当然，他们所以这样做，直接的原因是，他们舍道事佛，立誓断绝酒肉，摒绝声色，所以没必要评价过高。但这样做的客观效果是可以推想一二的，至少，萧统受此影响就比较深。崇尚节俭，历代欲有所作为的君主无不如此标榜。南齐武帝自始至终都把这个问题看得很重，常挂在嘴边。但实际上"后宫百余人"（《南史·豫章王嶷传》），上行下效，皇室成员多以奢侈相尚，声色是求。相比较而言，梁武帝还算是言行一致的，特别是在他当政的前期，这些问题处理得比较好①。

在文学创作方面，倡导典雅古朴之风。譬如他后来对沈约所撰郊庙歌辞就很不满，下令萧子云重修："郊庙歌辞，应须典诰大语，不得杂用子史文章浅言。"重视典雅，所以他对"为文典而速，不尚丽靡之词，其制作多法古，与今文体异"的裴子野褒奖有加。《梁书·裴子野传》：

> 普通七年，王师北伐，敕子野为喻魏文，受诏立成。高祖以其事体大，召尚书仆射徐勉、太子詹事周捨、鸿胪卿刘之遴、中书侍郎朱异，集寿光殿以观之，时并叹服。高祖目子野而言曰："其形虽弱，其文甚壮。"俄又敕为书喻魏相元叉，其夜受旨，子野谓可待旦方奏，未之为也。及五鼓，敕催令开斋速上。子野徐起操笔，昧爽便就。既奏，高祖深嘉焉。自是凡诸符檄，皆令草创。

裴子野的古体创作，萧衍以为"甚壮"。作为一个政治家，他更偏重文章的实用价值，"经国文符，应资博古，撰德驳奏，宜穷往烈"（钟嵘《诗品序》）。因此之故，以裴子野为代表的古体派在梁代中期影响很大。刘之遴、刘显、阮孝绪、顾协、韦棱以及昭明太子门下的殷芸、张缵等与裴子野"深相赏好"，"每讨论坟籍，咸折中于子野焉"。"当时或有诋诃者，及其末皆翕然重之"（《梁书·裴子野传》）。其风流所及，直至梁代中后期。萧纲被立为皇太子后，作《与湘东王书》②，对裴子野颇多微词：

> 又时有效谢康乐、裴鸿胪文者，亦颇有惑焉。何者？谢客吐言天拔，出于自然，时有不拘，是其糟粕；裴氏乃良史之才，了无篇什之

---

① 梁代前期，萧衍在政治、经济等方面采取了一些积极的措施，比如鼓励农桑、减免赋税、选用良吏、广开言路、崇尚节俭等，对政权的巩固起到很大作用。后期，舍身佞佛、任用非人，而又刚愎自用，致使浮华之风泛滥，社会矛盾一触即发。贺琛《条奏时务封事》、郭祖琛《舆榇诣阙上封事》等对此提出尖锐批评。

② 详见清水凯夫先生《简文帝萧纲〈与湘东王书〉考》，载《六朝文学论文集》，重庆出版社1989年版。

美。是为学谢则不届其精华,但得其冗长;师裴则蔑绝其所长,惟得其所短。谢故巧不可阶,裴亦质不宜慕。

这正从一个方面反映了梁代中期文学复古思潮的兴盛。

萧统就生长在这样一个时代背景下,思想性格、文学创作,无不染上浓重的时代色彩。再从萧统的个人生活经历来看,他的青少年时期,身边围绕着的多是名流硕学。《梁书·徐勉传》载:

> 昭明太子尚幼,敕知宫事。太子礼之甚重,每事询谋,尝于殿内讲《孝经》,临川靖惠王、尚书令沈约备二傅,勉与国子祭酒张充为执经,王莹、张稷、柳憕、王暕为侍讲。时选极亲贤,妙尽时誉。

其他如被萧统誉为"儒术该通,志在稽古"的明山宾,天监初年"礼仪损益"多所制定的周捨,被萧衍目为"才识通敏"的孔休源等均为昭明太子启蒙老师。这当然是梁武帝萧衍的有意安排。昭明太子成人后,思想比较开放,或儒或释,出入二教之间,而以儒学为主。他的生活作风,他的文学思想,亦以古质自然为宗,不尚绮丽,倾心典雅。这些与其父何其相似。昭明太子确实没有辜负梁武帝对他的栽培。

一种文风的形成,当权者的倡导固然起到比较重要的决定作用,而文人在其中所扮演的角色,或许尤其值得关注。

梁武帝在位的四十余年间,国内外各种尖锐矛盾虽不曾间断,但在前期、中期,社会比较稳定,加之"梁武敦悦诗书,下化其上,四境之内,家有文史"(《隋书·经籍志》),右文之风较之永明时代更加盛行。就当时一般士人心态而言,他们不像永明作家那样热衷于政治,而是更醉心于文学创作,以此相尚,流衍成风。这一现象背后当然有许多复杂的因素,这里暂且略而不论。从当时创作来看,梁代中期最有成就的作家当首推王筠和刘孝绰。王筠《自序》称:"幼年读五经,皆七八十遍。"可见他们自幼就深受儒家思想的熏陶浸染,所以很容易与梁武帝父子相合拍,以他们的文学才能,也自然会备受重视。王筠《与诸儿书论家世集》云:

史传称安平崔氏及汝南应氏，并累世有文才，所以范蔚宗云崔氏世擅雕龙，然不过父子两三世耳，非有七叶之中，名德重光，爵位相继，人人有集，如吾门世者也。沈少傅约语人云：吾少好百家之言，身为四代之史，自开辟已来，未有爵位蝉联，文才相继，如王氏之盛者也。

王筠自撰文章，以一官为一集，自洗马、中书、中庶子、吏部、左佐、临海太守、太府各为十卷。《梁书·刘孝绰传》亦载："孝绰兄弟及群从诸子侄，当时有七十人，并能属文，近古未之有也。""孝绰辞藻为后进所宗，世重其文，每作一篇，朝成暮遍，好事者咸讽诵传写，流闻绝域。"这两位作家创作之丰、影响之大，于此可见一斑。尽管他们的作品留存下来的极有限，其中还有一些比较轻艳的作品，但从可以确定为前期的作品来看，格调近于典雅雍容，是典型的梁代中期的风味。他们的创作，推波助澜，对梁代中期文学复古思潮的形成起到了极其重要的推进作用。

梁代文学风尚几经变迁：起初继承永明文学的流风余绪，继之以复古思潮的形成，最后是轻艳之风的兴起。每一次变化，当权者的提倡起到了导向作用，士人的心态又直接影响到每种文风的形成。尤其值得注意的是，哲学思潮对文风的流变更是起到远比我们料想要大得多的作用。梁代中期文学复古思潮的形成，儒家学说是其核心。而梁代后期，玄学又勃然兴起。萧纲主讲，"学徒千余"。萧绎在江荆间，"复所爱习，召置学生，亲为教授，废寝忘食，以夜继朝"（《颜氏家训·勉学》）。这使我们想起刘宋大明泰始年间，一些作家变革元嘉诗风，崇尚轻丽侧艳之词，也是以玄学作为先导。那么，梁代后期宫体诗的兴起，是否也与玄风重弹有某种内在的必然联系？这只能在另一篇文章中加以探讨了。

《文选学论集》，时代文艺出版社1992年版
《中外学者文选学论集》，中华书局1998年版

# 从《洛神赋》李善注看尤刻《文选》的版本系统

在《文选》流传过程中，南宋淳熙八年（1181）池阳郡尤袤刻本占有重要地位。元、明、清三代所刻李注《文选》都以尤本为底本。但是，尤本所依据的祖本是否为李善注的单行本，向来有争议。《四库全书总目》评尤刻时说："其书自南宋以来，皆与五臣注合刊，名曰《六臣注〈文选〉》，而善注单行之本世遂罕传。此本为毛晋所刻，虽称从宋本校正。今考其第二十五卷陆云答兄机诗注中有'向曰'一条、'济曰'一条，又答张士然诗注中，有'翰曰'、'铣曰'、'济曰'各一条，殆因六臣注之本，削去五臣，独留善注。故刊除不尽，未必真见单行本也。"此说多为学者信从，以为今传李善注本均系从六臣注中摘出，重新编排而成。胡克家《重刻宋淳熙本文选序》称："宋代大都盛行五臣，又并善为六臣，而善注反微矣。淳熙中尤廷之在贵池仓使，取善注雠校锓版，阙后单行之本，咸从之出。"言下之意，李善注单行本是尤袤始从六臣注中辑出的。但是，根据《崇文总目》《郡斋读书志》《遂初堂书目》等目录记载，北宋初年就有李善注本，并一直与五臣注并行不悖，而这几部书目并未记载六臣注本，因此，至少在北宋初年，李善注本就不是从六臣注中辑出的。程毅中、白化文先生《略谈李善注的尤刻本》[①]认为，现存尤本系善注单行本，非从六臣注中辑出。日本著名汉学家冈村繁先生又根据日本所藏《文选集注》作《〈文选〉集注与宋明版本的李善注》[②]，也赞同这种观点。

现存李善注是从六臣注中辑出的观点，在相当长的一段时间里似乎被

---

① 《文物》1976年第11期。
② 译文发表在《文选学论集》，时代文艺出版社1992年版。

视为定论，而今异说并起，这不能不引起学术界的关注。

这篇小文，只是想以《洛神赋》李善注为例，就此问题发表肤浅的看法。

## 一　由"感甄说"谈起

尤刻《文选》卷十九曹子建《洛神赋》下有善注曰：

> 记曰：魏东阿王，汉末求甄逸女，既不遂，太祖回与五官中郎将。植殊不平，昼思夜想，废寝与食。黄初中入朝，帝示植甄后玉缕金带枕。植见之，不觉泣。时已为郭后谮死，帝意亦寻悟，因令太子留宴饮，仍以枕赉植。植还，渡轘辕，少许时将息洛水上，思甄后，忽见女来，自云我本托心君王，其心不遂。此枕是我在家时从嫁前与五官中郎将，今与君王。遂用荐枕席，欢情交集，岂常辞能具。为郭后以糠塞口，今被发，羞将此形貌重睹君王尔。言讫，遂不复见所在。遣人献珠玉于王，王答以玉佩。悲喜不能自胜，遂作《感甄赋》。后明帝见之，改为《洛神赋》。

这段记载，现存几部最重要的《文选》早期刻本，如北京图书馆所藏北宋天圣七年刻李善注《文选》残卷、南宋初年明州刻六臣注（北图藏残卷，日本藏有全本）、赣州刻六臣注（北图藏有全帙）、中华书局影印宋本《六臣注〈文选〉》等均付阙如。

问题就出在这里。

这段记载的真实性到底有多少，清代以来有很多学者作了详细的辨析，一致予以否定。20世纪30年代初期，沈达材著有《曹植与〈洛神赋〉传说》专书，可以说已经把这个问题解决了。这里没有必要再赘述。关键的问题是，这段记载到底是什么时候加进去的呢？又是何人所加？考订《文选》版本，这个问题确实难以回避。

对于这段记载可能有几种解释，或者是李善原注，或者是李善后人妄附，或者干脆就是尤袤所加。丁晏《曹集诠评》卷二辨析说："序明云拟宋玉《神女》为赋,寄心君王,托之宓妃。《洛神》犹屈宋之志也。而俗说乃诬为感甄,岂不谬哉!"又说:"感甄妄说,本于李善。注引《记》曰云云,盖当时记事媒蘖之词,如郭颁《魏晋世语》、刘延明《三国略记》之类小说短书。善本书簏无识,而妄引之耳。五臣注不引《感甄》,视李注为胜。"依照丁说,这是李善的原注。那为什么其他有李善注版本未载?丁晏没有解释。胡克家《文选考异》说:"此二百七字,袁本、茶陵本无。案:二本是也。此因世传小说有《感甄记》,或以载于简中而尤延之误取之耳。何尝驳此说之妄。今据袁、茶陵本考之,盖实非善注。又案:后注中'此言微感甄后之情',当亦有误字也。"说这段记载为尤袤所加,似乎言而有据,但是,如果我们与现存几部宋版《文选》详细校核,就可以发现事实并非尽然。

确实,在《洛神赋》题下,除尤本外,都没有"记曰"一段解题,但是在"恨人神之道殊,怨盛年之莫当。抗罗袂以掩涕兮,泪流襟之浪浪"下,现存各本均有"此言微感甄后之情"的注解。明州本六臣注《文选》为绍兴年间所刻,早于尤本数十年,赣州本六臣注《文选》亦与尤本不相先后,如果确是尤袤所加的"感甄说",此两本不应有这段注解。特别是北宋本残卷也有这句注解,问题就更加明朗了。在北宋刻本后有劳健的题跋:"宋讳缺笔,至桢,止通字,亦为字不成。天圣元年,章太后临朝称制,令天下讳其父名。明道二年,后崩,遂不讳字,知此书乃天圣明道间所刻,与上虞罗氏所印日本高山寺所藏北宋本《齐民要术》字体绝相似,彼书通字亦缺末笔,或同时同地所刻,亦未可知也。"据《宋会要辑稿·崇儒四》记载:"(景德)四年八月,诏三馆,秘阁直馆,校理分校《文苑英华》李善《文选》,摹印颁行……。李善《文选》校勘毕,先令刻板,又命官复勘。未几宫城火,二书皆烬。"又载:"至天圣中,监三馆书籍刘崇超上言:李善《文选》援引该赡,典故分明,欲集国子监官校定净本,送三馆雕印。从之。天圣七年十一月板成,又命直讲黄鉴、公孙觉校对焉。"据屈守元先生考证,北图所藏北宋《文选》残卷就是天圣七年国子监刊本[①]。可见这个北宋《文选》残卷要早于尤本一百五十多年。

---

① 详见《关于北宋刻印李善〈文选〉的问题》,载《文物》1977年第7期。

"感甄"之说既然已经见于此本，胡克家据何而断定是尤袤所加呢？

"感甄说"非尤袤所加，不只有版本作依据，就是从当时的历史背景下来考察也可以证实这一点。后面还要谈到，"文选学"在唐代不仅立于官学，在乡学也曾立有专科。《选》学代代相承，余绪不绝。直至南宋初年，与尤袤同时代的陆游在他的《老学庵笔记》中还记载有"《文选》烂，秀才半"的说法，可见《文选》影响之大。而《洛神赋》又是《文选》中的名篇，如果尤袤随意增添新解而托之善注，这在当时是很难叫人想象的事。事实上，由于有了北宋残卷，我们可以知道，至少在北宋初年流行的善注《文选》中已有"感甄"之说。是否唐代以来的善注即如此，也未可知。元稹《代曲江老人百韵》诗："班女恩移赵，思王赋《感甄》。"李商隐《东阿王》诗："君王不得为天子，半是当时赋《洛神》。"又《无题》："宓妃留枕魏王才。"又罗虬《比红儿诗》："拔得芙蓉出水新，魏家公子信才人。若叫瞥见红儿貌，不肯留情付洛神。"这个故事不仅为唐朝诗人采作诗料，而且还成为唐传奇的素材。薛莹有《洛神传》至今流传。这个事实说明，至少在中唐以后，曹植的《洛神赋》是为"感甄"而作，已成为比较流行的一种看法。这个传说是由于李善注《文选》的称引而在其后广为流传呢，还是在李善身后才出现而由后人加进善注，现在已经难以确考了。不过，有一点可以考定：胡克家说"感甄说"是尤袤所加，这个论断不能成立。他在《〈文选〉考异》中每云"尤校改""尤删""尤增"等，其实颇有武断之嫌。实际上，他所根据的校本主要是袁本和茶陵本。而这两本是否即由李善注定本系统而来，这还是个问题。唐代以来，李善注本的流传不止一种，在没有充分的版本根据以前，以甲本否定乙本，甚至以晚出本否定古本，是难以叫人信服的。

## 二 李善注《文选》在唐代的流传

唐代以诗赋取士，士亦以诗赋名家，所以《文选》日益风行。唐太宗时，曹宪、李善等人讲授《文选》，当时有所谓"文选学"之称。《旧唐书·儒学·曹宪传》载：

曹宪，扬州江都人也。仕隋为秘书学士。每聚徒教授，诸生数百人。当时公卿已下，亦多从之受业。……所撰《〈文选〉音义》，甚为当时所重。初，江淮间为《文选》学者本之于宪，又有许淹、李善、公孙罗复相继以《文选》教授，由是其学大兴于代。

又《新唐书·李邕传》载：

李邕，字泰和，扬州江都人。父善，有雅行，淹贯古今，不能属辞，故人号"书簏"。显庆中，累擢崇贤馆直学士，兼沛王侍读。为《文选》注，敷析渊恰，表上之。……居汴、郑间讲授，诸生四远至，传其业，号"《文选》学"。邕少知名，始善注《文选》，释事而忘意。书成以问邕，邕不敢对，善诘之，邕意欲有所更，善曰："试为我补益之。"邕附事见义，善以其不可夺，故两书并行。

由此可见，唐代"《文选》学"至李善而集其大成。萧统编《文选》原为三十卷，见于《隋书·经籍志》，李善析为六十卷。唯《新唐书》说李邕又有补益本，《四库全书总目提要》以为不可信："今本事义兼释，似为邕所改定。然传称善注《文选》在显庆中，与今本所载进表题为显庆三年（658）者合。而《旧唐书·（李）邕传》称天宝五载（746）坐柳勣事杖杀，年七十余，上距显庆三年凡八十九年。是时邕尚未生，安得有助善注书之事？且自天宝五载上推七十余年，当在高宗总章咸亨年间，而《旧（唐）书》称善《文选》之学受之曹宪，计在隋末，年已弱冠。至生邕时，当七十余岁，亦决无伏生之寿，待其长而著书。考李匡乂《资暇录》曰：李氏《文选》有初注成者，有复注，有三注、四注者。当时旋被传写，其绝笔之本皆释音训义，注解甚多。是善之定本，本事义兼释，不由于邕。匡乂唐人，时代相近，其言当必有征。"

李邕是否补益过善注《文选》，除《四库提要》外，现在学术界仍有论争（参见王令《李邕补益〈文选〉注说志疑》，载《文学遗产》1991年第2期）。这里暂且略而不论。我们从上述引证中可以注意到一个不能忽视的事实，即《新唐书》及李济翁《资暇录》并提到李善注《文选》

在唐代不只有一种版本流传。由于有初注、二注乃至三注、四注之别，在唐代流传的诸本善注《文选》，所据不一定都是善注定本，所以，异文一定不在少数。问题的复杂性还在于，到了盛唐时期，"选学"更受重视，杜甫就曾告诫过他的儿子要"精熟文选理"。《朝野佥载》还曾记载："唐国子监助教张简，河南缑氏人也，曾为乡学讲《文选》。"《朝野佥载》的作者张鷟卒于开元年间。可知张简"为乡学讲《文选》"当是"文选学"兴盛后的高宗以至玄宗年间的事。这段记载说明，在唐朝，《文选》不只为上层士大夫所必读，就连乡学亦立有专科。"选学"在唐朝的普及情况，由此可见一斑。李善注《文选》详于典章制度及名物训诂的考释，字句的疏通可能有所不及。因此，当时学术界自然会提出对于新注本的要求。《大唐新语》卷九载："开元中，中书令萧嵩以《文选》是先代旧业，欲注释之，奏请左补阙王智明、金吾卫佐李玄成、进士陈居等注《文选》。先是，东宫卫佐冯光震入院校《文选》，兼复注释。解'蹲鸱'云：'今之芋子，即是着毛萝卜。'院中学士向廷之、萧嵩抚掌大笑。智明等学术非深，素无修撰之艺。其后或迁，功竟不就。"但是，另一新注本，即吕延济、刘良、吕向、张铣、李周翰等五臣注本却保留下来了。吕延祚《进五臣集注文选表》评价李善注说："往有李善，时谓宿儒，推而传之，成六十卷，忽发章句，是征载籍，述作之由，何尝措翰？使复精核注引，则陷入末学，质访指趣，则肖然旧文。只谓搅心，胡为析理？臣惩其若是，志为训释。"从此以后，五臣注与李善注并行。在宋代以前，不管是李善注，还是五臣注，都只有抄本传承，在传抄过程中，无意抄错或有意增删几乎是一种必然现象。试看红学界关于脂砚斋不同抄本的研究，就可以理解。以后例先，当出同理。由此甚至可以推想，李善注和五臣注在抄本流传过程中，相互混易的现象在唐代恐怕就已经出现了。

引用这些人所熟悉的材料，是想说明在北宋初年第一个李善注本刊刻之前，各种善注《文选》传本在体例、内容等方面不一定完全相同；就是刻本出现以后，他本也不一定全废，不能否认其他善注传本在北宋以至南宋初年流传的可能。晁公武在《郡斋读书志》中记载："苏子瞻尝读善注而嘉之，故近世复行。"说明李善注《文选》在北宋前期依然流行。《郡斋读书志》《直斋书录解题》等书目并著录有李善所注《文选》六十卷，他们并没有注明所依据的善注是国子监刻本还是其他传本。因此，我们不能武断地确定北宋流行的善注就一定都是官方刻本。

## 三 尤刻当别有所据

如果上述推测可以成立的话，那么，我们似乎就有必要对北宋国子监刻本、尤袤刻本及六臣注本做些比较，大体考察一下这几种版本的渊源关系。这样，有些问题（比如"感甄说"等）也就比较容易得到一些合乎情理的解释。

北宋国子监刻本原为六十卷，国家图书馆收藏二十四卷（包括残卷）。幸而《洛神赋》完整保存，为我们提供了足资比较的文献资料。

下面仅举数例，尝鼎一脔，窥豹一斑，弥足珍贵。

1．"黄初三年，余朝京师，还济洛川"

尤本："黄初，文帝年号。京师，洛阳也。洛川，洛水之川也。洛水出洛山。济，渡也。"

国子监本、明州本、赣州本、中华书局影印宋本（以下简称中华本）均无此注。

2．"腰如约素"

尤本作"约"。赣本、中华本并于"约"下有注："善本作束。"检国子监本正作"束"。李善注曰："《登徒子好色赋》曰：腰如束素。束素，约素，谓圆也。"知"束"字为正字。

3．"披罗衣之璀粲兮，珥瑶碧之华琚"

尤本："璀粲，衣声。《山海经》曰：沃人之国，爰有璇瑰。瑶碧，郭璞曰：名玉也。又曰：和山，其上多瑶碧。……"

国子监本、赣州本、中华本："善曰：璀粲，衣声。《山海经》曰：和山其上多瑶碧。……"并无"沃人之国"云云。

4．"攘皓腕于神浒兮，采湍濑之玄芝"

尤本："《尔雅》曰：岸上曰浒。郭璞曰：厓上地也。《毛诗》曰：在河之浒。毛苌曰：浒，水厓也。《〈汉书〉音义》应劭曰：濑，水流沙上也。傅瓒曰：濑，湍也。《本草》曰：黑芝，一名玄芝。"

国子监本："《毛诗》曰：在河之浒。……"

赣州本、中华本："善曰：《毛诗》曰：在河之浒。毛苌曰：浒，水涯也。《本草》曰：黑芝，一名玄芝。"注释为略。

5."感交甫之弃言兮，怅犹豫而狐疑"

尤本："《神仙传》曰：切仙一出游于江滨，逢郑交甫。交甫不知何人也，目而挑之，女遂解佩与之。交甫行数步，空怀无佩，女亦不见。《尔雅》曰：……"

国子监本："交甫已见《江赋》。《尔雅》曰：……"

赣州本、中华本："善曰：《韩诗外传》曰：郑交甫尊彼汉皋，台下遇二女，与言曰：愿请子之佩。二女与交甫。交甫受而怀之，超然而去十步，循探之，即亡矣。回顾二女亦亡矣。《尔雅》曰：犹如……"

6."于是越北沚，过南冈，纡素领，回清阳"

尤本："北海鱼非洛川所有，然神仙之川亦有。《尔雅》曰：水中渚曰沚。孔安国《尚书注》曰：山脊曰冈。《毛诗》曰：领如蝤蛴。又曰：有美一人，清阳婉兮。"

国子监本："北海鱼非洛川所有，然神仙之川亦有。《毛诗》曰：领如蝤蛴。又曰：有美一人，清阳晼兮。"

赣州本、中华本："善曰：北海鱼非洛川所有……"下同国子监本。

7."顾望怀愁"

尤本作"愁"字，赣州本、中华本在"愁"字下注："善本作怨。"而国子监本正作"怨"字。

8."揽骓辔以抗策，怅盘桓而不能去"

尤本："《说文》曰：骓，骖驾也。毛苌《诗传》曰：骓骓，行不止之貌。《广雅》曰：盘桓，不进也。"

国子监本、赣州本、中华本在此处均无善注。

经过比较可以看出，尤本善注大多比国子监本及现存六臣注本要详尽。不仅《洛神赋》如此，其他篇目也是这样。比如陆机《文赋》序题解，尤本："臧荣绪《晋书》曰：机字士衡，吴郡人。祖逊，吴丞相。父抗，吴大司马。机少袭领父兵为牙门将，年二十而吴亡。退临旧里，与弟云勤学积十一年，誉流京华，声溢四表，被征为太子洗马，与弟云俱入洛。司徒张华素重其名，旧相识以文，华呈天才绮练，当时独绝，新声妙句，系踵张蔡。机妙解情理，心识文体，故作《文赋》。"而明州本、赣州本、中华本则很简单："善曰：臧荣绪《晋书》曰：陆机妙解情理，心识文体，作《文赋》。"又，"窃有以得其用心"，尤本善注："作，谓作文也。用心，言士用心于文。《庄子》尧曰：此吾所用心。"而明州、赣州及中华六臣注本仅引"《庄子》曰"云云。又，"妍蚩好恶可得而言"下尤本善注有"文之好恶可得而言论也"。"每自属文尤见其情"下尤本善注又有"士衡自言，每属文，甚见为文之情"。又，"因论作文之利害所由"下尤本善注有"利害由好恶"。又，"它日殆可谓曲尽其妙"下尤本善注有"言既作此《文赋》，它日而观之，近谓委曲尽文之妙理"。又，"至于操斧伐柯，虽取则不远"下尤本善注有"此喻见古人之法不远……。伐柯必用其柯，大小长短，近取法于柯，谓不远也"。又，"若夫随手之变"下尤本善注有"文之随手变改，则不可以辞逮也"。又，"盖所能言者具于此云"下尤本善注有"盖所言文之体者，具此赋之言"。又，"伫中区以玄览"句下尤本善注有"《〈汉书〉音义》张晏曰：伫，久俟待也。中区，区中也。《字书》曰：玄，幽远也"。又，"遵四时以叹逝"二句下尤本善注有"遵，循也，循四时而叹其逝往之事，览视万物盛衰而思虑纷纭也"。又，"悲落叶于劲秋"二句下尤本善注有"秋暮衰落，故悲；春条敷畅，故喜也"。如此等等，其例甚夥，不胜枚举。这些善注在明州本、赣州本、中华本中均付之阙如。这一事实至少说明，尤袤刻本不是从现存的六臣注本辑出的，否则不会相差这么多。[①]

回过头来再看《洛神赋》尤本题解，"记曰"云云在其他注本中确实没有，但是根据上述例证来推断，它不可能是尤袤所加。如果硬说是尤袤

---

[①] 黄侃《〈文选〉平点》认为《文选》所收《文赋注》多非李善注，上海古籍出版社1985年版。

所加，那么上述与六臣注本不同的李善注都是尤袤所加吗？如果真是这样，那尤袤刻本确实不值一提了。问题是，证据呢？《四库全书总目》说尤本系从六臣注本辑出，是哪部六臣注呢？四库馆臣并没有拿出论据，从现存的六臣注本中实在得不出这个结论。至于《四库全书总目》中所说汲古阁刻李善注本卷二十五陆云《答兄机诗》《答张士然诗》中有五臣注痕迹，便推断尤本是从六臣注中辑出。但是这里是有问题的。因仅仅根据一部明本来推断尤袤刻本的来源，这在论证方法上至少是不严密的。尽管汲古阁本号称从宋本校正，唯不知所据是何宋本。北京图书馆藏有尤袤刻本的早期印本，就没有四库馆臣所说的五臣注的痕迹。退一步说，就是尤刻善注确有五臣注的痕迹，也不能仅仅据此就推断说尤本一定出自六臣注。如上所述，即便在唐五代时也不能排除李善注与五臣注相互混易的可能。还是以曹植《洛神赋》为例，在"曹子建"名下，国子监本无注。台湾"中央图书馆"所藏陈八郎五臣注本注："《魏志》云：曹植字子建，魏武帝第三子也。初封东阿王，后改封雍丘王，死谥曰陈思王。洛神，谓伏羲氏之女，溺于洛水为神也。植有所感托而赋焉。"韩国汉城大学所藏奎章阁本亦同此注。明州本、赣州本、中华本等均有此注，大同小异，而且这三种版本并有"翰曰"二字。说明李周翰所注，这没有问题。值得注意的是，明州本在这个注下又有"善注同"三字。明州本是五臣注在前，李善注在后，因为五臣注已有，所以略去李善注。问题是，从时间上说，李善注早于五臣，既然已经有李善注，何以五臣依然叠床架屋而又重注呢？这在情理上说不过去。所以我认为，这里的李善注和五臣注早就有所混易。

对于《洛神赋》李善注的校读，我们还发现了一个事实，即现存的六臣注《文选》中的李善注与北宋国子监刻本的李善注基本相近，说明它们可能是同一版本系统。而从上文的引证来看，尤袤刻本则与此有所不同。对此，日本著名汉学家斯波六郎先生在其长篇论文《文选诸本的研究》[1]有过解释。一方面，他确信四库馆臣的考论，认为"尤本从它所据底本原

---

[1] 见《广岛文理大学内斯波博士退官纪念事业会》，1975年。译文收在郑州大学古籍所编《中外〈文选〉学论集》中，题作《对〈文选〉各种版本的研究》，戴燕译，中华书局1998年版，第866、870页。

为六臣注本的注中抽取了李善注,所以令人怀疑到它决非以李善单注本为底本,并加进了尤氏自己的雠校"。另一方面,他也承认在尤袤的时代"尚存其他善本,尤本曾以它们参校"。这种解释颇有令人费解之处。既然当时还有李善注的单行本在流传,尤袤完全有理由据以校刻,六臣注本可以作为参校本,他何必多此一举,还要从六臣注本中辑出李善注呢?这种解释还存在着比较明显的矛盾,于是,森野繁夫先生又另辟蹊径。他仔细比较了尤袤刻本和《文选集注》的异同,认为尤袤刻本不是从六臣注本中辑出的,而是"对《集注》本李善注补充订正、加工而成的"①。这种解释较之传统的看法确又进了一步,但是仍然对李善注的单行本表示怀疑。这种怀疑当然有理由存在,不过又说尤袤刻本出自《文选集注》,似乎又过于绝对了。《文选》李善注本传世毕竟已有1000多年了,许多资料早已散失,无迹可寻。仅仅根据现存极有限的材料考定排比,用以确定不同版本之间的必然联系,比如说甲一定出于乙,事实上是相当困难的。在这种情况下,我个人认为,与其抵牾枘凿地为尤袤刻本寻根探源,还不如笼统地说,尤本当别有所据。至于所据之本,至少不是现存的北宋国子监刻本,不是六臣注本。它应当是唐代以来流传的另一版本系统。

《文学遗产》1994 年第 3 期

---

① 《关于〈文选〉李善注——〈集注〉本李善注和刊本李善注的关系》,原载日本《中国学会报》31,1979 年。段书伟译文收入《中外〈文选〉学论集》,中华书局1998年版,第1012页。

# 段玉裁《文选》研究平议

## 小 引

段玉裁（1735—1815），字若膺，号懋堂，金坛人。生当清代乾嘉学术兴盛之世，同时也是朴学鼎盛的中坚力量。后人言小学则"段、王"比肩，论古韵则"戴、段"并称，治《说文解字》则"桂、段"驰誉。言治《文选》，近代《选》学名家李审言则将段玉裁、王念孙、顾千里、阮元视为清代"《选》学四君子"。[①]

其平生著述三十余种，[②] 早年作《六书音韵表》《诗经小学》《诗经韵谱》《周礼汉读考》《古文尚书撰异》《说文解字读》《汲古阁说文订》等，后积十余年之力，完成最负盛名的《说文解字注》三十卷。[③] 阮元指出，段玉裁的研究，对于后世影响最大的有三个方面：言古音一也；言《说文》二也；汉读考三也。[④] 事实上，段玉裁的学术业绩远不止于此。

段氏精小学，亦以能"通"而著称。钱大昕见其《诗经韵谱》，叹为

---

① 近代李审言不满张之洞《书目答问》所列《选》学家，认为"或诗文略摹《选》体，或涉猎仅窥一孔，未足名学。余为汰去之，而补入段懋堂、王怀祖、顾千里、阮文达。此四君子乃真治《文选》学者。若徐攀凤、梁章钜亦可食庑下也"。详见《李审言文集》上册，江苏古籍出版社 1989 年版，第 548 页。

② 刘盼遂：《段玉裁先生年谱》附《先生著述考略》，见《刘盼遂文集》，北京师范大学出版社 2002 年版，第 398 页。

③ 王国维曰："平生于小学最服膺懋堂先生，以为许洨长后一人也。"见《王国维遗书》卷首插图页，上海古籍出版社 1983 年版。

④ 阮元：《汉读考周礼六卷序》，《揅经室集》一集卷十一，中华书局 1993 年版，第 241 页。又见赵尔巽等撰《清史稿》第四百八十一卷《儒林传·段玉裁传》，中华书局 1977 年版，第 13202 页。

"通人之论";① 段氏卒后,王念孙谓弟子陈奂曰:"若膺死,天下遂无读书人矣。"② 不称其为专门之家,而许为"读书人",特别欣赏其"通学"。清人崇尚实学,小学被视作通达一切学问的阶梯。反过来,若欲精通小学,又必须融会贯通、博及四部。所谓博而能约,邃而能通,实非区区字学所能概括。

"《文选》学"作为段氏通学之一端,也被视作"有功于来学"。朱右曾《〈文选〉笺证序》说:"国朝硕儒辈出,实事求是,嘉庆以来,爰有即文字音声以通诂训,旁推侧证,为前儒所未及者。若高邮王氏,金坛段氏,指趣不同,其有功于来学一也。"③ 梁章钜作《〈文选〉旁证》,"所据校本,何义门、陈少章、余仲林、段懋堂四家之说最多"。④ 胡绍煐作《〈文选〉笺证》,"惟王氏段氏,独辟畦径,由音求义,即义准音,能发前人所未发。虽仅数十条,而考核精详,直驾千古。《文选》之学,醇乎备矣。绍煐涉猎《文选》,即窥此秘"。⑤ 其影响于后世《文选》研究,于此可见一斑。

从历史角度看,《文选》所收名篇及后代的校勘注释,皆与传统小学同源共流。阮元说:"汉之相如、子云,无不深通古文雅训。至隋时,曹宪在江淮间,其道大明。马扬之学,传于《文选》。故曹宪既精雅训,又精《选》学,传于一郡,公孙罗等皆有《选》注,至李善集其成。"⑥ 清代小学研究日渐深入之际,学界对于《文选》的文献、价值,有了更为广泛的共识,甚至视为"经史之鼓吹,声音训诂之键钥,诸子百家之检度,

---

① 钱大昕:《潜研堂文集》卷三十三,《四部丛刊初编集部别集类》,第1846册,上海书店1989年版。
② 赵尔巽等撰:《清史稿》第四百八十一卷《儒林传·段玉裁传》,第13202页。
③ 朱右曾:《〈文选〉笺证序》,宋志英等编辑《〈文选〉研究文献辑刊》第55册,国家图书馆出版社2013年影印,第5页。
④ 梁章钜:《〈文选〉旁证》,凡例,清光绪八年(1882)刻本。宋志英等编辑《〈文选〉研究文献辑刊》第51册,国家图书馆出版社2013年影印,第9页。
⑤ 胡绍煐:《〈文选〉笺证》自序,宋志英等编《〈文选〉研究文献辑刊》第55册,国家图书馆出版社2013年影印,第13页。
⑥ 阮元:《扬州隋文选楼记》,《揅经室集》二集卷二,中华书局1993年版,第388页。

遗文坠简之渊薮"。① 清代一流学者，几乎都要涉猎《文选》学。段氏植根小学而旁通《选》学，自不例外。

## 一　从段玉裁与顾千里的《文选》论争说起

段玉裁一生中曾卷入两次较大的学术论争，其中与顾千里的论争虽以《礼记》中的一字之是非开始，后则发展到《文选》学领域。

嘉庆十四年（1809），顾千里代胡克家校勘《重刻宋淳熙本〈文选〉》，并作《〈文选〉考异》。段玉裁写信给陈鳣批评《〈文选〉考异》说："借阅《〈文选〉考异》，是非皆意必之谈，其谓尤延之所增改，尤多不确，今略为足下言之。"② 又有《吴都赋蕉葛竹越解》《与诸同志论校书之难》等文，指出顾千里校勘《文选》中出现的内容和方法问题。顾千里也有《与陈仲鱼孝廉书》曰："近段大令又掊击果泉先生《文选序》用毋昭裔镂板事，以载《五代史补》一语为杜撰。"③ 从其语气看，除了我们今天所能看到的记载，事件的背后仍有不少实际交锋。

围绕《文选》若干重要问题，段、顾二人的争执亦颇激烈。顾千里《〈文选〉考异》每每断言"尤延之所增改"，段玉裁就认为多有不确。《文选》卷十七《文赋》"故踸踔于短垣，放庸音以足曲"句，尤袤本李善注作："《广雅》曰：踸踔，无常也。今人以不定为踸踔，不定亦无常也。《庄子》曰：夔谓蚿曰：吾以一足踸踔而行，尔无如矣。谓脚长短也。踸，敕甚切。踔，敕角切。《国语》曰：有短垣，君不逾。《尔雅》曰：庸，常也。"顾千里《考异》称："袁本、茶陵本'垣'作'韵'，不著校语，案注中短垣语二本亦无之，恐尤改，未必是也。"④ 按顾氏之意，李善原本当作"韵"，今作"垣"，乃尤延之所改；注中"短垣"语为尤袤添加。段玉裁则针锋相对，举出十多条证据，从四个方面驳斥顾千里。第

---

① 顾千里：《〈文选〉六十卷校宋本跋》，王欣夫辑《顾千里集》卷二十三，中华书局2007年版，第372页。
② 段玉裁：《与陈仲鱼书》，《经韵楼集》卷十二，上海古籍出版社2008年版，第337页。
③ 顾千里：《与陈仲鱼孝廉书》，《顾千里集》卷七，第123页。
④ 胡克家刻：《文选》，唐李善注，中华书局1977年版，第895页。

一，从音韵学方面来说，"延之即改字，亦当不过音同形异者耳，何敢突改正文'短韵'为'短垣'"？第二，从《国语》版本方面来说，"'《国语》曰'九字，倘谓古本所无，故袁、茶陵本无之，然则竟是延之硬添此九字，虽妄，不至此"。如果"改正文为'垣'，而以《国语》'短垣'为之注，虽天下大妄人，亦不至此"。"考《国语》各本，皆作'君有短垣而自逾之'，果是延之伪注，则所引亦当同，不应乖异。"第三，从《文赋》上文文意来说，"'蹉跎'，谓脚长短也，'短垣'，可云踟蹰不进，不得施于短韵"。"赋上文既云'或托言于短韵'，此不应又曰'于短韵'，是写书者涉上文而误耳。而尤本独得之。""袁、茶陵二本殆其所据赋本作'短韵'，浅人因删此注九字。""汲古阁正文作'韵'，而注有此九字，较胜于袁、茶陵本。"第四，从钱谦益所见古本来说，"钱牧翁为吴梅村作文集序，用'蹉跎短垣'，是其所据乃古本"。① 他又举宋刻《二陆集》亦作"短垣"。断定"尤之被诬矣"。此论气势滔滔，辩驳有力。初唐陆柬之《文赋》、北宋本、尤袤本李善注《文选》、明仿宋刻《二陆集》作"垣"，宋绍兴本《陆士衡集》②《文镜秘府论》引、台湾藏杨守敬搜集日本古抄本《文选》、陈八郎本、朝鲜正德本、奎章阁本并作"韵"。五臣吕延济注有"短韵，小篇也"之语。据此在尤袤本之前各本就已有"垣""韵"之歧异，而非尤袤所改，明矣！从敦煌本李善注《西京赋》、北宋本李善注、尤袤本李善注的比较看，顾千里《〈文选〉考异》指出的十七处"尤改""尤添"或"尤删""尤衍"等语，其中仅五条可据北宋本或敦煌本证推断或为尤袤所改，或别有所据。其中十条与北宋本或者敦煌本相同，非尤袤改。从这个比例看出，段玉裁在版本不足的情况下，旁罗参证，抉摘幽微，认为顾千里所谓"尤袤改"等判断，并不符合实情。这些看法，发覆决疑，颇中肯綮。

当然，李善注中的"《国语》曰有短垣君不逾"九字，北宋本李善注、宋刊明州本、赣州本以及所据底本较早的奎章阁本也没有。不仅无此九字，《文赋》一篇中，尤袤本李善注较奎章阁本李善注增注多达六十余

---

① 段玉裁：《与陈仲鱼书》，《经韵楼集》卷十二，第337—338页。
② 陆心源：《群书校补》卷六十七《陆士衡集》，清同治光绪年间归安陆氏潜园总集本。

处。通观《文选》，尤袤本这样集中的增注亦不少见。但从目前能掌握的材料看，这九个字以及众多的增注是尤袤所加，还是他所根据的底本就有，遽下判断，尚嫌证据不足。

前引顾千里《与陈仲鱼孝廉书》"近段大令又掊击果泉先生《文选序》用毋昭裔镂板事，以载《五代史补》一语为杜撰"。这里所说的果泉先生《文选序》指署名胡克家的《重刻宋淳熙本〈文选〉序》，实出顾千里之手。对于段玉裁的指责，顾千里断然不能接受。他在信中说："大令素于小学类外多不寓目，只缘抵巇捭阖之心甚锐，偶闻何许人谈此云云，遂居为奇货，竟不遑查检仲言元书，逢人便说，冀得其当，而安计此序下笔精严，无一字无来历哉？"① 段之原话今已不可见，只能凭顾千里转语。先不说顾千里此段话中抑人扬我的刻薄语气，单就其立说看，确实存在些问题。首先，《序》原话说的"《文选》于孟蜀时，毋昭裔已为镂板，载《五代史补》"。② 然《五代史补》一书已佚，此语出自《挥麈余话》卷二，文曰："毋丘俭贫贱时，尝借《文选》于交游间，其人有难色。发愤异日若贵，当板以镂之遗学者。后仕王蜀为宰，遂践其言刊之。印行书籍，创见于此。事载陶岳《五代史补》。后唐平蜀，明宗命太学博士李锷书五经，仿其制作，刊板于国子监，监中印书之始。"这一条所言多误，已为前贤指出，如"毋丘俭当作毋昭裔"，"今传本《五代史补》无此条"，③ 李锷亦乃李鹗之误。④《挥麈余话》一书，本为王明清所著系列笔记小说（《挥麈前录》四卷，《后录》十一卷，《三录》三卷，《余话》二卷）的最后一部。《前录》卷四末有明清识语曰："居多暇日，有亲朋来过相与晤言，可纪者归考其实而笔录之，随手盈秩，不忍弃去，遂名之曰《挥麈录》，非所以为书也，长至日明清识。"⑤ 此《余话》尤其未明作年。⑥ 此书自《直斋书录解题》《四库全书》皆入子部小说家类，可见其

---

① 顾千里：《与陈仲鱼孝廉书》，《顾千里集》卷七，第123页。
② 胡克家刻：《文选》序，第1页。
③ 屈守元：《〈文选〉传本举要五臣注三十卷本》，《〈昭明文选〉杂述及选讲》，天津古籍出版社1988年版，第36页。
④ 叶德辉：《书林清话》卷一，观古堂本1920年版。
⑤ 王明清：《挥麈余话》卷二，《津逮秘书》收毛晋汲古阁本，见丛书集成初编第2770册。
⑥ 详见余嘉锡《四库提要辨证》子部小说家类，中华书局1980年版，第1085页。

性质，陈振孙称所记乃"故家传闻、前言往行多所忆"。① 因此，无论从《五代史补》看，还是从引《五代史补》的《挥麈余话》看，关于这条《文选》最早镂板的记载都需要审慎地推敲。然顾千里说："《序》全取《挥麈余录》，乃王明清目验彼时《五代史补》而云然，乌得云杜撰耶？"亦过于自信并轻信。段玉裁之所以指出《五代史补》的问题，其出发点和落脚点都没有局限在毋昭裔镂板一事的真伪辨析上，而是要通过这样一个问题，表达他对于史料甄别、使用方面的重要看法。

段、顾论争的起因存在着诸多复杂的因素，也不乏意气用事。但涉及《文选》学领域，问题讨论的背后，可以看出段玉裁关于整理、校勘《文选》所应持有的态度、方法的鲜明立场，即大家所面对几乎同样资料的前提下，如何审慎地依据文本，通过科学严密的方法，获得相对可靠的论断。这一点，也许正是段、顾分野之所在。

## 二　段玉裁关于《文选》研究的理念

段玉裁师承戴震，与王念孙同门，相互切磋砥砺，互有发明，实为理念和方法产生的学术土壤。况且段氏作为小学名家的《文选》研究，又是其整体学术系统的一个部分，而并非简单地就《文选》论《文选》。由此也便显示出其在《文选》研究方面的鲜明特色、锐利眼光和宽广的学术关联。综合来看，段氏的《文选》研究理念显然是经过精心考虑和潜心建构的成果，具体表现在如下几个方面。

### （一）古音韵学的特定视角

段氏师承戴震，在古音学领域推陈出新，通过对《诗经》古音的归纳，提出古音分十七部之说，又有音韵随时代迁移说、古音义说、古假借必同部说、古转注同部说、古四声说等论点，皆为寻求《诗经》时代的古音而发。但同时也以历史的眼光区分古音韵的时代差异，继而关注汉魏以下直至六朝的古音韵。

---

① 陈振孙：《直斋书录解题》卷十一子部小说家类，上海古籍出版社1987年版，第343页。

他论音韵随时代迁移说："音韵之不同，必论其世，约而言之，唐虞夏商周秦汉初为一时，汉武帝后洎汉末为一时，魏晋宋齐梁陈隋为一时，古人之文具在，凡音转音变四声，其迁移之时代皆可寻究。"① 强调音韵的时代性，提出古韵"支佳一部，脂微齐皆灰一部，之哈一部，汉人犹未尝淆借通用。晋宋而后少有出入。迄乎唐之功令支与脂之同用，佳与皆同用，灰与哈同用。于是古之截然为三者，罕复知之"②。如说："凡群经有韵之文及楚骚、诸子、秦汉六朝词章所用，皆分别谨严，随举一章数句，无不可证。"③

又论古有四声说："古四声不同今韵，犹古本音不同今韵也。考周秦汉初之文，有平上入而无去，洎乎魏晋上入声多转而为去声，平声多转而为仄声，于是乎四声大备而与古不侔。"从音韵学的角度看，四声的辨析，确实始于汉魏时期，《文选》班固《西都赋》，左思《蜀都赋》《吴都赋》《魏都赋》，郭璞《江赋》，江淹《拟谢法曹》等可见四声应用的情况。但是，四声，是汉语固有的传统，不是永明之后才有的语言现象。据此指出："或谓四声起于永明，其说非也。永明文章沈约、谢朓、王融辈始用四声，以为新变。五字之中，音韵悉异。一句之内，角徵不同。梁武帝不好焉，而问周捨曰：何谓四声。捨曰：天子圣哲是也。谓如以此四字成句，是即行文四声谐协之旨，非多文如梁武帝，不知平上去入为何物，而舍以此四字代平上去入也。取《宋书·谢灵运传论》及《南史·沈约》《庾肩吾》《陆厥传》《梁书·王筠传》，读之自明。"④ 其意谓沈约四声说的提出并不意味着中国到了齐梁时期才有四声，而是齐梁诗人将四声的辨析方法应用到诗律的写作中。这个观点是对的。

《文选》学的兴起，乃以隋代萧该、曹宪的音义之学为代表。然而，单纯的《文选》古音韵学的研究，直到清代才有少量的相关成果。段玉裁的古音韵方法，的确为这一方向的深入研究提供了理念的范例。

---

① 段玉裁：《六书音韵表》，《说文解字注》附录，上海古籍出版社1981年版，第816页。
② 徐世昌：《清儒学案》卷九十一，北京文楷斋刻1939年版。
③ 段玉裁：《六书音韵表》，《说文解字注》附录。
④ 段玉裁：《六书音韵表》，《说文解字注》附录。

### （二）综合音、形、义而求其本

凡异文如假借、正俗、讹误、古今等字形异变之类，皆以音、形、义综合考察而求其本音、本字、本义。钱大昕在段玉裁《诗经韵谱》序中说："古人以音载义，后人区音与义而二之。声音之不通，而空谈义理，吾未见其精于义也。此书出将使海内说经之家奉为圭臬。而因文字声音以求训诂，古文之兴有日矣，岂独以存古音而已哉。"① 指出段氏"因声求义"以解古经典，正为重新理解古文本义的密钥，具有重要的方法论意义。

段玉裁、阮元、王念孙也都有关于这种方法的详尽阐述。如段玉裁说："小学有形、有音、有义，三者互相求，举一可得其二；有古形、有今形，有古音、有今音，有古义、有今义，六者互相求，举一可得其五。""圣人之制字，有义而后有音，有音而后有形；学者之考字，因形以得其音，因音以得其义。"② 阮元曰："其说《说文》也，谓《说文》五百四十部，次第以形相联，每部之中次第以义相属，每字之下，兼说其古义、古形、古音。训释者，古义也；象某形，从某某声者，古形也；云某声，云读若某者，古音也。三者合而一，篆乃完也。"③ 在段氏之学受到顾千里等质疑之时，王念孙则明确地给段玉裁强有力的支持。他为段玉裁《说文解字注》作序时强调的也正是这一点："正义借义知其典要，观其会通，而引经与今本异者，不以本字废借字，不以借字易本字。揆诸经义，例以本书，若合符节，而训诂之道大明。训诂、声音明而小学明，小学明而经学明，盖千七百年来无此作矣。若夫辨点画之正俗，察篆隶之繇省，沾沾自谓得之，而于转注假借之通例，茫乎未之有闻，是知有文字而不知有声音训诂也。其视若膺之学，浅深相去为何如邪？"④ 只知有目录版本，而不知声韵训诂之学，则为浅学。言下之意，段玉裁乃真学问。其实段玉裁能从先秦的经典文献中归纳出文字的音与形、义的变迁规律，并以此考察《说

---

① 钱大昕：《潜研堂文集》卷二十四，《四部丛刊初编集部别集类》，上海书店1989年版。
② 段玉裁：《王怀祖〈广雅注〉序》，《经韵楼集》卷八，第187页。
③ 阮元：《汉读考周礼六卷序》，《揅经室集》一集卷十一，第241页。
④ 王念孙：《〈说文解字注〉序》，上海古籍出版社1981年影印本卷首。

文解字》本字本义，这是他深受学界认可推崇的重要方面。章太炎说："前人讲《说文》不甚好，因为仅讲形体，段玉裁出，始将声音、训诂、形体三者合讲，其《说文解字注》，虽有改字及增删之病，然大体实甚精当。"① 其实，不仅以之讲《说文》，这也是段、王学中校读《文选》的根本方法。《西京赋》有"展季桑门，谁能不营"二句，营，北宋本、尤袤本李善注引《说文解字》作"惑"解，而五臣作"经营"讲。《说文解字·目部》段注曰：瞥、惑双声字。《淮南鸿烈》、《汉书》皆假"营"为"瞥"，高诱注每云："营，惑也。"不误。小颜多拘牵"营"字本义训为回绕，非也。营行而瞥废。按：从上下文看，展季、桑门亦非"经营"，五臣不明通假，仅从借义理解，其误显然。

**（三）抽绎义例以统摄校勘**

凡校勘之先，首明本书义例，进而统摄全书，如段氏曰："汉人作注，于字发疑正读，其例有三：一曰读如、读若，二曰读为、读曰，三曰当为。"② 又"不曰读若，而曰与同者，其音义皆取，而读若则但言其音而已"（《说文解字·车部》"范"字下注）。具体而言，即汉代学者在注释古书时，凡用到读如、读若，均表示注音。因当时没有反切，故用此方法；凡用读为、读曰，均表示同音通假，所谓"易之以音相近之字，故为变化之词"。凡用"当为"，则表示误字，因声近形近而致误，故定为字之误而改其字；凡某与某同，则音义皆同。以此义例观照，后世传本中经常会出现误改的情况。如段氏举《文选》例曰："《西京赋》乌获扛鼎，李善注曰：《说文》：扛，横关对举也。𢫦与扛同；《吴都赋》览将帅之攈勇。李注《毛诗》曰：无拳无勇。攈与拳同。今本正文作'扛'与'拳'。注又讹舛而不可通。已上诸条皆因先用注说改正文，嗣又用已改之正文改注。"③ 今敦煌本《西京赋》本作"𢫦"字，说明李善原本不误。而后世传本见李善注中"𢫦与扛同""攈与拳同"之语而误改。以一凡例

---

① 章太炎：《清代学术之系统》，《中国近三百年学术史论》，章太炎、刘师培等撰，上海古籍出版社2006年版，第32页。
② 段玉裁：《周礼汉读考序》，《经韵楼集》卷二，第24页。
③ 段玉裁：《某读为某误易说》，《经韵楼集》卷二，第27页。

统摄，则此类情况自可以少总多。若此类义例，虽只寥寥数语，然却非有若干岁月之沉潜静思者，不可抽绎而出。

**（四）"还许于许，还郑于郑"的历史观念**

自孟子倡导"以意逆志"说，历来校读古书者，很容易用当代的认识或者自己的意思去揣摩古人，误读也随之而生。段玉裁研究《说文解字》《诗经》《周礼》，秉持还原古音、古义、古说的理念，但又不是一味复古，而是通过具体的时代语境还原说者原意。汉人的归汉，唐人的归唐，许慎的归许慎，郑玄的归郑玄。《诗经·鲁颂》"新庙奕奕，奚斯所作"，《毛传》："有大夫公子奚斯者作是庙也。"看似毫无疑义。然而《文选·两都赋》中有"皋陶歌虞，奚斯颂鲁"两句，李善注引薛君《韩诗章句》曰："奚斯鲁公子也。言其新庙奕奕然盛，是诗公子奚斯所作也。"从郑笺、颜之推《家训》到颜师古《匡谬正俗》、孔颖达《毛诗正义》都遵从毛传说作"奚斯作庙"，而扬雄《法言》、班固《两都赋序》、王延寿《灵光殿赋》、曹植《承露盘铭》又都从韩诗说而作"奚斯作颂"。古来研究者多以"奚斯作颂"者误，段玉裁撰《奚斯所作解》上、下篇，从《诗》的文例、毛传的体例、郑笺的方法，判断毛传原本当作"有大夫公子奚斯作是诗也"，"诗"字后讹误而作"庙"，毛诗、韩诗原本皆不误，郑笺误解，遂相沿而下。并就郑笺之所以误读，提出多方面的考证。何为古说，何为郑说，何为后世误传，作者条分缕析，援据精博。祝文白作《〈文选〉六臣注订讹》时未见段氏之说，读《两都赋》"奚斯颂鲁"，误辨李注说"奚斯作颂"为误。缪钺来信示以段注，祝文白读后表示："读段氏此文，觉其言均凿凿有据，益信《诗·正义》之说，不尽可凭。遂将此条删去。"[①]

**（五）实事求是基础上的校改**

关于古文献校勘当中，发现所谓的"错误"，"改"还是"不改"？顾

---

[①] 祝文白：《〈文选〉六臣注订讹跋》，《国立浙江大学文学院集刊》第四集，民国三十二年（1943）。《〈文选〉学研究》，国家图书馆出版社 2010 年影印。

千里继承惠栋、江声之学，主张"以不校校之"，认为"书以本愈旧为愈佳"。① 历来校书，流弊多端。所谓"书籍之讹，实由于校，据其所知，改所不知，通人类然，流俗无论矣"。② 他又有贯通古今的学术梦想："准古今通借以指归文字，参累代声韵以区别句逗，经史互载者考其异，专集尚存者证其同，而又旁综四部，杂涉九流，援引者沿流而溯源，已佚者借彼以订此，未必非此学之功臣也。体用博大，自惭谫陋，惧弗克任，姑识其愿于此。"③ 一方面强调校勘不可妄改，另一方面又坚持学术理应在淹博精审基础上做出是非的判断。迄今流行最为广泛的顾千里代胡克家勘订的《文选》，其中有将近六百多处的异文考订，并非都是"不校之校"。

段玉裁就明确指出，"校书之难，非照本改字不讹不漏之难也，定其是非之难"。④ 这是因为，"一书流传既久，彼此乖异，势所必有也。墨守一家，以此攻彼，夫人而自以为能也。而郑君之学，不主于墨守，而主于兼综；不主于兼综，而主于独断。其于经字之当定者，必相其文义之离合，审其音韵之远近，以定众说之是非，而以己说为之补正"。⑤ 强调不墨守、敢于识断的重要性。同时他也认为"古书之坏于不校者固多，坏于校者尤多。坏于不校者，以校治之；坏于校者，久且不可治"。⑥ 主张不可妄断、臆断、妄改。

总体上说，无论哪派，清代学者在大方向上还是一致的，完全泥古墨守，固不可取；专断臆说，更不足论。段玉裁始终坚守这样的标准，凡事精核琢磨以求其真是。所谓"凡著书者，将以求其是而已"，"然而所谓是者，未必真是"。"天下之真是不易知，不必真是之说转易晓。"⑦ 其说值得深思。

**（六）通学支撑与旁观综理**

正如文章开篇所说，真正的小学更接近于通学。段氏解析字义往往能

---

① 顾千里：《〈逸周书〉十卷校本跋》，《顾千里集》卷十八，第 281 页。
② 顾千里：《〈文苑英华辨正〉十卷校本跋》，《顾千里集》卷二十四，第 376 页。
③ 顾千里：《〈文选〉六十卷校宋本跋》，《顾千里集》卷二十三，第 371 页。
④ 段玉裁：《与诸同志书论校书之难》，《经韵楼集》卷十二，第 332 页。
⑤ 段玉裁：《经义杂记序》，《经韵楼集》卷八，第 188 页。
⑥ 段玉裁：《重刊明道二年国语序》，《经韵楼集》卷八，第 191 页。
⑦ 段玉裁：《左传刊杜序》，《经韵楼集》卷四，第 72 页。

旁通他学，综合校理。当然，最主要的，是以经学、礼制证字。《东京赋》："夫君人者，黈纩塞耳，车中不内顾。""黈纩"二字，薛综注曰"言以黄绵大如丸，悬冠两边当耳，不欲妄闻不急之言也"。李善引"《大戴礼》孔子曰：黈纩塞耳，所以塞聪也"。《说文解字·糸部》"纊，冕冠塞耳者"条下，段氏考证说：纩同纊，绕乃紞字形之误。紞所以悬瑱，瑱所以塞耳。"自紞讹为纩，汉初诸儒不能辨证，《礼纬》《客难》《东京赋》诸书又改作纩，因起薛氏谬说，而吕忱、颜师古从之。用黄绵塞耳，礼之所无。"这是以礼释字范例。

《西京赋》"迾卒清候，武士赫怒"。李善曰："郑玄《礼记注》曰：迾，遮也。迾，旅结切。"迾，各本或作迣，或作烈、列。《东京赋》："火列具举。"列，各本或作"烈"，或作"列"。如此异文，分别涉及《礼记注》、《诗·郑风》毛传，可见其复杂程度。《说文解字》二篇下"辵部"："迾，遮也。""遮，遏也。""遏，止也。""迣，迾也。"段注曰："《周礼》假厉为之。山虞，泽虞，卝人，迹人厉禁。大郑云：遮列守之，是也；《礼记》假列为之。《玉藻》：山泽列而不赋。郑云：列之言遮列也，是也；《汉书》假迣为之。《礼乐志》《鲍宣传》晋灼云：迣，古迾字。是也。《西京赋》：迾卒清候。李引《礼记》注：迾，遮也。此可证《玉藻》注本作：列之言迾遮也。今本误。"又"火部"段曰："《郑风》火烈具举，《传》曰：烈，列也。此谓烈即列之假借字，列者，古迾字也。"比较而言，段注于经典中析出迾之假借作"厉"、作"列"、作"迣"的不同情况，不仅从源头上厘清"迾"之假借，同时对其本字本义，以及经典中运用的正误都有了整体的认识。

段氏关于《文选》校勘的思考亦常常超越字词训释本身，进入历史、文学、博物、地理层面。《说文解字·走部》："趫，善缘木之士也，从走乔声，读若王子蹻。"段注曰："王子蹻盖即王子乔，周灵王太子晋也。又有王乔者，蜀武阳人也。《淮南·齐俗训》：王乔赤诵子。诵同松。师古注《王褒传》侨松云：王侨、赤松子。凡辞赋言乔松者，皆谓王乔，非王子乔。"按《文选》张衡《西京赋》、班固《西都赋》、张衡《思玄赋》所言"松乔"，李善注并释作《列仙传》中的赤松子、王子晋。而孙绰《天台山赋》的"王乔"也同样释作王子晋。依此似乎并未注意到"王乔"、

"王子乔"的分别。

段玉裁之所以比一般的小学学者更重视《文选》，应该也和他本身对于文的通达态度有关。段玉裁七岁开始，父祖课诵读经，十三岁应邑庠生试，可背诵小学、四书、《诗》、《书》、《易》、《周礼》、《礼记》、《春秋左氏传》等。不仅如此，他对古代诗词也相当感兴趣，二十岁时，从同郡精于音律词律的蔡一帆游学。二十三岁时，又以词学受知于沈德潜。由于父亲得莘先生坚持认为："必使以读经为根本。"[1] 他在诗词方面的兴趣基本没有更多的发展。在给外孙龚自珍《怀人馆词》作的序中说："予少时慕为词，词不逮自珍之工。先君子诲之曰：是有害于治经史之性情，为之愈工，去道且愈远。予谨受教，辍弗为。"[2] 然而段玉裁在其小学著作中多引诗文、《文选》，可见其文辞修养。其子段骧少年为诗，有《梅冶轩集》一卷；女儿段训能诗，有《绿窗吟榭诗草》；外孙龚自珍亦多文名，从中也可看出他并不恪守重道统经术而轻文艺的传统理念。

在研究文学作品时，段玉裁对于文体似乎格外关注，如对于"行状"这种文体，他说："宋以前，少为己之父母作文者，惟《泷冈阡表》始著。近人则多为父母作文，而曰行述，或但曰述。本朝诸君子皆然，无曰行状者。前明《归震川集》有先妣事略，《瞿文懿集》有先考行实，皆不曰行状。所以然者，古者行状，皆名人为之，其式多以曾祖父某、祖父某、父某排列于首幅，其用则以申诸史馆，因以上闻议谥，《文苑英华》所载是也。故《韩昌黎集》以表与状与行状，三者类聚为一，非名人不可为之也。所以非名人不可为之者，以蓄道德而能文章，其言乃可信也。故人子所自为，但可云述而已。有述以质于名人，而采其言为之行状，则可以申史馆，书之国史，可以更请名人据状作志铭，以纳于庙，以藏于墓，此其义古今略同。"[3] 详述行述、述、行状、墓志铭之文体的写作传统。又关于"诔"体提出"诔"与"谥"并不同。《说文》曰："诔，谥也。"段注曰"当云所以为谥也。曾子问注曰：诔，絫也。絫列生时行迹，读之

---

[1] 姚鼐：《封文林郎巫山县知县金坛段君墓志铭》，《惜抱轩集文后集》卷七，《惜抱轩全集》，《清代诗文集汇编》第 377 册，上海古籍出版社 2010 年版，第 497 页。
[2] 段玉裁：《怀人馆词序》，《经韵楼集》卷九，第 222 页。
[3] 段玉裁：《与阮芸台书》，《经韵楼集》卷三，第 54 页。

以作谥"(《说文解字·言部》注),解释诔和谥的关系,纠正《说文》文本的不明确处。

综上,段玉裁《文选》研究的方法亦与其整体的知识和思考相关联,其《文选》古音韵学关注视点,综合形、音、义的切入方法,先立义例的操作顺序,还于当下的历史观念,求真求是的校勘原则,以及旁观综理的通达理念,皆为其校勘思想中颇为独到的部分,对后世《文选》学研究启示良多。

## 三　段玉裁《文选》校勘实践成果

梁章钜《〈文选〉旁证》所附《引用各部〈文选〉书目》中列有"段氏评《文选》",盖当时有见段玉裁的《文选》批校本,但是这个版本,今已不得考见。不无庆幸的是,段氏的《说文解字注》及《经韵楼集》、《古文尚书撰异》、《诗经小学》等文献中,就包含不少与《文选》及李善注相关的引证。其中,直接针对《文选》及李善注的重要校勘实践,则主要集中在《说文解字注》《经韵楼集》的相关文字中。还有一些考证,虽然没有明确征引《文选》,但是所论及的内容,多与《文选》有关,如"饰"、"饬"二字古书各本多混,《文选》亦然。《说文解字·力部》"饬,致臤也",段注曰:饬,乃使人或物整束坚致精良,与饰字形相似,但饬在内,饰在外,其义不同;又如:"勖""戮",《说文解字·力部》"勖力,并力也",段注曰:古书多有误作戮者;"濩""护",《说文解字·水部》"濩,雨流溜下皃",段注曰:濩,或假为护,或假为镬。诸如此类,不仅言其然,且言其所以然。段玉裁校读《文选》过程中,采用传统小学的校勘学方法,有效地解决了《文选》学史上的若干重要问题。

**(一)辨析假借**

字多通假,这是唐前古书中普遍存在的现象。若不能辨析何者假借、何者正字,就会发生误读误解。《子虚赋》:"葴析苞荔。"《说文解字·艸部》"苞"字下,段注曰:"当是藨是正字,苞是假借。故《丧服》作藨蔽之菲，《曲礼》作苞履。《南都赋》说艸有蘦，即《子虚赋》之苞也。"《史记》崔骃案、《汉书》颜师古注亦同。故苞字作"艸"讲时应为"蘦"字的假借，读与蘦同。然今本《子虚赋》李善辑张揖注曰："苞，藨也。"李善注曰："苞，音包。""藨，皮表切。""苞"误读作"包"，蘦，误写作"藨"。《东京赋》："结云阁，馆南山。"馆，今《文选》诸本或作"馆"，或作"观"，或作"冠"。《说文解字·食部》段注曰："馆，古假观为之。如《白虎通》引于邰斯观。又引《春秋》筑王姬观于外。沈约《宋书》曰阴馆。《前汉》作观，《后汉》晋作馆。《东观余论》曰：《汉书·郊祀志》作益寿延寿馆，《封禅书》云作益延寿观。《汉书》衍一寿字耳。自唐以前，六朝时，凡今道观，皆谓之某馆，至唐始定谓之观。"此说皆可解诸本异文之惑。

假借的辨析，直接关系到如何看待《文选》文本的不同传承所形成的众多异文以及异说等情况。《鵩鸟赋》："怵迫之徒兮，或趋东西。"[①]《〈史记〉集解》《汉书》颜师古注引孟康说："怵，为利所诱怵也。"颜师古曰："诱訹之訹则音戌。或曰，怵，怵惕也，音丑出反，其义两通。而说者欲改字为訹，盖穿凿耳。"李善注取孟康义，并曰"怵，音戌"。五臣吕延济注笼统而言曰："俗人怵惕而迫利。"据此而推，唐人对此字的解说已有分歧且不能明之处。《说文解字·言部》"訹，诱也"条下，段玉裁注曰："《晋语》里克不郑告公子重耳曰：子盍入乎，吾请为子訹。此假'訹'为'訹'也。《鵩鸟赋》'怵迫之徒兮，或趋西东'，孟康曰：'怵，为利所诱怵。'然此假怵为訹也。"段注厘清了"訹""怵"并为"訹"假借之情形。可知"怵迫之徒"中"怵"乃"诱"之义，更符合贾生原意。

**（二）区分形近字**

《文选》一部分异文的产生，即因形近而误为假借，段氏对此多有精细辨析。《说文解字·衣部》："袭，重衣也。"段注曰："凡古云衣一袭者，皆一袭之假借。袭读如重迭之迭。《文选·王命论》'思有短褐之

---

[①] 此据尤袤本《文选》，其他抄本、五臣本、《史记》、《汉书》并作"或趋西东。"

袭'，李注引《说文》，袭，重衣也。《王命论》本作䄜，李注时不误，浅人妄改《文选》耳。《汉书叙传》作'短褐之䄜'，师古释以亲身之衣，不知为䄜字之误也。古书之难读如此。"段氏区分"袭"、"䄜"二字因形似而致误的情形，具体而微。

再如班固《答宾戏》："方今大汉洒埽群秽，夷险芟荒。"芟，晋灼曰："发，开也。今诸本皆作芟字。"王念孙《读书杂志·余编下》谓当作"发"。"据晋灼注，则正文作'夷险发荒'可知。发者，䇏之借字也。发、䇏声相近，故'䇏'通作'发'。䇏，亦夷也。"王氏所言极是。然而需要思考的是，若"发"为"䇏"的借字，则不可释为"开也"。《说文解字》二篇上"䇏，以足蹋夷艸"，段注曰："发亦䇏之误。"按照段氏的理解，发、䇏二字形近，但义并不同，非假借字，乃别字。二人同时指出"发"本字"䇏"，故此处晋灼释"发，开也"乃误。䇏荒，非开荒，而是将荒秽芜乱夷平之义。于此，段氏没有简单地以假借之说一笔带过，还综合地考虑到音义的关系以及同行的不同解说，可谓后出转精，允为定谳。

**（三）辨析俗讹**

汉魏六朝至隋唐是俗字、讹字大量出现的时期。一部分俗讹，至宋刊本中逐渐被规范字所取代，一部分则取代了正字。今所见敦煌本、日抄本中俗字呈现多样化状态。全面了解各个时代俗字的通行写法，并且熟悉其渐变的一般规律，也是《文选》校勘的一项重要内容。段玉裁曾举例说：《文选》木华《海赋》"决陂潢而相波"，本与下句"壘林峦而崶嶒"为韵。李善注引《说文》："波，灌也。"今《说文》无"波"字，他推断说："俗间妄读拔音。犮声之字不能韵嶒。苟知沃字之俗为波，则知李注引《说文》当作'沃，灌也。'"[①]

再如《文选·古诗十九首》："盈盈一水间，脉脉不得语。"尤袤本"脉脉"，五臣（陈八郎本、朝鲜正德本）作"眽眽"，并注音"莫白"。孙志祖《〈文选〉考异》卷二："《说文》目部眽字注：'目财视也。'徐

---

[①] 段玉裁：《书干禄字书后》，《经韵楼集》卷七，第154—155页。

锴《系传》引古诗：眽眽不得语。"段注则分析曰："𧡪，当依《广韵》作邪，邪当作衺。此与辰部覛音义皆同。𧡪视非其训也。辰者，水之衺流别也。《九思》'目眽眽兮㝢终朝'。注曰：眽眽，视貌也。《古诗十九首》'脉脉不得语'，李引《尔雅》：'脉，相也。郭璞曰：脉脉，谓相视貌。'按今《释诂》无郭注，《释文》曰：覛字又作眽。《五经文字》有眽字。《文选》脉皆系眽之讹。"

潘正叔《赠陆机出为吴王郎中令》："显允陆生，于今尠俦。"尠，陈八郎本、朝鲜正德本作"鲜"。《说文》第二篇下段注："尠者尟之俗"，"尟，本亦作鲜"。

**（四）辨析音同义异字**

《说文解字·艸部》"芧，艸也，从艸予声，可以为绳"，段注曰："《上林赋》'蒋芧青薠'。张揖曰：芧，三棱也。郭璞音杼。按三棱者，苏颂《图经》所谓叶似莎艸极长，茎三棱，如削，高五六尺，茎端开花是也。江苏芦滩中极多，呼为马芧，音同宁。茎可系物，亦可辫之为索。《南都赋》'蔍苎薠莞'，李注引《说文》'苎，可以为索'。盖赋文本作'芧'，《文选·上林赋》亦作'苎'。苎者，芧之别字。"段氏所引《文选》中《南都赋》《上林赋》两篇中"芧"并写作"苎"，然而《史记》《汉书》所收《上林赋》并写作"芧"，可见赋原文并不误，实为《文选》传本之误。又《南都赋》尤袤本作"其原野则有桑漆麻苎，菽麦稷黍"。苎，时雨亭本、宫内厅本、北宋本、陈八郎本、朝鲜正德本、九条本作"纻"。按《说文解字》"纻，䔎属。细者为绖，粗者为纻"，"苎，艸属，可以为绳"。前者是一种可以织布的麻，后者是一种可以编绳的三棱草蔴，虽音同而义异，故可据诸本而正尤袤本之误。

颓、隤二字，《文选》各本多混，《说文解字·秃部》"颓，秃兒"。《阜部》："隤，下队也。"段注曰："《周南》曰：我马虺颓。《释诂》及《毛传》曰：虺颓，病也。秃者病之状也。此与阜部之隤迥别。""隤与颓，音同而义异。如《李陵传》：隤其家声，断不可作颓矣。"

## （五）辨析音近义同字

《东京赋》："璊瑂不蔌。"《说文解字·矛部》："䂩，矛属。"段注曰："引申之义为以矛刺。"故蔌、搦、䂩皆音近而义同。《说文解字·水部》："沆，莽沆，大水也。"段注曰："《西京赋》沧池漭沆，薛云漭沆犹洸潒，亦宽大也。《南都赋》漭沆洋溢，《吴都赋》《海赋》皆云沆瀁，《羽猎赋》云沆茫，义皆同。"又《东京赋》："惠风广被，泽洎幽荒。"广被，九条本作"横被"。时雨亭本、宫内厅本作"广被"，但旁记并曰：善本作"横"。北宋本、尤袤本已改作"广被"，对此段玉裁从音韵的角度提出："《集韵》四十二宕，古旷。《一切》有桄横橫撗扩五字，实是一字，可以证古音古义。"① 后王引之《经义述闻》卷三举证光、桄、广、横四字，字异而声义同，皆"充也"之义，所见竟同；又《文选·七发》注引《吕览》"招譍"作"佁譍"，段注曰："《集韵》六止，佁，至也。《吕氏春秋》佁譍之机，高诱读佁盖与殆、迨音近相假，故曰至也。"②

## （六）辨析古今字形

《说文解字·水部》"淖，水朝宗于海也"下，段注："按：《说文》无涛篆，盖涛即淖之异体。涛，古当音稠。淖者輖声，即舟声。《文选》注引《仓颉》篇：涛，大波也。盖淖者古文，涛者秦字。枚乘《七发》观涛即为观淖。"

《东京赋》："成礼三敺，解罘放麟。"敺，宫内厅本、北宋本、尤袤本亦作"敺"，九条本、《艺文类聚》、陈八郎本、朝鲜正德本作"驱"。九条本旁记曰李善本作"敪"。时雨亭本旁记曰："注曰：敺与驱同，或作敪。"尤袤本正文作"敺（一作驱）"。薛综注曰："《周易》曰：王用三敺，失前禽也。敺与驱同。"按《说文解字》三篇下："敺，捶击物也。"

---

① 段玉裁：《古文尚书撰异》卷一，七叶衍祥堂藏版，见《段玉裁全书》第一册，江苏人民出版社2015年版，第23页。
② 段玉裁：《诗经小学》卷三，道光乙酉抱经堂藏版，见《段玉裁全书》第一册，江苏人民出版社2015年版，第479页。

《广韵》曰：俗作"敱"。宋人编《集韵》，亦将"驱""敱"作通假字看待。段注《说文解字》引唐石经《周礼》"敱鸟鸢""敱疫""敱蛊"皆用此字。驱训马驰，二者非可通假。

**（七）辨传本及作者立说之误**

段玉裁提出今本《文选》陶渊明《归去来辞》"或命巾车，或棹孤舟"，曰："每疑巾车，天子诸侯官也。命巾车，天子诸侯事。山野人乘下泽车，何命巾车之有？岂非不辞乎？既读江文通《杂体诗》拟渊明者，曰'日暮巾柴车，路暗光已夕'，李注引《归去来辞》'或巾柴车'，然后知江诗只用陶辞，而今本陶辞讹谬，本集及《文选》皆然，不知始何人也？"同时又进一步考证曰："《周礼》巾车郑注曰：巾，犹衣也。疏云：谓玉金象革以衣饰其车，故训，巾犹衣也。按此谓未用之先，以衣笼之，如今轿罩。然郑说似未尽。巾，饰也。饰即拂拭字，以巾拂拭而用之也。故刘昌宗音居觐反。左思《吴都赋》：吴王乃巾玉辂。正谓巾之而出猎也。《左传》巾车脂辖，脂辖，正与拭车一类事。渊明巾柴车而出崎岖经丘，皆拂拭而用之也。如今本作命巾车，渊明见之，当为喷饭矣。"① 此说言之有据。胡绍煐《〈文选〉笺证》卷二十九："此谓未用之先以衣笼之。又巾，饰也，据称拭字。以巾拂拭而用之也。"黄侃《〈文选〉平点》卷五："据江文通引陶征君诗注所引，改或巾柴车。"皆赞同其说。

传本之误，在古代文献流传过程中，最为常见。而有的错误，就是作者误解造成的，这种情形并不多见，段玉裁亦有发现。《说文解字·琴部》："琴，禁也。神农所作。"段注曰："琴，马融《笛赋》云宓羲造，《世本》云神农所造也。瑟，马融《笛赋》云神农造，《世本》云宓羲所造也。按《风俗通》《广雅》皆同《世本》，季长说误。"

**（八）辨析旧注之不当**

《离骚》："薋菉葹以盈室兮，判独离而不服。"王逸注："薋，蒺藜也。

---

① 段玉裁：《与张涵斋书》，《经韵楼集》卷八，第 196 页。

菉，王刍也。葹，枲耳也。《诗》曰：楚楚者茨。"李善、五臣皆袭其说。然《说文解字》作："茨，艸多皃。"段注曰："据许君说，正谓多积菉葹盈室，茨非艸名。禾部曰：穧，积禾也。音义同。"

王延寿《鲁灵光殿赋》："狡兔跧伏于柎侧。"李善注引《说文》曰："跧，蹴也，壮栾切。"而《说文解字》足部原文作"跧，蹴也，从足，全声。一曰卑也、絭也"。段注曰："注当引卑也、絭也。李善引蹴，非也。"就文义而正李善注引文之失。

扬雄《甘泉赋》："属堪舆以壁垒兮，捎夔魖而抶獝狂。"颜师古引张晏曰："堪舆，天地总名也。"孟康曰："堪舆，神名，造图宅书者。"颜师古曰："堪舆，张说是也。属，委也，以壁垒委之。"李善注曰："杜预《左氏传注》曰：属，托也。《淮南子》曰：堪舆行雄以知雌。许慎曰：堪，天道也。舆，地道也。"各家旧注之说纷纭，《说文解字·土部》："堪，地突也。"段注曰："突者，犬从穴中暂出也，因以为坳突之偶，俗乃制凹凸字。地之突出者曰堪。《淮南书》曰：堪舆，行雄以起雌。许注曰：堪，天道。舆，地道也。见《文选注》。《甘泉赋》属堪舆以壁垒，张晏曰：堪舆，天地总名也。按张说未安。堪言地高处，无不胜任也，所谓雄也。舆言地下处，无不居纳也，所谓雌也。引申之凡胜任皆曰堪。"

《离骚》："齐玉轪而并驰。"《说文解字·车部》"轪"字下释曰"轪，车輨也"，段注曰："王逸释为车辖，非也。《玉篇》《广韵》皆云车辖，辖皆輨之误也。"

### （九）辨析旧注衍夺

左思《魏都赋》："齐被练而铦戈，袭偏裻以讚列。"《说文解字·言部》："讚，中止也。"段注曰："中止者，自中而止。犹云内乱。《魏都赋》李注引《说文》：讚列，中止也。此依赋文衍列字。赋云：齐被练而铦戈，袭偏裻以讚列，非中止之训。"

《说文解字·虫部》："螭，若龙而黄。"段注曰：《南都赋》曰"惮夔龙，怖蛟螭"，李注引《说文》："蛟螭，若龙而黄。"按李注蛟字误衍。

诸如此类的例证还可以举出很多。段玉裁能从文字源流出发，引据早期文献中的相关例证，不仅纠正正文之误、旧注之误，而且连作者用事之误亦得以廓清，并得出平实可信的结论。

### （十）补充旧注未备

《离骚》"纫秋兰以为佩"之"纫"字，王逸曰"纫，索也"。五臣刘良注曰："纫，结也。"意思似乎都不明确。纫，《说文解字·糸部》："繟绳也。"段注依《广韵》佩觿改作"单绳也"。并据《太平御览》引服虔《通俗文》曰："合绳曰纠，单展曰纫。织绳曰辫。大绳曰絚。释玄应引《字林》：单绳曰纫。单对合言之。凡言纶言纠，皆合三股二股为之。纫则单股为之。《玉篇》曰：纫，绳缕也。展而续之。……《内则》：纫针，请补缀亦谓线接于针曰纫。"集注本陆善经注与此相应，曰："纫，谓纪而缀之。《礼·内则》曰：衣裳绽裂，纫针请补缀。"

《上林赋》"鲲鳣渐离"李善注引"司马彪曰：渐离，鱼名也。张揖曰：其形状未闻"。《说文解字·虫部》"蜥"字下，段注曰："按许以此次于蟰蟰之间，必介虫之类。周人或以渐离为名，取于物为假也。"

嵇康《与山巨源绝交书》："足下若嬲之不置。"嬲字，李善曰："嬲，摘娆也。音义与娆同。"《〈文选〉钞》的按语曰："嬲，字书无之，唯起此书，《玉篇》还引此证，言娆，摘也。言汝娆摘我。"《说文解字·女部》"娆"字下段注曰："玄应引《三仓》，嬲，乃了切。弄也，恼也。按，嬲乃娆之俗字。故许不录。""近孙氏星衍云：嬲即嫋字艸书之讹，然嵇康艸迹作嫋，玄应引《三仓故》有嬲字，则未可轻议。"段玉裁的补注，对于旧注未明或未备之处，匡谬正讹，详加解说。

# 四 段玉裁《文选》研究的不足

### （一）校读所据版本的局限

段玉裁乃至整个清代乾嘉文人考据学在取得辉煌成就的同时，也不可避免地存在着一定的历史局限。从《说文解字注》经常援引的重要典籍版本看，就存在所据版本的局限，出现引据失误的现象。譬如段玉裁非常看重玄应的《一切经音义》，他所用的底本为明浙江嘉兴府的南藏本，① 实为民间私刊板藏经的二十六卷本。雍正十三年（1735）《御制重刊藏经序》中说明代藏经分南藏、北藏。北藏为官板，尚且"未经精校不足据依。夫以帝王之力，泐成官本犹乃如是，则民间南藏益可知已"。陆德明的《经典释文》，亦段氏常用书，乃是从周漪塘处借来的叶林宗影抄宋本。顾千里就屡次称此本非陆氏真本。②

段氏所据用的《文选》版本也非善本，从引用情况看，大约以汲古阁本为主，或许也见过顾千里手中的尤袤本残卷，偶有涉及。段玉裁常常用这样的本子校订《说文解字》，便有很多风险。

例一：《说文解字·车部》"较"字，说文各本原作"车骑上曲铜也"。段注依李善《西京赋》《七启》二注改正为"车輢上曲钩也"。按此二注今恰好可见敦煌本和《文选集注》本。以此新见二注来校，发现并作"较，车輢上曲铜也"。段注据误本《文选》而改"曲铜"为"曲钩"。

例二：段氏注《说文解字·艸部》"薄，林薄也"，称："《吴都赋》倾薮薄。刘注曰：薄，不入之丛也。按林木相迫不可入曰薄，引申凡相迫皆曰薄，如外薄四海，日月薄蚀，皆是。""相迫则无间可入，凡物之单薄不厚者，亦无间可入，故引申为厚薄之薄。曹宪云必当作襮，非也。"而《吴都赋》"轻禽狡兽，周章夷犹"一段正文下，尤袤本刘渊林注"错谬，聊乱貌。薄，不入之丛。薮，泽别名"这一句话，恰好是北宋本、奎章阁本李善注中所没有的，说明乃后人之增注。而非刘渊林所注。那么，以此来作为证据，显然已失去引证的意义。

例三：《说文解字·牛部》"犓，以刍莝养圈牛也"。段注曰："今本莝误莖，脱圈字，依《文选》注订。"所依为枚乘《七发》"客曰：犓牛之腴，菜以笋蒲"下李善注。但考今尤袤本李善注："《说文》曰：犓，以刍莝养□牛也。"并无圈字，其处空一格。盖刻者以之不确，故除去。

---

① 《顾千里集》卷二十一跋七《一切经音义二十六卷本》校本跋曰："始段君懋堂模写浙江嘉兴府梵本二部。"

② 嘉庆七年顾千里《经典释文三十卷本校记》、嘉庆九年《顾千里经典释文三十卷跋》，并见《顾千里集》卷十七，第266、268页。

今胡刻本补"国"字。那么，在目前尚无其他版本可以依据的情况下，可否以《文选》注订？是值得怀疑的。

例四：段注《说文解字·木部》"朹，平也"，引录曹植《赠丁仪王粲诗》"员阙出浮云，承露槃泰清"李善注云"《西都赋》朹仙掌与承露"，并称"与今本《文选》《后汉书》《西都赋》迥异"。然今尤袤本曹植诗下李善注引"《西都赋》曰：抗仙掌与承露"，今尤袤本《西都赋》本作"抗仙掌以承露"，日藏古抄九条本《西都赋》此句作"抗仙掌与承露"。由抄本和尤袤本曹植诗下李善注可证《西都赋》原文不误，但段注所引乃误本，故觉迥异。

例五：《说文解字·言部》："谶，验也。有征验之书，河洛所出书曰谶。"段注曰："（有征验之书，河洛所出书曰谶）十二字依李善《鵩鸟》《魏都》二赋注补。"然考今北宋本、尤袤本《文选·魏都赋》李善注引《说文解字》曰："谶，验也。河洛所出书曰谶。"《鵩鸟赋》李善注引《说文解字》曰："谶，验也。有征验之书，河洛所出书曰谶。"然《鵩鸟赋》下《〈史记〉索隐》引《说文》云："谶，验言也。"《汉书》颜师古注曰："谶，验也。有征验之书也。"张衡《思玄赋》"嬴摘谶而戒胡兮"句下，旧注："《仓颉》篇：谶书，河洛书也。《说文》：谶，验也。"此处段增补十二字仅据《鵩鸟赋》下李善注引，综合来看，李善此条注释实补述颜师古和《仓颉》篇之语，而非《说文》原文。《说文》原本当只有"谶，验言也"四字。这说明段氏对《文选》李善注引《说文解字》之异文还缺乏应有的审慎。

例六：《上林赋》"娱游往来"，《说文解字·女部》："娱，乐也。""娭，戏也。"段注曰："善曰：娭，许其切。然则今之嬉字也。今嬉行而娭废矣。"今李善引《说文》曰"娭，戏也，许其切"，北宋本、尤袤本皆然。考娱游，《史记》作"嬉游"，《汉书》、北宋本、尤袤本并作"娱游"。胡克家《〈文选〉考异》："案：'娱'当作'娭'。各本皆讹。注引《说文》：'娭，许其切。'非'娱'甚明。《史记》作'嬉'，娭、嬉同字也。今本《汉书》及注误与此同。又见《羽猎赋》。"王念孙《读书杂志·汉书第十》亦谓"娱"字当为"娭"字之误。胡绍煐《〈文选〉笺证》卷十："《汉书·礼乐志》'神来宴娭'，师古曰：'娭，嬉也。音许其反.'音训正与此同。《扬雄传·羽猎赋》'娭涧间',五臣本《文选》作'嬉',善本作'娱'。盖后人多见'娱',少见'娭',故'娭'字多误为'娱'矣。"可见,不仅段玉裁,顾千里也同样用的误本李善注。虽然考证的结论无误,然毕竟所用引证并不能反映真实的李善注。

例七:《说文解字》卷一上释"韣,车笒间皮匧也。古者使奉玉所以盛之",段玉裁引《文选》注曰:"《东京赋》,司马彪《舆服志》皆曰:韣弩。李善曰:韣,车阑间皮筐。置弩于韣曰韣弩。"然今北宋本、尤袤本《文选·东京赋》"韣弩重旃,朱旄青屋"句下李善注为:"《说文》曰:韣,车兰间皮筐以安其弩也。徐广《车服志》曰:轻车置弩于轵上,载以属车,然置弩于韣,曰韣弩。"那么,段注或误引或引误本,就很明显了。

例八:《说文解字·酉部》:"醰,酒味长也。"段注曰:"小徐作甛长味也。按《洞箫赋》:良醰醰而有味。李注引《字林》醰、甛同,长味也。同是剩字。"然考今尤袤本李善注作"《说文》曰:忧,烦。悁,邑忧貌。《字林》曰:悁,含怒也,于玄切。又曰:醰、甜同,长味也,大含切"。宋刊六臣之赣州本、《四部丛刊》影印宋刊建州本、韩国六家之奎章阁本此条李善注同样无"《字林》曰:悁,含怒也,于玄切"句。"又曰"上直接《说文解字》,故本为引《说文解字》。李善本增注隔开二句,段氏误以为"又曰"以下为出自《字林》。

李善引《说文解字》原本如何,我们只能通过敦煌本、日抄本来做相应推测。即便所据底本为善本,在其传刻过程中也形成诸多异文,远非李善所引原貌。如《西京赋》"螭魅魍魎",敦煌本李善注引《左传》后引"杜预曰:螭,山神,兽形。魅,怪物。魍魎,水神也"。然今北宋本、尤袤本均讹作"杜预曰:若,顺也。《说文》曰:螭,山神,兽形。魅,怪物。蜽蛧,水神"。《西京赋》"铤不苟跃",敦煌本李善注"《说文》:铤,小矛也",今北宋本、尤袤本并讹作"《说文》:铤,小戈也"。而今各本《说文》正作"矛"而非"戈"。《西京赋》"圈巨狿",敦煌本李善注引《说文》作"圈,养畜圈也",北宋本、尤袤本"圈,畜间也"。今诸本《说文》则作"养畜之间也"。此类由版本递刻过程中所形成的异文在《文选》诸本中随处可见。依据《文选》李善注订正《说文解字》文本,并非易事，需要慎之又慎。

### （二）校改中的"勇改"之弊

作为文体的"檄"字，《说文解字》大徐、小徐本释作"檄，以木简为书，长尺二寸，谓之檄，以征召也"。段氏据《韵会》改作"尺二书"，并称"盖古本也"。李贤注《后汉书·光武帝纪》曰："《说文》以木简为书，长尺二寸，谓之檄。以征召也。"① 实际上对照今天所能看到的唐代文献，唐写本《说文》木部、《玉篇》木部、《广韵》锡韵、玄应《一切经音义》卷十、慧琳《一切经音义》卷二十都引作"二尺书"。

《说文解字·车部》"辖"字，各本原作"车籍交错也"。段氏认为"车籍"，不可通，在没有根据的情况下，以意正之，改为"车箱"，以籍、箱形近致误。又据李善《七发》注、颜师古《急就》注改"交错"为"交革"。于是段注本作"车箱交革也"。而《玉篇》作"车籍交革也"。北朝字书《字统》作"辖，车籍交格"。② 据此，段改"车籍"为"车箱"，似无据。

还有一种情形的"勇改"，是作者对于众多材料采取一种有选择的征引。《说文解字·木部》"樘"，各本原释作"衺柱也"。段注删"衺"字。根据就是《文选·灵光殿赋》《长笛赋》李善注引《说文解字》，《长门赋》李善注引《字林》并作"柱也"，皆无衺字。问题是，玄应《众经音义》卷一"今谓衺柱为樘也"。③《广韵》引《说文解字》也作"衺柱也"。段氏《说文解字》卷十四"金部"錾字下注引也说："木部曰樘，衺柱也。"前后矛盾，彼此失据。

最遗憾的地方，是在没有任何旁证情况下的删改。张衡《思玄赋》"繻幽兰之秋华兮"，《说文解字·糸部》"繻"字下段注："《思玄赋》曰：繻幽兰之秋华。李善引《通俗文》曰：系帏曰繻帏者，今之香囊也。《通俗文》，各本作《说文》。今以意改。"现存各本李善注，并无异说。

---

① 《后汉书》，中华书局 1965 年版，第 13 页。
② 徐时仪：《北朝字书〈字统〉佚文钩沉》，《中国文字研究》2013 年第 1 期，第 70 页。
③ 日本西方寺藏古抄本玄应撰《一切经音义》卷一。

段氏据何改为《通俗文》，竟无说明。

上述诸例引发的一个问题是，《文选》李善注所引《说文解字》，是否有一定体例？李善引书是否就是其所见书的原貌？回答这些问题，就需要对其体例进行深入研究。包括对于传本中的"增注""减注""改注"所造成的文本变异有所考察。《长笛赋》"溉盥污濊，澡雪垢滓矣"，尤袤本有"《说文》曰：濊，水多也。澡，洗手也"。所引显然不符合正文原意。奎章阁本李善注本并无"《说文》曰：濊，水多也。澡，洗手也"句，据此推断，这是后人的增注。《西京赋》："程巧致功，期不陁陊。"今敦煌本、北宋本、尤袤本并有李善注"《说文》曰：陁，落也，直氏反"。而《说文解字·阜部》作："陁，小崩也。""陊，落也。"从体例上看，李善注引《说文解字》并非原貌，多有节引的情形。

**（三）对于《文选》文脉文理的忽视**

《文选》毕竟是文学作品总集。对于所选文章的词语研究，要充分考虑到具体字词与文章整体的关联，而不宜孤立地就字论字。

例一：司马相如《封禅文》："导一茎六穗于庖，牺双觡共抵之兽。"导，《史记》作"䆃"，《汉书》、尤袤本、陈八郎本皆作"导"。《〈史记〉集解》："徐广曰：䆃，瑞禾也。骃案：《〈汉书〉音义》曰：谓嘉禾之米，于庖厨以供祭祀。《索隐》：䆃一茎六蕙。郑玄云：䆃，择也。《说文》云：嘉禾一名䆃。《字林》云：禾一茎六蕙谓之䆃也。"《汉书》颜师古注、李善注并引"郑氏曰：导，择也。一茎六穗，谓嘉禾之米，于庖厨以供祭祀也"。许慎《说文解字·禾部》在"䆃"字下引司马相如《封禅文》此句作"䆃一经六穗也"。大徐本、小徐本并训作"䆃，禾也"。然段氏改作"䆃，䆃米也"。一茎六穗，自是嘉禾，可用作祭祀。双觡，双角，也是祥兽。理解这句话的关键两个字是"导"与"牺"。牺双觡，即用作贡品的畜生长着双角。如果这样理解，导一茎的"导"字就如《〈史记〉集解》引徐广所说，为"瑞禾"。但是《〈史记〉索隐》、李善注并引郑玄的说法，谓"导"为动词，表示选择的意思。这便与"牺双觡"三字不相协。其实，导，《史记》作"䆃"为禾字偏旁。《说文》云：䆃是禾名。黄侃

《〈文选〉平点》卷五："囿驺虞之真群四句，囿、徼、䅌、牺，皆实字虚用，故《说文》训'䅌'为禾，即本此文。颜介疑许君之误，非也。段氏竟改《说文》，尤谬。惟小徐说近之。"

　　例二：左思《蜀都赋》："拍狿氓于蓑草，弹言鸟于森木。"拍，时雨亭本、《艺文类聚》作"拍"，宫内厅本、集注本、九条本、北宋本、尤袤本、陈八郎本并作"皛"。异文主要在"拍狿氓"还是"皛狿氓"？那么，何谓"狿氓"？句中与"言鸟"相对，刘渊林注（集注本）曰："狿氓，谓狿人也。言鸟，鹦鹉之属也，皆出南中。文立《蜀都赋》曰：虎变之人。"李善注（集注本）曰："《博物志》曰：江、汉有狿人，能化为虎。皛当为柏。"《〈文选〉钞》（集注本）曰："狿者，虎之类也。能化人也。氓者，民也，言狿既能化作人，故曰狿氓也。""人化为虎"的最早记载，见于《淮南子·俶真训》："昔公牛哀转病也，七日化为虎。其兄掩户而入觇之，则虎搏而杀之。"李善引《博物志》，今本《博物志》卷六作"江陵有猛人（《御览》八八八引作'江汉有狿人'，又八九二与今本同），能化为虎。俗又曰狿虎化为人，好着紫葛衣，其足无踵。有五指者，皆狿也。越皇国之老者，时化为虎。宁州南见有此物"。要之，所言皆为变异之事，但"狿氓"终究"虎"类，而非人。由此，与"弹"之动作相对，此处当作"拍"。故集注本、北宋本、尤袤本李善注、《〈文选〉钞》虽正文作"皛"，但都有"皛，当为拍"之说。段玉裁《说文解字·白部》以为："《仓颉》篇曰：皛，明也。按《蜀都赋》皛狿氓于蓑艸，狿氓，狿人也。江汉有狿人，能化为虎，然则皛者谓显其形也。李善云当为拍，误。"考汉唐字书，皛，《说文解字》："显也，读若皎。"《广雅》："白也。"《玉篇·白部》："胡了切，明也，显也。"至《龙龛手鉴·白部》（高丽本）作："胡了反，明也。又普伯反，亦打。又莫百反。"《广韵》上声部曰："皛，明也。胡了切。"入声部"陌韵"："亦打，出《蜀都赋》。又胡了切，又莫百切。"说明至唐以后方出现"皛"训作"打"，"普伯反"。集注本陆善经据"皛"字本义注曰："皛，显也，明也，言明显其在蓑草之中也。"二说皆据"皛"本义解，此句上下文便欠对应，且"使狿氓从深草中显露出来"，亦无首尾，无神采。应非是。然此处以"皛"取代"拍"，其读音、字义亦与"拍""搏"同，乃同音假借，而非可以本字本义解。段氏轻易断为作"畠",且读如"乌皎切",解以本字本音,亦未考虑其正文之义理。

## 结　语

清代考证家的校勘有专门、博涉二派。卢文弨、顾广圻"遇书即校,不主一家,此所谓博涉家之校勘也。心志既分,得失随见,固犹赖学者自审断之,而未可视一无瑕衅也"。而段、王之学属于专家之学,"穷极要眇,自与浅尝浮慕者不同,既明乎述作本末,又深知一书义例,恒能操约持繁,以类统杂,非特可订后世传写之讹,且能直匡作者原本之谬,岂彼规规于文字异同,不择是非而尽载之者,所可同日而语哉。顾非学术湛深,识断精审者,又未易骤语乎此耳"。[①] 这种划分有一定道理。但是一个有成就的学者,专门之外必博,博涉之后亦专。兼综与识断、审慎与立说,都不可或缺。如果一味勇改,必致鲁莽之议;如果一味强调不论是非,不敢改易一字,虽意欲存其真,"适滋后来之惑也"。[②] 段玉裁虽非专治《文选》学,但其所留存下来的方法理念的建构,实践之所得,都有着极为丰富的内涵,即其存在之不足之处,亦确有可议。限于篇幅,文中仅举其荦荦大者,值得《文选》研究者思考。

自清末以来,敦煌出土文献中的《文选》资料,日本、韩国流传的《文选》抄本、刻本,以及大陆、台湾陆续发掘出来的《文选》新文献,都使得今天的《文选》学研究有可能超越前代。胡绍煐说:"后人议前人易,前人而不为后人议难。"回望300余年前的"真治《选》学者"留下的宝贵遗产,我们在敬佩之余,也深切地意识到,议前人并不容易,深入理解他们更难。毕竟,时代变迁,学术背景、知识结构都发生了很大的变化。简单地肯定或否定,已经没有意义。为了更好地推动《文选》研究的向前发展,必须深入前人构筑的学术大厦中,总结前人的学术业绩,汲取

---

[①] 张舜徽:《广校雠略》卷四,中华书局1963年版,第99页。
[②] 段玉裁:《与黄荛圃论孟子音义书》,《经韵楼集》卷四,第85页。

他们的学术精华，并在此基础上推陈出新，才能创造属于我们这个时代的成就。清代"《选》学四君子"是四座学术丰碑。这里，仅就段玉裁的《文选》研究略述浅见，不贤识小，未敢自是，故题曰平议，乃平常之议论，也有心平气和之意，敬祈博雅君子指正。

《文史》2017 年第 1 期

# 关于《文选》旧注整理的若干问题

## 一 《文选》的经典意义

50岁以后，我常常反思过去30年的读书经历，发现以前读书往往贪多求全，虽努力扩大视野，增加知识储量，但对于历代经典，尤其是文学经典，还缺乏深入细密的理解。《朱子语类》特别强调熟读经典的意义，给我很深刻的启发。朱熹说：

> 泛观博取，不若熟读而精思。
> 大凡看文字，少看熟读，一也；不要钻研立说，但要反复体验，二也；埋头理会，不要求效，三也。三者，学者当守此。
> 读书之法：读一遍了，又思量一遍；思量一遍，又读一遍。读诵者，所以助其思量，常教此心在上面流转。若只是口里读，心里不思量，看如何也记不子（仔）细。

为此，他特别强调先从四部经典读起，即《论语》《孟子》《大学》《中庸》，特作《四书集注》。而《朱子语类》就是朱子平时讲解经典的课堂笔记，不仅继续对这四部经典加以论述，而且对其他几部经书的精微之处给予要言不烦的辨析。他不仅强调熟读，还主张"诵"书，即大声念出来。朱子如此反复强调熟读经典，实在是有所感而发。

1959年武威出土汉简《仪礼》，每枚简宽1厘米，长54厘米，可以书写60—80字。一部《史记》50余万字，得用10万枚竹简才能容纳下来。所以汉人说学富五车，也没有多少书。《史记·滑稽列传》载东方朔初入长安，至公车上书，"凡用三千奏牍。公车令两人共持举其书，仅然能胜之。人主从上方读之，止，辄乙其处，读之二月乃尽"。① 东汉之后，纸张的发明，改变了这种状况。首先，大城市有了书店，王充就是在书肆中开始读书生涯的。有了书肆，自然有了文化的普及。左思《三都赋》问世之后，可以使洛阳纸贵。

雕版印刷发明之后，书籍成倍增长，取阅容易。尤其是北宋庆历年间毕昇发明了活字印刷，同时代的沈括《梦溪笔谈》及时记录下来，说这种印刷如果仅仅印三两份文字，未必占有优势；如果印上千份，就非常神速了。至少用两块版，用一块印刷时，在另外一块上排字，一版印完，另一版已经排好字，就这样轮番进行，真是革命性的发明。新的问题随之而来，书多了，人们反而不再愿意精读，或者说没有心思精读了。读书方式发生变化，做学问的方式也随之发生变化。就像纸张发明之后，过去为少数人垄断的学术文化迅速为大众所熟知，信口雌黄、大讲"天人合一"的今文经学由此败落。而雕版印刷术尤其是活字印刷术的发明，也具有这种颠覆性的能量。朱熹说："汉时诸儒以经相授者，只是暗诵，所以记得牢。"但随着书籍的普及，过去那些靠卖弄学问而发迹的人逐渐失去读者，也就失去了影响力。"文字印本多，人不着心读。"② 人们也不再迷信权威，而更多地强调自己的感受和理解。宋人逐渐崇尚心解，强调性理之学，这种学风的变化固然有着深刻的思想文化背景，同时也与这种文字载体的变化密切相关。今天看来，朱熹的忧虑，不无启迪意义。

我们也曾有过从无书可读到群书泛滥、无所适从的阅读经历。我们这一代人，多数是从 1977 年恢复高考进入大学后转入专业领域的。我们在如饥似渴地恶补古今中外文学知识的同时，又几乎都不约而同地拓展读书空间，试图从哲学的、宗教的、社会学的、人类学的方面来观照文学。大家的目标非常清晰：就是渴望走出自己的学术道路。我在杭州大学古籍所接受古典文献学的训练，更热衷于目录、版本、校勘、文字、音韵、训诂

---

① 司马迁撰，宋裴骃《集解》，司马贞《索隐》，张守节《正义》之《史记·滑稽列传》，中华书局 1959 年版，第 3205 页。

② 黎靖德（生卒年不详）编：《朱子语类·读书法》，中华书局 1986 年版，第 170 页。

等所谓小学知识，热衷于历代职官、历史地理等领域的研究成果，坚信功夫在诗外的道理。此后，也曾认真地关注过国外汉学研究，别求新声于异邦。

世纪之交，随着互联网的普及，电子图书异军突起，迅速占领市场。而今，读书已非难事。但在知识爆炸的时代，我们的大脑事实上已经成为各类知识竞相涌入的跑马场，很少有消化吸收的机会。我们的古代文学研究界，论文呈几何态势增长，目不暇接，但是总是感觉到非常浮泛。很多是项目体或者学位体，都是先有题目，后再论证，与传统的以论带史的研究似乎没有质的区别。在这样的背景下，我常常想到经典重读的问题。

美国著名学者哈罗德·布鲁姆的《西方正典》1994年在美国出版，译林出版社2004年出版了江宁康译本。作者用500多页的篇幅深入介绍了从但丁、乔叟、塞万提斯到乔伊斯、卡夫卡、博尔赫斯、贝克特等26位西方文学大师的经典著作。作者还有另外一部名著，即《影响的焦虑》。译者指出，布鲁姆强调任何作家都会受到前辈文学名家和经典名作的影响，"这种影响正如弗洛伊德所说的是那种'熟悉的、在脑子里早就有的东西'，但是这种影响也会使后人产生受到约束力的焦虑。这种惟恐不及前辈的焦虑常常会使后来者忽略了文学自身的审美特性和原创性，并让自己陷入前人文本窠臼而不得出，这就是布鲁姆所谓的'面对前代大师的焦虑'。能否摆脱前代大师们的创作模式而建立起自己的创作特色并形成新的经典，这就是天才和庸才的根本区别"。布鲁姆在《西方正典》序言中说："影响的焦虑使庸才沮丧却使经典天才振奋。"[①]

我们所以重视经典、重读经典，是因为经典阐述的是文化中比较根本的命题，由此可以反省中国文化中的一些基本问题、重大问题，而这些问题既与我们的民族文化息息相关，又与我们当代的文化建设密切相连。

当然，如何选择经典，又如何阅读经典，确实见仁见智，没有一定之规。中国学问源于《诗》《书》《礼》《乐》《易》《春秋》等所谓"六经"，汉代称为"六艺"。《乐经》不传，古文经学家以为《乐经》实有，因秦火而亡，今文经学家认为没有《乐经》，乐包括在《诗》和《礼》之

---

[①] 布鲁姆：《西方正典·序》，江宁康译，译林出版社2005年版，第2、8页。

中，只有五经。唐宋之后，逐渐又有五经到七经、九经乃至十三经。这是儒家基本经典，也是中国文化的基本典籍。当然也有在此基础上另推出一些典籍者，如段玉裁《十经斋记》（《经韵楼集》卷九）就在此基础上益之以《大戴礼记》《国语》《史记》《汉书》《资治通鉴》《说文解字》《九章算经》《周髀算经》等，以为二十一经。[①] 但无论如何划分，都以五经为基始。20世纪80年代初期我在杭州大学读书时，姜亮夫先生指导我们阅读十二部经典，首先是五部经书：《诗》《书》《礼》《易》《春秋》，以及由此而来的是"三礼"（《周礼》《仪礼》《礼记》）、"三传"（《左传》《公羊传》《穀梁传》），再加上《论语》《孟子》《老子》《庄子》《楚辞》。

中国文学史上的经典，不胜枚举。就历史上说，可以称为专门之学的，就是"选学"与"红学"。

"红学"是很专门的学问，博学大家、草根学者比比皆是。对此，我无从置喙。结合我所感兴趣的汉魏六朝文学研究，我还是重操古人旧调，主张熟读《昭明文选》。

问题是，如何研究经典？从我的读书阅历说，我总结了四种读书的方法。

一是含而不露式的研究，陈寅恪为代表。问题多很具体，而所得结论却有很大的辐射性，给人启发。其结论可能多可补充甚至订正，但是他的研究方法、他的学术视野，却是开阔而充满感召力。

二是开卷有得式的研究，钱锺书为代表。他也是从基本典籍读起，《管锥编》论及了《周易正义》《毛诗正义》《左传正义》《史记会注考证》《老子王弼注》《列子张湛注》《焦氏易林》《楚辞补注》《太平广记》《全上古三代秦汉三国六朝文》等十部书，都由具体问题生发开去。而现在许多论文存在的问题是没有"问题"（意识）。俞曲园著《茶香室丛钞》《右仙台馆丛钞》《九九销夏录》等书，作者说自己"老怀索寞，宿痾时作，精力益衰，不能复事著述。而块然独处，又不能不以书籍自娱"，[②] 于

---

[①] 段玉裁撰，钟敬华校点：《经韵楼集》卷九，上海古籍出版社2007年版，第236页。
[②] 俞樾：《茶香室丛钞·序》，中华书局1995年版，第3页。

是抄录了这些著作。看来，从事研究，不仅仅需要知识的积累，也需要某种内在的强大动力。过去，我们总以为从事文史研究，姜是老的辣，其实未必如此。年轻的时候，往往气盛，可能多所创造。但是无论年轻还是年老，这种读书笔记还是应当做的。很多专家学者回忆说，顾颉刚每天坚持写数千字，哪怕是抄录也行。钱先生也具有这种烂笔头子的功夫。

　　三是探源求本式的研究，陈垣为代表。他的研究，首先强调对资料做竭泽而渔式的搜集。譬如他的《元西域人华化考》，资料就200多种。其次是研究方法，从目录学入手，特别关注年代学（《二十史朔闰表》《中西回史日历》）、避讳学（《史讳举例》）、校勘学（《元典章校补释例》）等，原原本本，一丝不苟。陈垣曾以几部重要的笔记为例，作史源学研究，总结了若干原则："一、读书不统观首尾，不可妄下批评。二、读史不知人论世，不能妄相比较。三、读书不点句分段，则上下文易混。四、读书不细心寻绎，则甲乙事易淆。五、引书不论朝代，则因果每颠倒。六、引书不注卷数，则引据嫌浮泛。"1942年，他利用《册府元龟》及《通典》，发现《魏书》一版残叶，凡316字，引起学术界的广泛关注。他的儿子陈乐素考证《玉台新咏》寒山赵氏本所附陈玉父，就是《直斋书录解题》的作者陈振孙，非常详尽，但是有几处小小地方，有所推测，他在给儿子的书信中提出异议，认为这种考证太迂曲。他主张一是一，二是二，拿证据说话。"考证为史学方法之一，欲实事求是，非考证不可。"他的主要成果收录在《励耘书屋丛刻》中。

　　四是集腋成裘式的研究，严耕望为代表。严耕望先生的学问是有迹可循的，他也有个先入为主的框架，虽有框架，却不先做论文，而是先做资料长编。比如《唐代交通图考》就倾其毕生精力。他做《魏晋南北朝佛教地理考》《两汉太守刺史考》，都是先从资料的排比入手，考订异同。我发现，很多有成就的学者，在从事某项课题研究之前，总是先做好资料长编。关键是如何编。每个课题不一样，长编的体例自然也各不相同。他的体会与经验，都浓缩在《读史三书》中，值得阅读。

　　我个人认为，严耕望的读书方法比较切实可寻。资料的收集与文献的研究，相辅相成，紧密结合。资料编讫，自己也真正进入了这个领域。同时，这份资料的整理出版，又为学界提供一部经过系统整理的参考著作。

这样的著作，于公于私，均有裨益。

于是我想到了《文选》的整理。30年前读《文选》，往往见树见木不见林，如果能够从文献的角度系统整理《文选》旧注，应当是很有意义的事。

## 二 解读《文选》的途径

解读《文选》，唯一的途径是研读原文；而更好地理解原文，各家注释又是不二选择。从广义上说，所谓"《文选》学"，主要是《文选》注释学。通常来说，阅读《文选》，大都从李善注开始。因为李善注《文选》，是一次集校集释工作。他汇总了此前有关《文选》研究的成果，择善而从，又补充了大量的资料，因枝振叶，沿波讨源，成为当时名著。宋代盛行的六臣注《文选》，其实也是一种集成的尝试，将李善注与五臣注合刊，去粗取精，便于阅读。除六臣之外，还有一些古注。清代以来的学者更加系统地整理校订，希望能够对于《文选》文本及历代注释作系统的集校辑释工作。但总的来看，都留下这样或那样的遗憾。最主要的原因是，《文选》的版本比较复杂，有三十卷本，有六十卷本，还有一百二十卷本。同样是李善注或者是五臣注，各本之间的差异也非常大，常常叫人感到无所适从。这就使得集校集注工作充满挑战。还有，新的资料不断出现，尤其是敦煌本和古抄本的问世，不断地给"《文选》学"提出新的研究课题。

长期以来，我在研读《文选》及其各家注的过程中，遇到某一问题，常常要前后披寻，比勘众本，总是感觉到挂一漏万，缺乏一种具体而微的整体观照。于是，我很希望能有这样一个辑录旧注、编排得宜的读本，一编在手，重要的版本异同可以一目了然，重要的学术见解亦尽收眼底。[1] 为

---

[1] 阮元撰，邓经元点校：《揅经室集·国朝汉学师承记序》卷十一云："元又尝思国朝诸儒说经之书甚多，以及文集说部，皆有可采。窃欲析缕分条，加以剪截，引系于群经各章句之下。譬如休宁戴氏解《尚书》'光被四表'为'横被'，则系之《尧典》。宝应刘氏解《论语》'哀而不伤'，即《诗》'维以不永伤'之'伤'，则系之《论语·八佾》篇，而互见《周南》。如此勒成一书，名曰《大清经解》。徒以学力日荒，政事无暇，而能总此事，审是非，定去取者，海内学友，惟江君暨顾君千里二三人。他年各家所著之书，或不尽传，奥义单词，沦替可惜，若之何哉？"中华书局1993年版，第248页。

此，我曾以班固《典引》及蔡邕注为例，试作尝试。①《典引》最早见载于范晔《后汉书·班固传》。其后，梁代昭明太子编《文选》收录在"符命"类中，接在司马相如《封禅文》、扬雄《剧秦美新》之后。范晔《后汉书》载《典引》与《文选》录文已有差异，而《文选》各本之间差异尤大。②

先看范晔书和尤袤刻李善注本的异同。最明显的不同是范书没有收录约400字的序文。而收录序文的《文选》本，序文下却没有蔡邕注。由此推断，蔡邕所见《典引》和李贤注《后汉书》似乎都没有序文。另外，文字方面也多有差异。凡通假字，姑且不论。即较重要者如："以冠德卓绝者，莫崇乎陶唐。"范本作"卓踪"。李贤注："为道德之冠首，踪迹之卓异者，莫高于陶唐。"说明李贤所见之本也作"踪"。而五臣李善注之奎章阁本作"绰"。"以方伯统牧"，范本作"以伯方统牧"。李贤注："伯方犹方伯也。"是李善本作"方伯"是也。"黄钺之威"，范本作"黄戚之威"。李贤注："黄戚，黄金饰斧也。《礼记》曰：诸侯赐弓矢然后专征伐，赐斧钺然后杀。"既然用《礼记》的典故，当作"黄钺"为是。奎章阁作"黄钺"是也。"而礼官儒林屯用笃诲之士，不传祖宗之髣髴。""用"字，范本作"朋"。李贤注："朋，群也。"是李贤所见本也作"朋"字。由上述几例看，尤刻李善本较之范本略优。但是，根据胡克家《〈文选〉考异》③，尤刻《文选》时，曾据多种版本校改。这些或许是尤刻所改，虽然有很多已不可详考，但是依然可以推寻一些蛛丝马迹，如尤刻序中"此论非耶？将见问意开痛耶？"五臣本无"将见"七字。奎章阁本注："善本无'将见问意开痛耶'七字。"可见，此七字或是尤刻所加。据何本而增，便不得而知。

---

① 见《班固〈典引〉及其旧注平议》《〈独断〉与秦汉文体研究》，收入《秦汉文学论丛》，凤凰出版社2008年版。

② 本文所校《文选》版本主要有：尤袤刻李善注《文选》，中华书局1974年影印南宋本；陈八郎宅南宋绍兴三十一年刻五臣注《文选》，台湾"中央图书馆"影印本；宋刻六臣注《文选》，中华书局1987年影印。此外，又据韩国奎章阁藏《文选》（正文社1983年影印）；《敦煌吐鲁番本〈文选〉》（中华书局2000年版）参校。据同门傅刚君考证，奎章阁本保留了北宋国子监《文选》原貌，其价值不可低估。

③ 据专家考证，《〈文选〉考异》是顾千里所作，考见李庆《顾千里研究》，上海古籍出版社1989年版。

再看尤刻李善注本和五臣注本的差异。"犹启发愤满",五臣本作"犹乐启发愤懑"。张铣注:"乐,谓乐为其事也。"是五臣所见有"乐"字。奎章阁本也有"乐"字。"五德初始",五臣本"始"作"起"。张铣注:"言帝王以五行相承,乃初起是法。"是五臣所见本确为"起"字。奎章阁本也作"起"字。"真神明之式也",五臣本"真"作"圣"。奎章阁本也作"圣"字。"恭揖群后",五臣本"揖"作"辑"。"有于德不台,渊穆之让",五臣本"渊穆"前有"嗣"字。李周翰注:"自谦不能嗣于古先圣帝明王之列,此深美之让也。"是五臣所见有"嗣"字。"是故谊士伟而不敦",五臣本"伟"作"华"。张铣注:"汤以臣伐君,故古今义士以为华薄之事不为敦厚之道也。"是五臣所见确为"华"字。"内沾豪芒",五臣本作"内沾毫芒"。虽然范本、李善注本均作"豪",但是就文意而言,显然"毫"字为是。"性类循理",五臣本"循"字作"修"。"至令迁正",五臣本"令"字作"于"。"孔猷先命",下有蔡邕注:"繇,道也。言孔子先定道诚至信也。"可以肯定蔡邕所见为"繇"字,而不是"猷"字。五臣本"猷"作"繇"。刘良注:"繇,道。"是五臣所见也作"繇"字。"瘝寐次于心",五臣本"心"上有"圣"字。范本也有"圣"字。奎章阁本也作"圣心"。"悼敕天命也",五臣本"天"下无"命"字。奎章阁本亦无此字。从上述几例来看,五臣注本似乎更接近于蔡邕注本。过去我们对于五臣注多所否定,如果就《典引》异文来看,五臣自有其独特的价值。

通过这样的个案研究,我发现,校订《文选》所录作品,至少可以选择三条途径,一是根据不同的版本,包括早期抄本如敦煌吐鲁番本、宋元刊本等加以勘对,还有像唐代陆柬之的书法作品《文赋》,也是校订的依据。[1] 二是通过不同的征引加以校正,如《文选》选录的作品,有100多篇见于史传,可据以校订;[2] 还有的是前人只言片语的引证,也是校勘的资源。三是根据对于文意的理解进行必要的校订。校订所录作品,虽然于

---

[1] 原件藏北京故宫博物院,后移至台湾。上海书画出版社1978年影印出版。陆柬之为虞世南外甥,应当生活在唐代贞观年间,故行文避"渊""世"字,当与李善同时代。

[2] 骆鸿凯《文选学·余论第十·征史》:"《文选》之篇载于正史者,撮举之得下列百廿余首,亦见昭明去,取多经国之文。"中华书局1989年版,第336页。

字句的去取定夺之间，差异较大，但是终究还是有很多便利条件，有据可依，有章可循。相比较而言，整理《文选》各家注释，就远非易事了。众所周知，《文选》注释影响最大的主要是李善注和五臣注，此外，还有李善所征引的各家旧注以及《文选集注》所引各家注。在流传过程中，李善注本与五臣注虽各有传承，但是与后来的六臣本相比勘，发现其中的关系错综复杂。而六臣注诸本，也不尽相同，有的是李善注在前，五臣注在后；有的则是五臣注在前，李善注在后。这样，各家注释，详略各异，繁简不同。因此，要想整理出一个眉目清晰的旧注汇释定本，不是不可能，但是相当困难。

清代学者研究《文选》，主要集中在李善注与五臣注上。正文与注释相互校订，根据旧注体例定夺去取，内证与外证比勘寻绎，因声求义，钩沉索隐，在文字、训诂、版本等方面取得了前所未有的成绩，令人赞叹不已。当然，他们的研究也存在着一些问题。概括而言，主要集中在下列三个方面。

首先，清代以来的《选》学家，根据当时所见书籍对于李善注释所引书加以校订。问题是，李善所见书，与后来流传者未必完全一致，譬如李善引《说文》《尔雅》就与今本多有不同。更何况，清代《选》学名家所见书也未必就是善本。如果只用通行本校订李善注，其结论很难取信于人。下举数例。

（1）班固《西都赋》李善注"容华视真二千石"之"容"字，"充衣视千石"之"衣"字，《〈文选〉考异》所见为"俗""依"，作者认为作"容"和"衣"为是，而"俗"与"依"两字，"此尤校改之也"。然今见尤刻本正作"容"和"衣"。

（2）班固《西都赋》"内则别风之嶕峣"，陈八郎本、朝鲜五臣注本下无"之"字，是。但是《〈文选〉考异》以为此"之"字为尤袤所加，就非常武断。刘文兴《北宋本李善注〈文选〉校记》指出北宋本就有"之"字，"据此则非尤添，乃宋刻原有也"。[①]

---

[①] 刘文兴：《北宋本李善注〈文选〉校记》，《国立北平图书馆馆刊》，1931年9—10月5卷第5号。

（3）张衡《西京赋》"黑水玄址"，《〈文选〉考异》作者所见为"沚"，据薛综注，认为当作"址"，今尤袤本正如此。

（4）班固《东都赋》"寑威盛容"之"寑"，陈八郎本、朝鲜五臣注本、《后汉书》并作"祲"，梁章钜曰："尤本注祲误作侵。"① 然国家图书馆所藏尤袤本正作"祲"，显然梁氏所据为误本。

（5）《西京赋》"上春候来"下李善注"孟春鸿雁来"，《〈文选〉旁证》卷三据误本，以为"鸿"下当有"雁"字，谓"众本皆脱"。而敦煌本、北宋本、尤袤本并有"雁"字。

（6）《东京赋》"而众听或疑"，而胡绍煐所见为"而象听或疑"。《〈文选〉笺证》卷三："按：当作：而众听者惑疑。字涉注而误。惑与下野为韵。"② 而尤袤本不误。

（7）江淹《恨赋》"若乃骑迭迹，车屯轨"之"屯"字，胡绍煐所见为"同"，于是在《〈文选〉笺证》中考证曰："六臣本作屯轨。按注引《楚辞》：屯余车其千乘。王逸曰：屯，陈也。明为正文屯字作注。则善本作屯，不作同。此为后人所改。"③ 殊不知，尤袤本正作"屯"。

（8）《吴都赋》："宋王于是陋其结绿。"宋王，王念孙所见本为"宋玉"，于是考曰："宋王与隋侯，相对为文，无取于宋玉也。"④ 而尤袤正作"宋王"。

（9）《汉高祖功臣颂》李善注"蹳两儿弃之"之"蹳"，梁章钜所见本为"蹷"。又云"尤本作取，亦非"，谓当作"蹳"字为是。⑤ 然今尤袤本正作"蹳"字。

（10）《剧秦美新》"仲尼不遭用，《春秋》因斯发"，梁章钜谓："尤

---

① 梁章钜撰，穆克宏点校：《〈文选〉旁证·东都赋》卷二，福建人民出版社2000年版，第34页。
② 胡绍煐：《文选笺证·东京赋》卷三，《续修四库全书》第1582册，上海古籍出版社1995年版，第57页。
③ 胡绍煐撰：《〈文选〉笺证》卷十八，《续修四库全书》第1582册，上海古籍出版社1995年版，第207页。
④ 王念孙：《读书杂志》十六《余编下》，中国书店1985年版，第77页。
⑤ 梁章钜撰，穆克宏点校：《〈文选〉旁证·汉高祖功臣颂》卷三十九，福建人民出版社2000年版，第1089页。

本'因'误作'困'。"① 然今尤袤本正作"因",非误。

应当说,《〈文选〉考异》《〈文选〉旁证》,还有《〈文选〉笺证》的作者,目光如炬,根据有限的版本就能径直判断是非曲直,多数情况下,判断言而有征,可谓不移之论。但他们的研究也存在一些明显的问题。譬如,《〈文选〉考异》的作者认为,"凡各本所见善注,初不甚相悬,逮尤延之多所校改,遂致迥异"。② 作者没有见过北宋本,更没有见到敦煌本,他指摘为尤袤所改处,往往北宋本乃至敦煌本即如此。这是《〈文选〉考异》的最大问题。再看梁章钜《〈文选〉旁证》,虽取资广泛,时有新见,也常常为版本所困。如果据此误本再加引申发挥,就带来了一些新的问题。譬如梁章钜没有见过单行五臣注本,常常根据六臣注本中的五臣注来推断五臣注本的原貌。而今,我们看到完整的五臣注至少有两种,还有日本所藏古抄本五臣注残卷。由此发现,五臣注与五臣注本的正文,也时有不一致的地方。仅据注文推测正文,如谓"五臣作某,良注可证",根据现存版本,梁氏推测,往往靠不住。《东都赋》"韶武备",梁氏谓:"五臣武作'舞',翰注可证。"根据六臣注中的五臣注,乃至陈八郎本、朝鲜五臣注本,注文中确实作"舞",但是,这两种五臣注的正文又都是"武"字。朝鲜本刊刻的年代虽然略晚,但是它所依据的版本可能还早于陈八郎本。不管如何,今天所能看到的五臣注本均作"韶武备",梁氏推测不确。又如扬雄《甘泉赋》"齐总总以撙撙",梁章钜《〈文选〉旁证》卷九:"五臣'撙'作'尊',铣注可证。"③ 然陈八郎不作"尊",作"蓴"。因此我们说,梁氏据所见本五臣注推测五臣本原貌,确实不可靠。这是梁章钜《〈文选〉旁证》的一个很大的问题。胡绍煐的《〈文选〉笺证》,篇幅虽然不多,但是由于撰写年代较晚,征引张云璈、段玉裁、王念孙、王引之、顾千里、朱珔、梁章钜等人的成果,辨析去取,加以裁断,非常精审。同样,胡氏所据底本也时有讹误,据以论断,不免错讹。如张衡《思玄赋》"何道真之淳粹兮"之"真"字,胡氏所见为"贞",

---

① 梁章钜撰,穆克宏点校:《〈文选〉旁证·剧秦美新》卷四十,福建人民出版社2000年版,第1111页。
② 胡克家:《〈文选〉考异·两都赋序》卷一,日本早稻田大学藏版。
③ 梁章钜撰,穆克宏点校:《〈文选〉旁证·甘泉赋》卷九,福建人民出版社2000年版,第219页。

推断曰"此涉注引《楚辞》'除秽累而反贞兮'误",尤袤本正作"真"字。又,"翩缤处彼湘滨"之"翩"字,胡氏所见为"顾"字,谓"此'翩'字误作'顾'",① 尤袤本正作"翩"字。潘岳《西征赋》:"狙潜铅以脱膑",李善注"狙,伺候"。然胡所见本误作"狙,猕猴也"。故论曰:"'猕猴',当'伺候'二字之讹。《史记·留侯世家》:'狙击秦皇帝博浪中。'《集解》引服虔曰:'狙,伺候也。'训与《仓颉》篇同。六臣本善注作'伺候',不误。"② 实际上,尤袤本正作"狙,伺候"。

其次,古人引书,往往节引,未必依样照录。如《魏都赋》"宪章所不缀",刘逵注引《礼记》曰"孔子宪章文、武",就是节引。又如张衡《思玄赋》:"潜服膺以永靓兮,绵日月而不衰。"李善注引《礼记》作"服膺拳拳",而李贤注引则作"服膺拳拳而不息"。《礼记》原文是:"得一善,则拳拳服膺而弗失之矣。"③ 李善注颠倒其文,而李贤注释不仅颠倒其文,还将"弗失之矣"改作"不息"。只有两种可能,一是二李引《礼记》另有别本,二是约略引之。又如木华《海赋》"百川潜渫",用今本《尚书大传》"大川相间小川相属,东归于海"的典故,④《水经注序》引同。《长歌行》李善注则引作"百川赴东海"。蔡邕《郭有道碑》李善注引作"百川趣于东海",同一文本,后人所引各不相同。如果用今本订补,几乎每则引录,均有异文。据此可以订补原书之误之阙,也可据原书订正李善引书之讹。应当说,这项工作很有意义,但是这些考证与李善注书的本意有所背离。

最后,清人对于《文选》的考订,很多集中在李善注释所涉及的史实及典章制度的辨析,很多实际是详注,甚至是引申发挥,辗转求证,有时背离《文选》主旨。如《上林赋》"亡是公听然而笑",汪师韩谓"听

---

① 胡绍煐撰:《文选笺证·思玄赋》卷十七,《续修四库全书》第1582册,上海古籍出版社1995年版,第192—193页。
② 胡绍煐撰:《文选笺证·西征赋》卷十二,《续修四库全书》第1582册,上海古籍出版社1995年版,第151页。
③ 郑玄注,孔颖达疏:《礼记注疏·中庸》卷五十二,载阮元校刻《十三经注疏》,中华书局1980年版,第1626页。
④ 皮锡瑞疏证:《尚书大传疏证·禹贡》卷三,《续修四库全书》第55册,上海古籍出版社1995年版,第726页。

然",通作"哂然",又通作"呬然",又通作"羆然",甚至还可以作"怡然"。① 这种引申,就本篇而言并无任何版本依据,似乎有些牵引过多。又如鲍照《舞鹤赋》"燕姬色沮",《〈文选〉旁证》引叶树藩据《拾遗记》的记载,认为燕姬指燕昭王广延国县舞者二人,曰旋娟、提嫫,②实属附会。其实燕姬犹如郑女、赵媛、齐娥等,泛指美女而已。这些研究,不免求之过深。

## 三 《〈文选〉旧注辑存》的编纂

基于上述认识,我试图给自己寻找一条重新研读《文选》的途径,辑录旧注,客观胪列,编纂一部《〈文选〉旧注辑存》。这里需要说明的是,所谓《文选》旧注,我的理解,有五个方面的含义,一是李善所引旧注,二是李善独自注释,三是五臣注,四是《文选集注》所引各家注释,五是后来陆续发现的若干古注。编排的目的,博观约取,原原本本,可以给读者提供一个经过整理的汇注本。

### (一)李善辑注

李善辑录旧注有三种情况。

一是比较完整的引述。譬如薛综的《两京赋注》,刘逵的《吴都赋注》和《蜀都赋注》,③ 张载的《魏都赋注》和《鲁灵光殿赋注》,郭璞的《子虚赋注》和《上林赋注》,徐爰的《射雉赋》,颜延年和沈约的《咏怀诗注》,王逸的《楚辞注》,蔡邕的《典引注》,刘孝标的《演连珠注》等。特别是李善所引薛综注,很值得注意。饶宗颐《敦煌吐鲁番本〈文选〉》收录《西京赋》353行,起"井干迭而百增",讫篇终,尾题"文选卷第二"。双行夹注,薛综注,李善补注,与尤袤本大致相同。但有几点值得注意:第

---

① 梁章钜撰,穆克宏点校:《文选旁证·上林赋》卷十,福建人民出版社2000年版,第251页。
② 梁章钜撰,穆克宏点校:《文选旁证·舞鹤赋》卷十五,福建人民出版社2000年版,第400页。
③ 《文选》卷四左思《三都赋》中的《蜀都赋》有刘渊林注。《文选》卷四李善曰:"《三都赋》成,张载为注魏都,刘逵为注吴、蜀,自是之后,渐行于俗也。"中华书局1977年版,第74页。

一，缮写时间。卷末有"永年二月十九日弘济寺写"数字，①"年"旁有批改作"隆"字。永隆为唐高宗李治年号，永隆二年为公元681年。据《旧唐书·李善传》，李善在高宗"明庆中，累补太子内率府录事参军、崇贤馆直学士，兼沛王侍读。尝注解《文选》，分为六十卷，表上之"。②今存李善上表标注"显庆三年九月日上表"，③与史传同。说明《文选注》成于显庆三年（658）。而这个抄本距李善上表仅23年，为现存李善注最早的抄本。第二，李善注所引唐人资料，最多的是《汉书》颜师古注，他称颜监。第三，尤本注音皆作某某切，而敦煌本作某某反。第四，《爾雅》并作《尔雅》。不仅《尔雅》如此，敦煌抄本，还有好几个简体字与今天相同。

二是部分征引旧注。曹大家《幽通赋注》、项岱《幽通赋注》、綦毋基《两京赋音》、曹毗《魏都赋注》、颜延之的《射雉赋注》以及无名氏《思玄赋注》等都是如此。张衡《思玄赋》题下标为"旧注"。李善曰："未详注者姓名。挚虞《流别》题云衡注。详其义训，甚多疏略，而注又称愚以为疑，非衡明矣。但行来既久，故不去。"有些无名氏的注释，李善有所关注，但没有征引。如卷七潘岳作品下李善注："《藉田》《西征》咸有旧注，以其释文肤浅，引证疏略，故并不取焉。"④

三是收录在史书中的作品，如《史记》三家注，《汉书》颜师古注等。如卷七扬雄《甘泉赋》李善注："旧有集注者，并篇内具列其姓名，亦称臣善以相别。它皆类此。"⑤这里所说的"旧有集注"，实际指史传如《史记》《汉书》的旧注。又如卷七、卷八司马相如《子虚赋》《上林赋》标为郭璞注，李善未有说明。实际上是李善辑录各家旧注而成。除史传固有注释外，李善还收集到若干专门注释，如司马彪《上林赋注》、伏俨《子虚赋注》等。

李善辑录旧注，除"骚"体悉本王逸注外，其他多用"善曰"二字作为区分，加以补充。卷二张衡《西京赋》有薛综注。"旧注是者，因而

---

① 饶宗颐：《敦煌吐鲁番本〈文选〉》，中华书局2000年影印，第20页。
② 刘昫等：《旧唐书》卷一八九上《儒学传》第十五册，中华书局1975年版，第4946页。
③ 萧统编，李善注：《文选·文选表》，中华书局1977年版，第3页。
④ 萧统编，李善注：《文选》，中华书局1977年版，第115页。
⑤ 萧统编，李善注：《文选》，中华书局1977年版，第111页。

留之，并于篇首题其姓名。其有乖谬，臣乃具释，并称臣善以别之。他皆类此。"① 可见原来是"臣善"，后来的版本多为"善曰"，似已不是原貌。法藏敦煌本 P. 2527 为东方朔《答客难》及李善注，以"臣善曰"领起。引用前人之说，以"臣善"别之。如注"以管窥天，以蠡测海"："服虔曰：管音管。张晏曰：蠡，瓠瓢也。文颖曰：……筳音庭。臣善曰：《庄子》魏牟谓公孙龙曰……"② 这种注释体例，保留了李善注的部分原貌。

**（二）李善独注**

《宋会要辑稿·崇儒四》："（景德）四年八月，诏三馆，秘阁直馆校理分校《文苑英华》、李善《文选》，摹印颁行。……李善《文选》校勘毕，先令刻板，又命官覆勘。未几，宫城火，二书皆烬。至天圣中，监三馆书籍刘崇超上言：李善《文选》援引该赡，典故分明，欲集国子监官校定净本，送三馆雕印。从之。天圣七年十一月板成，又命直讲黄鉴、公孙觉校对焉。"③ 北京图书馆藏北宋本《文选》李善注残卷，有学者认为此本即为国子监本，现存二十四卷（包括残卷）。此外，台湾故宫博物院藏北宋本李注残卷，乃前十六卷中的十一卷（包括残卷）。这样总计现存北宋残卷凡三十五卷。④

最完整的李善注刻本是北京图书馆藏南宋淳熙八年（1181）尤袤刻本。⑤ 阮元《揅经室三集》卷四载《南宋淳熙贵池尤氏文选序》详细比较尤刻与毛本异同。特别注明在卷二十八叶及卷九十九叶并有"景定壬戌重刊"木记。⑥ 然今尤袤本未见。诚如影印说明所言："李善注《文选》，北京图书馆所藏南宋淳熙八年（1181）尤袤刻本，是现存完整的最早刻本。这个本子，目录和《李善与五臣同异》中有重刻补版，正文六十卷中除第四十五卷第二十一页记明为'乙丑重刊'外（在影印本中这一页已改用

---

① 萧统编，李善注：《文选》，中华书局 1977 年版，第 36 页。
② 饶宗颐：《敦煌吐鲁番本〈文选〉》，中华书局 2000 年影印，第 57 页。
③ 徐松辑：《宋会要辑稿》，中华书局 1957 年版，第 2231—2232 页。
④ 详见《〈文选〉旧注辑存》所附·劳健《北宋本〈文选〉李善注残卷跋》及编者所附按语。
⑤ 此本由北京中华书局于 1974 年影印。
⑥ 阮元：《揅经室集·揅经室三集》卷四，中华书局 1993 年版，第 665 页。

北京大学图书馆藏本中的初版），其余部分还是尤刻初版。"[1] 而胡克家委托顾千里所校订的尤刻本《文选》则是一个屡经修补的后印本。

### （三）五臣注

从现存资料看，世间还保留若干五臣注的本子，譬如日本就有古抄本五臣注，日本昭和十二年由东方文化学院影印出版。收录邹阳《狱中上书自明》、司马相如《上疏谏猎》、枚乘《上书吴王》和《上书重谏吴王》、江淹《诣建平王上书》（至"信而"止）、任昉《奏弹曹景宗》（自"军事、左将军"始）、《奏弹刘整》（至"范及息逡道是采音"止）、沈约《奏弹王源》（始"丞王源忝藉世资"）、杨德祖《答临淄侯笺》、繁钦《与魏文帝笺》、吴质《答魏太子笺》和《在元城与魏太子笺》、阮籍《为郑卫劝晋王笺》（仅仅开篇几句）等。其"民"字缺笔，或换以"人"字。抄录也多失误。如枚乘《上书重谏吴王》脱吕延济注"失职，谓削地也。责，求。先帝约，谓本封"和正文"今汉亲诛其三公，以谢前过"。因此，就版本而言，未必最好。此外，还有朝鲜五臣注刻本，现保存全帙，版刻精审。虽刊刻年代不及陈八郎本，但也时有优异之处，可补陈八郎本之不足。此书已由凤凰出版社 2018 年影印出版。

目前所见最早最完整的宋刻本是保存在台湾"中央图书馆"的南宋绍兴三十八年陈八郎宅刻本。[2] 顾廷龙《读宋椠五臣注〈文选〉记》亦提到此本："余外叔祖王胜之先生，藏书甚富，尤多善本，海内孤本。宋椠五臣注《文选》三十卷其一也。年来获侍杖履，幸窥秘箧。……是书原委，详外叔祖跋。"顾廷龙跋还多出"诸家印记累累，悉以附志"，记录毛氏藏印、徐氏印以及栩缘老人印，如"王氏藏书""同愈""王氏秘箧""栩缘所藏""三十卷萧选人家""王同愈""栩栩盦""元和王同愈"等。最后落款是："十八年八月四日记于槎南艸堂。"这段跋，不见台湾影印本，而吴湖帆题记又未见顾廷龙过录。蒋镜寰辑《〈文选〉书录述要》亦著录此书："宋绍兴辛巳刊本。见《邵亭知见传本书目》。王同愈《宋椠五臣

---

[1] 萧统编，李善注：《文选·影印说明》，中华书局 1974 影印宋淳熙尤袤刻本，第 1 页。
[2] 详见萧统编，五臣注《文选》陈八郎本《文选表》前王同愈《宋椠五臣〈文选〉跋》。

〈文选〉跋》。此书为吴中王胜之同愈所藏,半叶十二行,行二十二字。"①傅增湘《藏园群书经眼录·文选注三十卷》亦有著录。

**(四)《文选集注》**

左思《三都赋》为《文选》卷第八,而李善本则卷第四,说明集注本为一百二十卷。现有上海古籍出版社的影印本。其来源及特点,周勋初先生影印本前言有概括的描述。傅刚先生《〈文选集注〉的发现、流传与整理》有比较详尽的介绍。② 一般认为这是唐抄,也有人认为是 12 世纪的汇注本。③ 不论是抄写年代如何,其中保留了很多古注,有着较大的学术价值。除此影印本外,日本奈良女子大学横山弘藏《南都赋》开篇及注至"陪京之南",庆应义塾大学左藤道生藏,始自"体爽垲以闲敞,纷郁郁其难详",至五臣注"难悉"二字。此本的价值不仅仅保留很多已经失传的旧注,即便是李善注和五臣注,也多可作为校勘的依据。此外,李善注例,凡见前注,例不重注。卷一班固《两都赋》多有说明,如《西都赋》:"石渠,已见上文。然同卷再见者,并云已见上文,务从省也。他皆类此。"《东都赋》:"娄敬,已见上文。凡人姓名,皆不重见。余皆类此。"《东都赋》:"诸夏,已见《西都赋》。其异篇再见者,并云已见某篇。他皆类此。"《东都赋》:"诸夏,已见上文。其事烦已重见及易知者,直云已见上文,而它皆类此。"按此例,"其异篇再见者,并云已见某篇。他皆类此",如果再三出现且易知者,则"直云已见上文"。④ 问题是,很多情况下,如果仅云已见上文,不知上文何篇,而集注本则具列篇名,颇便查询。

**(五) 佚名古注**

俄藏敦煌《文选》L. 1452 残本有束广微《补亡诗》,自"明明后辟"

---

① 顾廷龙:《读宋椠五臣注〈文选〉记》,原载《国立中山大学语言历史研究所周刊》1929 年 10 月第 9 集第 102 期,第 30—32 页;现收载于南江涛选编《〈文选〉学研究》,国家图书馆出版社 2010 年版,第 46—48 页。

② 《文学遗产》2011 年第 5 期。

③ 陈翀:《萧统〈文选〉文体分类及其文体观考论——以"离骚"与"歌"体为中心》,《中华文史论丛》2011 年第 1 期。

④ 萧统编,李善注:《文选》,中华书局 1977 年版,第 26、30、32、33 页。

始，讫曹子建《上责躬应诏诗表》"驰心辇毂"句，① 相当于李善注本《文选》卷十九至卷二十，其中曹子建《上责躬应诏诗表》在卷二十，而在五臣本则同为卷十。这份残卷共计 185 行，行 13 字左右。小注双行，行 19 字左右，抄写工整细腻，为典型的初唐经生抄写体。其注释部分，与李善注、五臣注不尽相同，应是另外一个注本，具有文献史料价值。

此外，天津艺术馆藏旧抄本卷四十三"书下"赵景真《与嵇茂齐书》至卷末《北山移文》，有部分佚注，日本永青文库所藏旧抄本卷四十四"檄"司马相如《喻巴蜀檄》至卷末司马相如《难蜀父老》开篇至"使疏逖不闭，曶爽暗昧，得耀乎光明"止，也有部分佚注，均不知何时何人所作，都可以视之为无名氏的注释。

上述五种旧注，除尤袤刻李善注外，清代《文选》学家多数未曾披览。推进《文选》学研究的进步，新资料的系统整理依然是最重要的工作。我们编《〈文选〉旧注辑存》只是一种初步尝试。

王得臣《麈史》卷中《学术》记载："予幼时，先君日课，令诵《文选》，甚苦其词与字难通也。先君因曰：'我见小宋说：手钞《文选》三过，方见佳处。汝等安得不诵？'由是知前辈名公为学，大率如此。"②阅读经典，刚刚开始。通过这种排比研读，我们有更多的机会走近经典，体味经典，或许还可以从中探寻一些带有规律性的东西，为今天的文学经典的创造，提供若干有意义的借鉴。倘如此，这种研读，就不仅仅是发思古之幽情，也有着现实意义。

《中国典籍与文化》2012 年第 1 期

---

① 饶宗颐：《敦煌吐鲁番本〈文选〉》，中华书局 2000 年影印，第 35—47 页。
② 王得臣：《麈史》卷中，上海古籍出版社 1986 年版，第 37 页。

# 第二辑

# 《文选》析读

# 《文选》中的四言诗

## 一 《文选》所收四言诗概说

《昭明文选》从第十九卷后半部分开始收录诗歌,至三十一卷止,近十三卷,433首。如果将"骚体"类所收17首也视为诗歌的话,则收录诗歌440首,蔚为大观。在这400余首诗歌中,五言诗为大宗,而四言诗也占去30余首,包括:第十九卷"补亡"类收录束晳《补亡诗》6首,"劝励"类收录韦孟《讽谏》、张华《励志》,第二十卷"献诗"类收录曹植《上责躬诗》《应诏诗》、潘岳《关中诗》、陆机《皇太子宴玄圃宣猷堂有令赋诗》、陆云《大将军宴会被命作诗》、应贞《晋武帝华林园集诗》、颜延年《应诏曲水宴诗》《皇太子释奠会诗》,第二十三卷"赠答"类收录王粲《赠蔡子笃》《赠士孙文始》《赠文叔良》,第二十四卷收录嵇康《赠秀才入军》五首、陆机《赠冯文罴迁斥丘令》《答贾谧》、潘岳《为贾谧作赠陆机》、潘尼《赠陆机出为吴王郎中令》,第二十五卷刘琨《答卢谌》、卢谌《赠刘琨》,第二十七卷"郊庙"类收录颜延之《宋郊祀歌》二首,"乐府"类收录曹操《短歌行》,第二十八卷收录陆机《短歌行》,第二十九卷"杂诗"类收录曹植《朔风诗》、嵇康《杂诗》等。

以往,我们研究《昭明文选》收录的诗歌作品,通常关注五言诗,对于四言则较少关注。这也不难理解,在萧统的时代,四言诗已退居次要地位,除特殊场合,如祭祀典礼、朋友赠答等,很少有人从事四言诗创作,而五言则为当时诗人所钟情。故钟嵘《诗品》说:"夫四言,文约意广,取效《风》《骚》,便可多得。每苦文繁而意少,故世罕习焉。五言居文词之要,是众作之有滋味者也。"既然如此,萧统为什么还收录这么多四言诗呢？我想有两个重要的原因，第一，从诗歌发展的历史来说，四言诗远远早于五言，且中国诗歌之祖的《诗经》，也主要是四言诗，故钟嵘说"取效《风》《骚》，便可多得"。第二，从当时历史状况来说，萧统的时代，涂抹了齐梁色彩的儒学复古思潮成为一时主流。萧统编《文选》，显然不仅仅是为了给士子提供一部文学选本，更重要的是，通过这样一项文化工程，体现了乃父萧衍的政治理念。① 可能正是基于这样两个原因，萧统编诗，始于带有经学色彩的《补亡诗》。

我们知道，《诗经》凡305篇，分风、雅、颂三大部分。"风"分十五，即周南、召南、邶风、鄘风、卫风、郑风、齐风、魏风、唐风、王风、秦风、陈风、桧风、曹风、豳风等，收诗160篇。"雅"分大小，"大雅"31篇，"小雅"目录上80篇，实际74篇，有六篇有目无诗。"颂"分周、鲁、商三类，周颂31篇，鲁颂4篇，商颂5篇，总共40篇。所谓"诗三百"，是笼统而言，确切数目是305篇，并不包括"小雅"所谓六篇"笙诗"。目录所载六篇笙诗是《南陔》《白华》《华黍》《由庚》《崇丘》《由仪》。毛传称："有其义而亡其辞。"郑笺："遭战国及秦之世而亡之，其义则与众篇之义合编故存。"也就是说，这六首诗亡佚于战国时期。② 因此，也就有所谓"补亡"之作。萧统在《〈文选〉序》中明确说："若夫姬公之籍，孔父之书，与日月俱悬，鬼神争奥，孝敬之准式，人伦之师友，岂可重以芟夷，加之剪截？"也就是说，相传是周公、孔子的作品，《文选》不能收录，《诗经》历来认为经过孔子删节，所以没有选录。萧统又说："自炎汉中叶，厥涂渐异。退傅有《在邹》之作，降将著'河梁'之篇；四言五言，区以别矣。"这里，萧统认为两汉之际，四言诗逐渐隐退，而五言诗悄然兴起。他举了两个例子，四言诗举韦孟《在邹诗》为例，五言诗举李陵《别苏武诗》为例。而在选录中，四言诗并没有选录《在邹诗》，而是《讽谏诗》，且放在束皙《补亡诗》之后，说明萧统还是以正统的儒学思想作为编选的宗旨，将续补《诗经》的作品作为诗歌的首

---

① 参见《昭明太子与梁代中期文学复古思潮》，载《古典文学文献学丛稿》，学苑出版社2000年版。

② 宋人认为，这组所谓"笙诗"原本就是有声无辞。详见朱熹《诗集传》，上海古籍出版社1958年版，第109页。

篇。并题曰"补亡"。以下依次为"劝励""献诗""赠答""郊庙""乐府""杂诗"等，凡七类。四言诗的作者，主要生活在魏晋时期。这个时期，四言、五言并存，且各有佳作，所以萧统编《文选》，就有较多的选择余地。进入南朝之后，尤其是齐梁年间，四言诗已经退为庙堂文字，较少佳作，所以，南朝的四言诗只选了颜延之的作品。颜延之作为国子祭酒，主要负责国家的典礼活动，所以创作了若干四言诗作品。与他的辞赋和五言诗创作相比较，这类作品比较平庸，文学史很少论及。萧统选录，只是作为一类作品的代表，多少有尝鼎一脔之意吧。

《文选》中的四言诗，大致可以分为三大类。第一，当时很有名气的作品，譬如束晳的《补亡诗》、韦孟的《讽谏诗》、刘琨与卢谌的赠答诗。第二，后代很有名气的作品，譬如曹操的《短歌行》和嵇康的《赠秀才入军》。第三，当时的典礼场合的作品，如颜延之《宋郊祀歌》。这三类作品，客观地说，祭祀典礼场合的创作，在当时影响最大，很多诗人都曾以此类创作为荣。譬如《宋书·乐志》就收录了很多这样的诗歌，多出自当时名儒硕学之手。譬如梁初郊庙乐辞就多为一代词宗沈约所作，包括梁雅歌11首、梁南郊登歌2首、梁北郊登歌2首、梁明堂登歌5首、梁宗庙登歌7首、梁小庙乐歌2首、梁三庙雅乐歌19首、梁鼓吹曲12首（《隋书·音乐志》作萧衍撰）。所撰歌曲有相和五引、西曲、襄阳蹋蹄3首、在舞曲上梁大壮大观舞歌2首、梁鞞舞歌7首、在杂舞上四时白纻歌5首等。至大同二年，萧子云上书不满沈约之辞，始有改换。[①] 这些作品，很多也是四言。在今天看来，其艺术价值不是很高，相比较而言，前两类作品较有文学史意义。

## 二 束晳、韦孟及其他

束晳的文名在当时似乎并不被看好。《晋书》本传称其"文颇鄙俗，时人薄之"。今天保存下来的辞赋，如《饼赋》《贫家赋》《劝农赋》《近游赋》等，虽然不能用"鄙俗"概括其全部创作，但确实有从俗的倾向。

---

① 见《梁书·萧子云传》、《梁书·柳恽传》以及《隋书·刑法志》等。

唯独《补亡诗》例外，用典隶事，典雅庄重。史载，太康二年，汲郡魏襄王墓出土竹书数十车，束皙参与了整理，说明他的学识修养，在当时也算出类拔萃。从他的《补亡诗》可以看出，束皙的四言诗创作多本于儒家经典，表现出了浓郁的儒家色彩。譬如第一首《南陔》，旧题子夏《诗》大序曰"《南陔》废则孝友缺矣"。《毛诗》小序曰："《南陔》，孝子相戒以养也。"第二首《白华》，子夏序："《白华》废则廉耻缺矣。"《毛诗》小序曰："《白华》，孝子之洁白也。"这里他特别强调了孝悌之道。

这使我想到南朝后期陆德明《经典释文序》中的一段话："如《礼记·经解》之说，以《诗》为首；《七略》《艺文志》所记，用《易》居前，阮孝绪《七录》亦同此次；而王俭《七志》，《孝经》为初。"这里论列汉魏六朝以来诸经次第的变化，《礼记》论经书，《诗经》为首，西汉末叶的刘歆编《七略》，班固本之而编的《汉书·艺文志》则以《周易》为首。但是，南朝初期的王俭编《七志》，则一改传统排列，以《孝经》居六经之首。这种排列次序，是很可以反映出魏晋南北朝政治风尚变化与学术风气转移轨迹的。我们知道，魏晋南北朝各代统治时间都很短暂。因此，那个时代，忠君观念就很淡漠，统治集团似乎更加注重家族利益，百事以孝为先。二十四孝中，魏晋时期的孝子很多。譬如《世说新语·德行》记载王祥卧冰取鱼孝敬母亲，被列入二十四孝图中而家喻户晓。他本人也位居台辅，带动了整个家族衣冠崇盛。这里显然交织着浓郁的政治色彩。《南史·刘瓛传》载，萧道成上台伊始，问政于刘瓛，答曰："政在《孝经》。宋氏失之，陛下所以得之是也。"齐武帝深以为然，认为"儒者之言，可宝万世"。梁武帝亦以孝道相标榜，不仅自己"造《制旨孝经义》《周易讲疏》及六十四卦"等，皇太子释奠，总要讲一番《孝经》。但是，偏偏此一时代统治阶级内部厮杀最为激烈，全无孝道可言。由此我们得到某种启示：统治集团越是着力标举某种观念，正说明这个时代缺乏此种理念。正如西晋统治者以儒家自居，以名教相尚，正因为当时士人多越名教而任自然。束皙的《补亡诗》正好代表了这个时代的主流意识形态，而这种理念，又与萧统的追求相近，故选入《文选》，也正体现了梁朝统治者倡导孝道的用意。

韦孟的创作，见于《汉书·韦贤传》记载的有两篇，一是《〈文选〉

序》中提到的《在邹诗》，二是卷十九"劝励"类收录的《讽谏诗》。韦孟，家本彭城（今江苏徐州），先为楚元王刘交幕僚，主要负责楚王子弟的教育任务。刘交之孙刘戊，荒淫无道，韦孟作《讽谏诗》，感叹刘戊不思进取："如何我王，不思守保。不惟履冰，以继祖考。邦事是废，逸游是娱。犬马悠悠，是放是驱。"刘戊为楚元王在景帝前元四年（前153）。史载"王戊稍淫暴，二十年，为薄太后服私奸，削东海、薛郡，乃与吴通谋。二人谏，不听，胥靡之"云云。此云"二人"是指申公和白生。其明年，即"二十一年春，景帝之三年也，削书到，遂应吴王反"。如果此诗确为韦孟作，则必作于汉景帝刘启前元二年（前155）。《文心雕龙·明诗》说："汉初四言，韦孟首唱，匡谏之义，继轨周人。"给予较高的评价。后来，韦孟辞别楚元王，移家邹城，又作《在邹诗》，仍不忘匡谏之义。正是执着地信奉着这种儒学理念，韦氏家族很快就获得时誉，并发迹于西汉中后期。韦孟后人如韦贤、韦玄成等以明经历位至丞相，故邹鲁谚曰："遗子黄金满籯，不如一经。"《汉书·儒林传》记载，《诗经》的传授，鲁国有申培公，师事浮丘伯，为训故以教。弟子瑕丘江公尽能传之。韦贤治《诗经》，师事博士大江公（瑕丘江公），又传授给儿子韦玄成，玄成及兄子尝以《诗》教授汉哀帝，从此，鲁诗又分出韦氏学。东汉《武荣碑》载："君讳荣字含和。治《鲁诗经韦君章句》。"该碑文还记载了汉桓帝之死，则武荣之卒当在灵帝初年。据此而知，韦氏章句在东汉末叶依然流行。由此不难推断，韦氏家学，渊源有自。《讽谏诗》说，远在商周时代，韦氏家族即"彤弓斯征，抚宁遐荒。揔齐群邦，以翼大商。迭彼大彭，勋绩惟光。至于有周，历世会同"。秦汉以下，不绝如缕，余脉悠长。韦孟自高身世，所作《讽谏诗》，亦与束晳《补亡诗》相近，具有"匡谏之义"。萧统视为"劝励"作品。所谓"劝励"，乃儒家劝善励志之意，无外乎向学与孝悌两途。

　　《文选》收录刘琨与卢谌的四言创作有两首，一是卢谌的《赠刘琨》，二是刘琨的《答卢谌》。两人生活在西晋后期，遭逢永嘉之乱，故其诗述写"亲友凋残"之悲与"国破家亡"之痛，真可谓"备辛酸之苦言"。元好问《论诗绝句》称："曹刘坐啸虎生风，四海无人角两雄。可惜并州刘越石，不教横槊建安中。""曹、刘"中的"曹"，一般认为指曹植，而对于"刘"的理解则有两说,一是指建安七子之一的刘桢,二是指刘琨。但是无论怎样理解,将刘琨与建安时期的曹植等相提并论,似乎没有异议。当然,理解刘琨、卢谌的四言诗创作,还必须结合二人的其他作品,如《文选》收录有刘琨五言诗《扶风歌》、《重赠卢谌》以及《劝进表》,还收录有卢谌五言诗《览古》《赠崔温》《答魏子悌》《时兴诗》等,这些作品的价值及其意义,我们在以后的文章中还要论及。

《文选》所收曹植四言诗有两首,即《上责躬诗》和《应诏诗》,均作于黄初四年,字里行间,贬损自抑,称颂曹丕,可谓无以复加。他深知自己前途渺茫,还要感恩戴德,称"德象天地,恩隆父母"。为什么这样呢?序说得很明白:"诚以天网不可重罹,圣恩难可再恃。"如果结合这个时候所写的《赠白马王彪诗》和《洛神赋》,不难推想曹植的心境。至于潘岳的《关中诗》,乃应晋惠帝之命而作,描写平定齐万年之乱的功绩,虽不免赞颂之词,但诗中也真实地表现了百姓的苦难,如"哀此黎元,无罪无辜。肝脑涂地,白骨交衢。夫行妻寡,父出子孤"。其场面惊心动魄,叫人难以忘怀。王粲《赠士孙文始》《赠文叔良》等作于依荆州刘表之时,也较深刻地描述了战乱中的人民的苦难,给人留下深刻印象。至于陆机、陆云、潘尼、颜延之等人的四言诗创作,多是应酬之作,文学价值有限,尽管当时可能较有名气,但是今天看来,似乎可以略而不论。

相比较而言,《文选》中收录的四言诗,最好的还应当推曹操的《短歌行》和嵇康的《赠秀才入军》。

## 三 曹操《短歌行》

曹操死于建安二十五年。那时,嵇康尚未出生。但是两人同乡,且有姻亲关系。更重要的是,嵇康的生平创作,又与曹氏家族有着密切的关系。因此,说到嵇康,还是离不开曹操。《文选》卷二十七"乐府"类收录曹操《短歌行》大约作于赤壁之战以后。由于曹操在军事上的失利,统一事业受到严重的障碍,因此,他感到年华易老,壮志难酬,所以发出了"人生几何"和"去日苦多"的感慨。曹操的心里非常清楚,国家的兴亡,政治的成败,固然取决于严饬吏治,取决于朝廷清明,但更取决于人才的选拔重用。三国纷争，从某种意义上说，就是人才的竞争。曹操要想统一中国，人才的网罗，对他来讲尤为重要。在豪门把持的选官用人的汉代，像曹操这样出身寒微的人，通常情况下，很难大有作为。他原本是宦官养子的后代，其祖父曹腾是东汉著名的宦官，收养了曹嵩，生曹操。陈琳在为袁绍撰写讨伐曹操的檄文中就骂曹操"赘奄遗丑，本无令德"，就可以看出曹操在大家世族心目中的位置。在宗法制度盘根错节的古代中国，卑微的出身，向来被视为耻辱的事。李斯说："诟莫大于卑贱，而悲莫甚于穷困。"曹操在《让县自明本志令》这篇著名的文章中回顾自己早年生活也曾特别说到这一点。他说自己年轻时最大的愿望只是想当一郡太守。后来，志向又升为典军校尉。在平定汉末变乱中，曹操借机扩充实力，他的理想又升为封侯，希望死后在墓碑上写着"汉故征西将军曹侯之墓"。斯为足矣。在两汉门阀制度下，曹操有这样的理想，已经近于天方夜谭了。不过，时势造英雄。汉灵帝光和七年（184）黄巾起义爆发，曹操参与了镇压起义军的活动。中平六年（189），灵帝死，外戚何进谋诛宦官，结果泄密，反被诛杀，朝中由此大乱。西凉军阀董卓带兵入据洛阳，废少帝刘辩，立献帝刘协，诛杀太后。曹操逃出洛阳，东归陈留。其时袁绍、袁术等实力人物起兵于东方。曹操募得五千兵力卷入中原混战，这是他建立军事大权的开始。当时，他已经35岁。汉献帝建安元年（196），曹操将处于困境的汉献帝迎至许昌，自己充当保护人角色，"挟天子以令诸侯"，动辄打出"奉辞伐罪"的旗号，使对手处于不利境地。建安五年（200）官渡一战，消灭了称雄北方又最看不起他的袁绍的十万精兵，击垮了最大的劲敌。到建安十三年（208），前后十余年时间，他逐一消灭了陶谦、张济、吕布、袁术、刘表等这些原本是北方的望族首领人物，逐渐平定北方。他在《让县自明本志令》中不无自豪地说："设使天下无有孤，不知当几人称帝、几人称王。"几十年来的身世际遇，使他深深感到，要想使自己立于不败之地，要想取得自己当政的合法性，就必须首先打破过去的用人制度和精神壁垒，广开渠道，延揽人才。于是他从传统的儒家学说开刀。儒家讲究德与孝，曹操则唯才是举，只要有才，哪怕背负着不忠不孝的无德罪名，也可以委以重任。他曾一次次地发布求贤令，把问题说得越发尖锐、越发深刻，其核心就是唯才是举。门阀士族服膺儒术，讲求孝悌之道，以为有才者必有德。而他则以为有德者未必有才。这种用人制度的根本分歧在当时哲学思想界也有强烈反响。当时有"才性四本"之争，即才性异同或才性离合。一派主张才与性是分离的，有才未必有德，即才性相异相离；另一派认为才与性是紧密结合的，有德必有才，即才性相同相合。陈寅恪先生在著名的文章《书〈世说新语·文学类〉钟会撰〈四本论〉始毕条后》敏锐地指出，由这清谈的命题，可以鲜明地划分出两大政治势力范围：主张才性分离的一定属曹党，而主张才性相同的一定是门阀士族的代言人。可见清谈的命题，背后有着深刻的政治内容。

我们都还记得《短歌行》的最后四句，诗人以周公自比，抒发了延揽人才，使天下归心的愿望。当年周公"一沐三握发，一饭三吐哺"，唯恐怠慢来客，曹操在东汉末期"挟天子以令诸侯"，地位显赫，故以周公自况，而不考虑别人怎样议论他。难怪沈德潜说他的诗有一种"霸气"。尽管如此，曹操到死也没有敢称帝。建安十六年（211）任曹丕为副丞相，封诸子为侯，形成了"盘石之固"。建安十八年（213）封魏公，加九锡；魏国置尚书、侍中、六卿，已有完整的制度机构。建安二十一年（216）进号魏王，孙权让他称帝，他说："是儿欲踞吾著炉火邪？"建安二十二年（217）更设天子大旗，立曹丕为太子，但他不称帝，说："若天命在吾，吾为周文王矣。"曹操死于建安二十五年（220），曹丕即位，立刻完成了武王废立的工作，正式称帝，追封曹操为武帝。随即刘备称帝于成都，孙权称帝于建康（今南京）。至此，汉代正式宣告结束。

但是摆在曹丕面前的困难实在太多。打下天下不易，守成更加困难。他既没有乃父的魄力和胸襟，又没有多少政治和军事根基。上台伊始，他重新启用九品中正制，依靠望族，作为自己的股肱之臣，而对于自己的兄弟则排斥在外，严厉打击。由此，司马氏乘势而起。这就为自己，也为曹氏家族埋下祸根。

## 四　嵇康《赠秀才入军》

嵇康（224—263）就生活在曹氏与司马氏明争暗斗的旋涡之中。

公元200年的官渡之战，曹氏胜，袁氏败。这不是一家一户的成败问题，而是寒族与高门较量的缩影。袁氏的失败，表明素以儒家思想为正宗的豪门望族暂受挫折。此后，北方完全为寒门出身的曹操所控制。而大家豪门只能隐忍屈辱。建安二十五年曹操死，那些豪门看中了司马懿父子，支持他们向曹氏夺权。司马懿小于曹操24岁，后死31年。曹操对他既爱又恨。爱他有才，恨他阴毒，深知自己的后代不是他的对手，表示了一种不信任的态度。司马懿深谙此事，于是"勤于吏职，夜以忘寝，至于刍牧之间，悉皆临履"（《晋书》本纪），逐渐赢得了曹氏家族的信任。魏明帝在位十三年，临终之际下遗诏，委任司马懿与曹爽辅佐八岁少帝曹芳。最初，司马懿几乎不问政事，装了十年的糊涂，摆出一副超然物外的样子。正始十年（249），当志得意满的曹爽陪着小皇帝曹芳祭扫明帝高平陵之际，司马懿突然发力，在京城发动政变，凡曹爽"支党皆夷及三族，男女无长少，姑姊妹之适人者，皆杀之"。这场血腥政变，史称"高平陵之变"。

在魏晋南北朝文学发展史上，嵇康是一位极特殊的人物。首先是他的身世和思想特殊。嵇康生于黄初五年（224），谯郡铚县人。或许是同乡的缘故，嵇康又与曹家联姻，娶曹林之女（或说孙女）。曹林与曹丕、曹植为异母兄弟。从此，嵇康为中散大夫，人称嵇中散。身为曹魏的姻亲，又生活在司马氏掌握大权的时代，这本身就使他面临着严重的威胁，而偏偏他的思想性格又过于执着，不肯随波逐流，结果常常把自己放在整个社会对立面的位置，成为众矢之的。作为豪门势力代表的司马氏，为了获得整个士族的支持，首要的工作是以儒学相标榜，倡导儒术。而嵇康在言行上却处处显现出与儒术格格不入的态度。譬如《文选》中收录他的《养生论》就与众不同。他讽刺孔子"神驰于利害之端，心骛于荣辱之途"。儒家认为"八音与政通"，也就是《毛诗序》所说的"治世之音安以乐，其政和；乱世之音怨以怒，其政乖；亡国之音哀以思，其民困"。而嵇康却作《声无哀乐论》。孔子说："学而时习之，不亦乐乎？"嵇康又来发难，作《难自然好学论》，认为如果不用学习就能有吃有喝，人们是不会自讨苦吃地去学习了。他的朋友山涛推荐他出来做官，他又作《与山巨源绝交书》，说自己有"七不堪"和"两不可"。他说自己有七种习惯：喜欢晚起、喜欢游动、身上多虱、讨厌写文书、厌倦吊丧、讨厌俗人、厌烦杂事，而他所反感的这七件事又是官场必不可少的，所以他说自己不堪忍受。如果说这"七不堪"多还属于个人习性方面的问题，不至于引起统治者太多的反感，那么，他的"两不可"却无论如何不能让统治者等闲视之了。这"两不可"是，一则"非汤武而薄周孔"，二则"刚肠疾恶、轻肆直言"。司马氏篡夺天下，首先是以儒术相标榜，以儒家正统自居，而嵇康却大不以为然，当然会使那些权贵坐卧不安，必欲置之死地而后快。许多司马氏的党羽想尽各种办法在嵇康身上打主意，设法陷害他。比如有一次嵇康正在打铁，钟会来看他，嵇康向来不愿意理他，装作视而不见的样子，继续做事。钟会讨个没趣，灰溜溜地走了。没想到嵇康又冷冷地问了一句："何所闻而来，何所见而去？"钟会的回答也话里藏刀："闻所闻而来，见所见而去。"这样一种过于切直的性格，加之又与司马氏所倡导的名教采取了一种近乎本能的厌倦与对立的态度，这就使他的人格、诗品充满悲剧色彩。他曾多次在诗文中提及环境的险恶："鸟尽良弓藏，谋极身心危。吉凶虽在己，世路多险巇。"对官场的憎恶、对仕途的反感，使他越发对山林隐逸的生活充满了向往。他把庄子的归返自然的精神境界视为自己的人生理想，与阮籍、向秀、山涛、阮咸、刘伶、王戎等共为竹林之游。《文选》卷二十四收录的《赠秀才入军》五首，就是嵇康这种追求的生动写照：

  良马既闲，丽服有晖。左揽繁弱，右接忘归。风驰电逝，蹑景追飞。凌厉中原，顾盼生姿。携我好仇，载我轻车。南凌长阜，北厉清渠。仰落惊鸿，俯引渊鱼。盘于游田，其乐只且。

  轻车迅迈，息彼长林。春木载荣，布叶垂阴。习习谷风，吹我素琴。咬咬黄鸟，顾畴弄音。感悟驰情，思我所钦。心之忧矣，永啸长吟。

  浩浩洪流，带我邦畿。萋萋绿林，奋荣扬晖。鱼龙瀺灂，山鸟群飞。驾言出游，日夕忘归。思我良朋，如渴如饥。愿言不获，怆矣其悲。

  息徒兰圃，秣马华山。流磻平皋，垂纶长川。目送归鸿，手挥五弦。俯仰自得，游心泰玄。嘉彼钓叟，得鱼忘筌。郢人逝矣，谁与尽言？

　　闲夜肃清，朗月照轩。微风动袿，组帐高褰。旨酒盈樽，莫与交欢。鸣琴在御，谁与鼓弹？仰慕同趣，其馨若兰。佳人不在，能不永叹！

　　刘义庆《集林》曰："嵇喜字公穆，举秀才。"据此，秀才指嵇康从弟嵇喜。既然是"入军"，自然与军旅生活有关。因此，第一首描写纵马原野的情形，给人以视觉冲击。繁弱，弓名。忘归，箭名。第二首则笔锋一转，描写音乐之声，示人以听觉形象。交交黄鸟，借用古歌："黄鸟鸣相追，咬咬弄好音。"第三首由视觉、听觉转入内心世界的描写，引出思念友朋之情。第四首最值得注意，细微地描写了诗人追求的理想境界，是五首诗的核心。兰圃，指有兰草的野地。秣，养。华山，是指有光华的山。平皋，指水边。垂纶，指垂钓。前四句反映了当时颇为盛行的隐逸闲适的生活情趣。"目送归鸿，手挥五弦"为全诗的警句。史载，嵇康擅长弹琴，与高士孙登交往，孙登会啸，他则"弹一弦琴而五声和"。顾恺之曾说画"手挥五弦"为易，而画"目送归鸿"为难，因为前者只要勾勒出形貌就行，而后者却要传神写照，表现出人的精神状态，说明当时的艺术界已经比较注意人的精神风貌的重要性了。蒋济著有《眸子论》，强调观人眸子的重要性。① 顾恺之为裴恺画像，特别突出他面颊上的三根毫毛以显示他的特征。"目送归鸿"，丹青所难以表现的正是内在的精神。"俯仰自得，游心泰玄"一句，实际是当时士大夫纵情玄学的真实写照。当时有所谓"三玄"之说，即《周易》《老子》《庄子》。他们在理论上提出许多的命题，比如，才性四本、言意之辨、声无哀乐、三教异同等，展开激烈的辩论，即所谓清谈。前面说过，这些理论命题绝不是无的放矢，而是有着强烈的政治内容。清谈时，还伴有道具，即所谓麈尾。孙盛与殷浩谈论不休，"掷麈尾"，乃至毛落饭碗。

　　在行为上，这些名士服药饮酒，延长生命的长度，加强生命的密度。
　　曹操当政时，曾下禁酒令，更不要说药。到后来，又恰恰是属于寒门

---

① 《三国志·钟会传》："中护军蒋济著论，谓'观其眸子，足以知人'。"

的曹党喝酒吃药，放浪形骸。《世说新语·任诞》载：刘伶饮酒不节，常脱衣裸形于房内，纵饮不节。人劝止，他还说："我以天地为栋宇，屋室为裤衣，诸君何为入我裤中？""刘伶病酒，渴甚，从妇求酒。妇捐酒毁器，涕泣谏曰：君饮太过，非摄生之道，必宜断之。伶曰：甚善，我不能自禁，唯当祝鬼神自誓断之耳。便可具酒肉。妇曰：敬闻命。供酒肉于神前，请伶祝誓。刘伶跪而祝曰：天生刘伶，以酒为名。一饮一斛，五斗解酲。妇人之言，慎不可听。便引酒进肉，隗然已醉矣。"他还作《酒德颂》为自己寻找理论根据。阮籍本不愿意出仕做官，但是听说步兵校尉府厨中有酒数百斛，便求之。他常常纵饮数十日，高唱"服食求神仙，多为药所误。不如饮美酒，被服纨与素"（《古诗十九首》）。

史载，阮籍善饮酒，嵇康则服药。他们与高士王烈交往，甚敬异之，"共入山，（王）烈尝得石髓，如饴，即自服半，余半与康，皆凝而为石"。所谓"石髓"，即尚未凝固的钟乳，与赤石脂、石英一起，是构成古代名药"五石散"的主要成分。曹操的养子、后来又成为女婿的何晏亦以服药出名。《世说新语·言语》载何晏话："服五石散，非唯治病，亦觉神明开朗。"吃药之风，东晋亦然。《世说新语·文学》载："王孝伯（王恭）在京行散至其弟王睹户前，问：古诗中何句为最？睹思未答。孝伯咏：所遇无故物，焉得不速老。此句为佳。"看来，服药，还是为了拓宽生命的维度。

魏晋名士所以这样做，自然有他们的难言之隐。《晋书·阮籍传》说他"属魏晋之际，天下多故，名士少有全者，籍由是不与世事，遂酣饮为常"。嵇康作《家诫》，十分世故地告诫自己的儿子处事谨小慎微。阮籍之子阮浑长成，"风气韵度似父，亦欲作达。步兵曰：仲容已预之，卿不得复尔"。仲容指阮咸，竹林七贤之一。可见他们狂放恣肆，嗜酒如命，实在是不得已而为之。因此，所谓"俯仰自得"，我们也不要以为他们已经全然忘却世事。"嘉彼钓叟，得鱼忘筌"用的是《庄子》的典故："筌者所以在鱼，得鱼而忘筌；蹄者所以在兔，得兔而忘蹄；言者所以在意，得意而忘言。"嵇康用这个典故，说明这种充满闲适之情的生活是难以用言语来表达的。最后两句又是用《庄子》的典故。庄子路过惠施墓，给人讲了一个故事，说有个郢人，手艺不凡，能运斤成风。有个搭档，鼻头上抹上一点白灰，这个郢人操起斧子能把灰土砍掉而伤不着鼻子。后来这个搭档死了，郢人的技艺再也发挥不出来。庄子讲这个故事，是说自从"夫子之死也，吾无以为质矣，吾无以为言矣"。嵇康用这个典故，也是感叹世无知己。王昌龄《独游诗》："手携双鲤鱼，目送千里雁。悟彼颇有适，嗟此罹忧患。"也看出了此诗不仅是闲适，也有忧患的内容。

　　最后一首描写了嵇康的寂寞。越名教而任自然，当然快意，但在现实生活中，这种境界实难寻觅。当年，孙登曾告诫嵇康要含而不露，沉默为上，就是因为看出嵇康"才多识寡，难乎免于今之世矣"。嵇康被捕后，相传有三千太学生为之求情，他在狱中也曾作诗表示过些许悔意，如称"昔惭柳下，今愧孙登"。但是他的倔强性格又决定了他的悲剧命运。从这个意义上说，嵇康之死，就不仅仅是个人悲剧，也是魏晋名士群体的悲剧。

《古典文学知识》2011年第4、5期

# 《文选》中的骚体

　　《文选》卷三十二、三十三是"骚体"，收录 13 篇作品，包括屈原作品 10 首：《离骚》，《九歌》6 首（《东皇太一》《云中君》《湘君》《湘夫人》《少司命》《山鬼》）。《九章》1 首（《涉江》）《卜居》《渔父》。宋玉 2 首：《九辩》和《招魂》。刘安 1 首：《招隐士》。对于这 13 首诗的注释，李善悉本王逸章句，没有按语，这在《文选》李善注中是比较少见的情况。李善全文引录前人注解的篇章有以下几篇：张衡《两京赋》用薛综注，《思玄赋》用旧注，《三都赋》用刘渊林注，司马相如《子虚赋》《上林赋》用郭璞注，潘岳《射雉赋》用徐爰注，王延寿《鲁灵光殿赋》用张载注，阮籍《咏怀诗》用颜延年、沈约注，《毛诗序》用郑玄笺，《典引》用蔡邕注，陆机《演连珠》用刘孝标注。张衡《两京赋》题下标"薛综注"，李善又特注其体例曰："旧注是者，因而留之，并于篇首题其姓名。其有乖谬，臣乃具释，并称臣善以别之，他皆类此。"就是说，凡是未有说明者，皆前人注释；凡李善有所订补者，则在后面注明"臣善曰"（现存各本多作"善曰"）云云。如果不知名者，如《思玄赋》旧注："未详注者姓名。挚虞《流别》题云衡注。详其义训，甚多疏略，而注又称愚以为，疑非衡明矣。但行来既久，故不去。""骚体"用王逸注，没有按语，说明完全遵从王逸之说。

## 一　屈原与《离骚》

　　屈原的作品，西汉前期主要流播在江南和淮水流域。吴王刘濞等人召集枚乘、邹阳、庄忌、庄助、朱买臣等，在江南诵读和模仿《楚辞》。武帝时，刘安为淮南王，国都在寿春，这是楚国最后一个文化中心。刘安在此召集门客，作《离骚傅》。①《史记·屈原列传赞》说："余读《离骚》《天问》《招魂》《哀郢》，悲其志。"并在传记里征引了《怀沙》和《渔父》。据此而知，司马迁至少读过六篇。这些作品，很可能就是刘安整理过的本子。汉成帝时刘向根据宫廷藏书，将《楚辞》编为十六卷，其中七卷是屈原作品，王逸标注为二十五篇，即《离骚》《九歌》（十一篇）、《九章》（九篇）、《远游》《卜居》《渔父》《天问》。与《汉书·艺文志》相符。其余九卷目录是《九辩》《招魂》（王逸注：宋玉所作）、《大招》（王逸注：屈原，或曰景差）、《惜誓》（王逸注：贾谊）、《招隐士》（王逸注：淮南小山）、《七谏》（王逸注：东方朔）、《哀时命》（王逸注：严忌）、《九怀》（王逸注：王褒）、《九叹》（王逸注：刘向）。东汉时的王逸对此书作注，编为《楚辞章句》，又加进自己所作的《九思》，而成十七卷本。

萧统编《文选》选录的十三篇"骚体"，应当就是从王逸的注本中选录的。洪兴祖《楚辞补注》卷七《渔父章句》末云：

> 《艺文志》云：屈原赋二十五篇。然则自《骚经》至《渔父》，皆赋也。后之作者苟得其一体，可以名家矣。而梁萧统作《文选》，自《骚经》《卜居》《渔父》之外，《九歌》去其五，《九章》去其八。然司马相如《大人赋》率用《远游》之语，《史记·屈原传》独载《怀沙》之赋，扬雄作《伴牢愁》，亦旁《惜诵》至《怀沙》。统所去取，未必当也。自汉以来，靡丽之赋，劝百而讽一，无复恻隐古诗之义。故子云有曲终奏雅之讥，而统乃以屈子与后世词人同日而论，其识如此，则其文可知矣。

---

① 1993年江苏连云港东海县尹湾村发现竹简《神乌傅》，《文物》1996年第8期发表公布了这篇作品，多数学者认为"傅"通"赋"。参见中华书局1999年出版的《尹湾汉墓简牍综论》。倘如此，《离骚傅》可能就是《离骚赋》，是刘安的辞赋创作。东汉高诱《淮南子叙目》即作《离骚赋》。当然，"傅"字也可能是"傅"字，简化"传"字，作传注讲，是汉代注解经典的一种方式。王逸《离骚经章句后叙》就说："至于孝武帝，恢廓道训，使淮南王安作《离骚经章句》，则大义粲然。"他认为《离骚傅》，即为《离骚》作注解，我赞同王说，认为是刘安组织班子整理《离骚》，时在汉武帝建元二年（前139）。参见《秦汉文学编年史》，商务印书馆2006年版，第133页。

洪兴祖对萧统选录眼光多所质疑，评价不高。其实，作为一部选本，且标注是"骚体"，就不可能仅仅选录屈原一人之作，萧统选录屈原十篇作品，应当还是有一定的代表性的。此外，补充宋玉、刘安三篇，也正好代表了三个时代，即屈原弟子和汉代前期的创作，较有学术眼光。屈原与宋玉、刘安等人的创作，正好彰显了《楚辞》的传承与意义。如果没有这些后来者，也就无法凸显屈原的影响和楚歌的传承。洪兴祖说萧统"以屈子与后世词人同日而论，其识如此，则其文可知矣"。我觉得这种责难，过于苛刻。

屈原与楚王同宗，自是楚国贵族出身。《史记·屈原贾生列传》说屈原"博闻强志，明于治乱，娴于辞令"，一度得到怀王的信任，任左徒，地位仅次于令尹（丞相），曾起草作为国家大法的宪令，努力推行变革；也曾多次接待各国使节，并出访各国。在当时大国中，东齐、西秦、南楚，对中原形成合围之势。这时，楚国的向背，在很大程度上决定了战国形势的走向：如果与其他几个国家联合起来，形成纵向势力，齐、秦便无所作为。因此，很多有识之士早就看出这一点。公元前329年，楚威王卒，怀王立。这一年，魏人张仪入秦为相，倡导连横政策，主张秦、楚、齐这三个大国联合起来对付其他国家。而魏将公孙衍则推行合纵方略，发起魏、韩、赵、燕、中山等"五国相王"，抗击秦、楚、齐。屈原当然很清楚"横则秦帝，纵则楚王"，或"非秦而楚，非楚而秦"的道理，所以力主联齐抗秦，楚怀王鉴于"秦之心欲伐楚"，赞同联齐主张，派遣"屈原为楚东使于齐，以结强党"。可惜，楚怀王没有把握住荣任"纵约长"的机会，致使秦国各个击破，使楚国逐渐处于更加不利地位。

《史记》《新序》等古代典籍都记载，秦国派张仪疏通上官大夫靳尚、令尹子兰、夫人郑袖等人进谗言，诬陷屈原自诩法令为自己所制定，别人都干不了。怀王听信谗言，免去屈原左徒职，将他流放到汉北。这是屈原第一次被流放。当时40岁左右。[1]

---

[1] 多数学者认为屈原被流放过两次，第一次是在楚怀王时期，被流放到汉北，即汉水北岸。这次流放的时间似乎不长，所以《卜居》说："屈原既放，三年不得复见。"也说三年左右。第二次是顷襄王时代，被流放到江南。当然，也有学者认为屈原只是在顷襄王时被流放江南。怀王时被"疏"只是疏远，而非流放。因此，屈原只有一次流放经历。还有学者认为屈原被流放过三次。

《史记》记载说，屈原正道直行，竭忠尽智，却信而见疑，忠而被谤，非常困惑，"忧愁幽思而作《离骚》"。全诗共分为五个部分，第一部分叙写了自己的出身与理想。头八句自叙家世、生辰及美名的由来："帝高阳之苗裔兮，朕皇考曰伯庸。摄提贞于孟陬兮，惟庚寅吾以降。皇览揆余初度兮，肇锡余以嘉名。名余曰正则兮，字余曰灵均。"这八句诗是关于屈原家世、生辰及其理想的重要材料。屈原自称是颛顼高阳氏的后代。高阳帝生在西部的昆仑，屈原在《楚辞》中四次提到高阳，凡是困惑时他总是想到昆仑，视为寄命归宗之地。此外，他还把南方的舜作为自己投诉的对象。关于生辰，他自称寅年正月初一那天降生。关于美名，他的父亲认为他气度不凡，叫他正则，后来起了字，叫灵均。之后就叙写其外表之美和内在之修养，他感到"日月忽其不淹兮，春与秋其代序；惟草木之零落兮，恐美人之迟暮"，所以要"乘骐骥以驰骋兮，来吾道夫先路"，表示愿意为君主建立美政作开路先锋。第二部分主要写诗人理想和现实的矛盾。屈原为了实现美政，汲汲自修的同时，他"忽奔走以先后兮，及前王之踵武"，积极辅佐君王，希望能够继承前代圣君的伟业；他培育人才，"冀枝叶之峻茂兮，愿竢时乎吾将刈"，希望时机成熟，贤才能成为改革政治的栋梁。但是由于党人的营私诬陷，君王听信谗言，毁弃前约，培养的众多贤才也纷纷变节。令人钦敬的是，在巨大的冲突中，屈原表现了与党人异其志趣的人生追求："忽驰骛以追逐兮，非余心之所急；老冉冉其将至兮，恐修名之不立。"他表现出以最高的生命代价践履理想的人生态度："虽不周于今之人兮，愿依彭咸之遗则""亦余心之所善兮，虽九死其尤未悔""宁溘死以流亡兮，余不忍为此态""伏清白以死直兮，固前圣之所厚""虽体解吾犹未变兮，岂余心之可惩"，以上诗句，所谓"彭咸""九死""溘死""死直""体解"这些语词，使得每一诗句都显露出以死的代价持守生时信仰的人生指向。这些铮铮誓言穿插于现实的冲突与描写中，响彻在黑暗现实的幽谷上空。屈原第一次以如此黑白分明的诗句表达了自己与黑暗现实对峙情形之下的政治立场，其表现的屈原崇高的不屈的生命形态，给后世以极大的震撼，诵读感怀，令人回肠荡气！第三部分表现了屈原寻求实现美政的种种努力。首先，屈原借与女媭对话，表现自己内心的困惑。女媭劝解道："众不可户说兮，孰云察余之中情？世并举而好朋兮，夫何茕独而不予听？"意思是说，众人不可户户而说，谁来体察咱们的本心呢？劝他不必过于刚直。屈原接着向虞舜陈词，坚定了自己的政治理想，于是开始了"上叩帝阍""下求佚女"的上下求索的漫长历程。屈原"上叩帝阍"的结果是"吾令帝阍开关兮，倚阊阖而望予"。帝阍，天帝的守门人。阊阖，神话中的天门。这句描写屈原上天陈志无门，实际暗喻对楚王的极度失望。于是他又次求佚女，寻找志同道合者：一求"宓妃之所在"；二求"有娀之佚女"；三求"有虞之二姚"。三次求女或因"理弱而媒拙"，或因美女"信美而无礼"，都以失败告终。"上下求索"的失败，寓示了屈原试图在楚国寻求实现美政愿望的破灭。第四部分写屈原试图去国求合，寻求实现自己的美政理想。屈原请求灵氛、巫咸为他占卜，他们一致劝导他远行。他自己也准备这样做："灵氛既告余以吉占兮，历吉日乎吾将行。"但是故土难离，当他从"旧乡"上空经过时，"忽临睨夫旧乡，仆夫悲余马怀兮，蜷局顾而不行"。这里提到的"旧乡"，王逸以为是指郢都，而姜亮夫先生认为是指西方昆仑山，是高阳氏的发祥地，是楚祖先的葬地。对故国的热爱让诗人终难离开故土！第五部分是结语，即"乱曰：已矣哉！国无人莫我知兮，又何怀乎故都？既莫足与为美政兮，吾将从彭咸之所居"。这里的"故都"与前面提到的"旧乡"有所不同，是指郢都。彭咸，王逸、洪兴祖都说是殷大夫，谏君不听，自投水而死。当然，还有另一说，彭咸即彭祖，是太阳神。上古神话认为，日神及其宫殿都在大海中，屈原投水，乃寻日神之所在。总之，通过彭咸这样一个典故，屈原表示了以身殉国、以身殉志的决心。

屈原被贬后，秦国依然很害怕楚、齐联合，再次派张仪到楚国游说。张仪对楚怀王说："秦国最憎恨的是齐国，但是楚国现在却和齐国联盟，要是你们能够与齐国断交，秦王愿意送给你商於之地六百里。"楚怀王非常贪心，轻信张仪的话，竟然答应这个条件，"闭关绝齐"。楚、齐绝交后，张仪只承认献地六里。怀王愤怒至极，举兵伐秦，结果惨败，死伤八万多。不久，汉中一带也被秦人占去。这样，秦国的关中地区与西南连成一片，楚国已非秦国对手了。怀王不甘心失败，便调集大军深入秦地，在蓝田大战。魏国军队知道楚国空虚，起兵偷袭楚国的后方，而齐国自然也不来援救。结果楚国又吃败仗。这在《战国策》《史记》中记载得非常详尽。楚王知道自己做错了事，就把屈原召回来，让他出使齐国。

秦惠王看到齐、楚又要走到一起，又派人求和，表示愿"分汉中之半以和楚"。楚王态度很鲜明：宁可得到张仪也不要地。张仪则主动请缨，三度使楚。他对秦王说："以我一个人来换整个汉中地方，我为什么不去呢？"其实不是张仪多么高尚，他实在看透了楚国的腐败，又有强秦在，楚国也不敢轻易杀他。他到楚国后，"私于靳尚"，送去厚礼，又勾结怀王宠妃郑袖。怀王又一次听信了他们，放走张仪。这时，屈原刚从齐国回来，极力主张杀掉张仪，楚怀王派人追杀，但张仪早已远走高飞。随着秦惠王、张仪的前后死去，汉中割地的事也不了了之。又过十年，公元前299年，是楚怀王三十年，秦昭王和楚国王族的一个女儿结婚，借此缓和了楚国和秦国之间的矛盾。秦昭王提出邀请，和楚怀王在武关会面。① 怀王轻信了秦王和亲政策。屈原苦劝："秦，虎狼之国，不可信，不如无行！"楚怀王小儿子子兰却力劝父亲前往，认为不应拒绝秦国求和的好意。结果，楚怀王一入关就被劫持到咸阳，秦王强迫怀王割让土地给秦国。怀王又懊恼又愤怒，好不容易逃到赵国，赵国却不敢收留，又被秦国所俘。两年后，楚怀王客死于秦。《资治通鉴》周赧王十九年（前296）载："楚怀王发病，薨于秦，秦人归其丧。楚人皆怜之，如悲亲戚。"怀王被扣这一年，楚怀王的太子熊横即位，是为楚顷襄王。他任命弟弟子兰做令尹，依然采取和亲政策，娶秦王女儿为妻，丧失对秦的警惕。《史记·屈原列传》载：楚人包括屈原在内都怪罪子兰敦促怀王入秦，子兰本来就怨恨屈原，听到这些议论，就叫上官大夫在顷襄王面前说了很多坏话，顷襄王大怒，就将屈原赶出京城，流放到江南。《史记》这样写道：

  屈原至于江滨，被发行吟泽畔，颜色憔悴，形容枯槁。渔父见而问之曰："子非三闾大夫欤？何故而至此？"屈原曰："举世混浊而我独清，众人皆醉而我独醒，是以见放。"渔父曰："夫圣人者，不凝滞于物而能与世推移。举世混浊，何不随其流而扬其波？众人皆醉，何

---

① 武关是秦国南部的重要关口，在今陕西商南县南。汉高祖刘邦就是由此关口攻占咸阳，最后灭秦的。

不餔其糟而歠其醨？何故怀瑾握瑜而自令见放为？"屈原曰："吾闻之，新沐者必弹冠，新浴者必振衣，① 人又谁能以身之察察，受物之汶汶者乎！宁赴常流而葬乎江鱼腹中耳，又安能以皓皓之白而蒙世俗之温蠖乎！"

这段文字依据《楚辞·渔父》，同时也是司马迁亲赴汨罗江考察时所见所闻而写，表现了屈原"宁赴湘流"而不愿蒙受世俗尘埃的崇高境界，也表现了司马迁对屈原的崇敬之情。

## 二 《九歌》《九章》与《卜居》

屈原"行吟泽畔"，吟唱的当然也是楚歌，除《离骚》《渔父》外，还有《文选》载录的《九歌》6首、《九章》1首和《卜居》等。

《九歌》是一组清新优美、哀婉动听的抒情诗，是屈原在楚地民间祭歌基础上的改作。王逸注《九歌》曰："昔楚国南郢之邑，沅、湘之间，其俗信鬼而好祠。其祠，必作歌乐鼓舞以乐诸神。"屈原本此而作，"上陈事神之敬，下见己之冤结"。据记载，《九歌》属于夏乐，"九"是虚数，指由多个篇章组成，包括十一篇作品，首尾两篇是《东皇太一》和《礼魂》，是祭祀时的迎神曲和送神曲，与秦汉以后的郊祀制度相似。中间九篇为《九歌》核心，即《云中君》《湘君》《湘夫人》《大司命》《少司命》《东君》《河伯》《山鬼》《国殇》。除去《礼魂》，十篇中所祀神灵分天神、地祇与人鬼三类。天神五篇：《东皇太一》所祀为天之尊神，《云中君》祀云神，《东君》祀日神，《大司命》祀主人寿夭之神，《少司命》祀主子嗣之神；地祇四篇：《湘君》与《湘夫人》所祀为湘水神，《河伯》祀河神，《山鬼》祀山神；人鬼一篇，即《国殇》，祭祀为国战死的将士。这组诗，从结构上看，类似于元代以后的套数，搬演一大套，王国维以为这是中国的原始戏曲。《文选》所选六篇，天神三篇，即《东皇太一》

---

① 左思《咏史诗》："振衣千仞岗，濯足万里流。"李白乐府《沐浴子》："沐芳莫弹冠，沐兰莫振衣。处世忌太洁，至人贵藏晖。沧浪有钓叟。吾与尔同归。"皆本此而各有发挥。

《云中君》和《少司命》；地祇三篇：《湘君》《湘夫人》和《山鬼》。《国殇》未选，不无遗憾。

  阅读《九歌》，我们首先应注意祭祀娱神的阅读视角。《湘君》与《湘夫人》合称二湘。关于二湘的祭者、被祭者为谁，意见纷呈。但长期以来均把二湘视作配偶神，将两篇视作二神恋爱之作。潘啸龙先生在《〈九歌〉二〈湘〉"恋爱"说评议》一文中对这种观点进行了批判，认为"这一'神、神恋爱'的新奇解说，是完全不符湘君、湘夫人传说的神话背景，也不符合祭祀湘水之神的民俗的"，"二篇的内容，就根本不是湘君夫妇'交相致其爱慕之意'，而是迎神巫者表达对神灵的思慕和祈愿之意了——这恰正符合巫风迎神的'民俗'，与'恋爱'之类风马牛不相及也"①。潘先生的这一观点是抓住了《九歌》作为祭神娱神的巫风总体特征并进行立说的。这一特征的把握非常重要，它直接影响到我们对《九歌》进行阅读的视角。无视《九歌》巫风祭神娱神的特征，就会将祭者的身份隐去而以神话或传说代之，造成解释上的混乱。基于此，我们对《山鬼》也应作如此理解，即《山鬼》通篇并不是山鬼的表白，以示其对"灵修"的思念。全篇所述的乃是祭巫对山鬼（神）的思慕与祈愿。不难看出，三篇在情感表达上的一个共同的特点就是期神而神不至的忧思，这种祭盼而不得的心情，也许只有通过"恋爱"的用语与方式才能得到很好的传达。另外，《九歌》歌舞祭神的仪式中，所祭之神因被赋予了形象与个性特征而显得可与亲近。如《东皇太一》中"东皇太一"神虽未出现，但是从拊鼓浩倡的祭祀场面、灵巫姣服偃蹇的祭舞以及对太一神"欣欣乐康"的祝愿，虔敬中自有一份求得与神亲和的情感流露，仍然能感受到天之尊神的可亲近性。《云中君》所祭为云神。全篇在降神、享神与送神的过程中有对"云神"的形象描写，如"灵连蜷兮既留，烂昭昭兮未央"，更为主要的是在迎神、送神的过程中既有"浴兰汤兮沐芳，华采衣兮若英"的希神降临的虔诚，又有云神降临后对云神的描写所流露出的喜悦与颂扬，更有云神离去后"思夫君兮太息，极劳心兮忡忡"对云神思念的怅惘，整个祭祀过程就是表现了人对神的依恋。《少司命》中少司命，作为

---

① 潘啸龙：《屈原与〈楚辞〉研究》，安徽大学出版社1999年版，第137、143页。

主人子嗣之神，他既有"辅天化行、诛恶护善"的刚正一面，又有"悲莫悲兮生别离，乐莫乐兮新相知"的柔情之处，而这柔情一面甚至于掩盖了其刚正的一面，以至蒋骥认为"少司命主缘，故以男女离合为说，殆月老之类也"。① 茅盾、郭沫若先生也认为少司命为司恋爱之神。其实，这种双重身份就反映了古人在祭祀活动中求子与求爱双重目的的叠合。人们对少司命的亲近，是人类自身繁衍需求在祭祀中的反映。最后，在《九歌》与屈原的关系上，无论是著作权还是情感寄寓等方面，都存在着较大的争议。我们尊重王逸的屈原改作说，但并不赞同他的政治寄寓说。明汪瑗的看法较为通脱："《九歌》之词，固不可以为无意也，亦不可以为有意也。昔人谓解杜诗者，句句字字为念君忧国之心，则杜诗扫地矣。瑗亦谓解《楚辞》者，句句字字为念君忧国之心，则《楚辞》扫地矣。"② 我们阅读《九歌》似应采取这种态度，不可将作品与屈原的政治经历一一对应坐实，也不可忽视《九歌》中的情感表达模式与屈原政治遭遇之间的某种契合。

《九章》是屈原创作的一组诗歌，原是单行的散篇，非一时一地之作。《九章》之名，又见于西汉刘向所作《九叹》："叹《离骚》以扬意兮，犹未殚于《九章》。"一般认为是刘向编辑《楚辞》时，将诗人屈原作品中内容、形式大致相似的九篇作品编为组诗，并冠以《九章》之名。《九章》中的作品，依照王逸《楚辞章句》的次序，是《惜诵》《涉江》《哀郢》《抽思》《怀沙》《思美人》《惜往日》《桔颂》《悲回风》。除《桔颂》一篇大约是屈原的早年作品外，其他各篇均是屈原两次流放（汉北、江南）时所作。《文选》仅选录《涉江》一首，为屈原迁逐江南之作。诗开篇即言"余幼好此奇服兮，年既老而不衰"，突出了屈原的志行高洁以及至死不渝的持守，屈原认为自己的操守可"与天地兮同寿，与日月兮同光"。正是带着这份对自我人格的高度自信，屈原踏上了南迁之路。屈原途经鄂渚、方林、枉渚、辰阳及溆浦等地，一路行来，正当秋冬之季，尽管自然环境极为恶劣，深林杳冥，猨狖窜伏，山高蔽日，雨雪霏霏，也有独处山中、不见天日的幽愤，但屈原还是向我们展示了不能变心从俗、秉

---

① 蒋骥：《山带阁注楚辞》，上海古籍出版社1958年版，第201页。
② 汪瑗：《楚辞集解》，董洪利点校，北京古籍出版社1994年版，第108页。

道直行的坚定信念。与洪兴祖《楚辞补注》本相较，《文选》中的《涉江》缺少"乱曰"一段，即："乱曰：鸾鸟凤皇，日以远兮。燕雀乌鹊，巢堂坛兮。露申辛夷，死林薄兮。腥臊并御，芳不得薄兮。阴阳易位，时不当兮。怀信侘傺，忽乎吾将行兮！"乱辞以鸟兽草木作比，揭示了"阴阳易位，时不当兮"黑白颠倒的现实，而"怀信侘傺，忽乎吾将行兮"则照应了正文"世溷浊而莫余知兮，吾方高驰而不顾"，表现了诗人与黑暗现实决绝的态度与对自我理想的生死持守。

《卜居》和《渔父》两篇，近代也有学者怀疑不是屈原的作品，如朱东润认为"《远游》《卜居》《渔父》是三篇幼稚而浅薄的作品，其完成的时代，不会早于西汉后期"。[①] 但是很多学者根据其用韵为先秦旧音，推断是屈原弟子或崇拜者如宋玉、唐勒、景差等人所作。他们深知屈原的生活与思想，同情屈原的遭遇，所以写得入情入理。从文体的角度来看，《卜居》《渔父》属散体赋而非骚体，两篇假客问答，实开后世对答体赋的先河。由此可见，萧统立骚一类，还主要是从情感内容角度，而没有着重考虑骚体的外在体式特征。但《文选》立骚、赋两体，对后世骚、赋分体研究却颇有影响。

## 三　宋玉及其他

《史记·屈原贾生列传》说："屈原既死之后，楚有宋玉、唐勒、景差之徒者，皆好辞而以赋见称，然皆祖屈原之从容辞令，终莫敢直谏。其后楚日以削，数十年竟为秦所灭。"说明宋玉为屈原弟子，至少是屈原的追随者。《汉书·艺文志》"诗赋略"著录"宋玉赋十六篇"。今存署名宋玉的作品正好十六篇，其中东汉王逸《楚辞章句》选录《九辩》《招魂》，梁代萧统《文选》除《九辩》《招魂》外，还选录了《风赋》《高唐赋》《神女赋》《登徒子好色赋》《对楚王问》等五篇，唐人所编《古文苑》又在前人基础上选录《笛赋》《大言赋》《小言赋》《讽赋》《钓赋》《舞赋》

---

[①] 见朱东润《〈离骚〉以外的"屈赋"》，收录在《楚辞研究论文集》中，作家出版社1957年版。

等六篇。《微咏赋》见载南宋陈仁子《〈文选〉补遗》,《高唐对》《郢中对》见载于明人所辑《宋玉集》。以上作品,几乎都有作者、年代的争议,迄今未有定论。相关情况,吴广平编注的《宋玉集》(岳麓书社2001年版)附录了十余篇辨析文字,足资参考。

自然,《文选》"骚"类收录的宋玉两篇作品也有类似的问题。《招魂》的作者,《史记·屈原列传赞》认为是屈原所作。他说:"余读《离骚》《天问》《招魂》《哀郢》,悲其志。"说明司马迁所见《招魂》,作者署名可能为屈原,大约是追悼楚怀王之作。东汉王逸则标为宋玉的作品,认为"《招魂》者,宋玉之所作也。招者,召也。以手曰招,以言曰召。魂者,身之精也。宋玉怜哀屈原,忠而斥弃,愁懑山泽,魂魄放佚,厥命将落,故作《招魂》,欲以复其精神,延其年寿,外陈四方之恶,内崇楚国之美,以讽谏怀王,冀其觉悟而还之也"。全诗用"魂兮归来"作为主线,陈述天、地、东、西、南、北等六个方位,尽管各有风景,但都有害人之象,不可久留,还是回到家中,美酒佳肴,声色娱乐,无不充满人间的世俗享乐。现有学者认为,根据《招魂》篇中所写享受的规格非帝王之人不能享用,认为此篇是宋玉为招顷襄王生魂而作。①

《九辩》的作者,似乎较少异说,但也有人表示怀疑,如明人焦竑,而多数学者认为是宋玉的创作,但是《文选》收录的又不完整,截选其中五段,至"独悲愁其伤人兮,憭郁郁其何极"为止,仅有全诗一半的内容,这就影响到诗歌的完整性,不无遗憾。为何这样截取,萧统并没有说明。

《九辩》的题意、主旨及其影响,王逸有过一段简明扼要的说明:"《九辩》者,楚大夫宋玉之所作也。辩者,变也。谓陈道德以变说君也。九者,阳之数,道之纲纪也。故天有九星,以正机衡;地有九州,以成万邦;人有九窍,以通精明。屈原怀忠贞之性,而被谗邪,伤君暗蔽,国将危亡,乃援天地之数,列人形之要,而作《九歌》《九章》之颂,以讽谏怀王。明己所言,与天地合度,可履而行也。宋玉者,屈原弟子也。闵惜其师,忠而放逐,故作《九辩》以述其志。至于汉兴,刘向、王褒之徒,

---

① 具体参见潘啸龙《〈招魂〉的作者、主旨及民俗研究》,见《屈原与〈楚辞〉研究》,安徽大学出版社1999年版,第163—180页。

咸悲其文，依而作词，故号为'楚词'。亦采其九以立义焉。"根据这段话，我们知道，《九辩》似依《九歌》《九章》之体，拟代屈原述志。后代作者又依宋玉而作《九怀》（王褒）、《九叹》（刘向）、《九思》（王逸），"楚词"之号，由此而兴。

当然，还可以有另外一种解说。《离骚》说："启《九辩》与《九歌》兮，夏康娱以自纵。"据此，《九歌》《九辩》原本夏代古曲。屈原的时代可能还有耳闻。屈原、宋玉借用为题，也并非没有可能。鲁迅《汉文学史纲要》就持这样的观点："《九辩》本古辞，玉取其名，创为新制。虽驰神逞想，不如《离骚》，而凄怨之情，实为独绝。"[①] 在《楚辞》中，这种借用很常见。不仅题目如此，诗句也多有借鉴者。如《九辩》开篇"悲哉，秋之为气也，萧瑟其草木摇落而变衰"，即与《九章·抽思》"悲秋风之动容兮，何回极之浮浮"相近。《九辩》"尧舜之抗行兮，瞭冥冥而薄天。何险巇之嫉妒兮，被以不慈之伪名"，似又本于《哀郢》"彼尧舜之抗行兮，瞭杳杳其薄天。众谗人之嫉妒兮，被以不慈之伪名"。至于《九辩》中的"憎愠惀之修美兮，好夫人之慷慨。众踥蹀而日进兮，美超远而逾迈"则与《哀郢》语句完全相同。当然，"楚词"作者中，这种前后因袭的例子还有很多。如《离骚》"路曼曼其修远兮，吾将上下而求索"，属名屈原的《远游》"路曼曼其修远兮，徐弭节而高厉"。又如《离骚》最后一句"陟升皇之赫戏兮，忽临睨夫旧乡。仆夫悲余马怀兮，蜷局顾而不行"，《远游》亦有"涉青云以泛滥游兮，忽临睨夫旧乡。仆夫怀余心悲兮，边马顾而不行"句式，语义皆相近。《九辩》："何时俗之工巧兮，背绳墨而改错。却骐骥而不乘兮，策驽骀而取路。"又见东方朔《七谏》："固时俗之工巧兮，灭规矩而改错。却骐骥而不乘兮，策驽骀而取路。"相互借鉴，彼此因袭，不仅在有名作者之间，即便是屈原，也有作品源自民间，这大约是当时的常见现象。唯其如此又引发另外一种推测即今传《楚辞》多为后人所编。

《九辩》的主题，诗中已有所交代，即"贫士失职而志不平"。诗歌以深秋为背景，众芳摇落，借此抒发怀才不遇的悲苦，历来被视为千古悲

---

[①] 《鲁迅全集》第 9 册，人民文学出版社 1982 年版，第 374 页。

秋之祖。因此，宋玉及其《九辩》对于后代失意文人就有莫大的感召力。西晋潘岳《秋兴赋》说："善乎宋玉之言曰：'悲哉秋之为气也。萧瑟兮草木摇落而变衰。憭栗兮若在远行，登山临水送将归。'夫送归怀慕徒之恋兮，远行有羁旅之愤。临川感流以叹逝兮，登山怀远以悼近。彼四戚之疚心兮，遭一涂其难忍。嗟秋日之可哀兮，谅无愁而不尽。"杜甫诗也说："摇落深知宋玉悲，风流儒雅亦吾师。怅望千秋一洒泪，萧条异代不同时。"而最为大家熟知的还是宋人吴文英的《唐多令》："何处合成愁，离人心上秋。"对此，钱锺书先生《管锥编》第 2 册论《楚辞》洪兴祖补注中的《九辩》，有详细的征引。①

《招隐士》的作者与题旨也有分歧。就作者看，《文选》题作刘安，而洪兴祖《楚辞补注》本王逸《楚辞章句》则署名淮南小山。淮南王刘安乃刘邦之孙，其父刘长被逼杀后，淮南国故地一分为三，刘安袭封淮南王。《汉书·淮南济北衡山王传》："淮南王安为人好书，鼓琴，不喜弋猎狗马驰骋，亦欲以行阴德拊循百姓，流名誉。招致宾客方术之士数千人，作为《内书》二十一篇，《外书》甚众，又有《中篇》八卷，言神仙黄白之术，亦二十余万言。时武帝方好艺文，以安属为诸父，辩博善为文辞，甚尊重之。每为报书及赐，常召司马相如等视草乃遣。初，安入朝，献所作《内篇》，新出，上爱秘之。使为《离骚传》，旦受诏，日食时上。又献《颂德》及《长安都国颂》。"这里提到两部重要著作，一是《内书》二十一篇，二是《离骚传》。此外还有三部著作，一是《汉书·艺文志》诸子略杂家类除著录《淮南内》二十一篇外，还著录《淮南外》三十三篇。二是《汉书·艺文志》六艺略《易》类著录《淮南道训》二篇，班固注："淮南王安，聘明《易》者九人，号九师说。"三是《隋书·经籍志》著录《淮南王集》一卷。《艺文类聚》卷六十九载《屏风赋》，当出自《淮南王集》。淮南王"招致宾客方术之士数千人"，上述著作，有一些可能出自宾客之手。东汉高诱《淮南子叙目》记载了诸多宾客之著名者，包括"苏飞、李尚、左吴、田由、雷被、毛被、伍被、晋昌等八人，及诸儒大山、小山之徒，共讲论道德，总统仁义"。他们协助刘安著《淮南子》，当然也

---

① 钱锺书：《管锥编》第 2 册，生活·读书·新知三联书店 2007 年版，第 958 页。

包括整理《楚辞》。这些著作流传开来以后，署名当然是刘安，但也不排除透露出各自姓名的可能。《招隐士》大约就是这样的作品，原本淮南小山所著，而署名刘安。因此之故，王逸、萧统就有不同的署名。

就主旨言，王逸认为《招隐士》为淮南小山悯伤屈原而作。王逸为《楚辞》注释的一个特点，就是将《楚辞》的所有作品都与悯屈、伤屈联系起来，《招隐士》自不例外。但汉代拟骚作品与屈原之间的关系，有的较明显，如《七谏》《九叹》《九思》，但有的也并不很明显，仅就骚体形式而拟，《招隐士》就是一例。就《招隐士》文本本身看，篇中极力渲染山林的险恶，目的是要"王孙兮归来，山中兮不可以久留"，"招隐"的目的十分明显，故汤炳正先生云："本篇旨在'招隐士'。朱熹《朱文公文集·招隐操序》：'淮南小山作《招隐》，极道山中穷苦之状，以风切遁世之士。'此与王逸招屈之说不同，亦异于朱氏后来《楚辞集注》的说法，但与淮南王刘安当时招致宾客、起用隐士的史实相符。王夫之《楚辞通释》亦云：'今按此篇，义尽于招隐，为淮南召致山谷潜伏之士。'"①将《招隐士》主旨归结为淮南王招致宾客、起用隐士，此说较符合文本旨意。

"赋"与"骚"，从产生的时间上来说，应当是屈骚在前，辞赋在后。但是萧统把辞赋放在首位，而"骚体"置于诗歌之后。在萧统的心目中，"骚体"只是诗歌的变体，而与辞赋有所区别。这便与刘勰的观点很不相同。刘勰编《文心雕龙》是把《辨骚》视为"文之枢纽"，提到很高的位置，而"赋"不过是文体之一种而已，并且是"受命于诗人，拓宇于楚辞"，受到《诗经》与《楚辞》的共同影响。以往的《文选》研究，也注意到《文心雕龙》对《文选》的影响，但是，刘勰与萧统对"赋"与"骚"的评价似乎有着较大的差异，表现在文体分类上，就是萧统编《文选》时已作了较为明显的文体区分，将骚、赋分立而为二体，在诗、骚与赋源流变化的认识上与刘勰不同，这似乎可以作为另外一篇有趣的论题深入探讨。

《古典文学知识》2010年第4、5期

---

① 《楚辞今注》，上海古籍出版社1996年版，第266页。

# 《过秦论》三题

## 一 《过秦论》的分篇缀合

《过秦论》收录在《文选》卷五十一"论"首,影响颇大。在《文选》之前,《史记》《汉书》以及流传于后世的贾谊《新书》均收录有《过秦论》,但分篇不同,文字也多有差异。那么《文选》收录的《过秦论》,是依据哪家为底本呢?这是本文要讨论的第一个问题。先看《史记》和《汉书》关于《过秦论》的引录。

第一,《史记·秦始皇本纪》:"太史公曰:秦之先伯翳,尝有勋于唐虞之际,受土赐姓。及殷夏之间微散。至周之衰,秦兴,邑于西垂。自缪公以来,稍蚕食诸侯,竟成始皇。始皇自以为功过五帝,地广三王,而羞与之侔。善哉乎贾生推言之也!"下引《过秦论》:

> 秦并兼诸侯山东三十余郡,缮津关,据险塞,修甲兵而守之。然陈涉以戍卒散乱之众数百,奋臂大呼,不用弓戟之兵,钼櫌白梃,望屋而食,横行天下。秦人阻险不守,关梁不阖,长戟不刺,强弩不射。楚师深入,战于鸿门,曾无藩篱之艰。于是山东大扰,诸侯并起,豪俊相立。秦使章邯将而东征,章邯因以三军之众要市于外,以谋其上。群臣之不信,可见于此矣。子婴立,遂不寤。藉使子婴有庸主之材,仅得中佐,山东虽乱,秦之地可全而有,宗庙之祀未当绝也。
>
> 秦地被山带河以为固,四塞之国也。自缪公以来,至于秦王,二十余君,常为诸侯雄。岂世世贤哉?其势居然也。且天下尝同心并力

而攻秦矣。当此之世，贤智并列，良将行其师，贤相通其谋，然困于阻险而不能进，秦乃延入战而为之开关，百万之徒逃北而遂坏。岂勇力智慧不足哉？形不利，势不便也。秦小邑并大城，守险塞而军，高垒毋战，闭关据阨，荷戟而守之。诸侯起于匹夫，以利合，非有素王之行也。其交未亲，其下未附，名为亡秦，其实利之也。彼见秦阻之难犯也，必退师。安土息民，以待其敝，收弱扶罢，以令大国之君，不患不得意于海内。贵为天子，富有天下，而身为禽者，其救败非也。秦王足己不问，遂过而不变。二世受之，因而不改，暴虐以重祸。子婴孤立无亲，危弱无辅。三主惑而终身不悟，亡，不亦宜乎？当此时也，世非无深虑知化之士也，然所以不敢尽忠拂过者，秦俗多忌讳之禁，忠言未卒于口而身为戮没矣。故使天下之士，倾耳而听，重足而立，拑口而不言。是以三主失道，忠臣不敢谏，智士不敢谋，天下已乱，奸不上闻，岂不哀哉！先王知雍蔽之伤国也，故置公卿大夫士，以饰法设刑，而天下治。其强也，禁暴诛乱而天下服。其弱也，五伯征而诸侯从。其削也，内守外附而社稷存。故秦之盛也，繁法严刑而天下振；及其衰也，百姓怨望而海内畔矣。故周五序得其道，而千余岁不绝。秦本末并失，故不长久。由此观之，安危之统相去远矣。野谚曰"前事之不忘，后事之师也"。是以君子为国，观之上古，验之当世，参以人事，察盛衰之理，审权势之宜，去就有序，变化有时，故旷日长久而社稷安矣。

秦孝公据殽函之固，拥雍州之地，君臣固守而窥周室，有席卷天下，包举宇内，囊括四海之意，并吞八荒之心。当是时，商君佐之，内立法度，务耕织，修守战之备，外连衡而斗诸侯，于是秦人拱手而取西河之外。孝公既没，惠王、武王蒙故业，因遗册，南兼汉中，西举巴、蜀，东割膏腴之地，收要害之郡。诸侯恐惧，会盟而谋弱秦，不爱珍器重宝肥美之地，以致天下之士，合从缔交，相与为一。当是时，齐有孟尝，赵有平原，楚有春申，魏有信陵。此四君者，皆明知而忠信，宽厚而爱人，尊贤重士，约从离衡，并韩、魏、燕、楚、齐、赵、宋、卫、中山之众。于是六国之士有宁越、徐尚、苏秦、杜赫之属为之谋，齐明、周最、陈轸、昭滑、楼缓、翟景、苏厉、乐毅之徒通其意，吴起、孙膑、带佗、儿良、王廖、田忌、廉颇、赵奢之朋制其兵。常以十倍之地，百万之众，叩关而攻秦。秦人开关延敌，九国之师逡巡遁逃而不敢进。秦无亡矢遗镞之费，而天下诸侯已困矣。于是从散约解，争割地而奉秦。秦有余力而制其敝，追亡逐北，伏尸百万，流血漂卤。因利乘便，宰割天下，分裂河山，强国请服，弱国入朝。延及孝文王、庄襄王，享国日浅，国家无事。及至秦王，续六世之余烈，振长策而御宇内，吞二周而亡诸侯，履至尊而制六合，执棰拊以鞭笞天下，威振四海。南取百越之地，以为桂林、象郡，百越之君俛首系颈，委命下吏。乃使蒙恬北筑长城而守藩篱，却匈奴七百余里，胡人不敢南下而牧马，士不敢弯弓而报怨。于是废先王之道，焚百家之言，以愚黔首。堕名城，杀豪俊，收天下之兵聚之咸阳，销锋铸鐻，以为金人十二，以弱黔首之民。然后斩华为城，因河为津，据亿丈之城，临不测之溪以为固。良将劲弩守要害之处，信臣精卒陈利兵而谁何，天下以定。秦王之心，自以为关中之固，金城千里，子孙帝王万世之业也。

　　秦王既没，余威振于殊俗。陈涉，瓮牖绳枢之子，氓隶之人，而迁徙之徒，才能不及中人，非有仲尼、墨翟之贤，陶朱、猗顿之富，蹑足行伍之间，而倔起什伯之中，率罢散之卒，将数百之众，而转攻秦。斩木为兵，揭竿为旗，天下云集响应，赢粮而景从，山东豪俊遂并起而亡秦族矣。且夫天下非小弱也，雍州之地，殽函之固自若也。陈涉之位，非尊于齐、楚、燕、赵、韩、魏、宋、卫、中山之君；锄櫌棘矜，非铦于句戟长铩也；适戍之众，非抗于九国之师；深谋远虑，行军用兵之道，非及乡时之士也。然而成败异变，功业相反也。试使山东之国与陈涉度长絜大，比权量力，则不可同年而语矣。然秦以区区之地，千乘之权，招八州而朝同列，百有余年矣。然后以六合为家，殽函为宫，一夫作难而七庙堕，身死人手，为天下笑者，何也？仁义不施而攻守之势异也。

　　秦并海内，兼诸侯，南面称帝，以养四海，天下之士斐然乡风，若是者何也？曰：近古之无王者久矣。周室卑微，五霸既殁，令不行于天下，是以诸侯力政，强侵弱，众暴寡，兵革不休，士民罢敝。今秦南面而王天下，是上有天子也。既元元之民冀得安其性命，莫不虚心而仰上，当此之时，守威定功，安危之本在于此矣。秦王怀贪鄙之心，行自奋之智，不信功臣，不亲士民，废王道，立私权，禁文书而酷刑法，先诈力而后仁义，以暴虐为天下始。夫并兼者高诈力，安定者贵顺权，此言取与守不同术也。秦离战国而王天下，其道不易，其政不改，是其所以取之守之者〔无〕异也。孤独而有之，故其亡可立而待。借使秦王计上世之事，并殷周之迹，以制御其政，后虽有淫骄之主而未有倾危之患也。故三王之建天下，名号显美，功业长久。

今秦二世立，天下莫不引领而观其政。夫寒者利裋褐而饥者甘糟糠，天下之嗷嗷，新主之资也。此言劳民之易为仁也。乡使二世有庸主之行，而任忠贤，臣主一心而忧海内之患，缟素而正先帝之过，裂地分民以封功臣之后，建国立君以礼天下，虚囹圄而免刑戮，除去收帑汙秽之罪，使各反其乡里，发仓廪，散财币，以振孤独穷困之士，轻赋少事，以佐百姓之急，约法省刑以持其后，使天下之人皆得自新，更节修行，各慎其身，塞万民之望，而以威德与天下，天下集矣。即四海之内，皆欢然各自安乐其处，唯恐有变，虽有狡猾之民，无离上之心，则不轨之臣无以饰其智，而暴乱之奸止矣。二世不行此术，而重之以无道，坏宗庙与民，更始作阿房宫，繁刑严诛，吏治刻深，赏罚不当，赋敛无度，天下多事，吏弗能纪，百姓困穷而主弗收恤。然后奸伪并起，而上下相遁，蒙罪者众，刑戮相望于道，而天下苦之。自君卿以下至于众庶，人怀自危之心，亲处穷苦之实，咸不安其位，故易动也。是以陈涉不用汤武之贤，不藉公侯之尊，奋臂于大泽而天下响应者，其民危也。故先王见始终之变，知存亡之机，是以牧民之道，务在安之而已。天下虽有逆行之臣，必无响应之助矣。故曰：安民可与行义，而危民易与为非，此之谓也。贵为天子，富有天下，身不免于戮杀者，正倾非也。是二世之过也。

通常的看法，《史记·秦始皇本纪》所引《过秦论》止于"仁义不施而攻守之势异也"。"秦并海内，兼诸侯，南面称帝，以养四海"句下，裴骃《〈史记〉集解》引徐广曰："一本有此篇，无前者'秦孝公'已下，而又以'秦并兼诸侯山东三十余郡'继此末也。"司马贞《史记索隐》："按：贾谊《过秦论》以'孝公'已下为上篇，'秦并兼诸侯山东三十余郡'为下篇。邹诞生云：太史公删贾谊《过秦》篇著此论，富其义而省其辞。褚先生增续既已混淆，而世俗小智不惟删省之旨，合写本论于此，故不同也。"说明徐广所见，自"秦并海内，兼诸侯，南面称帝，以养四海"起，至"是二世之过也"止，为《过秦论》的另一篇，或曰下篇，讲二世之过。司马贞赞同其说。从"襄公立，享国十二年。初为西畤。葬西垂"起，又为司马迁语。司马贞《〈史记〉索隐》曰："此已下重序列秦之先君立年及葬处，皆当据《秦纪》为说，与正史小有不同，今取异说重列于后。"所见尤是。

第二，《史记·陈涉世家》所引《过秦论》见史传"陈胜虽已死，其所置遣侯王将相竟亡秦，由涉首事也。高祖时为陈涉置守冢三十家砀，至今血食"下所载"褚先生曰：地形险阻，所以为固也；兵革刑法，所以为治也。犹未足恃也。夫先王以仁义为本，而以固塞文法为枝叶，岂不然哉！吾闻贾生之称曰"云云，裴骃《〈史记〉集解》引徐广曰："一作'太史公'。骃案：《班固奏事》云'太史迁取贾谊《过秦》上下篇以为《秦始皇本纪》、《陈涉世家》下赞文'，然则言'褚先生'者，非也。"司马贞《〈史记〉索隐》："徐广与裴骃据所见别本及《班彪奏事》，皆云合作'太史公'。今据此是褚先生述《史记》，加此赞首地形险阻数句，然后始称贾生之言，因即改太史公之目，而自题己位号也。已下义并已见始皇之本纪讫。"这里所引贾生言，为《过秦论》之中篇：

秦孝公据崤函之固，拥雍州之地，君臣固守，以窥周室。有席卷天下，包举宇内，囊括四海之意，并吞八荒之心。当是时也，商君佐之，内立法度，务耕织，修守战之备；外连衡而斗诸侯。于是秦人拱手而取西河之外。孝公既没，惠文王、武王、昭王蒙故业，因遗策，南取汉中，西举巴蜀，东割膏腴之地，收要害之郡。诸侯恐惧，会盟而谋弱秦。不爱珍器重宝肥饶之地，以致天下之士。合从缔交，相与为一。当此之时，齐有孟尝，赵有平原，楚有春申，魏有信陵：此四君者，皆明知而忠信，宽厚而爱人，尊贤而重士。约从连衡，兼韩、魏、燕、赵、宋、卫、中山之众。于是六国之士有宁越、徐尚、苏秦、杜赫之属为之谋，齐明、周最、陈轸、邵滑、楼缓、翟景、苏厉、乐毅之徒通其意，吴起、孙膑、带他、兒良、王廖、田忌、廉颇、赵奢之伦制其兵。尝以什倍之地，百万之师，仰关而攻秦。秦人开关而延敌，九国之师遁逃而不敢进。秦无亡矢遗镞之费，而天下固已困矣。于是从散约败，争割地而赂秦。秦有余力而制其弊，追亡逐北，伏尸百万，流血漂橹，因利乘便，宰割天下，分裂山河，强国请服，弱国入朝。施及孝文王、庄襄王，享国之日浅，国家无事。及至始皇，奋六世之余烈，振长策而御宇内，吞二周而亡诸侯，履至尊而制六合，执敲朴以鞭笞天下，威振四海。南取百越之地，以为桂林、象郡，百越之君俛首系颈，委命下吏。乃使蒙恬北筑长城而守藩篱，却匈奴七百余里，胡人不敢南下而牧马，士亦不敢贯弓而报怨。于是废先王之道，燔百家之言，以愚黔首。堕名城，杀豪俊，收天下之兵聚之咸阳，销锋镝，铸以为金人十二，以弱天下之民。然后践华为城，因河为池，据亿丈之城，临不测之溪以为固。良将劲弩，守要害之处，信臣精卒，陈利兵而谁何。天下已定，始皇之心，自以为关中之固，金城千里，子孙帝王万世之业也。

始皇既没，余威振于殊俗。然而陈涉瓮牖绳枢之子，甿隶之人，而迁徙之徒也。材能不及中人，非有仲尼、墨翟之贤，陶朱、猗顿之富也。蹑足行伍之间，俛仰仟佰之中，率罢散之卒，将数百之众，转而攻秦。斩木为兵，揭竿为旗，天下云会响应，赢粮而景从，山东豪俊遂并起而亡秦族矣。且天下非小弱也；雍州之地，殽函之固自若也。陈涉之位，非尊于齐、楚、燕、赵、韩、魏、宋、卫、中山之君也；鉏耰棘矜，非铦于句戟长铩也；适戍之众，非俦于九国之师也；深谋远虑，行军用兵之道，非及乡时之士也。然而成败异变，功业相反也。尝试使山东之国与陈涉度长絜大，比权量力，则不可同年而语矣。然而秦以区区之地。致万乘之权，抑八州而朝同列，百有余年矣。然后以六合为家，殽函为宫。一夫作难而七庙堕，身死人手，为天下笑者，何也？仁义不施，而攻守之势异也。

值得注意的是，《汉书·陈胜项籍传》所引《过秦论》与《史记·陈涉世家》相近，文字略有不同。不知是直接引自《史记》，还是引自《新书》。

第三，《汉书·陈胜项籍传》赞曰"昔贾生之《过秦》曰"云云与《史记·陈涉世家》相近：

秦孝公据殽函之固，拥雍州之地，君臣固守而窥周室，有席卷天下，包举宇内，囊括四海，并吞八荒之心。当是时也，商君佐之，内立法度，务耕织，修守战之备，外连衡而斗诸侯。于是秦人拱手而取西河之外。孝公既没，惠文、武、昭襄蒙故业，因遗策，南取汉中，西举巴蜀，东割膏腴之地，收要害之郡。诸侯恐惧，会盟而谋弱秦，不爱珍器重宝肥饶之地，以致天下之士。合从缔交，相与为一。当此之时，齐有孟尝，赵有平原，楚有春申，魏有信陵。此四贤者，皆明智而忠信，宽厚而爱人，尊贤重士，约从离横，兼韩、魏、燕、赵、宋、卫、中山之众。于是六国之士有宁越、徐尚、苏秦、杜赫之属为之谋，齐明、周最、陈轸、召滑、楼缓、翟景、苏厉、乐毅之徒通其意，吴起、孙膑、带他、兒良、王廖、田忌、廉颇、赵奢之朋制其兵。常以十倍之地，百万之军，仰关而攻秦。秦人开关延敌，九国之师逡巡而不敢进。秦无亡矢遗镞之费，而天下已困矣。于是从散约败，争割地而赂秦。秦有余力而制其弊，追亡逐北，伏尸百万，流血漂卤，因利乘便，宰割天下，分裂山河；强国请服，弱国入朝。施及孝文、庄襄王，享国之日浅，国家亡事。及至始皇，奋六世之余烈，振长策而驭宇内，吞二周而亡诸侯，履至尊而制六合，执敲扑以鞭笞天下，威震四海。南取百粤之地，以为桂林、象郡。百越之君俛首系颈，委命下吏。乃使蒙恬北筑长城而守藩篱，却匈奴七百余里，胡人不敢南下而牧马，士不敢弯弓而报怨。于是废先王之道，焚百家之言，以愚黔首。堕名城，杀豪俊，收天下之兵聚之咸阳，销锋镝铸以为金人十二，以弱天下之民。然后践华为城，因河为池，据亿丈之城，临不测之川，以为固。良将劲弩，守要害之处，信臣精卒，陈利兵而谁何。天下已定，始皇之心，自以为关中之固，金城千里，子孙帝王万世之业也。

始皇既没，余威震于殊俗。然而陈涉，瓮牖绳枢之子，甿隶之人，迁徙之徒也，材能不及中庸，非有仲尼、墨翟之知，陶朱、猗顿之富。蹑足行伍之间，而倔起阡陌之中，帅罢散之卒，将数百之众，转而攻秦。斩木为兵，揭竿为旗，天下云合响应，赢粮而景从，山东豪俊遂并起而亡秦族矣。且天下非小弱也；雍州之地，殽函之固，自若也。陈涉之位，不齿于齐、楚、燕、赵、韩、魏、宋、卫、中山之君；锄耰棘矜，不敌于钩戟长铩；适戍之众，不亢于九国之师；深谋远虑，行军用兵之道，非及曩时之士也。然而成败异变，功业相反，何也？试使山东之国与陈涉度长絜大，比权量力，不可同年而语矣。然秦以区区之地，致万乘之权，招八州而朝同列，百有余年，然后以六合为家，殽函为宫。一夫作难而七庙堕，身死人手，为天下笑者，何也？仁谊不施，而攻守之势异也。

上列三种不同的段落，除《史记·秦始皇本纪》所引第三段落外，皆见于贾谊《新书》，但是编排不一致。这说明，司马迁、班固所见贾谊传世文字，可能来源不一样。今天所见《新书》，宋人朱熹、清人孙志祖、孙诒让等人认为，是经过刘向整理而成。但如果真是刘向整理，班固应当看过，何以《汉书·食货志》所载贾谊《治安策》，《新书》中散见四五处，由此说明，这部《新书》可能班固也没有看过。但是《玉海》所载五十八篇名目，与今传完全一致。可能今传《新书》至少应当是班固以后的人整理的。后到什么时候呢？陈振孙《直斋书录解题》儒家类："《贾子》十一卷。汉长沙王太傅洛阳贾谊撰。《汉志》五十八篇。今书首载《过秦论》，末为《吊湘赋》，余皆录《汉书》语，且略节谊本传于第十一卷。其非《汉书》所有者，辄浅薄不足观，决非谊本书也。"王应麟晚于陈振孙。由此或可推断，《新书》应出现在陈振孙与王应麟之间。

我所以作上述说明，目的是探讨《文选》中所收《过秦论》的来源，可以肯定不是来自《新书》，而是来自《史记》或者《汉书》。我在从事《〈文选〉旧注辑存》工作中发现，凡《文选》收录作品同时见于《史记》《汉书》的篇章，其文字多与《汉书》相近，只是《汉书》多古字、异体字、假借字，《文选》多改为通行字，也没有收录《史记·秦始皇本纪》所引"秦并兼诸侯山东三十余郡"至"故旷日长久而社稷安矣"一段。由此可以推断，《文选》所收《过秦论》应取自《汉书》。

## 二 《过秦论》"过"字内涵及其警示

《汉书·陈胜项籍传》应劭注曰："贾生书有《过秦》二篇，言秦之过。"应劭认为是指秦之过错。当然，这里用作动词。由此来看，原本无"论"字，"论"字或为后人所题。《三国志·吴志·阚泽传》称此篇为《过秦论》，则魏晋时期已有此称。

秦之过在何处？作者在开篇并没有直接说出，而是用赞赏的口吻先描述秦国的强大。作者分两层来写，一是写秦孝公的奠定之功，二是写秦始皇的统一大业。

先说第一个层面："秦孝公据殽函之固，拥雍州之地，君臣固守，以窥周室。"秦孝公于周显王七年，即公元前362年继立，时年二十一岁。《资治通鉴》卷二记载秦国之兴，即始于孝公，称"是时河、山以东强国六，淮、泗之间小国十余，楚、魏与秦接界。魏筑长城，自郑滨洛以北有上郡；楚自汉中，南有巴、黔中：皆以夷翟遇秦，摈斥之，不得与中国之会盟。于是孝公发愤，布德修政，欲以强秦"。第二年（前361），秦孝公下令，招纳贤人："昔我穆公，自岐、雍之间修德行武，东平晋乱，以河为界，西霸戎翟，广地千里，天子致伯，诸侯毕贺，为后世开业甚光美。会往者厉、躁、简公、出子之不宁，国家内忧，未遑外事，三晋攻夺我先君河西地，丑莫大焉。献公即位，镇抚边境，徙治栎阳，且欲东伐，复穆公之故地，修穆公之政令。寡人思念先君之意，常痛于心。宾客群臣有能出奇计强秦者，吾且尊官，与之分土。"① 于是商鞅西入秦，推动变法：其一，令民为什伍而相收司、连坐。其二，告奸者与斩敌首同赏，不告奸者与降敌同罚。其三，有军功者，各以率受上爵。其四，为私斗者，各以轻重被刑大小。其五，僇力本业，耕织致粟帛多者，复其身。其六，事末利

---

① 司马光：《资治通鉴》卷二，中华书局1956年版，第44页。

及怠而贫者，举以为收孥。其七，宗室非有军功论，不得为属籍。其八，明尊卑爵秩等级，各以差次，名田宅、臣妾、衣服。其九，有功者显荣，无功者虽富无所芬华。"行之十年，秦国道不拾遗，山无盗贼，民勇于公战，怯于私斗，乡邑大治"。殽函，又作"崤函"，指崤关和函谷关。雍州，在今陕西凤翔，秦国发力的地方。20世纪这里发现秦公大墓，规格极高，早已僭越。所以文称"有席卷天下，包举宇内，囊括四海之意，并吞八荒之心"可谓写实。这个时期，秦国的内政是力推商鞅变法，重农轻商，外政则是合纵连横，为拓边战争而储备兵器。"于是秦人拱手而取西河之外"，谓轻松就取得西河之地。这时，秦国的野心就是面向中原。当时大国中，东齐、西秦、南楚，对中原形成合围之势。这时，如果与其他几个国家联合起来，形成纵向势力，齐、秦便无所作为。因此，很多有识之士早就看出这一点。公元前329年，楚威王卒，怀王立。这一年，魏人张仪入秦为相，倡导连横政策，主张秦、楚、齐这三个大国联合起来对付其他国家。而魏将公孙衍则推行合纵方略，发起魏、韩、赵、燕、中山等"五国相王"，抗击秦、楚、齐。在合纵连横的两大势力抗争中，楚国的态度至关重要，在很大程度上决定了战国形势的走向。故时人有"横则秦帝，纵则楚王"，或"非秦而楚，非楚而秦"之说。秦、楚本为姻亲国，自春秋战国以来一直通婚。两国的关系向来比较复杂，可以用又爱又恨来描述。就秦国方面来说，他们占有更多优势。譬如公元前316年，秦国乘乱攻占巴蜀，楚国失去可靠的大后方。《华阳国志》说："得蜀则得楚，楚亡则天下并矣。"同年，秦军东向，攻破赵、韩等地，魏、韩公开投入秦国怀抱。面对着这种不利局面，楚国内部也发生重要分歧。屈原力主联齐抗秦，楚怀王鉴于"秦之心欲伐楚"，赞同联齐主张，派遣"屈原为楚东使于齐，以结强党"。可惜，楚怀王没有把握住荣任"纵约长"的机会，致使秦国各个击破，使楚国逐渐处于更加不利的地位。

占据西南之后，中原地区诸侯惊恐万状，合谋弱秦，合纵连横，成为当时的焦点。当时，战国四大公子，齐有孟尝，赵有平原，楚有春申，魏有信陵，纷纷招纳贤才，约从离横。加之边界有韩、魏、燕、赵、宋、卫、中山各个小国，又有谋士挑拨离间，聚集各自的力量。"尝以十倍之地，百万之众，叩关而攻秦。"而结果却是"秦人开关而延敌，九国之师遁逃而不敢进"。"九国之师遁逃",《史记》作"九国之师逡巡遁光",《汉书》作"九国之师遁巡"。从此,纵散约解,割地赂秦。此后,秦国日益强大,为统一中国做好了各个方面的准备。

再看第二个层面:"及至始皇,奋六世之余烈,振长策而御宇内,吞二周而亡诸侯,履至尊而制六合,执敲扑以鞭笞天下,威振四海。南取百越之地,以为桂林、象郡。百越之君,俛首系颈,委命下吏。乃使蒙恬北筑长城而守藩篱,却匈奴七百余里,胡人不敢南下而牧马,士不敢弯弓而报怨。"六世余烈,至秦孝公、惠文王、武王、昭王、孝文王到庄襄王。"振长策而御宇内,吞二周而亡诸侯。履至尊而制六合,执敲扑以鞭笞天下。"长策,长鞭。敲扑,《史记·秦始皇本纪》作"棰拊"。《项羽世家》作"敲朴"。《史记集解》徐广所广所见为"槁朴"。《汉书》作"敲扑",都是敲打的意思。履至尊,为登基为始皇帝。此后,又平定岭南,建立边郡。"百越之君,俛首系颈,委命下吏。"百越,《汉书》作百粤。俛,即俯字。俯首称臣之意。至此,秦始皇已经完成了百代统一大业,功莫大焉。

作者意犹未尽,又继续写到,对外,秦始皇派蒙恬修筑万里长城,"却匈奴七百余里,胡人不敢南下而牧马,士不敢弯弓而报怨"。对内,实行愚民政策,"废先王之道,燔百家之言,以愚黔首"。又收罗天下兵器,在咸阳熔铸十二金人。锋镝,兵刃。然后以华山为天然屏障,以黄河作为城池。良将强兵把守关塞,可谓固若金汤,子孙万代繁衍。为此而自称始皇帝。在这段夸张描述中,有些是与史实有出入的。譬如灭二周,就是秦始皇祖上的业绩,如秦昭王五十一年灭西周,其后七年庄襄王灭东周,这里将功业都集中在秦始皇身上,其实是欲擒故纵,把好话说尽,就是为了和秦国的迅速崩溃作鲜明的对比。

"然而陈涉,瓮牖绳枢之子"数句,为转折之笔。瓮牖绳枢,即以绳系户枢,瓦瓮为窗,形容生活贫贱。甿隶之人,而迁徙之徒,形容地位卑下。甿,又作"氓""萌",对人的贱称。就是这样一些无钱无权无地位的下贱之人,"蹑足行伍之间,俛起阡陌之中"。振臂一呼,天下云集,众生响应,如影随形,竟然一举推翻了强大的秦帝国。赢粮,担军粮。作者反问,按理说天下还是那个天下。雍州之地、殽函之固,也还是那样坚固。而论实力，陈胜、吴广等人远不能与六国相比。论兵力，陈胜等也远没有九国兵力之众。至于谋略，更是逊色于战国贤士。秦朝销毁兵器，那些农民只能"斩木为兵，揭竿为旗"。六国灭亡，而陈胜反而成功。"成败异变，功业相反。"再拿陈胜与秦国相比，秦国历经百年的奋斗，才打下天下。而"一夫作难而七庙堕，身死人手，为天下笑者，何也"？

行文至此，由对秦国的颂扬，转为对其失败的反思。作者的回答是"仁义不施，而攻守之势异也"，即不知道根据天下大势的变化而改变基本的治世方略。他认为，秦并六国，南面而王天下，是符合人民心愿的。经过长期分裂、战乱，疲敝不堪的广大人民，"冀得安其性命，莫不虚心而仰上"。这时统治者能否照顾人民的愿望和利益，是关系政权安危之所在。可是秦始皇仍以酷刑和暴政虐待治下的臣民，"故其亡可立而待"。这便是秦朝之"过"的核心所在。

如何避免这样的过失？贾谊在分析秦亡的教训中得出了"是以牧民之道，务在安之而已"的结论。就是说，统治者使百姓各安其处，百官各安其位，一句话，治国理政的办法，最重要的就在一个"安"字。

## 三 《过秦论》的意义及其影响

秦朝二世而亡的历史教训，促使西汉初年的思想家进行深刻的反思。鉴于秦代苛政，西汉初年思想家主张无为而治，推崇黄老之术。陆贾《新语》专辟《无为》一节。萧何制礼作乐，曹参紧随其后。《汉书·循吏传》也说："汉兴之初，反秦之敝，与民休息，凡事简易，禁罔疏阔，而相国萧、曹以宽厚清静为天下帅，民作《画一之歌》。孝惠垂拱，高后女主，不出房闼，而天下晏然，民务稼穑，衣食滋殖。"但是，这里所说的宽厚清静的黄老之术，其实不仅仅是一种修身养性之术，而是一种权术。吕后之死，陈平与周勃一举击溃诸吕，就表现得非常明显。这说明，黄老之术也还是权宜之计。

汉文帝即位不久，就积极谋求发展之路。二年十一月，文帝作《日食求言诏》，举贤良方正及能直言极谏者。贾山为此而作《至言》。文章借秦为喻，言治乱之道。其宗旨与贾谊《过秦论》相近。与此同时，贾谊作

《论积贮》。这个时期的重要思想家还有晁错等人，他们共同提出若干重要主张，第一，限定各地铸钱。第二，广开言路。第三，大规模徙边。第四，削夺地方权力。第五，重农轻商，囤积粮食。这些主张，后来的历史发展证明基本上是正确的。这也为汉帝国的发展谋划了整体的蓝图。从这样的背景下看《过秦论》，其意义就会凸显出来。

从政治上说，《过秦论》的基本主张顺应了时代的潮流，强调劝农安民的重要性。《汉书·食货志》："文帝即位，躬修俭节，思安百姓。时民近战国，皆背本趋末，贾谊说上曰：'筦子曰：仓廪实而知礼节。民不足而可治者，自古及今，未之尝闻……'于是，上感谊言，始开籍田，躬耕以劝百姓。"按文中有"汉之为汉几四十年矣"之语，刘邦为汉王在公元前206年，至文帝二年，凡39年。另外，他秉承荀子的学说，不遗余力地弘扬传统的仁义礼乐，与申、商判然有别。《荀子》说："在天者莫明乎日月，在地者莫明乎水火，在物者莫明乎珠玉，在人者莫明乎礼义。"贾谊生活在秦汉转型之际，强调以"仁义"治天下。所以刘熙载《艺概》说："贾长沙、陆宣公之文，气象固又辨矣。若论其实，惟象山最说得好，贾谊是就事实上说仁义，陆贽是就仁义上说事。"当然，这里所说的"仁义"也不无刑名权术的成分。文帝起于民间，深知稳定当时社会的主要方略应当是黄老无为之学。而贾谊的主张，在文帝看来不一定尽合时宜。但是历史发展充分证明贾谊的主张确有相当的超前性。

从学术上说，贾谊师从张苍学《左传》。而据许慎《说文解字后序》，张苍也传荀子之学。因此，贾谊可谓荀子的再传弟子。张苍为律学大师，是汉初重臣中最有学问的人，百家之说，无所不观，无所不通，著书十八篇，涉猎颇广，在汉初文化方面影响颇为深远。因此，贾谊的学术传承与荀子有着千丝万缕的关系。而荀子之儒学，与孟子不同，如果说孟子学说具有形而上的特点的话，那么荀子学说则更多地涂抹了经世致用的色彩。因此，荀子的学说就易于为后学各取所需而分道扬镳。根据《汉书·楚元王传》等传记材料记载，文帝时代，天下众书往往颇出，皆诸子传说，广立学官，《论语》《孝经》《孟子》《尔雅》皆置博士，多达七十余人。后来又置传记博士，独立五经而已。这又是一个思想活跃的时代，贾谊奋发扬厉，在政论文章中反复征引礼经，推阐新制，如《新书·辅佐》论述大相、大拂、大辅、道行、调诨、典方、奉常、挑师的职责，既非周制，也非汉制，很可能是贾谊自己制定出来的。又有《礼》篇，称"道德仁义，非礼不成；教训正俗，非礼不备；分争辩讼，非礼不决；君臣、上下、父子、兄弟，非礼不定；宦学事师，非礼不亲；班朝治军，莅官行法，非礼威严不行；祷祠祭祀，供给鬼神，非礼不诚不庄。是以君子恭敬、撙节、退让以明礼"。此外有《容经》，以《洪范》五事为纲，即貌、言、视、听、思，又以《周礼》保氏六仪为纬，即祭祀之容、宾客之容、朝廷之容、丧纪之容、军旅之容、车马之容，规定得非常详尽。其中一些文字与《大戴礼》中的《傅职》《保傅》《连语》《辅佐》《胎教》等多有重合。《礼记》中也有若干文字和条目见于《新书》。我们无法确切地分辨这是贾谊抄自《礼记》等书，还是这些书的编者取材于贾谊著作，抑或他们均本于先秦典籍，但至少有一点是明确的，即贾谊的思想特立独行，在汉初的思想界占据相当重要的地位。正因为如此，刘歆说："在汉朝之儒，惟贾生而已。"

从文学上说，贾谊的文章风格与李斯相近，都受到了荀子的影响。贾谊师承链条中还有一个推荐他出仕的吴公。他是李斯的学生，又同郡，属长蔡人。由此来看，不论是张苍，还是吴公，均传荀子之学。李斯的《谏逐客书》层层递进，由远及近，从秦缪公求士写起，写到秦孝公用商鞅，秦惠公用张仪，秦昭王用范睢等，反复阐述了客卿游秦给国家带来的各种好处，如秦孝公用商鞅，"移风易俗，民以殷盛，国以富强"。秦惠王用张仪，"拔三川之地，西并巴蜀，北收上郡，南取汉中"。所有这些，"客何负于秦哉"！在文章的最后，作者尖锐地指出，倘若此时逐客，正中其他诸侯国的下怀，既给百姓带来损害，又会增加人们对秦国的仇恨，结果"内自虚而外树怨于诸侯，求国无危，不可得也"。文章列举事实，严密推理，晓以利害，动以情理，深深打动了秦王，于是收回逐客令，恢复李斯的官位。贾谊的《过秦论》也有类似的笔法，高屋建瓴，历数史实，层层推理，辨难析疑。尤其是开篇，用排比的句式写来，气势磅礴，雄浑高远，具有极大的艺术感染力。这种风格，可能与他们同传《左传》有关。《左传·襄公二十五年》论述文与质的关系，认为"言以足志，文以足言"。"言之无文，行而不远。"贾谊的文章首先以气胜，像"奋六世之余烈，振长策而驭宇内，吞二周而亡诸侯，履至尊而制六合，执敲扑以鞭笞天下，威震四海。南取百越之地，以为桂林、象郡。百越之君俯首系颈，委命下吏。乃使蒙恬北筑长城而守藩篱，却匈奴七百余里，胡人不敢南下而牧马，士不敢弯弓而报怨"。写得文采飞扬，起到了惊听回视的艺术效果。《陈政事疏》是一些奏章的集合体，论及许多问题，似是多篇奏章的精华所在。《秦汉文钞》引黄贞甫曰："通国体，入人情，药石蓍龟，莫喻其当，文章层迭驰骤，古桀深爽。原本经术，纵横策士之风，令贤良醉心，茂才短气，真千古书疏之冠。"《汉文归》引林希元评："贾谊所言皆三代秦汉之事，先王典故，可以概见。真有补于治道。先儒谓通达国体，信矣。看其词气，多是矢口成言，殊不费力，盖其时去古未远，其文字于苏秦、蔡泽、韩信、蒯彻立谈游说语相仿佛。要不可以书生操斠缀文论也。"这些都指出其文章的深刻针对性，同时又具有高超的艺术性。

　　《文选》卷五十二所收曹冏《六代论》则完全受此影响。《晋书·曹志传》载，《六代论》相传是曹植所作。曹植的孙子曹志查阅曹植亲自撰写的著述目录，并无此篇，回答晋武帝的询问说："以臣所闻，是臣族父冏所作。以先王文高名著，欲令书传于后，是以假托。"《魏志》卷二十《武文世王公传》裴注引《魏氏春秋》载宗室曹冏上书，其文论前有序一段，《文选》所录则无。正论部分全文载入。前序曰"臣闻古之王者，必建同姓以明亲亲，必树异姓以明贤贤。故传曰：庸勋亲亲，昵近尊贤。《书》曰：克明俊德，以亲九族。《诗》云：怀德维宁，宗子维城。由是观之，非贤无与兴功，非亲无与辅治。夫亲亲之道，专用则其渐也微弱。贤贤之道，偏任则其弊也劫夺。先圣知其然也，故博求亲疏而并用之。近则有宗盟藩卫之固，远则有仁贤辅弼之助。盛则有与共其治，衰则有与守其土。安则有与享其福，危则有与同其祸。夫然，故能有其国家，保其社稷，历纪长久，本枝百世也。今魏尊尊之法虽明，亲亲之道未备。《诗》不云乎：鹡鸰在原，兄弟急难。以斯言之，明兄弟相救于丧乱之际，同心于忧祸之间，虽有阋墙之忿，不忘御侮之事。何则？忧患同也。今则不然。或任而不重，或释而不任。一旦疆场称警，关门反拒，股肱不扶，胸心无卫。臣窃惟此，寝不安席，思献丹诚，贡策朱阙，谨撰合所闻，叙论成败。论曰"云云。此文又载于《艺文类聚》卷十一《帝王部》。黄侃

《〈文选〉平点》卷六谓"此文最效《过秦》，殆非子建不办"，亦推测为曹植所作。而文中有"大魏之兴，于今二十有四年矣"，以曹丕登基的黄初元年推断，此文之作当在魏齐王曹芳正始四年（243），而曹植已在十年前离世。因此，断为曹冏所作。曹冏，字元首，少帝齐王曹芳族祖。当时，曹芳幼稚，曹冏作此论奉劝曹爽，希望他能接受前世教训。六代，指夏、殷、周、秦、汉、魏。作者从两个维度比较六代兴衰，一是六代兴替的比较，一是朝内兴衰的比较。所以文章的开篇就提出问题："昔夏殷周之历世数十，而秦二世而亡。"夏自禹以至于桀，十七王。殷商为天子二十余世，周为天子三十余世，为什么秦、汉二世而亡？结论是，兴盛王朝的君主"与天下共其民，故天下同其忧。秦王独制其民，故倾危而莫救"。与天下共其民，就是与其同安乐，共治之。这与《过秦论》所说"牧民之道，务在安之而已"，乃同一意思。这个结论可以贯穿于六代兴衰的始终。但是，仅有一个"安"字，也并不能解决全部问题。

《六代论》指出，夏、商、周之衰败，"王纲弛而复张，诸侯傲而复肃"，而秦之兴，看到了周朝的弊端，于是"废五等之爵，立郡县之官。弃礼乐之教，任苛刻之政"。以为依靠关中之固和高压苛政，便可以金城千里，子孙万代。没有想到二世而亡。汉鉴秦失，封植子弟，又有尾大不掉之弊；景帝削黜诸侯，诱发吴楚七国之乱；武帝接受主父偃的建议，强化中央集团。没有想到西汉后期大权旁落，外戚当政。东汉又进入另外怪圈，即外戚和宦官的矛盾伴随始终，又引发王权与士人的尖锐对立。魏武帝接受东汉的教训，努力吸引士人辅政，结果王室空虚。"内无深根不拔之固，外无盘石宗盟之助，非所以安社稷、为万代之业也。"当作者这样说的时候，正是曹爽、司马懿辅政的正始年间。"譬之种树，久则深固其本，茂盛其枝叶。"曹冏希望曹爽要培植根基，"安而不逸，以虑危也。存而设备，以惧亡也。故疾风卒至，而无摧拔之忧。天下有变，而无倾危之患矣"。不幸的是，六年之后的正始十年，一切都被曹冏言中。曹爽带着小皇帝到高平陵祭奠明帝，司马懿在京城政变，一举端掉曹爽的全班人马，天下巨变，曹魏政权从此败落。

但是司马氏也不能摆脱历史轮回的命运。干宝面对着短暂的西晋历史，在《晋纪·总论》中也用了《过秦论》的笔法说：

于时天下非暂弱也，军旅非无素也。彼刘渊者，离石之将兵都尉。王弥者，青州之散吏也。盖皆弓马之士，驱走之人，凡庸之才，非有吴先主诸葛孔明之能也。新起之寇，乌合之众，非吴蜀之敌也。脱未为兵，裂裳为旗，非战国之器也。自下逆上，非邻国之势也。然而成败异效，扰天下如驱群羊，举二都如拾遗。将相侯王，连头受戮，乞为奴仆而犹不获。后嫔妃主，虏辱于戎卒，岂不哀哉！

我在《弥纶群言，研精一理——班固与干宝的史论》（待刊）一文中指出，晋武帝励精图治，政治内外，颇见功效，当时国力已经积淀一些实力。刘渊、王弥不过是地方小吏，论智力，并无诸葛亮那样的才能；论实力，起兵闹事，也不过是乌合之众，拿起农具作兵器，撕裂衣裳作旗帜，他们并没有东吴巴蜀的军事实力，也没有战国时期的号召力。他们自下反叛，也没有邻国的支持，但是却成功地驱使天下如驱群羊，攻破大都如拾草芥，历史为此翻开新的一页。过秦、过魏、过晋，一代一代之"过"，周而复始，不绝如缕，历史又总是在一个新的层面重复着过去的故事。

《中山大学学报》2016年第2期

# 《子虚赋》《上林赋》的分篇、创作时间及其意义

## 一 分篇诸说平议

司马相如的《子虚赋》和《上林赋》最早见于《史记·司马相如列传》，没有分篇问题。《史记》说"司马相如者，蜀郡成都人也，字长卿。少时好读书，学击剑，故其亲名之曰犬子。相如既学，慕蔺相如之为人，更名相如。以赀为郎，事孝景帝，为武骑常侍，非其好也。会景帝不好辞赋，是时梁孝王来朝，从游说之士齐人邹阳、淮阴枚乘、吴庄忌夫子之徒，相如见而说之，因病免，客游梁。梁孝王令与诸生同舍，相如得与诸生游士居数岁，乃著《子虚之赋》。会梁孝王卒，相如归。……居久之，蜀人杨得意为狗监，侍上。上读《子虚赋》而善之，曰：'朕独不得与此人同时哉！'得意曰：'臣邑人司马相如自言为此赋。'上惊，乃召问相如。相如曰：'有是。然此乃诸侯之事，未足观也，请为天子游猎赋，赋成奏之。'上许，令尚书给笔札。相如以'子虚'，虚言也，为楚称；'乌有先生'者，乌有此事也，为齐难；'无是公'者，无是人也，明天子之义。故空藉此三人为辞，以推天子诸侯之苑囿。其卒章归之于节俭，因以风谏。奏之天子，天子大说。其辞曰"云云。① 《汉书》因之，也没有分篇问题。但是到了梁代昭明太子编《文选》，始将此文分为二篇，一篇题曰《子虚赋》，一篇题曰《上林赋》，并收录在卷七、八"畋猎"类中。

---

① 《史记·司马相如列传》，中华书局1982年版，第2999页。

《史记》记载说，司马相如在梁时作《子虚赋》，武帝读过后召为郎，始"请为天子游猎赋"，似乎《上林赋》是《子虚赋》的续篇，这也许是《文选》分为两篇的根据。由于《文选》的巨大影响，司马相如这篇作品就作为先后创作的两篇作品得到了人们的认可。

宋代王观国首先提出异议。他在《学林》卷七"古赋题"指出："司马相如《子虚赋》中，虽言上林之事，然首尾贯通一意，皆《子虚赋》也，未尝有《上林赋》。而昭明太子编《文选》，乃析其半，自'亡是公听然而笑'为始，以为《上林赋》，误矣。"① 金人王若虚《滹南遗老集》卷三十四《文辨》、明人焦竑《笔乘》卷三、清人何焯《义门读书记·文选》等并赞同其说。何焯引祝氏曰："此赋虽两篇，实则一篇。"他们都认为这是同一篇作品，即《子虚赋》，未尝有《上林赋》，因此，不应当分成两篇。

在此基础上，清人顾炎武在《日知录》卷二十七中又进一步指出："《子虚》之赋，乃游梁时作，当是侈梁王田猎之事而为言耳。后更为楚称齐难，而归之天子，则非当日之本文矣。若但如今所载子虚之言，不成一篇结构。"② 阎若璩、孙志祖也赞成此说。《潜邱札记》卷五曰："真《子虚赋》久不传，《文选》所载，乃《天子游猎赋》，昭明误分之而标名耳。"《读书脞录》卷七曰："此赋以子虚发端，实非《子虚赋》本文。《子虚赋》帝已读之矣，何庸复奏乎？盖此赋但当名《上林赋》，不当名《子虚赋》。昭明误分，而以旧题加之尔。"就是说，《史记》所载的这篇作品，就是《天子游猎赋》，所谓《子虚赋》早已失传。

清人吴挚甫、近人高步瀛则否定以上诸说，认为他们均为司马相如赋序所误导。《史记》所载这段话，乃是司马相如的赋序，非司马相如经历的事实，而皆虚设之词："《子虚》《上林》，一篇耳。下言故空藉此三人为词，则亦以为一篇矣。而前文《子虚赋》乃游梁时作，及见天子，乃为《天子游猎赋》。皆疑相如自为赋序，设此寓言，非实事也。"也就是说，《子虚》《上林》原本就是一篇。所谓杨得意为狗监，及天子读赋恨不同

---

① 王观国：《学林》，中华书局1988年版，第219页。
② 《日知录集释》卷二十七，花山文艺出版社1991年版，第1204页。

时,"皆假设之词也"①。在高步瀛先生看来,这篇作品均为一时所写,本来就由两个部分组成,前者赋诸侯之事,故命之曰《子虚赋》;后者赋天子之事,故命名曰《上林赋》。

上述三说,各有所据,基本认定两篇实为一篇,则无分歧。因此,《文选》分作两篇,未必视作两篇,很可能是因为篇幅过长而分作两卷,也未可知。细致推求,上述各家之说也有求之过深之嫌。如果按照王观国等人所主张,当时"未尝有《上林赋》",显然欠缺证据。《文选·西都赋》"琳瑉青荧"下引"郭璞《上林赋》注:瑉,玉名也。张揖《上林赋》注曰:瑉,石次玉也"。今本《文选·子虚上林赋》"瑉"作"珉"字,琳瑉即琳珉。《史记》作"琨珸",《索隐》引司马彪云:"石之次玉者。"由此来看,郭璞、张揖所注即《子虚赋》"石则赤玉玫瑰,琳珉昆吾"中的"琳珉"二字,但他们并称为《上林赋》而不称《子虚赋》,说明魏晋时期所传文本,题作《上林赋》,但实际还包括《子虚赋》的内容。

顾炎武等人所说《子虚赋》已经失传,现存作品应当是《天子游猎赋》,也非的论。因为今文前半部分所述正是诸侯之事,而后半部分则是天子游猎。如果仅仅是《天子游猎赋》,显然不能涵盖此赋的全部内容,且没有任何版本依据。据上引张揖注,魏晋时期流传的本子,当然也包括《子虚赋》。

至于吴挚甫、高步瀛氏所说,本文开篇所引《史记·司马相如列传》中的文字,原是司马相如的赋序,不应据以推断此赋的创作过程。这种说法,涉及的问题就更多了。第一,古代史传,确有用传主自序的情形,如《汉书·扬雄传赞》明言:"雄之自序云尔。"颜师古注:"自《法言》目之前,皆是雄本自序之文也。"② 这段文字之后的叙述,乃是班固所补。上引《史记·司马相如传》亦为《汉书》所引。如果这是司马相如自叙,诚如高氏所说,"史公不言长卿自叙者,以传载《封禅文》至长卿卒后乃出"而未见,那么,班固曾据朝廷藏书修撰《汉书》,如果班固知道《司

---

① 以上诸说详见高步瀛氏《〈文选〉李注义疏》,中华书局1986年版,第1624页。
② 《汉书·扬雄传赞》,中华书局1962年版,第3583页。

马相如传》乃依据其自叙,例应说明。《汉书》叙述武帝之前的史实多据司马迁成果,因为《史记》"其文直,其事核,不虚美,不隐恶,故谓之实录"[1]。唯其如此,凡是有疑义处,也常有订补修正。《汉书·司马相如传》对于这段文字,既无订补,亦无特别说明。至少在班固看来,司马迁的这段叙述文字当符合事实。第二,《隋书·儒林传》载刘炫"乃自为赞曰:通人司马相如、扬子云、马季长、郑康成等,皆自叙风徽,传芳来叶"[2]。《史通·序传》:"盖作者自叙,其流出于中古乎?案屈原《离骚经》,其首章上陈氏族,下列祖考;先述厥生,次显名字。自叙发迹,实基于此。降及司马相如,始以自叙为传。然其所叙者,但记自少及长,立身行事而已。逮于祖先所出,则蔑尔无闻。至马迁,又征三闾之故事,放文园之近作,模楷二家,勒成一卷。"[3] 这两段文字就是吴挚甫所说的重要依据。如果细味文字,我们只能说,司马相如、扬雄、马融、郑玄等人在其著作之后,都有后叙。司马迁写作《史记》,亦"模楷二家,勒成一卷",撰成《自序》。显然,他们并没有说传记均本于他们的自传,当然,参考他们的《自序》,也在情理之中。但是不可能将虚构的情节作为信史资料,尤其是天子赞赏这类的情节。司马相如与司马迁生活在同一时代,两人又同在朝廷供事。如果司马相如虚设其词,司马迁不可能不加分析地全部照录,因为这与司马迁的修史准则相违背。

其实,《汉书·司马相如传》明确记载:"赋奏,天子以为郎。亡是公言上林广大,山谷水泉万物,及子虚言云梦所有甚众,侈靡多过其实,且非义理所止,故删取其要,归正道而论之。"关键在这最后两句话:"删取其要,归正道而论之。"颜师古注:"言不尚其侈靡之论,但取终篇归于正道耳,非谓削除其辞也,而说者便谓此赋已经史家刊剟,失其意矣。"[4] 颜师古所见,依然保存了《子虚赋》和《上林赋》的全部内容。王观国所说的未尝有《上林赋》,顾炎武所说的《子虚赋》已亡佚,均不能成立。"删取其要"四字明明白白地说明,现存的这篇作品,是经过了增删润色

---

[1] 《汉书·司马迁传赞》,中华书局1962年版,第2738页。
[2] 《隋书·儒林传》,中华书局1973年版,第1722页。
[3] 《〈史通〉通释》卷九,上海古籍出版社1978年版,第256页。
[4] 《汉书·司马相如传注》,中华书局1962年版,第2576页。

而成。《史记》中所说的《子虚赋》，作于游梁时期，似为初稿；而《上林赋》则在此基础上加上天子游猎的场面，加工润色，遂成定稿。因此，这是一篇完整的作品，可以称《子虚上林赋》，亦可以简称《上林赋》。

## 二 《上林赋》定稿于元光元年

关于《上林赋》的写作时间，历来有异议，迄无定论。

王先谦《汉书·司马相如传补注》谓："开二郡事在建元六年，相如已为郎数岁，是献赋在武帝即位初矣。"①"初年"的理解比较宽泛，可以视为建元元年（前140）。何沛雄《〈上林赋〉作于建元初年考》以为作于建元二年，②《资治通鉴》系于建元三年，简宗梧《〈上林赋〉著作年代之商榷》则以为作于建元四年，奏赋则在建元末年。③

上林苑扩建始于建元三年，因此，称此赋作于建元元年或二年，均无根据。《汉书·东方朔传》记载："初，建元三年，微行始出，北至池阳，西至黄山，南猎长杨，东游宜春。微行常用饮酎已。八九月中，与侍中常侍武骑及待诏陇西北地良家子能骑射者期诸殿门，故有'期门'之号自此始。微行以夜漏下十刻乃出，常称平阳侯。旦明，入山下驰射鹿豕狐兔，手格熊罴，驰骛禾稼稻秔之地。民皆号呼骂詈，相聚会，自言鄠杜令。令往，欲谒平阳侯，诸骑欲击鞭之。令大怒，使吏呵止，猎者数骑见留，乃示以乘舆物，久之乃得去。时夜出夕还，后赍五日粮，会朝长信宫，上大欢乐之。是后，南山下乃知微行数出也，然尚迫于太后，未敢远出。丞相御史知指，乃使右辅都尉徼循长杨以东，右内史发小民共待会所。后乃私置更衣，从宣曲以南十二所，中休更衣，投宿诸宫，长杨、五柞、倍阳、宣曲尤幸。于是上以为道远劳苦，又为百姓所患，乃使太中大夫吾丘寿王与待诏能用算者二人，举籍阿城以南，盩厔以东，宜春以西，提封顷亩，及其贾直，欲除以为上林苑，属之南山。又诏中尉、左右内史表属县草

---

① 《〈汉书〉补注》，中华书局1983年版，第1185页。
② 何沛雄文章见《汉魏六朝赋论集》，联经出版事业公司1990年版。
③ 简宗梧文章见《汉赋史论》，东大图书股份公司1993年版。

田，欲以偿鄠杜之民。吾丘寿王奏事，上大说称善。时朔在傍，进谏曰：'臣闻谦逊静悫，天表之应，应之以福；骄溢靡丽，天表之应，应之以异。……'"① 按：上林苑原本秦代五苑之一，在渭水之南。汉初，萧何曾打算改为良田，为刘邦所阻止。② 文帝、景帝、武帝等曾多次到此打猎，因为打猎时常滋扰百姓，"民皆号呼骂詈"。因此，武帝决定扩大上林苑。吾丘寿王等提出了具体的扩大方案，"举籍阿城以南，盩厔以东，宜春以西，提封顷亩，及其贾直，欲除以为上林苑，属之南山"。对此，武帝深表赞同。尽管东方朔上书表示异议，结果还是如吾丘"寿王所奏"，建元三年开始对上林苑作大规模的扩充。《资治通鉴》根据动工之年，系《上林赋》奏于建元三年，虽不无道理，但是，这项巨大工程很难说当年即告成功。上林苑的规模，根据扬雄《羽猎赋序》的记载："武帝广开上林，南至宜春、鼎湖、御宿、昆吾，旁南山而西，至长杨、五柞，北绕黄山，濒渭而东。周袤数百里。穿昆明池象滇河，营建章、凤阙、神明、馺娑，渐台、泰液象海水周流方丈、瀛洲、蓬莱。游观侈靡，穷妙极丽。"③ 这里提到的昆明池、建章宫等，根据《三辅黄图》、《三辅决录》及《三秦记》等文献记载，其中有离宫七十余所，皆容千乘万骑。另有池塘十五所，方圆三百余里。④《汉旧仪》载：上林苑方三百里，苑中养百兽，天子秋冬射猎取之。《上林赋》"日出东沼，入乎西陂"，上林苑十五池塘就有东陂池和西陂池等。另外，"终始灞浐，出入泾渭"两句所描写的恰恰是扩建后的上林苑的规模，就是说，上林苑已经超出了秦代修建于渭南的范围，扩大到渭河两岸，乃至今天整个西安市的周围。这样大规模的扩建，如果从建元三年开始动工，至少需要数年才能完成。⑤ 武帝建元年号凡六年，随即改元为元光元年。根据相关资料，我认为《上林赋》定稿于元光元年最有可能，可以列举三个方面的佐证。

第一，《三辅黄图·上林苑》载，"帝初修上林苑，群臣远方，各献名

---

① 《汉书·东方朔传》，中华书局1962年版，第2847页。
② 见《史记·萧相国世家》，中华书局1982年版，第2018页。
③ 《汉书·扬雄传》，中华书局1962年版，第3541页。
④ 收入"长安古迹丛书"，三秦出版社2006年版。
⑤ 其中有些建筑更修筑于元光之后，如建章宫就始建于太初元年，见《史记·封禅书》。

果异卉三千余种植其中，亦有制为美名，以标奇异"①。这些名果异卉，在《西京杂记》中有详尽的记载，可以和《上林赋》相互印证。在众多名果异卉中，特别值得注意的是《上林赋》中提到的"樱桃蒲陶"。《史记·大宛列传》曰："宛左右以蒲陶为酒，富人藏酒至万余石。久者数十岁不败。俗嗜酒，马嗜苜蓿。汉使取其实来。于是，天子始种苜蓿、蒲陶肥饶地。及天马多，外国使来众，则离宫别观旁尽种蒲陶、苜蓿极望。"② 按西域与中国相通不始于汉武帝时代，③ 但是中国与西域大规模的交往确实始于张骞出使西域的建元三年。后来，武帝李夫人兄李广利破大宛，得葡萄种归汉。根据《三辅黄图·甘泉宫》载，武帝甚至在上林苑西建造"葡萄宫"。《资治通鉴》卷三十五胡三省注："蒲陶，本出大宛。武帝伐大宛，采蒲陶种植之离宫，宫由此得名。"④ 这也是建武三年以后的事。

第二，文中借亡是公之口说道："游于六艺之囿，驰骛乎仁义之途，览观春秋之林，射《狸首》，兼《驺虞》。"六艺，郭璞注以为礼乐射御书数。《论语》曰："游于艺。途，道也。"李善注："艺，六经也。"如淳注《春秋》二字曰："《春秋》义礼繁茂，故比之于林薮也。"狸首，郭璞注："《狸首》，逸《诗》篇名，诸侯以为射节。《驺虞》，《召南》之卒章。天子以为射节也。"这里所列，均为儒家经典。我们知道，武帝即位之初，曾想扶持儒术，起用赵绾、王臧等人。《盐铁论·褒贤》说："赵绾、王臧之徒，以儒术擢为上卿。"当时丞相卫绾奏曰："所举贤良，或治申、商、韩非、苏秦、张仪之言，乱国政，请皆罢。"这一主张，自然得到武帝认可。⑤ 建元元年岁首十月，即下诏举贤良方正直言极谏之士。清河太傅辕固、楚相冯唐、故城阳中尉邓先、公孙宏、吴人严助（严忌子）皆以贤良征。⑥ 后又采纳魏其侯窦婴和武安侯田蚡共同提出的建议，在这年七月，议立明堂，并遣使者安车蒲轮，束帛加璧，征鲁申公。⑦ 而这一系列

---

① 何清谷：《三辅黄图校注》，三秦出版社1998年版，第216页。
② 《史记·大宛列传》，中华书局1982年版，第3173页。
③ 详见林梅村《古道西风》的相关论述，生活·读书·新知三联书店2000年版。
④ 《资治通鉴》卷三十五，中华书局1956年版，第1123页。
⑤ 《汉书·武帝纪》，中华书局1962年版，第156页。
⑥ 王益之：《西汉年纪》卷十，丛书集成本，商务印书馆1936年版，第133、156页。
⑦ 见《汉书·武帝纪》，中华书局1962年版，第157页。

恢复礼制、强化中央集权的举措，立即引起了武帝祖母窦太后以及一些王公贵戚的强烈不满。《汉书·窦田灌韩传》载："婴、蚡俱好儒术，推毂赵绾为御史大夫，王臧为郎中令。迎鲁申公，欲设明堂，令列侯就国，除关，以礼为服制，以兴太平。举谪诸窦宗室无行者，除其属籍。诸外家为列侯，列侯多尚公主，皆不欲就国，以故毁日至窦太后。太后好黄老言，而婴、蚡、赵绾等务隆推儒术，贬道家言，是以太后滋不说。二年，御史大夫赵绾请毋奏事东宫，窦太后大怒。"① 其结果，窦婴、田蚡以外戚故，未致死地，仅免去他俩的丞相和太尉职权；赵绾和王臧就没有这样幸运了，先是被罢逐，不久即被杀。《汉书·武帝纪》应劭注："礼，妇人不豫政事，时帝已自躬省万机。王臧儒者，欲立明堂辟雍。太后素好黄老术，非薄《五经》。因欲绝奏事太后，太后怒，故杀之。"随后，起用了石建为郎中令。《汉书·万石卫直周张传》载："建元二年，郎中令王臧以文学获罪皇太后。太后以为儒者文多质少，今万石君家不言而躬行，乃以长子建为郎中令，少子庆为内史。"② 在当时特定背景下，儒家经典不可能得到应有的重视。亡是公之口所说的"游于六艺之囿，驰骛乎仁义之途，览观春秋之林，射《狸首》，兼《驺虞》"等雅事，也不可能发生在窦太后还健在的建元年间。

第三，文中借亡是公之口曰："改制度，易服色，革正朔，与天下为始。"郭璞注"变宫室车服"为改制度，"衣尚黑"为易服色，"更以十二月为正，平旦为朔"为革正朔。"新其事"为天下更始。《史记·乐书》："王者易姓受命，必慎始初，改正朔，易服色，推本天元，顺承厥意。"所以在中国历史上，改正朔、易服色，是非常重要的事件。汉代建国不久，就有不少学者提出要改制度、易服色、革正朔。至孝文帝时，贾谊以为汉兴已经二十余年，天下和洽，而固当改正朔，易服色，法制度，定官名，兴礼乐，乃悉草具其事仪法，色尚黄，数用五。③ 文帝初即位，谦让未遑。鲁人公孙臣以终始五德上书，言"汉得土德，宜更元，改正朔，易服色。

---

① 见《汉书·窦田灌韩传》，中华书局1962年版，第2379页。
② 见《汉书·万石卫直周张传》，中华书局1962年版，第2195页。
③ 见《史记·屈原贾生列传》，中华书局1982年版，第2492页。

当有瑞，瑞黄龙见"。事下丞相张苍，张苍亦学律历，以为非是，亦未能实施。徐幹《中论·历数》说："孝武皇帝，恢复王度，率由旧章，招五经之儒，征术数之士，使议定汉历。及更用邓平所治，元起太初。"[①] 这段话谈到了武帝恢复王度的两项重要措施，一是招致五经之儒，术数之士，"议定汉历"，二是"更用邓平所治，元起太初"。"元起太初"一事，见于《汉书·律历志》："至武帝元封七年，汉兴百二岁矣，大中大夫公孙卿、壶遂、太史令司马迁等言'历纪坏废，宜改正朔'。是时御史大夫儿宽明经术，上乃诏宽曰：'与博士共议，今宜何以为正朔？服色何上？'宽与博士赐等议，皆曰：'帝王必改正朔，易服色，所以明受命于天也。创业变改，制不相复，推传序文，则今夏时也。臣等闻学褊陋，不能明。陛下躬圣发愤，昭配天地，臣愚以为三统之制，后圣复前圣者，二代在前也。今二代之统绝而不序矣，唯陛下发圣德，宣考天地四时之极，则顺阴阳以定大明之制，为万世则。'于是乃诏御史曰：'乃者有司言历未定，广延宣问，以考星度，未能雠也。盖闻古者黄帝合而不死，名察发敛，定清浊，起五部，建气物分数。然则上矣。书缺乐弛，朕甚难之。依违以惟，未能修明。其以七年为元年。'遂诏卿、遂、迁与侍郎尊、大典星射姓等议造《汉历》。"[②] 而前者所说的"议定汉历"，《汉书·律历志》未有记载。徐幹称这次议定汉律，乃"率由旧章"，我们推想，应当是遵循文帝时期人公孙臣以终始五德上书的内容，即，"汉得土德，宜更元，改正朔，易服色"。宜更元，即改元，也就是《史记》所说，"推本天元，顺承厥意"。20世纪70年代，山东临沂银雀山汉墓出土了《元光元年历谱》大约就是改元元光元年之后颁布天下的[③]。此历谱共32简，第一简记年，第二简记月，以十月为岁首，顺序排列至后九月，共13个月。第三至三十二简记日，书每月一至三十日的干支。32简排列起来即为元光元年全年日历。[④] 联系到前引《上林赋》最后"与天下为始"，当是指此元光改元一事。

---

① 徐幹：《中论·历数》，巴蜀书社1999年版，第196页。
② 《汉书·律历志》，中华书局1962年版，第974页。有关《太初历》的具体推算，详见朱桂昌编《太初日历表》，中华书局2013年版。
③ 已收入吴九龙编《银雀山汉简释文》，文物出版社1985年版，第233页。
④ 参见罗福颐《临沂汉简概述》，《文物》1974年第4期。

## 三 《上林赋》的意义

建元六年（前135），窦太后死。其时，汉武帝21岁。我们从"改正朔"，即改元为元光元年等一系列政策来看，武帝正试图通过强力手段，使"天下为始"真正成为他独立执掌大权的开端。《汉书·公孙弘卜式兒宽传》记载年轻的汉武帝"欲用文武，求之如弗及"。如果说，"文"主要体现在对内政策方面，而"武"则表现为拓展边疆的雄心与实力。

汉武帝崇尚文治，从征召鲁申公和枚乘这件具有象征意义的事件中表现得非常鲜明。可惜，随着王臧等人的被杀，他的主张并没有得到有效的贯彻。元光元年，武帝采纳董仲舒建议，下诏郡国举孝廉各一人。① 这是真正推行儒家孝悌之道的重要举措。《北堂书钞》引《汉官仪》："孝廉，古之贡士，耆儒甲科之谓也。""孝廉年未五十，先试笺奏，初上试之以事，非试之以诵也。"② 这里，孝廉并举，似乎两者为一事，其实，孝谓善事父母，廉谓清洁有廉隅，两者还是有区别的。《汉书·武帝纪》元朔元年载："有司议曰：不举孝，当以不敬论。不察廉，当免。"由此来看，武帝制定的这项政策，或以孝举，或以廉举，孝与廉各一人。而孝往往又重于廉。《汉书·冯唐传》载："唐以孝著，为中郎署长。"当然，如何选举，选举出来以后，又将如何处置，武帝似乎并没有多少实质准备。于是，这年五月，他又诏贤良对策。为此，董仲舒作《元光元年举贤良对策》。在这篇著名的对策中，董仲舒正式提出建立太学的构想。《汉书·礼乐志》："至武帝即位，进用英俊，议立明堂，制礼服，以兴太平。会窦太后好黄老言，不说儒术，其事又废。后董仲舒对策言：王者欲有所为，宜求其端于天。天道大者，在于阴阳。阳为德，阴为刑。天使阳常居大夏而以生育长养为事，阴常居大冬而积于空虚不用之处，以此见天之任德不任刑也。阳出布施于上而主岁功，阴入伏藏于下而时出佐阳。阳不得阴之

---

① 《后汉书·和帝纪》注："武帝元光元年，董仲舒初开其议，诏郡国举孝廉各一人。"中华书局1962年版，第180页。各郡国察举人数见《通典》卷十三考证。

② 《平津馆丛书·汉官七种》，光绪十一年刊本。

助，亦不能独成岁功。王者承天意以从事，故务德教而省刑罚。刑罚不可任以治世，犹阴之不可任以成岁也。今废先王之德教，独用执法之吏治民，而欲德化被四海，故难成也。是故古之王者莫不以教化为大务，立太学以教于国，设庠序以化于邑。教化已明，习俗已成，天下尝无一人之狱矣。至周末世，大为无道，以失天下。秦继其后，又益甚之。自古以来，未尝以乱济乱，大败天下如秦者也。习俗薄恶，民人抵冒。今汉继秦之后，虽欲治之，无可奈何。法出而奸生，令下而诈起，一岁之狱以万千数，如以汤止沸，沸俞甚而无益。辟之琴瑟不调，甚者必解而更张之，乃可鼓也。为政而不行，甚者必变而更化之，乃可理也。故汉得天下以来，常欲善治，而至今不能胜残去杀者，失之当更化而不能更化也。古人有言：临渊羡鱼，不如归而结网。今临政而愿治七十余岁矣，不如退而更化。更化则可善治，而灾害日去，福禄日来矣。"① 按《汉书·董仲舒传》："董仲舒，广川人也。少治《春秋》，孝景时为博士。下帷讲诵，弟子传以久次相授业，或莫见其面。盖三年不窥园，其精如此。进退容止，非礼不行，学士皆师尊之。武帝即位，举贤良文学之士前后百数，而仲舒以贤良对策焉。"② 根据《汉书·儒林传》载，早在建元四年（前137），公孙弘就作《请为博士置弟子员议》，提出："建首善自京师起。"第二年，置五经博士。但是真正把儒家思想作为主流意识形态，是从元光元年之后开始的。

在崇尚儒术的同时，武帝对于汉初以来的黄老之学，以楚歌为核心的文学等依然给予重视。黄老之学的兴起，与西汉初年特殊的政治背景与文化背景密切相关，诚如后人所说："老氏书作用最多，乃示人若无所能，使人入其牢笼而不自觉，开后世权谋变诈之习，故为异端。"③ 这种情形，直至景帝、武帝朝依然盛行。《史记·外戚传》："窦太后好黄帝老子言，

---

① 《汉书·礼乐志》，中华书局1962年版，第1031页。而《汉书·郊祀志》"（武帝）六年，窦太后死，其明年，征文学之士。"稍与此异。按《汉书补注》以为董仲舒之对策始于建元元年，《元光元年之对策》为第二次，《汉书·武帝纪》以为元光元年"董仲舒、公孙弘等出焉"之说不确。其说极是。

② 《汉书·董仲舒传》，中华书局1962年版，第2495页。

③ 朱一新：《无邪堂答问》，中华书局2000年版，第81页。

帝及太子诸窦不得不读黄帝老子，尊其术。"按《汉书·艺文志》道家类著录《黄帝四经》四篇、《黄帝铭》六篇、《黄帝君臣》十篇。注云："起六国时。与《老子》相似也。"在杂家类著录《黄帝》五十八篇，注云："六国时贤者所作。"这些著作，西汉时期仍然存在。同时，当时文士还在不断地从事这方面的著述。元光二年，淮南王刘安来朝，献所作《内书》二十一篇。唐代颜师古注"内篇论道"，亦属于黄老之学范畴。史载，"上爱秘之"。儒家学说、黄老之学，均为武帝以及当时文人士大夫所重视。如前所述，田蚡好儒，但《田蚡传》又载其"学《盘盂》诸书"。应劭注："黄帝史。孔甲所作也。凡二十九篇。书盘盂中所以为法戒也。诸书，诸子之书也。"孟康注："孔甲《盘盂》二十六篇，杂家书，兼儒墨名法者也。"可见，当时的阅读书目非常广泛，并非仅仅儒家之书。从当时的历史情形看，西汉初年的统治者，虽然生长在荆楚文化的氛围中，但是对于儒、法两家学说，采取了一种兼容并蓄的态度，特别是武帝之后，文武并重，具体表现为外王内霸，互为表里。王道的宗旨是儒术，而霸道的核心则是法家，这正是西汉统治思想的根本所在，由此促使经学成为主流意识形态，多种文化形态依然并存。在这样的政治文化背景下，经学与史学互证的传统、官学与家学并立的形态，逐渐得到确立，得以发展，最终成为早期中国文化的主流。总结这段历史经验教训，宣帝明确指出："汉家自有制度，本以霸王道杂之。奈何纯任德教，用周政乎！且俗儒不达时宜，好是古非今，使人眩于名实，不知所守，何足委任！"① 武帝文治，这是一个很好的注脚。

崇尚文治，在武帝朝还有一个鲜明的特征，那就是对以"楚风"为核心的文学格外欣赏和重视。《汉书·淮南王传》载，"时武帝方好艺文，以安属为诸父，辩博善为文辞，甚尊重之。每为报书及赐，常召司马相如等视草乃遣。……使为《离骚传》，旦受诏，日食时上。又献《颂德》及《长安都国颂》。每宴见，谈说得失及方技赋颂，昏暮然后罢"②。刘安的《离骚传》已经失传，而司马相如等人编纂的《郊祀歌》诗19章（即

---

① 《汉书·元帝纪》，中华书局1962年版，第277页。
② 《汉书·淮南衡山济北王传》，中华书局1962年版，第2145页。

《练时日》《帝临》《青阳》《朱明》《西显》《玄冥》《惟泰元》《天地》《日出入》《天马》《天门》《景星》《齐房》《后皇》《华晔晔》《五神》《朝陇首》《象载瑜》《赤蛟》）以及《安世歌》诗17章等，依然保存在《汉书·礼乐志》等典籍中。从《乐府诗集》题解来看，这19首并非司马相如一人之作，也非作于一时。可以推定的是，司马相如确实在这个时期参与其事。诚如《史记·自序》所说："自孔子卒，京师莫崇庠序，唯建元、元狩之间，文辞粲如也。"[1]《汉书》亦有类似的记述，称："自此以来，公卿大夫士吏彬彬多文学之士矣。"[2]

汉武帝除了对内政策作出重大调整之外，对外政策也有重要举措，即决定大规模地讨伐匈奴。我们知道，武帝曾于建元二年（《资治通鉴》卷十七系之六年）和元光元年两次诏问公卿是讨伐匈奴还是执行和亲政策问题。据《汉书·张骞李广利传》，建元中，"汉方欲事灭胡"，王恢力主讨伐，而韩安国则力主和亲。建元二年武帝遵从韩安国议，而这次则从王恢之议，使马邑人聂壹亡入匈奴，以马邑"城降，财物可尽得"，诱使匈奴至马邑而击之。汉高祖七年（前200）确定的和亲政策，此后经历近80年，边境无大事。马邑之战虽然没有直接交火，但是汉与匈奴的关系却严重恶化，"匈奴绝和亲，攻当路塞，往往入盗于汉边，不可胜数"。这一年，这个问题又一次被提到议事日程上来。讨论的结果，就是第二年，即元光二年的六月，武帝派遣韩安国、王恢等五将军将兵30万出塞，从此开启与匈奴长达40年的战争。关于这方面的论述，笔者撰有《河西四郡的建置与西北文学的繁荣》有所论述，这里不再展开讨论。[3]

司马相如的《子虚上林赋》正是比较了诸侯与天子的异同，最终归结到天子、归结到一统，反映了当时士人经过100多年的思索而得出的结论，即国家需要强大的统治，对内对外，无不如此。唯其如此，司马相如献赋之后，马上得到格外重视，曾为信使责唐蒙并谕告巴蜀，作《谕巴蜀父老檄》。《汉武故事》曰："上少好学，招求天下遗书，上亲自省校，

---

[1]《史记·自序》，中华书局1982年版，第3318页。
[2]《汉书》，中华书局1962年版，第3596页。
[3] 参见《秦汉文学论丛》，凤凰出版社2008年版，第376页。

使庄助、司马相如等以类分别之。尤好辞赋，每所行幸及奇兽异物，辄命相如等赋之。上亦自作诗赋数百篇，下笔即成，初不留意。相如作文迟，弥时而后成；上每叹其工妙，谓相如曰：'以吾之速，易子之迟，可乎？'相如曰：'于臣则可，未知陛下何如耳？'上大笑而不责也。"① 虽然这是小说家言，但是，确有其依据。《汉书》本传"相如使时，蜀长老多言通西南夷之不为用，大臣亦以为然。相如欲谏。业已建之，不敢。乃著书，藉蜀父老为辞，而已诘难之，以风天子。且因宣其使指，令百姓皆知天子意。其辞曰'汉兴七十有八载'"云云。这就是有名的《难蜀父老文》。《史记》本传《〈史记〉集解》于"七十有八载"下引徐广曰："元光六年。"② 在这篇文章中有这样一段话："盖世必有非常之人，然后有非常之事；有非常之事，然后有非常之功。非常者，固常人之所异也。"以层层递进的句式，表达出对于当朝天子的赞美之情，富有逻辑的力量。故《文心雕龙·檄移》称赞说："相如之《难蜀老》，文晓而喻博，有移檄之骨焉。"23 年之后的元封五年（前 106），汉武帝在诏书中也借用了这段话："盖有非常之功，必待非常之人。"司马相如临终所著《封禅书》后来也为武帝所采纳并付诸实践。司马相如在武帝心目中的地位，不难推想。

我们还可以进一步联系两汉士人对于"两司马"即司马相如和司马迁的不同评价，来分析探讨司马相如在元光年间奏赋及其意义。

《文选》卷四十八载班固《典引序》"臣固言：永平十七年，臣与贾逵、傅毅、杜矩、展隆、郗萌等召诣云龙门，小黄门赵宣持《秦始皇帝本纪》问臣等曰：'太史迁下赞语中，宁有非邪？'臣对曰：'此赞贾谊《过秦》篇云。向使子婴有庸主之才，仅得中佐，秦之社稷，未宜绝也。此言非是。'即召臣入问：'本闻此论非邪？将见问意开寤邪？'臣具对素闻知状。诏曰：'司马迁著书，成一家之言，扬名后世。至以身陷刑之故，反微文刺讥，贬损当世，非谊士也。司马相如污行无节，但有浮华之词，不周于用。至于疾病而遗忠，主上求取其书，竟得颂述功德，言封禅事，忠

---

① 《汉武故事》，收在《汉魏六朝笔记小说大观》，上海古籍出版社 1999 年版，第 170 页。
② 《汉书·司马相如传》，中华书局 1962 年版，第 2582 页。

臣效也。至是贤迁远矣。'臣固常伏刻诵圣论，昭明好恶，不遗微细，缘事断谊，动有规矩，虽仲尼之因史见意，亦无以加。……窃作《典引》一篇，虽不足雍容明盛万分之一，犹启发愤满，觉悟童蒙，光扬大汉，轶声前代，然后退入沟壑，死而不朽"云云。① 这篇文章最值得注意的是对"两司马"的抑扬：对于司马相如的评价是先抑后扬，班固先说司马相如"但有浮华之词，不周于用"。但是，司马相如死后，朝廷从其家中得《封禅书》，"忠臣效也"。而对于司马迁的评价则是先扬后抑，承认"司马迁著书，成一家之言，扬名后世"，但是由于遭受宫刑，"反微文刺讥，贬损当世"。两相比较，司马相如"贤迁远矣"。这种观点基本上延续了武帝之后世间对于"两司马"的评价。

从《史记·自序》看，司马迁似乎已经完成全部著述工作，但是并没有在世间流传，而是"藏之名山，副在京师，俟后世圣人君子"，作者自己也寄希望于来世。因为他知道，这部书，并不一定为当世所赏识。事实上也正是如此。《汉书·宣元六王传》载："后年来朝，上疏求诸子及《太史公书》，上以问大将军王凤，对曰：'臣闻诸侯朝聘，考文章，正法度，非礼不言。今东平王幸得来朝，不思制节谨度，以防危失，而求诸书，非朝聘之义也。诸子书或反经术，非圣人，或明鬼神，信物怪；《太史公书》有战国从横权谲之谋，汉兴之初谋臣奇策，天官灾异，地形阨塞，皆不宜在诸侯王。不可予。不许之辞宜曰：五经圣人所制，万事靡不毕载。王审乐道，傅相皆儒者，旦夕讲诵，足以正身虞意。夫小辩破义，小道不通，致远恐泥，皆不足以留意。诸益于经术者，不爱于王。'"② 又《汉书·叙传》载，班斿"博学有俊材，左将军史丹举贤良方正，以对策为议郎，迁谏大夫、右曹中郎将，与刘向校秘书。每奏事，斿以选受诏进读群书。上器其能，赐以密书之副。时书不布，自东平思王以叔父求《太史公》、诸子书，大将军不许"③。直至东汉末叶，司马迁之《史记》依然被视为"谤书"，王允杀蔡邕，就振振有词地说："昔武帝不杀司马迁，

---

① 《文选》卷四十八，中华书局1977年版，第682页。
② 《汉书·宣元六王传》，中华书局1962年版，第3324页。
③ 《汉书·叙传》，中华书局1962年版，第4203页。

使作谤书，流于后世。"由此来看，终两汉一朝，《史记》始终未得到官方的认可。根据刘知几《史通·古今正史》的记载，"至宣帝时，迁外孙杨恽祖述其书，遂宣布焉。而十篇未成，有录无书"。《史记》一书是由其外孙杨恽传布于世间。而这个本子缺十篇。根据《后汉书·班彪传》李贤注，即《景帝纪》《武帝纪》《礼书》《乐书》《兵书》《将相年表》《日者传》《三王世家》《龟策传》《傅靳列传》。这十篇，是根本未写，还是有成稿而被删削，现已不得详知。今存这十篇，按照张晏的记载，是"元、成之间，褚先生补缺，作《武帝纪》《三王世家》《龟策》《日者传》，言辞鄙陋，非迁本意也"。因此之故，《后汉书·班彪传》记载说，"武帝时，司马迁著《史记》，自太初以后，阙而不录，后好事者颇或缀集时事，然多鄙俗，不足以踵继其书"[①]。班斿曾得朝廷所赐"密书之副"，应当包括《史记》。[②] 从《汉书·艺文志》《后汉书·班彪传》等记载来看，班彪所见到的《史记》也缺十篇。因此，班彪从西北回到京城之后，就开始潜心于《史记》的续补工作。其所以续补《史记》有两点考虑，一是《史记》仅仅记录到汉武帝朝，是不完全的史书，还有一个重要的原因就是对《史记》的不满："至于采经撷传，分散百家之事，甚多疏略，不如其本，务欲以多闻广载为功，论议浅而不笃。其论术学，则崇黄老而薄《五经》；序货殖，则轻仁义而羞贫穷；道游侠，则贱守节而贵俗功：此其大敝伤道，所以遇极刑之咎也。"[③]

　　这一观点也完全为班固所继承下来，他在写作《司马迁传》时，称司马迁"是非颇谬于圣人"。因此，他写作《典引》，就是以司马相如《封禅文》为范本，"光扬大汉，轶声前代"。其实，《典引》对于"两司马"的评价不完全是个人的私评，在很大程度上反映了西汉后期至东汉前期的思想倾向。扬雄对司马相如评价甚高，甚至认为"司马长卿赋不似从人间

---

[①] 《后汉书·班彪传》。根据李贤注，所谓"好事者"，系指扬雄、刘歆、阳城卫、褚少孙、史孝山等人。

[②] 王充曾师从班彪，对《史记》较熟。《论衡》征引前汉之事，很多地方依据的就是《史记》。如《命禄》"太史公曰：'富贵不违贫贱，贫贱不违富贵。'"然黄晖校释："未知何出。"又《幸偶》："故太史公为之作传。邪人反道而受恩宠，与此同科，故合其名谓之《佞幸》。"

[③] 参见《班固〈典引〉及其旧注平议》，载《〈文选〉与〈文选〉学》，学苑出版社2003年版，第337页。

来"。他初到京城所作的《甘泉》《河东》《长杨》《羽猎》等四大赋,就是模仿司马相如而变本加厉,从而得到了成帝的重视。正是从这个意义上,《西京杂记》说:"廊庙之下,朝廷之中,高文典册用相如。"因为这样的作品,迎合了统治者的需求,因而在两汉始终得到高度的重视,就不难理解了。

《文史》2008年第2期

# 有关《文选》"苏李诗""古诗十九首"若干问题的考察

梁代昭明太子萧统所编《文选》，是中国文学史上一座开采不尽的富矿。唐代以来即有所谓"文选学"之说，绵延千载，风雨难蚀。传统的课题并未失去它固有的研究价值，而新的版本资料的不时出现，新的研究方法的不断提出，又促使人们对这一古老的学科作更深入的探索。"《文选》学"历久而弥新。可以预言，它还会有更令人瞩目的发展。但是近些年来，在"《文选》学"研究中也出现了一些强作新解、急于求成的怪现象，这不能不引起我们的关注。

关于《文选》中"苏李诗"的研究，就很值得注意。

## 一 关于《文选》"苏李诗"的年代

《文选》卷二十九"杂诗上"收录李少卿《与苏武诗》三首、苏子卿诗四首，问题颇多，影响甚大，历来是《文选》研究乃至中古文学研究的焦点之一。

其实，《文选》中的问题远远不止这七首诗。仅就十三卷诗类而言，《文选》所收作家的排列次序和作品的选录就颇为驳杂。譬如作者的排列次序，卷二十"公宴"类，曹植排在王粲、刘桢、应玚之前，卷二十三"哀伤"类中曹植也排在王粲前。这使人觉得编者似乎是按照官位的高低来排列的。因为在《三国志》中，曹植就排在上述三人之前。但是在卷二十一"咏史"类中，王粲又列在曹植之前，卷二十九"杂诗"类中，王粲、刘桢也列在曹丕、曹植之前，这似乎又是按照作家的生卒年来排列的，因为王粲、刘桢等人卒于建安二十二年，早于曹丕、曹植。到底根据什么标准来排列，似乎并不很清楚。类似的例子还可以举出许多。卷二十"公宴"类谢瞻、谢灵运同题《九日从宋公戏马台集送孔令诗》，中间不知何故插进范晔《游乐游园应诏》。范晔诗与二谢同题诗本不相关，从诗题上排列说不通。按照作者的生卒年来编排也非是，因为谢灵运于元嘉十年被杀，而范晔则在元嘉二十二年被杀。总之，范晔的作品排在谢灵运之前显然不妥。又卷二十二"招隐"类，左思居于陆机之前，无论从年龄、从官位上说，陆机都应排在左思之前。又卷二十四"赠答"类，何劭《赠张华》在后，而张华的《答何劭》反在赠诗之前，与赠答之体不符。又卷二十六"行旅"类，潘岳排在陆机之前，而在"哀伤"类、"赠答"类中，潘岳又都排在陆机之后。卷二十九"杂诗"类，何劭《杂诗》列在陆机之后，而在"赠答"类中，何劭又列在陆机之前。

其实不只是诗，其他文体的排列次序也时有混乱情况。如卷三十九"上书"类，其排列次序为：邹阳《上书吴王》《于狱中上书自明》，司马相如《上疏谏猎》，枚乘《奏书谏吴王濞》。从内容上说，邹阳与枚乘所上书的对象均为吴王濞，枚乘文自当列在邹阳之后、司马相如之前。再说，枚乘也死在司马相如之前，而今本列在司马相如之后，当有疑误。又如卷四十一"书"类上，六臣本及李善注本将孔融《论盛孝章书》排在朱浮《为幽州牧与彭宠书》之前，更是显而易见的舛误。因为朱浮乃东汉初年人，而孔融汉末人，相去甚远。朱浮此书影响甚大，多为文士所称引，如阮瑀《为曹公作书与孙权》中"若韩信伤心于失楚，彭宠积望于无异"，[①] 即用此典，并非生僻，不应弄错。又卷二十三"书"类下刘歆《移书让太常博士》排在嵇康、孙楚、赵景真、丘迟、刘孝标之后，孔稚珪之前。这种排列确实使人困惑。

出现上述作者排列次序的混乱情况，可能有两种原因，一是当时编辑十分匆忙，主要编者没有仔细通稿。据学者考订，《文选》成书的年代在梁武帝大通元年到大通二年之间（527—528）。因为在大通元年十月之前，萧统正处在服丧期间，据礼制不得从事《文选》的编撰。而《文选》的

---

① 萧统编，（唐）李善注：《文选》卷四十二，中华书局1977年版，第588页。

最主要参与者刘孝绰在中大通元年（529）又以母忧去职。因此《文选》在此年之前当已编完。① 在一、二年之间编定这样一部大书，尽管有十九卷《古今诗苑英华》作基础，但是抄录工作恐怕颇费时日。据《梁书》萧统本传，其母丁贵嫔普通末卒，萧统忧伤过甚，身体越来越差。特别是后来为了丁贵嫔埋蜡鹅启衅，使得梁武帝颇为不快，萧统更加忧惧，乃至命丧黄泉。更何况，在这期间，身边又没有像刘孝绰这样得力的助手，萧统能有多少精力从事《文选》的最后定稿工作，是很使人怀疑的事。据此，我们有理由推测，刘孝绰在中大通元年去职之前，只是和萧统初步拟定了篇目，而主要的抄录工作实际是由萧统门下所谓"十学士"中其他几人来完成的。② 出于众人之手，又未经统稿，难免芜杂。另一个原因，很可能是在传抄过程中出现的错乱。不过，我们在后面还要论及，《文选》为后人所篡乱的可能其实很小。

具体说到《文选》卷二十九"杂诗上"所收录的李少卿《与苏武诗》三首、苏子卿诗四首，就不大可能是后人掺进的"伪作"。因为在萧统编撰《文选》时，这些作品已经在世间流传，而且题名为"苏李诗"。当时人将信将疑，莫知所从。早于萧统的颜延之就说过："逮李陵众作，总杂不类，是假托，非尽陵制。"③ 刘勰《文心雕龙·明诗》也说："至成帝品录，三百余篇，朝章国采，亦云周备，而辞人遗翰，莫见五言，所以李陵、班婕妤见疑于后代也。"④ 但是萧统认为这是汉代作品，因为《文选序》说得相当明确："自炎汉中叶，厥途渐异。退傅有《在邹》之作；降将著'河梁'之篇。四言五言，区以别矣。"这就明确无误地表明了他对于"苏李诗"的作者及其年代问题的看法，故在编选中将这组诗排列在《古诗十九首》之后、张衡《四愁诗》之前。与萧统持相同观点的，似乎也并非少数。比如《文选》卷三十一"杂拟"类下收有江淹《杂体诗三

---

① 参见曹道衡、沈玉成先生《有关〈文选〉编纂中几个问题的拟测》，《〈昭明文选〉研究论文集》，吉林文史出版社1988年版。清水凯夫：《〈文选〉编纂实况研究》，《清水凯夫〈诗品〉〈文选〉研究论文集》，首都师范大学出版社1994年版。

② 屈守元：《〈文选〉导读·"昭明太子十学士"和〈文选〉的编辑》，巴蜀书社1993年版，第27页。

③ 李昉等撰：《太平御览》卷五八六，中华书局1960年版，第2640页。

④ 刘勰著，周振甫注：《文心雕龙注释》，人民文学出版社1981年版，第48—49页。

十首》，其二即拟《李都尉陵〈从军〉》。所不同的是，江淹所看到的李陵诗叫《从军》。但是所模拟的对象确实就是现存于《文选》中的所谓"苏李诗"。据考订，江淹这组诗的写作年代大约在南齐末年。[①] 此外，裴子野《雕虫论》也提到："其五言为家，则苏、李自出。"[②] 而《雕虫论》很可能是《宋略》的一部分，也完成于南齐末年。[③] 钟嵘《诗品序》称："逮汉李陵，始著五言之目。"又卷上评"汉都尉李陵"诗："其源出于《楚辞》，文多凄怆，怨者之流。陵名家子，有殊才，生命不谐，声颓身丧。使陵不遭辛苦，其文亦何能至此。"又评"汉婕妤班姬"诗、评"魏文帝"诗等，并云"其源出于李陵"。[④] 据钟嵘《诗品序》，该文不录存者，而中品所收录最后一位作家是沈约，卒于天监十二年。所以《诗品》当定稿于沈约卒后。但是从现在《诗品序》来推测，这部书很可能数易其稿，当也草创于齐末梁初[⑤]。这样看来，在齐末梁初，"苏李诗"已经为多数文士所熟知，像江淹、裴子野这样博学之士，并没有提出任何疑问。唐代杜甫、元稹、韩愈以及宋代欧阳修、张戒、陆游、严羽等也持此说。

唐代刘知几在《史通·杂篇下》中断然否定世间流传的所谓李陵的作品，在以后的1000多年间，多数学者对这组诗的真实性问题持否定意见，认为与李陵、苏武无涉。但是这组诗具体出现在什么年代，又言人人殊。

综括古今诸说，关于"苏李诗"的年代主要有以下几种说法。

第一，东汉所著说。已故著名汉魏六朝文学研究专家逯钦立先生著有《汉诗别录》，在"辨伪第一"中征引史实，考订词句，辨析诸家之说，并从习俗、品目以及"中州""清言"词句的运用等方面认为这组诗实为东汉末年文士所作，论证极为详尽。可以说，到目前为止，就"苏李

---

[①] 见曹道衡先生《江淹作品系年考证》，《艺文志》第二辑，山西人民出版社1984年版。收入《中古文学史论文集续编》，台湾文津出版社1994年版。
[②] 李昉等撰：《文苑英华》卷七四二，中华书局1965年版，第3973页。
[③] 林田慎之助著，周一良校：《裴子野〈雕虫论〉考证》，《古代文学理论丛刊》第六辑，陈曦译，上海古籍出版社1982年版，第231—250页；曹道衡先生《中古文学史论文集·关于裴子野诗文的几个问题》对此表示完全赞同，中华书局1986年版，第278—286页。
[④] 钟嵘著，曹旭集注：《诗品集注》，上海古籍出版社2011年版，第10、106、113、256页。
[⑤] 详见蒋祖怡《钟嵘〈诗品〉作年考》，《杭州大学学报》1989年第2期。

诗"的辨伪力度而言，还没有学者能出其右者。①

第二，魏晋所著说。马雍著有《苏李诗制作时代考》，从词类、句法、意境等方面论证了"所谓苏李问答早则不越建安，晚亦不过东晋"。②

第三，东晋所著说。章学诚《乙卯札记》称："《史通》以李陵《答苏武书》为伪作，世以其言始苏子瞻，非也。然《史通》以为假作，苏氏以谓齐梁人伪作，皆非是。盖东晋而后，南北朝时，或有南朝人仕于北朝，而南朝戮辱其妻子宗族，因伤心而拟为之辞，庶几近之。"③

第四，齐梁所著说。苏轼在《答刘沔都曹书》中讥讽说："梁萧统集《文选》，世以为工。以轼观之，拙于文而陋于识者，莫若统也。……李陵、苏武赠别长安，而诗有'江汉'之语。及陵与武书，词句儇浅，正齐梁间小儿所拟作，决非西汉文。"④

以上辨伪诸说，尽管对于"苏李诗"的出现年代尚有较大的争议，但是我们注意到，这组诗确为萧统编选《文选》时所收录，他们似乎并没有提出疑义。指出这一点非常重要，因为到目前为止，确实还没有发现这组诗系后人加进到《文选》中的任何蛛丝马迹。研究"苏李诗"的年代问题，最基本的原则应以《文选》的收录为基准，具体说，所谓"苏李诗"出现的时间下限不应晚于《文选》。这个问题向来没有疑问。

但是，近来一篇文章，却把这一再简单不过的问题复杂化了。作者认为，前贤在"苏李诗"的考订方面仅仅是"破"而没有"立"，在苦恼一番之后发誓一定要"找出谁是这七首五言诗的真正作者"。为此，作者大胆假设，充分驰骋想象，竟然"认定庾信是这七首诗的作者"。⑤ 前人辨伪，尽管在"苏李诗"的制作年代上尚有分歧，而且诸说也都存在着某些抵牾不周之处，但是多少还有一定的根据，唯有所谓"庾信说"最为荒谬。

---

① 逯钦立：《汉魏六朝文学论集·汉诗别录》，陕西人民出版社1984年版，第3—21页。
② 马雍：《苏李诗制作时代考》，（上海）商务印书馆1941年版。
③ 章学诚：《乙卯札记》，章学诚著，冯惠民点校：《乙卯札记 丙辰札记 知非日记》，中华书局1986年版，第11页。
④ 苏轼著，孔凡礼点校：《苏轼文集》第四册，中华书局1986年版，第1429页。
⑤ 钟来茵：《〈李陵与苏武诗〉作者探论》，载台北《汉学研究》第十二卷第二期，1994年12月，第229—243页。

## 二 《文选》"苏李诗"作者为庾信说纠谬

要想说明"苏李诗"系庾信的创作，必须论证两个前提：第一，这七首诗在庾信之前未有人征引；第二，在最初的《文选》编纂中没有收录这七首诗，而是后人加进去的。

恰恰在这两个关键问题上，作者举不出任何有意义的证据。他只是根据庾信《拟咏怀二十七首》之十《别张洗马枢诗》《李陵苏武别赞》等材料，认为《拟咏怀诗》的情调、内容、风格与所谓的"苏李诗""可说如出一辙"。逐句比较，再结合庾信生平创作，认为"七首诗内容统一，风格统一，遣词造句，都是典型的庾信风格。由此可知，《文选》中所谓李陵、苏武五言诗七首，实际都是自比李陵的庾信在长安送别像苏武似的返回南方的周弘正的作品"。"这一点，通过庾信的《拟咏怀》《别张洗马枢诗》《李陵苏武别赞》等作品，已似铁证呈现在读者面前。'李陵'就是庾信，'苏武'就是周弘正！"

文献考订固然需要一定的推测，但是多跨出半步也许就成为谬误。"庾信所作说"的最大问题是，作者无视在庾信之前就已存在着的大量征引所谓"苏李诗"的诗歌文献，信口开河，似缺乏学术研究应有的严谨征实的态度。

这里先说第一个论证前提，即考察一下在庾信之前的诗人对于所谓"苏李诗"的征引，这无疑是考订作品年代最有效的途径之一。

作者虽然也注意到了颜延之、刘勰的疑问，但是他断然肯定"他们所指的五言诗，绝非今本《文选》中的李陵、苏武的五言诗"。

根据是什么呢？他并没有任何说明。

事实上，正如前面所提到的，齐梁以前就已经有许多人论及"苏李诗"。如果说，裴子野、钟嵘还只是泛泛而论，确实还不能遽然断定所指的一定是《文选》中的这七首诗，那么，江淹所拟则确为《文选》所收的这七首诗，如："樽酒送征人，踟蹰在亲宴"（第444页），即出自《文选》苏武诗"我有一樽酒，欲以赠远人"（第413页）；"而我在万里，结发不相见"（第444页），出自苏武诗"结发为夫妻，恩爱两不疑"（第

413 页）。此外江淹《别赋》"左右兮魂动，亲宾兮泪滋"出自苏武诗"泪为生别滋"。又"可班荆兮赠恨，唯樽酒兮叙悲"（第 238 页），也出自苏武诗"我有一樽酒，欲以赠远人。愿子留斟酌，叙此平生亲"。对此，唐代的选学大家李善早有明确的判断。类似的材料，仅从《文选》所选录的作品中就可以举出许多。根据李善注，下列诗句均与这七首"苏李诗"有关。

刘桢《公宴》："欢乐犹未央。"（第 283 页）苏武诗："欢乐殊未央。"（第 414 页）

曹植《赠白马王彪》："收泪即长路，援笔从此辞。"（第 341 页）苏武诗："去去从此辞。"（第 413 页）

陆机《赠冯文罴迁斥丘令》："及子春华，从尔秋晖。"（第 345 页）苏武诗："努力爱春华。"（第 413 页）

陆机《于承明作与弟士龙诗》："感别惨舒翮，思归乐遵渚。"（第 347 页）苏武诗："黄鹄一远别。"（第 413 页）

陆机《日出东南隅行》："泠泠纤指弹。"（第 400 页）苏武诗："请为游子吟，泠泠一何悲。"（第 413 页）

孙楚《征西官属送于陟阳候作诗》："晨风飘歧路，零雨被秋草。"（第 292 页）李陵诗："欲因晨风发，送子以贱躯。"（第 412 页）

颜延之《秋胡诗》："良时为此别，日月方向除。"（第 302 页）李陵诗："良时不再至，离别在须臾。"（第 412 页）又颜氏同诗："存为久离别，没为长不归。"（第 301 页）苏武诗："生当复来归，死当长相思。"（第 413 页）

沈约《别范安成》："勿言一樽酒，明日难重持。"（第 295 页）苏武诗："我有一樽酒，欲以赠远人。"

刘铄《拟行行重行行》："日久凉风起，对酒长相思。"（第 441 页）李陵诗："远望悲风至，对酒不能酬。"（第 413 页）

这些诗句是否全是本于"苏李诗"，也许还不能作胶柱鼓瑟的理解。这里有几种可能：第一，这些诗句确实出于"苏李诗"；第二，所谓"苏李诗"模拟这些诗；第三，上举一些诗句如"乐未央"之类多是流传于当时文坛的套话，并非有谁模拟谁的问题；等等。但是，其中确实有相当多的诗句与《文选》所收录的"苏李诗"有关系,这一点似乎也难以否认。这些诗人的生活年代最早的是在汉末,稍晚一些的也在宋齐年间。保守一点说,至少从齐末起,《文选》中收录的所谓"苏李诗"即已在世间流传。而这时庾信还未出生(庾信生于梁天监十二年,即公元513年),齐末诗人怎么可能会模拟庾信的作品呢?

除《文选》收录之外,南朝许多诗人都模拟过所谓"苏李诗"者,或者用到了"苏李诗"的典故。如《艺文类聚》卷二十九人部"别上"所收王融《萧咨议西上夜集诗》云"徘徊将所受,惜别在河梁。衿袖三春隔,江山千里长",即用李陵诗"携手上河梁,游子暮何之"及"嘉会难再遇,三载为千秋"之典。同卷虞羲有《送友人上湘诗》:"濡足送征人,褰裳临水路。共盈一樽酒,对之愁日暮",用的是苏武诗"我有一樽酒,欲以赠远人。愿子留斟酌,叙此平生亲"之典。同卷吴均《别夏侯故章诗》:"新知关山别,故人河梁送"等也用"苏李诗"之典。[1] 又《玉台新咏》卷七收有梁武帝萧衍《代苏属国妇诗》,云"良人与我期,不谓当过时。秋风忽送节,白露凝前基……空怀之死誓,远劳同穴诗"[2],就是针对苏武诗三首"结发为夫妻,恩爱两不疑。……生当复来归,死当长相思"而拟作的,痕迹显豁。上述诗人,王融于南齐永明十一年被杀,虞羲卒于萧梁初。梁武帝虽寿长而到梁末,但是他的绝大多数作品作于南齐或梁初,特别是《玉台新咏》所收录的这首《代苏属国妇诗》更不可能作于萧衍后期。道理很简单,萧衍在天监三年四月舍道事佛之后,内儒外释,倡导复古之风,其早年与"竟陵八友"同声相应的清丽诗风到这时几乎绝迹。本书所收《昭明太子与梁代中期文学复古思潮》对此一问题有过论述。尽管肤浅,但这一点差可自信,像《代苏属国妇诗》这样的诗大约是萧衍的早期之作。吴均卒于梁普通元年(520)。《梁书》有传。由此来看,这些诗人都早于庾信,他们当然也不可能模拟庾信之作。陈代刘删《赋得苏武诗》"奉使穷沙漠,挍泪上河梁",[3] 显然用的是李陵诗"携手

---

[1] 欧阳询撰,汪绍楹校:《艺文类聚》卷二十九,上海古籍出版社1982年版,第519、523页。
[2] 徐陵编,吴兆宜注,程琰删补:《玉台新咏笺注》,中华书局1985年版,第269页。
[3] 欧阳询撰,汪绍楹校:《艺文类聚》卷五十五,上海古籍出版社1982年版,第994页。

上河梁,游子暮何之"之典。江总又有《赋得携手上河梁应诏诗》,见于《艺文类聚》卷二十九。既然是应诏而赋,同赋者当不在少数。这些人与庾信同时代,假如说《文选》中"苏李诗"是庾信所作,可以瞒得过后人,又怎么能轻易地瞒过亲朋好友如江总之流,以至瞒过当时至尊的皇帝呢?

## 三 徐陵篡改《文选》加入"苏李诗"说的荒谬

《文选》中所收的七首"苏李诗"早在庾信之前即在世间流传,材料累累,斑斑可考,毋庸置疑。

随之而来的第二个问题,《文选》编纂之初,是否收录这些已在世间广为流传的所谓"苏李诗"?

平心而论,说清这个问题其实并非难事。有萧统自著《文选序》在,另外,现在诸多的《文选》版本,如南宋尤袤刻李善注本、陈八郎宅五臣注本、明州刻五臣李善注本、赣州刻李善五臣注本等均已收录了这七首"苏李诗"。倘若说这七首诗是萧统之后有人塞进去的伪作,至少从版本、从内证方面找不到任何有后人补修的痕迹。所以,前人对此从来没有做过任何质疑。在这种情况下,如果能拿出证据来,将这个问题再进一步考实,这无疑是"《文选》学"研究的重大突破。

然而主张"庾信说"的作者在这方面并没有多下一点功夫,只是运用他所认可的"合情合理的推测"来推导他的结论:"庾信诗七首怎么进入《文选》?其关键人物是徐陵。《梁书》《南史》昭明太子的传中,都说《文选》只有三十卷。今本《文选》有六十卷。这两者区别太大了。变化最多,应是在抄本阶段。五代、宋以后,有了木刻本,虽然变化,也不会太大。而真正掌握抄本命运的,当然不可能是早逝的萧统,只能是萧统礼聘的学士。"又根据《南史·庾肩吾传》和《徐陵传》,作者说:"南朝'徐庾体'的核心人物徐摛、徐陵、庾肩吾、庾信一直是梁朝贵族文学集团的核心人物。他们都参与过昭明太子的《文选》编纂工作是无疑的。因为《文选》的编撰,不可能只是太子的工作,萧统只是主编,具体的编辑工作全靠徐、庾父子等学士。"因此,"徐陵掌握着《文选》的实际的编纂大权。""徐陵出于对庾信的同情，才把他送周弘正的七首五言诗，加进《文选》，这在徐陵是并不费事的工作。"

这段文字，就像破解案情一样，说得头头是道，可惜稽诸史实，却句句有误。

首先，有大量的材料证明《文选》的编撰与徐陵了无关系。说徐陵"参与过昭明太子的《文选》编纂工作"纯属捕风捉影。《南史·王锡传》载："再迁太子洗马。时昭明太子尚幼，武帝敕锡与秘书郎张缵使入宫，不限日数。与太子游狎，情兼师友。又敕陆倕、张率、谢举、王规、王筠、刘孝绰、到洽、张缅为学士，十人尽一时之选。"① 如前所述，《文选》成书于大通元年到大通二年间。即以大通元年（527）为例，其时萧统27岁。十学士中，陆倕已于上年，即普通七年卒。张率53岁，到洽51岁。两人也已卒于本年。张缵29岁，出为宁远华容公长史。这四人可以不计。其他六人，刘孝绰47岁，王筠46岁，张缅39岁，王规37岁，王锡30岁，谢举确切之年龄难以详考，但他是谢览之弟，谢览天监十二年卒时37岁，谢举假如小览两岁，则大通元年，谢举大约已经50岁。这些人才是《文选》编纂的最有可能的参加者，特别是刘孝绰，更是《文选》编纂的关键人物。这些已是当今"《文选》学"界的共识。至于徐、庾父子，我们根据正史可以作一简单的史料排比：庾肩吾从普通四年起就参与晋安王萧纲宁蛮府军事。至本年徐摛也进入宁蛮府，任长史，参赞戎事，教命军书。本年徐陵22岁，庾信仅15岁，虽然曾为昭明太子东宫侍读，但是从年资上说，他们均没有可能成为昭明太子的依辅之臣。徐摛、徐陵、庾肩吾、庾信在文坛政界产生影响，实际是晋安王萧纲在中大通三年升为皇太子之后的事了。这在《梁书》《南史》中有许多明确的记载，不必赘引。其时《文选》已经编完，说《文选》"具体的编辑工作全是靠徐、庾父子等学士"，真不知据何而言。

其次，说"掌握《文选》原始抄本的，徐陵是核心人物"。"他把庾信的作品以李陵、苏武的名义掺入《文选》杂诗部分，这是很容易遮人耳目的。"按照这种说法，现在流传的《文选》是经过了徐陵的篡改。这种

---

① 李延寿：《南史·王锡传》卷二十三，第二册，中华书局1975年版，第640—641页。

荒谬的推测近于天方夜谭。

从史实上说，萧统中大通三年死，而有可能参与《文选》编纂的其他文士仍然活跃于一时。比如王锡卒于中大通六年（534），王规卒于大同二年（536），刘孝绰卒于大同五年（539），张缵太清三年（549）被杀，王筠大宝元年（550）卒。此前，这些人都在世，徐陵断然不敢随意删改《文选》。再看徐陵，太清二年（548）六月出使东魏，两月后，侯景以讨朱异为名举兵反叛，从此徐陵被扣留在北方，直至七年之后的公元555年五月才随萧渊明返回江南。在此之前，徐陵没有机会也没有必要去删改《文选》。

入陈后，徐陵被称为"一代文宗"，执掌文坛牛耳。假如说他要把庾信的作品掺进《文选》，也许有这种机会和可能。但是实际情况如何呢？

关于《文选》早期的流传情况，我们今天所能看到的材料主要有两条。

《隋书·儒林传》：

> 兰陵萧该者，梁鄱阳王恢之孙也。少封攸侯。梁荆州陷，与何妥同至长安。性笃学，《诗》《书》《春秋》《礼记》并通大义，尤精《汉书》，甚为贵游所礼。开皇初，赐爵山阴县公，拜国子博士。奉诏书与妥正定经史，然各执所见，递相是非，久而不能就，上遣而罢之。该后撰《汉书》及《〈文选〉音义》，咸为当时所贵。[①]

《旧唐书·儒学传》：

> 曹宪，扬州江都人也。仕隋为秘书学士。每聚徒教授，诸生数百人。当时公卿已下，亦多从之受业。宪又精诸家文字之书，自汉代杜林、卫宏之后，古文泯绝，由宪此学复兴。大业中，炀帝令与诸学者撰《桂苑珠丛》一百卷，时人称其该博。宪又训注张揖所撰《博雅》，分为十卷，炀帝令藏于秘阁。贞观中，扬州长史李袭誉表荐之。

---

① 魏徵等：《隋书·儒林传》卷七十五，中华书局1973年版，第1715—1716页。

太宗征为弘文馆学士。以年老不仕，乃遣使就家拜朝散大夫，学者荣之。……所撰《〈文选〉音义》，甚为当时所重。初，江淮间为《文选》学者，本之于宪，又有许淹、李善、公孙罗复相继以《文选》教授，由是其学大兴于代。①

这两条材料，几乎所有"《文选》学"研究者都是烂熟于心的。在此基础上，我们不妨再推究一下萧该、曹宪所习"《文选》学"的渊源。

鄱阳王萧恢为梁武帝胞弟，萧该既是萧恢之孙，则在辈分上说应是萧统族侄。他是从荆州过江，将《文选》带到北方的。据《南史》载，萧恢及其子萧范、萧咨、萧修、萧泰，萧范长子萧嗣等，盘踞西土多历年所。《南史·萧修传》说："时王子侯多为近畿小郡，历试有绩，得出为边州。帝以修识量宏达，自卫尉出镇钟离，徙为梁、秦二州刺史。在汉中七年，移风改俗，人号慈父。"②处于长江中上游的荆州一带也是萧恢及其后人的世袭领地。萧该研读《文选》，并为之训释，说明《文选》在梁代并非深藏秘阁，而是在世间有所流传，至少在皇族内部有过传阅。萧统生前写过一篇《答湘东王求文集及〈诗苑英华〉书》说："往年因暇，搜采《英华》上下数千年间，未易详悉，犹有遗恨。而其书已传，虽未为精核，亦粗足讽览。"③《诗苑英华》还未编成就已流传。《文选》当亦如此。据此我们有理由相信，即使《文选》没有在世间广泛传阅，至少在萧统族人中传承。萧该就是其中之一。《梁书》记载萧统有五子：萧欢、萧誉、萧詧、萧譬、萧鉴。梁武帝废嫡立庶，时论纷纷，为安抚昭明诸子，分别封以大郡，即豫章郡王、河东郡王、岳阳郡王、武昌郡王、义阳郡王，遍布当时境内各处。萧誉在梁末之乱时被其叔父萧绎所杀，萧詧则逃到北方，最后引魏兵过江踏平了江陵。不可否认，这些子弟对于《文选》的流传，应当说起到了相当的作用。再说宫廷内部，隋炀帝萧皇后乃昭明太子孙萧

---

① 刘昫等撰：《旧唐书·儒学传》卷一八九上，中华书局1975年版，第4945页。
② 李延寿：《南史·萧修传》卷五十二，中华书局1975年版，第1299页。
③ 严可均：《全上古三代秦汉三国六朝文》，中华书局1958年版，第3064页。

岿之女，其祖上所编《文选》，萧后不容不知。设想一下，假如徐陵真的篡改《文选》，他可以瞒过一时，但是，萧统的族人怎么瞒得过？

特别值得注意的是萧该，过江以后，他与当时诸多学士交往频繁。比如在开皇初年与陆法言、刘臻、颜之推、魏渊、卢思道、李若、辛德源、薛道衡等八人共同商定编定《切韵》，这是中国文化史上的重要事件。陆法言《切韵序》"昔开皇初，有刘仪同臻……等八人同诣法言宿。夜永酒阑，论及音韵，古今声调既自有别，诸家取舍亦复不同，吴楚则伤轻浅，燕赵则多伤重浊，秦陇则去声为入，梁益则平声似去"，"因论南北是非，古今通塞，欲更捃选精切，除削疏缓。颜外史、萧国子多所决定"。[①] 我们知道，隋文帝时开设科举考试，选篇定音，为士子提供可以研读的选本。这恐怕是时代的需要。《切韵》的编定当是为此一目的。萧该《〈文选〉音义》大约也编于开皇年间，因为《隋书》本传载其开皇初，奉诏书与何妥正定经史，"后撰《汉书》及《〈文选〉音义》，咸为当时所贵"[②]。萧该训释《文选》，是否也是为了士子考试而用的呢？"咸为当时所贵"给我们透露了这样一条值得注意的信息。顾炎武《日知录》卷十六"明经"条黄汝成注："《大唐新语》：隋炀帝置明经、进士二科。"[③] 进士科的考试内容可以据《北史·杜正玄传》约略考知："隋开皇十五年，举秀才，试策高第。曹司以策过左仆射杨素，怒曰：'周孔更生，尚不得为秀才，刺史何忽妄举此人？可附下考。'乃以策抵地，不视。时海内唯正玄一人应秀才，余常贡者，随例诠注讫，正玄独不得进止。曹司以选期将尽，重以启素。素志在试退正玄，乃手题使拟司马相如《上林赋》、王褒《圣主得贤臣颂》、班固《燕然山铭》、张载《剑阁铭》《白鹦鹉赋》，曰：'我不得为君住宿，可至未时令就。'正玄及时并了。素读数遍，大惊曰：'诚好秀才。'命曹司录奏。"[④] 上述作品，除张载《白鹦鹉赋》外，均见

---

[①] 王仁煦撰：《刊谬补缺切韵五卷》，《续修四库全书·经部·小学类》第250册，上海古籍出版社1995年版，第103、104页。

[②] 魏徵等：《隋书·儒林传》卷七十五，中华书局1973年版，第1716页。

[③] 顾炎武著，黄汝成集释，栾保群、吕宗力校点：《日知录集释》卷十六，上海古籍出版社2006年版，第921页。

[④] 李延寿：《北史·杜铨（附杜正玄）传》卷二十六，中华书局1974年版，第961—962页。这条材料承傅刚先生抄示，特致诚挚的谢意。

于《文选》，说明《文选》在当时确实是为士子考试而用的最重要的参考书之一。这样一部至少是准官方确认的科举教材，《文选》必为士子所稔熟研习自然是可想而知的。而萧该的训释，也正是迎合了士子们应举的需要，所以才会有"咸为当时所贵"的记载。①《文选·思玄赋》："行颇僻而获志兮。"李善注引萧该音云：颇，"本作陂，布义切"。②又，《汉书·扬雄传》官本引萧该《音义》曰："呎，别本丑乙反，《文选》余日反。"③这两条训释，吉光片羽，弥足珍贵。第一，它说明，《〈文选〉音义》不是秘不示人的稿本，而在学士中间已有流传，这说明《隋书》的记载确非虚语。第二，萧该的训释不仅仅是"声训"，也有校勘。从某种意义上说，第一次对《文选》作正本清源工作的当首推萧该。他的《〈文选〉音义》，渊源有自，无可置疑。而李善又确实引用过萧该的校注本。倘若真有后人篡乱，萧该据其原本自可校正，而李善也不可能视而不见，听之任之，这是确然无疑的。

与西部的萧该相辉映，曹宪在东部传授《文选》。而且两人所撰书名均是《〈文选〉音义》。据阮元《扬州隋文选楼记》考证："扬州旧城文选楼文选巷，考古者以为即曹宪故宅。《嘉庆图志》所称文选巷者也。宋王象之《舆地纪胜》于扬州载文选楼，注引《旧图经》云：'文选巷即其处也。炀帝尝幸焉。'……元谓古人古文小学与词赋同源共流，汉之相如、子云，无不深通古文雅训。至隋时，曹宪在江淮间，其道大明，马、扬之学，传于《文选》，故曹宪既精雅训，又精选学，传于一郡。公孙罗等皆有《选注》，至李善集其成，然则曹、魏、公孙之注，半存李善注中矣。宪于贞观中年百五岁，度生于梁大同时。尔时扬州称扬一益二，最殷盛。"④《文选》问世不久，曹宪就来到了人世，与萧该一道成为了"《文选》学"的第一代传人。由于曹宪的传授，《文选》学成了扬州学术界研

---

① 胡璩《谭宾录》载："隋仁寿中，杜正玄、正藏、正伦，具以秀才擢第，隋代举进士，总一十人。正伦一家三人。"《续修四库全书》第1260册，上海古籍出版社1995年版，第12页。
② 萧统编，李善注：《文选》卷十五，中华书局1977年版，第214页。
③ 王先谦补注：《汉书补注·扬雄传上》注引，卷八十七上，书目文献出版社1995年版，第1495页。
④ 阮元：《揅经室集·揅经室二集》卷二，中华书局1993年版，第337—338页。

讨的中心。《文选》流传之广，据此可以依稀想见。这一学派，自从李善注本出现以后，涓涓细流终于汇为长江大河。

　　从上述简单的考察中不难得出这样的结论，萧该、曹宪所传《文选》均出于梁末，所据应当是《文选》原本。李善将《文选》原本三十卷析为六十卷，但是篇目并没有改变。李善所以将三十卷析为六十卷，我想一个重要的原因是为便于阅读。唐朝书籍的形式主要是卷轴。《文选》三十卷白文分量已经不小，加上校注，特别是带有集注性质，篇幅成倍增加，携带、阅读均为不便，所以由三十卷变为六十卷。尽管卷数增加，但是并不意味着变动篇目。从唐写本《文选集注》可以得到旁证。《文选集注》是在李善六十卷本基础上又析为一百二十卷。而从现存残卷来看，除内容大大扩充外，篇目的选录及排列次序与李善六十卷本并无二致。李善的校注能集两家之所长，成为唐代"《文选》学"的权威注本。我们今天看到的所有唐宋《文选》版本，如敦煌石窟藏唐写本残卷、日本金泽文库藏相传系唐代抄录的《文选集注》本、北宋天圣明道年间国子监刻本以及南宋尤袤刻本、明州本、赣州本等，均出自李善注本系统。这些版本除个别字句略有差池外，就总体面貌而言，几乎没有什么较大的差异。这说明，我们今天所看到的《文选》，均源于隋唐，甚至可以说，除卷数一分为二外，其他与萧统原本并未有任何重要变动。说徐陵将庾信作品掺进《文选》以混人耳目，从史实上说、从版本上说，均系无稽之谈。

## 四　"苏李诗"的年代为东汉前期说

　　行文至此，所谓"苏李诗"为庾信所作说之荒谬不经，已昭然若揭，似不必再予赘考。这里还想就所谓"苏李诗"年代问题的其他说法略事辨析。苏轼提出的齐梁所作说，现在多数学者已经并不相信。古直《苏李诗辨证余录》说："徐中舒曰：'李陵苏武诗出于东晋以后。'案颜延之与陶渊明同时，晋亡之际，延之年且四十，则亦晋末人也。乃其《庭诰》云：'李陵众作，总杂不类，元是假托，非尽陵制。至其善篇，有足悲者。'……使果出于东晋以后，则至早亦延之同时之作耳。延之博学工文，冠绝江左，何以同时之作，不能分别，而归其名于李陵邪？"① 这种辩驳是有相当说服力的。汉末至魏晋所作说其实也有未周之处。前面已经征引了许多材料，说明从建安到太康年间，已经有许多诗人在诗中用到了"苏李诗"的典故。倘若是同时代或稍前时代的作品，像陆机，还有后来的江淹那样博学又极擅长拟古的人，不可能习而不察，一而再、再而三地征引、模仿。

现存所谓"古诗"（包括"苏李诗"），学术界基本肯定是东汉后期的作品。最重要的理由之一是在东汉前期诗风还较为质朴，像班固《咏史诗》那样质木无文代表了当时的诗风。问题是，班固的诗歌能代表当时所有的创作水准吗？我们今天所能看到的诗歌文献毕竟远远少于魏晋六朝。《文选》《玉台新咏》收录了许多"古诗"，如果都是东汉后期之作，何以魏晋诗人纷纷拟作，而且无一例外将此称为"古诗"。倘若年代相差不是很远，恐怕就没有那么大的兴趣去模仿了。《玉台新咏》卷九收录有《古诗为焦仲卿妻作》。根据诗前小序可以知道，这首诗和其中所叙述的故事都产生在汉末建安年间。对此，历来的研究者几乎没有异词。尽管如此，它的年代仍使人怀疑。《史记·刺客列传》、司马贞《索隐》及张守节《正义》并引用了这样一段话："韦昭云：古者名男子为丈夫，尊妇妪为大人。《汉书·宣元六王传》：'王遇大人益解，为大人乞骸去。'按大人，宪王外祖母。古诗云'三日断五疋，大人故言迟'是也。"② 司马贞、张守节并唐人，两人都称引了韦昭的话，大约可信。韦昭，三国时东吴史学家，《三国志》有传，卒于凤凰二年（273），七十余岁。他所说的"三日断五疋，大人故言迟"云云，实即《孔雀东南飞》中的两句诗，而他称为"古诗"。③ 建安共二十五年，如果建安二十余年可称是建安末的话，其时韦昭已经十余岁，这个时期产生的诗，无论如何难以称得上是"古诗"。因此徐陵编《玉台新咏》所收小序说的

---

① 古层冰（名直）：《汉诗研究》卷四，启智书局1934年版，第37—38页。
② 《史记》卷八十六，中华书局1959年版，第2523页。王发国《〈诗品〉考索》最早注意到这两条材料，详见王发国《〈诗品〉考索》，成都科技大学出版社1993年版。
③ 还有一种可能，"故古诗曰"云云非韦昭原文，而是后人解说韦昭注。此说系钱志熙先生提供。

"汉末建安中"云云就很值得怀疑。我们从韦昭的话来推断，这首诗至少产生在三国以前百年上下，否则，韦昭是不会称之为"古诗"的。从汉末建安上推百年，正是班固生活的年代，因为班固卒于东汉和帝永元四年（92）。

如果《古诗为焦仲卿妻作》真是作于东汉前期，那么五言诗成熟的年代就要大大地提前。这也并非不可能。对于《文选》中所收录的所谓"苏李诗"及其他"古诗"，在没有更充分的论据情况下，我们与其推出新说，还不如保守一点为好，毕竟，我们所看到的古诗文献要比萧统时代少得多。

## 五 《古诗十九首》与建安诗歌的复杂关系

近来，木斋先生发表一系列文章，论证"古诗十九首"多为曹植所作，颇引人瞩目。阅读木斋先生的论著，常给人一种新奇的感觉。首先是他人生经历的新奇。他在20世纪60年代末流落东北，成为新一代上山下乡知识青年。有这种经历的人不计其数。我本人也曾从京城到农村插队落户。因此，这种经历本来也没有什么特别。我所以感到新奇，是他的太深沉的历史情结，太强烈的写作愿望。大多数人回城以后，只是把这段生活埋藏在自己的内心，而木斋先生却形诸文字，完成了自传体文字《历史的化石——知青十五年》，让后来者永远记住这段历史。其次是他学术经历的新奇。20世纪80年代，在古典文学研究出版界，王洪的名字可是响当当的，因为他主持编写了好几部影响很大的古典文学鉴赏论著。赏析热退潮后，王洪的名字逐渐隐去，而木斋却又在古典文学研究界站立起来，他的研究领域非常宽广，他似乎不知疲倦地要把中国古代文学都领略一番。生活的感悟给了他诗人的气质，他又将这种感悟熔铸到对于古代作家作品的理解中，在理性的思考中，不乏情感的交融。这是他与单纯沉浸在书斋中的学者有所不同的地方。

唯其如此，他的著作常常会提出一些新奇的学术见解。过去，他的研究重心在唐宋文学，我虽然有所关注，但毕竟隔行如隔山，对于他的论著没有多少深刻的印象。最近一些年，他好像又把主攻方向转到中古时期，尤其是古诗十九首和建安文学的研究，这便引起了我的特别注意。这些年来，我的研究方向主要是汉魏六朝文学，也写了若干肤浅的文字。也许是这个缘故，木斋先生也注意到我。我们的学术联系就是这样建立起来的。2009年夏天，《社会科学研究》杂志要刊发一组关于古诗十九首的文章，责编邀我作栏目主持人。虽婉拒而未果，只能握笔承乏，勉强写了下面这段话：

> 《古诗十九首》最早收录在我国现存最早的文学总集《昭明文选》中，编者因不知道这组诗的作者，就笼统地管它们叫做"古诗十九首"。尽管作者不详，但是其惊人的艺术成就却令后人由衷赞叹。钟嵘《诗品》即把这组诗列入篇首，认为其"文温而丽，意悲而远，惊心动魄，可谓一字千金"。
>
> 比较麻烦的问题是这组诗的创作年代。钟嵘《诗品》上卷谈到古诗时说"陆机所拟十四首""其外'去者日已疏'四十五首"云云，说明钟嵘所见古诗共有五十九首，但是不知作者，更不知年代，所以他感慨说："人代冥灭，而清音独远，悲夫！"后来徐陵编《玉台新咏》时又收录了其中的九首，并题名为枚乘。《文心雕龙》说到这组诗时，也用种不确定的语气推测道："其'孤竹'一篇，则傅毅之辞乎？比采而推，两汉之作乎？"据此，隋树森《古诗十九首集释》认为这组诗出于两汉无名氏之手。不过，唐代李善注解古诗十九首时说："并云古诗，盖不知作者。或云枚乘，疑不能明也。诗云'驱马上东门'，又云'游戏宛与洛'，此则辞兼东都，非尽是乘，明矣。昭明以失其姓氏，故编在李陵之上。"[①] 可见在唐代以前，已有学者认为这组诗不大可能出于西汉。由于其中较多触及汉讳，"辞兼东都"，以及诗中还写到企慕神仙、及时行乐思想，再加上从现存诗歌来看，五言直至东汉班固始见，而班诗"质木无文"，与《古诗十九首》之宛转流丽全然不同，故多数学者认为这组诗成于东汉。甚至，钟嵘称引"旧疑"，以为是建安时曹植、王粲所作。

---

① 萧统编，李善注：《文选》卷二十九，中华书局1977年版，第409页。

这里刊布的……木斋先生的论文，即以南北时期的"旧疑"作为立论的基始，考订古诗十九首中部分诗歌为曹植所做。为此，木斋广泛收集资料，结合史实，循环论证，给人启发。当然，他的结论尚可推敲，其论证方法也多有可议之处，但是这种勇于探索的精神还是值得肯定的。①

我虽然并不完全赞同他的结论，但是赞赏他的"勇于探索的精神"，也就是我前面说的学术见解的新奇。

新奇的"奇"字，在汉魏六朝时期有不同的理解。钟嵘的诗学主张比较新锐，因而在《诗品》中，对于"奇"字似多褒义，如称曹植"古气奇高，词彩华茂"。②而力求折中的刘勰则对于"奇"字似乎持保留态度。这方面，日本著名汉学家兴膳宏先生曾著有弘文，就是从"奇"字入手，论述了钟嵘与刘勰文学思想的异同。受此启发，我使用了"新奇"二字来形容木斋的学术见解，既非褒义，也非贬义，而是带有中性色彩。

从学术的基本倾向上来说，我个人相对保守。譬如古诗十九首的研究，我并没有独立见解，通常是接受历史上的成说，包括与此相关联的所谓"苏李诗""孔雀东南飞"等，也都持此一态度。尽管如此，我对于这些问题的论争，非常关注，各种新说，也多作思考。说到苏李诗和古诗十九首的年代问题，迄今为止，不外乎三种观点：《玉台新咏》收录了古诗十九首中的九首，题署枚乘，编者似乎认为是西汉作品，前面提到的隋树森《古诗十九首集释》力主此说。而刘勰、李善则认为这组诗是东汉作品；而这一观点，已为现代多数学者所认可。还有第三种说法，即前引钟嵘提到的"旧说"，认为是曹、王所制。马雍《苏李诗制作时代考》，还有木斋先生即持此说。

无论哪一种说法，就辨析方法而言，现代人的论述，大体上遵循着梁启超在《中国历史研究法》中归纳出来的12种辨伪的方法，譬如前代从

---

① 刘跃进撰：《〈古诗十九首〉与汉魏诗歌研究》"主持人语"，《社会科学研究》2009年第4期，第18页。
② 钟嵘著，曹旭集注：《诗品集注》，上海古籍出版社2011年版，第117页。

未著录，突然冒出来的书十有八九是伪的，还有著作掺杂了后来的内容，也有问题。这种辨伪的方法，我们在过去是深信不疑的。问题是，说有易，说无难。随着出土文献的大量问世，这些曾被认为是科学的辨伪方法，几乎都遭遇到空前的挑战。

譬如钱穆先生认为《老子》是西汉初年的作品，而马王堆汉墓出土的帛书，还有湖北郭店出土的楚简，都强有力地驳倒了这种观点。又如虞姬的《答项王歌》，文学史多认为靠不住，因为其五言形式不可能出现在楚汉相争之际。但是这种判断是我们根据现有的资料做出的。不管怎么说，这首诗见载于陆贾的《楚汉春秋》。如果想否定这首诗的年代，就得先辨析《楚汉春秋》的真伪。再就五言形式而言，西汉时期的谣谚，就多见于史书记载。当然，我并不认为虞姬的《答项王歌》就一定是虞姬所作，只想指出一个事实，判定一篇作品的年代，仅仅根据一、二条材料，或者依据现有的文学观点，往往不可靠。

至于另外一种论断的方法，如作品中出现了若干后来的词汇，像古诗十九首中的上东门、中州等，也不能作为铁证，证明是东汉的作品。这是因为，很多文献已经失传，怎能断然认为这些词汇一定是东汉时期才出现的呢？再说，先唐文献资料，多累积而成，前代作品中有后代的内容，同样，后代作品中也蕴含着前代的成分。《三辅黄图·汉宫》记载一首古歌曰："长安城西有双阙，上有双铜雀。一鸣五谷生，再鸣五谷熟。"[1]《太平寰宇记》卷二十五引《长安记》所载古歌词与此相同。而《太平御览》卷一七九却把这首歌的作者写成曹丕。其歌词只是在头句上多了一个字，作"长安城西有双员阙"[2]。这种情形似乎不是特例，在三曹乐府中还很常见。此外，《塘上行》《门有万里客行》等乐府诗还写到文人在南方奔波的背景，这也叫我很不解。从《汉书·地理志》和《后汉书·郡国志》的比较中，我们会发现一个有趣的现象：两汉之际，每当中原丧乱，大批士人往往逃避西北。这是因为，自武帝设立河西四郡之后，割断了匈奴和西羌的联系，西北地区相对较为平静。但是东汉以后，羌人纷纷而起，河

---

[1] 何清谷校注：《三辅黄图校注》卷二，三秦出版社1995年版，第123页。
[2] 李昉等撰：《太平御览·居处部·阙》卷一七九，中华书局1960年版，第871页。

西诸郡，人口锐减，乃至比西汉少数倍之多。这说明当地比较混乱。因此，中原文人在逃难时就放弃了西北，而纷纷逃往江南。譬如蔡邕就避难吴会长达12年之久。在这样一个背景下，这个时期的民间歌谣乃至文人创作的诗歌，就有很多涉及江南的内容。从我们现在掌握的材料看，曹氏父子似乎没有在江南游历或出仕的经历。他们的诗歌中所以会蕴含着若干江南的因素，最有可能的原因，这些作品只是当时流行的乐歌，三曹不是原创者，而是改造者，用于乐府的演唱。因为三曹的地位太特殊，乐工们就将这些记录下来的歌词归属到三曹名下。如果是这样的话，就诗歌文献而言，虽然乐府民歌从名义上多有失传，但是，从三曹乃至拟乐府诸名家如陆机、傅玄等人的创作中，似乎依然可以领略到汉乐府乃至魏晋乐府的影子。

这些文学史现象说明，根据现有的资料，对于某些作品作硬性的时代界定，往往容易顾此失彼，很难周全。说到这里，可能就要涉及木斋先生的见解了。他认为，两汉之际，直到孔融之前，都还是五言诗的发生期而非成立期，也就是说，是五言诗漫长的萌芽发生时代，而没有真正诞生；曹操开辟的建安诗歌，标志了五言诗的成立。从大的方面而言，这种看法应当可以成立。但是，如果把五言诗的成立一定归结到某一个人，则容易作茧自缚。研究中国的文史，我们都希望能够得出比较确切的结论，但在很多情况下，这只是一厢情愿。有些问题，限于资料，可能永远没有结论。与其遽作论断，还不如多闻阙疑。

《文学遗产》1996年第2期<br>本文第五小节为后来所加，特此说明

# 虎啸而风寥戾,龙起而致云气

## ——论王褒的创作及其心态

王褒是西汉宣帝时期著名的辞赋大家。《文选》收录其三篇作品,即卷十七赋"音乐"类《洞箫赋》,卷四十七"颂"类《圣主得贤臣颂》,卷五十一"论"类《四子讲德论》等。关于他的生平事迹,史书记载非常简略,《汉书·王褒传》叙其生平仅用了八个字"王褒字子渊,蜀人也"①。其作品《圣主得贤臣颂》在论及自己时则用了18个字,称"今臣僻在西蜀,生于穷巷之中,长于蓬茨之下"②,也很简要。由此而知,王褒为蜀人,出身卑微,在贫困中长大。王褒长于诗歌,尤工辞赋。其文章多属歌功颂德之作,尽管其内容无足称述,但他用摇曳之笔,把这种"颂""扬"情感表达得淋漓尽致,不仅打动了当时的君主,也感动了后世的读者。《汉书·王褒传》载:"宣帝时修武帝故事,讲论六艺群书,博尽奇异之好,征能为《楚辞》九江被公,召见诵读,益召高材刘向、张子侨、华龙、柳褒等待诏金马门。"③被公的作品,今已不存。而王褒、刘向、张子侨等人赋颂则多见于文献记载。《汉书·艺文志》著录王褒赋16篇。《隋书·经籍志》著录汉谏议大夫《王褒集》五卷,今佚。明人张溥辑有《王谏议集》,并收入其《汉魏六朝百三家集》中。清人严可均《全上古三代秦汉三国六朝文》辑录其散文、辞赋凡8篇。④

其创作,可按作品描写的内容和表现方式分为三类:一是明显具有楚

---

① 班固撰,颜师古注:《汉书》卷六十四,中华书局2007年版,第2821页。
② 萧统著,李善注:《文选》卷四十七,上海古籍出版社2014年版,第2089页。
③ 班固撰,颜师古注:《汉书》卷六十四,中华书局2007年版,第2821页。
④ 其《九怀》作一篇计。

调楚声的抒情咏物辞赋，以《洞箫赋》《九怀》为代表。《洞箫赋》见于《文选》。《九怀》，《楚辞》有收录，乃模仿屈原之作，较少新意。二是以颂扬为主的应时之作，以《四子讲德论》《圣主得贤臣颂》为代表。此外，类书中还辑录其《甘泉颂》《碧鸡颂》等，已残缺不全。三是具有诙谐特点的通俗小文，以《僮约》《责须髯奴辞》为代表。三类文章，风格各异，特点不同，但又都很好地结合于王褒一身，这除了王褒本人的才高思俊外，亦自有其特定的时代与文化背景。

## 一　抒情咏物小赋

《洞箫赋》，《汉书》本传又名《洞箫颂》，《文选》卷十七有录。该赋是中国文学史上第一篇全文专写一种乐器的赋文，对后来的乐赋创作有较大的影响，如马融的《长笛赋》、嵇康的《琴赋》等。《文选》还为此在"赋"体下面专设了"音乐赋"。《洞箫赋》以层层推进的方式，铺叙和描写了箫声动人心魄的各种原因。赋文首段对洞箫制作的材料竹所生长的环境，进行了细致的描摹和刻画：深山后土给予竹以坚润的品格，天精地气、阴阳变化赋予竹以灵性的气质，江川翔风、朝露玉液使竹具有了清泠温润之德行，孤鹤秋蜩、玄猿悲啸玉成了竹静而不喧的自然天性。赋文开篇描绘深山景色，状风声、水声、鸟兽啼叫声，颇为传神。

> 托身躯于后土兮，经万载而不迁。吸至精之滋熙兮，禀苍色之润坚。感阴阳之变化兮，附性命乎皇天。翔风萧萧而径其末兮，回江流川而溉其山。扬素波而挥连珠兮，声礚礚而澍渊。朝露清泠而陨其侧兮，玉液浸润而承其根。孤雌寡鹤，娱优乎其下兮；春禽群嬉，翱翔乎其颠；秋蜩不食，抱朴而长吟兮；玄猿悲啸，搜索乎其间。处幽隐而奥屏兮，密漠泊以猭猭。惟详察其素体兮，宜清静而弗喧。[①]

《洞箫赋》在描写箫声的纷纭变化和众音繁会的场面，更是声情并茂，

---

[①] 萧统著，李善注：《文选》卷十七，上海古籍出版社2014年版，第783—784页。

细致入微,"或浑沌而潺湲兮,猎若枚折。或漫衍而骆驿兮,沛焉竞溢。㑣悷密率,掩以绝灭。嘈㩿晔踕,跳然复出"。箫声如流水浑厚潺湲,如条桑折枝清脆悦耳,繁会络绎,连绵不断。凄寒之音渐于细弱缭绕,而慢慢消失。忽然,又众声疾会,跃然而聚。作者对音声的再现和描绘,是纤毫毕现,细腻婉转,使读者恍如置身其间。作者描写了音声之美带给人们绝妙感官享受之后,开始转换视角,从听者的角度,来表现音乐之美,逼真而富有神韵:

> 若乃徐听其曲度兮,廉察其赋歌。啾咇嘟而将吟兮,行鍖銋以和啰。风鸿洞而不绝兮,优娆娆以婆娑。翩绵连以牢落兮,漂乍弃而为他。要复遮其蹊径兮,与讴谣乎相和。故听其巨音,则周流氾滥,并包吐含,若慈父之畜子也。其妙声,则清静厌瘱,顺叙卑达,若孝子之事父也。科条譬类,诚应义理,澎濞慷慨,一何壮士!优柔温润,又似君子。故其武声,则若雷霆輘輷,佚豫以沸㥜。其仁声,则若飘风纷披,容与而施惠。或杂沓以聚敛兮,或拔擞以奋弃。悲怆恍以恻惐兮,时恬淡以绥肆。被淋洒其靡靡兮,时横溃以阳遂。哀悁悁之可怀兮,良醰醰而有味。
> 故贪饕者听之而廉隅兮,狼戾者闻之而不怼。刚毅强暴反仁恩兮,啴咺逸豫戒其失。钟期牙旷怅然而愕兮,杞梁之妻不能为其气。师襄严春不敢窜其巧兮,浸淫叔子远其类。嚚顽朱均惕复惠兮,桀跖鬻博儑以顿悴。吹参差而入道德兮,故永御而可贵。①

《洞箫赋》不仅仅只在描摹箫声的天籁,对美音妙声背后的道德情感、儒家义理及感化作用也作了层层的铺叙,使得其不仅"辩丽可喜""愉悦耳目",还与"古诗同义",起到了"仁义讽喻"的作用。宣帝公开为它辩护,太子令后宫贵人左右诵读之也就不难理解了。《洞箫赋》是一篇明显具有楚声楚调的咏物辞赋,这种特点在赋文中多有体现。赋文主要以骚体句式写成,以至于有学者把它称为"骚体赋"。同时,在赋文中,我们

---

① 萧统著,李善注:《文选》卷十七,上海古籍出版社2014年版,第786—788页。

还看到了诸如"孤雌寡鹤，娱优乎其下兮；春禽群嬉，翱翔乎其颠；秋蜩不食，抱朴而长吟兮"这种四六句式的出现，四六句是六朝骈文的主要特点和标志，可以说王褒的《洞箫赋》已初具骈文雏形。其细腻华美的语言，曲折婉转的表达，都使得《洞箫赋》在两汉文赋中，显得与众不同，别有风致。

赋中"优柔温润，如慈父之畜子"句，为《文心雕龙·比兴》举为"以声比心"之例，尤为此赋名句。"故知音者乐而悲之，不知音者怪而伟之"表现人们在欣赏音乐时以悲为美的心理，所以《文心雕龙·才略》说："王褒构采，以密巧为致，附声测貌，泠然可观。"①

## 二　颂扬为主的应时之文

《四子讲德论》《圣主得贤臣颂》是这类文章的典范之作。《汉书·王褒传》载："益州刺史王襄，欲宣风化于众庶，闻王褒有俊材，请与相见，使褒作《中和》《乐职》《宣布》诗，选好事者令依《鹿鸣》之声习而歌之。……褒既为刺史作颂，又作其传。"颜师古注曰："中和者，言政治和平也。乐职者，言百官各得其职也。宣布者，风化普洽，无所不被。"②

《四子讲德论》收录在《文选》卷五十一"论"体。其序文内容节略于《汉书》，云："褒既为益州刺史王襄作《中和》《乐职》《宣布》之诗，又作传，名曰《四子讲德》，以明其意焉。"③按照《汉书》的观点，《四子讲德论》是传，即为《中和》《乐职》《宣布》作注释的作品。犹如有经就有传一样。四子，指微斯文学、虚仪夫子、浮游先生、陈丘子。讲德，讲君王的圣德，这里主要是指宣王的仁政德施与善用人才。《四子讲德论》是王褒的一篇干谒之作，为盛世歌唱颂扬的应时之文。文章密巧细致，铺排渲染，论点明确，层层递进，逻辑性很强，具有强烈的辩论色彩和说理特点。《文选》将其置于"论"体，正是基于此特点。

---

① 刘勰著，范文澜注：《文心雕龙注》卷十，人民文学出版社2006年版，第699—670页。
② 班固撰，颜师古注：《汉书》卷六十四，中华书局2007年版，第2821—2822页。
③ 萧统著，李善注：《文选》卷五十一，上海古籍出版社2014年版，第2246页。

文章由微斯文学引《论语》孔子所说"国有道，贫且贱焉，耻也"的话作为开篇，质问虚仪夫子，引出"幸遭圣主平世"这样一个大判断。文章一开始就将讨论的背景置于盛世之下，这种巧妙的布置安排，当然能容易获得君主的好感！既然是盛世，文人学者就不宜闭门造车。事实上，"今夫子闭门距跃，专精趋学，有日矣"。微斯文学认为这是不识时务的表现，他以为"欲显名号、建功业，不亦难乎"？于是引出了虚仪夫子的如下议论：

> 夫子曰：然，有是言也。夫蚊虻终日经营，不能越阶序。附骥尾则涉千里，攀鸿翮则翔四海。仆虽嚚顽，愿从足下。虽然，何由而自达哉？
>
> 文学曰：陈恳诚于本朝之上，行话谈于公卿之门。
>
> 夫子曰：无介绍之道，安从行乎公卿？
>
> 文学曰：何为其然也？昔宁戚商歌，以干齐桓。越石负刍，而寤晏婴。非有积素累旧之欢，皆涂觏卒遇，而以为亲者也。故毛嫱、西施，善毁者不能蔽其好。嫫姆、倭傀，善誉者不能掩其丑。苟有至道，何必介绍？
>
> 夫子曰：咨，夫特达而相知者，千载之一遇也。招贤而处友者，众士之常路也。是以空柯无刃，公输不能以斫。但悬曼矰，[1]蒲苴不能以射。故膺腾撇波而济水，不如乘舟之逸也。冲蒙涉田而能致远，未若遵涂之疾也。才蔽于无人，行衰于寡党，此古今之患，唯文学虑之。
>
> 文学曰：唯唯，敬闻命矣。[2]

置身于升平盛世，文人学者理应有所作为。但是虚仪夫子说，自己就是一个微不足道的人，就像那些蚊虻，虽然嗡嗡叫个不停，也只能活动在一个很小的空间。当然，如果能有机会，"附骥尾则涉千里，攀鸿翮则翔

---

[1] 曼矰，中华书局1981年本作"矰"。
[2] 萧统著，李善注：《文选》卷五十一，上海古籍出版社2014年版，第2247—2248页。

四海",照样可以飞黄腾达。骥尾,骏马尾巴。鸿翮,大雁翅膀。问题是,哪有这样的机会呢?微斯文学指出一条重要的途径,即"陈恳诚于本朝之上,行话谈于公卿之门"。首先要有积极的态度,让那些朝廷要人知道你。恳,又作"懿",指美言善意。于是他列举宁戚干谒齐桓公、越石父求见晏婴的故事,认为自荐也可以。《吕氏春秋》说,宁戚牛车旁吃饭,望桓公而悲,击牛角而歌,桓公与之谈话,知道他是一个人才,于是起用作辅佐大臣。商,秋声。商歌,大约是悲秋之歌。晏子出行,路边越石父求见,识为贤人,引为上客。他们与朝廷重臣并无关系,通过自己的努力也能得到重用。就像美女毛嫱和西施,其美自美,别人想遮掩也不可能。而丑女嫫姆和倭傀,无论怎样花言巧语去美化,其丑自丑,亦无法改变。而今,正是"千载之一遇"的良机,文人学者理应抓住机遇,有所作为。"招贤而处友者"之"招"字,《文选集注》作"绍",当是。招贤,有居高临下意,与上下文意不符。绍贤,指介绍贤人,或通过贤人介绍,符合文意。"是以空柯无刃,公输不能以斫。但悬曼矰,蒲苴不能以射。"公输班是著名的工匠,如果没有利刃,他也无所作为。蒲苴子,古代著名射箭手。但,仅仅。曼,历来释为"长"。王念孙《读书杂志·余编下》认为,"但悬曼矰"与"空柯无刃"相对为文,"但亦空也,曼亦无也。无、曼一声之转,无之转为曼,犹芜菁之转为蔓菁矣"。据此,此句的意思是,如果仅有弓而无箭,蒲苴也不能射箭。因此,在具备了各种必要条件的情况下,还要学会借势,故微斯文学特别指出:"故膺腾撇波而济水,不如乘舟之逸也。冲蒙涉田而能致远,未若遵涂之疾也。"膺腾撇波,即浮水而击波。撇与撆同,《说文》曰:"撆,击也。"《文选钞》谓:"蒙,谓蒙笼荆棘而行也。"陆善经曰:"蒙,谓榛梗。"吕向注:"冲蒙,谓冲突蒙笼也。"大意是说,与其个人奋力涉水,披荆前行,不如乘舟、借道更为便捷。

微斯文学与虚仪夫子"相与结侣,携手俱游,求贤索友,历于西州"。西州,指巴蜀。在这里,他们遇到了浮游先生和陈丘子。浮,空也,言无此先生,但为之浮游立名。陈丘,谓能陈先圣孔丘之大道。他们"乘辂而歌,倚軏而听之"。辂,车。軏,辕端用作捆绳的横木。他们"咏叹中雅,转运中律,嘽缓舒绎,曲折不失节"。雅,指大小雅。律,指六律。中雅、中律，谓合乎雅律，协于声调。啴缓，宽松的节奏。这样的音乐自然会引起微斯文学和虚仪夫子的好奇，微斯文学问道："俚人不识，寡见鲜闻。曩从末路，望听玉音，窃动心焉。敢问所歌何诗？请闻其说。"从而引出浮游先生、陈丘子讲论"礼乐治天下"的话题。

浮游先生、陈丘子曰：所谓《中和》《乐职》《宣布》之诗，益州刺史之所作也。刺史见太上圣明，股肱竭力。德泽洪茂，黎庶和睦，天人并应，屡降瑞福。故作三篇之诗以歌咏之也。

文学曰：君子动作有应，从容得度，南容三复白珪，孔子睹其慎戒。太子击诵《晨风》，文侯谕其指意。今吾子何乐此诗而咏之也？

先生曰：夫乐者，感人密深而风移俗易。吾所以咏歌之者，美其君术明而臣道得也。君者，中心。臣者，外体。外体作，然后知心之好恶。臣下动，然后知君之节趋。好恶不形，则是非不分。节趋不立，则功名不宣。故美玉蕴于碔砆，凡人视之恍焉。良工砥之，然后知其和宝也。精练藏于矿朴，庸人视之忽焉。巧冶铸之，然后知其干也。况乎圣德巍巍荡荡，民氓所不能命哉！是以刺史推而咏之，扬君德美，深乎洋洋，罔不覆载，纷纭天地，寂寥宇宙。明君之惠显，忠臣之节究。皇唐之世，何以加兹！是以每歌之，不知老之将至也。

文学曰：《书》云：迪一人使四方，若卜筮。夫忠贤之臣，导主志，承君惠，摅盛德而化洪，天下安澜，比屋可封，何必歌咏诗赋可以扬君哉？愚窃惑焉。

浮游先生色勃眦溢，曰：是何言与？昔周公咏文王之德而作《清庙》，建为《颂》首。吉甫叹宣王穆如清风，列于《大雅》。夫世衰道微，伪臣虚称者，殆也。世平道明，臣子不宣者，鄙也。鄙殆之累，伤乎王道。故自刺史之来也，宣布诏书，劳来不怠，令百姓遍晓圣德，莫不沾濡。庞眉耆耇之老。咸爱惜朝夕，愿济须臾，且观大化之淳流。于是皇泽丰沛，主恩满溢，百姓欢欣，中和感发，是以作歌而咏之也。《传》曰：诗人感而后思，思而后积，积而后满，满而后作。言之不足，故嗟叹之。嗟叹之不足，故咏歌之。咏歌之不厌，不知手之舞之足之蹈之也。此臣子于君父之常义，古今一也。今子执分寸而罔亿度。处把握而却寥廓，乃欲图大人之枢机，道方伯之失得，不亦远乎？

　　陈丘子见先生言切，恐二客惭，膝步而前曰：先生详之。行潦暴集，江海不以为多。鳅鳝并逃，九罭不以为虚。是以许由匿尧而深隐，唐氏不以衰。夷齐耻周而远饿，文武不以卑。夫青蝇不能秽垂棘，邪论不能惑孔墨。今刺史质敏以流惠，舒化以扬名。采诗以显至德，歌咏以董其文。受命如丝，明之如缁。《甘棠》之风，可倚而俟也。二客虽窒计沮议，何伤？①

　　原来浮游先生和陈丘子二人吟诵的正是王褒所作的《中和》《乐职》《宣布》之诗。这组诗，《汉书》记载是益州刺史王襄让王褒作，然而这里变成了益州刺史本人所作。太上，指宣帝。股肱，指大臣。黎庶，指百姓。说这个时期，皇恩浩荡，百姓和睦，天人感应，祥瑞屡降，故有三诗之作。文中"南容三复白珪，孔子睹其慎戒"句用了《论语》典故，《文选钞》曰："凡君子所动心作为，皆有所感应，纵容得其法度，犹如孔子弟子南容阅读诗，至白珪之玷，尚可磨，斯言之玷，不可为也，三反复之。孔子知其诚慎也。""太子击诵《晨风》，文侯谕其指意"则用了《韩诗外传》典故。魏文侯有二子，长曰击，次曰䜣。䜣少而立以为嗣，封击中山，三年没有往来。其傅赵仓唐作为使臣拜谒魏文侯，诵《晨风》之诗。以诗中"如何如何，忘我实多"启发魏文侯。文侯大悦曰："欲知其君，视其所使。中山君不贤，恶能得贤傅。遂废太子䜣，召中山君以为嗣。"微斯文学推测这组诗亦有为而咏。于是引出浮游先生的对答。他主要从音乐的功能说起，来赞美君之圣德。美玉常常隐含于璞玉之中，需要玉匠的发现。君主最大的美德如玉匠一样，就是善于发现人才，任用人才，这种美德是应该极力赞美的，"是以每歌之，不知老之将至也"。这是浮游先生的第一层论点，即要以礼乐治天下。

　　微斯文学认为治理天下，有使臣、武将，没有必要再引诗乐来颂扬君德。为此，浮游先生引《周颂》《大雅》《小雅》等作，无外乎是为了阐

---

① 萧统著，李善注：《文选》卷五十一，上海古籍出版社2014年版，第2249—2252页。

释如下道理:"治世之音安以乐,其政和;乱世之音怨以怒,其政乖;亡国之音哀以思,其民困"。作者引《传》曰:"诗人感而后思,思而后积,积而后满,满而后作。言之不足,故嗟叹之。嗟叹之不足,故咏歌之。咏歌之不厌,不知手之舞之足之蹈之也。"据李善注,这段文字出自《乐动声仪》文。《〈文选〉钞》则谓自《韩诗内传》。认为音乐与政治的密切关系,是君父常义,古今一体。

陈丘子见浮游先生措辞激烈,恐微斯文学和虚仪夫子惭愧难当,便膝步向前,进一步引申说道,江海之大,可以容纳百川,即便那些小鱼逃离,大网也不会空无一鱼。许由逃匿,唐尧依然强盛;伯夷、叔齐不食周粟,文王、武王照样受到尊敬。所以,国家的强盛,不会因为某些人的不配合而受到影响。而今益州刺史"采诗以显至德,歌咏以董其文。受命如丝,明之如缗。《甘棠》之风,可倚而俟也",这正是国家强盛的表现。董,整理。受命如丝,明之如缗,用《礼记》"王言如丝,其出如纶。王言如纶,其出如綍"的典故,用以说明君主出言虽小,而传播后影响会越来越大。缗,纶,钓鱼线。《甘棠》是赞美君主的诗篇。随后,陈丘子又说,"先生微矜于谈道,又不让乎当仁,亦未巨过也。愿二子措意焉"。二子,指微斯文学和虚仪夫子。虚仪夫子接着陈丘子的话顺势发表意见,认为社会的进步,政治的清明,需要外力的推动。并向浮游先生和陈丘子解释说,微斯文学刚才那番议愚之话,是为了感动激励先生舒泄心中之愤,希望二位不要见怪,"夫雷霆必发而潜底震动,枹鼓铿锵,而介士奋竦。故物不震不发,士不激不勇。今文学之言,欲以议愚感敌,舒先生之愤,愿二生亦勿疑"。

四子冰释前嫌,又开始转入下一个话题的讨论。文学、夫子问:"昔成康之世,君之德与?臣之力也?"

> 先生曰:非有圣智之君,恶有甘棠之臣?故虎啸而风寥戾,龙起而致云气。蟋蟀俟秋吟,蜉蝣出以阴。《易》曰:飞龙在天,利见大人。鸣声相应,仇偶相从。人由意合,物以类同。是以圣主不遍窥望而视以明,不殚倾耳而听以聪。何则?淑人君子,人就者众也。故千金之裘,非一狐之腋。大厦之材,非一丘之木。太平之功,非一人之

略也。盖君为元首，臣为股肱，明其一体，相待而成。有君而无臣，《春秋》刺焉。三代以上，皆有师傅。五伯以下，各自取友。齐桓有管、鲍、隰、宁，九合诸侯，一匡天下。晋文公有咎犯、赵衰，取威定霸，以尊天子。秦穆有王、由、五羖，攘却西戎，始开帝绪。楚庄有叔孙、子反，兼定江淮，威震诸夏。勾践有种、蠡、渫庸，克灭强吴，雪会稽之耻。魏文有段干、田翟，秦人寝兵，折冲万里。燕昭有郭隗、乐毅，夷破强齐，困闵于莒。夫以诸侯之细，功名犹尚若此，而况帝王选于四海，羽翼百姓哉！故有贤圣之君，必有明智之臣。欲以积德，则天下不足平也。欲以立威，则百蛮不足攘也。今圣主冠道德，履纯仁，被六艺，佩礼文。屡下明诏，举贤良，求术士，招异伦，拔俊茂。是以海内欢慕，莫不风驰雨集，袭杂并至，填庭溢阙。含淳咏德之声盈耳，登降揖让之礼极目。进者乐其条畅，息者欲罢不能。偃息匍匐乎《诗》《书》之门，游观乎道德之域。咸洁身修思，吐情素而披心腹，各悉精锐以贡忠诚，允愿推主上，弘风俗而骋太平，济济乎多士，文王所以宁也。若乃美政所施、洪恩所润，不可究陈。举孝以笃行，崇能以招贤，去烦蠲苛以绥百姓。禄勤增奉以厉贞廉。减膳食，卑宫观。省田官，损诸苑。疎繇役，振乏困。恤民灾害，不遑游宴。闵耆老之逢辜，怜缧絏之服事。恻隐身死之腐人，凄怆子弟之缧縻。恩及飞鸟，惠加走兽，胎卵得以成育，草木遂其零茂。恺悌君子，民之父母，岂不然哉？[1]

以上是浮游先生的第二层论点，关于君德与臣力的问题。他认为君主盛德固然重要，但是还需要臣下的大力支持，君臣遇合必不可少。没有圣君，自然也不会有贤臣的生存空间。"故虎啸而风寥戾，龙起而致云气。蟋蟀俟秋吟，蜉蝣出以阴。"这是作者的得意之句。《周易》曰："云从龙，风从虎，圣人作而万物睹。"云龙、风虎，皆相得而生。蟋蟀秋天而鸣，蜉蝣阴天而出，亦应时而出。《易》曰："飞龙在天，利见大人。鸣声相应，仇偶相从。"仇偶，匹配。人由意合，物以类同。圣主贤明，不

---

[1] 萧统著，李善注：《文选》卷五十一，上海古籍出版社2014年版，第2252—2255页。

是因为他看过或听过所有的事情而变得聪明，而是因为他有丰富的人力资源。所谓"淑人君子，人就者众也"，是也。就像千金之裘、高楼大厦，绝非一狐之腋和一木一砖所能成就。天下太平，也都是众人支撑而成。君主为首领，大臣为手足，同为一体，相待而成。无君无臣不行，无朋无友也不行。所以"三代以上，皆有师傅。五伯以下，各自取友"。齐桓公有管仲、鲍叔牙、隰朋、宁戚，才能"九合诸侯，一匡天下"；晋文公有咎犯、赵衰，才能"取威定霸，以尊天子"；秦穆有王廖、由余、百里奚，才能"攘却西戎，始开帝绪"；楚庄有叔孙敖、子反，才能"兼定江淮，威震诸夏"；越王勾践有文种、范蠡、渫庸，才能"克灭强吴，雪会稽之耻"；魏文有段干木、田子方、翟璜，才使"秦人寝兵，折冲万里"；燕昭王有郭隗、乐毅，才能"夷破强齐，困闵于莒"。以上所述贤臣，还只是局限于一时一地，名声久远。而今四海一统，帝王选拔人才应有更大的范围。羽翼，辅佐。所以说君臣遇合，缺一不可。积德立威，需众臣之力。

至此，作者笔锋一转，说道"今圣主冠道德，履纯仁，被六艺，佩礼文。屡下明诏，举贤良，求术士，招异伦，拔俊茂"等，皆圣明之举。所以才会得到海内外的赞誉："是以海内欢慕，莫不风驰雨集，袭杂并至，填庭溢阙。含淳咏德之声盈耳，登降揖让之礼极目。进者乐其条畅，怠者欲罢不能。"条畅，通达也。他们游于《诗》《书》之门，观乎道德之域。就像《子虚上林赋》所说，躬逢盛世，济济一堂。"去烦蠲苛以绥百姓。禄勤增奉以厉贞廉。"蠲，除。苛，细。绥，安。禄，粟。俸，钱。"闵耄老之逢辜，怜缞绖之服事。恻隐身死之腐人，凄怆子弟之缧匿。"八十曰耄，九十曰耋。辜，罪过。缞绖，居丧之人。服事，谓服役事。腐人，谓死刑人。缧匿，谓匿父兄之罪而见缧系者。"恩及飞鸟，惠加走兽，胎卵得以成育，草木遂其零茂。"这里是说政治清明，惠及自然。作者最后引《诗经·大雅》"恺悌君子，民之父母"作为结语。

关于君臣问题，作者意犹未尽，又从反面说起，认为若君无贤臣，则必将是另一局面：

先生独不闻秦之时耶？违三王，背五帝，灭《诗》《书》，坏礼义。信任群小，憎恶仁智，诈伪者进达，佞谄者容入。宰相刻峭，大理峻法。处位而任政者，皆短于仁义，长于酷虐，狼挚虎攫，怀残秉贼。其所临莅，莫不肌栗慴伏，吹毛求疵，并施螫毒。百姓征彸，无所措其手足。噭噭愁怨，遂亡秦族。是以养鸡者不畜狸，牧兽者不育豺，树木者忧其蠹，保民者除其贼。故大汉之为政也，崇简易，尚宽柔，进淳仁，举贤才，上下无怨，民用和睦。①

他所举出的最近例子就是秦代："违三王，背五帝，灭《诗》《书》，坏礼义。信任群小，憎恶仁智，诈伪者进达，佞谄者容入。宰相刻峭，大理峻法。"刻峭，苛严峻峭。大理，指廷尉。他们"皆短于仁义，长于酷虐"，也就是贾谊《过秦论》所说"仁义不施"，"肌栗慴伏，吹毛求疵，并施螫毒。百姓征彸，无所措其手足"。征彸，又作"征伀"或"怔忪"惶遽也。百姓恐惧，手足无措。噭噭愁怨，于是群起而灭秦。因此，作者特别指出，"是以养鸡者不畜狸，牧兽者不育豺，树木者忧其蠹，保民者除其贼"。养鸡的人不应再养狸猫，养家畜的不能养狼。种树的担心病虫害，真正爱护百姓的人就应当铲除奸贼。这是为政者所应当注意的，这也是秦汉兴替的原因所在。汉代为政，"崇简易，尚宽柔，进淳仁，举贤才，上下无怨，民用和睦"。

以上论述的是"臣之力"。君臣遇合，就一定可以万世太平了吗？浮游先生认为这还不够，还有"天"的因素。这就进入到了浮游先生的第三层论述。所谓天符，或曰天瑞，在政治生活中也起着十分重要的作用。他说：

今海内乐业，朝廷淑清。天符既章，人瑞又明。品物咸亨，山川降灵。神光耀晖，洪洞朗天。凤皇来仪，翼翼邕邕。群鸟并从，舞德垂容。神雀仍集，麒麟自至。甘露滋液，嘉禾栉比。大化隆洽，男女条畅。家给年丰，咸则三壤。岂不盛哉！昔文王应九尾狐，而东夷归周。武王获白鱼而诸侯同辞，周公受秬鬯而鬼方臣，宣王得白狼而夷

---

① 萧统著，李善注：《文选》卷五十一，上海古籍出版社2014年版，第2255—2256页。

狄宾,夫名自正而事自定也。今南郡获白虎,亦偃武兴文之应也。获之者张武,武张而猛服也。是以北狄宾洽,边不恤寇,甲士寝而旌旗仆也。"①

地利人和,固然重要,但是天意也很重要,"今海内乐业,朝廷淑清。天符既章,人瑞又明。品物咸亨,山川降灵"。"品物咸亨",出自《周易》"云行雨施,品物咸亨"一句。当今人们安居乐业,朝廷光明清正,一片和睦升平景象。恰逢此时,各种祥瑞吉兆也纷纷出现:"凤皇来仪,翼翼邕邕。群鸟并从,舞德垂容。神雀仍集,麒麟自至。甘露滋液,嘉禾栉比。"我们注意到,在汉代文人学者的文章辞赋当中,常常以描写"凤凰来仪"等现象表示祥瑞,譬如《神雀赋》之类不绝如缕。宣帝改元,即由于此。宣帝中兴,历来艳称。所谓"大化隆洽,男女条畅。家给年丰,咸则三壤。岂不盛哉!"大约指此。为此,作者又继续征引历史上的各种奇异的祥瑞事件来以证成其说,如《淮南子》载,九尾狐至,表示多子多孙,太平之征。东夷归周,这是上天的旨意。《尚书璇玑钤》载,武王视察练兵时,有白鱼入舟,武王取以祭祀。诸侯都说这是祥瑞征兆,可以讨伐商纣王了。《孙氏瑞应图》载,周公得到一种奇异的香草(鬯),也是吉兆,可以讨伐鬼方。《史记》记载说,穆王征讨犬戎,捕获四只白狼而归。这里言说是宣王,不知何是。而今获得白虎,正是息武兴文的征兆,"获之者张武,武张而猛服也。是以北狄宾洽,边不恤寇,甲士寝而旌旗仆也"。张武,南郡太守。恤,忧。寇,贼。寝,息。仆,偃。浮游先生通过列举古今社会所发生的种种祥瑞事件来说明"天符",即"天"的因素在政治生活中的重要作用和影响。

微斯文学和虚仪夫子从天符又顺势追问到人瑞:"天符既闻命矣,敢问人瑞。"这便进入到了浮游先生的第四层论述,关于"人瑞"问题。

先生曰:夫匈奴者,百蛮之最强者也。天性憍蹇,习俗桀暴。贱老贵壮,气力相高。业在攻伐,事在猎射。儿能骑羊,走箭飞镞。逐

---

① 萧统著,李善注:《文选》卷五十一,上海古籍出版社2014年版,第2256—2257页。

水随畜，都无常处。鸟集兽散，往来驰骛，周流旷野，以济嗜欲。其耒耜则弓矢鞍马，播种则扞弦掌拊。收秋则奔狐驰兔，获刈则颠倒殪仆。追之则奔遁，释之则为寇。是以三王不能怀，五伯不能绥。惊边扤士，屡犯刍荛。诗人所歌，自古患之。今圣德隆盛，威灵外覆，日逐举国而归德，单于称臣而朝贺。乾坤之所开，阴阳之所接，编结沮颜，燋齿枭瞷，鬋发黥首，文身裸袒之国。靡不奔走贡献，欢忻来附，婆娑呕吟，鼓掖而笑。夫鸿均之世，何物不乐？飞鸟翕翼，泉鱼奋跃。是以刺史感懑舒音，而咏至德。鄙人黮浅，不能究识。敬遵所闻，未克殚焉。

于是二客醉于仁义，饱于盛德。终日仰叹，怡怿而悦服。①

我们知道，汉帝国最大的边患就是匈奴。刘邦平城之难，差点送命，所以回来后就接受了娄敬的建议，实行和亲政策。文帝起于边地，深知匈奴问题的严峻性，但迫于国力形势，也只能仍旧贯彻执行和亲政策。景帝上台，开始为解决边患问题苦心积虑，开上林苑，养马30万匹。武帝在位54年，对内加强中央集权，对外实行拓边政策。武帝通过对匈奴大规模的强势用兵，使得匈奴分裂，其一部分逃到漠北深处，一部分融入内地，基本解决了汉代的匈奴边患问题。《汉书·宣帝纪》载，五凤三年（前55）"虚闾权渠单于请求和亲……将众五万余人来降归义。单于称臣，使弟奉珍朝贺正月，北边晏然，靡有兵革之事"②。像匈奴这样"天性憍蹇，习俗桀暴。贱老贵壮，气力相高。业在攻伐，事在猎射。儿能骑羊，走箭飞镞"的民族，而今也居然归顺。作者认为这既是天符，更是人瑞。真可谓"圣德隆盛，威灵外覆，日逐举国而归德，单于称臣而朝贺。乾坤之所开，阴阳之所接，编结沮颜，燋齿枭瞷，鬋发黥首，文身裸袒之国。靡不奔走贡献，欢忻来附，婆娑呕吟，鼓掖而笑"。编结，编发。燋齿，《文选钞》谓：齿燋黑，即《山海经·海外东经》记载的黑齿国。枭瞷，西方胡人。枭，鸟名，其眼黄白色。瞷，谓目白。作者称此为"鸿均之

---

① 萧统著，李善注：《文选》卷五十一，上海古籍出版社2014年版，第2257—2258页。
② 班固撰，颜师古注：《汉书》卷八，中华书局2007年版，第266页。

世"。鸿，通洪，大也。均，平也。鸿均之世，即太平盛世。天高任鸟飞，水深任鱼跃，一片升平气象。益州刺史倍感鼓舞，欣然赋诗，歌颂至德。浮游先生自谦浅陋无识，只能尽力陈述如上。

文章的最后写道："于是二客醉于仁义，饱于盛德。终日仰叹，怡怪而悦服。"二客，指微斯文学和虚仪夫子。他们从内地来到巴蜀，倾听了浮游先生和陈丘子的教诲，幡然醒悟。如果说，微斯文学只是告诫虚仪夫子要在盛世积极有为，主动进取，还显得较浅层次的话，那么浮游先生和陈丘子的告诫就要深刻得多。他们认为，第一，盛世文人理应治礼作乐，放声歌唱。第二，盛世文人更应积极投身于现实生活中有所作为。第三，政治的清明除了地利、人和，还需要天意的垂顾。

前面提到，"故虎啸而风寥戾，龙起而致云气。蟋蟀俟秋吟，蜉蝣出以阴"。这是作者非常得意的句子。《汉书》本传、《文选》卷四十七所收《圣主得贤臣颂》也用到这四句，专门论述君臣遇合的关系、作用及其重大影响。文曰：

夫荷旃被毳者，难与道纯绵之丽密。羹藜晗糗者，不足与论太牢之滋味。今臣僻在西蜀，生于穷巷之中，长于蓬茨之下。无有游观广览之知，顾有至愚极陋之累。不足以塞厚望、应明旨。虽然，敢不略陈愚心而抒情素。

《记》曰：恭惟《春秋》法五始之要，在乎审己正统而已。夫贤者，国家之器用也。所任贤，则趋舍省而功施普。器用利，则用力少而就效众。故工人之用钝器也，劳筋苦骨，终日矻矻。及至巧冶铸干将之璞，清水淬其锋，越砥敛其锷。水断蛟龙，陆剸犀革。忽若彗氾画涂，如此，则使离娄督绳、公输削墨，虽崇台五层、延袤百丈，而不溷者，工用相得也。

庸人之御驽马，亦伤吻毙策，而不进于行。胸喘肤汗，人极马倦。及至驾啮膝，骖乘旦。王良执靶，韩哀附舆。纵骋驰骛，忽如影靡。过都越国，蹶如历块。追奔电，逐遗风。周流八极，万里一息，何其辽哉？人马相得也。

故服絺绤之凉者，不苦盛暑之郁燠。袭狐貉之暖者，不忧至寒之凄沧。何则？有其具者易其备。贤人君子，亦圣王之所以易海内也。是以呕喻受之，开宽裕之路，以延天下之英俊也。夫竭智附贤者，必建仁策。索人求士者，必树伯迹。昔周公躬吐握之劳，故有圄空之隆。齐桓设庭燎之礼，故有匡合之功。

由此观之，君人者勤于求贤而逸于得人，人臣亦然。昔贤者之未遭遇也，图事揆策，则君不用其谋。陈见悃诚，则上不然其信。进仕不得施效，斥逐又非其愆。是故伊尹勤于鼎俎，太公困于鼓刀。百里自鬻，宁戚饭牛，离此患也。及其遇明君、遭圣主也，运筹合上意，谏诤则见听。进退得关其忠，任职得行其术。去卑辱奥渫而升本朝，离疏释蹻而享膏粱。剖符锡壤而光祖考，传之子孙以资说士。故世必有圣智之君，而后有贤明之臣。虎啸而谷风冽，龙兴而致云气。蟋蟀俟秋吟，蜉蝣出以阴。《易》曰：飞龙在天，利见大人。《诗》曰：思皇多士，生此王国。故世平主圣，俊乂将自至。若尧、舜、禹、汤、文、武之君，获稷、契、皋陶、伊尹、吕望之臣。明明在朝，穆穆列布。聚精会神，相得益章。虽伯牙操递钟，蓬门子弯乌号，犹未足以喻其意也。故圣主必待贤臣而弘功业，俊士亦俟明主以显其德。上下俱欲，欢然交欣。千载一会，论说无疑。翼乎如鸿毛遇顺风，沛乎若巨鱼纵大壑。其得意如此，则胡禁不止，曷令不行？化溢四表，横被无穷。遐夷贡献，万祥必臻。

是以圣主不遍窥望而视已明，不殚倾耳而听已聪。恩从祥风翱，德与和气游，太平之责塞，优游之望得。遵游自然之势，恬淡无为之场。休征自至，寿考无疆。雍容垂拱，永永万年。何必偃仰诎信若彭祖，呴嘘呼吸如乔松，眇然绝俗离世哉？《诗》曰：济济多士，文王以宁。盖信乎其以宁也。

"夫荷旃被毳者，难与道纯绵之丽密"至"略陈愚心而抒情素"为全篇的引言，无外乎说自己位卑言轻，但依然不忘其鸣。与那些常年穿着粗布衣裳、吃着粗茶淡饭的人，去讨论纯棉衣帛的丽密，精致食物的美味，确实有一定难度。作者说，自己生长在穷乡僻壤，见识有限，不足以重用。尽管如此，还是愿意"略陈愚心而抒情素"。第一句中，"荷旃被毳"

与"羹藜唅糗"为对。荷、被、羹、唅,为动词,表示穿戴与吃喝。旃、毳与藜、糗是指衣服和食物。旃,即氈字,与"毳"同意,以兽皮为衣。藜,野菜。糗,干饭。太牢,即作为贡品的牛羊。穷巷之中与蓬茨之下,说自己地处偏僻,又生长在茅草屋中,没有游观广览的见识,益州刺史王襄上奏王褒有逸才,宣帝召他进京,故谦云"不足以塞厚望、应明旨"。塞,当也。"游观广览之知"的"知"字,陆善经本作"智"。秦汉时期写本《老子》,智,常作"知"。倘如此,就不是见识,而是智慧。这里作者集中讨论的是君臣关系,他从三个层面展开论述。

第一个层面从"《记》曰"到"工用相得也"为止,从一个相对抽象的工具与效用的关系说起。

所谓"《记》曰"云云,乃出自《春秋公羊传》。《春秋》称"元年春王正月",历代解释家都说,这便是五始中最重要的"王者受命之始"。其核心问题就是"审己正统而已",说明自己渊源有自。正统,就是三统,就像夏、商、周,各得其统。关于五始,李善注引《汉官解故》胡广的话说:"五始,一曰元,二曰春,三曰王,四曰正月,五曰公即位。"颜师古又细化作:"元者,气之始。春者,四时之始。王者,受命之始。正月者,政教之始。公即位者一国之始,是为五始。"王者受命,就有君臣关系的存在。臣为贤者,就是国家的利器。所谓"趋舍省而功施普"与"用力少而就效众",也就是我们常说的事半功倍。普,普遍。就效,成效。相反,如果用人不当,就像使用了钝器,"劳筋苦骨,终日矻矻"。矻矻,劳顿的样子。至于那些能工巧匠如区冶、干将,"清水淬其锋,越砥敛其锷"。锋,指刀刃。锷,指剑刃。淬,谓烧红的刀剑迅速放到冷水中。砥,磨刀石。巧冶,即区冶,越国铸工。干将,吴国铸工。后来,这个名字也成为刀剑之代称。《越绝书》载,"楚王召风湖子而问之曰:寡人闻吴有干将,越有欧冶子,此二人甲世而生,天下未尝有。精诚上通天,下为烈士。寡人愿赍邦之重宝,皆以奉子,因吴王请此二人为铁剑"。他们铸造的刀剑,入水可以斩断蛟龙,上山可以剥去兽皮,就像扫地那样容易。"水断蛟龙,陆剸犀革。忽若彗氾画涂。"剸,剖。犀革,兽皮。彗,笤扫。氾,又作泛,打扫。画涂,《汉书》、陈八郎本、朝鲜正德本作"画涂"。集注本、北宋本作"尽涂"。颜师古注:"涂,泥也。"王念孙认为,"彗氾"与

"画涂"相对为文，彗、画为动词。而氾、涂就是彗、画的对象。氾为污浊，涂则为泥水。全句大意为刀剑之利，如以箒扫扫除污秽，以刀剑画泥一样容易。因此，作"画"字为是。有了这样的利器，古代著名的工匠如离娄、公输等修筑高台楼阁，就非常容易了。"使离娄督绳、公输削墨，虽崇台五层、延袤百丈，而不溷者，工用相得也。"古代工匠用墨绳作为标记来锯木筑屋。督，察视。崇台，高台。延袤，延伸。《史记》曰："蒙恬筑长城，延袤万余里。"溷，乱。

第二个层面从"庸人之御驽马，亦伤吻毙策，而不进于行"到"周流八极，万里一息，何其辽哉？人马相得也"为止，从一个相对具体的人与马默契配合才能至千里的事例分析这个问题。

"庸人之御驽马，亦伤吻毙策，而不进于行。胸喘肤汗，人极马倦。"驽马，劣马。吻，口角。毙策，《汉书》、陈八郎本、朝鲜正德本作"敝策"。《文选集注》本作"弊策"。结合诸本，即弊策。大意是说，庸人驾驭劣马，缰绳把马嘴勒破，挥动鞭子，马气喘吁吁，但还是跑不快。说明彼此很难配合。

与之相反的情形，则是"驾啮膝，骖乘旦。王良执靶，韩哀附舆。纵骋驰骛，忽如影靡。过都越国，蹶如历块。追奔电，逐遗风"。驾啮膝，骖乘旦，相对为文，则啮膝、乘旦为良马名。《汉书》张晏注："啮膝、乘旦，皆良马名也。驾则旦至，故以为名。"王念孙认为，乘旦，当作"乘且"。且与駔同。駔者，骏马之名。《说文》："駔，壮马也。"《楚辞》："同驾赢而乘駔兮。"王逸注："乘駔，骏马也。"乘駔即乘旦。张晏说误。王良、韩哀，古代著名的驯马高手。他们驾驭良马，纵横驰骋，迅捷如风似电。影靡，言马行迅速，将风落在后面。过、越、蹶、历，皆言迅疾超越之意，都城大邑，良马迅疾穿过，就像跑过一小块土地一样。杜甫《戏为六绝句》"龙文虎背皆君驭，历块过都见尔曹"即本此。这样的良马，"周流八极，万里一息"，这就叫"人马相得"。

从工用相得到人马相得，从一般到具体，再到一般，"故服絺绤之凉者，不苦盛暑之郁燠。袭狐貉之暖者，不忧至寒之凄沧"，作为一个过渡，回应开篇所讨论的"夫荷旃被毳者"引起的话题。絺绤，也就是草衣。郁燠，酷热。而穿着裘皮大衣的人，自然不会为极寒天气发愁。原因是什么呢，因为事先有所预备。治理国家依然，有贤臣在，则有备而无患，高枕而无忧。狐貉之暖，《汉书》作"貂狐之燠"。燠，暖也。"是以呕喻受之"的"呕喻"比喻和悦的样子。受之，接受贤臣，"开宽裕之路，以延天下之英俊"，笼天下贤人而用之。那些贤臣也必然"竭智附贤者，必建仁策"。这样，贤人君子，相辅相成，圣王就可以轻松地统御海内，"必树伯迹"。伯迹，即霸迹。最典型的例子，就是周公。《韩诗外传》载，周成王封伯禽王鲁，周公诫之曰："无以鲁国骄士，吾一沐三握发，一饭三吐哺，犹恐失天下之士也。"周公为了延揽天下人才，听说有客人来，怕怠慢客人，就把吃到嘴里的饭吐出来，把正洗的头发握干来迎客。这样，天下承平，监狱也变得空旷起来。囹圄，监狱。《文子》说："法宽刑缓，囹圄空虚。"另外一个著名的例子就是齐桓公。《韩诗外传》载，齐桓公为接纳士人，设庭燎之礼。过了一年，还是没有人来。东野人持九九算经求见，齐桓公问，这样的书有用吗？东野人回答说，如果连我这样的人都得到接见，何况天下贤才。桓公接受这个建议。不到一个月，四方之士相继而来。九九，计数之书，类似于后世的算经。"匡合之功"，指齐桓公招贤纳士，九合诸侯，一匡天下，成就了霸业。

"君人者勤于求贤而逸于得人，人臣亦然"，由君主求贤说开去，作者展开历史的想象，从贤人的角度论述君臣遇合的重要性，从而进入文章的第三层面。

作者先从贤人不遇这样反面事例说起。"昔贤者之未遭遇也，图事揆策，则君不用其谋。陈见悃诚，则上不然其信。"那些所谓贤人，如果没有遇到圣主，再有本事，君主不用，也没有办法。悃诚，至诚。为此，作者以四人为例。一是伊尹，他曾负鼎俎求见商汤而未果。二是姜太公，他曾在朝歌作屠夫，希望能够得到周天子的器重，结果持鼓刀入周也无人待见。三是百里奚，作为亡国遗民，被人以五张羊皮的价格赎走。四是宁戚，远望齐桓公的车驾而悲歌不遇。故曰"进仕不得施效，斥逐又非其愆"。斥，不用。愆，过失。"伊尹勤于鼎俎，太公困于鼓刀"，乃出自《文子》"伊尹负鼎而干汤，吕望鼓刀而入周"。

文章再从贤人幸逢明主的正面事例加以阐释。"及其遇明君、遭圣主也，运筹合上意，谏诤则见听。进退得关其忠，任职得行其术。去卑辱奥溧而升本朝，离蔬释蹻而享膏粱。"奥，濁。溧，狎，污。蹻，木屐。膏，肉之肥者。粱，食之精者。这句是说如果得到君主的垂青，则进退自如，游刃有余。可以抹去过去的卑微，离开粗茶淡饭的生活，升任朝官，享受美味。不仅自己荣华富贵，还可以光宗耀祖、惠泽子孙。"剖符锡壤而光祖考，传之子孙以资说士。"剖符，天子、诸侯各执符契。举动所为，必合于契，然后承命而代行天子之命。锡壤，购买土地，言天子分符赐土。子孙后代亦以此为夸耀的谈资。所以说，"世必有圣智之君，而后有贤明之臣。虎啸而谷风冽，龙兴而致云气。蟋蟀俟秋吟，蜉蝣出以阴。《易》曰：飞龙在天，利见大人"。前面说过，"虎啸"四句是王褒特别得意的句子，在《四子讲德论》中亦用到这几句，说明君臣契合，如虎啸感风而清，如龙起感云而行。《啸赋》注、《太平御览》卷九四九引，并作"虎啸而风冽，龙兴而致云"，并无"谷""气"二字。王念孙《读书杂志·余编下》谓此二字"皆后人所加也"。"故世平主圣，俊乂将自至"数句分举唐尧、虞舜、大禹、商汤、周文、周武诸君，获得后稷、契、皋陶、伊尹、吕望等贤臣的辅佐，"明明在朝，穆穆列布"，获得极大成功。乂，《汉书》作"艾"，《文选集注》作"义"。《〈文选〉钞》："言世上平正，主复圣明，则贤人至。""虽伯牙操递钟，蓬门子弯乌号，犹未足以喻其意也。"递钟，陈八郎本、朝鲜正德本作"号钟"。《汉书》颜师古注引臣瓒曰："《楚辞》云：奏伯牙之号钟。号钟，琴名也。"《文选集注》本作"篪钟"。《汉书》作"遞钟"。晋灼曰："遞音遞迭之遞。二十四钟各有节奏，击之不常，故曰遞。"方以智以为，遞钟即编钟十六枚而在一簴。王念孙谓"琴无递钟之名。'递'即'号'之讹耳"。《文选集注》引陆善经曰："簴与号同。"伯牙善鼓琴，未闻长于击钟。因此，"递钟"即"号钟"，当为琴名。蓬门，即蓬蒙，或"蠭蒙"，古代著名射手。乌号，弓名。古代知音如伯牙、善射如逢蒙，也不足以将君臣之间聚精会神、相得益彰的妙境完全表达出来。"故圣主必待贤臣而弘功业，俊士亦俟明主以显其德。上下俱欲，欢然交欣。"这种君臣融洽的情形，千载一会，论说无疑，就像鸿雁遇风，一举千里。又如海阔鱼跃，任性纵情。"其得意如此，则胡禁不止，曷令不行？"胡、曷，都与疑问词"何"相通。君臣遇合，不仅上下相通，而且"化溢四表，横被无穷。遐夷贡献，万祥必臻。"

臻，《汉书》作"溱"，两字通，到达的意思。

"是以圣主不遍窥望而视已明，不殚倾耳而听已聪"至结尾，是全文的总结。殚，尽。作者认为，既得贤臣，就要把他们当作自己的耳目，自己不必把所有的都看到、都听到，依然耳聪目明。这样，"恩从祥风翱，德与和气游，太平之责塞，优游之望得"。言能调和四时，天下太平，顺从自然，无为而治。其结果必然是符瑞自至，福寿无边，雍容垂拱，万世太平。"何必偃仰诎信若彭祖，呴嘘呼吸如乔松，眇然绝俗离世哉？"彭祖，相传殷大夫，年寿七百。王乔、赤松子，皆仙人。如果无为自得，何必学彭祖、仿乔松，绝俗离世？汉宣帝欲遵循武帝故事，寻仙求远。为此，王褒作此颂，故以赤松子、王乔为喻，劝喻宣帝以广求贤人为治，即好事，无须虚妄求仙。正如《诗经》所说"济济多士，文王以宁"。确实如此，文王能够起用贤人，所以邦国得以安宁。

文章的思路非常清晰：中心思想是论述君臣遇合。为此分为三个层面，从抽象到具体，从当前到历史，言之凿凿，信而有据。所有这些，宣帝时期均已成为现实。对此，宣帝如何不高兴？王褒写作文章的用意业已圆满实现。

## 三 诙谐通俗小文

王褒的《僮约》近于汉时民间的契约，是一篇具有诙谐特点的通俗小文，《艺文类聚》卷三十五、《初学记》卷十九、《古文苑》卷十七等均有收录。《太平御览》亦多次引用，其中卷五〇〇、卷五九八收录文字最多，互有异文。卷五九八题作《约僮》。据《太平御览》卷七六五"器物部一〇"载，《僮约》另有佚文"雨堕如注瓮，板薜戴子公"。并注："薜，蓑衣也。子公，笠也。"[①] 诸本收录均为"雨堕无所为"，而无后面的"如注瓮板薜戴子公"八字。范文澜《文心雕龙注》谓："《太平御览》子部载《僮约》云'雨坠如注瓮，披薜戴子公'。"并录注文。范先生认为语亦难解，依其用韵将此句置于"夜半益刍"和"二月春分"之间，但又认为

---

① 李昉：《太平御览》（第四册）卷七六五，中华书局2013年版，第3396页。

置此，文意不贯。① 当前，学界一般以清人严可均辑《全上古三代秦汉三国六朝文》收录的《僮约》为通行本。《僮约》被誉为千古奇文，但同时又遭到严厉批评，可谓毁誉参半，褒贬不一。就其艺术而论，人们均给予了极高的肯定。但不少文人学者从儒家诗教观出发，对《僮约》的内容和王褒的品节进行了苛责。

《僮约》描写王褒到成都西北湔上去办事，在寡妇杨惠家吃酒，叫奴仆便了去买酒，便了不从，说当初约定自己只是守家，没有买酒的义务。王褒一怒之下，以一万五千钱的价格从女主人那里买了便了，并立契约以规定其各种工作，于是就有了我们今天所看到的这篇《僮约》。约文规定便了一年四季要做许多苦役，而且还不得有任何怨言。便了读了约文后，难过得要死，后悔自己当初没有去给王褒买酒，说倘若真的要干那么多的活儿，自己还不如死了算了。文章富有强烈的生活气息，读来令人忍俊不禁，颇有喜感。特别是文中便了性格的前后变化，尤其生动。在阅读此文的时候，我们可以想象一下，王褒和便了在这个事情中的情绪变化，王褒一开始可谓是盛怒不已，气得不得了；后来在写券文的过程中，就有点恶作剧的心态了，可能还在偷笑；最后，他看到便了低头服软时，心中定是得意欢喜得很，终于出了这口恶气！便了开始很拽、很固执，坚持不给王褒买酒；后来双方在立约的时候，他依然很有原则，说只有上券的活他才干，否则，不做；最后便了读完券文内容之后，是涕泪滂沱，悔恨交加，向王褒连连磕头请求原谅，死的心都有了。整篇文章读起来轻松活泼，饶有趣味，难怪会被后人视为谐赋的鼻祖了。李审言、童恩正等先生从券文里，看到了伤风败俗和地主管家的嘴脸等丑恶的东西，非常生气。其实，这就是一篇游戏之文，读者大可不必当作档案馆里面的卷宗文献来解读。当然，更不能当作汉代家童们的起居注了。文章不长，我们以严可均《全上古三代秦汉三国六朝文》为底本，过录如下：

  蜀郡王子渊，以事到湔，止寡妇杨惠舍，惠有夫时奴，名便了。子渊倩奴行酤酒。便了拽大杖，上夫冢岭曰："大夫买便了时，但要

---

① 刘勰著，范文澜注：《文心雕龙注》卷五，人民文学出版社2006年版，第487页。

守家，不要为他人男子酤酒。"子渊大怒曰："奴宁欲卖耶？"惠曰："奴大杵人，人无欲者。"子渊即决买券云云。奴复曰："欲使，皆上券。不上券，便了不能为也。"子渊曰："诺。"

券文曰：神爵三年正月十五日，资中男子王子渊，从成都安志里女子杨惠买亡夫时户下髯奴便了，决贾万五千。奴当从百役使，不得有二言。晨起早扫，食了洗涤。居当穿臼缚箒，截杆凿斗。浚渠缚落，锄园斫陌。杜埤地，刻大枷，屈竹作杷，削治鹿卢。出入不得骑马载车，踑坐大呋，下床振头。捶钩刈刍，结苇躐绖。汲水络，佐阻镁。织履作粗，粘雀张鸟，结网捕鱼，缴雁弹凫，登山射鹿，入水捕龟。后园纵养雁鹜百余，驱逐鸱乌，持梢牧猪，种姜养芋，长育豚驹，粪除堂庑，喂食马牛，鼓四起坐，夜半益刍。二月春分，被堤杜疆，落桑皮棕，种瓜作瓠，别落披葱，焚槎发芋，垄集破封，日中早蕢，鸡鸣起舂。调治马户，兼落三重。舍中有客，提壶行酤。汲水作餔，涤杯整案。园中拔蒜，斫苏切脯，筑肉臛芋，脍鱼炰鳖，烹茶尽具。已而盖藏，关门塞窦，喂猪纵犬，勿与邻里争斗。奴但当饭豆饮水，不得嗜酒，欲饮美酒，唯得染唇渍口，不得倾盂覆斗，不得辰出夜入，交关伴偶。舍后有树，当裁作船，上至江州，下到湔主。为府掾求用钱，推访垩贩棕索。绵亭买席，往来都洛，当为妇女求脂泽，贩于小市。归都担枲，转出旁蹉。牵犬贩鹅，武都买茶，杨氏担荷。往市聚，慎护奸偷。入市不得夷蹲旁卧，恶言丑骂。多作刀矛，持入益州，货易羊牛。奴自教精慧，不得痴愚。持斧入山，断輮裁辕。若有余残，当作俎几、木屐，及犬彘盘。焚薪作炭，垒石薄岸。治舍盖屋，削书代牍。日暮欲归，当送干柴两三束。四月当披，五月当获，十月收豆，橡麦窖芋。南安拾栗采橘，持车载辕。多取蒲芷，益作绳索。雨堕无所为，当编蒋织薄。植种桃李，梨柿柘桑，三丈一树，八尺为行，果类相从，纵横相当。果熟收敛，不得吮尝。犬吠当起，惊告邻里，怅门柱户，上楼击鼓，荷盾曳矛，还落三周。勤心疾作，不得邀游。奴老力索，种莞织席，事讫休息，当舂一石。夜半无事，浣衣当白。若有私钱，主给宾客。奴不得有奸私，事事当关白。奴不听教，当笞一百。

读券文适讫，词穷咋索，仡仡叩头，两手自搏，目泪下落，鼻涕长一尺。"审如王大夫言，不如早归黄土陌，蚯蚓钻额。早知当尔，为王大夫酤酒，真不敢作恶。"①

券文开头点出时间为神爵三年，即公元前59年。据《汉书·王褒传》，王褒在神爵、五凤间作《中和》《乐职》《宣布》诗，为益州刺史王襄推荐，后擢为谏议大夫。据此推断，王褒作此文时，尚在未被推荐之前。

开篇到"子渊曰诺"为引言，写约文的缘起。引言称蜀郡王子渊。而约文正文说，资中男子王子渊。蜀郡，乃秦时所置。资中，建元六年（前135）前属蜀郡，其后归犍为郡。其自称蜀郡，乃郡望，不诬。合而观之，正文表述则更为清楚。子渊，《初学记》作子泉，乃避唐讳。约文中有"子渊倩奴行酤酒。便了拽大杖，上冢岭曰：'大夫买便了时，但要守家，不要为他人男子酤酒。'"王褒让便了去买酒，便了提着大棒跑到杨惠故夫坟前申诉不平。"守冢"，《古文苑》《初学记》等作"守家"，根据文意，"守家"似为更妥。杨惠故夫买便了时尚健在，怎会约其为守冢呢？王洪林《王褒集考译》中说便了是一位"守墓奴"，揣其文意，似乎是说杨惠故夫生前买便了的目的，只是让其专职守护家族墓园，而不需做其他家事。② 但是，在汉代西南的农村，有专职守墓奴的家族应该是非常显赫和尊贵的，定非一般人家。此文写于王褒未荐之前，他此时的身份至多也就是一个文化乡绅而已，结交权贵的可能并不大。从约文内容来看，杨惠夫家也不可能是大家显贵，用现在的话来说就是一个小康标准。合而观之，便了应该是杨惠故夫买来"守家"，而非"守冢"的。王褒听了便了的话，大怒，随即向女主人提出自己要买这个小男童。王褒意图是买此男童，就是为了要好好拾掇拾掇这个小家伙不可。杨惠说："奴大忤人，人无欲者。"这个家伙长大了，说话难听，没人想要他，就卖给你吧。《太平御览》卷五九八作"奴父讶人"，《古文苑》等作"奴父许人"，而《艺文

---

① 严可均辑：《全上古三代秦汉三国六朝文》卷四十二，中华书局2012年版，第359页。
② 王洪林：《王褒集考译》，巴蜀书社1998年版，第29页。

类聚》《太平预览》卷五〇〇则无此句。"杵人""讶人""许人"形近,我们以为作"杵人"为是,成玄英注《庄子》"无所与杵,虚之至也"句中"杵"义,即为"逆"义。"杵人"一词,现在巴蜀地区仍在使用,意指一个人说话刻薄不中听,喜欢和对方反着说,且有挖苦和讽刺的意思,不给人留情面,让人受不了。"子渊即决买券云云",于是双方签订了这份契约。

约文正文开篇就说,王褒从成都安志里杨惠那里买下男童便了,价一万五千钱。从此,便了就得无条件地服从新主人王褒的役使和安排。"奴当从百役使,不得有二言"的"百役",即百事,指各种各样的杂事,无所不包。这些百事包括:日常家务劳动自不必说,晨起打扫卫生,洗刷碗筷;挖坑舂米,捆扎扫帚;疏通渠道,扎紧篱笆;整理农具,修制辘轳;编织草席,制衣做鞋。还规定,出行不得骑马坐车,干活时不得要求吃好的喝好的。还得打猎捕鱼,登山射鹿,持梢牧猪。还要早起晚睡,整治院落,照看家畜。春天加固堤坝,整治土地,种植粮食蔬菜,秋天收获,冬天储藏。约文中还特别强调,若有客人到来,便了要端茶倒水,热情招待,择菜做饭。此条明显针对王褒当初到杨惠家做客时,便了不肯出去为其买酒一事,所以约文里特别加上这一条。晚上便了还要招呼家畜回窝,关好家门,做好安全防护。除了日常家务劳作外,还有品行要求:不得与邻居打架,不得饮酒,不得早出晚归在外面交朋结友。便了外出行商时,到后院去锯树制船,上到江州,下到湔水,贿通小吏,拉近关系。往来都洛,购买妇女用的化妆品,拿到小集市去倒卖赚钱。同时还要贩卖家畜,拾栗采橘,购茶买藕。约文还规定,便了到了集市上,不能随意横躺,说话要文雅,笑脸相迎,不得发脾气。还要伐薪烧炭,往来运送。修缮房屋,整理书牍。古代写作,多在简牍上,误者削之。或指削去旧迹,以便新写文字。故云"书削代牍"。春夏秋冬,还要种植各类蔬菜瓜果,果熟采摘时,却不得品尝。即使下雨,也不得休息,在屋里编制蚕箔。夜半三更要警醒,有事及时通报邻里。夜里无事可做,就去洗衣服。不能藏有私房钱,不得耍奸猾,任何事情都要汇报。如果不听使唤,就鞭打一百。

结尾描写便了读完契文内容后,一下子不知道说什么是好。"读券文适讫,词穷咋索",咋索,理屈词穷。他只能"仡仡叩头,两手自搏,目泪下落，鼻涕长一尺"。章樵注："仡，音屹，恐畏不能言状。"自搏，就是自己打自己，表示悔过自责。他说："审如王大夫言，不如早归黄土陌，蚯蚓钻额。早知当尔，为王大夫酤酒，真不敢作恶。"大意是说，如果真像王大夫券文所写的那样，还真不如早死算了，就算是尸体腐烂蚯蚓钻进额头里面去，也比这强。早知道是这样，当初就该去为王大夫买酒啊，以后真的再不敢做坏事了！文章通篇口语白话，不避俗语俚字，虽有戏弄奴仆之意，但由此亦可稍见当时童仆困苦之状。

《责须髯奴辞》，《古文苑》卷十七有收录，题名为《责髯奴辞》，署名黄香。《初学记》卷十九系此篇于"王褒"名下，题为《责须髯奴辞》。本文立意，人们多以为不足以道。章樵注此文称："寓辞髯奴，以讥世之饰容貌、□颊舌者。"全文甚短，仅二百余字。此亦据严可均《全上古三代秦汉三国六朝文》过录。文曰：

> 我观人须，长而复黑，冉弱而调，离离若缘坡之竹，郁郁若春田之苗，因风拂靡，随身飘飘。尔乃附以丰颐，表以蛾眉，发以素颜，呈以妍姿。约之以绁线，润之以芳脂，莘莘翼翼，靡靡绥绥，振之发曜，黝若玄珪之垂。于是摇鬓奋髭，则论说虞唐；鼓䰅动鬣，则研核否臧。内育环形，外阖宫商，相如以之都雅，颛孙以之堂堂。岂若子髯，既乱且赭，枯槁秃瘁，劬劳辛苦，汗垢流离，污秽泥土，伧啜穰擩，与尘为侣，无素颜可依，无丰颐可怙，动则困于悤灭，静则窘于囚房。薄命为髭，正著子颐，为身不能庇其四体，为智不能御其形骸，癞须瘦面，常如死灰，曾不如犬羊之毛尾，狐狸之毫厘，为子须者，不亦难哉！①

文章从一般人的胡须写起，写了胡须的颜色、形状、质感、位置等。我看人家的胡须，是又长又黑，如坡上翠竹，田里春苗，长在丰满的腮颔上，则能"表以蛾眉，发以素颜，呈以妍姿"，相如因它而都雅美艳，颛孙有它而更加仪表堂堂。作者用极其优美清丽的文笔把"人须"夸的是

---

① 严可均辑：《全上古三代秦汉三国六朝文》卷四十二，中华书局2012年版，第359—360页。

天花乱坠，美丽不知方物。作者如此不惜笔墨地夸"人须"，当然是有目的的。夸完"人须"，笔锋一转，作者写到了髯奴的胡须，那是又脏又乱，又枯又黄，经常都是汗垢流离，沾满瓜瓤，伴与尘土。与前面的"人须"比，简直是天壤之别，一个"呈以妍姿"，一个则"常如死灰"。文中"虞唐"，诸本除《古文苑》作"唐虞"外，其余均作"虞唐"。本为"唐虞"，指唐尧和虞舜，喻太平盛世。此处为叶韵而有意倒用。赭，赤褐色。"伧啜穣擩"，伧，语言学界皆谓后起字，魏晋之后，吴人骂中原人为"伧"。然此文已有"伧"字，且语含鄙视之意。擩，《古文苑》作"穤"。擩，又作"濡"，沾染。穣，本意是禾穗。《骈雅》卷一"释诂"训"伧啜""穣擩"为"猥琐也"。穣擩，或指胡须上挂着的杂草，故曰"与尘为侣"。"无素颜可依，无丰颐可怙"，是说长在髯奴脸上的胡须，不能像常人那样，有端庄白净的脸庞相衬，有丰满的腮颌可依。怙，依靠。"动则困于惚灭，静则窘于囚房"的"惚"，《初学记》作"总"。形容髯奴的胡须非常不得体，动静得咎，既不能为身体遮风挡雨，又不能装点外表，故称其"薄命"。癞，皮肤病。豫让为复仇，改变形容，漆身为癞。因此，作者感慨，这样的胡须还不如狗羊的尾巴和狐狸的毫毛呢。同样是胡须，长在髯奴身上，真是为难它了。显然，这是借髯奴胡须讽刺一种社会现象，同样的东西，生长在不同的地方，境遇是完全不同的。

从内容看，此文似乎是《僮约》的续写，作者在继续挖苦便了。《初学记》归属王褒，或有所本。刘勰《文心雕龙·书记》说："券者，束也。明白约束，以备情伪，字形半分，故周称判书。古有铁券，以坚信誓，王褒《髯奴》，则券之楷也。"[①] 铁券，这里似指《僮约》，但是又提到《髯奴》，事实上，《髯奴》不是契约，如果说是契约，只能是《僮约》。刘勰把两者相提并论，未必就是他的错误，很可能当时所见，《僮约》与《髯奴》就是放在一起的。从文章形式看，《僮约》为语体，而《髯奴》为韵文，亦正好相配。薛综注《东京赋》以《责髯奴辞》为王褒作品。[②] 明人

---

① 刘勰著，范文澜注：《文心雕龙注》卷五，人民文学出版社2006年版，第459页。
② 萧统编，李善注：《文选》卷三，上海古籍出版社2014年版，第94页。

张溥，近人马积高依《艺文类聚》，定此篇作者为王褒。① 按，《艺文类聚》未收《责须髯奴辞》，张溥恐误记。马积高先生或因旧说，亦误。结合黄香、王褒二人生平行事及为文风格，我们认为《责须髯奴辞》作者应为王褒无疑。

## 四　王褒的创作心态及其影响

王褒的仕进方式与创作，与两汉时期蜀中文人多有异曲同工之妙。

第一，王褒与其前辈司马相如及后来者扬雄一样，都是因得到同郡贤达的推荐而被赏识。杨得意推荐了司马相如，这为大家所熟知。《汉书·司马相如传》："居久之，蜀人杨得意为狗监，侍上。上读《子虚赋》而善之，曰：'朕独不得与此人同时哉！'得意曰：'臣邑人司马相如自言为此赋。'上惊，乃召问相如。"② 扬雄从蜀中进京，也得到同郡杨庄的荐举。《汉书·扬雄传》："孝成帝时，客有荐雄文似相如者，上方郊祠甘泉泰畤、汾阴后土，以求继嗣，召雄待诏承明之庭。"③ 史传所谓"客"者，据扬雄《答刘歆书》可断定是杨庄。书云："而雄始能草文，先作《县邸铭》、《王佴颂》、《阶闼铭》及《成都城四隅铭》。蜀人有杨庄者为郎，诵之于成帝。成帝好之，以为似相如。雄遂以此得外见。"《文选》李周翰注："扬雄家贫好学，每制作慕相如之文。尝作《绵竹颂》，成帝时直宿郎杨庄诵此文，帝曰：'此似相如之文。'庄曰：'非也，此臣邑人扬子云。'帝即召见，拜为黄门侍郎。"而王褒同样也是因其有俊才，而得到了同乡益州刺史王襄的推荐而被宣帝征召入朝。

第二，司马相如、王褒和扬雄皆以辞赋作为自己的晋身之阶。司马相如客游梁王，作《子虚赋》，据《汉书·司马相如传》记载，相如答武帝召问《子虚赋》，说："有是。然此乃诸侯之事，未足观，请为天子游猎

---

① 张溥：《汉魏六朝百三家集》卷六《责髯奴文》题名下注称："《古文苑》作黄香，今从《艺文》作王褒。"又马积高《赋史》"第三章汉赋（上）"谓："《责须髯奴辞》《艺文类聚》以为是王褒作，《古文苑》则归之黄香，因《类聚》较可靠，故暂定它也是王作。"
② 班固撰，颜师古注：《汉书》卷五十七上，中华书局2007年版，第2533页。
③ 班固撰，颜师古注：《汉书》卷八十七上，中华书局2007年版，第3522页。

之赋。"此赋即《汉书》所载之辞，而《文选》根据司马相如游梁时曾作《子虚赋》，入京后再赋上林，可能是篇幅过长，故将此赋一分为二。如前所述，游梁时所赋《子虚》乃本篇之初稿。在此基础上，乃成一完整的作品，中间不应当分开。① 又云："赋奏，天子以为郎。亡是公言上林广大，山谷水泉万物，及子虚言云梦所有甚众，侈靡多过其实，且非义理所止，故删取其要，归正道而论之。"扬雄也是如此。40岁进入京城，先作《羽猎赋》颇得赞誉。而后作《甘泉赋》《河东赋》《校猎赋》《长杨赋》等大赋，获取巨大声誉。王褒觐见之礼则是他的《四子讲德论》，而后作《圣主得贤臣颂》深得圣心。

第三，司马相如、王褒和扬雄晋献辞赋均有一个共同主题，即颂扬大汉王朝与天子圣德。由此看出，蜀人出仕皆奋发有为，具有积极进取建功立业的志向。司马相如离开成都时，路过城门，发誓不飞黄腾达，绝不再过此门，表现出一种强烈的功名意识。王褒出仕，首先得到了益州刺史王襄的支持。王襄听说褒有俊才，请与相见，使王褒作《中和》《乐职》《宣布》诗。倾之，王褒又为之作传，是为《四子讲德论》。王襄奏王褒有逸才，宣帝征之入朝，令王褒作《圣主得贤臣颂》。如上文所分析的那样，这两篇文章，主要讨论君臣遇合、天符人瑞之类的话题，完全是对宣帝"美政洪恩"及其遍得"天符人瑞"的赞颂。

所不同者，《四子讲德论》涉猎的问题较为宽泛，而《圣主得贤臣颂》则专注于君臣之间："聚精会神，相得益彰……。故圣主必待贤臣而弘功业，俊士亦俟明主以显其德。"这些寻常道理，经过王褒极富感染力的笔触，极易打动君主。当时，宣帝颇好神仙，而王褒主张君臣须相得之意，结尾又提出，治理天下，不应求仙作为规谏。宣帝读王褒文章，很是高兴，遂令王褒待诏金马门，与刘向、张子侨等相处。后褒数从皇帝游猎，所至辄作歌颂。有人以为这是淫靡不急之诗。宣帝以为辞赋大者与古诗同义，小者辩丽可喜。于是，拜王褒为谏议大夫。皇太子身体不适，宣帝命王褒侍奉，王褒又朝夕诵读奇文及自作辞赋，颇为太子喜爱。后方士

---

① 刘跃进《秦汉文学编年史》（商务印书馆2006年5月版）"汉景帝刘启前元七年（前150年）辛卯"条有详细论述，可参。

称益州有金马碧鸡之宝，可祭祀而致，于是宣帝派王褒前往祭祀，最后竟病逝于道中。王褒有强烈从政的愿望，认为盛世知识分子应当有所作为，这些主张还是有积极意义的。

第四，蜀人使用辞赋作为觐见之礼，展现其学识和政治见解，这与他们相同的学术背景和文化气质有关。汉景帝末年，文翁为蜀郡太守，开办学校，招收当地子弟，敦促教化，还派出部分优秀成员，到京城进修，或学律令，或受经学。蜀中文化由此日益发达。司马相如得文翁教诲，"东受七经，还教吏民"。扬雄在思想上受到严遵的影响，学术上得到林闾的指导。他们积极主动学习中原文化，特别关注小学的知识，对李斯的《仓颉》、赵高的《爰历》、胡毋敬的《博学》等文字学著作尤为重视。司马相如著有《凡将》，扬雄亦有《训纂》《方言》，后者流传至今。他们在辞赋创作中大量使用各类文字，汪洋恣肆，气象阔达，具有明显的博物色彩。《文心雕龙·练字》说："至孝武之世，则相如撰篇。"所谓篇，即《凡将》。辞赋练字，正与辞赋家的文字学修养密切相关。平步青《霞外攟屑》引《小仓山房诗话》卷一提出另外一种可能："古无类书、无志书，又无字汇，故《三都》、《两京赋》，言木则若干，言鸟则若干，必待搜辑群书、郡志读耳。故成之亦须十年五年。"他们创作辞赋，不仅普及文字，也带有扩展知识的功能。这种功能，后来成了辞赋创作的必备要素和基本要求。

另外，我们发现，司马相如、王褒、扬雄这些蜀中文人似乎都有人生的"污点"，如司马相如临邛窃妻，王褒止寡妇舍，扬雄仕新朝等，以至于千年后的今天，人们对其批评之声不断。众所周知，蜀地气候宜人，水土丰饶，四季绚烂，极少发生天灾人祸。在精神气质上，蜀中文化极具浪漫色彩，自文翁化蜀后，积极奋进的实用精神与自适任情的仙道思想，成为这种文化品格的两个方面，并而不悖。在殊方人士眼中，蜀中文人似乎都有背礼之举，阿谀之行，即使作文写赋，也是侈靡不止，繁富有余，与传统的儒家文化思想大为不同。在文翁入蜀之前，蜀地有着独立于中原文明的文化体系，文翁化蜀后，这种文化在精神气质上发生了改变，儒家的实用与进取精神被其吸收并内化，而伦理纲常则被自动屏蔽与消失。故《汉书·地理志》有"文翁为蜀守，教民读书法令，未能笃信道德，反以好文讥刺，贵慕权势"① 的说法。对此现象，钱锺书先生倒是看得明白，他在《管锥编》里移用阮籍的话来论司马相如说："礼法岂为我辈设！"其实还可以扩大开来，这句话用来总结蜀中文人的性格，或许是再合适不过了。正是这样的文化品格、地域精神、性格特点，使得王褒、司马相如和扬雄的创作心态极为相似，都用歌功颂德的大赋来作为自己的晋身之阶，他们立身行事敢为天下先的反叛精神与傲然性格，亦成为中国文学大观园中一道独特景观，影响到后世的文学创作。

《社会科学战线》2015 年第 7 期

---

[1] 班固撰，颜师古注：《汉书》卷二十八下，中华书局 2007 年版，第 1645 页。

# 西道孔子　世纪鸿儒

## ——扬雄简论

## 引　言

扬雄的作品，《文选》收录六篇：卷七赋"郊祀"类《甘泉赋》，卷八赋"畋猎"类《羽猎赋》，卷九赋"畋猎"类《长杨赋》，卷四十五"设论"类《解嘲》，卷四十七"颂"类《赵充国颂》，卷四十八"符命"类《剧秦美新》。上述六篇作品中，又有四篇见于《汉书·扬雄传》，即《甘泉赋》、《羽猎赋》（《汉书》题曰《校猎赋》）、《长杨赋》、《解嘲》。此外，《汉书·扬雄传》还收录了《反离骚》《河东赋》《解难》《法言目录》等。由此不难推想，扬雄在汉代文学史上占据非常重要的地位，在班固、萧统心目中也有着崇高的文学形象。

扬雄是怎样一个人？西晋时期的左思《咏史诗》说："寂寂杨子宅，门无卿相舆。寥寥空宇中，所讲在玄虚。"唐代卢照邻《长安古意》说："寂寂寥寥扬子居，年年岁岁一床书。"在汉魏六朝乃至唐人笔下，他清高淡泊，一心著书。但是，这样的人，也会被卷入政治斗争的旋涡中，竟被追捕，他吓得从百尺高的天禄阁上跳下来，差点摔死。当时人用"惟寂寞，自投阁；爰清静，作符命"之语来讥讽他。后来，他又作《剧秦美新》，为王莽大唱赞歌，更引起后人的巨大争议。朱熹作《通鉴纲目》，在天凤五年（18 年）条下，他愤愤不平地写道："莽大夫扬雄死。"就是要把扬雄和王莽联系在一起。我们不禁会问："扬雄怎么又和王莽纠缠在一起呢？是他的人品有问题吗？"

扬雄一辈子仰望司马相如，做人、做事、做文，都刻意模仿这位前辈乡贤，历史上有扬马之称。杜甫《醉时歌》也说："相如逸才亲涤器，子云识字终投阁。"但是两个人生活的时代不同，政治环境不同，结局也大不相同。司马相如是一个很现实的人，活得从容不迫；扬雄则过于理想主义，活得有点窝囊。但不管怎么说，身处汉末乱世的扬雄，竟能写出流传千古的《法言》《太玄》和《方言》，写出气魄宏大的辞赋。这一点，司马相如也有所不及。

扬雄真是一个叫人琢磨不透的人。

## 一　扬雄其人

扬雄字子云，成都人。生于公元前53年，卒于公元18年，总共活了七十一岁。他死后第七年，西汉正式结束。按照西历，他跨越公元前后，是真正意义上的跨世纪的历史人物。

扬雄的"扬"字，历来有分歧。现在流传下来的文献，多作提手旁的"扬雄"。清代学者王先谦《汉书补注》转引王念孙、段玉裁、朱骏声等依据世系，并谓当作"杨雄"为是。现代学者汪荣宝《法言义疏》、杨树达《汉书窥管》等亦赞同此说。而徐复观《西汉思想史》认为作扬雄为是。《说文解字》："扬，飞举也。"扬雄号子云，或亦出于飞举之义。这是一个学术问题，与我们今天所讲的内容有点关系，绕开不讲也无妨。我们还是约定俗称，统一作提手旁的"扬雄"。

扬雄的经历非常简单，在蜀中度过四十年的青壮年时期，在当时的京城长安度过他生命的最后三十年。

蜀中的生活，虽然寂寞，但是快乐。他喜欢古老的文化，对于功名利禄之类的东西不感兴趣，尤其不喜欢当时流行的所谓章句之学。什么叫章句之学呢，就有点像我们现在的课文分析，分章析句，严格按照老师的讲解，不得越雷池半步。当时的学风就是这样，绝大多数读书人就这样皓首穷经，据说为了"子曰诗云"这样明白如话的字，也要用上万字来解释。这种"章句小儒，破碎大道"的腐儒，叫扬雄很反感。

在蜀中，他很幸运地遇到两位蜀地老师，一是严遵，二是林闾翁孺。

这两位都是思想开放的人，视野很宽广。

严遵，本名庄遵，避汉明帝的讳，改为严遵。他字君平，成都人，精通《周易》《老子》《庄子》，常常在成都街头占卜，也就是靠算卦谋生。子女来占卜，他就示以孝道，对晚辈示以顺从，对官员示以忠诚。他很有节制，挣钱够维持生活，就收摊回家，招收子弟，关门授课，讲授《老子》《庄子》。他的著作《老子指归》（又作《道德指归》，今存《道德指归说目》），至今还保留着残卷。过去，这本书一直被怀疑是伪书。1972年长沙马王堆汉墓出土帛书《老子》，发现有些经句与严遵的著作很相近，人们开始相信严遵的书不一定全伪。青年学者樊波成专门做了《老子指归校笺》，有三十多万字，上海古籍出版社2013年出版。严遵另有《座右铭》，讲得很有道理，他说："口舌者，祸福之门，灭身之斧。言语者，天命之属，形骸之部。出失则患入，言失则亡身。是以圣人当言而怀，发言而忧，如赴水火，履危临深，有不得已，当而后言。嗜欲者，溃腹之矛。货利者，丧身之仇。嫉妒者，亡躯之害。谗佞者，刎颈之兵。残酷者，绝世之殃。陷害者，灭嗣之场。淫戏者，殚家之堑。嗜酒者，穷馁之数。忠孝者，富贵之门。节俭者，不竭之源。吾日三省，传告后嗣，万世勿遗。"[①] 这种座右铭，在两汉很多，都是讲的人生道理，《文选》卷五十六"铭"类所收东汉崔瑗也是这样的作品："无道人之短，无说己之长。施人慎勿念，受施慎勿忘。"[②] 这些思想，大约在当时非常流行。扬雄在他的著作中非常推崇严遵，把他视为蜀中之珍。

林间翁孺，临邛人，善古学。他与严遵一样，还擅长文字学。扬雄就拜他们为师，潜心研究文字之学，为他后来成为一代大儒奠定基础。

青年时期的扬雄，还有两位他最为推崇的前代作家，一是屈原，二是司马相如。

自从西汉初年贾谊写了《吊屈原赋》以后，两汉作家都深受屈原影响。有的人为他点赞，有的人为他抱不平，也有的人认为屈原投江的选择不一定要妥当。扬雄就持这种观点。他从《老》《庄》得到一种深刻的处

---

① 严可均：《全上古三代秦汉三国六朝文》，中华书局1958年版，第360页。
② 《文选》卷五十六，上海古籍出版社1986年版，第2409页。

世启迪，认为人应该珍惜生命，这是探索人生、探索宇宙、实现人生价值的必要条件。

《论语·微子》记载，孔子曾经批评伯夷、叔齐、虞仲、夷逸、朱张、柳下惠、少连等人的执着，声称"我则异于是，无可无不可"。扬雄也认为："君子得时则大行，不得时则龙蛇，遇不遇，命也，何必湛身哉！"①用一句来概括，就是顺其自然，无可无不可，不必与命运抗争。龙蛇，用的是《周易》的典故，说是"龙蛇之蛰，以存身也"。用今天的话说，就是韬光养晦，静以求动。为此，他还创作了《反离骚》，从岷山上投到江流以吊屈原。他还模仿屈原《离骚》而作《广骚》，模仿《惜诵》以下至《怀沙》，创作了一卷书，叫《畔牢愁》。现存最早给《楚辞》作注的王逸还提到，扬雄曾援引传记，作《天问解》，②就像柳宗元作《天文对》一样，他们对天命充满困惑与不解。

在扬雄的文学道路上，前辈乡贤司马相如对他的影响最大。在扬雄看来，司马相如的赋，弘丽温雅，气势恢宏。他常常把这些作品作为典范来模拟。史载，司马相如"作赋甚弘丽温雅，雄心壮之，每作赋，常拟之以为式"。③从事文学创作，多少都要从前辈的成功经验中获取艺术启迪。也就是说，他总要选择一家或者多家作为模仿的对象，然后再走出自己的创作路子。中国古代作家，通常会采用这种学习方法。扬雄的好朋友桓谭在《新论》转述扬雄的话说："能读千首赋，则善为之矣。"今天我们还说，熟读唐诗三百首，不会作诗也会吟，讲的就是这个道理。

当年，汉武帝读司马相如《大人赋》，飘飘然有凌云之志，感叹生不同时。蜀人杨得意赶紧借机推荐，说是同乡司马相如所作。就这样，刚过不惑之年的司马相如由成都到长安，献上《子虚上林赋》，顿时名满京城。扬雄也走着司马相如的路数，四十出头的时候，蜀人杨庄向汉成帝推荐说，扬雄的文章近于司马相如，成帝一看果然如此，就把他招进京城。扬雄也不负所望，相继创作了《甘泉赋》《河东赋》《羽猎赋》《长杨赋》等

---

① 《汉书》，中华书局1962年版，第3515页。
② 洪兴祖：《楚辞补注》，中华书局1983年版，第118页。
③ 《汉书·扬雄传》，中华书局1962年版，第3515页。

大赋，颂扬汉帝国的声威和皇帝的功德，传诵一时，从此步入官场。可惜他官运远不及司马相如。最初为郎，给事黄门，历成帝、哀帝、平帝三朝，不得升擢，一待就是十八年。

这个时期，是王莽当政。后来，他接受了腹心刘歆、甄丰、王舜等人的建议，不断地以符命图谶介入政事。后来，王莽上奏皇太后，说宗室刘京曾得到天公的托命，告知某新井中有石牛，上面刻有文字：承天命，用神令。就是说，汉代运数已尽。王莽又引用孔子的话说："畏天命，畏大人，畏圣人之言。臣莽敢不承用！"于是改元，以应天命，从摄政王到新皇帝。他还派遣王奇等十二人，班符命四十二篇于天下。当时称之为谶纬，其实就是一种变相的造谣。一时间，各种谣言四起。

刘歆、甄丰等人还觉得谶纬的气氛还不够，又不断地翻出新的花样，为自己谋利益。王莽篡位本来就心虚，知道大臣怨谤，借机杀掉刘棻等人，以威慑天下。当时，扬雄正在天禄阁校书，因为刘棻事所牵连，听说狱吏前来逮捕他，就从天禄阁上跳下来，几乎丧命。后来，王莽了解到，刘棻只是随从扬雄学习奇字，至于符命之事，扬雄实际并不知晓，就没有追究他的责任，复召为大夫，略比郎官高点。

这一年，扬雄已经是六十三岁的老人了。后来，他再也不问政事，只是埋头著书，七十一岁时终老此任。① 扬雄的这种生存方式，晋人范望称之为"朝隐"，即在政治中心，却不过问政治。这与梁朝陶弘景的山中宰相、唐代卢藏用的终南捷径有所不同。

读过扬雄，我觉得这个人特立独行，很有特点。在现实生活中，他内敛、自傲，又怕事避祸，时时谨小慎微，是一个世俗的形象。在理想生活中，他又醉心于名山事业，有着明确的人生目标，刻苦坚毅，是一个君子的形象。

第一个特点，是深沉的圣人情结。

他没有说自己是圣人，但他"自有大度，非圣哲之书不好也"。《孟

---

① 《文选·王文宪集序》李善注引《七略》："子云《家牒》言以甘露元年生也。"按，扬雄《反离骚》："灵宗初谍于伯侨兮，流于末之扬侯。"也提到这部《家牒》。《艺文类聚》卷二十六、《文选·运命论》注、《隋书·刘炫传》并引有扬雄《自序》，而这些文字又与《汉书·扬雄传》完全相同。《史通·杂说》谓班固《汉书》中的《司马迁传》《扬雄传》皆录其自序以为传。

子》说,"五百年必有王者兴"。《法言》借此发挥,认为圣人可能五百年一出,也可能千年一出,当然,一年同时出现,也不是不可能。怎样才能成为圣人呢?这是汉唐很多知识分子念念不忘的话题。韩愈也想当圣人,但朱熹说,他不过是想写好文章而已。朱熹也想当圣人,他和陆九渊在鹅湖书院还展开辩论,朱熹主张要熟读圣人书,陆九渊主张要深思熟虑,倡导心性之学。

其实,朱熹和陆九渊的主张各有偏颇。早在一千年前,扬雄的主张包括了他们二人的见解。一是要读圣人书,二是更强调心解。

孔子成为圣人,是因为他整理了五经,留下了《论语》。扬雄读圣人书,并模仿圣人写书。他模仿《论语》作《法言》,模仿《周易》作《太玄》。《法言》有十三篇:《学行》《吾子》《修身》《问道》《问神》《问明》《寡见》《五百》《先知》《重黎》《渊骞》《君子》《至孝》等。跟《论语》一样,用开头两个字作标题,也有点题的意思。《周易》以八卦相乘为六十四卦,还有卦爻辞,《太玄》分为方、州、部、家四重,共为八十一首。据专家考证,《太玄经》中包含了天文历法等自然科学知识,是一个日月星辰运行、四时变化、万物盛衰的有机结合体,内容复杂,文字艰涩。他知道别人读不懂,就自己先做注解,但还是"观之者难知,学之者难成"。就连大儒司马光最初也读不进去。后来,他潜心研读数十年,终于明白其深奥的道理,他比喻说,如果《周易》是天,《太玄》就是升天的阶梯。为此,他亲自为《法言》《太玄》作集注,传播扬雄的思想主张。这两种著作都得到整理出版,收在中华书局组织的"新编诸子集成"中,广为流传。

读圣人书只是成为圣人的前提,更重要的是要有自己的心解。孔子谦虚地说自己是述而不作。扬雄明确说《太玄》就是"作",自视甚高。圣人通常要拈出自己的核心观念,譬如孔子讲"仁",老子讲"道",扬雄就讲"玄"字,反反复复,不厌其烦。死后,他的坟头也被称作"玄冢"。可见,"玄"是扬雄的标签。

"玄"的核心是"损益"二字。《太玄赋》所说:"观大《易》之损益兮,览《老》氏之倚伏。"《周易》有损、益二卦。《杂卦》说:"损益,盛衰之始也。"所谓极损则益,极益则损。《老子》说的"祸兮福之所倚,福兮祸之所伏"这里其实有着深刻的辩证思想。在中国历史上，许多大名人，像屈原、李斯、晁错、伯夷、叔齐、伍子胥等，都很有智慧，却最终不免于死。扬雄说"我异于此，执太玄兮"，和光同尘，与世俯仰。

《老》《庄》《周易》的这些思想，看似平和，最为异端。朱一新《无邪堂答问》卷二"老氏之学主于收敛退藏。敛之至深，发之至猛。谦卑逊顺，先自立于不败之地，而以退为进，反争先著。故古来用兵者及处功名之际者得其道，往往足以自全"。卷二又说："老氏书作用最多，乃示人若无所能，使人入其牢笼而不自觉，开后世权谋变诈之习，故为异端。"[1] 扬雄生逢乱世，对此体会最深，知道什么时候该收敛，什么时候该出手。他推崇《老》《庄》《周易》，多少有自我保护的意味。他后来介入汉末政治，不能说与此无关。

第二个特点，是浓厚的学者特质。

他博览群书，无所不见，是名副其实的百科全书式的学者。他通晓天文学，著有《难盖天八事》，精通地理学，著有《十二州箴》。他在语言学方面的贡献，更是彪炳史册。他年轻的时候，模仿司马相如《凡将》作《训纂》八十九章。

应劭《风俗通义序》记载说，周、秦时期，每年八月会派遣輶轩之使，到各地采集异代方言，收集整理之后，收藏起来，便于考察天下风俗。秦朝灭亡后，这些资料散落殆尽。像刘向这样的大儒，也只是闻其名，而不详其职。史载，严遵记诵千言，林闾翁孺略知梗概。[2] 扬雄从学，并以此为基础，积三十年之功，完成划时代的学术巨著《方言》，为中国方言学与方言地理学奠定了基础，当时人就称这部著作为"悬诸日月，不刊之书"。清代最大的学问家戴震著有《方言疏证》，今人华学诚有《扬

---

[1] 朱一新：《无邪堂答问》卷二，中华书局2000年版，第80、81页。
[2] 应劭著，王利器校注：《风俗通义序》（中华书局1981年版，第11页）称："周、秦常以岁八月遣輶轩之使求异代方言，还奏籍之，藏于秘室。及嬴氏之亡，遗脱漏弃，无见之者。蜀人严君平有千余言。林闾翁孺才有梗概之法。扬雄好之，天下孝廉卫卒交会，周章质问，以次注续，二十七年，尔乃治正，凡九千字。其所发明，犹未若《尔雅》之阂丽也。张竦以为悬诸日月不刊之书。予失玩暗，无能述演，岂敢比隆于斯人哉！"常璩撰，刘琳校注《华阳国志校注》（巴蜀书社1984年版，第708页）卷十载，古者，天子有輶车之使，自汉兴以来，刘向之徒但闻其官，不详其职。惟林闾与严遵知之，曰："此使考八方之风雅，通九州之异同，主海内之音韵，使人主居高堂知天下风俗也。"

雄方言校释汇证》，已由中华书局2006年出版。华学诚教授在前言中对扬雄《方言》成就概括为三点：一是依靠个人毕生精力，研究全国方言，这在中国语言学史上是第一次也是最后一次；二是《方言》的基本材料都是扬雄运用符合现代科学原理的方言调查方法获取的鲜活语料；三是《方言》不仅保存了汉代方言资料，而且在研究语言发展规律和方言性质上给后人极大启发。

第三个特点，是率性的诗人本色。

扬雄想当圣人，又想当学者，还有更不能让他忘情的，是文学。《汉书》本传就说他实"恬于势利乃如是，实好古而乐道，其意欲求文章成名于后世"。[①] 扬雄的著述，《汉书·艺文志》儒家类著录"扬雄所序三十八篇"。其中大赋最为著名，后人把他和司马相如并称"扬马"。李白说："因学扬子云，献赋甘泉宫。"（《东武吟》）杜甫说："赋料扬雄敌，诗看子建亲。"（《奉赠韦左丞丈二十二韵》）有关扬雄文集的整理，就有张震泽《扬雄集校注》（上海古籍出版社1993年版）、郑文《扬雄文集笺注》（巴蜀书社2000年版）、林贞爱《扬雄集校注》（四川大学出版社2001年版）等多种。关于这方面的内容，下面还要专门介绍。

第四个特点，是难得的安贫乐道。

司马相如到了长安，奋发扬厉，在各个方面崭露头角，赢得了世人的喝彩。而扬雄在官场就做过郎和大夫。根据《汉书·百官公卿表》，郎为郎中令的下属，俸禄从三百石到六百石不等。后来略升为太中大夫，还不是专任职务，故称中散大夫。类似于现在的民间组织，领导有驻会与非驻会之别。扬雄的薪水本来就不高，加之两个孩子先后在长安死去，他动用了积蓄，把他们送回老家安葬，因此致贫。对此，桓谭也表示不理解。

当然，他也不是没有机会挣钱。相传，他撰写《法言》时，蜀中有富人愿出十万钱，就希望在书中留下他的名字。扬雄断然拒绝，说富人无义，正如圈中的鹿，栏中的牛，怎么能随意记载呢？因为有所坚守，这位大儒，被人视为西道孔子，却贫贱如此，也真是不可思议。他为了回应这些质疑，写了一篇滑稽的《逐贫赋》，从"扬子遁世，离俗独处"写起，

---

[①] 《汉书·扬雄传》，中华书局1962年版，第3583页。

假托自己和"贫"的对话,最初他责难"贫"来找他麻烦。"贫"为此辩解,他最后居然被"贫"说服,认为贫困是好事,决心"长与汝居,终无厌极,贫逐不去,与我游息"。① 此赋嬉笑怒骂,皆成文章,颇有魏晋风度。晋代左思《白发赋》、张敏《头责子羽文》所用的艺术手法,也都与此赋有某些渊源关系。至于唐代韩愈的《送穷文》,更是通篇都是模仿此赋。这说明,中国的智者早就认识到,真正的贫穷是没有才华、没有智慧,真正的低贱是没有道德、没有创造。

第五个特点,是含泪中的欣慰。

扬雄的朋友圈很小。可能是口吃缘故,他不善与人交往,不善高谈阔论。他看起来真有点寂寞。但寂寞中又有欣慰。他有聪明伶俐的孩子,有忠心耿耿的弟子,还有终生不渝的知己。

《法言·问神》中特别记载了他与九岁儿子一起讨论《太玄》的情形。最早为《法言》作注的李轨说,当年颜渊与孔子讨论《周易》,已经二十岁了,而扬雄的儿子才九岁,就可以和父亲一起讨论《太玄》,当然是神童。这个孩子,《太平御览》卷三八五引《刘向别传》,《华阳国志》卷十等,都记述说是扬雄第二子,叫扬信,字子乌,非常聪明,甚至还帮助扬雄解决撰写《太玄》时遇到的一些难题。可惜九岁就死掉了。

为给孩子送葬,导致贫困,落寞而终。弟子巨鹿侯苞(《隋书》作侯芭)为起坟,还守丧三年。这位弟子也曾在历史上留下名声。《隋书·经籍志》著录侯苞《韩诗翼要》十卷,《法言注》六卷。这些书,唐代大儒韩愈也没有见到,大概早就失传了。清代马国翰《玉函山房辑佚书》辑录有《韩诗翼要》一卷,吉光片羽。扬雄应该为有这样的弟子感到欣慰。

人生得一知己,足矣。这话用在扬雄身上很合适。桓谭可以说是扬雄唯一的知己,一直在不遗余力地宣传扬雄。《新论》有这样一则记载,张子侯用"西道孔子"来赞美扬雄,本来是好事,但桓谭依然不满意,说:"孔子能说只是鲁国的孔子吗?他也可以说是齐国的孔子,楚国的孔子。"言下之意,扬雄不仅是西部孔子,也是东部孔子,他的意义已不限于某一地区。听到扬雄死讯,有人问桓谭:"你总是盛赞扬雄,他的书可以传到

---

① 《逐贫赋》,《艺文类聚》卷三十五,上海古籍出版社1982年版,第628页。

后世吗?"桓谭斩钉截铁地说:"必传。"只可惜,一般的人往往贵远贱近,能亲眼看见扬雄的人,他的官位不高,相貌平平,就忽视了他的著作。他认为扬雄是汉代的文化巨人,他的名声一定可以传之久远。这是因为,"凡人贱近而贵远,亲见扬子云禄位容貌不能动人,故轻其书。昔老聃著虚无之言两篇,薄仁义,非礼学,然后世好之者尚以为过于《五经》,自汉文景之君及司马迁皆有是言。今扬子之书文义至深,而论不诡于圣人,若使遭遇时君,更阅贤知,为所称善,则必度越诸子矣"。[1] 北宋大儒司马光也很看重扬雄,他根据汉宋衷、吴陆绩、晋范望、唐王涯、宋陈渐、吴秘、宋惟干等七家注本去取折中,为其《法言》作集注,推崇备至。

第六个特点,是难以调和的毁誉。

扬雄生前,评价就有很大分歧。譬如王莽时的"国师"刘歆,他欣赏扬雄的学问,但对他的处世方式深不以为然。扬雄曾为续修《史记》收集很多资料,稍后的班彪也评价不高,认为他只是好事者,并没有下过功夫。他对扬雄依附王莽,认为大节有亏,更是不齿。南北朝时期,扬雄已经有圣人的赞誉,颜之推《颜氏家训·文章》多有讥讽,说他不过"晓算术、解阴阳"而已,怎敢望圣人的清尘。这种负面评价,从苏东坡、朱熹到近现代,不绝如缕。如蜀中同乡苏轼就看不起扬雄,说他是用艰涩的文字,掩盖肤浅的思想。近代蜀中大儒刘咸炘也说扬雄的学术比较浮泛,与传统的实儒不同,实为"文儒"之祖。这倒是一个很有趣的现象。两汉之际,以文士为特征的儒者大批涌现。除他指出的桓谭外,还有王充、蔡邕、马融、张衡等。

与此同时,正面的赞誉更多。桓谭之后,王充《论衡·超奇》就多次称扬雄,称他"蹈孔子之迹""参贰圣之才"。张衡酷爱《太玄经》,曾对好友崔瑗说,扬雄的《太玄》,妙极道数,与五经相近,可称是汉代二百年的代表著。唐宋时期,韩愈、司马光等人更是将扬雄置于孟子之上,视为孔子之后第一圣人。

扬雄身上这种毁誉参半的评价现象很有意思。中国文人,通常有着达

---

[1] 《汉书·扬雄传》,中华书局1962年版,第3585页。

则兼济天下的抱负。只要有机会，他们就会积极入世。但政治的复杂性，他们往往又看不透。李白、杜甫，乃至后世的很多文人学者，往往在这些方面留下或多或少的瑕疵。作为后来者，我们往往会看得比较清楚，但不宜轻易指责，而是如陈寅恪为冯友兰《中国哲学史》所写审查报告中说的，对古人抱以同情的理解。

## 二　扬雄其文

扬雄的思想与学术，决定了他的创作特色。从保存下来的作品看，扬雄的创作，辞赋、文章、连珠这三种文体成就最高。《文心雕龙·才略》说："子云属意，辞义最深，观其涯度幽远，搜选诡丽，而竭才以钻思，故能理赡而辞坚矣。"[①] 按照刘勰的说法，扬雄创作有两大特色，一是构思深邃，二是用词诡丽。

先说辞赋创作。

扬雄的辞赋，以模仿司马相如知名，后世常常扬、马并称。他们有一个共同的特点，即铺张排比，或天地四方，或由外到里，或分门别类，罗列各种名物，近似于《尔雅》一类的字典。我们知道，司马相如和扬雄都是文字学家。他们写这类赋，会不会有这样一个考虑，即通过赋的形式，传播名物知识。

他早年的创作，如《蜀都赋》《蜀王本纪》《县邸铭》《绵竹颂》《王佴颂》《阶闼铭》《成都四隅铭》等，都与蜀地风情有关。《艺文类聚》《古文苑》所载的《蜀都赋》以成都作为描写的对象，如述蜀地工艺之妙："筒中黄润，一端数金。雕镂扣器，百伎千工。"该赋多以"尔乃"领起，分别叙写蜀都的地理形势、市井伦常，名胜特产、农贸工商，岁时节候、鱼弋盛况，可以视为蜀都的风光图轴和风俗画卷。又如描写成都风俗："尔乃其俗，迎春送冬。百金之家，千金之公。乾池泄澳，观鱼于江。若其吉日嘉会，期于送倍春之荫，迎夏之阳。侯罗司马，郭范晶杨，置酒乎荥川之閒宅，设坐乎华都之高堂。延帷扬幕，接帐连冈。众器雕琢，早

---

[①] 刘勰著，周振甫注：《文心雕龙注释》，人民文学出版社1981年版，第503页。

刻将皇。"① 这里描写春夏之交送春迎夏的风俗，是后代诗词的重要题材。

在中国古代辞赋发展史上，扬雄的《蜀都赋》具有独特的地位和价值。其一，在京都题材方面，此赋为开山之作，后来的班固《两都赋》、张衡《二京赋》、左思《三都赋》等，无不受其启示和影响。其二，"诗缘情而绮靡，赋体物而浏亮"（陆机《文赋》），扬雄此赋，不言情，不写志，不议论，不讽谕，是一篇典型的、纯粹的体物大赋，正符合"赋"的手法与文体的本来意义和特色。其三，此赋人文内涵厚重而辞藻亦奇古华赡，体现出扬雄作为学者与辞赋家双重身份的特色。当然，"以艰深之词，文浅易之说"（苏轼评扬雄《法言》《太玄》语），依然是扬雄的著述习惯，兼之《蜀都赋》流存文本中的鲁鱼亥豕现象相当突出，因而此赋的阅读障碍与解读困难较多。这些作品，与扬雄"弘丽温雅"的大赋形成鲜明的对比，不以典丽宏富的藻饰取胜，而是对现实采取一种基本批判的态度，遗世独立，努力追求一种玄远淡泊的老庄思想，平易流畅，较少雕饰。

进入长安之后，他以《甘泉赋》《河东赋》《长杨赋》《校猎赋》四大赋作为投名状，通过全方位的空间展示，说古论今，烘托帝国的博大气象。这四篇赋都收在《汉书·扬雄传》中，足见其历史地位。

《甘泉赋》以极其细腻的笔触，描绘成帝为赵飞燕求子嗣，举行隆重盛大的郊祀活动，包括出行的隆重，甘泉的高耸，草木的丰茂，景物的繁美，天神的降临，等等，非常传神。《三辅黄图》载，甘泉宫一曰云阳宫，秦始皇作，在云阳县甘泉山。汉武帝有所增广，在此祀天。既然是祭祀天神的地方，所以地理位置极高，故赋称：

> 下阴潜以惨廪兮，上洪纷而相错。直峣峣以造天兮，厥高庆而不可乎疆度。平原唐其坛曼兮，列新雉于林薄。攒并闾与茇苴兮，纷被丽其亡鄂。崇丘陵之駊騀兮，深沟嵌岩而为谷。逌逌离宫，般以相烛兮。封峦石关，施靡乎延属。于是大厦云谲波诡，摧㩁而成观。仰挢首以高视兮，目冥眴而亡见。正浏滥以弘惝兮，指东西之漫漫。徒回

---

① 《蜀都赋》，《古文苑》卷四，上海古籍出版社1983年"四库文学总集"版，第226页。

回以徨徨兮，魂固眇眇而昏乱。据軨轩而周流兮，忽軮轧而亡垠。①

扬雄对成帝郊祠的奢靡，确有讽谏之意。但在行文过程中，作者极力夸耀郊祀场面的盛大。如随行众多，"齐总总搏搏，其相胶葛兮""骈罗列布，鳞以杂沓兮"。又如车骑隆重，"敦万骑于中营兮，方玉车之千乘"。更吸引读者注意的是对宫观楼阙的描写："列宿乃施于上荣兮，日月才经于柍桭。雷郁律而岩突兮，电倏忽于墙藩。"可谓高耸入云，谲诡多变。杜甫的《同诸公登慈恩寺塔》"七星在北户，河汉声西流。羲和鞭白日，少昊行清秋"，或许就受此影响。在这样的地方举行祭祀活动，成帝静心斋戒的涵养与持重，"澄心清魂，储精垂思，感动天地，逆釐三神"。紫燎之光远及四表："东烛沧海，西耀流沙。北爌幽都，南炀丹厓。"感动地祇和天神："选巫咸兮叫帝阍，开天庭兮延群神。"于是群神毕至，万国和谐。这些描写，与赋序所言的讽谏之意甚相背离。可能是第一次为皇帝撰写这样的文字，所以作者很用心，创作过程异常艰辛。据桓谭说，赋成，扬雄做梦自己的五脏都流出来了，赶紧用手捂住。醒来之后气喘吁吁，大病一年。②

这篇作品开启了宫殿大赋的先声，王延寿《鲁灵光殿赋》、何晏《景福殿赋》都受此影响。

《河东赋》作于同年三月。《汉书》本传"其三月，将祭后土，上乃帅群臣横大河，凑汾阴。既祭，行游介山，回安邑，顾龙门，览盐池，登历观，陟西岳以望八荒，迹殷周之虚，眇然以思唐虞之风。雄以为临川羡鱼不如归而结网，还，上《河东赋》以劝，其辞曰：'伊年暮春，将瘗后土……'"云云。③ 在扬雄的四篇大赋中，就篇幅而言，此篇不长，且开门见山，与司马相如创立的问答体有所不同。此赋表现群臣游历，颇有气魄：

---

① 《汉书·扬雄传》，中华书局1962年版，第3525—3526页。
② 《太平御览》卷五八七引桓谭《新论》："予少时见扬子云丽文高论，不量年少，猥欲逮及。业作小赋，用思太剧，而立感动发病。子云亦言：成帝上甘泉，诏使作赋，为之卒暴，倦卧，梦其五脏出地，以手收之。觉，大少气，病一岁。"
③ 《汉书·扬雄传》，中华书局1962年版，第3535—3536页。

于是命群臣，齐法服，整灵舆，乃抚翠凤之驾，六先景之乘，掉奔星之流旃，㩒天狼之威弧。张耀日之玄旍，扬左纛，被云梢。奋电鞭，骖雷辎，鸣洪钟，建五旗。羲和司日，颜伦奉舆，风发飙拂，神腾鬼趡。千乘霆乱，万骑屈桥，嘻嘻旭旭，天地稠㵄。箖丘跳峦，涌渭跃泾。秦神下耆，跖魂负沴；河灵矍踢，爪华蹈衰。遂臻阴宫。穆穆肃肃，蹲蹲如也。灵祇既乡，五位时叙，细缊玄黄，将绍厥后。于是灵舆安步，周流容与，以览乎介山。

其后运用典故，表达对成帝"轶五帝之遐迹兮，蹑三皇之高踪"的颂美之词。

《羽猎赋》作于同年十二月。传文前称《羽猎》而后称《校猎》。《汉书》本传"其十二月羽猎，雄从。以为昔在二帝三王，宫馆台榭沼池苑囿林麓薮泽财足以奉郊庙，御宾客，充庖厨而已，不夺百姓膏腴谷土桑柘之地。女有余布，男有余粟，国家殷富，上下交足，故甘露零其庭，醴泉流其唐，凤皇巢其树，黄龙游其沼，麒麟臻其囿，神爵栖其林。……故聊因《校猎赋》以风，其辞曰"云云。这篇作品同样采用了以颂为讽的表现手法，首先描写了天子游猎出行之盛以及游猎场面的刺激与壮观，不仅感天动地，甚至"仁声惠于北狄，武义动于南邻。是以旃裘之王，胡貉之长，移珍来享，抗手称臣。前入围口，后陈卢山。群公常伯杨朱、墨翟之徒，喟然称曰：崇哉乎德！虽有唐、虞、大夏、成周之隆，何以侈兹！夫古之觐东岳，禅梁基，舍此世也，其谁与哉"？由此，作者笔锋一转，指出这种游猎往往伴随着侵占"百姓膏腴谷土桑柘之地"。扬雄回顾二帝（尧和舜）、三王（夏、商、周三代之王）以及前代武帝之时的游猎情况，认为帝王游猎活动并不以苑囿之大小，而是以百姓的利益作为衡量的前提，有着"裕民之与夺民"即富民与损民的区别。扬雄希望帝王能与民同乐，主张以二帝三王为榜样，不要"游观侈靡，穷妙极丽"。在别人的推崇中，人主反思自己的行为，"立君臣之节，崇贤圣之业，未皇苑囿之丽，游猎之靡也"。于是班师回朝。[①] 这依然是劝百而讽一。

---

[①] 《汉书·扬雄传》，中华书局1962年版，第3540—3553页。

《汉书》本传载"明年，上将大夸胡人以多禽兽，秋，命右扶风发民入南山，西自褒斜，东至弘农，南殴汉中，张罗网罝罦，捕熊罴豪猪虎豹狖玃狐菟麛鹿，载以槛车，输长杨射熊馆，以网为周阹，纵禽兽其中，令胡人手搏之，自取其获。上亲临观焉。是时，农民不得收敛。雄从至射熊馆，还，上《长杨赋》，聊因笔墨之成文章，故藉翰林以为主人，子墨为客卿以风。其辞曰"云云。① 可见，《长杨赋》是借子墨客卿之口讽谏汉成帝长杨游观，以致"农民不得收敛"的失德之举。其中"鞮鍪生虮虱，介胄被沾汗"，为曹操诗"铠甲生虮虱，万姓以死亡"所继承，都是很好的句子。但在具体描写过程中，作者却借翰林主人之口批评子墨客卿是"知其一未睹其二，见其外不识其内者"。高祖刘邦承秦之弊，"以为万姓请命虖皇天"，终于成就"七年之间而天下密如也"的安定局面。文帝"随风乘流，方垂决于至宁"，提倡节俭，与民休息，所以继续保持天下的安定。武帝开疆拓土，平定边乱，都是用武力制止战争。从这样的角度看问题，长杨游观，也是习武，是安不忘危之举。更何况，天子游览有度，尊仁义，惜农时，爱百姓，尊神明，并不是如子墨客卿所言的"淫览浮观"。就这样偷梁换柱，翰林主人将成帝的长杨游观，与高祖、文帝及武帝的功业相提并论，都以民为本。赞美之词掩盖了讽喻之意，这与又作赋本意相背离。

叫人意想不到的是，扬雄在晚年却悔其少作，并对于汉赋采取一种几乎全盘否定的态度。《汉书·扬雄传》载：

> 雄以为赋者，将以风也，必推类而言，极丽靡之辞，闳侈钜衍，竞于使人不能加也，既乃归之于正，然览者已过矣。往时武帝好神仙，相如上《大人赋》，欲以风，帝反缥缥有陵云之志。繇是言之，赋劝而不止，明矣。又颇似俳优淳于髡、优孟之徒，非法度所存，贤人君子诗赋之正也，于是辍不复为。②

---

① 《汉书·扬雄传》，中华书局1962年版，第3557页。
② 《汉书·扬雄传》，中华书局1962年版，第3575页。

扬雄为什么"辍不复为"？《法言·吾子》给了明确的答案："或问：'吾子少而好赋？'曰：'然。童子雕虫篆刻。'俄而曰：'壮夫不为也。'或曰：'赋可以讽乎？'曰：'讽乎！讽则已；不已，吾恐不免于劝也。'"①他认为赋体应该具有讽谏的政治功能，如果仅仅卖弄学问、辞藻，那只是"童子雕虫篆刻"的小技而已，所以"壮夫不为"。

为此，他提出"诗人之赋"和"辞人之赋"分别，认为"诗人之赋丽以则，辞人之赋丽以淫"。他肯定后者，要求辞赋要合乎"讽谏"的中正态度，反对丽靡巨衍的形式主义倾向。赋体创作在描写与构思上固然要有一定的虚构与夸饰，但是，辞赋创作还有一个托物言志的基本功能，这就要求赋体创作要为讽颂目的服务，也就是扬雄所说的"丽以则"，辞藻美丽只是外在的形式，内在的要求是作者必须持守的道德准则。扬雄在《法言·吾子》中提出了完美的赋作标准，即"事胜辞则伉，辞胜事则赋，事辞称则经"。他认为，文学创作不能仅仅卖弄学问、辞藻，因为那是"童子雕虫篆刻"的小技而已。

《君子》《重黎》等篇还提出文德修养、立言立事、品藻实录等问题。他指出，一个作家走向成熟，首先要恪守传统的文德修养，言则成文，动则成德。"以其满中而彪外也。般之挥斤，羿之激矢，君子不言，言必有中也；不行，行必有称也。"（《法言·君子》）所谓立言立事，就是要用不同的文体，表达不同的内容。所谓品藻实录，就是要用《春秋》的笔法，言简意赅，还要像司马迁《史记》那样，不虚美，不隐恶。《法言·重黎》："或问《周官》，曰：立事。《左氏》，曰：品藻。太史迁，曰：实录。"文贵实录的精神，最终影响到汉赋的发展。《史通·载文》称："汉代词赋，虽云虚矫，自余它文，大抵犹实。"②刘歆《遂初赋》开启纪行之赋，实录无隐。与此同时稍后，班彪有《北征赋》、班昭有《东征赋》，从西汉后期开始的辞赋创作，开始由虚矫向质实转化。这是扬雄文学主张对后代辞赋创作的重要影响。

次说文章写作。

---

① 汪荣宝：《法言义疏》，中华书局1987年版，第45页。
② 《史通通释》卷五，上海古籍出版社1978年版，第124页。

扬雄的文章留存下来的还比较多，主要有两类，一是韵文或者介于韵文和散文之间的文体，如《解嘲》《解难》《赵充国颂》等，二是纯粹的散体文，如《上疏谏勿许单于入朝》等，并见于《汉书》本传。

《解嘲》《解难》模仿东方朔《答客难》，是介于辞赋与文章之间的一种韵文体裁。《解嘲》收录在《文选》卷四十五"设论"类中，《解难》未收，李善注多有引录。

当时，外戚专权，小臣董贤得宠，忧国忧民者遭到排挤，群小充斥朝廷，趋炎附势者加官晋爵，青云直上。在这样的政治背景下，扬雄有意避开了当时政治斗争的旋涡，"默然独守吾太玄"，埋头撰写《太玄经》。很多人嘲笑他"以玄尚白"，讽刺他不善于仕进。为此，他写了《解嘲》来为自己辩解。嘲讽他的人说，你的《太玄》如此深奥，"深者入黄泉，高者出苍天，大者含元气，纤者入无伦"。可是，玄妙的道理并没有改变你的政治地位，位不过侍郎。于是扬雄以古代管仲、傅说、侯嬴、吕尚、孔子、虞卿、邹衍为例，说明上世之士，非常相信自己的口才和文笔，往往乘势而起，得到重用（"颇得信其舌而奋其笔，窒隙蹈瑕而无诎"）。而今，外戚专权（丁氏、傅氏），宠臣得志（董贤等），"县令不请士，郡守不迎师，群卿不揖客，将相不俯眉。言奇者见疑，行殊者得辟。"皇帝大臣们见到人们提出政见，不是予以采纳，而是加以压制甚至打击，以至虽有贤才，也无所舒展其抱负（"炎炎者灭，隆隆者绝"，"位极者宗危，自守者身全"）。那些显赫一时的权贵，终究逃脱不了覆灭的下场。对这种官僚体制，扬雄也无力改变。他只能有意避开当时的政治斗争，自守全身，埋头撰写《太玄经》，与大道同在，"知玄知默，守道之极；爱清爱静，游神之廷；惟寂惟寞，守德之宅"。《解嘲》模仿东方朔的《答客难》。东方朔的结论是"时易事异"。扬雄的结论也是："世异事变，人道不殊。"而后四字，有着更深的感慨，是说世道变了，可人道没有变。在这篇文章里，有很多名句，如"家家自以为稷契，人人自以为咎繇"。曹植《与杨德祖书》："人人自谓握灵蛇之珠，家家自谓抱荆山之玉。"即用此句式。杜甫《自京赴奉先县咏怀五百字》"许身一何愚，窃比稷与契"，也借用此典。《汉文归》辑录东方朔《答客难》，并引洪迈评："东方朔《客难》，自是文中杰出。扬雄拟之为《解嘲》，尚有驰骋自得之妙。至于崔骃《达旨》、班固《答宾》、张衡《应间》，皆屋下架屋，章摹句写，其病与《七林》同。至韩退之《进学解》出，于是一洗矣。"《归文归》收录《解嘲》篇，后引朱东观评："子云之学，大都得力于黄老，故混迹新莽之世，自以为玩世而成其高致也。观《解嘲》之文，知吾言为不虚矣。"①

扬雄散体文章，以《上疏谏勿许单于入朝》为代表。《汉书·匈奴传》载，建平四年（前3），单于上书愿朝觐五年。当时哀帝正患疾病，有人进言称匈奴从上游来，对人主不利，再说，虚费府帑接待也没有必要，建议勿许。时任黄门郎的扬雄则提出异议，他纵论古今，总结了秦汉以来二百年匈奴与汉朝的关系，分析利害得失，认为与其发生叛乱再治理，通过战斗取得胜利，不如防患于未然，不战而屈人之兵，这才是最大的胜利。他说：

> 以秦始皇之强，蒙恬之威，带甲四十余万，然不敢窥西河，乃筑长城以界之。会汉初兴，以高祖之威灵，三十万众困于平城，士或七日不食。时奇谲之士石画之臣甚众，卒其所以脱者，世莫得而言也。又高皇后尝忿匈奴，群臣庭议，樊哙请以十万众横行匈奴中，季布曰："哙可斩也，妄阿顺指！"于是大臣权书遗之，然后匈奴之结解，中国之忧平。及孝文时，匈奴侵暴北边，候骑至雍甘泉，京师大骇，发三将军屯细柳、棘门、霸上以备之，数月乃罢。

武帝在位五十四年，奋扬威武，彰显汉兵，疾若雷风，尽管匈奴震怖，"然亦未肯称臣"，中国也从未得以高枕安寝。此时，匈奴肯臣服，实在是千载难逢的历史机遇，不应算计一时之利害而失去机会。他又说：

> 今单于归义，怀款诚之心，欲离其庭，陈见于前，此乃上世之遗策，神灵之所想望，国家虽费，不得已者也。奈何距以来厌之辞，疏以无日之期，消往昔之恩，开将来之隙！夫款而隙之，使有恨心，负前言，缘往辞，归怨于汉，因以自绝，终无北面之心，威之不可，谕

---

① 钟惺：《汉文归》，明末古香斋刻本。

之不能，焉得不为大忧乎！夫明者视于无形，聪者听于无声，诚先于未然，即蒙恬、樊哙不复施，棘门、细柳不复备，马邑之策安所设，卫、霍之功何得用，五将之威安所震？不然，壹有隙之后，虽智者劳心于内，辩者毂击于外，犹不若未然之时也。且往者图西域，制车师，置城郭都护三十六国，费岁以大万计者，岂为康居、乌孙能逾白龙堆而寇西边哉？乃以制匈奴也。夫百年劳之，一日失之，费十而爱一，臣窃为国不安也。唯陛下少留意于未乱未战，以遏边萌之祸。

作者分析利害得失，绝非应景虚设文字，而是安边长策，加之文笔凌厉，波澜顿挫，很有说服力。史载，"书奏，天子寤焉，召还匈奴使者，更报单于书而许之。赐雄帛五十匹，黄金十斤"。[①]《秦汉文钞》辑录此文，并引陈古迂曰："甚哉，处夷狄之难也。……哀帝之事力，不如宣帝，费则四倍于宣帝哉。获柔远之虚名，深费国家之实力，酌而处之，既不却其朝，又从裁其赐。扬雄似欠一言而汉庭公卿亦无以处此。故曰区处之难。"[②]《汉文归》辑录此文，又引陈仁锡评："子云此书，不独安边长策，而总记秦汉以来二百年匈奴事远，括其大概，了若指掌，文章至此，岂以雕虫目之。"[③]前人都注意到《上疏谏勿许单于入朝》与他的标榜高蹈虚无，可谓判若两人。

如果说《上疏谏勿许单于入朝》主张对匈奴怀柔政策的话，《文选》卷四十七"颂"类收录的《赵充国颂》则体现了扬雄在边患问题上的强悍一面。颂曰：

明灵惟宣，戎有先零。先零猖狂，侵汉西疆。汉命虎臣，惟后将军。整我六师，是讨是震。既临其域，谕以威德。有守矜功，谓之弗克。请奋其旅，于罕之羌。天子命我，从之鲜阳。营平守节，屡奏封章。料敌制胜，威谋靡亢。遂克西戎，还师于京。鬼方宾服，罔有不

---

[①]《汉书·匈奴传》，中华书局1962年版，第3814、3816—3817页。
[②] 冯有翼辑：《秦汉文钞》，《四库全书存目丛书》集部第352册，第451页。
[③] 钟惺：《汉文归》，明末古香斋刻本。

庭。昔周之宣，有方有虎。诗人歌功，乃列于雅。在汉中兴，充国作武。赳赳桓桓，亦绍厥后。①

赵充国（前137—前52）字翁孙，陇西上邽人。始为骑士，以六郡良家子善骑射补羽林，少好将帅之节，而学兵法，明晓四夷事。武帝时，以假司马从贰师将军击匈奴，身被二十余创，拜为中郎，迁车骑将军长史。汉昭帝元凤元年（前80），宣帝神爵元年（前61）等，西羌部族多次谋乱，攻城略地。当时，酒泉太守辛武贤自诩功高，主张强攻，认为只要攻下罕羌，先零的问题很快就能解决。而赵充国的看法正好相反。他认为，如果先攻罕羌，先零必助；如果攻下先零，罕羌自服。最后，朝廷认可赵充国的建议。故曰"天子命我，从之鲜阳"。后来，赵充国与大将军霍光定策拥立汉宣帝，封为营平侯。此后，他屡奏封章，力陈屯田之意。"营平守节，屡奏封章"即描写此意。最后四句："在汉中兴，充国作武。赳赳桓桓，亦绍厥后。"歌颂赵充国为汉代武臣，为汉宣帝中兴事业建功立业，可为天下楷模。《汉书·李广苏建传》又载，汉宣帝甘露三年（前51），也就是赵充国死后的第二年，汉宣帝在麒麟阁为十一功臣画像，"思股肱之美"，其中就有赵充国。又过去四十余年，西羌叛乱。汉成帝刘骜元延四年（前9），朝廷思将帅之臣，追念赵充国，命扬雄即赵充国画像而作颂。赵充国戎马一生，征战南北，创立赫赫战功。生前死后，均享有重名。在一篇百余字的篇幅里，如何概括主人公波澜起伏的一生，还真是颇费思量的事情。扬雄这篇小颂，紧紧扣住赵充国征讨西羌的战役来写，通过一个侧面来展示这位英雄深谋远虑的勇武和雄才大略的气魄。何焯《义门读书记》卷四十九评价说："百余字耳，叙述详赡，可为后人法戒，所以为作者。"② 也许文章谋篇布局很有特色，所以班固将其收录在《汉书·赵充国传》，萧统收录在《文选》，遂成文学名篇。

扬雄的连珠体创作，现在仅存部分内容。所谓连珠，就是历历如贯珠。这种文体，篇幅不长，文思宽广，蝉联而下，如群珠贯穿。扬雄创造

---

① 《文选》卷四十七，上海古籍出版社1986年版，第2095—2096页。
② 何焯：《义门读书记》卷四十九，中华书局1987年版，第964页。

的连珠体，亦与此相似。《文心雕龙·杂文》："扬雄覃思文阁，业深综述，碎文琐语，肇为连珠。"这种文体，"夫文小易周，思闲可赡。足使义明而词净，事圆而音泽，磊磊自转，可称珠耳"。① 嗣后，汉代的杜笃、贾逵、班固、傅毅、刘珍，魏晋南北朝的潘勖、王粲、陆机、颜延之、王俭、刘孝仪等并有仿作，影响很大。后来，这种写作笔法又引入诗歌创作，如《赠白马王彪》七章，就借用了这种手法。

此外，扬雄所作《九州箴》《二十五官箴》等也影响甚大，后汉多有模仿者，如崔骃、崔瑗等均有类似著作。《后汉书·邓张徐张胡列传》："初，扬雄依《虞箴》作《十二州》《二十五官箴》，其九箴亡阙，后涿郡崔骃及子瑗、又临邑侯刘騊駼增补十六篇，广复继作四篇，文甚典美。乃悉撰次首目，为之解释，名曰《百官箴》，凡四十八篇。"②

## 三　千秋功过

扬雄六十一岁那年，王莽不再"居摄"，而是自称皇帝，国号新。扬雄的最后十年里，是在王莽朝度过的，颇为纠结。

其实，王氏家族当政，早在四十年前就开始了。武帝死后，昭帝即位，才八岁，霍光辅政，大权独揽。后起于代王的宣帝即位，灭霍氏家族，号称中兴。此后，从元帝、成帝、哀帝，再到平帝等，皇帝年龄都比较小，外戚辅政。尤其是元帝死后，成帝起用外戚王凤为大司马、大将军，领尚书事，职掌朝政，成帝的几个舅舅，王谭、王商、王立、王根、王逢时等并为关内侯。最初，王凤还上书乞骸骨，请辞，说明王氏家族在此时尚多顾忌。从王凤、王音、王商、王根，再到王莽，从居摄辅政到直接代汉，扬雄见证了西汉后期外戚与宗室的矛盾及其政权交替的整个过程。他看到王莽托古改制，古学有复兴的希望，他为此欢欣。同时，他又看到社会弊端丛生，官场险恶，又心寒气短。作为一介书生，又身处政治中心，他只能采取一种明哲保身的处世态度。

---

① 刘勰著，周振甫注：《文心雕龙注释》，人民文学出版社1981年版，第147、148页。
② 《后汉书·邓张徐张胡列传》，中华书局1965年版，第1511页。

这个时期，有两篇文字最为扎眼，一是《元后诔》，二是《剧秦美新》。

　　元后，汉元帝皇后，为王莽姑母。元帝初元元年立为皇后。元帝死，成帝立为皇太后。王莽篡汉，废皇太后号，称新室文母太皇太后。今题《元后诔》，乃后人改题，见载于《汉书·元后传》，仅四句："太后年八十四，建国五年二月癸丑崩。三月乙酉，合葬渭陵。莽诏大夫扬雄作诔曰：'太阴之精，沙麓之灵，作合于汉，配元生成。'著其协于元城沙麓。太阴精者，谓梦月也。太后崩后十年，汉兵诛莽。"[①] 挚虞《文章流别论》疑心这四句就是全篇，故《文心雕龙·诔碑》称："扬雄之诔元后，文实烦秽，沙麓撮其要，而挚疑成篇，安有累德述尊，而阙略四句乎？"[②] 或有些感恩戴德的成分。《艺文类聚》卷十五、《古文苑》卷二十则引录全篇。其余文字是否为后人所加，不得确考。不论是四句，还是全篇，这篇文字显然是应王莽要求而写，看不出扬雄的真实想法。

　　《剧秦美新》就比较复杂了，至少看不出是被迫应诏而写。这是一篇为王莽歌功颂德的文章，按理说，王莽被视为窃国大盗，理应受到排斥，而《文选》卷四十八"符命"类却把它作为范文收录，这是基于什么考虑？有一种看法认为，这篇文章不是扬雄所作，因为扬雄就没有在王莽朝做官。这显然是睁着眼说瞎话，因为《剧秦美新》开篇就称自己"诸吏、中散大夫臣雄"。还有一种推测，认为这篇文章出自谷永等人手笔。问题是，谷永早在王莽篡位之前的十余年即已离世，当然不可能写作此文。最通行的看法，承认这篇文章是扬雄所写，他见王莽数害正直之臣，担心自己受害，于是撰写此文，贬斥嬴秦酷政，歌颂王莽新政，取悦王莽，避免祸害。也就是说，文章所述，并非发自内心，而是被迫而为，乃是一篇矫情之作。

　　关于这篇作品的写作年代，陆侃如《中古文学系年》据文中称"诸吏中散大夫臣雄稽首再拜"云云，认为作于始建国元年（9）。这个推论未必成立。《汉书·王莽传》载，始建国二年（10）底，刘歆子刘棻获罪，

---

① 《汉书·元后传》，中华书局1962年版，第4035页。
② 刘勰著，周振甫注：《文心雕龙注释》，人民文学出版社1981年版，第127页。

流放于幽州。扬雄受刘歆子案牵连，投天禄阁，几乎丧命。京城曾有这样的传言："惟寂寞，自投阁；爱清静，作符命。"这里所说的"作符命"，即写作《剧秦美新》，应当是在"自投阁"之后的事。那年，扬雄六十三岁，以病免官。史载，王莽未追究扬雄罪责，复召为大夫。扬雄在始建国五年（13）作《元后诔》。《剧秦美新》开篇有"诸吏、中散大夫臣雄，稽首再拜，上封事皇帝陛下"云云，自称中散大夫，大约也作于这个时期，确有感恩戴德的成分，说是非发自内心，也未必然。

扬雄写作《剧秦美新》，就是要为新朝大唱赞歌。剧，甚，言促秦短命。剧秦，犹贾谊"过秦"，但这不是重点，重点在"美新"，即赞美新莽之政。"臣雄经术浅薄，行能无异，数蒙渥恩，拔擢伦比，与群贤并，愧无以称职"到"臣雄稽首再拜以闻"交代撰写此文的背景。称自己承蒙皇恩普惠，选拔与群臣并位，自愧不够称职。文章吹捧新皇帝开明敬肃，执政清明，"配五帝，冠三王，开辟以来，未之闻也"，确实有些过分，有些肉麻。写到这里，作者马上联想到司马相如的《封禅文》，认为这是一篇彰显汉代功德的大文章。他说自己有"颠眴病"，担心寿命不长，故写作此文，也有效仿司马相如《封禅文》之意，身后得以扬名。如果自己的心意不能叫朝廷知道，那才叫抱恨终身。故"竭肝胆、写腹心，作《剧秦美新》一篇，虽未究万分之一，亦臣之极思也"。这篇虽然未题名《封禅文》，实际模仿其意。这是萧统将此篇置于司马相如《封禅文》之后，视为符命一类的原因吧？看来，扬雄一辈子都走不出司马相如的笼罩，自视为最后一篇大文字，还是要模仿司马相如。

如同《封禅文》的韵文部分，开篇就从混沌初开写起，写到历史上的兴亡际遇。从玄黄不分、天地相混到生民始生、帝王始存一下子说到三代。"上罔显于羲皇，中莫盛于唐虞，迩靡著于成周。"鼎盛之后，难以为继，所以才有孔子《春秋》之作，描绘了一个远古理想主义社会。这个社会"神明所祚，兆民所托，罔不云道德仁义礼智"。这就为下文的"剧秦"和"美新"作一伏笔。秦朝违背了这个理想，所以才会二世而亡，新莽正朝着这个方向努力，所以值得赞美。这才是此文关键所在。

在西汉，秦朝已成为反面典型，丑化起来很容易。秦朝崛起于边陲小邑，历来视为荒蛮之地。秦人历经襄公、文公、宣公、灵公等世，至孝公称王，秦国始强。而后有秦惠王、昭襄王，逐渐崛起于群雄之中。秦王嬴政即位之后，听从吕不韦、李斯之计，连横破纵，吞并六国，登基为始皇帝。统一天下本来是值得大书特书的盛举，而作者看来，这些都是"邪政"，其标志有二，一是黩武，二是废文，所以群情激愤，"二世而亡，何其剧与！"这是点题之句。

紧接着的问题是，如何评价王莽之前的汉代历史。王莽毕竟是汉臣。美化王莽，必然要矮化西汉一朝。这个矛盾如何解决？这是无法绕过的难题。我想扬雄也很难，有关西汉近两百年的历史，作者只用了99个字就一带而过。作者认为，古代帝王的发迹，都会有所敬畏，随时修补，才能万全。所以人们谈到古代圣贤，总是要说到唐尧虞舜；论及暴君，自然想到夏桀商纣。作者笔锋一转："况尽汛扫前圣数千载功业，专用己之私，而能享佑者哉？"说到秦始皇毁灭典籍，只为一己之私，上天怎么会保佑呢？汛，与洒字同。洒扫，即去除。汉高祖刘邦起兵于沛，由武关入秦咸阳。项羽立沛公为汉王，王巴蜀、汉中。刘邦明修栈道，暗度陈仓，遂再次统一天下。汉承秦制，虽有发展，也留下许多缺憾，最重要的有两点，一是"帝典阙而不补"，二是"王纲弛而未张"。

在作者看来，王莽的业绩正在这里。首先是补帝典："发秘府，览书林，遥集乎文雅之囿，翱翔乎礼乐之场，胤殷周之失业，绍唐虞之绝风。"言以文雅为园囿，以礼乐为场圃。其次是张王纲："昔帝缵皇，王缵帝，随前踵古，或无为而治，或损益而亡。岂知新室委心积意，储思垂务。"作者又用车马旗帜、车铃诗乐、朝服配饰、吉凶之礼、伦理人情等五个方面，通过排比句式，表现王朝礼仪之盛。紧接着，作者又从"改定神祇""钦修百祀""明堂雍台""九庙长寿""制成六经""北怀单于"六事，引申发挥、铺陈其事。这些描写并非虚构。史载，平帝元始四年（4）八月，王莽奏立明堂、辟雍。又立《乐经》博士。至此，六经均设博士，每经各五人。为此，朝廷颁布招贤令，网罗异能之士，凡通经书、小学、天文、图谶、钟律、月令、兵法者，皆在应召之例。当时，有数千人应召，盛况空前。由此得出结论：五帝继承三皇，三王追随五帝，皆遵循古道。王莽新政，不仅上承天意，也继承了前代的光荣业绩。

扬雄在《法言·问神》中说："言，心声也；书，心画也。"文学创作一定要表达自己的真实情感，反对为情而造文。据此而论，《剧秦美新》应该不是一般的应景之作，而是发自内心的写照。扬雄本胸怀大志，不惑之年来游京师，上四大赋，本应得到重用。然而正当盛年，却生不逢时。哀帝时丁、傅、董贤用事，诸附离之者或起家至二千石。扬雄依然为执戟之臣。故颇为失落，一心佞古，不问世事，著《太玄经》，淡薄自守。又模仿东方朔《答客难》而作《解嘲》《解难》。与他同时的刘歆正与之相反，而是积极入世，奔走前后。两人又有共同处，即都希望古学复兴。而王莽的复古，恰好符合了两人的心愿，使他们看到了希望，所以在当时颇为活跃。由此看来，这篇作品又不仅仅有感恩的成分，更有一个积极向上的知识分子的关注现实的情怀在里面。

《剧秦美新》与通常的上书有所不同，是以韵文形式写成的赞美文字，有些段落甚至近于诗体。作者常常引用《尚书》典故，既非抨击秦朝暴政，也并非一味称颂新莽，而是努力阐释传统的道德准则。[1] 这也几乎是扬雄全部作品的共同特色。刘勰《文心雕龙·封禅》称："观《剧秦》为文，影写长卿，诡言遁辞，故兼包神怪。然骨掣靡密，辞贯圆通，自称极思，无遗力矣。"[2] 就看到了这篇作品颇有司马相如之风，甚至有过之而不不及。因为其用典造句，"诡言遁辞，故兼包神怪"，在颂扬的文字中，时有慷慨激昂的色彩。此外，虚实相间，排比绵密，具有"骨掣靡密，辞贯圆通"的特点，作为文章，差可称为典范。

## 结　语

扬雄对后世的影响是巨大的，这种影响不妨先从蜀地说起。

我们知道，汉景帝末年，庐江文翁为蜀郡太守，敦促教化，遣司马相如东受七经，还教吏民。蜀郡文化由此而日益发达。他们普遍推崇儒家思想。譬如扬雄就认为，儒家经典，如日月高悬。"视日月而知众星之蔑也，

---

[1]　康达维：《掀开酱瓿：对扬雄〈剧秦美新〉的文学剖析》，见其自选集《汉代宫廷文学与文化之探微》，苏瑞隆译，上海译文出版社2013年版。
[2]　刘勰著，周振甫注：《文心雕龙注释》，人民文学出版社1981年版，第236页。

仰圣人而知众说之小也。"这些经典，各有所重。《周易》侧重于阐释天命，《尚书》侧重于历史兴衰，《三礼》侧重于日常百事，《诗经》侧重在于感兴言志，《春秋》则记事说理。这是司马相如的重要贡献。

扬雄的重要贡献是在不遗余力地推广儒家经典的同时，接受了严遵的影响，有选择地吸收了《老子》《庄子》为代表的道家文化。他欣赏老子所倡导的道德之说，而对他们否定仁义、灭绝礼学，则有所批评，舍弃不取。这些思想，对于蜀地道家思想的传播乃至张陵在蜀地创建道教，都有深刻的影响。扬雄的思想主张，充分体现出蜀学兼容并蓄的特色。这是扬雄的重要贡献。

扬雄的影响又不显然局限于蜀地，正像我们开始所说，他不仅仅是西道孔子，也是全国的硕学鸿儒。

前面提到张衡对扬雄的评价，其中一句话说，汉代四百年后，"《玄》其兴矣"。也就是说，张衡预见扬雄的著作在汉代之后会得到高度重视，产生重要影响。王充在《论衡·超奇》中也说："近世刘子政父子、扬子云、桓君山，其犹文、武、周公并出一时也。"甚至断言："汉兴以来，未有此人。"[1] 我想，这其中有一个非常重要的原因，即扬雄实际开启了魏晋玄学思想的先河。魏晋南北朝时期，知识分子最喜欢读的书就是"三玄"，即《周易》《老子》《庄子》，最喜欢的作家是屈原及其《楚辞》。生活中最流行的嗜好是饮酒。《世说新语》载，所谓名士，不需要有什么大才，只要无事，痛饮酒，熟读《离骚》，就可以称为名士。按照这个标准，扬雄是典型的魏晋名士。他酷爱《楚辞》，沉溺"三玄"，我们在前面已有充分论述。他还好喝酒，为酒唱赞歌。《汉书·扬雄传》记载说扬雄家穷，很少有人到他家串门。只有那些想求学的人，到他家，通常会带酒菜去看他。《文心雕龙·称器》列举文人的瑕疵，说到扬雄，是"嗜酒而少算"，意思是说扬雄爱酒而不善于为自己谋划。扬雄嗜酒，是事实，这里面也可能有借酒浇愁的原因。扬雄有一篇《酒赋》，借瓶罐和酒器的不同命运，比喻官场的险恶。作者开篇就说"子犹瓶矣"，瓶罐用来打水，常常放在井边，处高临深，经常遭到丧身之祸。而酒囊呢，只是装酒用，常为国

---

[1] 黄晖：《论衡校释》，中华书局1990年版，第606、608页。

器,出入两宫,高门大宅,博得帝王和贵族的宠爱。这是酒的过错吗?[①]这种诙谐的文字,为后来孔融、刘伶等继承。孔融《难曹公禁酒书》也反复申明酒无过错,酒是好东西。天上有酒星,地上有酒泉。李白也受此启发,说"天若不爱酒,酒星不在天;地若不爱酒,地应无酒泉"(《月下独酌四首》其二),就是从扬雄和孔融的语意生发出来的。扬雄说:"由是言之,酒何过乎?"孔融也说:"由是观之,酒何负于治者哉?"刘伶的《酒德颂》中更是形象地描绘了种种醉态,如"静听不闻雷霆之声,熟视不睹泰山之形",非常夸张。借酒说事,扬雄是始作俑者。

按照现在学术界的通常看法,陶渊明是魏晋玄学的最后大家。扬雄则是陶渊明心目中的榜样。这里,不妨比较《五柳先生传》和《汉书·扬雄传》的异同,是很有趣的事。

(1)《五柳先生传》:闲静少言。《汉书·扬雄传》:为人简易佚荡,口吃不能剧谈,默而好深湛之思。清静亡为,少嗜欲。

(2)《五柳先生传》:不慕荣利。《汉书·扬雄传》:自有大度,非圣哲之书不好也。非其意,虽富贵不事也。

(3)《五柳先生传》:好读书,不求甚解,每有会意,欣然忘食。《汉书·扬雄传》:雄少而好学,不为章句,训诂通而已,博览无所不见。

(4)《五柳先生传》:性嗜酒,而家贫不能常得,亲旧知其如此,或置酒而招之。《汉书·扬雄传》:家素贫,嗜酒,人希至其门。时有好事者载酒肴从游学。

(5)《五柳先生传》:环堵萧然,不蔽风日,短褐穿结,箪瓢屡空,晏如也。《汉书·扬雄传》:家产不过十金,乏无儋石之储,晏如也。

(6)《五柳先生传》:常著文章自娱,颇示己志,忘怀得失,以此自终。《汉书·扬雄传》:顾尝好辞赋。

(7)《五柳先生传》:黔娄之妻有言:"不戚戚于贫贱,不汲汲于富贵。"极其言,兹若人之俦乎?酣觞赋诗,以乐其志,无怀氏之民欤?葛天氏之民欤?《汉书·扬雄传》:不汲汲于富贵,不戚戚于贫贱,不修廉隅以徼名当世。

---

[①]《汉书·游侠·陈遵传》,中华书局1962年版,第3712—3713页。

为什么会有如此相近的词句和形象？结论可能见仁见智。多数学者认为，《汉书·扬雄传》是根据扬雄自传写成的，[①]以此类推，《五柳先生传》也是陶渊明的自传。还有学者据此得出另外一种推论，即《五柳先生传》写的是扬雄。扬雄心中的榜样是柳下惠，陶渊明心中的榜样是扬雄。[②]而在我看来，扬雄不仅影响到陶渊明，也影响到整个魏晋南北朝时期。扬雄不仅仅是跨世纪的历史人物，更是开启魏晋玄学的一代宗师。现代著名学者陆侃如著《中古文学系年》，就是从扬雄出生这一年开始，道理就在这里。

《中华文化论坛》2019年第4期

---

[①] 《隋书·刘炫传》自为赞曰："通人司马相如、扬子云、马季长、郑康成等，皆自叙风徽，传芳来叶。"《史通·序传》亦持这种看法，认为司马相如"始以自叙为传"。其后，"扬雄遵其旧辙，班固酌其余波，自叙之篇，实烦于代"。
[②] 参见范子烨《谁是五柳先生》，《中华读书报》2017年9月13日。

# 班固《典引》及其旧注平议

## 一 《典引》的著录及写作年代

《典引》最早见于《后汉书·班固传》记载，是班固刻意模仿司马相如《封禅文》、扬雄《剧秦美新》，以追求不朽之言。史传是这样记载的"固又作《典引》，述叙汉德。以为相如《封禅》，靡而不典，扬雄《美新》，典而不实，盖自谓得其致焉。其辞曰"云云。① 这是约略《典引序》大意而成。《典引序》见《文选》卷四十八：

> 臣固言：永平十七年，臣与贾逵、傅毅、杜矩、展隆、郗萌等召诣云龙门，小黄门赵宣持《秦始皇帝本纪》问臣等曰："太史迁下赞语中，宁有非耶？"臣对："此赞贾谊《过秦》云，向使子婴有庸主之才，仅得中佐。秦之社稷，未宜绝也。此言非是。"即召臣入问："本闻此论非耶？将见问意开寤耶？"臣具对素闻知状。诏因曰："司马迁著书，成一家之言，扬名后世。至以身陷刑之故，反微文刺讥，贬损当世，非谊士也。司马相如污行无节，但有浮华之词，不周于用。至于疾病而遗忠，主上求取其书，竟得颂述功德，言封禅事，忠臣效也。至是贤迁远矣。"臣固常伏刻诵圣论，昭明好恶，不遗微细，缘事断谊，动有规矩，虽仲尼之因史见意，亦无以加。臣固被学最旧，受恩浸深。诚思毕力竭情，昊天罔极。臣固顿首顿首，伏惟相如《封禅》靡而不典，杨雄《美新》，典而亡实。然游扬后世，垂为旧

---

① 《后汉书·班彪列传》附班固传，中华书局1965年版，第1375页。

式。臣固才朽，不及前人。盖咏《云门》者，难为音；观隋和者，难为珍。不胜区区，窃作《典引》一篇。虽不足雍容明盛万分之一，犹启发愤满，觉悟童蒙，光扬大汉，轶声前代，然后退入沟壑，死而不朽。①

据此，我最初以为本文作于汉明帝刘庄永平十七年（74）。这一年，班固43岁。但是，正文有"然后宣二祖之重光，袭四宗之缉熙"。根据蔡邕注："高祖、光武为二祖，孝文曰太宗，孝武曰世宗，孝宣曰中宗，孝明曰显宗。"既然已经称汉明帝庙号，则本文必作于明帝之后。汉明帝卒于永平十八年。同年八月，章帝即位。十二月，作登歌正予乐。②翌年改元建初元年。该年三月，诏举贤良方正，对者百余人，同时倡导儒术。如贾逵作《条奏左氏长义》就极力为《春秋左氏传》张目。③同时，班固与傅毅、贾逵共典校书。傅毅作《显宗颂》等。这些，并见《后汉书·文苑·傅毅传》："建初中，肃宗博召文学之士，以毅为兰台令史，拜郎中，与班固、贾逵共典校书。毅追美孝明皇帝功德最盛，而庙颂未立，乃依《清庙》作《显宗颂》十篇奏之，由是文雅显于朝廷。"《典论·论文》："班固与弟书曰：武仲以能文迁兰台令史。"由这些材料推断，《典引》当作于汉章帝初年。

这篇文章的内容最值得注意的是对"两司马"的抑扬：对于司马相如的评价是先抑而后扬，先说司马相如"但有浮华之辞，不周于用"。但是，司马相如死后，朝廷从其家中得《封禅书》，"忠臣效也"。而对于司马迁的评价则是先扬而后抑，承认"司马迁著书成一家之言，扬名后世"，但

---

① 《文选》卷四十八，中华书局1977年版，第682页。
② 见《玉海》卷一〇四"音乐"："汉大予乐。《纪》：永平三年秋八月戊辰，改乐为大予乐。十八年十二月癸巳，有司奏明帝作登歌正予乐。"同书卷一〇六"音乐"载："《章纪》：永平十八年十二月癸巳，有司奏孝明作登歌正予乐。《祭祀志》注：登歌，八佾舞名。《隋·乐志》：汉明帝时乐有四品。又采百官诗颂以为登歌。十月吉辰始用烝祭。"江苏古籍出版社1990年版，第1904、1940页。
③ 《后汉书·郑范陈贾张传》："肃宗立，降意儒术，特好《古文尚书》《左氏传》。建初元年，诏逵入讲北宫白虎观、南宫云台。帝善逵说，使发出《左氏传》大义长处于二传者。逵于是具条奏之曰：'臣谨摘出《左氏》三十事尤著明者，斯皆君臣之正义，父子之纪纲。其余同《公羊》者什有七八，或文简小异，无害大体。……'书奏，帝嘉之，赐布五百匹，衣一袭，令逵自选《公羊》严、颜诸生高才者二十人，教以《左氏》，与简纸经传各一通。"中华书局1965年版，第1236—1238页。

是由于遭受宫刑，"反微文刺讥，贬损当世"。两相比较，司马相如"贤迁远矣"。这种观点完全继承了班彪的观点。东汉光武帝建武十二年（36），班彪随窦融回到京城洛阳，为司隶茂才，拜徐令。以病辞职，潜心于续补《史记》的工作。其所以续补《史记》有两点考虑：一是《史记》仅仅记录到汉武帝朝，是不完全的史书；还有一个重要的原因就是对《史记》的不满。《后汉书·班彪传》记载："及融征还京师，光武问曰：'所上章奏，谁与参之？'融曰：'皆从事班彪所为。'帝雅闻彪才，因召入见，举司隶茂才，拜徐令，以病免。后数应三公之命，辄去。彪既才高而好述作，遂专心史籍之间。武帝时，司马迁著《史记》，自太初以后，阙而不录，后好事者颇或缀集时事，然多鄙俗，不足以踵继其书。彪乃继采前史遗事，傍贯异闻，作后传数十篇，因斟酌前史而议正得失。其略论曰：唐、虞三代，《诗》《书》所及，世有史官，以司典籍，暨于诸侯，国自有史，故《孟子》曰：楚之《梼杌》，晋之《乘》，鲁之《春秋》，其事一也。定、哀之间，鲁君子左丘明论集其文，作《左氏传》三十篇，又撰异同，号曰《国语》，二十一篇，由是《乘》《梼杌》之事遂暗，而《左氏》《国语》独章。又有记录黄帝以来至春秋时帝王公侯卿大夫，号曰《世本》，一十五篇。春秋之后，七国并争，秦并诸侯，则有《战国策》三十三篇。汉兴定天下，太中大夫陆贾记录时功，作《楚汉春秋》九篇。孝武之世，太史令司马迁采《左氏》《国语》，删《世本》《战国策》，据楚、汉列国时事，上自黄帝，下讫获麟，作本纪、世家、列传、书、表凡百三十篇，而十篇缺焉。迁之所记，从汉元至武以绝，则其功也。至于采经摭传，分散百家之事，甚多疏略，不如其本，务欲以多闻广载为功，论议浅而不笃。其论术学，则崇黄老而薄《五经》；序货殖，则轻仁义而羞贫穷；道游侠，则贱守节而贵俗功：此其大敝伤道，所以遇极刑之咎也。然善述序事理，辩而不华，质而不野，文质相称，盖良史之才也。诚令迁依《五经》之法言，同圣人之是非，意亦庶几矣。夫百家之书，犹可法也。若《左氏》《国语》《世本》《战国策》《楚汉春秋》《太史公书》，今之所以知古，后之所由观前，圣人之耳目也。司马迁序帝王则曰本纪，公侯传国则曰世家，卿士特起则曰列传。又进项羽、陈涉而黜淮南、衡山，细意委曲，条例不经。若迁之著作，采获古今，贯穿经传，至广博也。一人之精，文重思烦，故其书刊落不尽，尚有盈辞，多不齐一。若序司马相如，举郡县，著其字，至萧、曹、陈平之属，及董仲舒并时之人，不记其字，或县而不郡者，盖不暇也。今此后篇，慎核其事，整齐其文，不为世家，惟纪、传而已。传曰：杀史见极，平易正直，《春秋》之义也。"① 袁宏《后汉纪》：建武十二年九月，"窦融与五郡太守诣京师。官属宾客车毂千余辆"。所谓"好事者"，李贤注："好事者，谓扬雄、刘歆、阳城衡、褚少孙、史孝山之徒也。"班彪所说的，"至于采经摭传，分散百家之事，甚多疏略，不如其本，务欲以多闻广载为功，论议浅而不笃。其论术学，则崇黄老而薄《五经》；序货殖，则轻仁义而羞贫穷；道游侠，则贱守节而贵俗功：此其大敝伤道，所以遇极刑之咎也"，充分表示了对于司马迁的不满。这种不满是很有代表性的。终两汉一朝，《史记》始终被当朝视为"谤书"，而多受非议。西汉成帝朝，司马迁《史记》仍藏在宫廷，未在世间流传。见《汉书·宣元六王传》："后年来朝，上疏求诸子及《太史公书》，上以问大将军王凤，对曰：臣闻诸侯朝聘，考文章，正法度，非礼不言。今东平王幸得来朝，不思制节谨度，以防危失，而求诸书，非朝聘之义也。诸子书或反经术，非圣人，或明鬼神，信物怪；《太史公书》有战国从横权谲之谋，汉兴之初谋臣奇策，天官灾异，地形阨塞，皆不宜在诸侯王。不可予。不许之辞宜曰：五经圣人所制，万事靡不毕载。王审乐道，傅相皆儒者，旦夕讲诵，足以正身御虞意。夫小辩破义，小道不通，致远恐泥，皆不足以留意。诸益于经术者，不爱于王。"② 又《汉书·叙传》载，班斿"博学有俊材，左将军史丹举贤良方正，以对策为议郎，迁谏大夫、右曹中郎将，与刘向校秘书。每奏事，斿以选受诏进读群书。上器其能，赐以秘书之副。时书不布，自东平思王以叔父求《太史公》，诸子书，大将军不许"。③ 班家所以能够续作《史记》，实乃有朝廷"秘书之副"，与班固同时代的王充《论衡》征引前汉之事，很多地方依据的就是《史记》。如《命禄》："太史公曰：'富贵不违贫贱，

---

① 《后汉书·班彪传》，中华书局1965年版，第1324—1327页。
② 《汉书·宣元六王传》，中华书局1962年版，第3324—3325页。
③ 《汉书·叙传》，中华书局1962年版，第4203页。

贫贱不违富贵。'"然黄晖校释"未知何出"。又《幸偶》"故太史公为之作传。邪人反道而受恩宠，与此同科，故合其名谓之《佞幸》"。我推想王充有关前汉史的知识，其中一部分应该来自班彪，王充曾从班彪问学。史载，班彪"幼与从兄嗣（班斿之子）共游学，家有赐书，内足于财，好古之士自远方至，父党扬子云以下莫不造门"①。可见班固《典引序》说当时司马迁"著书成一家之言，扬名后世"，是很有根据的。但是，我们从王允杀蔡邕的对话中也可以看出，直至汉末，司马迁之《史记》依然被视为"谤书"，说"昔武帝不杀司马迁，使作谤书，流于后世"（《后汉书·蔡邕传》）。为此，班固要学习司马相如那样"光扬大汉，轶声前代"。而避免司马迁的缺失。因此，《典引》对于两司马的评价不完全是个人的私评，在很大程度上反映了东汉时代的思想倾向。

《典引》作为优秀文学作品收入《文选》。其突出特征表现在哪些方面呢？我们不妨从本篇的题目说起。蔡邕注释其篇名曰："《典引》者，篇名也。典者，常也、法也。引者，伸也，长也。《尚书》疏：尧之常法，谓之《尧典》。汉绍其绪，伸而长之也。"李贤注："典谓《尧典》，引犹续也。汉承尧后，故述汉德以续《尧典》。"五臣注云："典者，《尧典》也，汉为尧后，故班生将引尧事以述汉德。"三者比较，其意思非常明白，是将汉德与唐尧的盛德相媲美。同样是歌颂汉德，司马相如有《封禅文》，扬雄有《剧秦美新》。班固再写，又有什么新意呢？他在序中这样写道："伏惟相如《封禅》，靡而不典，杨雄《美新》，典而亡实。然皆游扬后世，垂为旧式。"这里谈到三个问题，第一，司马相如和扬雄的创作已经"垂为旧式"，即引古喻今，盛赞美德。第二，司马相如的作品"靡而不典"。李贤注："文虽靡丽，而体无古典。"所谓古典，即缺乏经典色彩，虽丽而不壮。第三，扬雄的作品是"典而亡实"。李贤注："体虽典则，而其事虚伪，谓王莽事不实。"班固要求赞美一定要建立在坚实的基础之上，不能虚设无谓之词。这是《典引》创作的三个基本原则。文章从太极叙起，用以说明"汉刘"渊源天意，体现盛德。最后归结道"汪汪乎丕天之大律，其畴能亘之哉？唐哉皇哉！皇哉唐哉"！将唐尧与汉德紧密联系

---

① 《汉书·叙传》，中华书局1962年版，第4205页。

起来。蔡邕注："言谁能竟此道，惟唐尧与汉，汉与唐尧而已。"而在典则方面，就是极力用典。根据旧注，本文多次用到《周易》《尚书》《毛诗》《左传》《孝经》等经典，甚至还运用了《老子》《庄子》和纬书的典故，表现为繁缛的特点。在征实方面，这正好体现了作者的史学观念。[1] 骆鸿凯《〈文选〉学·读选导言》引证《文心雕龙·体性》论八体，其中"壮丽"一体，即以班固《典引》为例，说"凡陈义俊伟，措词雄瑰者，皆入此类"。我们注意到该文主要以四句为主，如"神灵日照，光被六幽，仁风翔乎海表，威灵行于鬼区"。这是后来盛行的四六句的雏形。此外，有些文字注重气势，如"是以来仪集羽族于观魏，肉角驯毛宗于外囿。扰缁文皓质于郊，升黄辉采鳞于沼。甘露宵零于丰草，三足轩翥于茂树"。"夫图书亮章，天哲也；孔猷先命，圣孚也；体行德本，正性也；逢吉丁辰，景命也。顺命以创制，因定以和神。答三灵之蕃祉，展放唐之明文。兹事体大，而允寤寐次于心。瞻前顾后，岂蔑清庙，惮刺天命也。"如此等等，通过排比的句式，增强了语言的气势。

## 二 《典引》诸本优劣

《典引》最早见载于范晔《后汉书·班固传》。其后，梁代昭明太子编《文选》收录在"符命"类中，接在司马相如《封禅文》、扬雄《剧秦美新》之后。范晔《后汉书》载《典引》与《文选》录文已有差异，而《文选》各本之间差异尤大。[2]

先看范晔书和尤袤刻李善注本的异同。最明显的不同是范书没有收录约四百字的序文。而收录序文的《文选》本，序文下却没有蔡邕注。由此推断，蔡邕所见《典引》和李贤注《后汉书》似乎都没有序文。另外，

---

[1] 参见《东观著作的学术活动及其文学影响研究》，见《文学遗产》2004年第1期。
[2] 本文所校《文选》版本主要有：尤袤刻李善注《文选》，中华书局1974年影印南宋本。陈八郎宅南宋绍兴三十一年刻五臣注《文选》，台湾"中央图书馆"影印本。宋刻六臣注《文选》，中华书局1987年影印。此外，又据韩国奎章阁藏《文选》（正文社1983年版）、《敦煌吐鲁番本文选》（中华书局2000年版）参校。据同门傅刚君考证，奎章阁本保留了北宋国子监《文选》原貌，其价值不可低估。

文字方面也多有差异。凡通假字，姑且不论。即较重要者如："以冠德卓绝者"，范本作"卓踪"。李贤注："为道德之冠首，踪迹之卓异者，莫高于陶唐。"说明李贤所见之本也作"踪"。而五臣李善注之奎章阁本作"绰"。"以方伯统牧"，范本作"以伯方统牧"。李贤注："伯方犹方伯也。"是李善本作"方伯"是也。"黄铖之威"，范本作"黄戚之威"。李贤注："黄戚，黄金饰斧也。《礼记》曰：诸侯赐弓矢然后专征伐，赐斧铖然后杀。"既然用《礼记》的典故，当作"黄铖"为是。奎章阁作"黄铖"是也。"而礼官儒林屯用笃诲之士，不传祖宗之仿佛。"用字，范本作"朋"。李贤注："朋，群也。"是李贤所见本也作"朋"字。由上述几例看，尤刻李善本较之范本略优。但是，根据胡克家《〈文选〉考异》[①]，尤刻《文选》时，曾据多种版本校改。这些或许是尤刻所改，虽然有很多已不可详考，但是依然可以推寻一些蛛丝马迹，如尤刻序："此论非耶？将见问意开寤耶？"五臣本无"将见"七字。奎章阁本注："善本无'将见问意开寤耶'七字。"可见，此七字为尤刻所加。据何本而增，便不得而知。

再看尤刻李善注本和五臣注本的差异。"犹启发愤满"，五臣本作"犹乐启发愤懑"。张铣注："乐，谓乐为其事也。"是五臣所见有"乐"字。奎章阁本也有"乐"字。"五德初始"，五臣本"始"作"起"。张铣注："言帝王以五行相承，乃初起是法。"是五臣所见本确为"起"字。奎章阁本也作"起"字。"真神明之式也"，五臣本"真"作"圣"。奎章阁本也作"圣"字。"恭揖群后"，五臣本"揖"作"辑"。"有于德不台，渊穆之让"，五臣本"渊穆"前有"嗣"字。李周翰注："自谦不能嗣于古先圣帝明王之列，此深美之让也。"是五臣所见有"嗣"字。"是故谊士伟而不敦"，五臣本"伟"作"华"。张铣注："汤以臣伐君，故古今义士以为华薄之事不为敦厚之道也。"是五臣所见确为"华"字。"内沾豪芒"，五臣本作"内霑毫芒"。虽然范本、李善注本均作"豪"，但是就文意而言，显然"毫"字为是。"性类循理"，五臣本"循"字作"脩"。

---

① 据专家考证，《〈文选〉考异》是顾千里所作，考见李庆《顾千里研究》，上海古籍出版社1989年版。

"至令迁正",五臣本"令"字作"於"。"孔猷先命",下有蔡邕注:"猷,道也。言孔子先定道诚至信也。"可以肯定蔡邕所见为"猷"字,而不是"猷"字。五臣本"猷"作"猷"。刘良注:"猷,道。"是五臣所见也作"猷"字。"而允瘝寐次于心",五臣本"心"上有"圣"字。范本也有"圣"字。奎章阁也作"圣心"。"惮敕天命也",五臣本"天"下无"命"字。奎章阁本亦无此字。从上述几例来看,五臣注本似乎更接近于蔡邕注本。过去我们对于五臣注多所否定,如果就《典引》异文来看,五臣自有其独特的价值。

## 三 《典引》旧注平议

就现存材料得知,《典引》旧注有四家:蔡邕注、李善注、五臣注、李贤注。《隋书·经籍志》总集类《梁武帝制旨连珠》十卷下注:"又班固《典引》一卷,蔡邕注,亡。"而今存各本李善注《文选》在《典引》下均注明:"蔡邕注。"根据现存南宋尤袤刻本李善注来看,李善全文引录前人注的篇章共有下列诸篇:张衡《两京赋》薛综注,《思玄赋》旧注,《三都赋》刘渊林注,司马相如《子虚赋》《上林赋》郭璞注,潘岳《射雉赋》徐爰注,王文考《鲁灵光殿赋》张载注,阮籍《咏怀诗》颜延年、沈约注,《离骚》《九歌》《九章》《九辩》《招魂》《招隐士》王逸注,《毛诗序》郑氏笺,《典引》蔡邕注,陆机《演连珠》刘孝标注等。张衡《两京赋》题下标"薛综注",李善又特注其体例曰:"旧注是者,因而留之,并于篇首题其姓名。其有乖谬,臣乃具释,并称臣善以别之,他皆类此。"就是说,凡是未有说明者,皆前人注释;凡李善有所订补者,则在后面注明"臣善曰"云云。如果不知名者,如《思玄赋》旧注:"未详注者姓名。挚虞《流别》题云衡注。详其义训,甚多疏略,而注又称愚以为,疑非衡明矣。但行来既久,故不去。"《典引》一篇蔡邕注,《隋书·经籍志》著录已经亡佚,估计是单行本,而部分内容得以保留在李善注中。但是,哪些是蔡邕原注,哪些是李善补注,现存各本颇多歧异,首要的工作应当确定蔡邕注到底有哪些。

根据各种版本的《文选》注,可以肯定地说,蔡邕没有注释《典引》

序文。正文的注中，有些明显不是蔡邕注，但是尤刻《文选》也归入蔡邕注。如"值亢龙之灾孽"注："《国语》郭偃曰：夫三季王之亡，宜也。韦昭曰：季，末也。三季王，桀、纣、幽王也。《易》曰：亢龙有悔，穷之灾也。"按：韦昭卒于凤凰二年（273），七十余岁。逆推其生年，当在建安五年（200）以后。就是说，韦昭出生时，蔡邕已死多年，[①] 当然不可能引用韦昭的话。奎章阁本引此作"善曰"至为恰当。此外，"其赜可探也"下注："探赜，见《文赋》。"陆机也生于蔡邕之后，蔡邕当然不可能注陆机《文赋》。奎章阁本引此就作"善曰"。"宗于外圉"下引蔡邕注："视明礼修，则麒麟来应。《广雅》曰：麒麟，狼题肉角。《家语》子夏曰：毛虫，三百有六十，而麟为之长。"按：《广雅》的作者张揖晚于蔡邕，蔡邕不可能引此。而奎章阁本"《广雅》"以下作"善曰"。此外，还有一些蔡邕的旧注，尤刻《文选》将其与李善注混同起来，故时有歧异，我们可以根据奎章阁本《文选》略事辑补校订。奎章阁本《文选》先引五臣注，次引蔡邕注，最后辑录李善注，分别得非常清晰。这里，《典引》文字用中华书局1974年影印的尤刻本，异文不另出校。如果注释有异，则用奎章阁本勘对。

　　肇命民主，五德初起。尤刻本引蔡邕注："民主者，天子也。《尚书》曰：成汤简代夏作民主。五德，五行之德。自伏羲已下，帝王相代，各据其一行。始于木，终于水，则复始也。"按：奎章阁本大体相近，惟引《尚书》作"成汤伐夏，间作民主"。

　　降承龙翼。尤刻本引蔡邕注："翼，法也。言陶唐上能考天之则，下能承龙之法也。龙法，龙图也。"按：奎章阁引此作"善曰"。

　　莫崇乎陶唐。尤刻本引蔡邕注："《春秋合诚图》曰：黄帝德冠帝位。"按：奎章阁本引此作"善曰"。

　　将授汉刘。尤刻本引蔡邕注："天有五行之序。……《尚书》曰：熙帝之载，元首股肱，已见上文。"按：奎章阁本在"《尚书》曰"前冠以"善曰"二字，说明以下为李善注。

　　而旧章缺。尤刻本引蔡邕注："《易》曰：悬象著明，莫大乎日月。

---

[①] 参见《蔡邕行年考略》，刊于《文史》62辑，2003年第1期。

《尚书》曰：帝乃震怒，弗俾……"按：奎章阁本引此作"善曰"。

故先命玄圣，使缀学立制。尤刻引蔡邕注："玄圣，孔子也。《庄子》曰：夫虚静恬淡，玄圣素王之道也。《春秋孔演图》曰：玄丘制命，帝卯行也。"按：奎章阁本引此作"善曰"。

比兹褊矣。尤刻本引蔡邕注："兹，孔子也。谓皋陶，后夔，阿衡，周旦也。……"按：奎章阁本引此段文字，"兹，孔子也"归入"蔡邕曰"。而"谓皋陶"之后则作"善曰"。

时至气动，乃龙见渊跃。尤刻本引蔡邕注："《易》曰：见龙在田，或跃在渊。"按：奎章阁本作"善曰"。

不汲其诛。尤刻本引蔡邕注："言二祖即位……天之所为先除也。《史记》：秦始皇崩……"按：奎章阁本"《史记》"以下归入"善曰"。

有于德不台，渊穆之让。尤刻本引蔡邕注："渊穆，深美之辞也。《尚书》曰：……"按：奎章阁本"《尚书》"以下归入"善曰"。

受克让之归运。尤刻本引蔡邕注："《尚书》曰：诞膺天命。又曰：允恭克让。"按：奎章阁引此作"善曰"。

蓄炎上之烈精。尤刻本引蔡邕注："谓火，汉之德也。蓄，聚也。《尚书》曰：火曰炎上。"按：奎章阁"《尚书》"以下归入"善曰"。

以方伯统牧。尤刻本引蔡邕注："言殷周二代……"按：奎章阁本引此作"善曰"。

黎崇之不恪。尤刻本引蔡邕注："韦，豕韦，顾……西伯既戡黎。乘，因也。……"按：奎章阁本"乘，因也"以下作"善曰"。

革灭天邑。尤刻本引蔡邕注："天邑，天子邑也。北面，臣位也……"按：奎章阁"北面臣位也"归入"善曰"。

不其然欤？尤刻本引蔡邕注："武，周乐也。……《左氏传》……"按：奎章阁本"《左氏传》"以下归入"善曰"。

以崇严祖考，殷宗祀配帝。尤刻本引蔡邕注"《易》曰"云云，按：奎章阁本作"善曰"。

对越天地者。尤刻本引蔡邕注："对，答也。《毛诗》……"按：奎章阁本"《毛诗》"以下归入"善曰"。

岂不克自神明哉？尤刻本引蔡邕注："言二代以臣伐君……"按：奎

章阁本作"善曰"。

光藻朗而不渝耳。尤刻本注引蔡邕注："言二代神明……"按：奎章阁本作"善曰"。

四宗之缉熙。尤刻本注引蔡邕注："宣，遍也。……《尚书》王曰：……"按：奎章阁"《尚书》"以下归入"善曰"。

威灵行乎鬼区。尤刻本注引蔡邕注："鬼区，绝远之区也。《尚书》曰……"按：奎章阁本"《尚书》"以下归入"善曰"。

匪汉不弘厥道。尤刻本注引蔡邕注："言布闻古之遗策……"按：奎章阁本作"善曰"。

出入三光。尤刻本注引蔡邕注："言使日月星辰……言汉之道……"按：奎章阁本"言汉之道"以下归入"善曰"。

内沾豪芒。尤刻本注引蔡邕注："言汉道……"按：奎章阁本作"善曰"。

涣扬宇内。尤刻本注引蔡邕注："汉承周后……《礼记》曰……"按：奎章阁本"《礼记》"以下归"善曰"。

无乃葸欤？尤刻本引蔡邕注："慎而无礼则葸。优，谓优游也。《尚书大传》……"按：奎章阁本"优，谓优游也"以下作"善曰"。

辨章之化洽。尤刻本引蔡邕注："《孝经》……"按：奎章阁本作"善曰"。

寡之惠浃。尤刻本引蔡邕注："怀，安也。保，养也。巡靖，巡狩也……"按：奎章阁本"巡靖"以下作"善曰"。

群神之礼备。尤刻本引蔡邕注："《尔雅》曰……"按：奎章阁本作"善曰"。

抚缛文皓质于郊。尤刻本引蔡邕注："惠睿信立则白虎扰。驺，虞也。"按：奎章阁本"驺，虞也"作"善曰"。

升黄辉采鳞于沼。尤刻本引蔡邕注："听德知正则黄龙见。《礼记》曰：龟龙在宫沼。"按：奎章阁本"《礼记》"以下作"善曰"。

甘露宵零于丰草。尤刻本引蔡邕注："德至天则甘露降。《毛诗》曰……"按：奎章阁本"《毛诗》"以下作"善曰"。

昔姬有素雉、朱鸟、玄秬、黄燹之事耳。尤刻本引蔡邕注："素雉，白雉也……"按：奎章阁本作"善曰"。

覆以懿铄。尤刻本引蔡邕注："《左氏传》……"按：奎章阁本作"善曰"。

今其如台而独阙也。尤刻本引蔡邕注："《尚书》曰……"按：奎章阁本作"善曰"。

将絣万嗣，扬洪辉，奋景炎。尤刻本引蔡邕注："扬、奋，皆振布之意也。絣，使也。絣与枑，古字通也。"按：奎章阁本"絣，使也"以下归入"善曰"。

从上引蔡邕注和李善注的比较看来，有三点特别值得注意。第一，奎章阁本《文选》确有其不可替代的价值。就《典引》篇蔡邕注的标识可以看出，奎章阁本较之尤袤刻本要准确得多。如果没有奎章阁本，很多蔡邕注和李善注将会混淆。第二，根据奎章阁本《文选》蔡邕注可以注意到这样一个基本事实：蔡邕注以通释大意为主，对于班固广泛征引的五经著作，也许当时广为人知，所以没有一一标注出来。而李善注则多引古籍，尤其是用五经来疏通《典引》。从李善注引情况看，班固的创作主要来源于五经。这是李善注给我们的最大启示。第三，辨析蔡邕注与李善注对于我们考察古籍的年代也有帮助。譬如"是以来仪集羽族于观魏"。尤刻引蔡邕注："貌恭体仁，则凤凰来仪。《尚书》曰：凤凰来仪。《家语》子夏曰：商闻《山书》曰：羽虫三百有六十而凤为之长。"倘若这段确实是蔡邕所注，学术史上一个重要的问题将得到解决，那就是《孔子家语》的年代问题，至少可以提前到蔡邕之前。问题是，根据奎章阁本"《尚书》"以下当归于"善曰"，也就是说《孔子家语》乃李善所引，而非蔡邕所引。

显而易见的事实是，五臣注没有直接引用蔡邕注，但是，他们一定参考了蔡邕的旧注。如"是以高光二圣，辰居其域"。蔡邕注："言高祖、光武，如北辰居其所，而众星拱之。"李周翰注与此大同小异："言高祖、光武，如北辰居其所，而众星拱之也。言有德也，居其域所也。"而像这种基本照搬的情形并不多见。五臣注大多数是串讲句意，有自己的理解。这便与李善注很不相同。《旧唐书·李善传》称李善注往往"释事而忘意"，即征引故实，而忽略意思的疏通。五臣注的价值恰恰在此。如"时至气动,乃龙见渊跃"。此用《周易》"见龙在田,或跃在渊"的典故。在蔡邕的时代,这也许是常识性的东西,故蔡邕没有注。而李善则注出原话,没有疏解。五臣注则有详尽的说明:"向曰:天命既至,则候时而动。其出也,如龙潜而见天下文明而人利见之,似龙跃于渊,自试欲飞之意也。《易·乾卦》九四云:或跃在渊,自试也。"又如"日月邦畿,卓荦方州,洋溢乎要荒"。蔡邕、李善均未施注。李周翰注:"日月之下,邦畿之内,奇异卓荦之瑞生于帝都,洋溢于远国也。方州,帝都也。洋溢,言多也。要荒,远国也。"清清楚楚,可谓要言不烦。又如最后一句:"汪汪乎丕天之大律,其畴能亘之哉?唐哉皇哉!皇哉唐哉!"蔡邕注:"言谁能竟此道,惟唐尧与汉,汉与唐尧而已。"而五臣注:"济曰:汪汪,深广貌。丕,大。律,法。畴,谁。亘,终也。言其德深如水,道大如天。又立大法,其谁能知其深极之理?言不可测也。"这种注释对于一般读者还是必不可少的。因此,我们不能对五臣注简单地予以否定。还是《四库全书总目》比较客观,毕竟是唐代的旧注,不可人云亦云地废置不用。

　　章怀太子李贤注《典引》参考了蔡邕的注,因为第一条就征引了蔡注,有些地方还暗用了蔡邕的注,如"肇命民主,五德初始"。蔡邕注:"民主者,天子也。《尚书》曰:成汤简代夏作民主。五德,五行之德。自伏羲已下,帝王相代,各据其一行,始于木,终于水,则复始也。"李贤注:"人主,谓天子也。《尚书》曰:成汤简代夏作人主。五德,五行也。初始谓伏羲始以木德王也。木生火,故神农以火德。五行相生,周而复始。"他的生活时代与李善大体相近①。从注释内容看,两人没有机会相互参考各自的成果。但是与李善有相近之处就是注重于文字的训释,有些书证还超出李善的范围,如引证《穀梁传》解释"诰誓所不及己";引证《孝经援神契》《尚书中候》解释朱雀;引证《尚书璇玑钤》论证"顺命以创制"数句;等等,均有自己的特点。同时,又避免了李善烦琐引书的

---

　　① 李贤上元二年(675)立为皇太子,与臣下共同注释《后汉书》。六年之后的永隆元年(680)被废为庶人。又五年后的光宅元年(684)被迫自杀。因此,其注释《后汉书》集中在公元675年至680年这六年间。而李善卒于载初元年(689)。其注释经多次易稿方才完成。

弊端，时时疏通大意，通俗易懂。

《典引》在汉代文学史上当然算不上名篇佳作，但是，这篇作品所反映出来的时代氛围以及历史上对这篇作品的注释解说，都有值得我们关注之处，故草创此文，权作抛砖引玉。

《〈文选〉与文选学》，学苑出版社2003年版

# 《文选》中班彪、班昭父女创作

班彪、班昭放在一起论述，不仅因为他们是父女关系，还因为他们创作确有很多共同的地方。《文选》卷九"纪行"类收录三篇作品，班彪、班昭父女各占一篇，即班彪的《北征赋》和班昭的《东征赋》，另外一篇是潘岳的《西征赋》。要了解班彪的《北征赋》，又必须结合《文选》卷五十二"论"类所收班彪《王命论》，这样才可以比较完整地把握班氏父女的思想状态和创作特色。

## 一 《北征赋》的感慨

班彪（3—54），字叔皮，扶风安陵（今陕西咸阳东北）人。二十余岁即遭逢西汉末年王莽、更始之乱，曾避难凉州。这段历史，范晔《后汉书》未载，只是说他"年二十余，更始败，三辅大乱。时隗嚣拥众天水，彪乃避难从之"。李善注引挚虞《文章流别论》："更始时，彪避难凉州，发长安，至安定，作《北征赋》也。"其实李周翰所引《后汉书》更为详尽："年二十，遭王莽败。后举茂材，为徐令。更始时，彪避地凉州，发长安，至安定，作《北征赋》。"不仅如此，还特别注明："征，行也，言北行而赋之。"据此，宋人王楙《野客丛书》特别辨析了"征"字二义，一是征行之"征"。班彪之前有刘歆《遂初赋》就是征行之祖，不知为何萧统未选，而首选《北征赋》，也许是考虑到标题明确标明征行之故吧。此后有班昭《东征赋》，曹植《东征赋》及崔骃、徐幹《西征赋》等。二是征伐之"征"，如班固、傅毅《北征颂》，皆属此类。这也是五臣注不可偏废之一证。

根据五臣注所引资料，我推断《北征赋》作于更始二年（24），是战乱中文人漂泊不定生活的生动写照。作者采用骚体形式，形象地描述了从长安到安定途中的所见所感，对当时人民生活的困苦和动荡的社会面貌也有所反映。这篇赋重在抒情，与铺张扬厉的西汉大赋风格迥异，开启东汉末年抒情小赋的先声。《北征赋》文字不长，转录如下：

余遭世之颠覆兮，罹填塞之阨灾。旧室灭以丘墟兮，曾不得乎少留。遂奋袂以北征兮，超绝迹而远游。朝发轫于长都兮，夕宿瓠谷之玄宫。历云门而反顾，望通天之崇崇。乘陵冈以登降，息郇邠之邑乡。慕公刘之遗德，及《行苇》之不伤。彼何生之优渥，我独罹此百殃？故时会之变化兮，非天命之靡常。登赤须之长坂，入义渠之旧城。忿戎王之淫狡，秽宣后之失贞。嘉秦昭之讨贼，赫斯怒以北征。纷吾去此旧都兮，骋迟迟以历兹。遂舒节以远逝兮，指安定以为期。涉长路之绵绵兮，远纡回以樛流。过泥阳而太息兮，悲祖庙之不修。释余马于彭阳兮，且弭节而自思。日晻晻其将暮兮，睹牛羊之下来。寤旷怨之伤情兮，哀诗人之叹时。越安定以容与兮，遵长城之漫漫。剧蒙公之疲民兮，为强秦乎筑怨。舍高亥之切忧兮，事蛮狄之辽患。不耀德以绥远，顾厚固而缮藩。首身分而不寤兮，犹数功而辞愆。何夫子之妄说兮，孰云地脉而生残。登鄣隧而遥望兮，聊须臾以婆娑。闵獯鬻之猾夏兮，吊尉卬于朝那。从圣文之克让兮，不劳师而币加。惠父兄于南越兮，黜帝号于尉他。降几杖于藩国兮，折吴濞之逆邪。惟太宗之荡荡兮，岂曩秦之所图。隮高平而周览，望山谷之嵯峨。野萧条以莽荡，迥千里而无家。风猋发以漂遥兮，谷水灌以扬波。飞云雾之杳杳，涉积雪之皑皑。雁邕邕以群翔兮，鹍鸡鸣以咿咿。游子悲其故乡，心怆恨以伤怀。抚长剑而慨息，泣涟落而沾衣。揽余涕以于邑兮，哀生民之多故。夫何阴曀之不阳兮，嗟久失其平度。谅时运之所为兮，永伊郁其谁愬？

乱曰：夫子固穷游艺文兮，乐以忘忧惟圣贤兮？达人从事有仪则兮，行止屈申与时息兮？君子履信无不居兮，虽之蛮貊何忧惧兮？

世遭战乱，家园毁灭，作者被迫逃离避难。这是前六句的主要内容。

陁灾，倾危之状。奋袂北征，绝迹远游，表现了作者一去不返的心境。作者早晨从长安出发，晚上到了扶风池阳县的瓠谷。这里便是著名的甘泉宫所在地。"历云门而反顾，望通天之崇崇。乘陵岗以登降，息郇邠之邑乡。"走过云门，仰望通天台，高耸入云。作者穿行其间，或上或下，晚上便在郇邠这个地方安顿下来。这里曾是公刘的封地，不禁联想到当年的贤君圣主，不仅保护人民，甚至惠及草木。《行苇》，《诗经》篇名。《诗》曰："敦彼行苇，牛羊勿践履。"表彰忠厚之意。相形之下，现在的生活真是不堪。优渥，仁厚。百殃，多难。为此，他深感时事变化，天命无常。

到了北地郡的赤须坂，进入义渠城，作者想到了义渠戎王的荒淫，想到了秦昭王的讨贼。《史记·秦本纪》载：秦昭王时，义渠戎王与宣太后乱，有二子。昭王绞杀宣太后及义渠戎王，并灭其国。"忿戎王之淫狡，秽宣后之失贞。嘉秦昭之讨贼，赫斯怒以北征"四句所写就是这段历史背景。狡读为姣，亦淫乱之意。作者认为，这里终究不是久留之地，目的地还是安定。"纷吾去此旧都兮，骍迟迟以历兹。遂舒节以远逝兮，指安定以为期。"旧都，指北地郡。骍，又作骖，李善注：傍马也。舒节，旧注作舒其志节，其本意或是放开马缰绳，表示出行。远逝，即远游。"涉长路之绵绵兮，远纡回以樛流"的"樛流"，指曲折缭绕的意思。

"过泥阳而太息兮，悲祖庙之不修。释余马于彭阳兮，且弭节而自思。"据李善注引《汉书》曰："班壹，始皇之末，避地于楼烦，故泥阳有班氏之庙也。"在这里，班彪凭吊了祖上班壹的庙宇，并在彭阳住了下来。此时，已是夕阳西下的时节，作者想起了《诗经·王风·君子于役》，由此引出"日晻晻其将暮兮，睹牛羊之下来。寤旷怨之伤情兮，哀诗人之叹时"。钱锺书《管锥编·毛诗正义》引用众多材料，专门就《君子于役》所表现的黄昏意象展开论述。其实，他所失引的班彪的这篇作品更是典型的一例。

路途漫漫，长城相伴，他想到了蒙恬修筑长城，"剧蒙公之疲民兮，为强秦乎筑怨"。可悲的是，蒙恬至死都没有领悟到自己的所作所为给人民造成的苦难。他还想到了赵高、胡亥，"不耀德以绥远，顾厚固而缮藩"。赵、胡二人以为城池坚固就可以随心所欲，结果却是身首异处。到了安定，他又想到了匈奴的寇边，"闵獯鬻之猾夏兮，吊尉卬于朝那"。安定郡有朝那县。《史记·文帝纪》曰："匈奴谋入边为寇,攻朝那塞,杀北地都尉卬。"由此战役,他又联想到汉文帝:"从圣文之克让兮,不劳师而币加。惠父兄于南越兮,黜帝号于尉他。降几杖于藩国兮,折吴濞之逆邪。"对外,他曾派遣使者慰抚南越王称臣,解除南方边患。对内,他曾安抚诸侯王,平息内患。"惟太宗之荡荡兮,岂曩秦之所图。"太宗,即文帝。曩,往时。图,犹谋。大意是说文帝时期,皇恩浩荡,远远超过秦时。可惜作者无缘躬逢盛世,独罹百殃。"陟高平而周览,望山谷之嵯峨。野萧条以莽荡,迥千里而无家"四句写自己有家不能回,飘荡在外的凄苦。陟,升也。高平,地名。嵯峨,高峻貌。风飘飘,谷水扬,飞雾弥漫,积雪皑皑。大雁群飞,鹍鸡齐鸣。相形之下,"游子悲其故乡,心怆悢以伤怀。抚长剑而慨息,泣涟落而沾衣"。作者由此想到,像他这样漂泊的人,一定不在少数,《离骚》有"哀生人之长勤"名句,他也用"揽余涕以于邑兮,哀生民之多故"表达了由己及人的情怀。于邑,心不平。多故,多事故。"夫何阴曀之不阳兮,嗟久失其平度。谅时运之所为兮,永伊郁其谁愬?"阴曀,喻昏乱。谁愬,即向谁倾诉?愬,诉也。作者无从回答,便将文章推到结尾"乱曰"以作总结。他表达了三层意思,第一是用君子游心六艺、守穷忘忧来安慰自己,第二是动行止藏、与时进退来激励自己,第三是用君子履信而居、无所畏惧来展示自己。

## 二　《王命论》的深刻

河西走廊原本匈奴属地,匈奴常常由此出入骚扰内地。武帝在位54年,建立河西四郡,斩断匈奴的左膀右臂。河西诸郡逐渐成为文化发达、经济富庶的地区。西汉末年赤眉、绿林农民起义骤起,中原一片混乱。许多中原士人纷纷选择了西北作为自己逃避战乱的场所。王元、赵秉、杨广、王遵、周宗、谷恭、范逡、王捷、苏衡、马援、郑兴、郑众、申屠刚、杜林、班彪、王隆等中原士人或官宦子弟先后云集到西北第一军阀隗嚣的幕下,权作自己的保护伞。隗嚣,本河西人,刘玄更始二年(24),在中原丧乱之际逃亡乡里,与季父隗崔等商议起兵于陇西,"据七郡之地"。谋士王元《说隗嚣》建议他独守一方,以图东山再起:"今天水完富，士马最强，北收西河、上郡，东收三辅之地，案秦旧迹，表里河山。"同时，王元还建议隗嚣将太子入侍朝廷，以取得信任。对此，隗嚣言听计从。这年四月，遣子隗恂入侍朝廷。建世元年（25）四月，公孙述称帝于成都。六月，刘秀称帝于河北（鄗），建元为建武元年，十月定都于洛阳。在西北，以天水为中心，主要为隗嚣主宰。他占据着一个非常有利的地理位置：进则可以东向中原，退则可以南守蜀地。一时间，天下三分，隗嚣凭借其充裕的经济实力和文化优势在动荡的两汉之际占据了西北重地。

但是，这样的割据局面能够维持多久呢？是否像王元所说那样可以长治久安呢？隗嚣在其割据之初对此没有任何把握，所以对于投奔自己的众多"儒士"倾身引接以为布衣之交，也积极倾听他们的建议。建武之初，马援等人连续上疏奉劝隗嚣东归依附于光武帝。马援的上书，见袁宏《后汉纪》卷五及《后汉书·马援传》。这篇文章在东汉初年的文坛显得颇为独特，诚如后人所评："伏波文章，极峭婉蕴藉之致，于西汉一种严整之气、东京一种疏简之势，各有其美，而又自成一家，不复牵拘行墨，如炬波澹宕，舒卷万端，已开晋人风味也。"然而，隗嚣对此无动于衷。尔后，申屠刚又作《说隗嚣》《将归与隗嚣书》等，晓之以理，动之以情。

班彪的《王命论》也撰写于这个时期。《后汉书》本传记载其辗转抵达天水后，隗嚣曾向班彪询问："往者周亡，战国并争，天下分裂，数世然后定。意者从横之事复起于今乎？将承运迭兴，在于一人也？"班彪看出隗嚣的称帝野心，"既疾嚣言，又伤时方艰，乃著《王命论》，以为汉德承尧，有灵命之符，王者兴祚，非诈力所致，欲以感之，而嚣终不寤，遂避地河西。河西大将军窦融以为从事，深敬待之，接以师友之道。彪乃为融画策事汉，总西河以拒隗嚣"①。可惜，《后汉书》本传未载这篇《王命论》。赖《汉书·叙传》、《文选》卷五十二"论"收录全文。文章分为四个部分，第一部分论说天道，第二部分纵览人事，第三部综述高祖，第四部分辨识大局。先说天道：

昔在帝尧之禅，曰：咨尔舜，天之历数在尔躬。舜亦以命禹。暨

---

① 《后汉书·班彪传》，中华书局1965年版，第1324页。

于稷契，咸佐唐虞，光济四海，奕世载德。至于汤武而有天下。虽其遭遇异时，禅代不同，至于应天顺人，其揆一焉。是故刘氏承尧之祚，氏族之世，著于《春秋》。唐据火德，而汉绍之。始起沛泽，则神母夜号，以彰赤帝之符。由是言之，帝王之祚，必有明圣显懿之德。丰功厚利，积累之业。然后精诚通于神明，流泽加于生民。故能为鬼神所福飨，天下所归往。未见运世无本，功德不纪，而得倔起在此位者也。世俗见高祖兴于布衣，不达其故。以为适遭暴乱，得奋其剑。游说之士，至比天下于逐鹿，幸捷而得之。不知神器有命，不可以智力求。悲夫！此世之所以多乱臣贼子者也。若然者，岂徒暗于天道哉？

文章先从唐尧禅位说起，强调"天之历数在尔躬"的即位合法性问题。历数，即天道。武王之祖稷，商汤王之祖契，皆辅佐唐尧，创立功德，分别占有天下。光济四海，奕世载德。至于汤武而有天下。虽时代不同，但是"应天顺人，其揆一焉"。揆，理也。《周易》说，"汤、武革命，顺乎天，应乎人"道理都是一样的。汉家刘氏出于唐尧，见载于《春秋》，班班可考，自有其正宗血脉。《汉书赞》曰："《春秋》晋史蔡墨有言：陶唐氏既衰，其后有刘累，学扰龙，事孔甲，范氏其后也。……范氏为晋士师，鲁文公世奔秦，后归于晋，其处者为刘氏。"[①] 这是为刘氏寻找当政依据。不仅如此，唐尧火德，汉代因之，故后世往往以炎汉称之。随后，作者又从刘邦起兵杀白蛇的传说，说明刘邦登基的合理性。《汉书》载，刘邦夜径泽中，有大蛇挡道。刘邦拔剑斩蛇，见有一老妪夜哭，曰："吾子，白帝子也，化为蛇，当道，今者赤帝子斩之。"遂自封为赤帝子，以此起兵，以彰赤帝之符。因此，作者说，刘氏由此"明圣显懿之德"，累世积攒丰功伟业，上通神明，为鬼神所保佑；下达百姓，为天下所归往，无人可以替代。

从"世俗见高祖兴于布衣，不达其故"以下数句乃针对隗嚣所说，不要以为刘邦提三尺剑逐鹿侥幸获取天下，这里有神器佐佑。神器，《汉书》

---

① 《汉书·高帝纪》，中华书局1962年版，第81页。

颜注："刘德曰：神器，玺也。李奇曰：帝王赏罚之柄也。"李善注引韦昭注："天子玺符服御之物。"《老子》说："天下神器，不可为也，为者败之也。"如果不懂这个道理，"暗于天道"，自取灭亡。

再看第二部分述人事：

> 又不睹之于人事矣！夫饿馑流隶，饥寒道路，思有短褐之袭，檐石之蓄，所愿不过一金，终于转死沟壑。何则？贫穷亦有命也。况乎天子之贵，四海之富，神明之祚，可得而妄处哉？故虽遭罹厄会，窃其权柄，勇如信布，强如梁籍，成如王莽，然卒润镬伏锧，烹醢分裂。又况幺麽，不及数子，而欲暗干天位者也。是故驽蹇之乘，不骋千里之途。燕雀之畴，不奋六翮之用。楩枏之材，不荷栋梁之任。斗筲之子，不秉帝王之重。《易》曰：鼎折足，覆公𫗧。不胜其任也。当秦之末，豪桀共推陈婴而王之。婴母止之曰：自吾为子家妇，而世贫贱，卒富贵，不祥。不如以兵属人，事成，少受其利。不成，祸有所归。婴从其言，而陈氏以宁。王陵之母，亦见项氏之必亡，而刘氏之将兴也。是时，陵为汉将，而母获于楚。有汉使来，陵母见之，谓曰：愿告吾子。汉王长者，必得天下，子谨事之，无有二心。遂对汉使伏剑而死，以固勉陵。其后，果定于汉。陵为宰相，封侯。夫以匹妇之明，犹能推事理之致，探祸福之机。全宗祀于无穷，垂册书于《春秋》，而况大丈夫之事乎？是故穷达有命，吉凶由人。婴母知废，陵母知兴，审此二者，帝王之分决矣。

这个段落的中心内容，是以陈婴和王陵的母亲为例，说明富贵有命，不能强求。那些卑贱的流民，只不过是想过上温饱的生活，要求并不高，但依然转死沟壑。这便是命。"短褐之袭，檐石之蓄"，短褐，短衣。檐石之蓄，形容粮食储蓄很少。天子富贵，也是命。有些人如韩信、黥布、项籍、王莽等，一时强悍或成败，皆不能改变命运。"卒润镬伏锧，烹醢分裂"，即最终被杀戮。镬，煮食物的鼎镬。锧，铁砧。醢，肉酱。分裂，肢解。"又况幺麽，不及数子"之"幺麽"，五臣本作"么麽"，《汉书》作"幺膺"。其意相同，即不长细小的意思。暗干天位，即阴谋获取天子之位。这些人，就像普通马一样，跑不了千里之途，燕雀也不可能有鸿雁的翅膀。桼栱之材，谓小材。荷，承担，意谓小材不可能承担栋梁重任。斗筲之子，谓气度狭小的人，不可能践履帝王之位。故《易》曰："鼎折足，覆公餗。"是说如果鼎足折断，里面的食物就会流出来，谓不胜其任。餗，音速，食物。引经据典之后，作者又举王陵的例子加以说明。秦末战乱时，很多人推举陈婴为主，陈婴的母亲制止他，说自己家没有天子相。陈婴遵从母命，得以善终。王陵母亲看出刘邦必胜，为了激励儿子不改心意，自己被项羽抓到后，带话给儿子，叫他一心一意追随刘邦，然后自杀。汉朝建立后，王陵为宰相封侯。作者说，两位母亲都知道"推事理之致，探祸福之机"。更何况一方霸主呢？这里的"大丈夫"实指隗嚣，虽已称霸一方但最终不会成就霸业。

第三部分论高祖终成霸业的五大优势："一曰帝尧之苗裔，二曰体貌多奇异，三曰神武有征应，四曰宽明而仁恕，五曰知人善任使。"所有这一切，隗嚣无一具备：

> 盖在高祖，其兴也有五：一曰帝尧之苗裔，二曰体貌多奇异，三曰神武有征应，四曰宽明而仁恕，五曰知人善任使。加之以信诚好谋，达于听受，见善如不及，用人如由己。从谏如顺流，趣时如响起。当食吐哺，纳子房之策。拔足挥洗，揖郦生之说。悟戍卒之言，断怀土之情。高四皓之名，割肌肤之爱。举韩信于行阵，收陈平于亡命。英雄陈力，群策毕举，此高祖之大略，所以成帝业也。

帝尧苗裔即唐尧后裔，体貌多奇异，即所谓帝王相。史书说他"隆準而龙颜，美须髯，左股有七十二黑子"。神武有征应，即有祥瑞的征兆。宽明而仁恕，知人善任使，"加之以信诚好谋，达于听受，见善如不及，用人如由己。从谏如顺流，趣时如响起"。这是刘邦得以打天下的重要原因。趣时，即变通的意思，也就是俗话所说，识时务者。《汉书·高帝纪》载刘邦的话说："夫运筹策帷帐之中，决胜千里之外，吾不如子房。填国家，抚百姓，给饷馈，不绝粮道，吾不如萧何。连百万之众，战必胜，攻必取，吾不如韩信。三者皆人杰也，吾能用之，此吾所以取天下者也。项羽有一范增而不能用，此其所以为我擒也。"① 当时，郦食其建议为扩大地盘，分封六国子弟。张良知道这个信息后，立发八难，阻止了这个计划。当时，刘邦正在吃饭，还没有听完张良的发难，就把嘴里的饭吐出来，赶紧叫停。这便是"当食吐哺，纳子房之策"的故事背景。"拔足挥洗，揖郦生之说"，讲郦食其求见，刘邦正坐在床边让两位女子洗脚，郦食其以长者身份劝诫刘邦。揖，敬从。他还听从娄敬的建议，从政治军事的角度考虑问题，迁都长安，"断怀土之情"。他又接受商山四皓的请求，卒立长子为嗣，听从萧何的建议，当众设坛拜韩信为大将军，在平城被困时，多亏陈平设计解救。所有这一切都是刘邦能够顺应民意、成就帝业的根本。

综合天时、地利、人和，作者又从灵瑞、符应照应开篇，认为"外不量力，内不知命，则必丧保家之主，失天年之寿"。最终劝解隗嚣至少应当学习陈婴、王陵之母的见识，应天顺民，归于一统。这便是全文的第四个部分：

> 若乃灵瑞符应，又可略闻矣。初，刘媪妊高祖，而梦与神遇，震电晦冥，有龙蛇之怪。及长而多灵，有异于众。是以王、武感物而折契，吕公睹形而进女。秦皇东游以厌其气，吕后望云而知所处。始受命则白蛇分，西入关则五星聚。故淮阴、留侯谓之天授，非人力也。历古今之得失，验行事之成败，稽帝王之世运，考五者之所谓。取舍不厌斯位，符瑞不同斯度。而苟昧权利，越次妄据，外不量力，内不知命，则必丧保家之主，失天年之寿，遇折足之凶，伏斧钺之诛。英雄诚知觉寤，畏若祸戒，超然远览，渊然深识，收陵、婴之明分，绝信、布之觊觎。距逐鹿之瞽说，审神器之有授，贪不可冀，无为二母之所笑。则福祚流于子孙，天禄其永终矣。

《史记》记载了很多有关刘邦的神异故事，如刘邦母亲梦与神遇而怀孕，刘邦幼有帝王之相，长有灵异之气，乃至引起秦始皇的注意。还有前面说过的斩蛇起兵，刘邦至霸上时，五星聚于东井，乃受命之应，于是称

---

① 《汉书·高帝纪》，中华书局1962年版，第56页。

汉元年，等等。这些，一定是当时人伪造的，精通兵法的韩信、张良等大张旗鼓地予以宣传、神化，"谓之天授，非人力也"。基于这些天道神授的说法，作者认为如果"苟昧权利，越次妄据，外不量力，内不知命，则必丧保家之主，失天年之寿，遇折足之凶，伏斧钺之诛"。如果贪恋权力，不自量力，必然招致杀身之祸。苟，如果。昧，贪恋。折足、斧钺，皆谓遭遇凶事。明智的做法，应当全身远害，学习陈婴、王陵母亲的做法，不能像韩信、琼布那样窥望分外的权位，避免群雄逐鹿那样的乱战，知道进退有据，这样才能为子孙留下福分。

文章纵横开阖，义正词严，具有很强的逻辑力量和艺术感召力。高步瀛《两汉文举要》谓其"闳括渊懿，犹有西汉余风"。班彪上书以后，隗嚣没有任何反应，无奈之下，才决计归附窦融。《后汉书·窦融传》："融等遥闻光武即位，而心欲东向，以河西隔远，未能自通。时，隗嚣先称建武年号，融等从受正朔，嚣皆假其将军印绶。嚣外顺人望，内怀异心，使辩士张玄游说河西曰：'更始事业已成，寻复亡灭，此一姓不再兴之效。今即有所主，便相系属，一旦拘制，自令失柄，后有危殆，虽悔无及。今豪杰竞逐，雌雄未决，当各据其土宇，与陇、蜀合从，高可为六国，下不失尉佗。'融等于是召豪杰及诸太守计议，其中智者皆曰：'汉承尧运，历数延长。今皇帝姓号见于图书，自前世博物道术之士谷子云、夏贺良等，建明汉有再受命之符，言之久矣，故刘子骏改易名字，冀应其占。及莽末，道士西门君惠言刘秀当为天子，遂谋立子骏。事觉被杀，出谓百姓观者曰：'刘秀真汝主也。'皆近事暴著，智者所共见也。除言天命，且以人事论之：今称帝者数人，而洛阳土地最广，甲兵最强，号令最明。观符命而察人事，它姓殆未能当也。'诸郡太守各有宾客，或同或异。融小心精详，遂决策东向。"① 这段记载中所谓"智者"的一席话，与班彪的《王命论》有异曲同工之妙。显而易见，班彪当亦在"智者"之列。

窦融回京城后，光武帝举班彪为茂才，授徐令，未赴任，而是专心于史籍的收集与整理，采集前汉遗事，旁观传闻，继司马迁《史记》，作《史记后传》数十篇，为班固《汉书》奠定了基础。《后汉书》本传载，

---

① 《后汉书·窦融传》，中华书局1965年版，第798页。

其著赋、论、书、记、奏等凡九篇。《隋书·经籍志》著录《班彪集》二卷，均已散佚。

## 三 班昭的坚守

班昭（约49—约120），班彪女，班固妹，字惠姬，博学高才，14岁嫁同郡曹寿（字世叔），早寡。班昭的坚守主要体现在三个方面。

一是坚守妇德。笔者另有《女史司箴，敢告庶姬——读张华的〈女史箴〉》（待刊）一文提到，班昭不仅为刘向《列女传》作注（《隋书·经籍志》著录有"曹大家注"《列女传》），还亲自撰写女性教科书《女诫》。《隋书·经籍志》著录"曹大家《女诫》一卷"，分七篇，包括《卑弱》、《夫妇》、《敬慎》、《妇行》、《专心》、《曲从》和《叔妹》等，集中讨论女性的为人原则、世界观，以及具体的处事方式。刘勰《文心雕龙·诏策》："班姬《女戒》，足称母师也。"

二是坚守家学。班昭博学，常被召入宫中，给皇后及诸贵人讲课，号曰"大家"。皇室每有贡献异物，辄诏大家作赋、颂以志庆。班固继承父业著《汉书》，其"八表"及《天文志》没有写完就被杀害，和帝诏班昭就东观藏书阁，踵而成之。《汉书》问世后，很多人读不懂，同郡马融伏于阁下，从班昭受读。班彪作《北征赋》，班昭也仿作《东征赋》。班固作《幽通赋》，班昭作注（《新唐书·艺文志》著录有"曹大家注班固《幽通赋》一卷"）。

三是坚守文学。史载其著赋、颂、铭、诔、问、注、哀辞、书论、上疏、遗令，凡十六篇，子妇丁氏为撰集之，作《大家赞》。今存辞赋多篇，《东征赋》见于《文选》卷九赋"纪行"类收录，影响最广。又有《针缕赋》《大雀赋》《蝉赋》等，皆咏物小赋，题材不大，篇幅有限，其寓意虽简单，而措辞精妙，殊含情趣。如《针缕赋》：

熔秋金之刚精，形微妙而直端。性通达而渐进，博庶物而一贯。惟针缕之列迹，信广博而无原。退逶迤以补过，似素丝之羔羊。何斗筲之足算，咸勒石而升堂。（《艺文类聚》六十五，《太平御览》八百三十）

前半述针缕之品德优秀,"刚精""直端""通达""一贯"等;后半说其功用至大,即使贵族功臣,亦需服用衣裳。此本"妇功"琐事,而能借以发端成章,敷以德行,自有写物自喻之意,"微妙而直端"云云,颇昭示本人风致,亦可见其才气。又如《大雀赋》:

大家同产兄、西域都护定远侯班超献大雀,诏令大家作赋曰:
嘉大雀之所集,生昆仑之灵丘。同小名而大异,乃凤皇之匹畴。怀有德而归义,故翔万里而来游。集帝庭而止息,乐和气而优游。上下协而相亲,听《雅》《颂》之雍雍。自东西与南北,咸思服而来同。(《艺文类聚》九十二,又《太平御览》九百二十二引《曹大家集》作《大雀颂》)

西域都护班超为班昭次兄,超献雀,昭赋雀,允为一时佳话。汉和帝永初七年(113)春,班昭随子赴陈留任职,《东征赋》乃描写沿途所见所感。

惟永初之有七兮,余随子乎东征。时孟春之吉日兮,撰良辰而将行。乃举趾而升舆兮,夕予宿乎偃师。遂去故而就新兮,志怆悢而怀悲!明发曙而不寐兮,心迟迟而有违。酌鳟酒以弛念兮,喟抑情而自非。谅不登樔而椓蠡兮,得不陈力而相追。且从众而就列兮,听天命之所归。

遵通衢之大道兮,求捷径欲从谁?乃遂往而徂逝兮,聊游目而遨魂!历七邑而观览兮,遭巩县之多艰。望河洛之交流兮,看成皋之旋门。既免脱于峻崄兮,历荥阳而过卷。食原武之息足,宿阳武之桑间。涉封丘而践路兮,慕京师而窃叹!小人性之怀土兮,自书传而有焉。遂进道而少前兮,得平丘之北边。入匡郭而追远兮,念夫子之厄勤。彼衰乱之无道兮,乃困畏乎圣人。怅容与而久驻兮,忘日夕而将昏。到长垣之境界,察农野之居民。睹蒲城之丘墟兮,生荆棘之榛榛。惕觉寤而顾问兮,想子路之威神。卫人嘉其勇义兮,讫于今而称云。蘧氏在城之东南兮,民亦尚其丘坟。惟令德为不朽兮,身既没而名存。惟经典之所美兮，贵道德与仁贤。吴札称多君子兮，其言信而有征。后衰微而遭患兮，遂陵迟而不兴。知性命之在天，由力行而近仁。勉仰高而蹈景兮，尽忠恕而与人。好正直而不回兮，精诚通于明神。庶灵祇之鉴照兮，佑贞良而辅信。

头四句交代时间地点，是在汉和帝永初七年（113）的春天，作者离开洛阳，随子赴陈留履新。撰，选择。早上登车起程，晚上抵达偃师。"遂去故而就新兮，志怆恨而怀悲！"就新，履新。虽说是吉日良辰，但是作者的内心似乎并不愉快，甚至不免怆恨怀悲。"酌鐏酒以弛念兮，喟抑情而自非"又有很多说不出来的怨言。弛念，断绝念头。弛，绝也。借酒浇愁，不断地否定自己的怀悲之情。作者劝慰自己说："谅不登樔而椓蠡兮，得不陈力而相追。"自己不能像上古之人登巢而居，椓蠡蚌之肉而食，那就不得不随着儿子远征。椓，击也。有感于此，作者只能"且从众而就列兮，听天命之所归"，也就是顺其自然，踏上征程。

"遵通衢之大道兮，求捷径欲从谁"以下就按照"述行叙志"的方式，一路写去。遵，沿着，说自己只能沿着通衢大道前行，想要寻求捷径便道，又怎能做到呢？实际是以否定的方式，给予肯定的回答。"历七邑而观览兮，遭巩县之多艰。"七邑，李善注：河南、洛阳、谷城、平陆、偃师、巩、缑氏。而五臣吕延济注乃六县，即巩县、成皋、荥阳、武卷、阳武、封丘，疑脱偃师。作者说，所经历的七县中，巩县最为艰险。过了巩县，便来到荥阳、卷县。"既免脱于峻崄兮，历荥阳而过卷"，提到荥阳和卷县。过卷，五臣本作"过武卷"，吕向注：荥阳、武卷，皆县名。孙志祖《〈文选〉考异》卷一谓《汉书·地理志》河南郡有荥阳县、卷县，无武卷县，疑"武"字衍。以下四句写到原武、阳武、封丘、平丘等地，辗转流徙，不免怀念故土，故曰："小人性之怀土兮，自书传而有焉。"《论语》载孔子曰："君子怀德，小人怀土。"班昭"怀悲"，主要是"怀土"。由现实的感怀，联想到历史上的人物故事，如进入匡国故地，联想到孔子的遭遇，乃至忘记夕阳西下。行至蒲城，想到子路尝为蒲城大夫，而今，这里已丘墟满眼，荆棘遍地，而在当年，子路亦威风凛凛。故云："惕觉寤而顾问兮，想子路之威神。卫人嘉其勇义兮，讫于今而称云。"进入陈留长垣县内，有蘧伯玉冢，故后人称为蘧乡。他最有名的话便是年过五十而知四十九之非。由此感到："惟令德为不朽兮，身既没而名存。惟经典之所美兮，贵道德与仁贤。"由蘧瑗，作者又联想到季札，出访卫国，对蘧瑗等人说："卫多君子，未有患也。"尽管季札是言而有信的君子，坚信卫国未有患，结果还是灭亡。由此得出结论："知性命之在天，由力行而近仁。"力行近仁用《礼记》孔子的话说，"好学近乎知，力行近乎仁"。所谓仁，尽在"忠恕"二字中，故曰："勉仰高而蹈景兮，尽忠恕而与人。"勉励仰止，践行忠恕。《论语》记载子贡问孔子曰："有一言而终身行之者乎？"孔子回答："其恕乎？己所不欲，勿施于人。"《老子》也说："天道无亲，常与善人。"这才是正直之道，通于神明，会得到上天的保佑。"庶灵祇之鉴照兮，佑贞良而辅信。"庶，庶几，差不多。灵祇，神灵。贞良，贞良之士。辅信，辅助行信之人。

赋末有乱词，完全与"述行"主题无关，只是言志：

　　乱曰：君子之思，必成文兮。盍各言志，慕古人兮。先君行止，则有作兮。虽其不敏，敢不法兮。贵贱贫富，不可求兮。正身履道，以俟时兮。修短之运，愚智同兮。靖恭委命，唯吉凶兮。敬慎无怠，思嗛约兮。清静少欲，师公绰兮。

扬雄说："君子言则成文，动则成德。"如何成文，就像孔子叫弟子那样，要各言其志。班昭的志向就是效法"先君"，也就是效法班彪。班彪有《北征赋》，自己也作《东征赋》。这是班昭追求的"言则成文"的表征之一。班彪"性好老庄"，班昭也要遵循着"贵贱贫富，不可求兮。正身履道，以俟时兮。修短之运，愚智同兮。靖恭委命，唯吉凶兮"的信念。俟时，就是等待时机。也就是《荀子》所说："君子博学深谋，修身端行，以俟其时。"乱词的最后又想到清心寡欲的鲁大夫孟公绰，与这几句中的"靖恭委命"四字联系起来，是理解班昭思想的关键所在。靖，思。恭，敬。委命，就是《鹖冠子》所说的"纵躯委命"，这也是很多读书人的基本心态，委运任化，物我一体，正是老庄思想的最高境界。这是班昭追求的"言则成文"的表征之二。班彪《北征赋》叙写主人公西北避难的经历，既悲且伤；而《东征赋》所抒发的只是离开家园的伤感，但是想到父亲的遭遇，这伤感的内涵又有所不同。"乱曰"一段，便将两篇作品紧密地联系在一起。唯其如此，萧统编《文选》时，将父女二人作品，同收入书中，列在"赋"体"纪行"一类，便可以理解了。

《中国文化》第 44 期

# 《文选》中的"祖饯"诗

《文选》卷二十"祖饯"类收录诗八首，即曹植《送应氏》二首、孙楚《征西官属送于陟阳候作诗》、潘岳《金谷集作诗》、谢瞻《王抚军庾西阳集别作诗》、谢灵运《邻里相送方山》、谢朓《新亭渚别范零陵》、沈约《别范安成》。

何谓祖饯？李善注引崔寔《四民月令》说："祖，道神也。黄帝之子，好远游。死道路，故祀以为道神，以求道路之福。"这种仪式，似乎由来已久。《左传·昭公七年》："公将往，梦襄公祖。"杜预注："祖，祭道神。"《史记·五宗世家》："荣行，祖于江陵北门。"司马贞《索隐》："祖者，行神，行而祭之，故曰祖。"后来逐渐引申，成为送别时的一种仪式。《列子·汤问》曾记载这样一个故事：薛谭曾从著名歌手秦青学艺，自以为学到了老师的全部本领，就想辞别老师独立发展。秦青劝阻不果，只好为他送行，"饯于郊衢，抚节悲歌"。据说，这歌声"声振林木，响遏行云"。薛谭见状，叩头拜师，终身不敢言归。《聊斋志异》中的"崂山道士"一篇，亦有类似的戏剧效果。而荆轲刺秦王的故事更是久为人知。荆轲临去，燕太子丹送别于易水，祭道饮酒相送，场面十分感人。祭道饮酒，就有点像唐人折柳相送一样，所要表达的是一种依依惜别之情。

曹植《送应氏》二首，约作于建安十六年，即公元211年。这年正月，曹植被封为平原侯，他的哥哥曹丕为五官中郎将，置官属，为丞相副。这年，曹操西征马超，曹丕留守邺城，而曹植、丁仪、王粲等随征，路过东汉首都洛阳，残败景象令曹植感慨万端，于是写下这两首著名的诗篇：

步登北邙阪，遥望洛阳山。洛阳何寂寞，宫室尽烧焚。

垣墙皆顿擗，荆棘上参天。不见旧耆老，但睹新少年。
侧足无行径，荒畴不复田。游子久不归，不识陌与阡。
中野何萧条，千里无人烟。念我平常居，气结不能言。

清时难屡得，嘉会不可常。天地无终极，人命若朝露。
愿得展妍婉，我友之朔方。亲昵并集送，置酒此河阳。
中馈岂独薄，宾饮不尽觞。爱至望苦深，岂不愧中肠。
山川阻且远，别促会日长。愿为比翼鸟，施翮起高翔。

应氏，指应玚、应璩兄弟。应玚字德琏，时为平原侯庶子，随曹植出征。在洛阳，应玚可能有事远行，故曹植为他饯行。北邙阪，即洛阳北邙山。"洛阳何寂寞，宫室尽烧焚"一句有这样一段历史背景：董卓入据洛阳后，关东各州郡纷纷起兵讨伐。为躲避关东诸军从东到南的夹击态势，董卓决定迁都长安。首先他把汉少帝刘辩毒死，立刘协为汉献帝，并在公元190年，强迫数百万人西迁，并纵火焚烧洛阳。正如曹操《薤露行》所写："贼臣持国柄，杀主灭宇京。荡覆帝基业，宗庙以燔丧。播越西迁移，号泣而且行。瞻彼洛城郭，微子为哀伤。"洛阳焚毁后二十一年，曹植眼中的洛阳已经是"垣墙皆顿擗，荆棘上参天"，可谓满目疮痍，惨不忍睹。"不见旧耆老，但睹新少年"是由古诗十九首中"所遇无故物，焉得不速老"一句而来。《世说新语·文学》载："王孝伯（恭）在京行散，至其弟王睹户前，问：古诗中何句为佳？睹思未答。孝伯咏：所遇无故物，焉得不速老。此句为佳。"因为这句写出了人生最深切的经验感受，是人人心中所有，而他人笔下所无的境界。曹操《军谯令》说当时"旧土人民死丧略尽，国中终日行，不见所识，使吾怆然伤怀"。可见这不是诗人的夸张。"侧足无行径，荒畴不复田"二句对比写城里、城外。前一句写城内，道路全无，面目皆非。"侧足"二字非常形象。后一句写城外，田园荒芜，无人耕田。"游子"二句，描写出了离乱时代士人漂泊不定的生活困况，即所谓"终日驱车走，不见所问津"。"中野何萧条，千里无人烟"是当时诗人笔下最常见的惨状。如曹操《蒿里行》："铠甲生虮虱，万姓以死亡。白骨蔽于野，千里无人烟。生民百余一，念之断人肠。"王粲

《七哀诗》："出门无所见，白骨蔽平原。"说明这也不是诗人的夸张，而是血淋淋的现实。目睹了如此悲惨的现实景象，诗人引出了结尾两句，也自然产生一种建功立业的强烈愿望。如果说第一首是用赋作手法叙事的话，那么第二首主要是抒情，特别是抒写了在离乱时代生命的脆弱和友情的珍重。诗中有"我友之朔方"，对照应诗的"往春客北土"之句，吴淇《六朝选诗定论》卷五推测说："当是二应自朔方避难至邺，及朔方稍定，有故暂归。子建送之作诗，乃从洛阳起兴，既非送别之地，亦非朔方所由之路。盖借洛阳以况朔方也。"① 洛阳朔方，路途遥远，"爱至望苦深，岂不愧中肠"。相思至苦，相见益难，无奈而引出最后四句："山川阻且远，别促会日长。愿为比翼鸟，施翮起高翔。"这四句诗似乎化用古诗十九首"西北有高楼"中"不惜歌者苦，但伤知音稀。愿为双鸿鹄，奋翅起高飞"的意境，展开想象的翅膀，愿与好友奋翅高飞，远离尘世，高飞天外。陈祚明《采菽堂古诗选》卷六评曰："此诗用意婉转，曲曲入情，以人命之不常，惜别离之难遣，临岐凄楚，行者又非壮游，相爱虽深，愧难援手，留连片晷，但怨不欢，因作强辞自解，妄意会日之长。夫人命朝露，其长安在？前后之旨，通蔽相妨，正所谓以强自解释，写其必不可解之情也。"② 这一概括非常精当。

孙楚字子荆，太原中都（今山西平遥）人。史载，孙楚负才诞傲，四十多岁才为镇东将军石苞参军。当时司马昭派遣使者前往东吴，行前，石苞命孙楚作书与孙皓，文辞锋利，使者竟然不敢前往。这就是《文选》中收录的《为石仲容与孙皓书》。《晋书》卷五十六传论说它"谅囊代之佳笔也"。孙楚文才，于此可见一斑。自负其才，他对石苞也简慢无礼，遂构嫌隙。又与乡人郭奕纷争，因沉废多年。晋武帝咸宁中，扶风王司马骏镇守关中，因与孙楚有旧谊，起为征西参军。后转梁令，迁卫将军司马，冯翊太守。元康三年（293）卒，年七十余。原有集十二卷，久佚。今存文赋颂赞论等四十余篇，诗数首，其中五言诗二首，最著名的就是《文选》收录的《征西官属送于陟阳候作诗》。钟嵘《诗品》列入中品，称

---

① 《六朝选诗定论》，广陵书社2009年版，第123页。
② 《采菽堂古诗选》，上海古籍出版社2019年版，第184页。

"子荆'零雨'之外，正长'朔风'之后，虽有累札，良亦无闻"。沈约《宋书·谢灵运传论》亦称："子荆'零雨'之章，正长'朔风'之句，皆直举胸情，非傍诗史。"这里所说的"零雨"篇，即出自本诗开头两句"晨风飘歧路，零雨被秋草"。格力挺拔，所谓直举胸情，就好像魏人创作，慷慨陈情。但是，此诗名为送别，也仅仅开头两句。中间数句则掇拾《庄子》及贾谊《鹏鸟赋》之意，借以自宽。结尾又转入抒情。钟嵘认为，这首诗堪称精品，但孙楚的好诗并不多，故曰"虽有累札，良亦无闻"，即有连篇累牍的书札，却无显赫的名声。

相比较而言，潘岳的名声却要大得多。潘岳字安仁，荥阳中牟（今属河南）人。他热衷功名，与石崇、欧阳建等依附贾谧，为"二十四友"集团中重要人物。《晋书》记载，石崇曾在荆州劫掠远使商客而暴富，在洛阳城南郊金谷涧置业。元康六年（296），石崇出为征虏将军，监青徐诸军事。当时，征西大将军王诩当还长安，石崇召集文士三十余人送于金谷，昼夜游宴，各赋新诗，不能者罚酒三斗。诗成编为《金谷集》，石崇作序。这年，潘岳五十岁，参加宴会并赋《金谷集作诗》：

王生和鼎实，石子镇海沂。亲友各言迈，中心怅有违。
何以叙离思？携手游郊畿。朝发晋京阳，夕次金谷湄。
回溪萦曲阻，峻阪路威夷。绿池泛淡淡，青柳何依依。
滥泉龙鳞澜，激波连珠挥。前庭树沙棠，后园植乌椑。
灵囿繁若榴，茂林列芳梨。饮至临华沼，迁坐登隆坻。
玄醴染朱颜，但愬杯行迟。扬桴抚灵鼓，箫管清且悲。
春荣谁不慕？岁寒良独希！投分寄石友，白首同所归。

王生，指王诩，字季胤，琅琊人。开篇紧扣祖饯之意。石子指石崇，字季伦，小名齐奴，渤海南皮人。中间数句描写四周景致和宴会场面，抒写友朋相聚之情。最后两句颇为有名。投分，即相约为好之意。"白首同所归"，时人以为诗谶。史载，贾谧被杀，赵王司马伦专权，潘岳与石崇、欧阳建等谋诛赵王伦，结果事泄被杀。在这个事件中，孙秀起到重要作用。《世说新语》记载，孙秀曾在潘岳手下做小史，潘岳数度辱之。后来，孙秀为中书令，潘岳曾问他："孙令意畴昔周旋不？"孙秀回答说："中心藏之，何日忘之。"潘岳自知不免受祸。事实上，也正是这个孙秀进谗言收杀潘岳。石崇被收时，并不知道会连及潘岳，直到临刑时才在刑场上见到潘岳。石崇不无悲慨地说："卿亦复尔耶？"潘岳回答说："可谓'白首同所归'。"这样，这首诗便赋予"祖饯"更深一层的含义，它所表现的就不仅仅是生离之别，也意味着生死之别。石崇《思归赋》："超逍遥兮绝尘埃，福亦不至兮祸亦不来。"向往一种平静的生活，但是，他们对于政治、对于金钱、对于荣誉是如此的眷恋，怎么可能真正逍遥？尤其是在一种特殊的政治氛围中，这种热衷，往往就意味着风险。潘岳的诗，不仅仅是为生者离别而作，也恰好应验了古代祖饯之另外一层含义，即为死者作祭，亦曰祖。《仪礼·既夕礼》说："有司请祖期。"郑玄注："将行而饮酒曰祖。"陶渊明《祭从弟敬远文》："乃以园果时醪，祖其将行。"《自祭文》："陶子将辞逆旅之馆，永归于本宅，故人凄其相悲，同祖行于今夕，羞以嘉蔬，荐以清酌。"从这个意义上说，将《金谷集作诗》归入"祖饯"，可谓贴切。

谢瞻《王抚军庾西阳集别作诗》中的王抚军指王弘，时为豫州之西阳、新蔡诸军事、抚军将军、江州刺史。庾西阳指庾登之，时为西阳太守，入为太子中庶子。王弘在湓口送行，谢瞻时为豫章太守，作诗纪行。吴淇《六朝选诗定论》卷十四称："庾登之为西阳太守，被召还京。瞻亦将赴豫章，王弘为抚军将军，送之湓口，故作此诗。而题云集别者何？三人互有交情。若止叙谢、庾之别，而不及王，则是两人有情，而于王无情；若叙王送二人，则是止王与二人有情，而二人之情不见，故三人皆莫适主者。分手之际，一南、一北、一留，若鼎足一时俱折，而三人别情参错互见矣。"[①] 整体上说，这首诗的艺术性似不及他的另外一首名篇，即《文选》收录的《答灵运》诗。我们在《〈文选〉中的"三谢诗"》已有论列，可以参看。

谢灵运《邻里相送方山》作于宋武帝永初三年（422）七月，正是初秋时节，故诗曰："析析就衰林，皎皎明秋月。含情易为盈，遇物难可歇。"这年五月，宋武帝死，少帝即位，权在大臣徐羡之等手中。素有政

---

[①] 《六朝选诗定论》，广陵书社2009年版，第399页。

治野心的庐陵王刘义真颇为失望。他曾广泛结交当时名士，谢灵运、颜延之等均与之游，为重臣徐羡之等疑忌。不久，颜延之贬为始安太守，谢灵运贬为永嘉太守。临行之际，谢灵运作《永初三年七月十六日之郡初发都》《过始宁墅》等。《邻里相送方山》亦作于此时。方山，地名，为送别之地。旧扬州有四津，方山为东，石头为西。诗的最后乃告别送行者曰："各勉日新志，音尘慰寂蔑。"整个调子比较低沉，表现出一种无奈之情。史载，他任一周，就称疾去职，可见是多么不情愿赴任。

谢朓《新亭渚别范零陵》中的范零陵，指范云。永明十一年（493），范云出为零陵内史，曾作《之零陵郡次新亭》："江干远树浮，天末孤烟起。江天自如合，烟树还相似。"江天辽阔，当在秋季。谢朓时任新安王中军记室，被敕还都，得以相送新渚：

　　洞庭张乐地，潇湘帝子游。云去苍梧野，水还江汉流。
　　停骖我怅望，辍棹子夷犹。广平听方籍，茂陵将见求。
　　心事俱已矣，江上徒离忧。

前四句虚写零陵风貌景致，中间四句引用郑袤、司马相如的典故表示对范云贤政的期待。结尾两句似含有隐忧。南齐永明年间，天下承平，文士云集。竟陵王萧子良开西邸，移居鸡笼山，备极风物之美；文惠太子开拓玄圃园，"多聚奇石，妙极山水"，又于钟山下立馆曰东田。"制度之盛，观者倾京师。"在他们的周围，云集了一大批文人学者。天下承平时，他们往往从事着丰富多彩的文化活动。当天下有变，则迅速表现出一种政治色彩。永明十一年正月，这个文人集团重要领导人之一的文惠太子萧长懋去世。围绕着王位继承人问题，京城展开了激烈的政治斗争。以沈约、谢朓、王融、范云等为代表的"竟陵八友"极力拥戴萧子良，而另外一些谋臣则主张太孙萧昭业继立。在决策尚未有结果的情况下，这年七月，齐武帝萧赜突然去世，遗诏由竟陵王萧子良辅政，而萧子良身边的众多文人以为时机成熟，谋立萧子良，结果事败。王融被杀，不久，萧子良亦抑郁而死。竟陵八友大多受到牵连，如沈约出守东阳，刘绘、谢朓等亦先后外任。从此，他们失去了清风朗月般的平静生活，创作上也相应进入了一个新的阶段。这就是谢朓《新亭渚别范零陵》的创作背景，也正因为如此，全诗充满衰杀气象。

范云在《饯谢文学离夜》诗中这样写道："分弦饶苦音，别唱多凄曲。"永明诗人，特别是竟陵八友，由于思想性格的接近，在长期的交往过程中以文义相赏会，结下深厚的友谊。每当临别之际常常有分弦别唱之作，抒写依依惜别之情，十分细腻而感人。随着上层统治者内部矛盾的加剧，转瞬之间，故友亲朋，凋零离散，执手话别，前途未卜。这时他们开始真正感受到友情的珍重与别意的绵长。《文选》诗"祖饯"类所收最后一首是沈约的《别范安成》：

生平少年日，分手易前期。及尔同衰暮，非复别离时。
勿言一樽酒，明日难重持。梦中不识路，何以慰相思。

这是沈约与范岫分别时的名作，剖析心迹，感人肺腑。沈约与范岫的交往可以上溯到刘宋泰始三年（467）。那时，沈约二十七岁，范岫二十八岁，同在蔡兴宗府下任幕僚。入齐以后，又共同事奉文惠太子萧长懋。入梁仍同朝为官。在漫长的生涯中，两人时聚时散，结下深厚的友谊。开篇两句，追溯了他们友谊的渊源及人生的漫长。少年日，即青春年少之日，时代易变，政事纷纭，彼此几多分手，并未感到离别的镂心刻骨。正如曹丕所说"岁月易得"，相见有期，故少年"别时容易"。而今垂垂老矣，年在桑榆，此地为别，恐交臂相失，终酿无穷之恨。《三国志·蜀志》载，宋预聘吴，孙权捉住他的手深情地说道："今君年长，孤亦老矣，恐不复相见矣。"这种英雄末路的感慨深刻地道出了人生的矛盾。此诗用"及尔同衰暮"五字写出了此次离别给彼此心中留下的巨大阴影。结尾两句，以出人意表的想象，将这种生离死别之情推到极致：彼此相隔将十分遥远，即使梦中相寻，恐亦迷不知路，却如何慰藉相思之情呢？这首诗一反刘宋初年"文多经史"的堆垛传统，以明白晓畅的语言抒发了诗人对于友情的珍重之情，情真意切，感人至深。

《古典文学知识》2010 年第 3 期

# 《文选》中的"三谢诗"

"三谢诗"是《文选》学中的一个特定名词，指南朝谢灵运、谢惠连、谢朓的作品。北宋元祐、元符年间，"《选》学"仍然盛行，唐庚为士子学习备考之用，[①]从《文选》中辑录谢灵运诗四十首、谢惠连诗五首、谢朓诗二十一首，编为《三谢诗》。南宋著名藏书家陈振孙在《直斋书录解题》中这样写道："《三谢诗》一卷，集谢灵运、惠连、玄晖。不知何人集。《中兴书目》云唐庚子西。"原本不存。现存最早的本子是南宋嘉泰重修本，中国书店1992年据宋版影印《三谢诗》，书后题："嘉泰甲子郡守谯令宪重修。"按嘉泰甲子为嘉泰四年，即公元1204年。这是现存《三谢诗》最早的版本。其刊刻年代与现存几部宋刻《文选》不相前后，因而又具有重要的校勘价值，即以嘉泰重修《三谢诗》与胡克家校刊尤本《文选》，不同之处多达一百五十余处，皆为署名胡克家撰《文选考异》所无。[②]

## 一  谢灵运

谢灵运四十首诗目录如下：《述祖德诗》二首、《九日从宋公戏马台送孔令》《邻里相送方山》《从游京口北固应诏》《晚出西射堂》《登池上楼》《游南亭》《游赤石进帆海》《石壁精舍还湖中》《登石门最高顶》

---

[①] 《宋史》载，唐庚字子西，眉州丹棱人。善属文，举进士。张商英罢相，唐庚亦坐贬惠州。会赦北归，道病卒，时年五十一岁。《四库全书》本《唐子西集提要》据集中黎氏权厝铭，称其北归在宋徽宗政和丁酉（1117），是北宋后期作家。

[②] 参见顾美华《宋刻三谢诗读后记》，载《文献》第22辑。又，《〈文选〉考异》署名胡克家，实为顾千里著，参见李庆《顾千里研究》，上海古籍出版社1989年版。

《于南山往北山经湖中瞻眺》《从斤竹涧越岭溪行》《庐陵王墓下》《还旧园作见颜范二中书》《登临海峤与从弟惠连》《酬从弟惠连》《初发都》《过始宁墅》《富春渚》《七里濑》《发江中孤屿》《初去郡》《初发石首城》《道路忆山中》《入彭蠡湖》[①]《入华子冈是麻源第三谷》《乐府》《南楼中望所迟客》《斋中读书》《田南树园激流植援》《石门新营所住四面高山回溪石濑茂林修竹》及《拟邺中集》八首。

  谢灵运（385—433），谢玄之孙，幼时寄养于外，故小名客儿。袭爵康乐公，故名谢康乐。由于出身名门，加之才能过人，故甚为狂傲。他曾狂言："天下才能十斗，曹植分八斗，他独得一斗，其余一斗天下共分之。"如此狂傲，仅仅作为一个艺术家，倒也无所谓，然而，偏偏他又十分热衷于政治，刻意在官场钻营。不无缺憾的是，他自感生不逢时。晋宋之际，作为他祖上开创的北府兵里的一员老将，刘裕逐渐执掌大权，乃至登基称帝。尽管谢灵运心里不一定臣服，但表面上得俯首帖耳。其心里之不平衡，也略可推想。其纵游山水，大量写作山水诗，很大程度上是由于仕途之不得意而寄情于斯。他与陶渊明之写作田园诗，在出发点上就有根本的不同。陶渊明静观默赏山水田园之美，终老于此，而谢灵运则借山水游历来掩饰他追逐功名利禄的政治用心。我们只需读读他的名篇《登池上楼》便可明了这一点：

  潜虬媚幽姿，飞鸿响远音。薄霄愧云浮，栖川怍渊沉。进德智所拙，退耕力不任。徇禄反穷海，卧疴对空林。衾枕昧节候，褰开暂窥临。倾耳聆波澜，举目眺岖嵚。初景革绪风，新阳改故阴。池塘生春草，园柳变鸣禽。祁祁伤豳歌，萋萋感楚吟。索居易永久，离群难处心。持操岂独古，无闷征在今。

  这首诗作于景平元年（423）春天，当时作者在永嘉太守任上，属于被贬外任，心绪低沉。尽管如此，诗人依然自视甚高，以"潜虬"和"飞鸿"自比。虬，为两角小龙；潜虬，即不显露于世，但依然姿态非同寻

---

[①] 《入彭蠡湖》，胡刻《文选》目录作三首，误，实为一首。

常；飞鸿，指远离尘世的大雁。"薄霄"二句，是说自己汲汲于官场，有愧于浮云游鱼。陶渊明也有"望云惭高鸟，临水愧游鱼"的诗句，表面上看是同一意思，其实质却截然不同。陶渊明是从心底向往自然，而且真正归返自然。谢灵运则仅仅停留在口头上，他之流连于自然实在是有些迫不得已。"进德"二句，就表明了这种进退两难的尴尬。《易经》说："进德修业，欲及时也。"此处"进德"即指仕途。进德不行，像陶渊明那样躬耕田园又做不到。拼命追逐功名，到头来却发配到了海边，身染沉疴。从"衾枕昧节候"到"园柳变鸣禽"八句写他大病初愈后对于新春的感受。特别是"池塘生春草，园柳变鸣禽"一联历来为人们所传诵。钟嵘《诗品》"颜延之"条载汤惠休语曰："谢诗如芙蓉出水。"此诗句可以为证。叶梦得《石林诗话》卷中说："此语之工，正在无所用意，猝然与景相遇，借以成章，不假绳削，故非常情所能道。诗家妙处，当须以此为根本，而思苦言艰者，往往不悟。"[①] 钟嵘《诗品》"谢惠连"条引《谢氏家录》也说："康乐每对惠连，辄得佳语。后在永嘉西堂，思诗竟日不就，寤寐间忽见惠连，即成'池塘生春草'。故常云'此语有神助，非我语也'。"[②]"祁祁伤豳歌，萋萋感楚吟"，用《诗经·豳风·七月》"春日迟迟，采蘩祁祁。女心伤悲，殆及公子同归"和《楚辞·招隐士》"王孙游兮不归，春草生兮萋萋"的诗意，由池塘春草之繁生景象触动了归思之情。结尾四句，用《易经》中的"遁世无闷"之语，表示自己要保持操守，即使离群索居也无所烦闷。

他的诗歌往往从古代诗赋中吸取营养，善于锻炼华丽的辞藻，富有色泽和光彩，模山范水，创造出许多写景名句，以精工见长。《石壁精舍还湖中作》就是这样一篇作品：

> 昏旦变气候，山水含清晖。清晖能娱人，游子憺忘归。出谷日尚早，入舟阳已微。林壑敛暝色，云霞收夕霏。芰荷迭映蔚，蒲稗相因

---

① 叶梦得：《石林诗话》卷中，收在何文焕编《历代诗话》中，中华书局1981年版，第426页。

② 钟嵘著，曹旭注：《诗品集注》卷中，上海古籍出版社1994年版，第284页。

依。披拂趋南径，愉悦偃东扉。虑澹物自轻，意惬理无违。寄言摄生客，试用此道推。

前四句，总括一天的游乐。昏旦，指清晨和傍晚，自然景致变化不同，但都能给人以清丽淡远的美感。这里著一"含"字，给山水传神写照，隐然暗示出山水所固有的美妙。左思《招隐》诗："非必丝与竹，山水有清音。"清音，也就是谢诗中"清晖"之意。不过，"有"字下得未免死板，缺乏某种动态感，不如"含"字来得灵便活脱。三、四两句蝉联而下，以清晖娱人，游子忘归，进一步渲染山水迷人之状。中间八句，渐次铺叙一天的行踪及傍晚归来时的情形。从"出谷日尚早"到"入舟阳已微"，隐然昭示诗人留恋山水、步履舒缓的神态。紧接着，又以大笔勾勒，运墨如泼，将一天的游情凌跨过去，又写到傍晚泛舟湖上时所见远近景色："林壑敛暝色，云霞收夕霏。"用"敛"和"收"字，给客观的自然景象染上浓厚的主观色彩。"芰荷迭映蔚，蒲稗相因依。披拂趋南径，愉悦偃东扉"这四句着意写"还"时所见所闻：水面摇曳着的荷叶，在夕阳的斜映下，闪动着耀眼的色彩，而岸边的各类花草更因晚风的吹拂，依依袅袅，柔情婉转，充满情意。前两句从诗人眼中所见植物的各不相同，暗中交代了诗人由湖中归还的内容。结尾四句则概括了诗人从一天游览生活中体会到的乐趣："虑澹物自轻，意惬理无违。寄言摄生客，试用此道推。"如果思想淡泊就会觉得外物无足轻重，而志得意满是由于不违碍于理。诗人要把这种体验告诉那些注意养生的人，对于人生应持有这种操守。

总的说来，谢灵运诗篇虽有一些对时政的不满，但多是个人的怨望和牢骚，尽管可以从中了解当时士大夫的精神面貌，但是毕竟内容狭窄，很难反映较为广阔的社会生活。但是谢灵运的诗歌创作，特别是山水诗创作实践，为后来者提供了有益的经验。钟嵘在《诗品》中说他"颇以繁富为累"，又说："若人兴多才博，寓目辄书，内无乏思，外无遗物，其繁富宜哉！然名章迥句，处处间起，丽典新声，络绎奔发，譬犹青松之拔灌木，白玉之映尘沙，未足贬其高洁也。"[①] 唐代大诗人李、杜、王、孟、

---

① 钟嵘著，曹旭注：《诗品集注》卷上，上海古籍出版社1994年版，第160页。

韦、柳等，都曾从谢诗中吸取过丰富的营养。由此可见，谢灵运在中国诗歌史上的地位是非常重要的。

## 二　谢惠连

晋宋之际，谢惠连与谢灵运并称，名声比较显赫。谢惠连被称为"小谢"。其文词清丽典雅，遣词造句颇似谢灵运，然而不及"大谢"精警。其中一个原因，他年仅二十七岁就去世，故未能充分展现其才情。钟嵘《诗品》称："小谢才思富捷，恨其兰玉夙凋，故长辔未骋。《秋怀》《捣衣》之作，虽复灵运锐思，亦何以加焉。又工为绮丽歌谣，风人第一。"①今存诗三十余首，《文选》收录五首，即《泛湖归出楼中望月》《秋怀》《西陵遇风献康乐》《七月七日夜咏牛女》《捣衣》。譬如钟嵘最赏识的《秋怀》诗：

> 平生无志意，少小婴忧患。如何乘苦心，矧复值秋晏。皎皎天月明，奕奕河宿烂。萧瑟含风蝉，寥唳度云雁。寒商动清闺，孤灯暖幽幔。耿介繁虑积，辗转长宵半。夷险难豫谋，倚伏昧前算。虽好相如达，不如长卿慢。颇悦郑生偃，无取白衣宦。未知古人心，且从性所玩。宾至可命觞，朋来当染翰。高台骤登践，清浅时陵乱。颓魄不再圆，倾羲无两旦。金石终销毁，丹青暂雕焕。各勉玄发欢，无贻白首叹。因歌遂成赋，聊相布亲串。

伤春悲秋，可算得上是中国封建时代一曲盛行不衰的咏叹调了。这首《秋怀》诗不过是这曲咏叹调中的一个音符而已。按其内容来说，这首诗与前人同类题材作品似乎别无二致，不外乎是描写秋天萧杀的景象，借以抒发作者落寞的情怀。但细细品来，发现它在写作手法方面确有自己的特色。一般说来，抒发伤秋之感，多以宋玉《九辩》"悲哉，秋之为气也，萧瑟兮草木摇落而变衰"作为蓝本，开篇立意，气势恢宏。而这首诗却有

---

① 钟嵘著，曹旭注：《诗品集注》卷中，上海古籍出版社1994年版，第284页。

所不同。说是秋怀，却不从秋意切入，而以"平生无志意，少小婴忧患"这联与秋意无甚关系的诗句缓缓道来，先勾勒出这位幼罹孤苦的诗人情怀，流露出淡淡的哀愁。次联接"如何乘苦心"，将那愁情轻轻荡开。乘，战胜、超越之意。这无疑给人一种希望，一种快慰。可惜还未来得及分享这份超脱感，一声更沉重的叹息倾压下来："矧复值秋晏。"本来正想尽办法来排遣愁绪，偏又时逢令人伤感的清秋。这是一种欲擒故纵的描写手法，造成了先声夺人的艺术效果。

"皎皎天月明，奕奕河宿烂。萧瑟含风蝉，寥唳度云雁。寒商动清闺，孤灯暖幽幔"几句是诗中仅有的描写秋景的文字。萧条的秋景可以有多种写法，而此诗仅仅截取了两组物象：一是作用于听觉的"风蝉"和"云雁"，一是作用于视觉的"清闺"与"幽幔"。古人认为，蝉声所以能够传播久远，是因为它凭借着秋风的吹送。所以，蝉声又作为象喻，预示着秋意的来临，故名"风蝉"。作为候鸟，南来北往的大雁，如云烟游动，故曰"云雁"。秋月高悬，星河璀璨，夜风轻拂清旷的房舍，孤灯一盏照耀着幽暗的帷帐。远处传来阵阵蝉鸣雁叫，点缀着这清寥幽寂的夜景。诗的后半部分则是借助于赋的手法，引古喻今，陈情述志。"耿介繁虑积，辗转长宵半。夷险难豫谋，倚伏昧前算"乃由秋景过渡到秋怀。夷，平坦。倚伏，即《老子》"祸兮福所倚，福兮祸所伏"之意。人世茫茫，祸福难测，这正是诗人忧虑的焦点。于是他想起了平生倾慕的两位先贤，一是通脱慢世的司马相如，一是号称白衣尚书的郑均。史载，司马相如家贫无以自业，但以其才华赢得了富豪之女卓文君的爱慕。两人私奔后开办酒店，文君当垆，相如自着粗衣与奴婢一起劳作，不耻其状。其品行颇为后世不拘礼法之士所称道。郑均，官位曾显，后因病告归。帝巡幸均舍，赐尚书禄，时人以为荣，号为白衣尚书。"虽好相如达，不如长卿慢。颇悦郑生偃，无取白衣宦。"想取法司马相如的通达，却无如其超然；很欣赏郑均的高官退隐，却从未有过白衣尚书的荣耀。这两联诗流露出一种无可奈何的矛盾心情。岁月不居，春秋代序，纵有金石之固，终难免于销铄；纵有彪炳青史的功业，亦只能炫耀于一时。唯有及时行乐，才不至于白首悔叹。结尾两句点出诗的特点："因歌遂成赋，聊相布亲串。"长歌成赋，聊呈友朋把玩而已。

《宋书·谢灵运传》载:"(元嘉五年)灵运既东还,与族弟惠连,东海何长瑜、颍川荀雍、泰山羊睿之,以文章赏会,共为山泽之游,时人谓之四友。惠连幼有才悟,而轻薄不为父方明所知。灵运去永嘉还始宁,时方明为会稽郡。灵运尝自始宁至会稽,造方明,过视惠连,大相知赏。时长瑜教惠连读书,亦在郡内,灵运又以为绝伦,谓方明曰:'阿连才悟如此而尊作常儿遇之。何长瑜当今仲宣,而饴以下客之食。尊既不能礼贤,宜以长瑜还灵运。'灵运载之而去。"① 由此可见,谢惠连颇得谢灵运的赏识。《西陵遇风献康乐》以及谢灵运的答诗《酬从弟惠连》并载之《文选》而流传颇广。

除了送别、抒情等题材外,谢惠连在写景方面也有上乘之作。《文选》所录《泛湖归出楼中望月》比较有代表性。

> 日落泛澄瀛,星罗游轻桡。憩榭面曲汜,临流对回潮。辍策共骈筵,并坐相招要。哀鸿鸣沙渚,悲猿响山椒。亭亭映山月,浏浏出谷飙。斐斐气幂岫,泫泫露盈条。近瞩祛幽蕴,远视荡喧嚣。晤言不知罢,从夕至清朝。

登高望月,几乎是被古今诗人写烂的题材。这首诗虽算不得同类题材的名篇佳作,却也写得低回要眇,显示了自己的特色。全诗紧紧扣住这一游兴的热点,从日落伊始,直至晨曦微绽。在夕阳的爱抚下,湖面澄清如洗,轻舟游弋似飞,怡然自乐之情溢于言表。夜幕低垂,舍舟登岸。在临水的高台上,友朋相邀举觞痛饮,在酒酣耳热之余,又陶醉在那沉寂迷离的夜色之中。首先呈现于诗人耳目之内的还不是高悬的明月,也不是迷蒙的旷野,而是"哀鸿鸣沙渚,悲猿响山椒"。在那水边的沙地处传来声声大雁的哀鸣,又在那幽暗的山间送来群猿的悲叫,余音袅袅,不绝于耳,越发衬托渲染了夜空的幽寂。万籁俱寂的宁静,人们易于理解和感悟,而有声的宁静,却不是人人所能心领神会。当夜深人静之际,对于夜色的把握,视觉和听觉并不是对等的。由于夜色的遮掩,视觉可能是迟钝的,而

---

① 《宋书·谢灵运传》,中华书局1974年版,第774页。

静夜中，听觉一般远比视觉来得敏感。唯其如此，诗人便先从"哀鸿鸣"与"悲猿响"写起，乍看起来不像是在描写夜色，而实际也正是以其出人意表的独特感受去渲染夜色，曲尽其妙。

"亭亭映江月，浏浏出谷飙。斐斐气幕岫，泫泫露盈条"这四句，用"亭亭""浏浏""斐斐""泫泫"等四组重叠字描绘月色和夜风，传神写照，尤值得称道。前两句，和盘托出了江月和谷风的轮廓，后两句，则为之立意造形。风是无形的，则以云状之。云霭缥缈，宛若薄纱披在了沉迷的岩岫之上。月光是虚幻的，则以露实之。"近瞩祛幽蕴，远视荡喧嚣"概括了诗人对于夜色的整体感受。从细微处而观之，幽蕴已祛，唯余下玲珑剔透的景致。从宏阔处而望之，鸟啼兽叫，更衬托出月夜的空旷。月色迷人，乐而忘倦，以至"晤言不知罢，从夕至清朝"，月已西沉，东方渐至发白。

元人方回编《〈文选〉颜鲍谢诗评》论此诗："惠连少年工诗文，此篇十六句之内，十二句对偶。"正说明惠连诗在近体诗形成过程中的重要作用。又说："言景不可以无情，必有'近瞩祛幽蕴，远视荡喧嚣'及末句，乃成好诗。若灵运则尤情多于景，而为谢氏诗之冠。散义胜偶句，叙情胜述景。能如是者，建安可近矣。"[1] 通过情与景、散义与偶句的比较，说明谢灵运与谢惠连的异同，颇为近实。

## 三 谢朓

《文选》收录谢朓二十一首：《新亭渚别范零陵》《游东田》《同谢咨议铜雀台》《郡内高斋闲坐答吕法曹》《在郡卧病呈沈尚书》《暂使下都夜发新林至京邑赠西府同僚》《酬王晋安》《之宣城出新林浦向板桥》《敬亭山》《休沐重还道中》《晚登三山还望京邑》《京路夜发》《鼓吹曲》《始出尚书省》《直中书省》《观朝雨》《郡内登望》《和伏武昌登孙权故城》《和王著作八公山》《和徐都曹》《和王主簿怨情》等。

谢朓（464—499）字玄晖，祖籍陈郡阳夏（今河南太康），徙居建康

---

[1] 《〈文选〉颜鲍谢诗评》，上海古籍出版社"四库文学总集选刊"本，1993年版，第1441页。

（今江苏南京）。史载其少年好学，年十六，以文章清丽闻名于京师。齐武帝永明初年，解褐为豫章王萧嶷太尉行参军。永明四年（486）以后，历任随王萧子隆东中郎参军、王俭卫军东门祭酒及太子舍人等职。当时竟陵王萧子良开西邸，招文学，与萧衍、沈约、王融、萧琛、范云、任昉、陆倕等并称"竟陵八友"。永明八年（490），复为随王镇西功曹，转文学，后人因称其"谢文学"。

谢朓的一生带有很大的悲剧性。一方面，自恃门第高远，而又才华横溢，因而在政治上不甘心寂寞；另一方面，谢朓所处的时代又失去了陈郡谢氏家族全盛时期的显赫地位，且当时政治险恶动荡，不时又流露出忧生之嗟，常有归隐之心。正因为这些思想矛盾，构成了诗人的主导部分，也支配了诗人的言行。历史上，人们常常把谢朓和他的前辈谢灵运相比，如明代张溥就这样说过："呜呼，康乐、宣城，其死等尔。康乐死于玩世，怜之者犹比于孔北海、嵇中散。宣城死于畏祸，天下疑其反复，即与吕布、许攸同类而共笑也。一死轻重，尤贵得所哉！"① 谢灵运狂傲进取，谢朓则苟且偷生，结果却是不免一死。这里有着深刻的社会、历史的原因，是门阀士族与皇权统治矛盾斗争的必然结果。

谢朓是"永明体"的最重要诗人，沈约称"二百年来无此诗"（《南齐书》本传）。梁武帝谓"三日不读谢诗，便觉口臭"（《本事诗》）。梁简文帝称其"实文章之冠冕，述作之楷模"（《梁书·庾肩吾传》）。这些称誉，虽然只是出于齐梁时代的标准，但是，从文学发展的实际情况来看，却也去事实不远。从谢朓现存作品来看，其前后风格是有所变化的。这种变化是以永明年间竟陵八友的聚散为断限而分为前后两个不同时期。就其创作的前期而论，谢朓在诗坛还没有取得很高的地位。这可以从钟嵘《诗品》对沈约的评论中透出消息。钟嵘说："永明相王（萧子良）爱文，王元长等皆宗附之。约于时谢朓未遒，江淹才尽，范云名级故微，故约称独步。"就是说在永明时期，沈约居于文坛盟主的地位，牢不可破。《梁书·张率传》记载说，张率十六岁时作诗两千多首，"虞讷见而诋之。率乃焚毁，更为诗示焉，托名沈约，讷便句句嗟称，无字不善"。可以确考，

---

① 张溥著，殷孟伦注：《汉魏六朝百三家集题辞注》，中华书局2007年版，第251页。

张率十六岁时在永明八年。这一年沈约五十岁,春天为太子右卫率,其秋兼尚书左丞、御史中丞。不论是在政治上,还是在文学创作上,沈约无疑都居于核心地位。这一年,谢朓才二十七岁,他的创作有很多是与沈约等人唱和之作,清丽工整,但是缺乏特点。这个时期较有成就的作品首推收录在《文选》中的《游东田》:

戚戚苦无悰,携手共行乐。寻云陟累榭,随山望菌阁。远树暧阡阡,生烟纷漠漠。鱼戏新荷动,鸟散余花落。不对芳春酒,还望青山郭。

全诗通过视角的变换,极生动地描绘出一幅幽奥隐约的感人画面,并由此表现出诗人那种恬淡怡然的心境,十分逼真而传神。"鱼戏新荷动,鸟散余花落"被方回称为"佳之尤佳"的名句,后来很多诗人袭用此意。所以,方回又说:"灵运、惠连在宋永初元嘉间犹未甚也。宋六十岁至于齐而玄晖出焉。"[①] 就点出谢朓诗歌的历史意义。南齐皇室竟陵王萧子良在《游后园诗》中说:"丘壑每淹留,风云多赏会。"《行宅诗序》说:"备历江山之美,名都胜境,极尽登临,山原石道,步步新情,回池绝涧,往往旧识,以吟以咏,聊用述心。"《游东田》诗比较典型地反映出了永明诗人对于山水的"赏会"与"述心"。亦即谢灵运所说的"良辰美景赏心乐事",是对于山水自然之美的一种静态观赏,带有某种超然物外的色彩。

永明末,以王融为首的西邸文士欲拥立萧子良继位,结果事败。王融被杀,不久,萧子良亦抑郁而死。竟陵八友大多受到牵连,如沈约出守东阳,谢朓等亦先后外任。从此,他们失去了清风朗月般的平静生活,创作上也相应而进入一个新的阶段。在他们的心目中,山水自然之美似乎不再单单是为他们的"赏会"而存在,而是随着他们的心境的变化染上了浓重的主观色彩。这种情形在谢朓的后期创作中尤其有着明显的反映。谢朓出守宣城,曾写下了《之宣城出新林浦向板桥》《始之宣城郡》《宣城郡内

---

[①] 《〈文选〉颜鲍谢诗评》,上海古籍出版社"四库文学总集选刊"本,1993年版,第1449页。

登望》等名篇，格调很低沉，与写《游东田》时的谢朓简直判若两人。这些作品都已收录《文选》而流传甚广。如《之宣城出新林浦向板桥》：

> 江路西南永，归流东北骛。天际识归舟，云中辨江树。旅思倦摇摇，孤游昔已屡。既欢怀禄情，复协沧州趣。嚣尘自兹隔，赏心于此遇。虽无玄豹姿，终隐南山雾。

宣城在当时京邑南京的西南，诗人溯江而行，故称"江路西南永"。永，指永无尽头，这是诗人眼中所见，更是心中所感，既写长江之浩荡，更写仕途之悠长。不言愁情而愁情绵绵。所以这个"永"字下得极为精警。江水以入海为归，故"归流"是指江水东流，如果从字面意义再进一步，我们不难体会，次句的真实含义是写诗人的思绪随着东流的江水早已回到京城。"骛"字指奔流，同"永"一样，也有双层含义，既写江水之奔流，更写思绪之翻腾，把诗人离开京城时的那种矛盾心情一一展示出来。"天际识归舟，云中辨江树"是全诗警句，气势恢宏，场面阔大，形象地描绘出一个游子眼中的一草一木，富于深沉的情感。梁代王僧孺《中川长望》诗"岸际树难辨，云中鸟难识"，萧绎诗"远村云里出，遥船天际归"等就完全仿效谢诗而来。

总的来说，谢朓的诗歌既继承了前代诗人的传统而又有所发展。从现存谢朓诗歌来看，他受谢灵运的影响比较大，其次，曹植和鲍照的影响也不可低估。受谢灵运的影响主要表现在山水诗的创作上，从遣词到谋篇，既吸收了谢灵运诗那种细致的观察与逼真的描写自然的优点，同时又避免了他的晦涩、平板之弊，揭示出自然界所蕴含的美，令人叹赏。这种抒情写景的特色，与晋宋以来某些"托辞华旷"，但"酷不入情"的山水诗形成鲜明的对照。《文心雕龙·情采》批评两晋那些伪装清高的文人说："志在轩冕，而泛咏皋壤；心缠机务，而虚述人外。"这种情形至晋宋之际仍然未有根本改观。以扭转玄言诗风、开创山水诗风而著称于诗坛的谢灵运，其纵情山水往往是在声色犬马之外寻求感官上的满足并以此掩盖其对政治的热衷。因此，他的山水诗虽然能够用艳丽精工的语言细微地描绘一些自然景物，却很难见出内心的情感。永明诗人虽然也热衷于政治，而且在山水诗创作中也在很大程度上接受了元嘉诗风的影响，但他们的山水诗清新流丽，较少繁芜词句，并常常寄寓淡淡的愁情。应当说，这是谢朓对于山水诗创作的可贵贡献。而谢朓在辞藻的绚丽多姿、语句的排比铺陈以及善于发端的构思等方面，很明显看出鲍照、曹植的影响。谢朓以后的梁、陈、隋的文人大都受他的影响，但是到唐初为止，并没有几个人在诗歌艺术成就上超过他。在唐代著名诗人中，李白对于谢朓最为推崇，多次提到他，并在创作上直接取法乎谢朓的诗句，如"解道澄江静如练，令人长忆谢玄晖"就是众所周知的例子。

## 四　谢家诗群

附带说明一下《文选》所收录的另外一些谢家作品，包括谢混《游西池》，谢瞻《九日从宋公戏马台送孔令》《王抚军庾西阳集别作诗》《张子房诗》《答灵运》《于安城答灵运》和谢庄的《月赋》《宋孝武帝宣贵妃诔》等。关于《月赋》，我们还要在相关的文字中有所介绍，这里捎带论及谢混和谢瞻的诗歌创作。

谢混，字叔源，小字益寿，谢安之孙，谢灵运的族叔。《宋书·谢弘微传》："混风格高峻，少所交纳，唯与族子灵运、瞻、曜、弘微并以文义赏会。尝共宴处，居在乌衣巷，故谓之乌衣之游。混五言诗所云'昔为乌衣游，戚戚皆亲侄'者也。"[1]

乌衣巷在建康的朱雀桥边，聚集着谢家和王家两大家族。晋宋之际，谢混为谢家中心人物，也为当时政界和文坛的中心人物。谢混是一个很有政治眼光的人。为了维护他所代表的家族利益，不致使门户中衰，他十分注意于本族子弟的培养。他曾作有《诫族子诗》，为五言体诗，评论了谢灵运、谢晦、谢曜、谢瞻、谢弘微等人。谢混在晋宋之交为谢家子弟组织乌衣之游，是否有重振谢家门风的政治用心，这里姑且不论。就其客观效果而言，这些活动确也促进了谢氏家族的诗歌创作的繁荣。谢混所以能在晋宋之际成为谢家子弟的文苑领袖，重要的原因首先在于他自己能够拿得

---

[1]《宋书·谢弘微传》，中华书局1974年版，第1590页。

出可以足以扭转视听、为世所称的作品。钟嵘认为他上继郭璞、刘琨等，评价是比较高的。他的《游西池》诗就是一篇有代表性的作品：

> 悟彼蟋蟀唱，信此劳者歌。有来岂不疾，良游常蹉跎。逍遥越城肆，愿言屡经过。回阡被陵阙，高台眺飞霞。惠风荡繁囿，白云屯西阿。景昃鸣禽集，水木湛清华。褰裳顺兰沚，徙倚引芳柯。美人愆岁月，迟暮独如何。无为牵所思，南荣诫其多。

清秋时节的西池，给诗人印象最深的，不是赏心悦目的情致，也不是萧杀惨淡的景象，却是辟空而来的"悟彼蟋蟀唱，信此劳者歌"的感慨。《诗经》有这样一首诗"蟋蟀在堂，岁聿云暮，今我不乐，日月其除"。这里用一"悟"字，思接千载，隐然蕴含了极深沉的人生体验。千百年来，蟋蟀的鸣唱曾牵动了多少诗人情感的琴弦。"劳者歌"櫽栝了《诗经·伐木》诗意，据说此诗写的是"朋友之道缺，劳者歌其事"。由此引申，不妨也可以看作对人生艰辛的喟叹。三、四两句紧承上文而来。"有来"句乃由陆云《岁暮赋》"年有来而弃余"衍出，大意是说时光如飞，而惬心的游宴转瞬即逝。以上四句是全诗的第一层次，表达了诗人急于建功立业、珍惜时光的心情。作者生当易代之际，且出身名门望族，自负才地。以往，凭借门第，他或许可以不费气力谋取官位。随着晋末动乱的加剧以及以寒族刘裕为代表的新兴地主阶层的兴起，号称首户的王、谢大家受到很大的冲击。谢混自感失去了往日的优越感，却又不甘心如此随波逐流地沉沦下去。头四句便主要点出诗人这种矛盾和苦闷的心情。在写法上，彼者"蟋蟀唱"与此者"劳者歌"形成了鲜明的对照。蟋蟀，乃是无情之物，日复一日地吟唱，而"劳者"乃是有情人，年复一年地衰老。由深"悟"彼蟋蟀吟唱的无情之情，更深"信"此劳者长歌的有情之情。此外，"蟋蟀唱""劳者歌"是《诗经》中的诗意，移此是虚写，却也不妨看作诗人登西池时所亲自闻见，可以看作实写。虚与实在这里是如此紧密地结合在一起。从"逍遥越城肆，愿言屡经过"以下十句，主要是写诗人游历过程中的所见实景。诗人从容穿越城肆，虽然以往屡次经过，却从未像这次如此细心地领略大自然的秋景。诗人沿此路径蜿蜒屈伸，高台眺望,但见飞霞奕奕,白云缭绕,偌大的园林,花木葱茏,微风拂荡。"景昃鸣禽集,水木湛清华"尤为诗中名句。夕阳残照,鸣禽欢聚,秋高气爽,水木清华。"鸣"与"湛"字下得极为空灵。"鸣"给人欢快活泼的听觉形象,而"湛"字则给人浏亮光润的视觉形象。正因为如此,诗人才揭着衣裳,小心翼翼地步入兰沚,流连徘徊,攀引香枝。最后几句,由景生情,写到美人迟暮,写到全身远害,告诫弟子要全身远害,不要苦心钻营世事。

如果与唐诗相比,这首诗也许算不得上乘之作。但是,如果从诗歌发展史的角度来看问题,就可以看出它的价值。这首诗正产生于晋末山水诗初步形成之时,当时,玄言诗风的影响还有一定势力,模山范水,却难以见到作者的真实情感。相比较而言,这首诗写得情景交融,虚实得间。《续晋阳秋》称诗风"至义熙中谢混始改"。《宋书·谢灵运传论》称:"叔源大变太元之气。"《南齐书·文学传论》又说:"谢混情新,得名未胜。"从这个意义上说,这首诗在诗歌发展史上确应占有一席之地。

谢瞻字宣远,一名檐字通远。为宋初重臣谢晦之兄。谢晦以佐命之功,任寄隆重,宾客辐辏,门巷填咽,而谢瞻则常常劝诫谢晦应明哲保身,并与之保持一定的距离。结果不出谢瞻所料,谢晦最终被杀。可见谢瞻确有一定的政治眼光。不仅如此,他的诗文也写得很好。《宋书》本传说他:"善于文章,辞采之美,与族叔谢混、族弟灵运正相抗。"钟嵘《诗品》评谢瞻说:"课其实录,则豫章(谢瞻)、仆射(谢混),宜分庭抗礼。"足见其在南朝士人心目中的地位。这首《答灵运》诗,逯钦立先生《先秦汉魏晋南北朝诗》题作《答灵运秋霖诗》,《文选》则作《答康乐》。诗中提到谢灵运有《愁霖诗》,惜不存。谢瞻诗赖《文选》之收录而幸存:

> 夕霁风气凉,闲房有余清。开轩灭华烛,月露皓已盈。独夜无物役,寝者亦云宁。忽获愁霖唱,怀劳奏所成。叹彼行旅艰,深兹眷言情。伊余虽寡慰,殷忧暂为轻。牵率酬嘉藻,长揖愧吾生。

一场秋雨过后，晚风袭来，透着凉意，也隐然含着凄惋。这是一种直觉体验，也是内心之感受。开篇两句著一"闲"字，颇有不平之气，使读者比较容易地领悟到诗人此时的处境。赋闲，看来并没有使诗人惬意，似有某种难言之隐，因而对于外界的每一点变化都有着异常的敏感。正如陶渊明诗所感叹的那样："气变悟时易，不眠知夕永。"诗人在经历了一番不平静的心绪变化之后，由傍晚对于"夕霁"的深刻感受，转入对于月华的冷静观赏。前四句，从时间、地点以及寂静的环境渲染了诗的氛围。由此良辰美景的引发，诗人深深感到了"独夜无物役，寝者亦云宁"的超脱感。无物役，即不被外物所役使，这确实使人闲适淡漠，超然于尘世之表。联系到谢瞻的处世态度，我们可以进一步理解此句的深沉的感叹。他与胞弟谢晦的隔绝，目的是避免杀身之祸。这种如履薄冰的心境是在严酷的政治斗争中形成的。谢晦之被杀，亦即为外物所役使的典型事例。"寝者亦云宁"则进一步暗示了时辰已届深夜，那些寝者自然早已进入深深的梦乡。这里，诗人推想"寝者"已"宁"，正暗示出未寝者的不宁。以闲静衬流动，以淡笔写浓情，正是此句的绝妙之处。"忽获愁霖唱，怀劳奏所成。叹彼行旅艰，深兹眷言情。"夜深人静之际蓦然获读了族弟谢灵运的《愁霖诗》，感慨异常。这是一首什么样的诗篇呢？为什么在谢瞻的心目中引起如此强烈的共鸣呢？据李善注《文选》所引《愁霖诗序》云"示从兄宣远"，仅知道这是书赠谢瞻的。惜全诗已佚，不得详考其内容。今从诗题寻绎，大致是秋风秋雨愁煞人的意思，又从谢瞻的这首诗来推知，谢灵运的赠诗大约有两个主要内容，其一是抒发"怀劳奏所成"的手足之情，其二是"叹彼行旅艰"，流露出的是贫士失职而志不平的悲慨。这里便透露出一点消息，诗人深夜不眠，既悲叹自己的失志，更惋惜他这个家族的衰落。作为出身名门望族的谢瞻，时刻忘怀不了的当然是门第的荣耀、个人的志向。在《张子房诗》中他盛赞张良辅佐汉家基业的光辉业绩，流露出渴望有为的心情。然而，自魏晋以来，统治阶级内部派系倾轧，党同伐异，多少诗人名士死于非命，历史上留下了诸如"广陵散绝""华亭鹤唳"的千古哀叹。生当易代之际的谢瞻深稔这段悲惨的历史，更为严酷的现实所困扰，使他不能不远离"物役"。这使我们知道了，他所表现出来的超然的姿态竟全是掩饰，所谓"独夜无物役"更是一种遁词。

"牵率酬嘉藻，长揖愧吾生"更是一种无可奈何的叹惋了。

这种感慨，显然不仅是谢瞻个人的忧虑，也是谢氏家族进入南朝之后境遇不佳的写照。"三谢诗"就像一扇窗口，为我们展示了谢氏家族兴衰际遇的轨迹。

*古典文学知识*》2009年第5、6期

# 《文选》中的陶渊明

《文选》中与陶渊明有关的作品主要有三类：第一类是关于生平传记的文字，如卷五十七"诔下"所收颜延之《陶征士诔》；第二类是陶渊明的作品，如卷二十六"征旅上"收录的《始作镇军参军经曲阿作》《辛丑岁七月赴假还江陵夜行涂口》两首，卷二十八收录的《挽歌》一首，卷三十"杂诗下"收录的《杂诗》二首、《咏贫士》一首、《读〈山海经〉》一首，同卷"杂拟上"收录的《拟古诗》一首，卷四十五"辞"类收录的《归去来》一首；第三类是拟作及评价，如卷三十一"杂拟下"所收江淹《杂体诗》三十首中拟陶渊明《田园》诗。还有《文选》编者萧统所作《陶渊明集序》也涉及此一内容。

## 一　陶渊明的生平

关于陶渊明的生平传记，除《文选》所收颜延之《陶征士诔》外，陶渊明自己所作《五柳先生传》《宋书·隐逸·陶渊明传》，也是非常重要的原始资料。为便于阅读，这里按照撰写时间先后胪列如下：

第一篇是陶渊明《五柳先生传》，见于《宋书》本传记载：

> 先生不知何许人，不详姓字，宅边有五柳树，因以为号焉。闲静少言，不慕荣利。好读书，不求甚解，每有会意，欣然忘食。性嗜酒，而家贫不能恒得。亲旧知其如此，或置酒招之，造饮辄尽，期在必醉，既醉而退，曾不吝情去留。环堵萧然，不蔽风日，裋褐穿结，

箪瓢屡空，晏如也。尝著文章自娱，颇示己志，忘怀得失，以此自终。①

诗人说"先生不知何许人"，这只是一种托词，明显是作者的自况。《宋书》本传还引用了他的《与子俨等疏》，其中有这样一段话：

少年来好书，偶爱闲静，开卷有得，便欣然忘食。见树木交荫，时鸟变声，亦复欢尔有喜。尝言：五六月北窗下卧，遇凉风暂至，自谓是羲皇上人。②

显然，五柳先生就是作者自己，忘情得失，诗酒自娱。所以《宋书·陶渊明传》引录后称："其自序如此，时人谓之实录。"中古时期，文人编辑文集，通常把自序放在最后，如《史记·太史公自序》《汉书·叙传》《法言序》《论衡·自纪》《潜夫论·叙录》《文心雕龙·序志》等都放在最后一篇，此外，司马相如、扬雄皆撰有自序，也应置文集最后，只是文集散佚，后人编辑时随意放在集中。《五柳先生传》亦应置于文集之后，大致可以推断。

第二篇是颜延之的《陶征士诔》，见《文选》卷五十七"诔"类收录。文曰：

夫璿玉致美，不为池隍之宝；桂椒信芳，而非园林之实。岂其深而好远哉？盖云殊性而已。故无足而至者，物之藉也；随踵而立者，人之薄也。若乃巢高之抗行，夷皓之峻节，故已父老尧禹，锱铢周汉，而绵世浸远，光灵不属，至使菁华隐没，芳流歇绝，不其惜乎！虽今之作者，人自为量，而首路同尘，辍途殊轨者多矣。岂所以昭末景，泛余波！

有晋征士寻阳陶渊明，南岳之幽居者也。弱不好弄，长实素心。

---

① 《宋书·隐逸·陶潜传》，中华书局1974年版，第2286页。
② 《宋书·隐逸·陶潜传》，中华书局1974年版，第2289页。

学非称师，文取指达。在众不失其寡，处言愈见其默。少而贫病，居无仆妾。井臼弗任，藜菽不给。母老子幼，就养勤匮。远惟田生致亲之议，追悟毛子捧檄之怀。初辞州府三命，后为彭泽令。道不偶物，弃官从好。遂乃解体世纷，结志区外，定迹深栖，于是乎远。灌畦鬻蔬，为供鱼菽之祭；织绚纬萧，以充粮粒之费。心好异书，性乐酒德，简弃烦促，就成省旷。殆所谓国爵屏贵，家人忘贫者与？有诏征为著作郎，称疾不到。春秋若干，元嘉四年月日，卒于寻阳县之某里。近识悲悼，远士伤情。冥默福应，呜呼淑贞！

夫实以诔华，名由谥高，苟允德义，贵贱何筭焉？若其宽乐令终之美，好廉克己之操，有合谥典，无愆前志。故询诸友好，宜谥曰靖节征士。其辞曰：

物尚孤生，人固介立。岂伊时遘，曷云世及？嗟乎若士！望古遥集。韬此洪族，蔑彼名级。睦亲之行，至自非敦。然诺之信，重于布言。廉深简絜，贞夷粹温。和而能峻，博而不繁。依世尚同，诡时则异。有一于此，两非默置。岂若夫子，因心违事？畏荣好古，薄身厚志。世霸虚礼，州壤推风。孝惟义养，道必怀邦。人之秉彝，不隘不恭。爵同下士，禄等上农。度量难钧，进退可限。长卿弃官，稚宾自免。子之悟之，何悟之辩？赋诗归来，高蹈独善。亦既超旷，无适非心。汲流旧巘，葺宇家林。晨烟暮蔼，春煦秋阴。陈书辍卷，置酒弦琴。居备勤俭，躬兼贫病。人否其忧，子然其命。隐约就闲，迁延辞聘。非直也明，是惟道性。纠缠斡流，冥漠报施。孰云与仁？实疑明智。谓天盖高，胡愆斯义？履信曷凭？思顺何置？年在中身，疢维痁疾。视死如归，临凶若吉。药剂弗尝，祷祀非恤。傃幽告终，怀和长毕。呜呼哀哉！①

敬述靖节，式尊遗占。存不愿丰，没无求赡。省讣却赗，轻哀薄敛。遭壤以穿，旋葬而窆。呜呼哀哉！

深心追往，远情逐化。自尔介居，及我多暇。伊好之洽，接阎邻舍。宵盘昼憩，非舟非驾。念昔宴私，举觞相诲。独正者危，至方则

---

① 《文选》卷五十七，上海古籍出版社1986年版，第2469—2475页。

碍。哲人卷舒，布在前载。取鉴不远，吾规子佩。尔实愀然，中言而发。违众速尤，迕风先蹶。身才非实，荣声有歇。睿音永矣，谁箴余阙？呜呼哀哉！

仁焉而终，智焉而毙。黔娄既没，展禽亦逝。其在先生，同尘往世。旌此靖节，加彼康惠。呜呼哀哉！

李善注引何法盛《晋中兴书》说："延之为始安郡，道经寻阳，常饮渊明舍，自晨达昏。及渊明卒，延之为诔，极其思致。"颜延之作诔，主要表彰陶渊明的人品，并为怀才不遇表示惋惜。在韵文部分，关键词就是"畏荣好古，薄身厚志"。序言先称引古代隐士巢父、伯夷、叔齐，称赞他们抗行峻节，名声显赫。但是历史上也有一些值得纪念的人，随着岁月的流逝，反而被人遗忘。作者为陶渊明作诔，就是要人们记住他。作者希望，最应记住的是陶渊明的人品，至于生平事迹，反在其次。序言略有言及，其要点不过如此：第一，浔阳南岳隐士，"弱不好弄，长实素心"。素心，没有功利之心，没有矫情自饰。第二，官位只是说到"初辞州府三命，后为彭泽令"。韵文中提到"世霸虚礼，州壤推风"二句，陈景云《〈文选〉举正》说："此谓宋高祖也。曹、王《七启》中称魏祖有翼圣霸世之语，此作者所本，叙靖节高蹈，首举霸朝加礼言之，则宋业渐隆，耻事异代意，亦微而显矣。"陶渊明所以应邀出任彭泽县令，就是为了养家糊口的需要："母老子幼，就养勤匮。"生活并不富裕。"孝惟义养，道必怀邦。"义养，就是供养亲人。第三，性情方面，"学非称师，文取指达"，心好异书，性乐酒德。何谓"异书"？《抱朴子自叙》说自己年轻时前往洛阳"欲广寻异书"，《高僧传》记载支谦"遍学异书"，刘孝标自北南归后亦"更求异书"，《后汉书·蔡邕传》也称《论衡》为异书，可见所谓"异书"，多数是指难得寻见的书籍。当然，也可以有另外一种理解，也就是独具特见的书籍。第四，因为性格所致，陶渊明四十一岁那年，"赋诗归来，高蹈独善"。所谓赋诗归来，就是吟诵着《归去来兮辞》，急流勇退，永远告别了官场。这一年，作者四十一岁。"亦既超旷，无适非心"，也就是忘记是非。诚如《归去来兮辞》序说"质性自然，非矫厉所得；饥冻虽切，违己交病。尝从人事，皆口腹自役，于是怅然慷慨，深愧平生之志"。"隐约就闲，迁延辞聘"二句是说他辞官之后，曾被征召著作郎，称疾不到。

诔文说陶渊明于宋文帝元嘉四年死于疟疾，"春秋若干"，未记载其享年。韵文说他"年在中身，疢维痁疾"。这"中身"二字出于《尚书·无逸》："文王受命惟中身，厥享国五十年。"而据《礼记·文王世子》说："文王九十七而终。"中身，应当是四十九岁，与后面所引《宋书·陶渊明传》六十三岁卒的记载不符。《与子俨等疏》中说"吾年过五十"，则四十九岁之说靠不住。五臣注刘良说"上寿百二十年，中则六十也"，则与《宋书》记载相近。宋张缜据《游斜川》"开岁倏五十"。诗前有序称："辛丑正月五日。"若据此而推，辛丑年五十岁，陶渊明迄元嘉四年终，得七十六岁①。此一说法，距史实相去较远，尚未得到学术界的广泛认可。

在诔文的最后，作者接连四段用了"呜呼哀哉"表示自己的伤痛之情。第一是说他通达天命，"视死如归，临凶若吉。药剂弗尝，祷祀非恤"。不以生死为忧，不为祷祀求福。第二是说生前好友共谥靖节，尊重陶渊明的遗愿，"存不愿丰，没无求赡。省讣却赙，轻哀薄敛"。讣，即讣告。赙，补。通常情况下，古代官员死后，要发布讣告，朝廷则予以适当的补助。而陶渊明劝诫好友省去这些，务从俭约。我们读他的《挽歌》，他早已想到自己死后的情形：

> 荒草何茫茫，白杨亦萧萧。严霜九月中，送我出远郊。四面无人居，高坟正嶕峣。马为仰天鸣，风为自萧条。幽室一已闭，千年不复朝。千年不复朝，贤达无奈何。向来相送人，各已归其家。亲戚或余悲，它人亦已歌。死去何所道，托体同山阿。

幽室，即墓室。诔文说"遭壤以穿，旋葬而窆"，说墓室封闭，仪式完结。"向来相送人，各已归其家。亲戚或余悲，它人亦已歌，死去何所道，托体同山阿。"一般人谁还会想起他？所以，与其在形式上的悲悲切

---

① 参见袁行霈先生《陶渊明享年考辨》，收在作者著《陶渊明研究》一书中，北京大学出版社1997年版，第211页。

切，还不如顺其自然，归土为安。第三个"呜呼哀哉"是说作者自己失去老友的失落。"深心追往，远情逐化。自尔介居，及我多暇。"失落之余，感叹老友没有听从自己的劝告，落得这样的下场："独正者危，至方则碍。哲人卷舒，布在前载。"这四句主要化用《荀子》"方则止，圆则行"的典故。说"身才非实，荣声有歇"。这里，颜延之强调，身与才，都靠不住，荣华声名也会随时而灭。不能恃才傲物，凭宠陵人。陶渊明《饮酒》也写到乡间友人的这种劝诫："举世皆尚同，愿君汩其泥。"这两句是从《楚辞·渔父》中借用而来的："屈原曰：举世皆浊我独清。渔父曰：何不汩其泥而扬其波？"汩，即把水搅混。这几句劝慰，正如《归去来兮辞序》所说"亲朋多劝余为上史"，应当说是一片真情的关注。诗人为这些好话所感动，每次劝诫，陶渊明也都表示敬佩。诔文称："取鉴不远，吾规子佩。"子，指陶渊明。但诗人仍然改变不了既定的决心。因为"禀气寡所谐"。禀气，也就是天生的气质。正如刘桢诗所写"岂不罹凝寒，松柏有本性"。这种本性很少与世俗之情能合得来的。正像《归去来兮辞》所说"饥冻虽切，违己交病"，自己"质性自然，非矫励所得"。《陶征士诔》又写道"尔实愀然，中言而发"，中言，即由衷之言。这里用《礼记》"孔子愀然作色而对"的语意，表明陶渊明虽然赞同颜延之等友人的见解，但是自己还是不能随波逐流。正如《饮酒》诗结尾所说："且共欢此饮，吾驾不可回。"

颜延之很感慨，认为这样做的结果，只能是"违众速尤，迕风先蹙"。尤，责备。蹙，倒下。李萧远《运命论》所说："木秀于林，风必摧之；堆出于岸，流必湍之；行高于人，众必非之。"就是这个意思。而今，"睿音永矣，谁箴余阙"。睿音，即智慧之音。永，永隔。箴，规劝。说老友永逝，没有人再规劝自己的过失了，所以发出第三个"呜呼哀哉"。颜延之在陶渊明墓前再一次称陶渊明"仁焉而终，智焉而毙"，是任智之士。这番表达，就不仅仅是惋惜，似乎还有某些忏悔的意味。最后一个"呜呼哀哉"回应开篇，尽管陶渊明生前名声并不显赫，但是由于他的高风亮节而获得了靖节先生的谥号，颜延之相信，陶渊明必将追随着此前的著名隐逸之士而永远进入历史。

作为官方史书，《宋书》第一次为陶渊明立传：

陶潜字渊明，或云渊明字元亮，寻阳柴桑人也。曾祖侃，晋大司马。潜少有高趣，尝著《五柳先生传》以自况，曰（略）。其自序如此，时人谓之实录。亲老家贫，起为州祭酒，不堪吏职，少日，自解归。州召主簿，不就。躬耕自资，遂抱羸疾，复为镇军、建威参军，谓亲朋曰："聊欲弦歌，以为三径之资，可乎？"执事者闻之，以为彭泽令。公田悉令吏种秫稻，妻子固请种秔，乃使二顷五十亩种秫，五十亩种秔。郡遣督邮至，县吏白应束带见之，潜叹曰："我不能为五斗米折腰向乡里小人。"即日解印绶去职。赋《归去来》，其词曰（略）。

义熙末，征著作佐郎，不就。江州刺史王弘欲识之，不能致也。潜尝往庐山，弘令潜故人庞通之赍酒具于半道栗里要之，潜有脚疾，使一门生二儿舁篮舆，既至，欣然便共饮酌，俄顷弘至，亦无忤也。先是，颜延之为刘柳后军功曹，在寻阳，与潜情款。后为始安郡，经过，日日造潜，每往必酣饮致醉。临去，留二万钱与潜，潜悉送酒家，稍就取酒。尝九月九日无酒，出宅边菊丛中坐久，值弘送酒至，即便就酌，醉而后归。潜不解音声，而畜素琴一张，无弦，每有酒适，辄抚弄以寄其意。贵贱造之者，有酒辄设，潜若先醉，便语客："我醉欲眠，卿可去。"其真率如此。郡将候潜，值其酒熟，取头上葛巾漉酒，毕，还复著之。

潜弱年薄宦，不洁去就之迹，自以曾祖晋世宰辅，耻复屈身后代，自高祖王业渐隆，不复肯仕。所著文章，皆题其年月，义熙以前，则书晋氏年号，自永初以来唯云甲子而已。与子书以言其志，并为训戒曰：

天地赋命，有往必终，自古贤圣，谁能独免。子夏言曰："死生有命，富贵在天。"四友之人，亲受音旨，发斯谈者，岂非穷达不可妄求，寿夭永无外请故邪。吾年过五十，而穷苦荼毒，以家贫弊，东西游走。性刚才拙，与物多忤，自量为己，必贻俗患，僶俛辞世，使汝幼而饥寒耳。常感孺仲贤妻之言，败絮自拥，何惭儿子。此既一事矣。但恨邻靡二仲，室无莱妇，抱兹苦心，良独罔罔。

少年来好书，偶爱闲静，开卷有得，便欣然忘食。见树木交荫，时鸟变声，亦复欢尔有喜。尝言五六月北窗下卧，遇凉风暂至，自谓是羲皇上人。意浅识陋，日月遂往，缅求在昔，眇然如何。

疾患以来，渐就衰损，亲旧不遗，每以药石见救，自恐大分将有限也。恨汝辈稚小，家贫无役，柴水之劳，何时可免，念之在心，若何可言。然虽不同生，当思四海皆弟兄之义。鲍叔、敬仲，分财无猜，归生、伍举，班荆道旧，遂能以败为成，因丧立功，他人尚尔，况共父之人哉。颍川韩元长，汉末名士，身处卿佐，八十而终，兄弟同居，至于没齿。济北氾稚春，晋时操行人也，七世同财，家人无怨色。《诗》云：高山仰止，景行行止。汝其慎哉！吾复何言。

又为《命子诗》以贻之曰：

悠悠我祖，爰自陶唐。邈为虞宾，历世垂光。御龙勤夏，豕韦翼商。穆穆司徒，厥族以昌。纷纭战国，漠漠衰周。凤隐于林，幽人在丘。逸虬挠云，奔鲸骇流。天集有汉，眷予愍侯。于赫愍侯，运当攀龙。抚剑夙迈，显兹武功。参誓山河，启土开封。亹亹丞相，允迪前踪。浑浑长源，蔚蔚洪柯。群川载导，众条载罗。时有默语，运固隆汙。在我中晋，业融长沙。桓桓长沙，伊勋伊德。天子畴我，专征南国。功遂辞归，临宠不惑。孰谓斯心，而可近得。肃矣我祖，慎终如始。直方二台，惠和千里。于皇仁考，淡焉虚止。寄迹风运，冥兹愠喜。嗟余寡陋，瞻望靡及。顾惭华鬓，负景只立。三千之罪，无后其急。我诚念哉，呱闻尔泣。卜云嘉日，占尔良时。名尔曰俨，字尔求思。温恭朝夕，念兹在兹。尚想孔伋，庶其企而。厉夜生子，遽而求火。凡百有心，奚待于我。既见其生，实欲其可。人亦有言，斯情无假。日居月诸，渐免于孩。福不虚至，祸亦易来。夙兴夜寐，愿尔斯才。尔之不才，亦已焉哉。

潜元嘉四年卒，时年六十三。①

尽管陶渊明的享年争议很大，但是其卒年确是明白无误的，即宋文帝

---

① 《宋书·隐逸·陶潜传》，中华书局1974年版，第2286—2290页。

元嘉四年（427）。颜延之的诔文亦作于此后不久。这一年，颜延之四十四岁，①而《宋书》的始作俑者何承天五十八岁。何承天小陶渊明五岁，大颜延之十四岁，与颜延之同朝为官。陶渊明死后的第八个年头，即八年元嘉十二年，颜、何二人还就佛教问题展开激烈争论，见于《弘明集》的就有：何承天《达性论》《答颜永嘉》《重答颜永嘉》，颜延之著《释达性论》《重释何衡阳》《又释何衡阳》，《高僧传·慧严传》又载："时延之著《离时观》及《论检》，帝命严辩其同异，往复终日。帝笑曰：'公等今日，无愧支、许。'"又三年，元嘉十五年（438），朝廷开设玄、儒、史、文四馆。何承天掌管史学馆，开始《宋书》的撰写。这时距离陶渊明之死才十年。何承天死于元嘉二十四年（447）八月。两年后，裴松之重受诏续成何承天《宋书》，未遑述作，"其年终于位"（见裴子野《宋略总论》）。其后，苏宝生续作。大明二年（459），苏宝生因高阇谋反叛乱而不启闻，结果被杀，徐爰领著作郎，续撰《宋书》，作《议国史限断表》。当时很多著名文人如丘巨源亦参与其中。刘宋灭亡后，南齐永明五年（487）春，沈约被敕撰《宋书》。这一年他四十七岁。越一年书成上奏。所以如此神速，就是因为有此前五十年的积累。②我们这里详细描述《宋书》的修撰过程，不过想说明，《宋书》的修撰沿革，班班可考，且最初撰者何承天与颜延之的关系非常密切，因此，《宋书》所载陶渊明传，应当可信。萧统撰《陶渊明传》大体依据《宋书》而成。

《宋书》又提供了哪些细节值得注意呢？第一，他的家世，《命子诗》说他是陶唐之后。西晋大将陶侃乃其曾祖。第二，他的名与字。陶渊明《晋故征西大将军长史孟府君传》《祭程氏妹文》等皆自名渊明，颜延之《陶征士诔并序》称"有晋征士寻阳陶渊明"等亦如此。沈约《宋书·陶潜传》载："陶潜字渊明，或云渊明字元亮。"始见歧异。萧统《陶渊明传》载："陶渊明字元亮，或云潜字渊明。"名与字已混淆不清。《南史·陶潜传》："陶潜字渊明，或云字深明，名元亮。"深明当是避讳，改

---

① 参见缪钺《颜延之年谱》，收入作者著《读史存稿》，生活·读书·新知三联书店1963年版，第139页。

② 参见曹道衡、刘跃进著《南北朝文学编年史》相关条目，人民文学出版社2000年版。

"渊"为"深",自来无异说。其他则迄今未有一致的意见。第三,他的妻子与他同甘共苦,"公田悉令吏种秫稻,妻子固请种秔,乃使二顷五十亩种秫,五十亩种秔"。两人育有五子:俨、俟、份、佚、佟,而《责子》诗则举其小名曰舒、宣、雍、端、通。陶俨居长。第四,他的朋友很多,晋宋之际,游走于当时各个军阀之间,且上庐山,与当时社会名流多所交往。① 这些朋友中,最近的当然首推颜延之。第五,他的仕途:一为江州祭酒,不堪吏职,少日解归。二为镇军、建威参军,俸禄过低,求迁他职。三为彭泽令,在职八十天就挂冠归隐。此后,曾被征著作佐郎,亦未就职。第六,他的性格,好喝酒,自尊心很强。江州刺史王弘想见他,他不肯前往。郡遣督邮来视察工作,他不肯屈身迎接,便永远告别官场。这里又有很多潜台词值得我们关注,譬如陶渊明与琅琊王氏的关系,与沛县桓氏的关系,与彭城刘氏的关系,都值得我们进一步思考。

## 二 陶渊明的创作

《文选》收录陶渊明创作可以归为三类。诗分两类,一是行旅类二首,二是杂诗(杂拟)类六首。另外一类是韵文《归去来兮辞》一首。

行旅类创作两首,是指《始作镇军参军经曲阿作》《辛丑岁七月赴假还江陵夜行涂口》。依照写作时间,《辛丑岁七月赴假还江陵夜行涂口》应当在前。辛丑,即晋安帝隆安五年(401)。此时,陶渊明正在桓玄幕下任职。这年七月回到浔阳休假,此诗乃在归途所作,流露出对于仕途的厌倦之感。沈约《宋书》说,陶渊明"自以曾祖晋世宰辅,耻复屈身后代,自高祖王业渐隆,不复肯仕。所著文章,皆题其年月,义熙以前,则书晋氏年号,自永初以来唯云甲子而已"。永初为刘裕称帝后的年号。隆安,为司马德宗年号。这里称为"辛丑"而未称年号,无所谓耻仕异代的问题。据此,沈约看法未必确切。陶渊明所厌倦的是仕途,这种厌倦,似乎出自本能。

---

① 参见袁行霈先生《陶渊明与晋宋之际的政治风云》一文,载作者著《陶渊明研究》一书中,北京大学出版社1997年版,第78页。

闲居三十载，遂与尘事冥。诗书敦宿好，林园无世情。如何舍此去，遥遥至西荆。叩枻新秋月，临流别友生。凉风起将夕，夜景湛虚明。昭昭天宇阔，晶晶川上平。怀役不遑寐，中宵尚孤征。商歌非吾事，依依在耦耕。投冠旋旧墟，不为好爵萦。养真衡茅下，庶以善自名。

诗人自幼酷爱诗书，乐游园林，二十九岁才第一次出仕，然后不久就挂冠归隐所以称自己"闲居三十载，遂与尘事冥"。诗人在桓玄幕下任职，是第二次。西荆，即西荆州。五臣本又作南荆。距离家乡越来越远。这次回家，星夜兼程，归心似箭。叩枻，叩船舷。友生，友朋。"凉风起将夕，夜景湛虚明。昭昭天宇阔，晶晶川上平"四句为江上夜景。湛，澄明。晶晶，明亮。月光照在水上，明亮平净。在这样的月光下，诗人孤独启程，深夜前行。遑，闲暇。不遑，没有闲暇之心。"商歌非吾事，依依在耦耕。投冠旋旧墟，不为好爵萦。养真衡茅下，庶以善自名"由此孤征，诗人又想到曾经的志向。《淮南子》记载，齐桓公时，宁戚听说齐桓公要兴霸业，很想成就一番事业，可惜无人引荐，于是商歌车下以吸引注意，桓公慨然而悟。这里用"商歌"表示干谒求仕。耦耕，躬耕田野。《论语》使子路问道，长沮、桀溺发表一番议论而耦耕自逸。这是诗人所向往的生活。爵荣，有的本子作"爵繁"，或者"爵营"，其义相同。挂冠归隐，营养真性，结尾二句落在"真""善"二字上。衡茅，茅屋。庶，希望。养真乡间，为善留名。

《始作镇军参军经曲阿作》作于晋安帝元兴三年（404）。李善注引臧荣绪《晋书》曰："宋武帝行镇军将军。"说明此时陶渊明正在刘裕幕下。据《晋书·安帝纪》《宋书·武帝纪》，晋安帝元兴三年（404），建武将军刘裕率刘毅、何无忌等聚义兵于京口。三月，桓玄司徒王谧推刘裕行镇军将军、徐州刺史、都督扬、徐、兖、豫、青、冀、幽、并八州诸军事。诗题"始作"，则系参任镇军参军之始，大约在元兴三年或稍后。

弱龄寄事外，委怀在琴书。被褐欣自得，屡空常晏如。时来苟宜会，宛辔憩通衢。投策命晨旅，暂与园田疏。眇眇孤舟游，绵绵归思纤。我行岂不遥，登降千里余。目倦修途异，心念山泽居。望云惭高鸟，临水愧游鱼。真想初在衿，谁谓形迹拘？聊且凭化迁，终反班生庐。

头四句写自己的旨趣。事外，尘世之外。委怀，安怀。自幼寄情琴书，忘怀尘世。如刘歆《遂初赋》所说"玩琴书以条畅"。被褐，身着短衣。屡空，家贫无资。李善注引《孔子家语》曰："原宪衣冠毙，并月而食蔬，衎然有自得之志。"《汉书》曰："扬雄家产不过十金，室无檐石之储，晏如也。"这里，作者以原宪、扬雄自比，正如《五柳先生传》所说："环堵萧然，不蔽风日，裋褐穿结，箪瓢屡空，晏如也。"然而，时命不舛，不得不为生计而出仕。苟，苟且。时命既来，姑且与之相向而行。宛辔，即屈驾长往之意。憩，小息。通衢，大路。这里比作仕途。作者离开自己的家乡，踏上征程，孤舟远游，内心十分郁结。"望云惭高鸟，临水愧游鱼"二句为点睛之笔。谢灵运《登池上楼》"薄霄愧云浮，栖川怍渊沉"所写亦同一境界，言愧对鱼鸟浮云。愧对的内容是什么呢？也就是下文所说，"真想初在衿，谁谓形迹拘"？《老子》曰：修之于身，其德乃真。《淮南子》曰：全性保真，不亏其身。所谓真想，就是顺性自然，不拘行迹。而今，误入仕途，也只能暂且委屈自己，最终还是要回到自己的家乡。由此看来，作者这次出仕，确有很多无奈。

杂诗类创作六首，即卷二十八收录的《挽歌》一首，卷三十"杂诗下"收录的《杂诗》二首、《咏贫士》一首、《读〈山海经〉》一首，同卷"杂拟上"收录的《拟古诗》一首。《挽歌》已见前面征引，这里集中浏览其他五首。

题目《杂诗》二首，《陶渊明集》题作《饮酒》，共二十首，前有小序：

  余闲居寡欢，兼比夜已长，偶有名酒，无夕不饮，顾影独尽，忽焉复醉，既醉之后，辄题数句自娱，纸墨遂多，辞无诠次，聊命故人书之，以为欢笑耳。

由此可见，这是组诗，且非一时之作。作者另有《杂诗》十二首，《文选》所题《杂诗》二首并不在其中。因此，还是称作《饮酒》二首为好。这二首诗曰：

> 结庐在人境，而无车马喧。问君何能尔？心远地自偏。采菊东篱下，悠然望南山。山气日夕佳，飞鸟相与还。此还有真意，欲辩已忘言。

> 秋菊有佳色，裛露掇其英。泛此忘忧物，远我达世情。一觞虽独进，杯尽壶自倾。日入群动息，归鸟趋林鸣。啸傲东轩下，聊复得此生。

据专家考证，这组诗应作于诗人第二次辞官归隐期间。我们知道，陶渊明二十九岁初踏仕途，任江州祭酒，少日归解。从前面所引《辛丑岁七月赴假还江陵夜行涂口》看，诗人供职于桓玄幕下是晋安帝隆安四年（401），时年三十六岁。翌年辛丑七月告假。这年冬天，以母丧辞职。《始作镇军参军经曲阿作》作于晋安帝元兴三年（404），题曰"始作"，即初仕刘裕幕下。从 401 年至 404 年大约三年间，诗人隐居乡间。这组《饮酒》大约作于这个期间。

关于第一首诗还牵涉到一桩文字公案，"悠然望南山"，有的版本作"悠然见南山"。《蔡宽夫诗话》说："采菊东篱下，悠然见南山。此其闲远自得之意，直若超然邈出宇宙之外。俗本多以'见'为'望'字。若尔，则便有褰裳濡足之态矣。乃知一字之误，害理有如此者。"[1] 苏东坡也以"见"为佳，说："因采菊而见山，境与意会，此句最有妙处。近岁俗本皆作'望南山'，则此一篇神气都索然矣。古人用意深微，而俗士率然妄以意改，此最可疾。"[2] 黄侃《〈文选〉平点》本清代何焯之说，以为"望字不误。不望南山，何由知其佳耶？无故改古以伸其谬见，此宋人之

---

[1] 《蔡宽夫诗话》，见郭绍虞《宋诗话辑佚》辑录，中华书局 1980 年版，第 380 页。
[2] 苏轼评语，辑自《陶渊明资料汇编》，中华书局 1962 年版，第 29 页。

病也"①。诗的结尾如前引两诗一样，又落在"真"字上。诗人一而再、再而三地论及"真"字，就因为只有乡间生活，才能保持本真。而这种本真又如《庄子》所说，得意而忘言。

由采菊东篱，引入第二首"秋菊有佳色，裛露掇其英"。裛，湿也。掇，拾也。此二句言露水尚湿时，采摘鲜花，泛之于酒。这种的生活，会使诗人忘却尘世的烦恼。诚如潘岳《秋菊赋》所说"泛流英于清醴，似浮萍之随波"。忘忧物，即秋菊美酒。"一觞虽独进，杯尽壶自倾。"谓其一人独饮。他在《杂诗》中说"欲言无予和，挥杯劝孤影"。当然，诗人也会接待友朋来访。如前引《宋书·陶潜传》记载陶渊明"尝九月九日无酒，出宅边菊丛中坐久，值弘送酒至，即便就酌，醉而后归。潜不解音声，而畜素琴一张，无弦，每有酒适，辄抚弄以寄其意。贵贱造之者，有酒辄设，潜若先醉，便语客：我醉欲眠，卿可去"。其真率如此，"日入群动息，归鸟趋林鸣"可以有两种理解。就乐观而言，这种日出而作，日入而息的生活，自然快意无比。当然也可以有另外的理解。曹植《赠白马王彪》写到自己归蕃的路上，与兄弟分别，"原野何萧条，白日忽西匿。归鸟赴乔林，翩翩厉羽翼。孤兽走索群，衔草不遑食。感物伤我怀，抚心长太息"。同样是归鸟，同样是孤兽，心境不同，色彩迥异。从陶渊明的相关诗作来看，很难说陶渊明的心境完全是明快自怿的。尽管乡间有这样那样的难处，但是诗人宁愿"啸傲东轩下，聊复得此生"。还是那句话，这里有达生之乐，有自然之美。

《咏贫士》的写作年代不易确定，从内容推断应当作于晚年。诗云：

> 万族各有托，孤云独无依。暧暧虚中灭，何时见余辉。朝霞开宿雾，众鸟相与飞。迟迟出林翮，未夕复来归。量力守故辙，岂不寒与饥。知音苟不存，已矣何所悲！

孤云，比喻贫士孤苦无靠。诗人为此感慨，尽管万物有托，唯有孤云漂泊流荡，就像自己一样。"暧暧虚中灭，何时见余辉。"暧暧，昏暗貌，给人

---

① 黄侃：《〈文选〉平点》，上海古籍出版社1985年版，第159页。

孤苦的联想，贫士永无荣富之望。"朝霞开宿雾，众鸟相与飞。迟迟出林翮，未夕复来归。"当天空明朗，那些得志之人，如众鸟结伴而飞的时候，只有贫士迟迟在后，早早而归。"量力守故辙，岂不寒与饥"二句写贫士量其微力，守其故迹，忍受饥寒。对于诗人来讲，物质的贫困其实还不是最大的问题。"知音苟不存，已矣何所悲"则点出了困惑所在。诚如古诗所说，"不惜歌者苦，但伤知音稀"。《楚辞》也有这样的感慨："已矣，国无人兮莫我知。"屈原可以远游，那么陶渊明的出路在哪里？由这最后一句，我们联想到宋玉的《九辩》，感受到"贫士失职而志不平"的愤慨。

陶渊明《饮酒》二十首之四依然表现这样一个主题：

> 栖栖失群鸟，日暮犹独飞。徘徊无定止，夜夜声转悲。厉响思清晨，去来何依依。因植孤生松，敛翮遥来归。劲风无荣木，此荫独不衰。托身已得所，千载不相违。

失群鸟犹如孤云，无依无靠。夕阳西下时分，同伴都已回到鸟巢，惟有自己徘徊无定，悲鸣不已。这里，诗人强调的是"夜夜"声悲，天天渴望，渴望走出黑暗，早日找到靠山。他想象着在空旷的原野上，失群鸟终于看到一株大树，在狂风暴雨之后依然独立于世，傲然挺拔。这给诗人带来希望，似乎找到托身之所，可以得到颈松的庇护，千载相依，永不分离。在陶渊明的笔下，孤鸟、游云，是最常见的意象，看似自由，却将诗人内心的孤单表达得淋漓尽致。

《读〈山海经〉》共十三首，《文选》仅录一首。

> 孟夏草木长，绕屋树扶疏。众鸟欣有托，吾亦爱吾庐。既耕亦已种，且还读我书。穷巷隔深辙，颇回故人车。欢言酌春酒，摘我园中蔬。微雨从东来，好风与之俱。泛览《周王传》，流观《山海图》。俯仰终宇宙，不乐复何如。

从第一首诗中可以知道，诗人所读除《山海经》外，还有《穆天子传》等，由于读史便生出许多的感慨，其中颇多借古咏今。这一首叙写幽居耕读的乐趣，以下十二首分别咏叹二书所记奇异事物。如第二首歌颂了精卫和刑天的坚强斗争精神，寄托着诗人慷慨不平的心情。鲁迅先生说，陶渊明不仅有"采菊东篱下，悠然见南山"的飘逸静穆的一面，同时还有"刑天舞干戚，猛志故常在"的金刚怒目的另一面。由此可见，诗人的晚年，心情并不平静。尽管如此，他始终没有改变自己的选择，以至终老。最后一首旁及齐桓公不听管仲遗言，任用易牙、开方、竖刁，三人专权，继而为乱，桓公渴馁而死事，似乎是为晋宋易代而发。这组诗有起有结，当是入宋以后同一时期的作品。

《拟古》一首的主旨是人生多变，荣乐无常：

> 日暮天无云，春风扇微和。佳人美清夜，达曙酣且歌。歌竟长叹息，持此感人多。明明云间月，灼灼叶中花。岂无一时好，不久当如何？

春风吹拂，夕阳西下。佳人相伴，酣饮达旦。这本是一个多么美好的夜晚，但是，歌竟而叹，乐极生悲。明月再好，鲜花再艳，也不过转瞬即逝。

《归去来兮》是陶渊明辞赋创作的代表，前有序，《文选》卷四十五李善注仅节引小序。而宋本《陶渊明集》所引序较为完整：

> 余家贫，耕植不足以自给。幼稚盈室，瓶无储粟。生生所资，未见其术。亲故多劝余为长吏。脱然有怀，求之靡途。会有四方之事，诸侯以惠爱为德。家叔以余贫苦，遂见用为小邑。于时风波未静，心惮远役。彭泽去家百里，公田之利足以为酒，故便求之。及少日，眷然有归欤之情，何则？质性自然，非矫厉所得。饥冻虽切，违己交病。尝从人事，皆口腹自役。于是怅然慷慨，深愧平生之志。犹望一稔，当敛裳宵逝，寻程氏妹丧于武昌。情在骏奔，自免去职。仲秋至冬，在官八十余日。因事顺心，命篇曰：《归去来兮》。乙巳岁十一月也。[①]

---

[①] 《宋本陶渊明集》，国家图书馆出版社2018年版，第108页。

乙巳岁，为晋安帝义熙元年（405）。由前引《始作镇军参军经曲阿作》知道，陶渊明在上年，即安帝元兴三年（404）入刘裕幕。这年三月，刘裕为侍中、车骑将军、都督中外诸军事。四月，刘裕镇京口，改授都督荆、司等十六州诸军事，加领兖州刺史。八月，陶渊明为彭泽县令，在官八十余日。至十一月，程氏妹丧于武昌，高调自免，作《归去来辞》。从前引几首诗看，这几年，陶渊明一直在当时的政治风云的旋涡中周旋。桓玄、刘裕等都是当时的风云人物，先后执掌大权。如果是一个略有心计的人，他会充分地利用这样难得的机会逢迎附和，借机捞取政治资本。然而陶渊明依然如故，为官仅八十余日，便又挂冠归隐，而且永远地告别了官场。他这次所以出仕，又所以归隐，他在告别官场的《归去来兮序》中交代得十分清晰："何则？质性自然，非矫励所得。饥冻虽切，违己交病。尝从人事，皆口腹自役。于是怅然慷慨，深愧平生之志。"他把官场视为迷途，把归返自然当作他实现平生之志的最佳选择。他写道：

归去来兮，田园将芜胡不归！既自以心为形役，奚惆怅而独悲？悟已往之不谏，知来者之可追。实迷途其未远，觉今是而昨非。舟遥遥以轻飏，风飘飘而吹衣。问征夫以前路，恨晨光之熹微。乃瞻衡宇，载欣载奔。僮仆欢迎，稚子候门。三径就荒，松菊犹存。携幼入室，有酒盈樽。引壶觞以自酌，眄庭柯以怡颜。倚南窗以寄傲，审容膝之易安。园日涉以成趣，门虽设而常关。策扶老以流憩，时矫首而遐观。云无心以出岫，鸟倦飞而知还。景翳翳以将入，抚孤松而盘桓。归去来兮，请息交以绝游。世与我而相遗，复驾言兮焉求？悦亲戚之情话，乐琴书以消忧。农人告余以春兮，将有事乎西畴。或命巾车，或棹孤舟。既窈窕以寻壑，亦崎岖而经丘。木欣欣以向荣，泉涓涓而始流。善万物之得时，感吾生之行休！已矣乎！寓形宇内复几时，曷不委心任去留！胡为遑遑欲何之？富贵非吾愿，帝乡不可期。怀良辰以孤往，或植杖而耘耔。登东皋以舒啸，临清流而赋诗。聊乘化以归尽，乐夫天命复奚疑！

他说自己回到家乡，是因为田园荒芜，更是因为自己内心的荒芜，内心为外形所役使，悲亦何益，唯有归返。"悟已往之不谏，知来者之可追"出自《论语》楚狂接舆所歌"往者不可谏，来者犹可追"。这次归返，他抱定决心，绝不再误入歧途。诗人乘着一叶轻舟，在落日的余晖下踏上回家的路程。"舟遥遥以轻飏，风飘飘而吹衣。问征夫以前路，恨晨光之熹微。"熹微，日光渐暗。熹，通"熙"字。家乡渐近，甚至连所居衡门屋室都看见了。诗人一路奔来，童仆、幼子正在家口恭候，家乡的小路、松菊依然如故。家中虽然不很宽敞，但是足以容身。诗人靠着南窗，拿起酒壶，自饮自斟。再踱步院中，看到门扉常闭，也许很久没有人来了。他举头四望，但见"云无心以出岫，鸟倦飞而知还。景翳翳以将入，抚孤松而盘桓"，停止不进的样子，似乎也在与他相伴。只有回到这样的情境，他才能真正回到自我。

以上是诗人在作品中所写的第一层意思，重点在自然环境的优雅。诗人对于自己家园的远近景物作了细微的描绘。本来，家中一切应当是最熟悉的了，这种新鲜的感觉，在一般的情况下似乎难以理解。但是，我们可以设身处地想一想，一个人，当他重新得到失去已久的珍爱东西时，尽管是非常熟悉的东西，他还会情不自禁地反复爱抚，百般欣赏。诗人不厌其烦地叙写故里远近景物，重温温馨的生活气氛，正是刚刚脱离了樊笼的羁绊后的典型心态。从"悦亲戚之情话，乐琴书以消忧。农人告余以春兮，将有事乎西畴"四句开始由外在环境写到故里人情以及躬耕田园的劳作。有事，谓耕作。西畴，陶渊明所居之地。乡间道路崎岖，沟壑纵横。这里，林木欣欣，泉水涓涓。终老于此，委运大化，何必要惶惶不可终日地追求富贵呢？"已矣乎！寓形宇内复几时，曷不委心任去留！胡为遑遑欲何之？富贵非吾愿，帝乡不可期。"所表现的正是这种深刻的反思。

"怀良辰以孤往，或植杖而耘耔。登东皋以舒啸，临清流而赋诗"四句，正如《移居》第二首所写："春秋多佳日，登高赋新诗。过门更相呼，有酒斟酌之。农务各自归，闲暇辄相思。相思则披衣，言笑无厌时。"而"聊乘化以归尽，乐夫天命复奚疑"亦即《形·影·神》所写："纵浪大化中，不喜亦不惧。应尽便须尽，无复独多虑。"不以物喜，不以己悲，一切悲欢离合，一切得失利弊，处之泰然。

陶渊明把人生、官场、社会、未来都完全看透了。所以在他的盛年，急流勇退，追求自身人格的完美。历史上不乏像卢臧用所说的那种走"终南捷径"的假隐士，更不乏像陶宏景那样"身在江湖，心怀魏阙"的所谓"山中宰相"。他们的归隐是为了复出，以退为进，在骨子眼里根本就没有摆脱名利的羁绊。唯有陶渊明彻底地突破了千百年来困扰着无数士大夫的出处大关，在入世与出世这一根本问题上，他再也不像《孟子》所标榜的那样"达则兼济天下，穷则独善其身"，完全处在一种极其被动、极其尴尬的两难境地，而是勇敢地选择了自己的生活道路。

这是诗人一生最重要的抉择，尽管他放弃了自己早年的理想，转向急流勇退，但这需要有过人的"勇"，这是令人钦佩的"退"。他在大自然中终于找到了自己的生活位置，认识到了自己的长处与短处，体会到了一种难以言表的"自得之快"。

## 三　陶渊明的影响

诗人的晚年，物质生活已经相当困顿，但他依然不改其志。这并不是说诗人甘愿受穷、甘愿老死乡间，永远放弃自己的理想追求，他曾有过困惑、有过痛苦，也许有过悔意。我们读读他五十岁左右所写的一组《杂诗》，便可以体味出诗人复杂的情感：

> 白日沦西阿，素月出东岭。遥遥万里辉，荡荡空中景。风来入房户，夜中枕席冷。气变悟时异，不眠知夕永。欲言无予和，挥杯劝孤影。日月掷人去，有志不获骋。念此怀悲凄，终晓不能静。

隐居在乡间，他有过"采菊东篱下，悠然见南山"的怡然之情，同时，当他回首往事，又深感"日月掷人去，有志不获骋"，为此他竟"终晓不能静"。看来，诗人到底还没有完全忘却尘世，他实在不甘心永远作一个隐士。"气变悟时异，不眠知夕永。欲言无予和，挥杯劝孤影"四句，以一片风清月朗的夜晚作为背景，勾画出一幅足以发人深思的诗的境界，使人宛见一个落寞惆怅、孤寂万端的诗人形象。这个形象颇发人深思。追求自由，却又落入寂寞与无奈的境况中，这是诗人所始料不及的结局。如前所述，颜延之为陶渊明作诔，就是希望人们不要忘记陶渊明。

诗人隐居家乡，到了晚年，与外界的交往日益减少。因此，很多人认为陶渊明在当时文学界的名声不大，《宋书》把他列入《隐逸传》，并未作为大诗人看待。刘勰《文心雕龙》也只字未提陶渊明。[①] 与刘勰同时稍后的钟嵘在《诗品》中将陶渊明列为中品，且称之为古今隐逸诗人之宗。颜延之《陶征士诔》说："汲流旧巘，葺宇家林。晨烟暮霭，春煦秋阴。陈书辍卷，置酒弦琴。居备勤俭，躬兼贫病。"而最能表现这种情境的莫过于他的《归园田居》五首：

少无适俗韵，性本爱丘山。误落尘网中，一去三十年。羁鸟恋旧林，池鱼思故渊。开荒南野际，守拙归园田。方宅十余亩，草屋八九间。榆柳荫后檐，桃李罗堂前。暧暧远人村，依依虚里烟。狗吠深巷中，鸡鸣桑树颠。户庭无尘杂，虚室有余闲。久在樊笼里，复得返自然。

野外罕人事，穷巷寡轮鞅。白日掩荆扉，虚实绝尘想。时复墟曲中，披草共来往。相见无杂言，但道桑麻长。桑麻日已长，我土日已广。常恐霜霰至，零落同草莽。

种豆南山下，草盛豆苗稀。晨兴理荒秽，带月荷锄归。道狭草木长，夕露沾我衣。衣沾不足惜，但使愿无违。

刘宋后期，江淹创作《杂体诗》三十首，收录在《文选》卷三十一"杂拟"类，其中有一首模拟陶诗。表面上看似乎是模拟《归园田居》，但是又不仅限于此。所以题目叫《田园》，而不是《归园田居》。诗曰：

种苗在东皋，苗生满阡陌。虽有荷锄倦，浊酒聊自适。日暮巾柴车，路暗光已夕。归人望烟火，稚子候檐隙。问君亦何为？百年会有

---

[①] 《文心雕龙·隐秀》一处提及陶渊明，但学术界认为现存《隐秀》一篇为后人所加，不足信。

役。但愿桑麻成，蚕月得纺绩。素心正如此，开径望三益。

前六句总体意境出自《归园田居》第三首。东皋，却出自《归去来兮辞》"登东皋以舒啸"。"虽有荷锄倦"，出自"晨兴理荒秽，带月荷锄归"，而"浊酒聊自适"又出自《杂诗》"虽欲挥手归，浊酒聊自持"。"归人望烟火"出自第一首"暧暧远人村，依依虚里烟。狗吠深巷中，鸡鸣桑树颠。户庭无尘杂，虚室有余闲"的意境。而"稚子候檐隙"则出自《归去来兮辞》曰："稚子候门。""问君亦何为？百年会有役"又出自《饮酒》二十首之"问君何能尔，心远地自偏"。有役，指劳役。陶渊明《夜行涂口》："怀役不遑寐。""但愿桑麻成，蚕月得纺绩"又出自第二首"相见无杂言，但道桑麻长"。"素心正如此，开径望三益。"素心，本心，出自《卜居》所说"闻多素心人，乐与数晨夕"。三益，出自《论语》"益者三友，友直，友谅，友多闻，益矣"。可见，这首诗虽然题曰《田园》，实际涉及陶渊明很多作品，后来一些选本如《诗渊》等不明就里，将这首拟作误作陶渊明的作品，可见模拟神似。

从诗歌的贡献而言，陶渊明以其描写农村生活的优秀诗篇，在诗歌领域揭橥出一种鲜明的创作典范，把山水田园作为诗歌描写的对象，平淡自然，意绪深远，开启后世田园诗派之先河，影响极为久远。清人沈德潜说："陶诗胸次浩然，其中有一段渊深朴茂不可到处。唐人祖述者，王右丞有其清腴，孟山人有其闲远，储太祝有其朴实，韦左司有其冲和，柳仪曹有其峻洁，皆学焉而得其性之所近。"[①] 李白《月下独酌》诗："花间一壶酒，独酌无相亲，举杯邀明月，对影成三人。"这与陶渊明诗"欲言无予和，挥杯劝孤影"如出一辙。白居易有《效陶潜体诗十六首》并在《题浔阳楼》诗中写道："常爱陶彭泽，文思何高玄。"类似这样的例证，可以毫不夸张地说，在唐诗中俯拾皆是，不胜枚举。

后世常以陶、谢并称，在创作山水田园诗歌方面，陶渊明与谢灵运确

---

① 沈德潜：《说诗晬语》，人民文学出版社1979年版，第207页。王若虚《滹南遗老集》卷三十四认为陶诗不可模仿。他说："《归去来兮辞》本自一篇自然真率文字，后人模拟已自不宜，况可次韵乎？次韵则牵合而不类矣。"胡传志、李定乾校注本，辽海出版社2006年版，第388页。

实都有开拓之功；而且两人生活的年代也比较接近，陶渊明卒于宋文帝元嘉四年（427），而谢灵运于元嘉十年（433）被杀。他们所开启的山水田园诗派同时登上诗坛，这一现象本身就很值得思考。不过，两人也有明显的区别，门第自有高下之分，政治追求也大相径庭：谢灵运热衷于政治，而陶渊明则正好相反。这姑且不论。就诗歌创作而言，两人所表现出来的审美追求也颇不相同。谢灵运的诗歌已有明显的骈偶色彩，有些小诗，如《玉台新咏》所收的《东阳溪中赠答》二首，就已经接近了永明诗风，向近体诗迈进了一大步。而陶渊明的诗歌创作却与谢灵运大不相同，他的诗就像他本人一样，与世无争，豪华落尽，古朴散淡，绝少润饰，表现出浓重的古体诗风，似乎与近体诗无缘。但是，历史还是大踏步地向前迈进了，像陶渊明那样完全追求古朴诗风，似乎已经不合时宜，所以钟嵘说他是古今隐逸诗人之宗，正是从这个方面着眼的。

萧梁时代的萧统，对于陶渊明的作品非常喜爱，最早编为八卷，并作序，对于陶渊明的文学成就给予极高的评价：

> 夫自衒自媒者，士女之丑行；不忮不求者，明达之用心。是以圣人韬光，贤人遁世。其故何也？含德之至，莫逾于道；亲己之切，无重于身。故道存而身安，道亡而身害。处百龄之内，居一世之中，倏忽比之白驹，寄寓谓之逆旅，宜乎与大块而荣枯，随中和而任放，岂能戚戚劳于忧畏，汲汲役于人间。

> 齐讴赵女之娱，八珍九鼎之食，结驷连镳之游，侈袂执圭之贵，乐则乐矣，忧亦随之。何倚伏之难量，亦庆吊之相及！智者贤人居之，甚履薄冰；愚夫贪士竞此，若泄尾闾。玉之在山，以见珍而招破；兰之生谷，虽无人而犹芳。庄周垂钓于濠，伯成躬耕于野，或货海东之药草，或纺江南之落毛。譬彼鸳雏，岂竞鸢鸱之肉；犹斯杂县，宁劳文仲之牲！

> 至如子常、宁喜之伦，苏秦、卫鞅之匹，死之而不疑，甘之而不悔。主父偃曰：生不五鼎食，死即五鼎烹。卒如其言，亦可痛哉！又有楚子观周，受折于孙满；霍侯骖乘，祸起于负芒。饕餮之徒，其流甚众。

唐尧四海之主，而有汾阳之心；子晋天下之储，而有洛滨之志。轻之若脱屣，视之若鸿毛，而况于他乎！是以至人达士，因以晦迹。或怀玉而谒帝，或被裘而负薪，鼓楫清潭，弃机汉曲。情不成于众事，寄众事以忘情者也。

有疑陶渊明之诗篇篇有酒。吾观其意不在酒，亦寄酒为迹也。其文章不群，词采精拔，跌宕昭彰，独起众类，抑扬爽朗，莫之与京。横素波而傍流，干青云而直上。语时事则指而可想，论怀抱则旷而且真。加以贞志不休，安道苦节，不以躬耕为耻，不以无财为病，自非大贤笃志，与道汙隆，孰能如此者乎！

余爱嗜其文，不能释手，尚想其德，恨不同时。故更加搜求，粗为区目。白璧微瑕者，惟在《闲情》一赋，扬雄所谓劝百而讽一者，卒无讽谏，何必摇其笔端？惜哉！亡是可也！并粗点定其传，编之于录。

尝谓有能读渊明之文者，驰竞之情遣，鄙吝之意祛，贪夫可以廉，懦夫可以立，岂止仁义可蹈，爵禄可辞！不劳复傍游太华，远求柱史，此亦有助于风教尔。[①]

作者从两个方面充分肯定陶渊明，第一是其文章不群，"词采精拔，跌宕昭彰，独起众类，抑扬爽朗，莫之与京。横素波而傍流，干青云而直上。语时事则指而可想，论怀抱则旷而且真。加以贞志不休，安道苦节，不以躬耕为耻，不以无财为病，自非大贤笃志，与道汙隆，孰能如此者乎"！第二是其人品超众，"能读渊明之文者，驰竞之情遣，鄙吝之意祛，贪夫可以廉，懦夫可以立，岂止仁义可蹈，爵禄可辞！不劳复傍游太华，远求柱史，此亦有助于风教尔"。诗人在极其困顿的一生中始终保持着"不以躬耕为耻，不以贫贱为病"的操守，追求人格的完善，这就给后世知识分子树立了一个不肯随波逐流、不与黑暗势力妥协的典范。李白的"安能摧眉折腰事权贵，使我不得开心颜"，就明显地受到了陶渊明不肯为

---

[①] 萧统：《陶渊明集序》，现存各本之间略有差异。此据龚斌《陶渊明集校笺》本过录，上海古籍出版社1996年版，第469—470页。

五斗米折腰的傲岸不群精神的巨大影响。

萧统编辑《陶渊明集》问世后，先在南方流传。东魏孝静帝兴和二年（540）五月，东魏遣散骑常侍李象、邢昕聘梁。十二月，东魏遣散骑常侍崔长谦使于梁。同年，阳休之作为副使也使梁。《北齐书·阳休之传》载，此前，即魏孝武帝永熙三年（534），贺拔胜奔梁，阳休之随之南奔，在江南生活了两年。两年后才北返抵邺。阳休之在萧统所编《陶渊明集》八卷本基础上参合不同版本，编为十卷。从此，《陶渊明集》主要有两个版本系统，一是萧统编辑的八卷本系统，二是阳休之编纂的十卷本系统。此外，唐宋著录还有五卷本、九卷本，只是篇目分合略有不同，而推终原始，皆始于《文选》。

《国学研究》第 43 卷

# 第三辑

# 《文选》中的文学批评史料

# 引　言

《文选》中的文学批评史料主要有三类。

第一类是专门论文，包括卷十七赋"论文"类陆机《文赋》、卷五十"史论"类沈约《宋书·谢灵运传论》、卷五十二曹丕《典论·论文》等。按照时代先后及其重要性而论，曹丕的《典论·论文》、陆机的《文赋》和沈约的《宋书·谢灵运传论》最为重要。

第二类是书序类，包括卷四十二"书"类曹丕《与吴质书》、曹植《与杨德祖书》，卷四十五"序"类卜子夏《毛诗序》、皇甫谧《三都赋序》，卷四十八"符命"类班固《典引序》等。严格说，沈约《宋书·谢灵运传论》也是序传类作品，但是所论内容集中在文学，故作为专门论文看待。班固《典引序》，已有专文论述。曹丕与吴质的书信往来，曹植与杨修、吴质、陈琳的书信往来，还有繁钦与曹丕的书信，都涉及文学批评史料，从中可以看出那个时代文坛的若干特点。

第三类是拟古类作品，如卷三十、三十一"杂拟"类上下所收陆机《拟古诗》十二首，张孟阳《拟〈四愁诗〉》一首，陶渊明《拟古诗》一首，谢灵运《拟〈邺中集〉》八首，袁阳源《效〈白马篇〉》一首、《效古诗》一首，刘休玄《拟古诗》二首，王僧达《和琅邪王依古》一首，鲍照《拟古诗》三首，《学刘公干体》一首，《代君子有所思》一首，范云《效古诗》一首以及江淹《杂体诗》三十首也是文学批评的一种重要形式。

三种类型中，最后一种主要是通过有选择地模拟前人的创作体现作者所处时代的审美追求。因为要惟妙惟肖地模拟，所以要细心揣摩，仔细辨析各家异同，有些好的模拟甚至达到以假乱真的程度。如江淹的创作就是如此。因为不是专门的批评文字，这里暂且存而不论。以下所述十节，大体按照时代先后为序。

# 风以动之，教以化之

## ——《毛诗序》论诗乐文明与伦理教化的关系

　　署名卜子夏的《毛诗序》是中国文学批评史上一篇重要的史料。李善注引《孔子家语》曰："卜商，字子夏，卫人也。"他是孔子弟子，为魏文侯师。陆德明《经典释文》征引众说，或曰子夏，或曰毛公[①]，甚至还有人说这篇序出自东汉卫宏之手，关于诗序的作者，历来多有论辩，但迄今为止，尚无定论。黄侃《〈文选〉平点》认为这篇序的文风类似于《孔子家语》，"文体沿建安以来之制"，其年代不会太早。

　　《关雎》，后妃之德也，风之始也。所以风天下而正夫妇也。故用之乡人焉，用之邦国焉。风，风也，教也。风以动之，教以化之。诗者，志之所之也。在心为志，发言为诗。情动于中而形于言，言之不足，故嗟叹之。嗟叹之不足，故永歌之。永歌之不足，不知手之舞之、足之蹈之也。

　　情发于声，声成文谓之音。治世之音安以乐，其政和。乱世之音怨以怒，其政乖。亡国之音哀以思，其民困。故正得失，动天地，感鬼神，莫近于诗。先王以是经夫妇、成孝敬、厚人伦、美教化、移风俗。

　　故诗有六义焉：一曰风，二曰赋，三曰比，四曰兴，五曰雅，六曰颂。上以风化下，下以风刺上，主文而谲谏。言之者无罪，闻之者足以戒，故曰风。至于王道衰，礼义废，政教失，国异政，家殊俗，

---

[①] 参见吴承仕《经典释文序录疏证》，中华书局1984年版，第75页。

而变风变雅作矣。国史明乎得失之迹，伤人伦之废，哀刑政之苛，吟咏情性，以风其上，达于事变，而怀其旧俗者也。故变风发乎情，止乎礼义。发乎情，民之性也。止乎礼义，先王之泽也。是以一国之事，系一人之本，谓之风。言天下之事，形四方之风，谓之雅。雅者，正也。言王政之所由废兴也。政有小大，故有《小雅》焉，有《大雅》焉。颂者，美盛德之形容，以其成功告于神明者也。是谓四始，《诗》之志也。

然则《关雎》《麟趾》之化，王者之风，故系之周公。南，言化自北而南也。《鹊巢》《驺虞》之德，诸侯之风也，先王之所以教，故系之召公。《周南》《召南》，正始之道，王化之基。是以《关雎》乐得淑女以配君子，忧在进贤，不淫其色。哀窈窕，思贤才，而无伤善之心焉，是《关雎》之义也。

这篇文章涉及的问题很多，最重要的有以下几点，首先揭示了文艺的兴发感动的作用："《关雎》，后妃之德也，风之始也。所以风天下而正夫妇也。故用之乡人焉，用之邦国焉。风，风也，教也。风以动之，教以化之。"《关雎》，《诗经》十五国风的第一篇，按照毛传的解释，这篇作品的主旨是歌颂后妃之德，故称风化之始。风天下，陈八郎本、朝鲜正德本作"风化天下"。有"化"字为宜。"化"是指变化，即通过诗乐礼乐"教以化之"，促进社会的变化，浸润人心的变化。

其次是诗、乐、舞三者并重："诗者，志之所之也。在心为志，发言为诗。"孔颖达《毛诗正义》说："诗者，人志意之所之适也。虽有所适，犹未发口，蕴藏在心，谓之为志。发见于言，乃名为诗。言作诗者所以舒心志愤懑而卒成于歌咏。故《虞书》谓之诗言志也。包管万虑，其名曰心。感物而动，乃呼为志。志之所适，外物感焉。言悦豫之志则和乐兴而颂声作，忧愁之志则哀伤起而怨刺生。"[①] 诗序又说："情动于中而形于言，言之不足，故嗟叹之。嗟叹之不足，故永歌之。永歌之不足，不知手之舞之、足之蹈之也。"诗、乐、舞三位一体，这是中国早期文学的传统。

---

[①] 《毛诗正义》，见《十三经注疏》，中华书局1980年版，第270页。

早期的赋、小说乃至诗歌,都以诵为主,诵,就带有表演的色彩。

再次,特别强调音乐的价值:"情发于声,声成文谓之音。治世之音安以乐,其政和。乱世之音怨以怒,其政乖。亡国之音哀以思,其民困。故正得失,动天地,感鬼神,莫近于诗。先王以是经夫妇、成孝敬、厚人伦、美教化、移风俗。"声,指五声,即宫、商、角、徵、羽。声成文,即宫、商上下相应。厚人伦,胡克家《〈文选〉考异》谓"厚"当作"序"。曹植《求通亲亲表》"叙人伦"引此,当亦是"序"。这段话有两点值得注意,第一是礼乐文明与政治的关系。中国文学历来重视八音与政通、文章与时高下,在这里都可以找到理论源头。第二是强调音乐的独特作用,如《列子》所说:"动天地,感鬼神。"如果只是一般的强调也就罢了。特别值得注意的是孔颖达《毛诗正义》的别解。他说:"声能写情,情皆可见。听音而知治乱,观乐而晓盛衰,故神瞽有以知其趣也。设有言而非志,谓之矫情,情见于声,矫亦可识。"①《乐记》也提出类似的观点:"乐者,德之华也。金石丝竹,乐之器也。诗,言其志也。歌,咏其声也。舞,动其客也。三者本于心,然后乐器从之,是故情深而文明,气盛而化神,和顺积中而英华发外,唯乐不可以为伪;乐者心之动也,声者乐之象也。"②这就把问题引向深入,讨论到诗歌与音乐的异同。中国的文学批评家总是强调音乐、舞蹈、绘画与诗歌的相通相近,通过不同文艺形式表达情感。刘勰《文心雕龙·书记》曾引扬雄的话:"言,心声也;书,心画也。声画形,君子小人见矣。"扬雄提出的言为心声、书为心画的观点,笔者一直奉为圭臬,现在看来扬雄的见解还有缺憾,因为他没有注意到音乐的奥妙,真正能体现心声的应当是音乐,而不是诗歌,因为诗歌可以说假话,而音乐不易作假。钱锺书先生《读〈拉奥孔〉》辨析诗歌与绘画的异同,他在《管锥编》中引用这段话论述诗歌与音乐的不同,认为"仅据《正义》此节,中国美学史即当留片席地与孔颖达"。因为诗与乐的不同,不仅表现在形式上,更重要的是表现在抒情方式上。"言词可以饰伪违心,

---

① 《毛诗正义》,见《十三经注疏》,中华书局1980年版,第270页。
② 陈澔:《礼记集说》,中国书店1994年版,第331页。

而音声不容造作矫情，故言之诚伪，闻音可辨，知音乃所以知言"。①

最后还论及《诗经》按照风、大雅、小雅及颂的编排特点以及比兴手法："故诗有六义焉：一曰风，二曰赋，三曰比，四曰兴，五曰雅，六曰颂。上以风化下，下以风刺上，主文而谲谏。言之者无罪，闻之者足以戒，故曰风。至于王道衰，礼义废，政教失，国异政，家殊俗，而变风变雅作矣。国史明乎得失之迹，伤人伦之废，哀刑政之苛，吟咏情性，以风其上，达于事变，而怀其旧俗者也。故变风发乎情，止乎礼义。发乎情，民之性也。止乎礼义，先王之泽也。是以一国之事，系一人之本，谓之风。言天下之事，形四方之风，谓之雅。雅者，正也。言王政之所由废兴也。政有小大，故有《小雅》焉，有《大雅》焉。颂者，美盛德之形容，以其成功告于神明者也。是谓四始，《诗》之志也。"风是风化，雅是典雅。以风化下，即以文化成天下。主文，文辞典雅。谲谏，咏歌依违，避免直谏。言之者无罪，闻之者足以戒，九条本《文选》作"言之者足以自罪，闻之者足以自戒"。这是天下平和时期的情形。如果天下变乱，改变其风雅，故有变风、变雅。所谓变字，"吟咏情性，以风其上，达于事变，而怀其旧俗者也"。四始，即风之始、小雅之始、大雅之始、颂之始，表现王道兴衰之由。《关雎》《麟趾》为王者风化天下之作，歌颂周公，故名曰《周南》，"南，言化自北而南也"。《鹊巢》《驺虞》为诸侯德化天下之作，系之邵公。十五国风，始于《周南》《召南》，"正始之道，王化之基"。而周南又是以《关雎》为首，因为《关雎》"乐得淑女以配君子，忧在进贤，不淫其色。哀窈窕，思贤才，而无伤善之心焉，是《关雎》之义也"。哀窈窕，郑玄认为当作"衷窈窕"，衷，善念。中国历来强调修身齐家的重要作用，认为这是治国平天下的前提和基础。这与古希腊哲学强调人与物的关系，印度哲学强调人与神的关系不同，中国特别重视人与人的伦理关系，认为诗乐的风化教育，就从人伦开始。诗乐文明与伦理教化，互为表里，相得益彰。

由此看来，我们应当把《毛诗序》放在诗乐教化系统之下来理解，放在中华文化礼乐文明的背景之下来理解。《周易·象辞》："刚柔交错，天

---

① 钱锺书：《管锥编》，生活·读书·新知三联书店2007年版，第62页。

文也；文明以止，人文也。观乎天文，以察时变；观乎人文，以化成天下。""察"与"化"对举，则"化"是指变化，尤其是通过诗乐文明"教以化之"。诚如《庄子·逍遥游》所说："我无为而民自化。"中华文化以伦理道德为核心价值，强调多元一体，以文化人，润物无声，顺随自然而变化；强调人与人、人与社会、人与自然的和谐共生；强调真、善、美的完整统一；强调整体思考，注意到万事万物的密切联系，这便与近代科学更多地关注"真"而忽略"善"，更多地关注现实而不计后果颇有不同。另外，中华文化强调责任意识、奉献精神、合作理念，强调以文化天下，春风化雨。这又与西方文化以利益为核心价值，强调天赋人权，崇尚个人主义，强调竞争法则有着本质区别。这些深邃的思想，已经融入中国人的血脉中，至今仍焕发着勃勃生机，仍然有着强大的生命力。

《毛诗序》强调的是诗乐的作用，其意义又远远超越文学本身，为我们深刻地认识绵延千载的中华文化，提供了重要的借鉴。

《文史知识》2016 年第 1 期

# 文艺批评的初祖

## ——读曹丕的《典论·论文》

《典论》是曹丕的一部论文总集，五卷二十篇，《隋书·经籍志》子部类著录。现多已亡佚，《自叙》《论文》两篇相对完整。《论文》一篇专论文学，《文选》卷五十二"论"类收录，在中国文学批评史上占有重要地位。[①]

曹丕很希望自己在文学上不朽。《三国志·魏书·文帝传》这样记载："初，帝好文学，以著述为务，自所勒成垂百篇。"他从不讳言这种理想，在《与王朗书》（裴松之注引《魏书》）中说："生有七尺之形，死唯一棺之土，唯立德扬名，可以不朽，其次莫如著篇籍。疫疠数起，士人凋落，余独何人，能全其寿。"[②] 在这封书信中，他提到了《典论》，还有百余篇诗赋，正是他希望的传世之作。《与王朗书》作于建安二十二年冬。在《论文》中，曹丕提到建安七子已逝。建安七子中，孔融死得最早，建安十三年（208）被杀。多数死于建安二十二年（217）。当时，疾疫流行，陈琳与徐幹、应玚、刘桢等，一时俱逝。徐幹死于建安二十三年（218）二月。至此，建安七子皆离世。这说明，《典论》二十篇定稿于建安（196—220）最后两三年间，不会晚于曹丕即皇帝位的黄初元年（220）。这是因为，《艺文类聚》卷十六载卞兰《赞述太子表》称："窃见所作

---

[①] 《太平御览》卷五九五引曹丕《典论·论文》："余观贾谊《过秦》，发周秦之得失，通古今之滞义，洽以三代之风，润以圣人之化，斯可谓作者矣。"别见于《文选》所收之外。中华书局 1960 年版，第 2679 页。

[②] 《三国志·魏书·文帝纪》，中华书局 1982 年版，第 88 页。按下所引《三国志》并据此版，不另出注，随文括注页码。

《典论》,及诸赋颂,逸句烂然,沉思泉涌,华藻云浮听之忘味。"[1] 由此推知,曹丕著成此书,还是太子身份,在黄初元年之前。

《三国志·魏书·文帝纪》载,曹丕非常重视这部《典论》,还专门抄录送给孙权、张昭。裴松之注引胡冲《吴历》:"帝以素书所著《典论》及诗赋饷孙权,又以纸写一通与张昭。"(89页)《魏志》还记载,曹丕的儿子曹叡也深知乃父的遗愿,在大和四年(230)二月,议"以文帝《典论》刻石立于庙门之外"(97页)。《三少帝纪》裴注引《搜神记》:"文帝以为火性酷烈,无含生之气,著之《典论》,明其不然之事,绝智者之听。及明帝立,诏三公曰:先帝昔著《典论》,不朽之格言,其刊石于庙门之外及太学,与石经并,以永示来世。"(118页)《宋书·武帝纪》《隋书·牛弘传》记载,晋安帝义熙十二、十三年(416、417),刘裕先后攻陷洛阳、长安,收录图籍数千卷。裴松之追随刘裕北伐,不仅看到各地图籍,还亲历洛阳,看到太学门前所立六块《典论》石刻。史载,北魏孝文帝太和年间(477—499),《典论》石刻犹存其四。《隋书·经籍志》著录为五卷,《宋史》以后不见著录。据此推测,全书大约亡于宋初。

曹丕在《典论·论文》中提出一系列重要主张,触及文学自身的规律,体现了文学的自觉精神。所以,郭沫若《论曹植》一文称其为"文艺批评的初祖"[2]。按照文章的逻辑顺序,可以梳理成下列几个重要的问题。

第一,批评文人相轻的弊端。

  文人相轻,自古而然。傅毅之于班固,伯仲之间耳。而固小之,与弟超《书》曰:武仲以能属文为兰台令史,下笔不能自休。夫人善于自见,而文非一体,鲜能备善。是以各以所长,相轻所短。里语曰:家有弊帚,享之千金。斯不自见之患也。

于光华《重订文选集评》引邵长蘅说:"通才既难,而人又苦于不自知,故须论定也。此一篇之大意。"文人通常以其所长,轻人所短。班固、

---

[1] 《艺文类聚》卷十六,上海古籍出版社1982年版,第299页。
[2] 郭沫若:《论曹植》,载《历史人物》,人民文学出版社1979年版,第107页。

傅毅，论才能，两者应在伯仲之间，不相上下，但是班固却自以为略高一筹，嘲笑傅毅下笔千言。自休，五臣张铣谓"言其文美不能自息也"，似与上下文意不符，应是自止之意。不能自休，即文字汗漫而无所统御。

第二，编纂建安七子的合集。

> 今之文人，鲁国孔融文举，广陵陈琳孔璋，山阳王粲仲宣，北海徐幹伟长，陈留阮瑀元瑜，汝南应瑒德琏，东平刘桢公幹，斯七子者，于学无所遗，于辞无所假，咸以自骋骥骒于千里，仰齐足而并驰。以此相服，亦良难矣。

"七子"这一名称，始见于此。"咸以自骋骥骒于千里，仰齐足而并驰。"咸以自，《三国志》作"咸自以"。《艺文类聚》亦作"自以"。胡克家《〈文选〉考异》谓"依文义，'自以'是也。各本皆倒耳"。骥骒，良马，比贤才之俊逸。这两句比喻七子竞相驰骋才华。而在当时，这种纵横骋气之风，不仅限于七子。曹植《与杨德祖书》就说当时"人人自谓握灵蛇之珠，家家自谓抱荆山之玉"。钟嵘《诗品序》也说："东京二百载中，惟有班固《咏史》，质木无文。降及建安，曹公父子，笃好斯文，平原兄弟，郁为文栋，刘桢王粲，为其羽翼。次有攀龙托凤，自致于属车者，盖将百计，彬彬之盛，大备于时矣。"他们在创作上有一个共同的特点，即"咸蓄盛藻"，"以情纬文，以文被质"（沈约《宋书·谢灵运传论》），有意识地把目光转向乐府诗，努力从民间创作中吸取养分，注重情文兼具，文质相称，创造了属于他们那个时代的典范之作。

建安七子的文集，与《典论》大约同时完成。《文选》卷四十二所收曹丕《与吴质书》称："昔年疾疫，亲故多离其灾，徐、陈、应、刘，一时俱逝，痛可言邪！昔日游处，行则连舆，止则接席，何曾须臾相失！每至觞酌流行，丝竹并奏，酒酣耳热，仰而赋诗。当此之时，忽然不自知乐也。谓百年已分，可长共相保。何图数年之间，零落略尽，言之伤心！顷撰其遗文，都为一集。观其姓名，已为鬼录。"鬼录，记录死去的人名。杜甫《赠卫八处士》"访旧半为鬼，惊呼热中肠"即由此而来。《与吴质书》作于建安二十四年，也就是说，诸子合集是曹丕在七子最后一位离世

（徐幹）的建安二十三年的翌年所辑。这个集子，《隋书·经籍志》未著录，可能久已亡佚。明代杨德周《汇刻建安七子集》为至今存世较早者，但此集有曹植而无孔融。清人杨逢辰《建安七子集》则补入孔融而去掉曹植。

第三，比较建安七子的异同。

建安七子有其共同的追求，也有共同的毛病，文人相轻是其显而易见者。曹丕自比君子，可以审己度人，避免斯累，故作此《论文》，从比较中论述各家的特点和成就。他说：

> 盖君子审己以度人，故能免于斯累，而作《论文》。王粲长于辞赋，徐幹时有齐气，然粲之匹也。如粲之《初征》《登楼》《槐赋》《征思》，幹之《玄猿》《漏卮》《圆扇》《橘赋》，虽张、蔡不过也。然于他文，未能称是。琳、瑀之章表书记，今之隽也。应玚和而不壮，刘桢壮而不密，孔融体气高妙，有过人者，然不能持论，理不胜词，至乎杂以嘲戏。及其所善，杨、班俦也。

首先，他把王粲、徐幹二人放在一起比较："王粲长于辞赋，徐幹时有齐气，然粲之匹也。如粲之《初征》《登楼》《槐赋》《征思》，幹之《玄猿》《漏卮》《圆扇》《橘赋》，虽张、蔡不过也。"曹丕《与吴质书》论王粲："仲宣续自善于辞赋，惜其体弱，不足起其文。至于所善，古人无以远过。"认为王粲虽然有才，但是体弱，缺乏壮气。王粲字仲宣，山阳高平（今属山东）人。他出身名门，曾祖父王龚、祖父王畅均为汉代三公，父亲王谦为何进长史。但他幼年丧父，十三岁时逢董卓之乱。十七岁时南下荆州，依附刘表，著名的《七哀诗》《登楼赋》就作于这段时间。建安十三年（208），曹操南征刘表，会刘表病死，刘表之子刘琮继守荆州，后降曹操。王粲亦投归曹操，被征为丞相掾，赐爵关内侯，后为军谋祭酒，参与政务。魏国既建，拜为侍中。从此，原有的一点壮气也丧失殆尽。他曾与曹植、阮瑀等人并作《三良诗》，曹、阮二人继承《诗经·秦风·黄鸟》的传统，哀叹三良，对殉葬一事表达了强烈的愤懑情绪。王粲《三良诗》也对秦穆公有所批评，但更多的是赞扬三良知恩图报、不惜殉葬的牺牲精神。这样写，不排除借此机会向曹操表示效忠的可能，多少有点才子献媚色彩。徐幹也体弱乏气，但保持儒者之道，不卑不亢。

徐幹字伟长，北海剧（今属山东）人。建安十年（205），曹操平定袁绍，徐幹应诏入曹操幕，为司空军谋祭酒掾属。建安十三年（208），随曹操南征，作《序征赋》。建安十六年（211），曹丕受封为五官中郎将，徐幹为五官将文学。建安十八年（213）前后，因病隐退，潜心写作《中论》。曹丕说徐幹"有齐气"，什么叫"齐气"？若就历史传承而言，应当是从田横以来该地就普遍推崇的气节。若就齐人性格而言，似乎是指恬淡自然的风气。若就文章而言，则是指舒缓平易的风格。齐气，《三国志》《艺文类聚》《初学记》并作"逸气"。若此，则徐幹的创作就不是舒缓，而是骏逸风发。黄侃《〈文选〉平点》说："文帝论文，主于遒健，故以齐气为嫌。"[1] 曹丕在《与吴质书》中也明确说："伟长独怀文抱质，恬惔寡欲，有箕山之志，可谓彬彬君子者矣。著《中论》二十余篇，成一家之言，辞义典雅，足传于后，此子为不朽矣。"所谓"箕山之志"，其实就是尧时许由所奉行的"终身无经天下之色"（《吕氏春秋·求人》）。《三国志》载同时代王昶作《家戒》，其中说到他所敬佩的徐幹："北海徐伟长，不治名高，不求苟得，澹然自守，惟道是务。其有所是非，则托古人以见其意，当时无所褒贬。"（746页）这里所说的"不求苟得，澹然自守"与曹丕所说的"怀文抱质，恬惔寡欲"，是一个意思，即舒缓平淡。这应是"齐气"的本意。而"逸气"非徐幹所有，而是刘桢的风格。由此性格决定，王粲与徐幹在为文方面亦有迟速的不同。曹植《王仲宣诔》说他"文若春华，思若涌泉。发言可咏，下笔成篇"。《文心雕龙·神思》："仲宣举笔似宿构。"相比较而言，徐幹不仅性格舒缓，下笔亦托古见意，含蓄委婉。明代陆时雍《古诗镜》称："徐幹诗浅浅生动，是为诗中小品。"[2]

其次，他论述了陈琳、阮瑀的共性："琳、瑀之章表书记，今之隽也。"陈琳字孔璋，广陵射阳（今属江苏）人。早年在何进幕下任职，

---

[1] 黄侃：《〈文选〉平点》，上海古籍出版社1985年版，第301页。
[2] 陆时雍等：《诗镜》，河北大学出版社2010年版，第55页。

《三国志》载其《谏何进召外兵》书，认为"今将军总皇威，握兵要，龙骧虎步，高下在心，以此行事，无异于鼓洪炉以燎毛发。但当速发雷霆，行权立断"。他认为如果招纳董卓进京，"大兵合聚，强者为雄，所谓倒持干戈，授人以柄，功必不成，只为乱阶"（600页）。事实证明陈琳的判断是对的，说明他很有政治眼光。后又追随袁绍，曾作《为袁绍檄豫州文》讨伐曹操。文章气势磅礴，排江倒海。《文心雕龙·檄移》称其"壮有骨鲠"。官渡之战后，曹操灭袁绍，不计前嫌，将陈琳纳入幕府，任命为司空军谋祭酒，管记室，主管军国书檄。《檄吴将校部曲文》即作于此时。这两篇文章并收录在《文选》中而成为一代名文。此外，《文选》还收录其《答东阿王笺》《为曹洪与魏文帝书》两文，内容繁富，风格壮丽。这与曹丕在《与吴质书》中的评论完全吻合："孔璋章表殊健，微为繁富。"

至于阮瑀，曹丕说："元瑜书记翩翩，致足乐也。"阮瑀字元瑜，陈留尉氏（今属河南）人。年轻时曾随蔡邕问学。建安初，曹操召为司空军谋祭酒，管记室。阮瑀擅长章表书记，与陈琳负责军国书檄文字。故《文心雕龙·才略》篇称陈琳、阮瑀"以符檄擅声"。《文选》收录其《为曹公作书与孙权》，文气顺畅，舒卷自如。他还著有《文质论》，认为文"远不可识"，质则"近而得察"，"文虚质实，远疏近密"，故主张"意崇敦朴"，即以质实为上。这些都可与曹丕的论述相互印证。

最后再比较应玚、刘桢、孔融的差异："应玚和而不壮，刘桢壮而不密，孔融体气高妙，有过人者，然不能持论，理不胜词，至乎杂以嘲戏。及其所善，杨、班俦也。"先说应玚的"和而不壮"。应玚字德琏。早年流寓南北，建安初入曹操幕府为掾属。曹植为平原侯，应玚为平原侯庶子，后转为曹丕的五官中郎将文学。《文心雕龙·才略》："应玚学优以得文。"曹丕《与吴质书》也说："德琏常斐然有述作之意，其才学足以著书，美志不遂，良可痛惜。"曹丕说他"美志不遂"，也不尽然。《艺文类聚》卷二十二载其《文质论》，篇幅较之阮瑀的同题之作为长。《文心雕龙·序志》称："至于魏文述典，陈思序书，应玚文论，陆机《文赋》，仲洽《流别》，宏范《翰林》，各照隅隙，鲜观衢路，或臧否当时之才，或铨品前修之文，或泛举雅俗之旨，或撮题篇章之意。魏典密而不周，陈书辩而无当，应论华而疏略，陆赋巧而碎乱，《流别》精而少巧，《翰林》

浅而寡要。"① 这里提到"应玚文论",应当是指其《文质论》。在刘勰看来,这篇文论与《典论》《流别论》《翰林论》《文赋》同等重要,也算是不朽之作了。当然,这篇《文质论》也有不足,最主要的问题是"华而疏略",即华丽而缺少实质内容。他的诗也有这个问题。清人沈德潜评其《侍五官中郎将建章台集诗》:"魏人公宴,俱极平庸。后人应酬诗从此开出。篇中代雁为词,音调悲切,异于众作。"② "代雁为词"是其长处,而平庸应酬也是其"华而疏略"的短板。

再说刘桢的"壮而不密"。刘桢字公幹,东平宁阳(今属山东)人。曹丕《与吴质书》评刘桢:"公幹有逸气,但未遒耳。其五言诗之善者,妙绝时人。"刘勰《文心雕龙·体性》:"仲宣躁锐,故颖出而才果;公幹气褊,故言壮而情骇。"③ 钟嵘《诗品》列为上品,说他"仗气爱奇,动多振绝,真骨凌霜,高风跨俗。但气过其文,雕润恨少"④,都说他的诗歌以气胜。今人俞绍初《建安七子集》辑存文十一篇,诗十三首并佚句。其中十首见于《文选》,说明他确实是以诗歌取胜。诗歌真骨凌霜,难免疏略。这大概是性格所致吧?前引王昶《家戒》就说:"东平刘公幹,博学有高才,诚节有大意,然性行不均,少所拘忌,得失足以相补。"(746页)得失兼半,这是刘桢为人为文的特点。《赠徐幹》一诗,可能写于他失志的时候。当时,徐幹等人能够随曹丕在西园游宴,而自己却不能随意出入西园,不能预宴,心中非常郁闷。尽管如此,他并不想改变自己的性格。《赠从弟》三首,分别以苹藻、松柏、凤凰作比,勉励他的从弟能够坚持节操,端正不阿,反映出刘桢对独立人格的追求。《文心雕龙·体性》称"公幹气褊,故言壮而情骇",认为他的诗歌的最大特点就是气盛。《文心雕龙·风骨》《定势》分别记载了刘桢的话。如《风骨》转引刘桢评论孔融的话说:"'孔氏卓卓,信含异气,笔墨之性,殆不可胜',并重气之旨也。"《定势》:"刘桢云:'文之体指实强弱,使其辞已尽而势有余,天下一人耳,不可得也。'公幹所谈,颇亦兼气。然文之任势,势有

---

① 刘勰著,周振甫注:《文心雕龙注释》,人民文学出版社1981年版,第535页。
② 沈德潜:《古诗源》,中华书局1963年版,第132页。
③ 刘勰著,周振甫注:《文心雕龙注释》,人民文学出版社1981年版,第309页。
④ 钟嵘著,曹旭注:《诗品集注》,上海古籍出版社1994年版,第110页。

刚柔，不必壮言慷慨，乃称势也。"① 所谓气、所谓势，陆厥《与沈约书》所说"刘桢奏书，大明体势之制"，道理是一样的，就是要求文章要有气势、有风骨、有气象。刘桢的诗有气势，他的文章同样如此。《文心雕龙·书记》说："公幹笺记，丽而规益，子桓弗论，故世所共遗；若略名取实，则有美于为诗矣。"② 刘桢《毛诗义问》十卷，尚存残篇，可见文章写作固有其学术根底相支撑，所以不凡。

最后再说孔融的"不能持论，理不胜词"。不能持论，李善注引《汉书》"不根持论"，北宋本作"不良持论"。胡克家《〈文选〉考异》据袁本、茶陵本作"长"，谓孔融文章精美，但是议论不足。至于那些嘲戏之文，则与扬雄、班固相近。俦，伴侣。从《后汉书》记载及孔融的作品不难看出，曹操起兵时，以恢复汉室相号召，孔融深信不疑。后来曹操挟天子令诸侯，孔融发现有代汉野心，逐渐采取不合作的态度。《三国志》载，官渡之战消灭袁绍，曹丕霸占甄夫人，他上表祝贺说"武王伐纣，以妲己赐周公"。曹操未听说此典，便问其故。孔融说："以今度之古，想其当然耳。"（37 页）曹操下禁酒令，他作《难曹公禁酒书》说："天有酒旗之量，地列酒泉之郡，人有旨酒之德，故尧不饮千钟，无以成其圣。"故称"酒之为德久矣"。所谓嘲戏之文，大约就指此类文章。《文心雕龙·论说》："孔融《孝廉》，但谈嘲戏。"这些冷嘲热讽的文章，曹操还勉强可以接受。谁知他又《上书请准古王畿制》，建议"千里国内，可略从《周官》六乡、六遂之文，分比北郡，皆令属司隶校尉，以正王赋，以崇帝室"。③ 孔融写作此文，实际上是担心曹操分封子弟，控制王室。这就引起曹操疑心。《三国志》载魏武帝《宣示孔融罪状令》说："此州人说，平原祢衡受传融论，以为父母与人无亲，譬如瓴器，寄盛其中。……融违天反道，败伦乱理！"（373 页）建安十三年（208），郗虑承旨，以微法免融。路粹又承旨奏文，捕杀孔融。路粹《枉状奏孔融》奏其"跌荡放言，云：'父之于子，当有何亲？论其本意，实为情欲发耳！子之于母，亦复

---

① 刘勰著，周振甫注：《文心雕龙注释》，人民文学出版社 1981 年版，第 340 页。
② 刘勰著，周振甫注：《文心雕龙注释》，人民文学出版社 1981 年版，第 278 页。
③ 袁宏：《后汉纪》卷二十九，载《两汉纪》，中华书局 2002 年版，第 564 页。

奚为？譬如寄物瓶中，出则离矣！'"① 其实，这些观点并非孔融所创。王充《论衡·物势》："夫天地合气，人偶自生也；犹夫妇合气，子则自生也。夫妇合气，非当时欲得生子，情欲动而合，合而生子矣。"佛教亦持此理。《朱子语类》卷一二六：释氏"以生为寄，故要见得父母未生时面目。……黄檗一僧有偈与其母云'先曾寄宿此婆家'；止以父母之身为寄宿处，其去情义、绝灭天理可知"②！孔融的论调只是更加直白而已。《文心雕龙·程器》说："文举傲诞以速诛。"以傲诞而引火烧身，这是孔融没有想到的结局。尽管曹操不喜欢孔融，而曹丕却对他的诗赋文章高度赞赏，称其"杨、班俦也。募天下有上融文章者，辄赏以金帛"，并将收集来的作品，编入《建安七子集》中。

通过具体而微的文学批评实践，曹丕的作家论体现出这样几个特点。一是善于用只言片语概括作家的特点。如徐幹"应玚和而不壮"，"刘桢壮而不密""有逸气"，徐幹"怀文抱质，恬淡寡欲"，王粲体弱，则其文不壮，均言简而意赅。二是往往既指出其长处，同时也指出其短处。曹丕酷爱孔融文章，认为"体气高妙"，但是同时指出其"不能持论，理不胜辞，以至于杂以嘲戏"。三是将作家放在一起评论，相互对照比较。这也是中国文学批评的传统方法。这种批评方法与东汉以来的人物评论风气有着非常密切的关系。四是在对建安七子的评论中，也体现着曹丕本人的自信。诚如林云铭《古文析义》所说："语语自疏所长，半著不肯让人，有推倒一世气概。"毕竟，他的身份不同，实际上有点居高临下、俯视文坛的意味。

第四，辨析不同文体的特点。

"常人贵远贱近，向声背实，又患暗于自见，谓己为贤"为一过渡句，进一步引起另外一个话题，即不同作家，所以会有不同风格，不仅仅是由其性格所导致，还与其擅长的不同文体密切相关。他说：

夫文，本同而末异。盖奏议宜雅，书论宜理，铭诔尚实，诗赋欲

---

① 《后汉书·孔融传》，中华书局1965年版，第2278页。
② 《朱子语类·释氏》，中华书局1994年版，第3013页。

丽。此四科不同，故能之者偏也，唯通才能备其体。

不同文体有不同的要求和不同的风格。奏议之类是公文写作，经常用于朝廷军国大事，所以它的语言必须典雅。书论当以理为主，不应以言辞求胜，否则会枝蔓横生，词不达意。碑诔是悼念死者之文，自然要求朴实无华，徒事华艳则有悖语境。文章体裁不同，多数人只能独擅一体，不能执此非彼，更不能一概而论。言下之意，曹丕可以突破文体禁锢，而通达众体。当然，在曹丕的心目中，他似乎更重视"诗赋欲丽"四字。他没有对"丽"字作更具体的论述，我们只能从其追随者陆机《文赋》中推知一二。陆机对文学作品提出了五个方面的审美要求，即应、和、悲、雅、艳。"艳"是最高的审美要求，与曹丕《典论·论文》"诗赋欲丽"的"丽"非常接似。东汉以来文人制作五言诗风气日盛，语言日趋华美。《典论》分为四科八体，陆机《文赋》将文体分成十类。至齐梁间，文体分类越发细密，反映出六朝时代文学观念与创作实践的突飞猛进。

第五，指出不同风格的形成。

"暗于自见，谓己为贤"是"文人相轻"的重要原因。在此，曹丕提出"文以气为主"的主张，实乃千古不移之论：

> 文以气为主，气之清浊有体，不可力强而致。譬诸音乐，曲度虽均，节奏同检，至于引气不齐，巧拙有素，虽在父兄，不能以移子弟。

检，法度。同样的节奏，同样的曲调，运气不同，好坏就有很大的差别。这些只能意会，即便父兄之间，也不可言传。联系前面所论，说徐幹"时有齐气"，孔融"体气高妙，有过人者"，论刘桢"公幹有逸气，但未遒耳"。又评王粲"惜其体弱，不足起其文"。从这些形象性的评论来看，曹丕更欣赏壮大有力的风格。《文心雕龙·风骨》也延续这种观念，提出了"风骨"的概念："若能确乎正式，使文明以健，则风清骨峻，篇体光华。"所谓的"篇体"是指文章整体。钟嵘《诗品》评论曹植"骨气奇高，词采华茂"，也是指曹植的全部创作。不仅诗文要求风骨，书画的最高标准，也在风清骨峻。谢赫《古画品录》就常常用"气""气力""壮气"等概念推崇那些有气势的作品，都与曹丕的"文以气为主"之说，有异曲同工之妙。

第六，肯定文学的历史作用。

> 盖文章经国之大业，不朽之盛事。年寿有时而尽，荣乐止乎其身。二者必至之常期，未若文章之无穷。是以古之作者，寄身于翰墨，见意于篇籍，不假良史之辞，不托飞驰之势，而声名自传于后。故西伯幽而演《易》，周旦显而制《礼》。不以隐约而弗务，不以康乐而加思。夫然，则古人贱尺璧而重寸阴，惧乎时之过已。而人多不强力，贫贱则慑于饥寒，富贵则流于逸乐。遂营目前之务，而遗千载之功。日月逝于上，体貌衰于下。忽然与万物迁化，斯志士之大痛也。

古人有所谓三不朽之说，所谓太上立德，其次立功，其次立言。作者把立言的重要性置于经国大业上，可以不朽。周武王被商纣王拘禁在羑里，演绎八卦，并不因为禁闭而放弃追求。周公旦功成名就，依然治礼作乐，也不因为安逸而改变自己的志向。他们就是担心时光流逝，所以，不贵咫尺玉碧，而重寸寸光阴。可惜常人对此却多不在意，贫贱时就是担心饥饿，富贵时又放荡游乐。他们只想追求眼前的快乐，而忽略名山事业。日月运行，身体日渐衰老，终有一天会化为乌有，这才是仁人志士最大的哀痛！文章的最后说，"融等已逝，唯幹著论，成一家言"。融等，概指建安七子。他们的创作已经在文学史上占有一席之地，这是叫人感到欣慰的地方。前面说过，陆机的文学思想有很多方面来源于曹丕。《历代名画记》卷一引陆机言论画云："丹青之兴，比雅颂之述作，美大业之馨香，宣物莫大于言，存形莫善于画。"[①] 陆机将绘画的社会价值与传统的雅颂述作相提并论，将"言"与"画"并举，将文学与绘画的功能归结为"美大业之馨香"，与曹丕《典论·论文》所说的"盖文章经国之大业，不朽之盛

---

[①] 张彦远：《历代名画记》，人民美术出版社1963年版，第3页。

事",可谓一脉相传。

　　文学不朽的论断,并不是曹丕的发明。从曹丕对徐幹著《中论》的推崇和对自己著《典论》的期待可以看出,他所以如此强调这种立言不朽之论,可能还另有隐情。如前所述,《典论·论文》作于曹丕为太子之后。与此同时,曹植作《与杨德祖书》说:"辞赋小道,固未足以揄扬大义彰示来世也。昔杨子云先朝执戟之臣耳,犹称壮夫不为也。吾虽薄德,位为藩侯,犹庶几戮力上国,流惠下民,建永世之业,流金石之功,岂徒以翰墨为勋绩,辞赋为君子哉?"曹丕、曹植兄弟生活在同样的政治文化环境中,但是他们两人对于文学的看法似乎截然相反,一个力主文章可以经国,一个蔑视辞赋小道。鲁迅在《魏晋风度及文章与药及酒之关系》这篇著名的讲演中对其有所分析,他认为曹植所以轻视辞赋,只因为他自己文章做得好,故可如此大言。还有一个原因,曹植活动的目标在于政治,政治方面不甚得意,遂说文章是无用的。所以鲁迅说"子建大概是违心之论"[1]。这种分析是颇为细微的。曹丕已经当上了太子,政治方面他已经胜出,所以更加重视的是文学名声,渴望名实双收。他当然不希望人人都有政治抱负。因此,曹丕发表这一通文学不朽的议论,其实并不一定是真心倡导文学。曹植贬抑文学,也并不是真正看不起文学。曹丕、曹植对于文学的看法大相径庭,而骨子眼里却是一致的,都是站在政治立场上看文学,只是观察的角度不同而已。

《文史知识》2016 年第 2 期

---

[1] 《魏晋风度及文章与药及酒之关系》,见《鲁迅全集》第 3 册《而已集》,人民文学出版社 1982 年版,第 504 页。

# 同盟者的文学活动

## ——读曹丕与吴质的往还书信

《文选》收录曹丕与吴质往还书信凡四通，即曹丕《与朝歌令吴质书》《又与吴质书》（卷四十二"书"类），吴质《在元城与魏太子笺》《答魏太子笺》（卷四十"笺"类）。四封信可以分为两组，第一组是曹丕《与朝歌令吴质书》与吴质《在元城与魏太子笺》，约作于建安十八年五月。第二组是曹丕《又与吴质书》与吴质《答魏太子笺》，约作于建安二十三年二月。

## 一 《与朝歌令吴质书》与《在元城与魏太子笺》

李善注引《典略》曰："质为朝歌长。大军西征，太子南在孟津小城，与质书。"信中提到阮瑀"长逝"，则在建安十七年（212）阮瑀病逝不久所作。

曹丕《与朝歌令吴质书》曰：

> 五月十八日，丕白：季重无恙。途路虽局，官守有限。愿言之怀，良不可任。足下所治僻左，书问致简，益用增劳。
>
> 每念昔日南皮之游，诚不可忘。既妙思六经，逍遥百氏。弹棋间设，终以六博。高谈娱心，哀筝顺耳。驰骋北场，旅食南馆。浮甘瓜于清泉，沉朱李于寒水。白日既匿，继以朗月。同乘并载，以游后园。舆轮徐动，参从无声。清风夜起，悲笳微吟，乐往哀来，怆然伤怀。余顾而言，斯乐难常。足下之徒，咸以为然。今果分别，各在一

方。元瑜长逝,化为异物。每一念至,何时可言!

方今蕤宾纪时,景风扇物。天气和暖,众果具繁。时驾而游,北遵河曲。从者鸣笳以启路,文学托乘于后车。节同时异,物是人非,我劳如何!今遣骑到邺,故使枉道相过。

行矣,自爱!丕白。

《文选》与《三国志》文字有所不同。《文选》收录文章的开头"五月十八日,丕白",结尾"丕白"。十八日,五臣本作"二十八日"。九条本作"廿八日"。《文选》所收比较完整。季重,吴质的字。无恙即无忧。"途路虽局,官守有限。愿言之怀,良不可任。足下所治僻左,书问致简,益用增劳"数句就是对"无恙"的推想。局,近也。彼此相距并不遥远,但是职责在身,又不能随意脱身。愿言之怀,语出《诗经·卫风·伯兮》:"其雨其雨?杲杲出日。愿言思伯,甘心首疾。"由此,"愿言"也就成为思念的代称。良不可任,即思念之情确实难以遏制。良,诚然、确实。任,当也。吴质当时为朝歌长,而曹丕南在孟津小城,只能让使者传递书信表达思念之情,徒增思绪。

第二部分由思绪引出对过去的回忆。"每念昔日南皮之游,诚不可忘。既妙思六经,逍遥百氏。弹棋间设,终以六博。高谈娱心,哀筝顺耳。驰骋北场,旅食南馆。浮甘瓜于清泉,沉朱李于寒水。白日既匿,继以朗月。同乘并载,以游后园。舆轮徐动,参从无声。"南皮,渤海郡的一个县。吴质曾与曹丕同游此地。曹丕继帝位后与吴质书仍有回忆。《三国志》裴松之注引曹丕信曰:"南皮之游,存者三人,烈祖龙飞,或将或侯。今惟吾子,栖迟下仕,从我游处,独不及门。"[①] 让他难忘的有三事,一是一起讨论六经的妙义,以及各家之说。二是欣赏琴棋书画,好玩博弈。弹棋,古代流行的一种棋戏,弹棋所用棋局,见曹丕《弹棋赋》,李善注引《艺经》曰:"棋正弹法:二人对局,白、黑棋各六枚。先列棋相当,更先控。三弹不得,各去控,一棋先补角。"《典论》说:"余于他戏弄之事

---

[①] 《三国志·魏书·吴质传》裴松之注,中华书局1982年版,第609页。按:以下所引《三国志》并据此版,不另出注,随文括注页码。

少所喜，惟弹棊略尽其巧。"《世说新语》也说："魏文帝于此戏特妙，用手巾拂之无不中。"间设，即偶尔设局。六博，或作"博奕"，亦作"博弈"，是魏晋时期颇为盛行的一种游戏。《文选》卷五十二有韦曜《博弈论》专论沉溺此艺之弊："今世之人，多不务经术，好玩博弈，废事弃业，忘寝与食，穷日尽明，继以脂烛。当其临局交争，雌雄未决，专精锐意，神迷体倦。人事旷而不修，宾旅阙而不接，虽有太牢之馔、《韶》《夏》之乐，不暇存也。至或赌及衣物，徙棋易行。廉耻之意弛，而忿戾之色发。"① 可能带有一定的赌博色彩，故有如此吸引力。三是畅游西园，赋诗游宴。曹丕《芙蓉池诗》"乘辇夜行游，逍遥步西园。双渠相溉灌，嘉木绕通川"，曹植《公讌诗》"公子敬爱客，终讌不知疲。清夜游西园，飞盖相追随"，王粲《杂诗》"日暮游西园，冀写忧思情。曲池扬素波，列树敷丹荣"，都是指此园。张载《魏都赋》注说，文昌殿西有铜爵园，园中有沟渠，有鱼池，有花木，有亭台。他们在酒酣耳热之余，高谈阔论，弹筝娱乐，不舍昼夜。这里，"高谈娱心，哀筝顺耳。驰骋北场，旅食南馆"，对仗工整。娱心与顺耳对，北场与南馆对。高谈、哀筝，或激扬，或清怨，友人同乘并载，夜以继日，无不尽情抒发。"浮甘瓜于清泉，沉朱李于寒水。"甘瓜，甜瓜。朱李，李子。浮与沉，甘瓜与朱李，清泉与寒水，一一对应，描写他们怡然快乐的生活。白日既匿，《三国志》作"皦日既没"。参从，《三国志》作"宾从"，指侍从。然物极必反，乐极生悲。斯乐，《三国志》作"兹乐"，谓此乐很难长久。曹丕说这话的时候，吴质还不以为然。而今阮瑀已化为异物，阴阳两隔。《庄子》说："假于异物，托于同体。"郭象注："今死生聚散，变化无方，皆异物也。"贾谊《鵩鸟赋》据此宽慰自己："化为异物，又何足患？"异物，即长逝。回想当初的欢乐，曹丕怎能不感慨系之。

书信的最后一部分又回到现实："方今蕤宾纪时，景风扇物。天气和暖，众果具繁。时驾而游，北遵河曲。从者鸣笳以启路，文学托乘于后车。节同时异，物是人非，我劳如何！今遣骑到邺，故使枉道相过。"方今蕤宾纪时，《三国志》作"方今蕤宾纪辰"，是指阴历五月。《礼记》

---

① 《文选》卷五十二，上海古籍出版社1986年版，第2284页。

曰："仲夏之月，律中蕤宾。"其时风物宜人，瓜果丰富。时而出游，虽然有鸣笳开路，侍从随后，风景如旧，而有朋已非。"我劳如何"四字，出自《诗经·小雅·绵蛮》："绵蛮黄鸟，止于丘阿。道之云远，我劳如何！"想到这些，他派遣使者到邺下，转道朝歌，递去书信，表达问候之情。

吴质《在元城与魏太子笺》曰：

> 臣质言：前蒙延纳，侍宴终日，燿灵匿景，继以华灯。虽虞卿适赵，平原入秦，受赠千金，浮觞旬日，无以过也。小器易盈，先取沉顿，醒寤之后，不识所言。即以五日到官。初至承前，未知深浅。然观地形，察土宜。西带常山，连冈平代。北邻柏人，乃高帝之所忌也。重以泜水，渐渍疆宇，喟然叹息。思淮阴之奇谲，亮成安之失策。南望邯郸，想廉蔺之风。东接钜鹿，存李齐之流。都人士女，服习礼教，皆怀慷慨之节，包左车之计。而质暗弱，无以苢之。若乃迈德种恩，树之风声，使农夫逸豫于疆畔，女工吟咏于机杼，固非质之所能也。至于奉遵科教，班扬明令，下无威福之吏，邑无豪侠之杰。赋事行刑，资于故实，抑亦懔懔有庶几之心。往者严助释承明之欢，受会稽之位。寿王去侍从之娱，统东郡之任。其后皆克复旧职。追寻前轨，今独不然，不亦异乎？张敞在外，自谓无奇。陈咸愤积，思入京城。彼岂虚谈夸论，诳燿世俗哉？斯实薄郡守之荣，显左右之勤也。古今一揆，先后不贸，焉知来者之不如今？聊以当觐，不敢多云。质死罪死罪。

李善注引《魏略》说，吴质为元城令，赴任时，过邺下辞别曹丕，到任后，与曹丕笺。曹丕为书，吴质作笺，意思一样，称谓不同。《后汉书·左周黄传》载左雄上言："请自今孝廉年不满四十，不得察举，皆先诣公府，诸生试家法，文吏课笺奏，副之端门，练其虚实，以观异能，以美风俗。"[①]可见笺与奏并称，为文吏上报之文。笺的开头自称"臣某

---

① 《后汉书》，中华书局1965年版，第2020页。

言",结尾为某"死罪死罪",这也是笺奏的基本形式。

"前蒙延纳,侍宴终日,燿灵匿景,继以华灯"四句,叙述吴质辞别、曹丕宴请的情形。燿灵,日。华灯,夜灯。指宴会夜以继日,欢乐异常。随后,作者笔锋一转,说:"虽虞卿适赵,平原入秦,受赠千金,浮觞旬日,无以过也。"当年,虞卿游说赵王,获赐黄金百镒,且拜为上卿,人称虞卿。秦昭王给平原君写信说:"寡人闻君之高义,愿与君为布衣之交,君幸过寡人,愿与为十日之饮。"平原君遂入秦见昭王。作者引用此典,表示被君王赏识。回想起当时宴请场面,作者突然想到可能醉后有所失态,称"小器易盈,先取沉顿,醒寤之后,不识所言"。沉顿,即沉顿酒困,醉时所言,恐有亏失。到任后依然觉得歉疚,深感自己不知深浅。这是回应曹丕信开头思念的话。

从"然观地形,察土宜"到"都人士女,服习礼教,皆怀慷慨之节,包左车之计",主要描写元城地理风物。元城,西汉置县,治所在今河北大名县东北,西临恒山,与平邑、代县山岗相连。其北,与柏人县相接。《汉书》载,刘邦东袭韩信,还过赵地,赵相贯高等谋刺,为刘邦所预感,连夜离开。所以文章说:"北邻柏人,乃高帝之所忌也。"此县又有泜水流过,浸润疆域。当年,韩信击赵,暗中知道赵相成安君陈余不用李左车之计,大败赵军,斩成安君于泜水之上。其后韩信被封为淮阴侯。信中用此典故,"思淮阴之奇谲,亮成安之失策",说不用李左车之言而败,故云失策。亮通"谅",确实。"南望邯郸,想廉蔺之风。东接钜鹿,存李齐之流。"两句有点费解。邯郸为赵国首都。廉颇蔺相如为赵国大将。这都没有问题。问题是"南"字。邯郸乃在元城西部偏北,何以南望?李齐为赵将,守钜鹿。钜鹿在元城正北,何以说"东接"?前有西、北,此有东、南,这也许是作者虚夸之词吧?"都人士女,服习礼教,皆怀慷慨之节,包左车之计"数句描写赵地风俗。所谓"左车之计",见《汉书》详载。李左车愿率兵三万,从后包抄,请成安君坚壁苦守。可惜成安君未听其言,结果兵败被杀。

作者这样写,无外乎说这个地方,乃历来兵家必争之地。自己谦逊暗弱,恐难承担重任,因此战战兢兢,如履薄冰。他说自己尽管没有那种"迈德种恩,树之风声"的能力,叫农夫、红女安居乐业、各得其所,但是可以"奉遵科教，班扬明令"，让地方官吏爱戴百姓，没有欺行霸市的行为，行政办公，也都有所依据，有所敬畏。

说到这里，作者把话题转到严助和吾丘寿王上来，他希望曹丕说项，让自己回到京城。当年，严助为会稽太守，久不闻问，汉武帝诏问，因留侍中。吾丘寿王也是如此，出为东郡尉，复征为光禄大夫、侍中。二人"皆克复旧职"。这叫吴质非常羡慕。他还意犹未尽，又举张敞、陈咸为例，希望通过这样的书信，早日得到朝廷重视，官复旧职。《汉书》载张敞为胶东相时与朱邑书曰："值敞远守剧郡，驭于绳墨，胸臆约结，固无奇矣。"又载陈咸与陈汤书曰："即蒙子公力，得入帝城，死不恨矣。"吴质说，张敞、陈咸这样说，并非"虚谈夸论，诳耀世俗"，其实就是想留在京城。这道理古今是相通的，将来恐怕也还是这样。话已至此，意思非常明了，所以"聊以当觐，不敢多云"。觐，见也。作者援引严助、吾丘寿王例子，下引《答魏太子笺》又提到这两人，说他们"善谋于国，卒以败亡，臣窃耻之"，实际上是暗攻杨修。就在写作这封书信的前后，正是曹植、杨修与曹丕、吴质两派明争暗斗的关键时刻。这又超出曹丕来信所言范围。曹丕只是追思昔游，感慨变化，而吴质回信则抑扬人物，贬损他人。

《三国志·魏书·王卫二刘傅传》载："吴质，济阴人，以文才为文帝所善，官至振威将军，假节都督河北诸军事，封列侯。"（607页）裴注引《魏略》曰："质字季重，以才学通博，为五官将及诸侯所礼爱；质亦善处其兄弟之间，若前世楼君卿之游五侯矣。及河北平定，为世子，质与刘桢等并在座席。桢坐谴之际，质出为朝歌长，后迁元城令。"（607页）曹丕与吴质的第一组通信，就作于这个时期。

在这前后，政治环境非常微妙。曹植从小就深受父亲的宠爱，甚至认为他是"儿中最可定大事者"（《三国志·曹植传》注引《魏武故事》）。建安二年曹昂死，建安十三年曹冲死，曹丕居长，应当"立嫡以长"。然而，从十三年到二十二年，到底立谁为长，在长达十年的时间里，曹操似乎一直举棋不定。在他心目中，曹植确实才华出众。建安十五年（210）春，曹操作《求贤令》，称"今天下得无有被褐怀玉而钓于渭滨者乎？又得无盗嫂受金而未遇无知者乎？二三子其佐我明扬仄陋，唯才是举，吾得而用之"（32页）。广泛延揽人才的迫切心情，昭然若揭，诚如曹植《与杨德祖书》所说，"设天网以该之，顿八弦以掩之，今悉集兹国矣"。这年冬天，邺城筑铜雀台成，曹操将孩子们召集到一起，登台赋诗。曹丕《登台赋》称"建安十七年春游西园，登铜雀台，命余兄弟并作"。曹植好像事先打好腹稿似的，援笔立成《铜雀台赋》，得到曹操的高度赞赏。曹操好像不偏不倚的样子，没过多久，就在转年正月任命曹丕为五官中郎将，置官属，为丞相副。曹植封平原侯。建安十九年，曹操东征孙权，让曹植守城，告诫说："吾昔为顿丘令年二十三，……今汝年亦二十三矣，可不勉与？"（557页）很显然，这是对他的考验。

曹丕与吴质通信时，两人的心里都承受着很大的压力，都在想方设法改变这种被动局面。

从《三国志》的记载来看，起初，曹操对于曹丕似乎并不怎么感兴趣。建安十三年，曹冲病死，曹丕前去安慰乃父，曹操却对曹丕说："此我之不幸，而汝曹之幸也。"（《三国志·魏书·武文世王公传》）父子二人当然都明白这话的含义，曹丕常常陷入不安的情绪中，可想而知。《三国志》裴松之注引《世语》记载，曹丕看到曹植颇得父亲的欣赏，内心很焦虑，就把吴质装在密封的大筐中拉进宫中密谋。这事让曹植的死党杨修知道了，向曹操告密，曹丕很紧张。吴质设计，说明天继续拉着这个大筐进宫，杨修肯定告状，并受命查验。如果没有这个事，杨修就有欺君之罪。第二天，杨修果然上当，继续查验而无果。曹操由此反而怀疑杨修另有企图。《世语》还记载，曹操每次出征，他的儿子都要到路边送行，曹植通常会称颂大王的功德，祝贺成功，曹操听后很高兴，而曹丕在这方面口才、文笔皆不如，怅然自失。吴质当时为朝歌令，出主意说："以后大王出行，就流涕送行，表示孝心。"这个办法很奏效，大家都觉得曹植辞多浮华，而曹丕心诚意切，在父亲面前树立了很好的形象。在做足了外围工作后，吴质等串通一些大臣拼命在曹操面前吹风，说袁绍、刘表改变旧制，没有立嫡长子为太子，结果闹得国破家亡。这些办法非常奏效，在经历了十年诚惶诚恐的岁月之后，曹丕终于在建安二十二年当上了太子。当然，这是后话。可以说，吴质对于曹丕而言，确有保储之功。

## 二 《又与吴质书》与《答魏太子笺》

建安二十二年（217），疫病流行。曹植《说疫气》说："建安二十二年，疠气流行。家家有僵尸之痛，室室有号泣之哀。或阖门而殪，或覆族而丧。"① 建安诸子多罹其难。曹丕《又与吴质书》说"昔年疾疫"，肯定不是作于疫病暴发的当年，应作于建安二十三年之后。《三国志·王卫二刘傅传》注引《魏略》系此文在二十三年。信的开头也明确说是作于二月。徐幹卒于建安二十三年二月，而此信论及建安七子之死为"昔年"，如果此信作于建安二十三年二月，则徐幹刚死，不会用这样的口吻。由此推测，应当作于建安二十四年二月（219）。这个时候，尘埃落定，曹丕的文字，更多的是怀旧，他对于七子的评价，我们在《文艺批评的初祖》中多有征引评述，而吴质书信则涉及对曹丕的评价，值得重视。

曹丕《又与吴质书》曰：

> 二月三日，丕白：岁月易得，别来行复四年。三年不见，《东山》犹叹其远，况乃过之，思何可支？虽书疏往反，未足解其劳结。昔年疾疫，亲故多离其灾，徐、陈、应、刘，一时俱逝，痛可言邪！
>
> 昔日游处，行则连舆，止则接席，何曾须臾相失！每至觞酌流行，丝竹并奏，酒酣耳热，仰而赋诗。当此之时，忽然不自知乐也。谓百年已分，可长共相保。何图数年之间，零落略尽，言之伤心！顷撰其遗文，都为一集。观其姓名，已为鬼录。追思昔游，犹在心目。而此诸子，化为粪壤，可复道哉！观古今文人，类不护细行，鲜能以名节自立。而伟长独怀文抱质，恬惔寡欲，有箕山之志，可谓彬彬君子矣。著《中论》二十余篇，成一家之言，辞义典雅，足传于后，此子为不朽矣。德琏常斐然有述作之意，其才学足以著书，美志不遂，良可痛惜。间者，历观诸子之文，对之抆泪，既痛逝者，行自念也。孔璋章表殊健，微为繁富。公幹有逸气，但未遒耳，至其五言诗，妙

---
① 赵幼文：《曹植集校注》，人民文学出版社1984年版，第177页。

绝当时。元瑜书记翩翩，致足乐也。仲宣独自善于辞赋，惜其体弱，不足起其文，至于所善，古人无以远过也。昔伯牙绝弦于钟期，仲尼覆醢于子路，痛知音之难遇，伤门人之莫逮也。诸子但为未及古人，自一时之儁也。今之存者，已不逮矣。后生可畏，来者难诬，然恐吾与足下不及见也。

年行已长大，所怀万端，时有所虑，至通夜不瞑。志意何时复类昔日！已成老翁，但未白头耳。光武言"年三十余，在兵中十岁，所更非一"，吾德不及之，年与之齐矣。以犬羊之质，服虎豹之文，无众星之明，假日月之光，动见瞻观，何时易邪？恐永不复得为昔日游也。少壮真当努力，年一过往，何可攀援？古人思秉烛夜游，良有以也。项何以自娱？颇复有所述造不？东望于邑，裁书叙心。丕白。

"二月三日丕白"六字以及结尾"丕白"二字，《三国志》裴松之注引《魏略》缺失。这是非常重要的信息，说明萧统所载，全书首尾俱全。"岁月易得，别来行复四年。三年不见，《东山》犹叹其远，况乃过之，思何可支？"这里引用《诗经·豳风·东山》"我徂东山，慆慆不归。……自我不见，于今三年"的典故，用以表达离别之苦。《东山》诗的作者认为三年不见，已经沉痛，更况且曹丕、吴质二人分别的时间又超过三年，自然更加沉痛迫肠，令人感慨叹息。行，犹且也。何以支，即不能支撑。更何况，这"思何以支"，还不仅仅是由于山川的阻隔，更在于人世的变迁。"昔年疾疫，亲故多离其灾，徐、陈、应、刘，一时俱逝，痛可言邪！"痛可言邪，《三国志》作"痛何可言邪"，多"何"字，更加沉郁顿挫。由此可见，这份情思，不仅仅是生离，更有死别之情。

由此生离死别之情引出对往昔的回忆。从前伴游，日夜相随，觞酌流行，丝竹并奏，酒酣耳热，仰而赋诗。欢乐的时候，大家都以为这样相知相爱的生活还可以持续多年。谁也没有想到，转瞬之间，生死异路，成为古人。因此，曹丕把他们的作品汇集成册，一一加以点评。

在曹丕心目中，徐幹（字伟长）最值得推崇。首先是他的人格。他说："观古今文人，类不护细行，鲜能以名节自立。"唯独徐幹"怀文抱质，恬惔寡欲，有箕山之志，可谓彬彬君子矣"。许由隐居箕山。这里说徐幹文质兼备，恬淡无欲，有许由那样的操守。其次是他的作品。徐幹著有《中论》二十余篇，"辞义典雅，足传于后，此子为不朽矣"。李善注引《文章志》曰："徐幹，字伟长，北海人。太祖召以为军谋祭酒，转太子文学，以道德见称。著书二十篇，号曰《中论》。"曹丕记载《中论》二十多篇，而《文章志》明确说是二十篇。梁章钜《〈文选〉旁证》卷三十五引姜皋曰："至《中论》，则晁公武《读书志》称李献民所见别本，尚有《复三年》《制役》二篇，今二十篇者，非全书是也。"建安七子，其实曹丕最为推崇的是徐幹，不仅仅是因为人格的伟岸，更在于有著述传世。何焯《义门读书记》卷四十九："七子之文，独推《中论》，可谓知轻重。"①

对于其他诸子，皆有轩轾。如称应玚（德琏），志向高远，才学兼备，"斐然有述作之意"，可惜壮志未酬。再说陈琳（字孔璋），章表颇有气势。《文选》卷四十三收录其《为袁绍檄豫州》痛斥曹操，堪称典范，而曹丕认为"微为繁富"，还不够充盈。刘桢（字公幹），五言诗称誉当时，但是还不够有力。从对陈琳和刘桢的评论看，曹丕论文，推崇文气丰沛、风格遒劲。这种主张，为《文心雕龙·风骨》所继承。再说阮瑀（字元瑜），"书记翩翩，致足乐也"，难得没有微词。《文选》卷四十二收录其《为曹公作书与孙权》为代表。建安诸子中，曹丕对于王粲的评价比较高，说他善于辞赋，可惜体弱，缺乏应有的气势。这就是他在《典论·论文》中强调的"文以气为主，气之清浊有体"，气韵不足，文章便没有力量。同时他又说，王粲也有过人之处，甚至"古人无以远过"。这过人之处，曹丕没有细说。话锋一转，说到知音上去："昔伯牙绝弦于钟期，仲尼覆醢于子路，痛知音之难遇，伤门人之莫逮也。"《吕氏春秋》载，钟子期死，伯牙破琴绝弦，以为知音永诀。醢，肉酱。《礼记·檀弓》载，孔子的弟子子路死于卫国，孔子闻讯后在房屋前庭哭子路。报丧的人说子路死后被剁成了肉酱，孔子叫人赶紧倒掉自己吃的肉酱。痛知音，《三国志》作"愍知音"。曹丕又说："诸子但为未及古人，自一时之儁也。今之存

---

① 徐幹《中论》的整理本有两种比较重要，一是徐湘霖《中论校注》，巴蜀书社2000年版。另一种是孙启治《中论解诂》，中华书局2014年版。

者,已不逮矣。后生可畏,来者难诬,然恐吾与足下不及见也。"言下之意,就整体而言,建安诸子还没有超过古人,但是活着的人,也没有超过他们的。后生可畏,但是,他们已经无缘看到。

由此引出文章的第三部分:"年行已长大,所怀万端,时有所虑,至通夜不瞑。志意何时复类昔日?已成老翁,但未白头耳。光武言:年三十余,在兵中十岁,所更非一。"年行,《三国志》作"行年"。至通夜不瞑,《三国志》《文选》九条本、陈八郎本、朝鲜正德本并作"至乃通夕不瞑",多一"乃"字,气势便有不同。汉光武的话,见《文选》李善注引《东观汉记》所载与隗嚣书,说:"吾年已三十余,在兵中十岁,所更非一,厌浮语虚辞耳。"曹丕说自己的品德当然不能与汉光武帝相比,但是年龄差不多,且居太子之位,"以犬羊之质,服虎豹之文,无众星之明,假日月之光,动见观瞻,何时易邪"?以犬羊之质二句较易理解:羊虽然披上虎皮,但改变不了本性,见到草就喜欢,碰到豺狼就怕得发抖,比喻外表装作强大而实际上很胆小。此处为谦辞,写自己德薄而位尊,凭借着出身,才得以位居他人之上。"何时易邪"的"易"字可以有不同的理解。易有变易、难易之别。就变易的"易"来理解,这句话是说,他们的一举一动都被人注意,什么时候能改变这种情况呢?就难易的"易"来理解,大意是说,他们的言行都被人看到,什么时候都不容易。这里是暗含自己德薄位尊的不易。无论如何,再像从前那样与诸子同游,已经是永远不可能了。所以他引古诗"昼短苦夜长,何不秉烛游","少壮不努力,老大乃伤悲"。认为"少壮真当努力"。

吴质《答魏太子笺》曰:

> 二月八日庚寅,臣质言:奉读手命,追亡虑存,恩哀之隆,形于文墨。日月冉冉,岁不我与。昔侍左右,厕坐众贤,出有微行之游,入有管弦之欢。置酒乐饮,赋诗称寿。自谓可终始相保,并骋材力,效节明主。何意数年之间,死丧略尽。臣独何德,以堪久长?陈、徐、刘、应,才学所著,诚如来命,惜其不遂,可为痛切。凡此数子,于雍容侍从,实其人也。若乃边境有虞,群下鼎沸,军书辐至,羽檄交驰,于彼诸贤,非其任也。往者孝武之世,文章为盛,若东方

朔、枚皋之徒，不能持论，即阮、陈之俦也。其唯严助、寿王，与闻政事，然皆不慎其身，善谋于国，卒以败亡，臣窃耻之。至于司马长卿称疾避事，以著书为务，则徐生庶几焉。而今各逝，已为异物矣。后来君子，实可畏也。伏惟所天，优游典籍之场，休息篇章之囿，发言抗论，穷理尽微，摛藻下笔，鸾龙之文奋矣。虽年齐萧王，才实百之。此众议所以归高，远近所以同声。然年岁若坠，今质已四十二矣，白发生鬓，所虑日深，实不复若平日之时也。但欲保身敕行，不蹈有过之地，以为知己之累耳。游宴之欢，难可再遇。盛年一过，实不可追。臣幸得下愚之才，值风云之会。时迈齿载，犹欲触匈奋首，展其割裂之用也。不胜倭倭，以来命备悉，故略陈至情。质死罪死罪。

曹丕信开头是"二月三日丕白"，此信"二月八日庚寅"，前后相距五天。"追亡虑存"是两人通信的中心内容。

曹丕信引用《东山》诗意，表达离别之苦，吴质信就从这里开始，说："日月冉冉，岁不我与。"曹丕回忆当年与诸子游处，酒酣耳热，仰而赋诗。吴质信回应说："昔侍左右，厕坐众贤，出有微行之游，入有管弦之欢。置酒乐饮，赋诗称寿。自谓可终始相保，并骋材力，效节明主。"曹丕信的中心是感叹诸子一时俱逝，痛心疾首。吴质信亦有近似的话："何意数年之间，死丧略尽。臣独何德，以堪久长？陈、徐、刘、应，才学所著，诚如来命，惜其不遂，可为痛切。"来命，即来信。什么叫"惜其不遂"？作者的解释说："凡此数子，于雍容侍从，实其人也。若乃边境有虞，群下鼎沸，军书辐至，羽檄交驰，于彼诸贤，非其任也。"也就是说，他们可以游宴赋诗，但是不宜出兵打仗。显然，不遂，不是指他们政治上的功业，而是文化上的才能未能尽情发挥。这又是在贬损他人。在吴质看来，阮瑀、陈琳，与汉武帝时期的东方朔、枚皋相近，不过是文士而已。"不能持论"据李善注，作"不根持论"，也就是虚夸的成分较多。相比较而言，严助、吾丘寿王在政治上是有才能的，但是他们做人做事还不够严谨，卷入淮南王刘安案中，自取灭亡。"徐生庶几"，谓徐幹的性格近似于司马相如，称疾避事，潜心著述。这是迎合曹丕的评价。吴质书信处处回应曹丕来信的内容还有多处，如曹丕说："观其姓名，已为鬼录。

追思昔游，犹在心目。而此诸子，化为粪壤，可复道哉！"吴质信回应说："而今各逝，已为异物矣。"曹丕说："年一过往，何可攀援？古人思秉烛夜游，良有以也。"吴质信亦说："游宴之欢，难可再遇。盛年一过，实不可追。"曹丕说："后生可畏，来者难诬，然恐吾与足下不及见也。"吴质信亦说："后来君子，实可畏也。"而在书信的结尾部分，也表露自己的主张，即"臣幸得下愚之才，值风云之会。时迈齿载，犹欲触匈奋首，展其割裂之用也"。时迈，时光流逝。齿载，年老齿落。载，通"齹"或"迭"字。这与他在《答魏太子笺》中的观点完全一致，他在恳请曹丕在文学之外，更多地关注他的政治述求。

## 三 曹丕、吴质书信的文学主张

曹植《豫章行》："他人虽同盟，骨肉天性然。"作者在《陈审举表》中又说："苟吉专其位，凶难其患者，异姓之臣也。"在作者看来，建安时期，就存在着若干同盟体。他希望曹丕明白，外人虽然可以结成同盟，但是骨肉亲情是天然形成的密切关系。这话谁信呢？我想曹植内心深处也未必认可这一点。在当时的政治领域，这种同盟或者类似的利益集团并不少见。曹植本人也曾与他人结盟。曹丕即位之后，对曹植的党羽剪除殆尽，就是看到了这种结盟危机的存在。曹植在《野田黄雀行》中说"利剑不在掌，结友何须多"，这利剑就是权力。结友，就是结成同盟。他在失势之后，他的同盟被摧毁，他才这样说。曹丕当然不会相信这样的话。事实上，在建安时期，曹丕在政治上依靠司马懿、陈群、吴质、朱铄等所谓四友加速夺权步伐，而文化领域，他与曹植积极争取文化的话语权，举行了很多类似于后世的沙龙聚会，饮酒赋诗，相互唱和。在曹丕的文人集团中，吴质无疑是最重要的成员之一。可以这样说，曹丕与吴质，主要是政治上的同盟。他们的文学主张，在很大程度上反映了他们在政治方面的利益诉求。

曹丕《典论·论文》与《与吴质书》重点讨论建安七子的创作，而吴质的《答魏太子笺》主要论述的是曹丕的创作特色，而且，通过这种比较，反映出他们的文学主张。

首先是文学活动的组织。曹丕信:"年行已长大,所怀万端,时有所虑,至通夜不瞑。志意何时复类昔日!已成老翁,但未白头耳。光武言'年三十余,在兵中十岁,所更非一',吾德不及之,年与之齐矣。"吴质信回应说:"伏惟所天,优游典籍之场,休息篇章之囿,发言抗论,穷理尽微,摛藻下笔,鸾龙之文奋矣。虽年齐萧王,才实百之。"所天,指曹丕。萧王,指汉光武帝。西汉末叶动乱时,曾被立为萧王。吴质认为曹丕之才能远过于光武帝。"此众议所以归高,远近所以同声",也就是众口一词的评价。"优游典籍之场,休息篇章之囿",出于班固《答宾戏》"婆娑乎艺术之场,休息乎篇籍之囿"。曹丕在文学方面的贡献,首先体现在文学组织方面。曹丕倡导文学,其用意在政治方面,自不必说。客观地说,这方面,曹丕利用自己的特殊身份,做得很成功。譬如就在自己被任命为五官中郎将之后,他就组织多场宴会,现存七子的诗歌创作,多有奉和。

在文学创作方面,曹丕的才能似乎不及曹植,但也确有自己的特点。同是描写思妇的作品,曹植的《七哀诗》悲叹不已,感情比较外露。而《燕歌行》就深沉多了。作品描写主人公援琴鸣弦,婉转悠扬。特别是结尾几句,曹丕诗中的思妇由一己之悲慨推想天上的牛郎织女,为他们无辜地被分开表示同情,言下之意当然还是为自己而悲哀,不过没有直接说出来而已。曹植的诗直接写思妇"愿为西南风,长逝入君怀",表达得非常率直。同样是给好朋友写信,曹丕《与吴质书》,开头写道:"岁月易得,别来行复四年。三年不见,东山犹叹其远,况乃过之。"寥寥数语,饱含有多少离情别绪。曹植《与杨德祖书》开头几句:"数月不见,思子为劳,想同之也。"显得比较浮泛,不如曹丕深沉。《文心雕龙·才性》说:"子建思捷而才俊,子桓虑详而力缓。"这里,刘勰用"思捷"与"虑详"来概括两人的性格特征是比较贴切的。两人代表了两种不同性格类型的人。从心理机能上说,曹丕属于理智型,以理智来衡量一切;曹植则是情绪型的,体验较为深刻。从心理活动倾向上说,曹丕内向、沉静、反应较迟;曹植则外向,善于交际。从社会活动方面来看,曹丕是权力型的人物,而曹植则是审美型的。性格的不同,反映在创作中,就有明显的风格差异。曹丕的创作,诚如吴质所说,是"穷理尽微"。这一概括还是很准确的。

最后是积极倡导文以致用。《答魏太子笺》说到自己老大不小，年已四十二岁。"幸得下愚之才，值风云之会"，这些年来，"但欲保身敕行，不蹈有过之地，以为知己之累耳"。前面说阮瑀、陈琳等短于将略，徐幹又只是潜心著述不问世事。言下之意，隐隐自命，兼资文武："时迈齿载，犹欲触匈奋首，展其割裂之用也。"载，与"迭"通，变更。也有作"截"者。尽管岁月流逝，而自己依然甘心效命沙场，不愿意仅仅做一个文人。其实，这种观点，也是同时代绝大多数文人的理想。《三国志》裴松之注记载，曹丕死后，吴质作诗哀悼："怆怆怀殷忧，殷忧不可居。徙倚不能坐，出入步踟蹰。念蒙圣主恩，荣爵与众殊。自谓永终身，志气甫当舒。何意中见弃，弃我归黄垆。茕茕靡所恃，泪下如连珠。随没无所益，身死名不书。慷慨自俛仰，庶几烈丈夫。"（610页）诗歌与当时的风格大体相近，所不同的是"念蒙圣主恩，荣爵与众殊"十字，应当说是发自肺腑之言。吴质在曹丕当政时期，官位清显，颇为霸道。他曾与曹氏宗室曹休发生严重争执，吴质甚至案剑大骂曹休说："汝非屠几上肉，吴质吞尔不摇喉，咀尔不摇牙，何敢恃势骄邪？"（609页）表现得不可一世。只可惜，他在政治上并无可以夸耀的业绩。

《文史知识》2016年第3、4期

# 文章之难，难在知音

## ——读曹植与吴质的往还书信

曹植《与吴季重书》与吴质《答东阿王书》并见《文选》卷四十二"书"中选录。李善注引《典略》曰："质出为朝歌长，临淄侯与质书。"由此而知，吴质与曹丕、曹植同时写信。其内容也有近似的地方。曹植《与吴季重书》曰：

> 植白：季重足下。前日虽因常调，得为密坐。虽谦饮弥日，其于别远会稀，犹不尽其劳积也。若夫觞酌凌波于前，箫笳发音于后，足下鹰扬其体，凤叹虎视。谓萧、曹不足俦，卫、霍不足侔也。左顾右眄，谓若无人，岂非吾子壮志哉！过屠门而大嚼，虽不得肉，贵且快意。当斯之时，愿举太山以为肉，倾东海以为酒，伐云梦之竹以为笛，斩泗滨之梓以为筝。食若填巨壑，饮若灌漏卮。其乐固难量，岂非大丈夫之乐哉！
>
> 然日不我与，曜灵急节。面有逸景之速，别有参商之阔。思欲抑六龙之首，顿羲和之辔。折若木之华，闭蒙汜之谷。天路高邈，良久无缘。怀恋反侧，如何如何！得所来讯，文采委曲，晔若春荣，浏若清风。申咏反复，旷若复面。其诸贤所著文章，想还所治，复申咏之也。可令憙事小吏，讽而诵之。
>
> 夫文章之难，非独今也。古之君子，犹亦病诸。家有千里，骥而不珍焉。人怀盈尺，和氏无贵矣。夫君子而知音乐，古之达论谓之通而蔽。墨翟不好伎，何为过朝歌而回车乎？足下好伎，值墨翟回车之县，想足下助我张目也。

又闻足下在彼，自有佳政。夫求而不得者有之矣，未有不求而得者也。且改辙易行，非良、乐之御。易民而治，非楚、郑之政，愿足下勉之而已矣。适对嘉宾，口授不悉。往来数相闻。曹植白。

季重，吴质字。文章先从别前的欢乐写起，犹忆当时众人围坐一起，宴饮终日。常调，五臣吕向注谓常戏，高步瀛《魏晋文举要》以为大谬，实指吴质出为朝歌长，谓循常例调官耳。大家都知道分别可能会很久远，会面日稀，故不觉其累。"若夫觞酌凌波于前，箫笳发音于后，足下鹰扬其体，凤叹虎视。"这几句与曹丕、吴质的通信，基调相近。曹丕信说："每念昔日南皮之游，诚不可忘。"吴质回应称："前蒙延纳，侍宴终日，燿灵匿景，继以华灯。"都是比较轻松的语调，用语比较沉稳华美。相比较而言，曹植的书信则更为乐观、夸张。觞酌凌波，是说美酒之多，有如水之波澜。箫笳发音，指乐舞声色之美。鹰扬其体，凤叹虎视，比喻吴质有文才武略的风范。作者又以萧何、曹参、卫青、霍去病为喻，谓吴质有过之而无不及。"不足俦、不足侔"是说四子远不足以与吴质相比，这就有点夸张了。"左顾右眄，谓若无人"用《史记》载荆轲与高渐离歌别于市，"已而相泣，傍若无人"之典，表现吴质的壮志，目空一切。"过屠门而大嚼"用桓子《新论》典故："人闻长安乐，则出门向西而笑。知肉味美，对屠门而大嚼。"这里的关键是谁在大嚼。两人相聚，"讌饮弥日"。然后作者夸饰吴质，先说他才高气盛，"岂非吾子壮志哉"，而后又形容其肚量很大，"食若填巨壑，饮若灌漏卮"，甚至可以"举太山以为肉，倾东海以为酒，伐云梦之竹以为笛，斩泗滨之梓以为筝"。作者的概括是："岂非大丈夫之乐哉！"从两个并列的"岂非"句看，这是形容吴质。《庄子·天地》载谆芒谓苑风曰："夫大壑之为物也，注焉而不满，酌焉而不竭。"[1]《淮南子·氾论训》曰："今夫溜水足以溢壶榼，而江河不能实漏卮。故人心犹是也。"[2] 作者说，这才是大丈夫的快乐。从上述几句看，这种形容，确有夸夸其谈之嫌，缺少真诚。

---

[1] 王先谦：《庄子集解》，中华书局1987年版，第108页。
[2] 刘文典：《淮南鸿烈集解》，中华书局1989年版，第467页。

随后作者把笔锋转到自己身上，感叹"日不我与，曜灵急节"。曜灵，指日。急节，快速。"面有逸景之速"，"思欲抑六龙之首，顿羲和之辔"，逸景，光影。六龙，日车。羲和，为太阳驾车的人。这句是说，很想抑制住六龙的步伐，叫他放松马缰绳，好让太阳慢一点走。商与参，星宿名。商星在东方，即心宿。《左传·庄公三十二年》："故辰为商星。"西方白虎七宿的第七星叫参星。两星出没各不相见。后人常常用来比喻分别久远，难有见面的机会。《诗经·召南·小星》："嘒彼小星，维参与昴。肃肃宵征，抱衾与裯。"旧题苏武诗："昔为鸳与鸯，今为参与商。"曹植多用两星比喻离别之意，如《浮萍篇》："何意今摧颓，旷若商与参。"《种葛篇》："昔为同池鱼，今若商与参。""折若木之华"，用《楚辞》"折若木以拂日兮，聊逍遥以相佯"之典。若木，昆仑山上的神树，作者希望用它的叶子遮住太阳，不要流逝过快。蒙汜，太阳西落的地方。就是叫太阳永远不要落在那里，故曰"闭蒙汜之谷"。但是这一切毕竟是美好的愿望，终究"天路高邈，良久无缘。怀恋反侧，如何如何！"所以接到来信，才会如此激动。作者先是称许来信"文采委曲，晔若春荣，浏若清风"，反复研读，如睹其面。于是想到空暇的时候，能够到吴质所在之地，商讨诸贤文章，让那些身边的小吏得知文章之美。熹事，或作喜事。小吏，或作小史。吴质答书有"何但小史之有乎"，似作"史"字是。

　　由此转到第三段，论文章之难，认为古往今来，大家对于文章的妙处，很难理解，或者说不愿意理解。原因在哪里呢？作者回答说："家有千里，骥而不珍焉。人怀盈尺，和氏无贵矣。"自己家里有千里马，就不会珍惜其他骏马了。自己藏有价值连城的玉璧，和氏璧放在那里也不会看重。曹丕《典论·论文》说："文人相轻，自古而然。"这便是人们不愿意看好别人文章的原因所在。在作者看来，君子知音，就像《与杨德祖书》所说，"世人之著述，不能无病。仆常好人讥弹其文，有不善者，应时改定。昔丁敬礼常作小文，使仆润饰之。仆自以才不过若人，辞不为也。敬礼谓仆：卿何所疑难？文之佳恶，吾自得之，后世谁相知定吾文者邪？吾常叹此达言，以为美谈"。可见，所谓达言，即通达之言。然而，"古之达论谓之通而蔽"。最典型的是墨子。邹阳《狱中上书》曰："里名胜母，曾子不入。邑号朝歌，墨子回车。"墨翟不好乐，路过朝歌而回车，因为这里有"歌"字，是他所不喜。这是不知音之弊。吴质好音知文，现在做朝歌长，希望也对此弊端予以斥责，要做真正的通人。

最后一段论吴质政绩，特别赞赏他用心为政的品格："夫求而不得者有之矣，未有不求而得者也。"大意是说，天下事，只有用心求善，才会得到，从来没有不求善而自得的道理。吴质为政称善，是他用心求之的结果。这是整封信说得最为切近事实的地方。最后劝诫吴质按照既定原则从政："且改辙易行，非良、乐之御。易民而治，非楚、郑之政。"王良、伯乐，善于相马，也善于用马。楚、郑，指楚国孙叔敖，郑国子产，他们不易民而教，不变俗而劝，劝诫吴质要向他们学习，不要轻易改辙易行，急于求成。"适对嘉宾，口授不悉。往来数相闻。曹植白。"说明这封书信乃口授而成，殊不尽意。

曹植信说"得所来讯，文采委曲，晔若春荣，浏若清风"。吴质《答东阿王书》是否符合这一评价呢？信曰：

> 质白：信到，奉所惠贶。发函伸纸，是何文采之巨丽，而慰喻之绸缪乎！夫登东岳者，然后知众山之逦迤也。奉至尊者，然后知百里之卑微也。自旋之初，伏念五六日，至于旬时。精散思越，惘若有失。非敢羡宠光之休，慕猗顿之富。诚以身贱犬马，德轻鸿毛。至乃历玄阙，排金门，升玉堂。伏虚槛于前殿，临曲池而行觞。既威仪亏替，言辞漏渫。虽恃平原养士之懿，愧无毛遂耀颖之才。深蒙薛公折节之礼，而无冯谖三窟之効。屡获信陵虚左之德，又无侯生可述之美。凡此数者，乃质之所以愤积于胸臆，怀眷而悒邑者也。若追前宴，谓之未究。倾海为酒，并山为肴，伐竹云梦，斩梓泗滨。然后极雅意，尽欢情，信公子之壮观，非鄙人之所庶几也。
>
> 若质之志，实在所天。思投印释绂，朝夕侍坐，钻仲父之遗训，览老氏之要言，对清酤而不酌，抑嘉肴而不享。使西施出帷，嫫母侍侧。斯盛德之所蹈，明哲之所保也。若乃近者之观，实荡鄙心。秦筝发徵，二八迭奏。埙箫激于华屋，灵鼓动于座右。耳嘈嘈于无闻，情踊跃于鞍马。谓可北慑肃慎，使贡其楛矢。南震百越，使献其白雉。又况权、备，夫何足视乎！

还治，讽采所著，观省英玮，实赋颂之宗，作者之师也。众贤所述，亦各有志。昔赵武过郑，七子赋《诗》，《春秋》载列，以为美谈。质，小人也，无以承命。又所答贶，辞丑义陋，申之再三，赧然汗下。此邦之人，闲习辞赋，三事大夫，莫不讽诵，何但小吏之有乎！重惠苦言，训以政事。恻隐之恩，形乎文墨。

墨子回车，而质四年，虽无德与民，式歌且舞。儒墨不同，固已久矣。然一旅之众，不足以扬名。步武之间，不足以骋迹。若不改辙易御，将何以效其力哉！今处此而求大功，犹绊良骥之足而责以千里之任，槛猨猴之势而望其巧捷之能者也。不胜见恤，谨附遣白答，不敢繁辞。吴质白。

惠贶，惠赐。吴质奉读来信，一一回复，文字非常华美，可与曹植信一比高低。

曹植说："可令憙事小吏，讽而诵之。"吴质回应："此邦之人，闲习辞赋，三事大夫，莫不讽诵，何但小吏之有乎！"此邦，指朝歌。三事大夫，官名。这句话谓曹植的作品，这里的官吏都在传诵，何止小史。非常巧妙地将曹植赞颂自己的话用在曹植身上。

曹植说："足下在彼，自有佳政。"吴质回应："重惠苦言，训以政事。恻隐之恩，形乎文墨。"苦言，良药，即良药苦口利于病之意。恻隐之恩，乃指曹植表彰吴质才高而不遇。

曹植说："夫君子而知音乐，古之达论谓之通而蔽。墨翟不好伎，何为过朝歌而回车乎？足下好伎，值墨翟回车之县，想足下助我张目也。"吴质回应："墨子回车，而质四年，虽无德与民，式歌且舞。"他用《诗经·小雅·车辖》"虽无德与女，式歌且舞"语义，说自己虽然无德以与下人，用歌且舞。"儒墨不同，固已久矣。然一旅之众，不足以扬名。步武之间，不足以骋迹。"儒道赏乐，墨子非乐，两家不同，由来已久。只是朝歌小邑，不足以驰骋，不足以扬名。

曹植说："且改辙易行，非良、乐之御。易民而治，非楚、郑之政，愿足下勉之而已矣。"吴质回应说："若不改辙易御，将何以效其力哉！今处此而求大功，犹绊良骥之足而责以千里之任，槛猨猴之势而望其巧捷之能者也。"据李善注，这是引用《淮南子》的典故："两绊骥而求其致千里，置猨槛中，则与豚同。非不巧捷也，无所肆其能也。"朝歌小邑，如果无所作为，怎么能尽力有所成就呢？今天处在这样的位置，要想创立功业，就像捆住良马的腿让它奔驰千里，把猿猴困在笼子里又希望它展示巧捷功夫，当然比较困难。言下之意，如果不能改职大任，就无法施展才能。他写给曹丕、曹植的信，绕了很多圈子，最终都落在如何谋取更高官位的话题上。这是吴质信最核心的内容。

曹植说："适对嘉宾，口授不悉。往来数相闻。曹植白。"吴质回应道："不胜见恤，谨附遣白答，不敢繁辞。吴质白。"这里前者"口授"，这里"白答"，没有"系辞"，即没有展开之意。

综上所述，两封信，对答成文，中心内容又有值得注意的三个方面。

一是论文采之丽："发函伸纸，是何文采之巨丽，而慰喻之绸缪乎！夫登东岳者，然后知众山之逦迤也。奉至尊者，然后知百里之卑微也。"观书如观岳，用扬雄《法言》语："观书者譬如观山，升东岳而知众山之逦迤也，况介丘乎？"自己只是一个县令，能够得到"至尊"的关照，当然很感动。这里用天子比喻曹植，显然是违心之论。在写作此信时，曹丕、曹植的太子之争正如火如荼。这里用"奉至尊"来形容曹植，可能有某种政治投机的成分。从当时舆论看，曹植继为太子，并非没有可能，而且有很大的可能。写作此信的时候，曹丕尚未为太子，吴质拿不准兄弟二人谁会笑到最后。从《三国志》记载看，吴质显然站在曹丕一边，并不认可曹植。所以我说吴质这样写是违心之论。作为一个内心并不阳光的人，吴质只能这样写，只能首鼠两端，在曹丕、曹植兄弟之间寻求平衡。诚如《三国志·魏书·王卫二刘傅传》裴注引《魏略》曰："质亦善处其兄弟之间，若前世楼君卿之游五侯矣。"[1]

二是回忆别宴之盛、知遇之恩。别宴之后，自己五六天乃至十余天，"精散思越，惘若有失"。《诗经·小雅·蓼萧》："既见君子，为龙为光。其德不爽，寿考不忘。"毛苌曰："龙，宠也。"非敢羡宠光之休，即出此典。猗顿，先秦富豪。吴质说自己身贱犬马，德轻鸿毛，不敢羡慕荣宠与

---

[1] 《三国志》，中华书局1982年版，第607页。

富贵。自己荣登朝廷，侧身盛宴，陪游逸乐，不知威仪，戏笑谈弄，乃至多有过失。尽管如此，依然得到照顾。所有这一切，都因"至尊"笼罩。随后，作者用了好几个礼贤下士的历史掌故加以对比。他把曹植作比平原君、比作孟尝君、比作信陵君。平原君养士三千，遇到难处，像毛遂这样不起眼的人都可以发挥作用。冯谖在孟尝君门下亦不出众，但在关键时刻能够为主人募义，营造三窟，使其高枕无忧。侯嬴为信陵君客卿，秦兵压境之际，勇夺晋鄙军权，救赵解围。所有这些，作者自谦都不具备，而"至尊"依然许以"倾海为酒，并山为肴，伐竹云梦，斩梓泗滨"。作者认为这是"至尊"之"极雅意，尽欢情，信公子之壮观，非鄙人之所庶几也"。遇之愈厚，愧之愈深，所以作者"愤积于胸臆，怀眷而悁邑者"。这样的追捧文字，也可谓登峰造极了。

三是说到自己的志向和才能，成功与否，"实在所天"。所天，即自己的顶头上司，也就是他希望依靠的曹植。吴质说："思投印释黻，朝夕侍坐，钻仲父之遗训，览老氏之要言。"县令佩铜印黻冠饰。投印释黻，即放弃官职，侍坐于曹植身边，共读孔子、老子等圣贤之书，即便对酒不酌，嘉肴不享，让美女离开，丑女侍侧，亦心醉腹饱，盛德所履，明智所安。"若乃近者之观，实荡鄙心"，这句话似针对曹植所述别宴："秦筝发徵，二八迭奏。埙箫激于华屋，灵鼓动于座右。耳嘈嘈于无闻，情踊跃于鞍马。谓可北慑肃慎，使贡其楛矢。南震百越，使献其白雉。"秦筝，《风俗通》载，秦人蒙恬所造。秦地在西，曲调有西气，多高亢酸楚之曲调，故曹植《赠丁翼》："秦筝发西气，齐瑟扬东讴。"二八齐容，谓舞者十六人，迭进演奏。埙箫、灵鼓，为古代乐器。这种音乐，近者声动华屋，远者威慑南北。肃慎、百越，南北边地少数民族。《孔子家语》载孔子曰：昔武王克商，于是肃慎氏贡楛矢石砮，其长尺有咫，故铭其楛曰肃慎氏贡矢。《太公金匮》曰：武王伐殷，四夷闻，各以来贡。越裳献白雉，重译而至。耳嘈嘈于无闻，情踊跃于鞍马，谓欢乐之情涌动如跃鞍马。白居易《琵琶行》描写音乐，亦受此启发。由此音乐之盛，联想到东吴、西蜀，显然不可比肩，故曰："又况权、备，夫何足视乎！"最后回应曹植所述"想还所治，复申咏之"曰："还治，讽采所著，观省英玮，实赋颂之宗，作者之师也。"谓公务之暇，讽诵曹植所赐之文，谓有司马相如之风，乃赋颂之宗。至于当时宴会上众人创作，如同赵武过郑、七子赋诗，亦各有千秋。《左氏传》载，赵武与诸侯大夫会于宋，过郑，郑伯宴请，子展、伯有、子西、子太叔、子产、印段、公子段等七子侍从，分别赋《诗》，至今传为美谈。相比较而言，吴质自谦无以承命，虽然称自己书信"晔若春荣，浏若清风"，实在是汗颜。赧然，九条本、陈八郎本、朝鲜正德本作"赧然"，即惭耻汗下之意。

　　从文学批评的角度看，曹植的信，再次论及文学批评的不易。文章好坏虽然自知，但是也正因为这种自知，往往失去其客观标准。"家有千里，骥而不珍焉。人怀盈尺，和氏无贵矣。"而吴质回信说，曹植身居至尊高位，"然后知百里之卑微也"，自己创作已成气象，所以可以比较准确地评论他人，这与曹丕《典论·论文》所说"君子审己以度人，故能免于斯累，而作《论文》"，意思是一样的。批评者要站在高处，才能看得比较全面。这个观点，值得重视。

《文史知识》2016年第5期

# 诋诃文章，掎摭利病

## ——读曹植与杨修的往还书信

曹植《与杨德祖书》收在《文选》卷四十二"书"类，杨修《答临淄侯笺》收在《文选》卷四十"笺"类，又见《三国志·魏书·陈思王传》裴注等。曹植信称："仆少好词赋，迄至于今二十五年矣。"此言有生之年，而非好赋之年。由此推断，两封书信写于建安二十一年（216）。这年四月，曹操为进位为魏王，曹植信说"吾王"设天网笼络天下才子，则信又写在这年四月之后。杨修回信称"《暑赋》弥日而不献"，李善注："植为《鹞鸟赋》，亦命修为之，而修辞让。又作《大暑赋》，而修亦作之，竟日不敢献。"据此还可以把曹植信的写作时间确定在这一年暑月前后，具体说在建安二十一年五、六月间。

曹植在信中，谈及自己对文学批评的一些基本看法，如为人与为文之间的关系、文学批评的态度与标准、关于民间文学的评价等问题。信曰：

> 植白：数日不见，思子为劳，想同之也。仆少小好为文章，迄至于今，二十有五年矣。然今世作者，可略而言也。昔仲宣独步于汉南，孔璋鹰扬于河朔，伟长擅名于青土，公幹振藻于海隅，德琏发迹于此魏，足下高视于上京。当此之时，人人自谓握灵蛇之珠，家家自谓抱荆山之玉。吾王于是设天网以该之，顿八纮以掩之，今悉集兹国矣。然此数子，犹复不能飞轩绝迹，一举千里。以孔璋之才，不闲于辞赋，而多自谓能与司马长卿同风，譬画虎不成，反为狗也。前书嘲之，反作论盛道仆赞其文。夫钟期不失听，于今称之。吾亦不能忘叹者，畏后世之嗤余也。

世人之著述，不能无病。仆常好人讥弹其文，有不善者，应时改定。昔丁敬礼常作小文，使仆润饰之。仆自以才不过若人，辞不为也。敬礼谓仆：卿何所疑难？文之佳恶，吾自得之，后世谁相知定吾文者邪？吾常叹此达言，以为美谈。昔尼父之文辞，与人通流，至于制《春秋》，游、夏之徒乃不能措一辞。过此而言不病者，吾未之见也。盖有南威之容，乃可以论其淑媛。有龙泉之利，乃可以议其断割。刘季绪才不能逮于作者，而好诋诃文章，掎摭利病。昔田巴毁五帝、罪三王，訾五霸于稷下，一旦而服千人。鲁连一说，使终身杜口。刘生之辩，未若田氏。今之仲连，求之不难，可无息乎！人各有好尚，兰茝荪蕙之芳，众人所好，而海畔有逐臭之夫。《咸池》《六茎》之发，众人所共乐，而墨翟有非之之论，岂可同哉！今往仆少小所著辞赋一通相与。夫街谈巷说，必有可采。击辕之歌，有应风雅。匹夫之思，未易轻弃也。辞赋小道，固未足以揄扬大义、彰示来世也。昔扬子云先朝执戟之臣耳，犹称壮夫不为也。吾虽德薄，位为藩侯，犹庶几戮力上国，流惠下民。建永世之业，留金石之功。岂徒以翰墨为勋绩，辞赋为君子哉！若吾志未果，吾道不行，则将采庶官之实录，辩时俗之得失，定仁义之衷，成一家之言。虽未能藏之于名山，将以传之于同好。非要之皓首，岂今日之论乎！其言之不惭，恃惠子之知我也。明早相迎，书不尽怀。植白。

开头几句，就像老朋友聊天，非常率直："植白：数日不见，思子为劳，想同之也。"随后说自己喜欢欣赏并写作文章已经有二十五年之久，有资格品评建安诸子文章的长短优劣。他特别拈出六位，一是王粲（仲宣），二是陈琳（孔璋），三是徐幹（伟长），四是刘桢（公幹），五是应玚（德琏），六是杨修（德祖）："仲宣独步于汉南，孔璋鹰扬于河朔，伟长擅名于青土，公幹振藻于海隅，德琏发迹于此魏，足下高视于上京。"王粲曾在荆州依附刘表，故曰"汉南"。陈琳曾在冀州袁绍幕下供职，故曰"河朔"。徐幹世居青州，故曰"青土"。刘桢为东平宁阳人，离齐地海边不远，故曰"海隅"。应玚南顿人，地接魏都，故曰"此魏"（一作大魏）。至于杨修，乃是太尉杨彪之子，世居京城，故曰"上京"。所谓独步、鹰扬、擅名、振藻、发迹、高视，意思都是一样的，即名扬一时。所以说"当此之时，人人自谓握灵蛇之珠，家家自谓抱荆山之玉"。灵蛇之珠，即隋侯之珠。荆山之玉，即和氏之玉，都是举世珍宝。这里用以比喻各位才华如玉，文章雄视天下。"吾王于是设天网以该之，顿八纮以掩之，今悉集兹国矣。"吾王指曹操，当时称魏王。顿，犹整。八纮，天地之间的广大地区。《淮南子》曰："九州之外，是有八泽。八泽之外，乃有八纮。"天网，弥天之网。崔寔《本论》曰："举弥天之网，以罗海内之雄。"这两句是说曹操能延揽天下英才而用之，悉集兹国，即会集京都。这是褒奖各位。

随后笔锋一转："然此数子，犹复不能飞轩绝迹，一举千里。"飞轩绝迹，即文章还不能到达极致，也就是说还有所不足。他特别以陈琳为例，说"以孔璋之才，不闲于辞赋，而多自谓能与司马长卿同风，譬画虎不成，反为狗也"。陈琳的辞赋写作不是强项，他反而自比司马相如。作者嘲笑他画虎不成反类犬，评价很低。"前书嘲之，反作论盛道仆赞其文。夫钟期不失听，于今称之。"曹植此前曾有书信嘲讽陈琳的辞赋，陈琳不解，反而认为是赞美他。钟子期知音，听必不失，至今人们称赞他。作者由此感叹说，"吾亦不能忘叹者，畏后世之嗤余也"。忘叹，或作"妄叹"，即不敢信口开河。这里有知音难觅的感慨。

是他不理解别人，还是别人不理解他？从下文看，作者以知文自居，是担心别人对他有误解。他说："世人之著述，不能无病。仆常好人讥弹其文，有不善者，应时改定。"他的好友丁廙（字敬礼）常常叫自己为他润色文字，曹植多次推托。丁廙说："卿何所疑难？文之佳恶，吾自得之，后世谁相知定吾文者邪？吾常叹此达言，以为美谈。""文之佳恶"，五臣本作"文之佳丽"。何焯《义门读书记》卷四十九认为"佳丽"为是："言吾自得润饰之益，后世读者，孰知吾文赖改定耶？"黄侃《〈文选〉平点》则力主"佳恶"。他说："恶，《魏志》注作'丽'。然此不误。意言子定吾文，吾可以自得其佳恶。后世既与吾不相知，亦焉贵定吾文耶？其旨如此，非欲假力子建以欺后世也。"[1]

---

[1]《〈文选〉平点》，上海古籍出版社1985年版，第239页。

"昔尼父之文辞，与人通流，至于制《春秋》，游、夏之徒乃不能措一辞。过此而言不病者，吾未之见也。"这是《史记》的记载。孔子的文辞，或许可以彼此互用。至于孔子所修《春秋》，子游、子夏之徒不能赞一辞。作者引此，改"赞"为"措"，措，更改。过此，除此。这句话的大意是说只有孔子的《春秋》，弟子不能改动一个字。除此之外，还没有这样的著作。言下之意，所有的著述，都有修改的空间。但是由谁来品评修改，还是有一定讲究的。"盖有南威之容，乃可以论其淑媛。有龙泉之利，乃可以议其断割。"南威，古代美女。《战国策》载，晋平公得南威，三日不听朝。龙泉，宝剑名。作者这样写，无外乎是想说，只有南威这样的美女才能说得上美艳，只有龙泉这样的宝剑才能谈得上锋利。还有一句话，作者没有说，即只有像作者这样懂得文章的人，才有资格品评文章。刘表的儿子刘季绪曾著诗赋颂六篇，论才能不及上述各位作者，却"好诋诃文章，掎摭利病"。诋诃，毁谤，斥责。掎摭利病，指摘毛病。作者认为这样做不自量力。战国时，齐国的诡辩家田巴常常口出狂言，对于三皇五帝以及春秋五霸，随意评说，让很多人佩服。鲁仲连对他提出指责，说敌军压境，国家处在存亡之秋，先生的议论并不能救国家之急于万一，不如闭嘴不说。田巴从此果然闭口不言。刘季绪的论辩功夫，显然还不及田巴，当今像鲁仲连这样的人，应当很多，因此，刘季绪这样的论辩应当停止了吧！当然，作者又退一步讲，就是文章的好坏，也没有一定之规。"人各有好尚，兰茝荪蕙之芳，众人所好，而海畔有逐臭之夫。"人们都喜欢鲜花的芳香，但是海边就是有人喜欢鱼臭的味道。相传黄帝乐叫《咸池》，颛顼乐叫《六茎》，后世看来都是圣人的音乐，所以大家都喜欢，只有墨翟著《非乐》表示异议。所以对于文章好坏的评价，相去甚远。

尽管文学批评没有一定之规，但是批评者要有一定的创作实践应是基本要求。为此，作者寄出新近撰写的辞赋，希望得到杨修的品评："今往仆少小所著辞赋一通相与。夫街谈巷说，必有可采。击辕之歌，有应风雅。匹夫之思，未易轻弃也。"街谈巷说，击辕之歌，乃市井俗说、野人之歌。作者自谦虽然不足以登大雅之堂，然匹夫之思，亦未可轻易放弃。更何况，这些创作终究属于"辞赋小道，固未足以揄扬大义、彰示来世也"。由此看来，作者并非是真心贬抑文学，而是自谦所作肤浅。东方朔

《答客难》说自己"官不过侍郎,位不过执戟",官位很小。扬雄自幼以文学名世,但是后来著《法言》,说这些少作乃"雕虫篆刻,壮士不为也"。曹植以东方朔、扬雄自比,说"吾虽德薄,位为蕃侯,犹庶几勠力上国,流惠下民。建永世之业,留金石之功。岂徒以翰墨为勋绩,辞赋为君子哉"!韩愈《答崔立之书》"仆虽不贤,亦且潜究其得失……吾以发吾之狂言",亦本此而来。他们都是以立德立功为目标。如果选择立言,曹植也是愿意做一个"采庶官之实录"的史学家,或者"辩时俗之得失"的思想家,依然没有文学的位置。这是因为,史学家、思想家可以"定仁义之衷,成一家之言"。

"虽未能藏之于名山,将以传之于同好。非要之皓首,岂今日之论乎!其言之不惭,恃惠子之知我也。"这里用了几个典故,一是司马迁《报任安书》所立下的誓言"仆诚以著此书,藏之名山",目的是"通古今之变,成一家之言"。二是用张衡与人书中的话"其言之不惭,恃鲍子之知我",以管仲和鲍叔牙相知自比。三是用庄子与惠施的友情自比:"其言之不惭,恃惠子之知我也。"惠子,即惠施,战国时魏国著名的刑名家。与庄子为知交,常互相辩难。惠子死后,庄子过其墓,曰:"自夫子之死也,吾无以为质也,吾无与言之矣。"(《庄子·徐无鬼》)庄子称没有论辩的对手了。作者这里以惠施喻杨修,以庄子自比,说明两人相知很深,故敢于如此大言不惭。

杨德祖,即杨修,字德祖,弘农华阴(今属陕西)人。弘农杨氏,三世公卿。杨修又为袁术外甥,博学多才,聪慧机智,与曹植关系甚为密切。建安二十四年(219),曹操确立曹丕为太子,视杨修为后患,借故将其处死。为此,曹操还作《与太尉书论刑杨修》,称:"足下贤子恃豪父之势,每不与吾同怀,即欲直绳,顾颇恨恨,谓其能改,遂转宽舒,复即宥贷,将延足下尊门之累,便令刑之。"杨彪亦作《答曹公书》,表现出惊人的平静。曹植的母亲卞夫人也曾有《与杨太尉夫人袁氏书》,袁氏亦有《答书》论杨修被刑,称杨修"始立之年毕命"①。从蔡邕《杨赐碑》中可以看出,这个家族始终较有骨气。《三国志》裴注引《典略》载,杨

---

① 这几封书信,并见《古文苑》卷十。又见《殷芸小说》,文字略有异同。

修临刑时对故人曰:"我固自以死之晚也。"因为他知道,自己实际受到曹植的牵连。"修死后百余日而太祖薨,太子立,遂有天下。"从这个背景看,杨修与曹植相近,恃才傲物,颇遭人嫉。《文选》卷四十载杨修《答临淄侯笺》云:

> 修死罪死罪。不侍数日,若弥年载。岂由爱顾之隆,使系仰之情深邪!损辱嘉命,蔚矣其文。诵读反复,虽讽《雅》《颂》,不复过此。若仲宣之擅汉表,陈氏之跨冀域,徐、刘之显青豫,应生之发魏国,斯皆然矣。至于修者,听采风声,仰德不暇。自周章于省览,何遑高视哉?伏惟君侯,少长贵盛,体发旦之资,有圣善之教。远近观者,徒谓能宣昭懿德,光赞大业而已。不复谓能兼览传记,留思文章。今乃含王超陈,度越数子矣。观者骇视而拭目,听者倾首而竦耳。非夫体通性达,受之自然,其孰能至于此乎?又尝亲见执事,握牍持笔,有所造作,若成诵在心,借书于手,曾不斯须少留思虑。仲尼日月,无得踰焉。修之仰望,殆如此矣。是以对鹖而辞,作《暑赋》,弥日而不献。见西施之容,归增其貌者也。伏想执事,不知其然,猥受顾锡,教使刊定。《春秋》之成,莫能损益。《吕氏》《淮南》,字直千金。然而弟子箝口,市人拱手者,贤圣卓荦,固所以殊绝凡庸也。今之赋颂,古诗之流,不更孔公,《风》《雅》无别耳。修家子云,老不晓事,强著一书,悔其少作。若此仲山、周旦之俦,为皆有愆邪!君侯忘圣贤之显迹,述鄙宗之过言,窃以为未之思也。若乃不忘经国之大美,流千载之英声,铭功景钟,书名竹帛,斯自雅量,素所畜也,岂与文章相妨害哉?辄受所惠,窃备蒙瞍诵咏而已,敢望惠施以忝庄氏?季绪璅璅,何足以云。反答造次,不能宣备。修死罪死罪。

杨修信的开头亦如曹植,比较率直,说"不侍数日,若弥年载"。侍,指侍奉左右。几天未见,就好像隔了好几年。当然是由于对我多所爱顾,一往情深所致。不仅如此,还"损辱嘉命,蔚矣其文"。曹植地位高,其致信给杨修,实在有所"损辱嘉命"。其文章格高,近似《诗经》中的

《雅》《颂》。杨修认为，曹植对于王粲、陈琳、徐幹、刘桢的评价非常准确。曹植说："仲宣独步于汉南，孔璋鹰扬于河朔，伟长擅名于青土，公幹振藻于海隅，德琏发迹于此魏。"回信一一对应："若仲宣之擅汉表，陈氏之跨冀域，徐、刘之显青豫，应生之发魏国，斯皆然矣。"至于对自己的赞美，作者回信说有所不安："至于修者，听采风声，仰德不暇。"曹植说"足下高视于上京"，回信说："自周章于省览，何遑高视哉？"《家语》载孔子曰："出乎四门，周章远望。"周章，惶遽，自谓无暇顾及远望上京。然后作者笔锋一转，便把颂扬送给了曹植："伏惟君侯，少长贵盛，体发旦之资，有圣善之教。"君侯，指曹植。发、旦，为周武王、周公之名。圣善，用《诗经》"凯风自南，吹彼棘心。母氏圣善，我无令人"之意，谓其有母教之善。五臣注谓圣善指父教。"远近观者，徒谓能宣昭懿德，光赞大业而已。"这几句针对曹植文章最后一段话而言。曹植谓自己"犹庶几勠力上国，流惠下民。建永世之业，留金石之功"。杨修则认为曹植独秉承美德，能够光赞大业。至于其文学业绩，虽然不是刻意追寻，业已"含王超陈，度越数子矣"。王，王粲。陈，陈琳。言君之才，皆包含众人，度越于其外。"观者骇视而拭目，听者倾首而竦耳。非夫体通性达，受之自然，其孰能至于此乎？"这是说曹植的才能是上天赋予的，无人企及。这种才能，是自己亲眼所见，每次写作，似乎"成诵在心，借书于手，曾不斯须少留思虑"。其才能之高，如日月高悬，难以逾越。杨修自称只有仰望的份儿。曹植作《鹖鸟赋》，命杨修同题而作，杨修辞不应命。曹植作《大暑赋》①，杨修虽然亦有和作，但是多日不敢拿出。"见西施之容，归增其貌者也。"增，集注本、九条本、陈八郎本、朝鲜正德本、日古抄五臣注本《文选》并作"憎"，当是。就像见过西施的容貌，就会自嫌其丑了。来信叫杨修勘定文章，这叫杨修不安。故曰："猥受顾锡。"猥，顿。锡，赐。

曹植信说孔子修《春秋》，弟子不敢赞一辞。杨修回复说："《春秋》之成，莫能损益。《吕氏》《淮南》，字直千金。然而弟子箝口，市人拱手者。"《吕氏春秋》成书后，吕不韦将其放在咸阳城上，有增改一字者予

---

① 陈琳、刘桢亦有《大暑赋》，见《艺文类聚》《初学记》《韵补》等书节引。

以千金。又说"《淮南》，字直千金"，《文选钞》"《淮南》成，亦悬视，能改一字，赏五百金"。从目前文献记载看，似乎没有人提出修订意见。原因何在？"贤圣卓荦，固所以殊绝凡庸也"。卓荦，高大状。这是说曹植的论著超越群伦。至于诗赋，不经过孔子的删改，即与《风》《雅》相近。

然后说到自家扬雄："修家子云，老不晓事，强著一书，悔其少作。""少作"是什么呢？杨子《法言》曰："或问吾子少好赋，曰：然，童子雕虫篆刻。俄而曰：壮夫不为。"原来，少作多指辞赋。而老来著述又是什么样的作品呢？作者说："若此仲山、周旦之俦，为皆有愆邪！"愆，过失。仲山，指仲山甫。周旦，指周公。《毛诗序》曰："《七月》，周公遭变，陈王业之艰难。"然《诗》无仲山甫作者，而尹吉甫美仲山父之德，未详德祖何以言之。五臣张铣注："仲山甫作《周颂》，周公作《鸱鸮诗》，言如雄言，则此二人皆有过也。"所以杨修说，曹植叫他润色文稿，实在是忘记了前贤的功业，只是记住了杨家子云的话，还是深思不足故也。

至于经国大美，千载名声，"铭功景钟，书名竹帛，斯自雅量"，应当与文章相辅而行，彼此不相妨害。他说自己读到这些文稿，就像蒙瞍一样，只能咏诵而已，亦不能赞一辞。曹植书信最后引《庄子》典故，把自己与杨修的关系比作庄子与惠施一样，这里作者愧不敢当，回复说："敢望惠施以忝庄氏？"忝，辱也。至于说到"季绪璅璅，何足以云"，指刘季绪才情浅陋，不足挂齿。璅璅，小器。这也是回应曹植所说"刘季绪才不能逮于作者，而好诋诃文章，掎摭利病"。最后几句"反答造次，不能宣备。修死罪死罪"。《能改斋漫录》说书尾"不宣"，始见于此。

综上所述，曹植较多自己的观点，杨修的文字很美，却比较空泛。

第一，对建安诸子的评价。

与曹丕不同，曹植在信中只提到六位作家，即王粲（仲宣）、陈琳（孔璋）、徐幹（伟长）、刘桢（公幹）、应玚（德琏）、杨修（德祖），没有孔融和阮瑀，因为二人分别在建安十三年和建安十七年即已离世，故不论。总体来看，虽然都很优秀，但依然未能"飞轩绝迹"，也就是说还没有达到极致，还有所不足。这里，他指出陈琳的不足，说他"不闲于辞赋"，却以司马相如自比，作者嘲笑他画虎不成反类犬，评价很低。这与曹丕《典论·论文》所说，人多"暗于自见，谓己为贤"，观点是一致的。对此，杨修也表示赞同。

第二，关于文学批评问题。

《史记》记载说，孔子作《春秋》，弟子不能赞一辞。在作者看来，只有孔子的《春秋》，别人不能改一字。除此之外，还没什么著作不能改动。他就很欣赏丁廙（字敬礼），多次叫他修改润色文字，作者认为，正常的文学批评是必要的。所有的著述，都有修改的空间。

问题是谁来批评，持什么样的标准来批评。刘表的儿子刘季绪曾著诗赋颂六篇，论才能，远不及上述各位作者，却"好诋诃文章，掎摭利病"。作者认为这样做不自量力，没有资格批评别人。这里的潜台词是说，只有像他这样懂得文章的人，才有资格品评文章。这就涉及批评与创作的关系问题。不管怎么说，有一定的创作经验，对于批评者来说，还是必不可少的。作者也承认，文章的好坏，并没有一定之规，批评者可以有自己的看法。当然，如何做好文学批评，作者并没有展开讨论，后来的《文心雕龙·知音》才有系统的论述。

第三，关于民间文化的价值。

曹植信中说，街谈巷说，击辕之歌，乃市井俗说、野人之歌，虽是"匹夫之思，未易轻弃也"。这个观点也很重要。建安时期的诗歌创作，最重要的特点之一，就是充分吸收民间创作的经验。我曾在《曹植创作"情兼雅怨"说略》[①] 一文中指出，曹植的创作，表现出鲜明的下层文化色彩，这与曹氏家族"三世立贱"特殊家族背景密切相关，也与东汉后期文化重心下移密切相关。[②] 正是这样一种特殊的文化氛围，才为出身寒微的曹氏家族脱颖而出创造了条件；反过来，曹植家族当政后又为这种"风衰俗怨"的潮流推波助澜，逐渐推动了建安文学的繁荣。

《文史知识》2016 年第 6 期

---

[①] 《光明日报》2006 年 1 月 27 日。
[②] 周勋初：《魏氏"三世立贱"的分析》，见《魏晋南北朝文学论丛》，江苏古籍出版社 1999 年版。

# 音义既远,清辞妙句

## ——读曹植与陈琳的往来书信

陈琳《答东阿王笺》见《文选》卷四十"笺"类。曹植封为东阿王,时在太和三年(229),其时,陈琳已死十余年,且文中称曹植为"君侯",说明是其未封之前所作。据此而推,此题乃后人所加。后人为何人,还可推测。曹植自太和三年十二月至太和六年(232)二月为东阿王。由此推断,此文收入《陈琳集》时应当在这个时期,也就是在魏明帝曹叡时期所编辑。书曰:

> 琳死罪死罪。昨加恩辱命,并示《龟赋》,披览粲然。君侯体高世之材,秉青萍干将之器,拂钟无声,应机立断。此乃天然异禀,非钻仰者所庶几也。音义既远,清辞妙句,焱绝焕炳。譬犹飞兔流星,超山越海,龙骥所不敢追。况于驽马,可得齐足?夫听《白雪》之音,观《绿水》之节,然后《东野》《巴人》,蚩鄙益著。载欢载笑,欲罢不能。谨韫椟玩耽,以为吟颂。琳死罪死罪。

此信乃围绕着曹植所示《龟赋》来写。《艺文类聚》卷九十六,《初学记》卷三十及宋本《曹子建文集》并载此赋,文字详略颇多差异。陈琳信作《龟赋》,《艺文类聚》、《初学记》及宋本《曹子建文集》并作《神龟赋》。称神龟,也未必错。曹植赋开篇即云:"嘉四灵之建德,各潜位乎一方。"四灵,指苍龙、白虎、朱雀、玄武。《三辅黄图》称其"天之四灵,以正四方"。曹植赋以汉代四灵比喻神龟,称"嗟神龟之奇物,体乾坤之自然"。所指就是神龟。"时有遗余龟者",《艺文类聚》作"时有遗金龟者"。曹植赋的内容是悼念死去的"金龟",或许应题为《悼龟赋》。俞绍初《建安七子集》据《韵补》辑录陈琳酬答,就题曰《悼龟赋》,称神龟"探赜索隐,无幽不阐。下方太祇,上配清纯"。这里,下方比喻龟板。上配,比喻龟壳。与曹植赋"下夷方以则地,上示隆而法天"相呼应。《礼说》:"神龟之象,上圆法天,下方法地。"陈赋显然是应招之作。

为便于比较,兹据宋本《曹子建文集》卷四移录曹植《神龟赋》,并对重要异文有所交代如下:

龟寿(《初学记》作"号")千岁,时有遗余(《艺文类聚》作"金")龟者,数日而死,肌肉消尽,唯甲存焉,余感而赋之曰:

嘉四灵之建德,各潜位乎一方。苍龙虬于东岳,白虎啸于西岗。玄武集于寒门(《初学记》作"塞门"),朱雀栖于南乡。顺仁风以消息,应圣时而后翔。嗟神龟之奇物,体乾坤之自然。下夷方以则地,上示隆(《初学记》作"规隆")而法天。顺阴阳以呼吸,藏景曜于重泉。餐(《初学记》作"食")飞尘以实气,饮不竭于朝露。步容趾以俯仰,時鸾回而(《初学记》作"以")鹤顾。忽万载而不恤,周无疆于太素。感白灵之翔鸁,卒不免乎豫且。虽见尊(《初学记》作"珍")于宗庙,离刳剥之重辜。欲诉怨于上帝,将等愧乎游鱼。惧沉泥之逢殆,赴芳莲以巢居。安玄云而好静,不注(《初学记》作"汪")翔而改度。昔严周(《初学记》作"严州")之抗节,援斯灵而托喻(《初学记》作"记喻")。嗟禄运之屯蹇,终(《初学记》作"发")遇获于江滨。归笼槛以幽处,遭淳美(《初学记》作"谆美")之仁人。昼顾瞻以终日,夕抚顺而接晨。遘淫灾以殒越,命翦绝而不振。天道昧而未分,神明幽而难烛。黄氏没于空泽,松乔化于扶木(《初学记》作"株木")。蛇折鳞于平皋,龙脱骨于深谷。亮物类之迁化,疑斯灵之解壳。

陈琳书开篇、结尾皆为"琳死罪死罪"云云,通常为奏书格式,乃上呈朝廷的用语。"昨加恩辱命,并示《龟赋》,披览粲然。君侯体高世之材,秉青萍干将之器。"陈琳称曹植的《神龟赋》"披览粲然"。粲然,鲜明美好状。君侯，指曹植。陈琳在世时，曹植为平原侯、临淄侯。然后书信又推崇其有济世之才。青萍，豫让之友，很讲究气节。《吕氏春秋》载，豫让欲行刺赵襄子，青萍知道后，进退两难，要么"失相与之道"，要么"失为人臣之道"，无奈之下，最后选择自杀。张升《反论》载："青萍砥砺于锋锷，庖丁剖牺于用刀。"青萍由人名变为剑名。《吴越春秋》曰：干将者，吴人。造剑二枚，一曰干将，二曰莫邪。后来也转变为剑名。秉青萍干将之器，比喻曹植才过一代。"拂钟无声，应机立断"用《说苑》典故：西闾渡河，中流而溺，船人把他救起来后，知道他要到东边去游说诸侯，便嘲笑他说，你连自己都救不了，还怎么游说诸侯呢？西闾回答说，你没有听说过干将莫邪吗？"拂钟不铮，试物不知"形容其锋利无比。如果用来纳鞋底，确实不及锥子。驾船技术我不如你，但游说一国之君，你就不如我了。"此乃天然异禀，非钻仰者所庶几也。"陈琳说，这是天生的禀赋，并不是人人所可企及的。天然，即天道自然。《龟赋》之妙，"音义既远，清辞妙句，焱绝焕炳"。音义，《〈文选〉钞》作指义，谓直指。可能就像《诗品序》所谓"直寻"，谓尽事理，就是把道理说尽。一只普通的乌龟死亡，曹植却敷衍出这样一篇令人叹异的辞赋。作者先说神龟的方位，"玄武集于寒门"，而据《后汉书·冯衍传》章怀太子注："龟蛇位于北方，故曰玄。"然后形容神龟呼吸举动之状："顺阴阳以呼吸，藏景曜于重泉。餐飞尘以实气，饮不竭于朝露。步容趾以俯仰，時鸾回而鹤顾。"最后将神龟置于《庄子·逍遥游》所描写的"楚有神龟，死已三千岁"的典故中，形容神龟终于逃脱牢笼，像赤松子、王子乔一样仙化升天。作者征引古今，驰骋想象。这叫陈琳非常感佩，说他"譬犹飞兔流星，超山越海，龙骥所不敢追。况于驽马，可得齐足"？飞兔、流星，古代骏马名。《吕氏春秋》高诱注："日行万里，驰若兔之飞，因以为名也。"这样的马，就是龙骥也赶超不及，更何况是笨马呢。这里，陈琳把曹植迅捷的文思比作骏马，把他的文章比作《阳春》《白雪》。读这样的文章，可以叫人"载欢载笑，欲罢不能。谨韫椟玩耽，以为吟颂"。韫椟，《论语》载子贡曰："有美玉于斯，韫椟而藏诸？求善价而沽诸？"作者用此典，是要说明，《龟赋》亦当藏于柜中而珍宝之。吟颂，《〈文选〉钞》作"琴颂"，谓将为琴中之歌颂。陈琳的《悼龟赋》全篇已佚，然"琴颂"之意还可以通过仅存的佚文略窥一二："山节藻棁，既梀且韫。参千镒而不贾兮，岂十朋之所云。通生死以为量兮，夫何人之足怨？"① 作者感慨说，听过《白雪》曲，看过《绿水》诗，再看《东野》《巴人》，就会感到更加鄙俗。当然，这只是陈琳的自谦，他内心其实还是很自负的。

曹植《与杨德祖书》盛称当时文人"人人自谓握灵蛇之珠，家家自谓抱荆山之玉"。以此自服，亦良难矣。但同时他又指出，这些人的文章，还远未臻极致。他还特别以陈琳为例，说"以孔璋之才，不闲于辞赋，而多自谓能与司马长卿同风，譬画虎不成，反为狗也"。陈琳的辞赋写作不是强项，但是他反而自比司马相如。作者嘲笑他画虎不成反类犬，评价很低。"前书嘲之，反作论盛道仆赞其文。夫钟期不失听，于今称之。"曹植此前曾有书信嘲讽陈琳的辞赋，陈琳不解，反而认为是赞美他，故曰"失听"。这里所说的"前书"，很有可能就是《与陈琳书》，讨论的很可能就是陈琳的《悼龟赋》。曹信说用司马相如《上林赋》之典，说"葛天氏之乐，千人唱，万人和，因以蔑《韶》《夏》矣"，似乎是调侃陈琳以司马相如自比。曹植信又说："夫披翠云以为衣，戴北斗以为冠，带虹蜺以为绅，连日月以为佩，此服非不美也。然而帝王不服者，望殊于天，志绝于心矣。"作者夸饰说，用云彩作衣裳，用北斗作帽子，以彩虹为腰带，以日月为配饰。这样的服饰不可谓不美，但是帝王却不享用，原因就在于"望殊于天，志绝于心"。② 殊与绝，都是迥异不同的意思，说帝王有着更高的愿望。而这，又是陈琳所不能理解的。

这又回到了文学批评的老话题上，就是曹丕、曹植都说过的话，人们通常"暗于自见，谓己为贤"，对己对人，很难有比较客观的评价，这是文学批评活动中最为常见的弊端。如何最大限度地避免这种情况的发生，又是见仁见智的问题。刘勰《文心雕龙·知音》专论此一问题，比较中肯。但这已是近三百年以后的系统见解了。

《文史知识》2016 年第 7 期

---

① 俞绍初辑校：《建安七子集》，中华书局 2005 年版，第 51 页。
② 王巍校注：《曹植集校注》，河北教育出版社 2013 年版，第 400 页。

# "文以气为主"的展示

## ——读曹丕与繁钦的往来书信

繁钦,字休伯,颍川人。少以文才机辩,得名于汝、颍之间。以豫州从事,稍迁至丞相主簿,建安二十三年(218)卒。生平事迹主要见于《三国志》裴松之注引《典略》及李善注引《文章志》。繁钦长于书记,善为诗赋。《隋书·经籍志》著录后汉丞相主簿《繁钦集》十卷,梁录一卷,亡。《文选》卷四十"笺"类所收《与魏文帝笺》为其代表作。李善注引《文帝集序》云:"上西征,余守谯,繁钦从。时薛访车子能喉啭,与笳同音。钦笺还与余而盛叹之。虽过其实,而其文甚丽。"文曰:

正月八日壬寅,领主簿繁钦,死罪死罪。近屡奉笺,不足自宣。顷诸鼓吹,广求异妓,时都尉薛访车子,年始十四。能喉啭引声,与笳同音。白上呈见,果如其言。即日故共观试,乃知天壤之所生,诚有自然之妙物也。潜气内转,哀音外激。大不抗越,细不幽散。声悲旧笳,曲美常均。及与黄门鼓吹温胡,迭唱迭和,喉所发音,无不响应。曲折沉浮,寻变入节。自初呈试,中间二旬,胡欲傲其所不知,尚之以一曲,巧竭意匮,既已不能。而此孺子遗声抑扬,不可胜穷,优游转化,余弄未尽。暨其清激悲吟,杂以怨慕。咏北狄之遐征,奏胡马之长思,悽入肝脾,哀感顽艳。是时日在西隅,凉风拂衽,背山临溪,流泉东逝。同坐仰叹,观者俯听,莫不泫泣陨涕,悲怀慷慨。自左骖、史妠、謇姐名倡能识以来,耳目所见,佥曰诡异,未之闻也。窃惟圣体,兼爱好奇。是以因笺,先白委曲。伏想御闻,必含余欢。冀事速讫,旋侍光尘。寓目阶庭,与听斯调。宴喜之乐,盖亦无量。钦死罪死罪。

正月八日壬寅，据方诗铭、方小芬《中国史历日和中西历日对照表》（上海辞书出版社 1987 年版）推，应为建安二十二年（217）。领主簿，《〈文选〉钞》曰："凡言领者，著身官之外而更兼领卑官，故曰领也。"鼓吹，乐府中作鼓吹之人。异妓，或作异，或异技，指有特殊才能的人。薛访车子，各家所见不同。就异文言，《文选集注》编者案："《钞》'车'上有'弟'字。陆善经本车为弟也。"车，《文选集注》本作"申"，九条本作"弟"，据注文，当为"车"之误。而李善注引《左氏传》曰："叔孙氏之车子钼商获麟。"梁章钜《〈文选〉旁证》卷三十三："杜注车子微者，《春秋内传古注辑存》引服虔曰：车，车士微者也。子姓钼商名。王肃曰：车士，将车者也。案《家语》亦云：叔孙氏之车士曰子钼商，疑非此所云之车子。姜氏皋曰：《魏文帝集·答繁钦书》曰：固非车子喉辅长吟所能逮也。是车子为当时之歌者。或亦如《搜神记》所载之张车子生车间，名车子也，事又见本书《思玄赋》注。"而王引之《经义述闻》谓"车"为车士，"子"属下读。黄侃《〈文选〉平点》卷四："车子殆驺御之属，而有斯绝技，异已。《左传》注：车子，微者。"游志诚《五臣注原貌》（《〈文选〉学新论》，中州古籍出版社 1997 年版）据李周翰注："都尉，官名。薛访车，姓名也。"因此，他认为"子"字当属下读，是薛访车之子的意思。这样看来，这句可有五解，或作薛访申，或作薛访弟车，或作薛访弟，或者薛访，或者薛访车。下文"白上呈见，果如其言"。《〈文选〉钞》注"言如薛访之言也"，则此艺人为薛访之弟为是。此人"能喉啭引声，与笳同音"。笳，箫，言声从喉中引出，与笳箫相同，有自然天籁之音。"潜气内转，哀音外激。"高低有节，粗细自然。"声悲旧笳，曲美常均"两句有两点值得注意，一是悲声，汉末人多以悲为美。二是常均，疑"均"即古"韵"字。李善注引《乐汁图徵》曰："圣人往承天以立五均。均者，亦律调五声之均也。"胡绍煐《〈文选〉笺证》卷二十七以为非，认为"均，乐器。《文选》载《思玄赋》注又引宋均曰：均长八尺，施弦以调六律也。此脱四字。盖均所以调乐器"。下文"及与"中的"温胡"，《〈文选〉钞》、五臣吕向注并以为是人名，而梁章钜

《〈文选〉旁证》卷三十三引姜皋说，认为"温胡"，疑是"嗢噢"二字。《笙赋》："先嗢噢而理气。"《洞箫赋》："瞋噢噢以纡郁。皆理气发声之意也。"然下文"胡欲傲其所不知，尚之以一曲"，则胡确实是人名。薛访发声，与黄门鼓吹温胡的唱和，此起彼伏，无不响应。"曲折沉浮，寻变入节。"沉浮，即重声和轻声。《文心雕龙》《宋书·谢灵运传》并用此概念。温胡还想傲其所不知，又增加一曲，极尽其能，巧竭意匮，最终还是不能胜过此子。因为"此孺子遗声抑扬，不可胜穷，优游转化，余弄未尽"。抑扬，即沉浮。弄，音。余弄未尽，即余音袅袅。正如《琵琶行》所说"此时无声胜有声"。突然，激越之声骤起："暨其清激悲吟，杂以怨慕。咏北狄之遐征，奏胡马之长思，悽入肝脾，哀感顽艳。"这音声，如征讨北狄，苦寒不尽；又似胡马思乡，声声伤神。古诗有"胡马依北风，越鸟巢南枝"，即此意。更何况，此时此刻，夕阳西下，凉风吹拂，背山临溪，流泉东逝，更让听者"泫泣陨涕，悲怀慷慨"。泫泣，流泪的样子。"自左駓、史妠、謇姐名倡能识以来，耳目所见，佥曰诡异，未之闻也。"左駓、史妠皆为当时有名的歌者。如《魏志》载，"文帝令杜夔与左駓等于宾客之中吹笙鼓琴"。可见他们与当时乐府名家杜夔齐名。謇姐，各家有异说。吕向注以为乐人，而《〈文选〉钞》"谓偃謇也。言有娇謇之声，非人姓名也"。梁章钜《〈文选〉旁证》卷三十三："《能改斋漫录》云：以是知妇人称姐，汉魏已然。张氏云璈曰：似是当日女伎。"黄侃《〈文选〉平点》卷四："謇姐名倡。郭舍人称幸倡，则謇姐名倡，盖亦男子耳。且杜夔偕拭于宾客之中，知必非女伎也。朱彝尊用此故实以为女人，非也。名倡连下'能识以来'为句，姐即恃爱肆姐之姐，非如后世称妇人为姐也。"据此，则"能识以来"当上属不断。

"窃惟圣体，兼爱好奇"指曹丕爱好众多，所以详尽向他展示歌者的才能，向往有朝一日能够亲临欣赏。圣体、御闻，都指曹丕，时为太子。"冀事速讫，旋侍光尘"，即望我丞相府主簿随同西征之事得速了，旋反于君之侧，共赏此曲。

繁钦《与太子笺》又见于《艺文类聚》卷四十三，只是节引，疏漏颇多。同卷引曹丕《答繁钦书》，通过对《初学记》《太平御览》的互校，也可证是节引。文曰：

披书欢笑，不能自胜，奇才妙伎，何其善也。顷守土（《太平御览》卷573作"官"）王孙世，有女曰琐（《太平御览》卷573作"璅"），年始九岁，梦与神通。寤而悲吟，哀声激切。（《太平御览》卷573有"体若飞仙"）涉历六载，于今十五。近者督将具以状闻。是日（《太平御览》卷573有"戊午，祖于北园"），博延众贤，遂（《太平御览》卷573作"迭"）奏名倡（《太平御览》卷573有"世女"二字）。曲极数弹，欢情未逞，（《初学记》卷25有"白日西逝，清风赴闻，罗帏徒袪，玄烛方微"）。乃令从官引内世女，须臾而至，厥状甚美：素颜玄发，皓齿丹唇。详而问之，云善歌舞。于是振袂徐进，扬蛾微眺，芳声清激，逸足横集，（《太平御览》卷573有"众倡腾逝，群宾失席"）。然后循（《太平御览》卷573作"修"）容饰妆，改曲变度，（《太平御览》卷573有"激清角，扬白雪，接孤声，赴危节。于是商风振条，飞雾成霜"。《太平御览》卷926在"商风振条"下有"秦鹰秋吟"，《初学记》卷30作"春鹰秋吟"，并无"飞雾成霜"四字）。斯可谓声协钟石，（《太平御览》卷573有"气应风律，网罗韶护，囊括郑卫者也"）。今之妙舞莫巧于绛树，清歌莫善（《太平御览》卷381作"激"）于宋腊（《太平御览》381作"腊"），岂能（严可均补"上"字）乱灵祇，下变庶物，漂悠风云，横厉无方。若斯也哉，固非车子喉转长吟所能逮也。吾练色知声，雅应此选，谨卜良日，纳之闲房。

繁钦信说，"顷诸鼓吹，广求异妓"，则各地乃应命推荐歌者。繁钦推荐了车子，而督将推荐了王孙世女。车子为男孩子，十四岁，而璅则是女孩子，十五岁。车子歌喉优美，自然天成，"潜气内转，哀音外激。大不抗越，细不幽散"。抗，高也。抗越，高亢之意。璅则是"梦与神通，寤而悲吟"。较之车子为优的地方，璅的容貌是"素颜玄发，皓齿丹唇"。她还能歌善舞，"扬蛾微眺，芳声清激，逸足横集"，致使"众倡腾逝，群宾失席"。当人们还没有缓过味来时，璅又整理衣装，改曲变度，"激清角，扬白雪，接孤声，赴危节。于是商风振条，飞雾成霜"。清角，古代五音之一。《韩非子·十过》："（晋）平公曰：'寡人所好者音也，子其使遂之。'师涓鼓究之。平公问师旷曰：'此所谓何声也？'师旷曰：'此所谓清商也。'公曰：'清商固最悲乎？'师旷曰：'不如清徵。'公曰：'清徵可得而闻乎？'师旷曰：'不可。古之听清徵者，皆有德义之君也。今吾君德薄，不足以听。'平公曰：'寡人之所好者音也，愿试听之。'师旷不得已，援琴而鼓。一奏之，有玄鹤二八，道南方来，集于郎门之垝。再奏之，而列。三奏之，延颈而鸣，舒翼而舞。音中宫商之声，声闻于天。平公大说，坐者皆喜。平公提觞而起，为师旷寿，反坐而问曰：'音莫悲于清徵乎？'师旷曰：'不如清角。'平公曰：'清角可得而闻乎？'师旷曰：'不可。昔者黄帝合鬼神于泰山之上，驾象车而六蛟龙，毕方并辖，蚩尤居前，风伯进扫，雨师洒道，虎狼在前，鬼神在后，腾蛇伏地，凤皇覆上，大合鬼神，作为清角。今主君德薄，不足听之，听之，将恐有败。'平公曰：'寡人老矣，所好者音也，愿遂听之。'师旷不得已而鼓之。一奏之，而有玄云从西北方起；再奏之，大风至，大雨随之，裂帷幕，破俎豆，隳廊瓦，坐者散走，平公恐惧，伏于廊室之间。晋国大旱，赤地三年。平公之身遂癃病。故曰：不务听治，而好五音不已，则穷身之事也。"[①] 此后，清角又成为古曲调名，声调凄凉冷清。《白雪》，古代优雅的曲名，即宋玉所谓《阳春》《白雪》之谓。凄冷、优雅之声未绝，又接以孤声，仿佛从大漠尽头而来，让听众有远赴危节的冲动。商风，即秋风。繁钦信作于正月，春天刚刚开启，却感受到秋风的寒冷。因此，《初学记》卷三十作"春鹰秋吟"，较之《太平御览》所作"秦鹰"为好。正如《列子》所载秦青奏乐，可以声振林木，响遏行云。于是作者说，璨的演唱，具有多种风格，可以大雅，网罗《韶》《护》；可以至俗，囊括《郑》《卫》。作者意犹未尽，又与当前的著名歌伎相比，"今之妙舞莫巧于绛树，清歌莫善于宋腊"，绛树、宋腊的演奏技能不可谓不高，但是像璨这样"上乱灵祇，下变庶物，漂悠风云，横厉无方"，大约是做不到的。仅此而言，车子的"喉转长吟"，就不及璨了。这里，作者时时拿璨与车子相比，最后证明璨比车子好。这就好比古代斗草游戏似的，总要比出个高低。而在后背，又在比试谁的文笔更好。

---

[①] 王先慎：《韩非子集解》，中华书局1998年版，第63—66页。

繁钦信结尾说，"窃惟圣体，兼爱好奇"，曹丕回信说："吾练色知声，雅应此选，谨卜良日，纳之闲房。"彼此照应，严丝合缝。还应注意的是，这里强调了曹丕的"好奇"，建安时期的文士都有这种特点。刘勰《文心雕龙·明诗》说："暨建安之初，五言腾踊，文帝陈思，纵辔以骋节；王徐应刘，望路而争驱；并怜风月，狎池苑，述恩荣，叙酣宴，慷慨以任气，磊落以使才；造怀指事，不求纤密之巧；驱辞逐貌，唯取昭晰之能；此其所同也。"刘勰《文心雕龙·时序》又说："自献帝播迁，文学蓬转，建安之末，区宇方辑。魏武以相王之尊，雅爱诗章；文帝以副君之重，妙善辞赋；陈思以公子之豪，下笔琳琅；并体貌英逸，故俊才云蒸。仲宣委质于汉南，孔璋归命于河北，伟长从宦于青土，公幹徇质于海隅，德琏综其斐然之思，元瑜展其翩翩之乐，文蔚休伯之俦，于叔德祖之侣，傲雅觞豆之前，雍容衽席之上，洒笔以成酣歌，和墨以藉谈笑，观其时文，雅好慷慨，良由世积乱离，风衰俗怨，并志深而笔长，故梗概而多气也。"[①] 文以气为主。仗气爱奇，是建安文学的重要特色。繁钦与曹丕的往来书信，从一个侧面印证了这一时代特色。

《文史知识》2016 年第 8 期

---

① 刘勰著，周振甫注：《文心雕龙注释》，人民文学出版社 1981 年版，第 49、478 页。

# 体国经制，可得按验

## ——读皇甫谧《三都赋序》

《太平御览》卷五八七引《世说》曰："左思，字太冲，齐国临淄人也。作《三都赋》，十年乃成。门庭户席，皆置笔砚，遇得一句，即便疏之。赋成，时人皆有讥訾，思意甚不惬。后示张华。张华曰：'此二京可三，然君又未重于世，宜以示高名之士。'思乃请序皇甫谧。谧见之嗟叹，遂为作序。于是先相訾者，莫不敛衽赞述焉。陆机入洛，欲为此赋。闻思作之，抚掌而笑。与弟云书：'此闲有伧父欲作《三都赋》。须其成，当以覆酒瓮耳。'及思赋出，机绝叹服，以为不能加也。"[1]

这里引用《太平御览》本《世说新语》，较之通行本文字为多，可能是集合了诸家《晋书》而成。《文选集注》引王隐《晋书》说，当时天下三分，各相夸竞，以极眩曜。晋武帝取代曹魏之后，平定吴国，左思开始构思《三都赋》。他是站在魏国的立场，用以说明吴、蜀之客，"盛称其本土险阻瑰琦，可以偏王"，"皆非通方之论"。这里便"奄有诸华之意"。据此，有学者认为此赋作于西晋统一中国之前。这说明，这篇赋的创作有一定的政治意义，是为西晋统治者提供统一天下创造舆论氛围。[2] 如果是这样的话，这篇赋实际上就是一篇干谒赋。

左思是齐人，年轻的时候，用了一年的时间创作《齐都赋》。继而又想为三都作赋，没有想到竟然用了十年时间。从主观上来说，左思自叹读书不博，所见终究有限。妹妹左棻被召入宫，全家移居京师洛阳。他还为

---

[1] 《太平御览》，中华书局1960年版，第2646页。
[2] 参见王德华《正之以魏都，折之以王道——左思〈三都赋〉邺都的选择与描写》，载《浙江大学学报》2013年第5期。

此特别请求为秘书郎中，想借机会多读书。从客观上来说，当时正是魏晋南北对峙之际，左思没有机会到江南、巴蜀等地实地考察。如何描写这两个地方的风物，就是一个不得不面对的问题。为撰写《蜀都赋》，他专门拜访过著作郎张载，张载曾著有《剑阁赋》，对蜀地熟悉。唐写本《文选集注》所载《〈文选〉钞》注引王隐《晋书》说，他还曾访问陆机询问有关吴地的事。《晋书·左思传》说："初，陆机入洛，欲为此赋，闻思作之，抚掌而笑，与弟云书曰：'此间有伧父，欲作《三都赋》，须其成，当以覆酒瓮耳。'"对左思而言，这是一种压力，更促使他精心构撰。史载，他写作时，门庭藩溷皆着笔纸，偶得一句，立即记录下来。就这样殚精竭虑，反复修订，竟长达十年之久。刘孝标注引《左思别传》："其《三都赋》改定，至终乃上。初，作《蜀都赋》云：'金马电发于高冈，碧鸡振翼而云披。鬼弹飞丸以礚礚，火井腾光以赫曦。'今无鬼弹，故其赋往往不同。"[①]赋成，他自以为不亚于班固、张衡，但毕竟人微言轻，不为时人所重。前引《世说新语》就说，"时人皆有讥訾，思意甚不惬"。于是他向张华求教，张大加赞赏，同时建议他请当时有名之士推荐，他又想到了皇甫谧。

皇甫谧，幼名静，字士安，本安定朝那（今甘肃平凉）人。后徙居新安。他是东汉名将皇甫嵩曾孙。年轻时并不好学，后来发奋努力，手不释卷，自号玄晏先生，终身以著述为务，著有《帝王世纪》《年历》《高士传》《逸士传》《列女传》《玄晏春秋》《皇甫谧集》等，名重一时。司马昭诏他做官，不仕。晋武帝下诏敦逼，依然不仕，还上表向朝廷借书，晋武帝不得不送他一车书，表示自己对学者的重视。能够得到这样著名的学者赐序，当然是左思求之不得的事。

《文选》卷四十五所收皇甫谧《三都赋序》给左思及其《三都赋》带来巨大声誉。"都邑豪贵，竞相传写。"一时间，洛阳为之纸贵。由于该赋涉猎广泛，内容厚重，又有很多人为之作注。《文选集注》载臧荣绪《晋书》说，刘逵注《吴都赋》《蜀都赋》，张载注《魏都赋》。萧统编《文选》时，将《三都赋》分为三篇，并同时收录了刘逵、张载的注。《三国

---

① 余嘉锡：《世说新语笺疏》，中华书局1983年版，第246页。

志·魏志·卫臻传》裴松之说，卫权亦为《吴都赋》作注："权作左思《吴都赋》叙及注。叙粗有文辞，至于为注，了无所发明，直为尘秽纸墨，不合传写。"①《隋书·经籍志》又载，綦毋邃也有《三都赋》注三卷，可惜均已亡佚。《文选集注》也曾偶尔引到綦毋邃的只言片语。

现存皇甫谧序以及诸家注释，是否为皇甫谧等人所作，刘孝标曾表示怀疑。他说："皇甫谧西州高士，挚仲治（虞）宿儒知名，非思伦匹。刘渊林（逵）、卫伯舆（权）并蚤终，皆不为思赋序注也。凡诸注解，皆思自为，欲重其文，故假时人名姓也。"（前引《世说新语》刘孝标注，247页）他认为所谓序和各家注，皆左思托名自作，待价而沽。洛阳纸贵，实际上是左思自我炒作的结果。何焯《义门读书记》卷四十九就赞同此说。不过，记载此事的《晋书》作者臧荣绪，其生活年代远早于刘孝标，他的记载应当有所依据，未可轻易质疑。

即便此序不是皇甫谧所作，而是左思自作，也不影响我们探讨这篇序对于辞赋的看法。序曰：

> 玄晏先生曰：古人称不歌而颂谓之赋。然则赋也者，所以因物造端，敷弘体理，欲人不能加也。引而申之，故文必极美。触类而长之，故辞必尽丽。然则美丽之文，赋之作也。
>
> 昔之为文者，非苟尚辞而已。将以纽之王教，本乎劝戒也。自夏、殷以前，其文隐没，靡得而详焉。周监二代，文质之体，百世可知。故孔子采万国之风，正雅、颂之名，集而谓之《诗》。诗人之作，杂有赋体。子夏序《诗》曰：一曰风，二曰赋。故知赋者，古诗之流也。
>
> 至于战国，王道陵迟，风雅寖顿。于是贤人失志，辞赋作焉。是以孙卿、屈原之属，遗文炳然，辞义可观。存其所感，咸有古诗之意，皆因文以寄其心，托理以全其制，赋之首也。及宋玉之徒，淫文放发，言过于实，夸竞之兴，体失之渐。风雅之则，于是乎乖。
>
> 逮汉贾谊，颇节之以礼。自时厥后，缀文之士，不率典言，并务

---

① 《三国志·魏志·卫臻传》，中华书局1982年版，第649页。

恢张，其文博诞空类。大者罩天地之表，细者入毫纤之内，虽充车联驷，不足以载。广厦接榱，不容以居也。其中高者，至如相如《上林》，扬雄《甘泉》，班固《两都》，张衡《二京》，马融《广成》，王生《灵光》，初极宏侈之辞，终以约简之制。焕乎有文，蔚尔麟集，皆近代辞赋之伟也。若夫土有常产，俗有旧风。方以类聚，物以群分。而长卿之俦，过以非方之物，寄以中域，虚张异类，托有于无。祖构之士，雷同影附，流宕忘反，非一时也。

曩者汉室内溃，四海圮裂。孙、刘二氏，割有交、益。魏武拨乱，拥据函夏。故作者先为吴、蜀二客，盛称其本土险阻瑰琦，可以偏王。而却为魏主述其都畿，弘敞丰丽，奄有诸华之意。言吴、蜀以擒灭比亡国，而魏以交禅比唐虞，既已著逆顺，且以为鉴戒。盖蜀包梁、岷之资，吴割荆南之富，魏跨中区之衍。考分次之多少，计殖物之众寡。比风俗之清浊，课士人之优劣，亦不可同年而语矣。二国之士，各沐浴所闻。家自以为我土乐，人自以为我民良，皆非通方之论也。作者又因客主之辞，正之以魏都，折之以王道，其物土所出，可得披图而校。体国经制，可得按记而验，岂诬也哉！

序文首先论及赋的起源及其功能："古人称不歌而颂谓之赋。然则赋也者，所以因物造端，敷弘体理，欲人不能加也。"铺陈排比，体物赋志，这是以班固为代表的辞赋家传统的看法。赋，可以释之为敷，敷布其义，可以为大夫。而文学毕竟在发展、在变化，如果仅仅恪守于此，又与实际相背离。因此，对于赋的理解，必须"引而申之，故文必极美。触类而长之，故辞必尽丽。然则美丽之文，赋之作也"。赋虽然以体物为主，但是文必极美，辞必尽丽，强调赋的美感作用。这也就是扬雄《法言》中所说的"诗人之赋丽以则"。用今天的话说，就是文辞美丽，说理有则。扬雄《法言》还有另外两句话，一是"词人之赋丽以淫"，二是"君子尚辞乎"。由此看来，在扬雄的心目中，辞赋至少有三种创作形态，按照时代的顺序，一是"尚辞"的古诗之流，正如左思自作《三都赋序》称："先王采焉，以观土风。"这样的作品，具有体物的性质，用于宣导王教，直言劝戒，表现为质文形态；二是具有"古诗之意"的辞赋之作，以屈原和荀子为代表，贤人失志，托理寄心，体现出写志的特点，表现为尚意形态；三是词人之赋，以"宋玉之徒"为代表，夸张失度，言过其实，表现为淫文形态，虽然拥有很多读者，也多为正统批评家所鄙弃。

作者认为，夏、商以来迄于战国初年，辞赋创作大体"尚辞"，铺采摛文、质文相尚。他说："昔之为文者，非苟尚辞而已。将以纽之王教，本乎劝戒也。自夏、殷以前，其文隐没，靡得而详焉。周监二代，文质之体，百世可知。故孔子采万国之风，正雅、颂之名，集而谓之《诗》。诗人之作，杂有赋体。子夏序《诗》曰：一曰风，二曰赋。故知赋者，古诗之流也。"所谓古诗之流的尚辞之赋，虽为诗之六义的一种，但作为文体，还没有独立开来。《诗》中虽"杂有赋体"，其用意是"纽之王教"，纽，系也，用王教宣导劝诫之意。在作者看来，作为独立文体，屈原、荀子"辞赋作焉"。从此，辞赋有两个传统，一是以屈原、荀子为代表的"诗人之赋丽以则"，二是宋玉以下的"词人之赋丽以淫"。两个传统都强调"丽"，但含义不同，前者丽而有准则，后者丽而重宣泄。

汉初贾谊的辞赋创作，尚节之以礼。尔后作者，"不率典言，并务恢张，其文博诞空类"。博诞，即博大，与"恢张"意同。但博大过度，又走向空疏，以至于"大者罩天地之表，细者入毫纤之内，虽充车联驷，不足以载。广夏接榱，不容以居也"。都是言过其实之意。司马相如《子虚赋》《上林赋》，扬雄《甘泉赋》，班固《两都赋》，张衡《二京赋》，马融《广成颂》，王延寿《鲁灵光殿赋》，都极尽"宏侈之辞"。宏侈夸张还只是一个方面，更重要的问题是失实、不准确："若夫土有常产，俗有旧风。方以类聚，物以群分。而长卿之俦，过以非方之物，寄以中域，虚张异类，托有于无。祖构之士，雷同影附，流宕忘反，非一时也。"所谓非方之物，是指把不同地方的物产放在一起，雷同影附，流宕忘反，虚张异类，托有于无。左思也有类似的看法。他在自序中就以司马相如《上林赋》所言卢橘夏熟、扬雄《甘泉赋》所说玉树青葱、班固《西都赋》所叹比目、张衡《西京赋》所述游海若为例，认为他们所描写的果木都不是本地所产，所述神物亦非本地所出。"于辞则易为藻饰，于义则虚而无征"，就属于夸张失真的描写。

赋作为一种文学创作，当然需要想象、需要夸张。但是，左思作赋，又有不同于前代创作的地方，那就是："因客主之辞，正之以魏都，折之以王道，其物土所出，可得披图而校。体国经制，可得按记而验，岂诬也哉！"实际上说明这篇辞赋，皆据实而写，有案可查，便与汉代"虚张异类，托有于无"的创作区别开来。左思自序说："发言为诗者，咏其所志也；升高能赋者，颂其所见也。美物者贵依其本，赞事者宜本其实。匪本匪实，览者奚信？"他又说："且夫玉卮无当，虽宝非用。侈言无验，虽丽非经。"强调辞赋创作在体物写志之外，还应当"征实"。既然是描写三都，就要把这三个地方的山川风物、地理民情一一落到实处，故云："其山川城邑则稽之地图。其鸟兽草木则验之方志。风谣歌舞，各附其俗。"袁枚《小仓山房诗话》卷一曾说，古代无类书、无方志，又无字汇。《三都赋》则起到类书、方志和字汇的作用。在作者看来，辞赋创作在"丽以则""丽以淫"之外，还应当具有实用的功能。这是对辞赋的另外一种理解，也是左思《三都赋》独特价值之所在。

《文史知识》2016 年第 9 期

# 述先士之盛藻,论作文之利害

## ——读陆机《文赋》

陆云《与兄平原书》第八札:"省《述思赋》,流深情至言,实为清妙,恐故复未得为兄赋之最。兄文自为雄,非累日精拔,卒不可得言。《文赋》甚有辞,绮语颇多,文适多体,便欲不清。不审兄呼尔不?《咏德颂》甚复尽美,省之恻然。《扇赋》腹中愈首尾,发头一而不快,言'乌云龙见',如有不体。《感逝赋》愈前,恐故当小不?然一至不复减。《漏赋》可谓清工。兄顿作尔多文,而新奇乃尔,真令人怖,不当复道作文。"① 《感逝赋》,《陆机集》作《叹逝赋》,前有小序:"余年方四十,而懿亲戚属亡多存寡。"② 在陆云的信中,《文赋》与《叹逝赋》列在一起,都是四十岁左右的作品。③ 陆云信中又说:"兄文自为雄,非累日精拔,卒不可得言。"据此推测,《文赋》应当是陆机创作比较成熟的作品,得到了陆云的高度赞扬。很快,《文赋》就在世间流传开来。昭明太子编《文选》赋类,专设"论文"一类收录此文,初唐书法家陆柬之曾有抄录,现藏台湾故宫博物院。此外,日本高僧遍照金刚来中国访学时,收罗各种资料编为《文镜秘府论》,《文赋》赫然在录。至于唐宋类书,也多有收录。

《文赋》为什么会有这样大的影响呢?主要是它精微地论述了文学创作的过程,提出了一系列有价值的主张。

---

① 《陆云集》,中华书局1988年版,第137页。
② 《陆机集》,中华书局1982年版,第24页。
③ 杜甫《醉歌行》说:"陆机二十作《文赋》,汝更少年能缀文。"认为《文赋》作于二十岁前后,并无根据。

## (一) 关于艺术构思问题

文前有小序称：

> 余每观才士之所作，窃有以得其用心。夫其放言遣辞，良多变矣。妍蚩好恶，可得而言。每自属文，尤见其情。恒患意不称物，文不逮意。盖非知之难，能之难也。故作《文赋》，以述先士之盛藻，因论作文之利害所由。佗日殆可谓曲尽其妙。至于操斧伐柯，虽取则不远。若夫随手之变，良难以辞逮。盖所能言者，具于此云。

这里，主要论及艺术构思问题。用心，言文士用心于创作。放言遣辞，即驰骋文场，言非一体，故言多变。妍蚩，好坏。作者对于文学创作深有体会，故言"每自属文，尤见其情"。这里的情，不是情感，而是创作的情况。核心是什么呢？"意"是关键。"恒患意不称物，文不逮意"。《文赋》中多次提到"意"，如："辞逞才以效伎，意司契而为匠。"又如："其为物也多姿，其为体也屡迁，其会意也尚巧，其遣言也贵妍。"又如："或文繁理富，而意不指适。""心牢落而无偶，意徘徊而不能协。"有时，"意"与"物"对举，有时又与"辞"对举，有时又与"心"对举，有时又与"文"对举。此"意"是指在构思过程中产生的意，也就是作者的想法。而"物"主要指外在景物等，当然也可能包括社会生活和作家思想感情等内容。在陆机看来，意以称物为能事，而文却又很难准确传达这种"意"。而"言"与"意"的关系，既是创作中的极其重要的问题，又是魏晋玄学中的重要命题。"意"的含义非常丰富，有情感，有学识，理性与感性交织在一起，而"言"的作用就是将作者之"意"表达出来。谁都知道意的重要性，但是真正能做到言意一致，确实非常困难。"佗日殆可谓曲尽"谓将来还可以进一步探讨。陆柬之本无"其妙"二字。佗日，陈八郎本、朝鲜正德本作"他日"，意同。"操斧伐柯，虽取则不远"谓持斧伐柯，虽然容易，但是作文可是瞬息万变，很难一概而论。《庄子》记载轮扁与桓公的对话曰："斫徐则甘而不固，疾则苦而不入，不疾不徐，得于手而应于心，口不能言也，有数存焉。"数，就是规律。这也就是创作《文赋》的命意所在。

由此出发，作者先从作家的"意"开始，《文赋》开篇说：

> 伫中区以玄览，颐情志于典坟。遵四时以叹逝，瞻万物而思纷。悲落叶于劲秋，喜柔条于芳春，心懔懔以怀霜，志眇眇而临云。咏世德之骏烈，诵先人之清芬。游文章之林府，嘉丽藻之彬彬。慨投篇而援笔，聊宣之乎斯文。其始也，皆收视反听，耽思傍讯。精骛八极，心游万仞。其致也，情曈昽而弥鲜，物昭晰而互进。倾群言之沥液，漱六艺之芳润。浮天渊以安流，濯下泉而潜浸。于是沈辞怫悦，若游鱼衔钩，而出重渊之深；浮藻联翩，若翰鸟缨缴，而坠曾云之峻。收百世之阙文，采千载之遗韵。谢朝华于已披，启夕秀于未振。观古今于须臾，抚四海于一瞬。

伫，久留。中区，区中。玄览，《老子》第十章"涤除玄览"，即荡涤妄见，使心无目，虚壹而静，远离万物。作者沉浸在创作构思时候，仰观天文，俯察人文，感时叹逝，思绪纷纭。这时他会联想到先人事迹，联想到古人丽句。气若浮云，志若秋霜。所谓"咏世德之骏烈，诵先人之清芬。游文章之林府，嘉丽藻之彬彬。慨投篇而援笔，聊宣之乎斯文"，正是这种情状的生动写照。但如果总是这样驰骋想象，就很难进入创作状态。此时此刻，有所收拢是必不可少的。只有这样，情思源源不断涌出的同时，文意也会逐渐鲜明。作者借用老庄"虚静"说，特别强调了"收视反听，耽思傍讯"的关键作用："其始也，皆收视反听，耽思傍讯，精骛八极，心游万仞。观古今于须臾，抚四海于一瞬。"想象是一种从内心设身处地理解他人的力量。他用赋的形式，强调了想象在创作过程中的作用和重要性。作者还指出："收百世之阙文，采千载之遗韵。谢朝华于已披，启夕秀于未振。"主张在继承前人优秀成果的同时，又必须独抒己意，反对因袭守旧。

**（二）关于谋篇布局问题**

艺术构思完成后，进入写作过程，即从感性进入理性阶段：

然后选义按部，考辞就班。抱暑者咸叩，怀响者毕弹。或因枝以振叶，或沿波而讨源。或本隐以之显，或求易而得难。或虎变而兽扰，或龙见而鸟澜。或妥帖而易施，或岨峿而不安。罄澄心以凝思，眇众虑而为言。笼天地于形内，挫万物于笔端。始踯躅于燥吻，终流离于濡翰。理扶质以立干，文垂条而结繁。信情貌之不差，故每变而在颜。思涉乐其必笑，方言哀而已叹。或操觚以率尔，或含毫而邈然。伊兹事之可乐，固圣贤之所钦。课虚无以责有，叩寂漠而求音。函绵邈于尺素，吐滂沛乎寸心。言恢之而弥广，思按之而逾深。播芳蕤之馥馥，发青条之森森。粲风飞而猋竖，郁云起乎翰林。体有万殊，物无一量。纷纭挥霍，形难为状。辞程才以效伎，意司契而为匠。在有无而僶俛，当浅深而不让。虽离方而遁员，期穷形而尽相。故夫夸目者尚奢，惬心者贵当。言穷者无隘，论达者唯旷。诗缘情而绮靡，赋体物而浏亮。碑披文以相质，诔缠绵而凄怆。铭博约而温润，箴顿挫而清壮。颂优游以彬蔚，论精微而朗畅。奏平彻以闲雅，说炜晔而谲诳。虽区分之在兹，亦禁邪而制放。要辞达而理举，故无取乎冗长。

所谓"抱暑者咸叩，怀响者毕弹"，抱暑，陆柬之本作"藏景"，奎章阁本、朝鲜正德本作"抱景"。作"抱景"是，言应有之义，皆无所遗。为此，首先要因枝振叶，沿波讨源，深浅难易，此起彼伏。在这种情况下，"意"的重要性依然凸显。意为主干，所谓"理扶质以立干，文垂条而结繁"。主干立，文辞才像枝叶一样繁盛，文情也随之婉转。或悲、或喜、或急、或缓，无中生有，韵外求音，既广且深，华藻纷纭。文章之体千变万化，如同世间万物，形象各异，难以名状。"辞程才以效伎，意司契而为匠。在有无而僶俛，当浅深而不让。虽离方而遁员，期穷形而尽相。故夫夸目者尚奢，惬心者贵当。言穷者无隘，论达者唯旷。"这些纷繁的情感，在有无深浅之间，俯仰规矩之内，极尽其妙，当仁不让。这就需要有不同的文体给予规范。为此，他提出十种文体，并分别予以界定："诗缘情而绮靡，赋体物而浏亮。碑披文以相质，诔缠绵而凄怆。铭博约而温润，箴顿挫而清壮。颂优游以彬蔚，论精微而朗畅。奏平彻以闲雅，说炜晔而谲诳。"这就比曹丕所提出的四种文体又丰富了许多。

作者说："虽区分之在兹，亦禁邪而制放。要辞达而理举，故无取乎冗长。"又一次强调，文体的划分，依然在"理"，辞达理举，如此而已。这便又涉及另外一个问题，即为突出"理"，文章的剪裁必不可少：

其为物也多姿，其为体也屡迁。其会意也尚巧，其遣言也贵妍。暨音声之迭代，若五色之相宣。虽逝止之无常，固崎锜而难便。苟达变而识次，犹开流以纳泉。如失机而后会，恒操末以续颠。谬玄黄之袟叙，故淟涊而不鲜。

或仰逼于先条，或俯侵于后章。或辞害而理比，或言顺而义妨。离之则双美，合之则两伤。考殿最于锱铢，定去留于毫芒。苟铨衡之所裁，固应绳其必当。

或文繁理富，而意不指适。极无两致，尽不可益。立片言而居要，乃一篇之警策。虽众辞之有条，必待兹而效绩。亮功多而累寡，故取足而不易。

或藻思绮合，清丽千眠。炳若缛绣，凄若繁弦。必所拟之不殊，乃暗合乎曩篇。虽杼轴于予怀，怵佗人之我先。苟伤廉而愆义，亦虽爱而必捐。

或苕发颖竖，离众绝致。形不可逐，响难为系。块孤立而特峙，非常音之所纬。心牢落而无偶，意徘徊而不能揣。石韫玉而山辉，水怀珠而川媚。彼榛楛之勿翦，亦蒙荣于集翠。缀《下里》于《白雪》，吾亦济夫所伟。

文体不一，变化无常。为此，作者分五层来写。

第一论音韵色彩。就像五色相配、五音起伏，可以构成绚丽的色彩，表达文义需要灵巧，遣词造句更要明艳。这些变化，并无一定之规，所以很难安排妥帖。这里作者特别强调在文意安排方面，声律的考究必不可少，这些论断，实启范晔、沈约声律之论。作者认为，只有文思理顺，就像源泉汇流，便是自然而然的事情了。反之，则文思郁结，音韵失宜。"谬玄黄之袟叙，故淟涊而不鲜。"袟叙，陆柬之本、《文镜秘府论》本亦同，而陈八郎本作"秩叙"。奎章阁本、朝鲜正德本作"秩序"。黄侃《〈文选〉平点》卷二谓"袟"当作"秩"。涗涊，垢浊，不鲜明。大意谓色彩失调，黯淡无光。

第二论去取之术。"或仰逼于先条，或俯侵于后章"两句，谓文思前后不定，有时为了说理，反而用词不当。有时为了言顺，又妨碍了义理。两全其美，实属不易。殿最与去留，锱铢与毫芒，均互文见义，描绘作者常常在微毫之间取舍难定。"苟铨衡之所裁，固应绳其必当。"谓权衡文意，必须依据一定准绳。

第三论突出警句。文繁理富，言不尽意。"立片言而居要，乃一篇之警策"便成为此时之首选。片言居要，文势驰骋。"虽众辞之有条，必待兹而效绩。"有条，即有条不紊。这样的文章，片言居显，通篇光益，照此展开，无所改易。

第四论独出机杼，避免因袭。"或藻思绮合，清丽千眠。"千眠，谓光色盛明，五彩皆备。光亮如锦绣，凄苦若繁弦。"虽杼轴于予怀，怵佗人之我先。"杼轴，以织喻文，谓文辞的选择，不辞刻意求异，但皆出于独创，又常与古人名篇暗合，因此写作时很担心前人已经说过。"苟伤廉而愆义，亦虽爱而必捐。"不受曰廉。如果前人已经用过的文藻，自己再用，有伤廉耻，即便自己非常喜欢，也必须删除。

第五论佳句与全篇平衡问题。有的时候，某些词句非常醒目，犹如一枝独秀，超众离俗。就像形影和声响一样，本来密不可分，而此时却形与影、声与响各自独立。"块孤立而特峙，非常音之所纬。"特峙，峻伟。纬，经纬。意谓不是平常之言所能经纬。"心牢落而无偶，意徘徊而不能揥。"虽有一句之妙，置于通篇，却很难取舍其妙。《说文》曰："揥，取也。"尽管如此，这样的句子，还是尽量保留为好。毕竟，"石韫玉而山辉，水怀珠而川媚。"璞石藏玉，溪水怀珠，山川为之辉媚。此时，即便句中有庸音俗语，对于全句也无所妨碍。"彼榛楛之勿翦，亦蒙荣于集翠。"榛楛，皆不成材之木名。然而在万木丛中，这样的树木亦青翠可喜。翠，或谓翠鸟，言榛楛恶木，亦有珍禽萃之，则木亦蒙禽之荣。如果《阳春》《白雪》之中，偶缀《下里》《巴人》之曲，美恶不言而喻，"济夫所伟"意谓这样的安排，作者依然表示赞赏。

### (三) 关于美学标准问题

在陆机看来，选义按部、考辞就班之后，更重要的工作是情思的梳理、文字的推敲、声韵的抑扬、色彩的调配，等等，为此，他提出了应、和、悲、雅、艳等五个美学标准：

> 或托言于短韵，对穷迹而孤兴。俯寂寞而无友，仰寥廓而莫承。譬偏弦之独张，含清唱而靡应。
>
> 或寄辞于瘁音，徒靡言而弗华。混妍蚩而成体，累良质而为瑕。象下管之偏疾，故虽应而不和。
>
> 或遗理以存异，徒寻虚而逐微。言寡情而鲜爱，辞浮漂而不归。犹弦幺而徽急，故虽和而不悲。
>
> 或奔放以谐和，务嘈囋而妖冶。徒悦目而偶俗，故高声而曲下。寤《防露》与《桑间》，又虽悲而不雅。
>
> 或清虚而婉约，每除烦而去滥。阙大羹之遗味，同朱弦之清汜。虽一唱而三叹，固既雅而不艳。

所谓"应"，是对篇幅的要求。李善注说："短韵，小文也。言文小而事寡，故曰穷迹，迹穷而无偶，故曰孤兴。"如果文章过于短小，俯仰之间就无所呼应。如同独学无友，孤陋寡闻一样。换一个角度理解，他认为文章要有规模和气象，俯仰之间，通篇照应。而"托言短韵"则达不到"应"的要求。

所谓"和"，是对文辞的要求。他认为文辞搭配要和谐，不能有"瘁音"。"瘁音"即弱音，或恶辞，与下文的"蚩"相应。正如"靡"与"妍"相对，薛君《韩诗章句》训为美。妍媸同体，言空美而不光华，对风雅之道则为"累"。累，在六朝文学批评中是一个重要的概念，往往与"病"相连，含有贬义。

所谓"悲"，是对情感的要求。他认为文学创作当以悲为美。这种悲情，是发自内心的情感，给人以想象的空间，使我们感受到一种略带恐惧的快感，在一定程度上消解死亡带给我们的恐惧，让我们沉浸在幸福地活着的一种优越感中。同时,这种悲情,还满足读者的正义感和对秩序的愤怒,也展现了作者的道德良心。因此,悲情,有时又给人一种愉悦,是文学中最易动人的地方。《后汉书·左周黄传》载:"三月上巳日,(梁)商大会宾客,宴于洛水。举时称疾不往,商与亲昵酣饮极欢。及酒阑倡罢,继以《薤露》之歌。坐中闻者皆为掩涕。"[1] 曹丕《善哉行》其二说:"哀弦微妙,清气含芳。流郑激楚,度宫中商。感心动耳,绮丽难忘。"曹植《赠徐幹》说:"慷慨有悲心,兴文自成篇。"刘宋时期的王微也说:"文辞不怨思抑扬,则流澹无味。"(《宋书·王微传》)可见,抒发悲情,也是文学创作的一个重要主题。

所谓"雅",是对格调的要求。他认为文章格调要高,"会意"要"巧","遣言"须"妍"。这也是当时的一个重要的美学标准。刘勰说:"观其时文,雅好慷慨。"钟嵘评价曹植是"情兼雅怨"。

所谓"艳",是对韵味的要求,也是对内容的描述。艳与新,常常相对而言。新,在形式方面的表现就是格律的讲究、字句的规整,这是从"永明体"到近体演变过程中最重要的形式要求。艳,这也是文学发展到一定阶段的一种审美要求。沈约《宋书·谢灵运传论》就说张衡文章"艳发,文以情变"。张衡的创作,在题材方面就多以女性为中心,文辞妖冶,情深意长。

### (四)关于文情变化问题

文章的体裁、题材各不相同,所表达的内容也有多寡之分,文情更是千变万化。有的时候,语言拙朴,但是比喻巧妙;有的时候,道理简单,而语言轻松;有的时候,承袭前人,却推陈出新;有的时候,前人表达不好,而后出转精;有的时候,初读时即感觉到美好,仔细研读之后,越发觉得精妙。这就像跳舞的人,随着节拍而舞袖,唱歌的人,伴着琴弦而发声。这种种奇异感觉,就是得心应手的工匠大师轮扁也无法表达出来。即便是圣人之言,也不可信,华丽的语言在这里自然于事无补。原因很多,不可一概而论。作者指出:

---

[1] 《后汉书》,中华书局1965年版,第2028页。

若夫丰约之裁，俯仰之形。因宜适变，曲有微情。或言拙而喻巧，或理朴而辞轻。或袭故而弥新，或沿浊而更清。或览之而必察，或研之而后精。譬犹舞者赴节以投袂，歌者应弦而遣声。是盖轮扁所不得言，故亦非华说之所能精。

普辞条与文律，良余膺之所服。练世情之常尤，识前修之所淑。虽濬发于巧心，或受欻于拙目。彼琼敷与玉藻，若中原之有菽。同橐龠之罔穷，与天地乎并育。虽纷蔼于此世，嗟不盈于予掬。患挈瓶之屡空，病昌言之难属。故踸踔于短垣，放庸音以足曲。恒遗恨以终篇，岂怀盈而自足。惧蒙尘于叩缶，顾取笑乎鸣玉。

丰约，多寡，也有的理解为文质。裁，指体裁。这些内容，因时而变，因人而变，非常微妙。这几句所要表达的意思是，情思纷繁，很多情况下，只可意会不可言传。《庄子》记载，齐桓公读书，轮扁在堂下制作车轮，问桓公读什么书，桓公说读圣贤书，轮扁视之为糟粕。这是因为，很多美好的感受，是语言所不能表达出来的。所谓"得于手而应于心，口不能言也，有数存焉"。这便是后来讨论多年的所谓言意之辩，语言是否可以准确无误地表达作者的思想，庄子是持否定意见的。陆机亦然，正如刘良所解说："文章之妙，故非此辈所能精察而言也。"

尽管如此，作者依然还要撰写《文赋》来讨论创作问题，原因在于"普辞条与文律，良余膺之所服"。辞条，文章写作的规则。文律，诗文的音律。这些技巧性的东西，作者依然怀有虔诚的心态，仔细检视时人的过失，识别前贤的优长。依据这样的辞条文律，作者发现，很多作者用心很细，但常常不被理解，甚至受到耻笑。濬发，五臣本作"浚发"。欻与蚩同，嘲笑的意思。其实，这些文章很有文采，就像琼花与玉藻，美不胜收，又如同吹气用的橐龠，容纳天地之气。橐龠，出自《老子》第五章："天地之间，其犹橐龠。"注家以为冶炼时用于吹风炽火的工具。

问题是，当你想把这些美好的东西收集起来时，又会发现，其实并不多。《毛诗》曰："终朝采绿，不盈一掬。"《文赋》："虽纷蔼于此世，嗟不盈于予掬。"即来自此句，谓文华之词纷繁多彩，但要把这些精彩都收集起来，似乎又没有多少。这是转折句，由扬到抑。在作者看来，世间流传的精美文章看似很多，但真正可以称为经典的作品，实在很少。

"患挈瓶之屡空，病昌言之难属"可有两解，从消极的角度言，那些才智顽钝的人，没有多少思想。从积极的角度看，又似乎是自谦之词。挈瓶，自喻。昌言，谓古代佳文。这句是说自己没有能力将古代美文的妙处讲出来，似乎回应开篇所说"恒患意不称物，文不逮意，非知之难，能之难"。看来，后者的可能性更大。因为文章的最后一部分照应开头，又描绘构思时的情形。倘若如此，"故踸踔于短垣，放庸音以足曲"则依然是自谦。这是由对他人作品的评论，说到自己的创作。李善引《广雅》谓"踸踔，无常也"。而吕延济认为"踸踔，迟滞也"。庸音，即常音。大意是说，由于才思所限，常常致力于短篇。短垣，有的本子作"短韵"，与"足曲"为对。所以，这样的创作，常常是后悔的艺术，哪能自满自足呢？最叫作者担心的就是"惧蒙尘于叩缶，顾取笑乎鸣玉"。按照李善的解说，瓦器本来就不能击鸣，更何况上面落上尘土，就更敲不响了。这只能取笑于玉之鸣声。

辞条与文律，尚可言说，而文思之波涌，则难以名状。文章的最后，又回到《庄子》所倡导的言不尽意的境界，与开篇描绘思绪缤纷的场景遥相呼应：

> 若夫应感之会，通塞之纪。来不可遏，去不可止。藏若景灭，行犹响起。方天机之骏利，夫何纷而不理。思风发于胸臆，言泉流于唇齿。纷葳蕤以馺遝，唯毫素之所拟。文徽徽以溢目，音泠泠而盈耳。及其六情底滞，志往神留。兀若枯木，豁若涸流。揽营魂以探赜，顿精爽于自求。理翳翳而愈伏，思乙乙其若抽。是以或竭情而多悔，或率意而寡尤。虽兹物之在我，非余力之所戮。故时抚空怀而自惋，吾未识夫开塞之所由。

创作时那种瞬间变换的感觉，"藏若景灭，行犹响起"，自然而然，无踪无影，思绪如风，言语如泉，纷至沓来，汇聚笔端。葳蕤，盛貌。馺遝，多貌。"纷葳蕤以馺遝，唯毫素之所拟"，近似于苏东坡《文说》所云：“吾文如万斛泉源，不择地皆可出。在平地滔滔汩汩，虽一日千里无难。及其与山石曲折，随物赋形，而不可知也。所可知者，常行于所当行，常止于不可不止，如是而矣。”① 这样的文思，既可以作用于形，也可以表现为声，故曰"文徽徽以溢目，音泠泠而盈耳"。徽徽溢目，文章之盛。泠泠盈耳，音韵之清。

当然，文思也有枯竭的时候："及其六情底滞，志往神留。兀若枯木，豁若涸流。"当六情枯淡时，就如同原野上的枯木，断流的河床一样。六情，好、恶、喜、怒、哀、乐，乃"营魂"中的波动。作者理应蓄聚精爽，上下求之。但此时，"理翳翳而愈伏，思乙乙其若抽"。翳翳，昏暗貌。乙乙，五臣本作"轧轧"，难进状。两句形容理路不清，思绪如掩。在这种情况下，即便是穷尽思虑，也不会有好的作品。如果率意而为，可能还会出现差错。所有这些，有时创作者自己也不能完全把控。"故时抚空怀而自惋，吾未识夫开塞之所由。"这说明创作过程与最终成品，未必完全一致，有时可能南辕北辙，确实难以把握。

**（五）关于文学价值问题**

文章能够传播万里，流传久远，就像《法言》所说："弥纶天地之事，记久明远者莫如书。"陆机也认为文章具有不可替代的作用。《历代名画记》引陆机言论云："丹青之兴，比雅颂之述作，美大业之馨香，宣物莫大于言，存形莫善于画。"② 所谓"美大业之馨香"，与曹丕《典论·论文》所说的"盖文章，经国之大业，不朽之盛事"的观念有相近的地方，说明二人都很强调文学艺术的社会价值和文化传承的作用。《文赋》亦有类似的看法：

  伊兹文之为用，固众理之所因。恢万里而无阂，通亿载而为津。俯贻则于来叶，仰观象乎古人。济文武于将坠，宣风声于不泯。途无远而不弥，理无微而弗纶。配沾润于云雨，象变化乎鬼神。被金石而

---

① 郭绍虞主编：《中国历代文论选》第2册，上海古籍出版社1980年版，第310页。
② 张彦远：《历代名画记》，人民美术出版社1963年版，第3页。

德广,流管弦而日新。

兹文,指文章。它可以记载人类文明,所以说"众理之所因","因"是承载。文章可以沟通万里而没有隔阂,可以传播万代而为后人提供了解前代的津梁。"俯贻则于来叶,仰观象乎古人。济文武于将坠,宣风声于不泯。"贻则,传递法则。来叶,来世。泯,泯灭。文经天地,不朽事业。故"途无远而不弥,理无微而弗纶。配沾润于云雨,象变化乎鬼神"。经天地,动鬼神。所以最后说:"被金石而德广,流管弦而日新。"文章可以刻之金石,可以施之乐章,借此流播久远,最后历久弥新。

《文赋》对后代的影响,首先唐人抄写,《文镜秘府论》收录,诗人吟咏,还有所谓《诗赋》《赋赋》之类,[①] 不绝如缕。

《文史知识》2016 年第 10 期

---

[①] 唐人白居易有《赋赋》、施补华有《拟白香山赋赋》。清人魏天眷有《诗赋》,戴光有《拟陆平原〈文赋〉并序》,近人朱庭珍亦有《拟陆士衡〈文赋〉》,并见张廷银《方志所见文学资料辑释》,国家图书馆出版社 2006 年版。

# 以情纬文,以文被质

## ——读沈约《宋书·谢灵运传论》

《宋书·谢灵运传》与一般史论有所不同,并没有围绕谢灵运展开论述,而是纵论先秦以迄刘宋时期的文学发展,实际是一篇文学史论,近似于政治史论的《汉书·公孙弘传论》。对此,日本著名学者兴膳宏先生《〈宋书·谢灵运传论〉综说》有过精到阐释,值得参看。① 《宋书·谢灵运传论》又收在《文选》卷五十,作为"史论"类代表作。这里仅就有关文艺思想方面的问题略作探讨。

史臣曰:民禀天地之灵,含五常之德,刚柔迭用,喜愠分情。夫志动于中,则歌咏外发。六义所因,四始攸系,升降讴谣,纷披风什。

虽虞夏以前,遗文不睹。禀气怀灵,理或无异。然则歌咏所兴,宜自生民始也。周室既衰,风流弥著。屈平、宋玉,导清源于前;贾谊、相如,振芳尘于后。英辞润金石,高义薄云天。自兹以降,情志愈广。

王褒、刘向、杨、班、崔、蔡之徒。异轨同奔,递相师祖。然清辞丽曲,时发乎篇,而芜音累气,固亦多矣。若夫平子艳发,文以情变,绝唱高踪,久无嗣响。

至于建安,曹氏基命,三祖陈王,咸蓄盛藻。甫乃以情纬文,以文被质。

---

① 兴膳宏:《〈宋书·谢灵运传论〉综说》,《六朝文学论稿》,岳麓书社1986年版。

> 自汉至魏，四百余年，辞人才子，文体三变。相如工为形似之言，二班长于情理之说。子建、仲宣，以气质为体。并标能擅美，独映当时。是以一世之士，各相慕习，源其飙流所始，莫不同祖《风》《骚》。徒以赏好异情，故意制相诡。
> 降及元康，潘、陆特秀。律异班、贾，体变曹、王，缛旨星稠，繁文绮合。缀平台之逸响，采南皮之高韵。遗风余烈，事极江右。在晋中兴，玄风独扇，为学穷于柱下，博物止乎七篇。驰骋文辞，义殚乎此。自建武暨于义熙，历载将百。虽比响联辞，波属云委。莫不寄言上德，托意玄珠。遒丽之辞，无闻焉尔。
> 仲文始革孙、许之风，叔源大变太元之气。爰逮宋氏，颜、谢腾声，灵运之兴会标举，延年之体裁明密，并方轨前秀，垂范后昆。
> 若夫敷衽论心，商搉前藻。工拙之数，如有可言。夫五色相宣，八音协畅。由乎玄黄律吕，各适物宜。欲使宫羽相变，低昂舛节。若前有浮声，则后须切响。一简之内，音韵尽殊。两句之中，轻重悉异。妙达此旨，始可言文。
> 至于先士茂制，讽高历赏。子建函京之作，仲宣灞岸之篇。子荆零雨之章，正长朔风之句。并直举胸情，非傍诗史，正以音律调韵，取高前式。自灵均以来，多历年代。虽文体稍精，而此秘未睹。至于高言妙句，音韵天成，皆暗与理合，匪由思至。张、蔡、曹、王，曾无先觉。潘、陆、颜、谢，去之弥远。世之知音者，有以得之，此言非谬。如曰不然，请待来哲。

既然是人物传论，就包含史传、评论两个部分。就史传而言，作者将这段文学发展的历史分为五个阶段：第一阶段是周秦汉初，第二阶段是西汉后期到东汉，第三阶段是曹魏文学，第四阶段是两晋文学，第五阶段是刘宋文学。

周秦汉初文学，作者视之为文章起源，也是文章正宗。"史臣曰"云云，是作者沈约自称。他说："民禀天地之灵，含五常之德，刚柔迭用，喜愠分情。"天地人，乃三光。人与天地共生，集合天地灵气。五常，指五行，这里特指人所含有的金、木、水、火、土的品德。人有灵气、品德,更有情感。喜愠,即喜怒,乃七情之反应,形之于声,便为歌咏。《诗经》中的所谓"六义""四始"便由此而来。六义,指风、赋、比、兴、雅、颂。四始,指国风、大雅、小雅、颂。讴谣与风什,指歌谣和诗歌。三代以前的歌诗现已不存,虞夏时期有《五子之歌》,收录在《尚书·夏书》中。从文献记载看,诗歌的发达,始西周初年至春秋中叶,《诗经》就记载了这个时期的历史与文化。战国至西汉前期,《楚辞》兴起,前有屈原、宋玉,后有贾谊、司马相如等人,"英辞润金石,高义薄云天",英辞与高义,是秦汉士人心目中最崇高的典范。李善注引扬雄《法言》说:"或问屈原、相如之赋孰愈?曰:原也过以浮,如也过以虚。过浮者蹈云天,过虚者华无根。然原上援稽古,下引鸟兽,其著意,子云、长卿,亮不可及。"以屈原为代表的《楚辞》创作群体,开辟了"情志愈广"的抒情传统,与《诗经》遥相呼应。

  西汉后期乃至东汉时期的王褒、刘向、扬雄、班固、崔骃、崔瑗、蔡邕等人依然延续着这个传统。二班,指班彪和班固父子,而《宋书》作"班固",并无班彪。他们的创作,或清辞丽曲,或芜音累气,各骋才华,驰名于时。上述各人中,沈约认为张衡尤其具有代表性,认为当时作者很少有人能够匹敌:"平子艳发,文以情变,绝唱高踪,久无嗣响。"这里特别强调"艳发"与"情变"是张衡创作的主要特色。艳为外在的美艳,情为内在的文心。《文选》收录张衡三篇作品,即《四愁诗》《归田赋》《两京赋》,文情兼善,鲜明地体现了艳与情互为表里的特色。譬如《四愁诗》就是"情变"的代表作。第一章大意是说,我所思念的美人在泰山,想去找她,又难以越过梁父的艰险。旧注,泰山比喻君主,梁父以喻小人。泰山在东,故下文言侧身东望,泪沾衣襟。美人赠我一把金错刀,我用最好的美玉来回报她,用以表达自己的心意。可惜路远竟无法送到,从而徘徊无计,深深地感到了不安。以下三章,句法大体相同,依次写到诗人思念的美人在泰山、在桂林、在汉阳、在雁门,但是在四面八方均有阻隔;四方美人皆有赠物,而自己却路远无以回报,忧心忡忡,无法排解。总之,所写的都是这种对于心目中的美人可望而不可即的复杂心情。从这种心境看,诗中所写的好像是怀人之情,又好像是抒愤之意。这首诗在魏晋南北朝时期影响非常之大,徐陵编《玉台新咏》也予收录,还在其后收录了晋代傅玄、张载的《拟四愁诗》。直至近现代，鲁迅先生还有拟作，比如《我的失恋》："我的所爱在豪家，欲往从之兮没有汽车。仰头无法泪如麻。爱人赠我玫瑰花，何以赠之赤练蛇。从此翻脸不理我。不知何故兮由她去罢。"从这些拟作来看，应当都有所寄托，在形式上也如同张衡之作，傅、张二作各分为四章，每章七句，每句七言。傅玄在拟作的序中说道："张平子作《四愁诗》，体小而俗，七言类也。"即从形式上肯定了它的七言特点。张衡的美艳创作，摸过于《同声歌》和《定情赋》。《同声歌》："思为莞若席，在下蔽匡床。愿为罗衾帱，在上卫风霜。"《定情赋》："思在面为铅华兮，患离尘而无光。"均为陶渊明《闲情赋》中所发"十愿"承袭。

其实，张衡"艳发"与"情变"的直接传承人是蔡邕。《太平广记》卷一六四引《商（殷）芸小说》："张衡死月，蔡邕母始怀孕。此二人才貌甚相类，时人云：邕是衡之后身。"这当然是不足凭据的小说家言。[①] 不过，这个传说也从侧面传达出一个信息，即蔡邕传承了张衡的衣钵，推动了汉末文风从庄重典雅向华丽壮大的转变。如《述行赋》有"仆夫疲而劬瘁兮，我马虺颓以玄黄。格莽丘而税驾兮，阴瞳瞳而不阳"等句，曹植《赠白马王彪》中的"修板造云日，我马玄以黄。玄黄犹能进，我思郁以纾"等诗句就可以看到影响的痕迹。《艺文类聚》卷十八所引《协初赋》："其在近也，若神龙采鳞翼将举。其既远也，若披云缘汉见织女。立若碧山亭亭竖，动若翡翠奋其羽。众色燎照，视之无主。面若明月，辉似朝日，色若莲葩，肌如凝蜜。"[②] 这与曹植《洛神赋》中的"其形也，翩若惊鸿，婉若游龙，荣曜秋菊，华茂春松；仿佛兮，若轻云之蔽日；飘遥兮，若流风之回雪。远而望之，皎若太阳升朝霞；迫而察之，灼若芙蕖出绿波……"等文句，又何其相似。此外，他的《青衣赋》就是一首艳情诗，类似于张衡的《同声歌》和《定情赋》，且有过之而无不及。张超在《诮青衣赋》中称其"志鄙意微"，不足称道。[③]

---

[①] 《太平广记》，中华书局1961年版，第1190页。张衡卒于汉顺帝刘保永和四年（139），其时，蔡邕已经七岁。此系小说家言，不足信据。
[②] 《艺文类聚》卷十八，上海古籍出版社1982年版，第331页。
[③] 参见刘跃进《蔡邕的生平创作与汉末文风的转变》，《文学评论》2004年第3期。

从张衡、蔡邕再到三曹七子，文风日益变化。所以沈约说："至于建安，曹氏基命，三祖陈王，咸蓄盛藻。甫乃以情纬文，以文被质。"三祖，据李善注，是指曹操、曹丕和曹睿。《宋书》作"二祖"与后来所谓"三曹"即曹操、曹丕和曹睿，含义相同。盛藻，乃美艳之词。不仅如此，还"以情纬文，以文被质"。在美艳、文情之外，更强调情兼雅怨，文质相称。他说当时的各路才俊，"彬彬之盛，盖将百计"，纷纷会集到曹操幕下。他们纵辔骋节，望路争趋，表现出强烈的创作欲望。刘勰《文心雕龙》、钟嵘《诗品》均有类似的评论。《文心雕龙·明诗》说："暨建安之初，五言腾踊，文帝陈思，纵辔以骋节；王徐应刘，望路而争驱；并怜风月，狎池苑，述恩荣，叙酣宴，慷慨以任气，磊落以使才；造怀指事，不求纤密之巧；驱辞逐貌，唯取昭晰之能；此其所同也。"①《诗品》也说："东京二百载中，惟有班固《咏史》，质木无文。降及建安，曹公父子，笃好斯文，平原兄弟，郁为文栋，刘桢王粲，为其羽翼。次有攀龙托凤，自致于属车者，盖将百计，彬彬之盛，大备于时矣。"② 建安文人从懂事时起，就见惯了各种混乱纷争的严酷现实，经历了种种颠沛流离的生活。"出门无所见，白骨蔽平原"，这些惨不忍睹的景象时刻萦绕于怀，叫他们无法回避，不能平静。他们把自己最真实的感受，用老百姓喜闻乐见的五言诗的形式表达出来，"以情纬文，以文被质"，慷慨任气，磊落使才，表现出鲜明的时代特色。这种特色，钟嵘概括为"建安风力"，初唐文人改为"建安风骨"，成为中国文学史上最具有感召力的称谓。

两晋以后，情形发生重要变化。元康，晋惠帝年号。这个时期的重要作家，即钟嵘《诗品》所说的"三张二陆两潘一左"。在当时人心目中，潘岳和陆机最为代表。钟嵘《诗品》将陆机与曹植、谢灵运并列，分别作为三个时期的代表，称陆机为"太康之英"。他们的创作与两汉的贾谊、班固以及建安时期的曹植、王粲等人多有不同，最显著的特点是"律异"和"体变"。律，法则。体，风格。这种特点在文学上的表现就是"缛旨星稠，繁文绮合"。缛旨与繁文相对，星稠与绮合相对，都是比喻文思细

---

① 刘勰著，周振甫注：《文心雕龙注释》，人民文学出版社1981年版，第49页。
② 钟嵘，曹旭注：《诗品集注》，上海古籍出版社1994年版，第17页。

密，文风繁缛。刘勰《文心雕龙》论及陆机的创作，常常用"繁"字来形容，包括著述之繁、文情之繁和辞藻之繁。先看著述之繁。姜亮夫先生《陆平原年谱》附录《陆机著述考》，陆机著作包括：《晋纪》四卷、《洛阳记》一卷、《要览》若干卷、《晋惠帝百官名》三卷、《吴章》二卷、《吴书》、《连珠》若干卷及《文集》四十七卷。《昭明文选》收录陆机52首诗，列全部作家之首。其著作之繁，正符合刘勰《文心雕龙·史传》所说："至于晋代之书，繁乎著作，陆机肇始而未备。"再说文情之繁。《叹逝赋》。其中"悲夫，川阅水以成川，水滔滔而日度；世阅人而为世，人冉冉而行暮。人何世而弗新，世何人之能故？"其境界犹如张若虚《春江花月夜》、刘希夷《代悲白头吟》，借用闻一多的评价，即充满了所谓宇宙意识。《赴洛二首》《赴洛道中作二首》更是文学史上的名篇，颇为感人。故《文心雕龙·体性》说："士衡矜重，故情繁而辞隐。"《才略》也说："陆机才欲窥深，辞务索广，故思能入巧，而不制繁。"《世说新语·文学》引张华对陆机的评语："人之作文患于不才，至子为文，乃患太多。"钟嵘《诗品》也说："余常言陆才如海，潘才如江。"才华横溢而又"不逾矩"乃是最高之境界。最后看辞藻之繁。《文心雕龙·议对》说："及陆机断议，亦有锋颖，而谀辞弗剪，颇累文骨。"《熔裁》："至如士衡才优，而缀辞尤繁。"谀辞弗剪、缀辞尤繁，都是说他缺乏剪裁。《世说新语·文学》引孙绰的话来说，欣赏陆机的文章需要"排沙简金"的功夫，才能"见宝"，因为"陆文深而芜"。这"芜"即"繁"的另一种说法，多少含有贬义。西晋文学之所以会出现这样的问题，沈约认为根本原因在于，他们"缀平台之逸响，采南皮之高韵"，亦即在形式上模仿前人，只是把文学作为一种娱乐的工具。《汉书》记载，梁孝王于睢阳城作平台，复道三十里，招延四方才子。南皮，魏文帝曹丕的游历之所。因此，平台、南皮，其意是指这些文人只是在文人幕府中讨生活，在形式上追摹枚皋、司马相如、应玚、陈琳的逸响和高韵。

东晋之后，玄言诗盛行，"为学穷于柱下，博物止乎七篇。驰骋文辞，义殚乎此"。老子为柱下史。《庄子·内篇》七篇。这句话是说，当时的诗歌，秉承王弼、何晏玄学之风，出入《老子》《庄子》玄虚之义，"比响联辞，波属云委。寄言上德，托意玄珠"，绵延将近百年。两晋诗风，每况愈下。《文心雕龙·明诗》《诗品》均有类似的批评。刘勰说：

> 江左篇制，溺乎玄风，嗤笑徇务之志，崇盛亡机之谈；袁孙已下，虽各有雕采，而辞趣一揆，莫与争雄；所以景纯仙篇，挺拔而为俊矣。①

钟嵘说：

> 永嘉时，贵黄、老，稍尚虚谈，于时篇什，理过其辞，淡乎寡味。爰及江表，微波尚传。孙绰、许询、桓、庾诸公诗，皆平典似《道德论》，建安风力尽矣。先是郭景纯用隽上之才，变创其体；刘越石仗清刚之气，赞成厥美。然彼众我寡，未能动俗。逮义熙中，谢益寿斐然继作。元嘉中，有谢灵运，才高词盛，富艳难踪，固已含跨刘、郭，凌轹潘、左。②

他们都认为，玄言诗"理过其辞，淡乎寡味"。最核心的问题是"遒丽之辞，无闻焉尔"。这里，沈约再一次提到遒丽，风格遒劲有力，文采斐然成章，这是沈约也是当时人的共同审美标准。

进入南朝之后，风气大变，有几个重要的标志。

第一，"仲文始革孙、许之风，叔源大变太元之气。"仲文，指殷仲文。叔源，指谢混。他们的创作一洗孙绰、许询玄言风气。李善注引《续晋阳秋》曰："许询有才藻，善属文，询及太原孙绰，转相祖尚，又加以三世之辞，而《风》、《骚》之体尽矣。询、绰并为一时文宗，自此作者悉化之。至义熙中，谢混始改之。"谢混的最大贡献就是尝试创作山水诗。刘勰《文心雕龙·明诗》："江左篇制，溺乎玄风……宋初文咏，体有因革，《庄》《老》告退，而山水方滋。"他的《游西池》诗就是一篇有代表性的作品。特别是"景昃鸣禽集，水木湛清华"一联，历代被推为名句。

---

① 刘勰著，周振甫注：《文心雕龙注释》，人民文学出版社1981年版，第49页。
② 钟嵘著，曹旭注：《诗品集注》，上海古籍出版社1994年版，第24—28页。

与唐诗相比，这首诗也许算不得上乘之作。但是，如果从诗歌发展史的角度来看问题，就可以看出它的价值。这首诗正产生于晋末山水诗初步形成之时，当时，玄言诗风的影响还有一定势力，模山范水，却难以见到作者的真实情感。相比较而言，这首诗写得情景交融，虚实得间。《续晋阳秋》称诗风"至义熙中谢混始改"。

第二，宋文帝元嘉年间，以谢灵运、颜延之、鲍照为代表的重要诗人登上诗坛，彻底改变了两晋玄风独畅的局面。沈约说："爰逮宋氏，颜、谢腾声，灵运之兴会标举，延年之体裁明密，并方轨前秀，垂范后昆。"兴会，指情兴所会，自然遒劲有力。这里提到谢灵运、颜延之。萧子显《南齐书·文学传论》还特别提到鲍照。他说：

> 今之文章，作者虽众，总而为论，略有三体。一则启心闲绎，托辞华旷，虽存巧绮，终致迂回。宜登公宴，本非准的。而疏慢阐缓，膏肓之病，典正可采，酷不入情。此体之源，出灵运而成也。次则缉事比类，非对不发，博物可嘉，职成拘制。或全借古语，用申今情，崎岖牵引，直为偶说。唯睹事例，顿失清采。此则傅咸五经，应璩指事，虽不全似，可以类从。次则发唱惊挺，操调险急，雕藻淫艳，倾炫心魂。亦犹五色之有红紫，八音之有郑、卫。斯鲍照之遗烈也。①

以谢灵运为鼻祖的一派，"启心闲绎，托辞华旷，虽存巧绮，终致迂回"，以鲍照为代表的一派，"发唱惊挺，操调险急，雕藻淫艳，倾炫心魂"。至于傅咸等开创的"缉事比类，非对不发，博物可嘉，职成拘制"的诗风，还应包括颜延之。这就是历来为人称道所谓的"元嘉三大家"，即谢灵运、颜延之和鲍照，三位作家的诗风很不一样，但对整个南朝以至后代诗歌都曾产生深刻的影响。

第三，更为重要的是，文学已经从比较原始的情感自然流露和说理的工具，转向精致化、专业化，这便是在与前代"论心""前藻"相比较中提出的声律理论。下面这段话时常为人所征引："夫五色相宣，八音协畅。

---

① 《南齐书》，中华书局1972年版，第908页。下引《南齐书》并据此版，仅随文括注页码。

由乎玄黄律吕，各适物宜。欲使宫羽相变，低昂舛节。若前有浮声，则后须切响。一简之内，音韵尽殊。两句之中，轻重悉异。妙达此旨，始可言文。"沈约甚至说，不懂得声韵之学，就无从讨论文学。五色作用于人们的视觉，而八音，指金、石、丝、竹、匏、土、革、木，作用于人们的听觉。文章之美，不仅体现在阅读方面，还应体现在诵读方面。沈约《郊居赋》有"雌霓连卷"之句，王筠读"霓"为五激反（入声），沈约拊掌欣忭，说他很担心别人读"霓"为五鸡反（平声），认为王筠"知音"。这说明沈约在创作上有意在声韵方面有所考究，造成诵读之美。什么叫声韵？萧子显《南齐书·陆厥传》载："永明末，盛为文章。吴兴沈约、陈郡谢朓、琅邪王融以气类相推毂，汝南周颙善识声韵，约等文皆用宫商，以为平上去入为四声，以此制韵，不可增减，世呼为永明体。"（898页）又《梁书·庾肩吾传》称："齐永明中，文士王融、谢朓、沈约文章始用四声，以为新变。"① 由此看来，在齐梁以后的文人心目中，永明体的最基本特征是"始用四声，以为新变"。使用四声是方法问题，而追求新变则是目的。永明体的句式由长变短，句式渐渐定型。

第四，沈约《宋书·谢灵运传论》也承认，这种声韵的讲究，并不是刘宋末年到南齐初年突然就出现的。自屈原、宋玉以来，"先士茂制，讽高历赏"，确实有一个发展过程。他举出例子分别有：

> 曹植《赠丁仪王粲诗》：从军度函谷，驱马过西京。
> 王粲《七哀诗》：南登霸陵岸，回首望长安。
> 孙楚《陟阳侯诗》：晨风飘岐路，零雨被秋草。
> 王赞《杂诗》曰：朔风动秋草，边马有归心。

沈约说，这些诗句"并直举胸情，非傍诗史，正以音律调韵，取高前式"。既直抒胸臆，又符合韵律要求，即平仄相间相对。在沈约看来，张衡、蔡邕、曹植、王粲、潘岳、陆机、颜延之、谢灵运等虽然并不知晓所谓声韵理论，但是他们的创作，具有声音抑扬顿挫之美，系"高言妙句，

---

① 《梁书》，中华书局1973年版，第690页。下引《梁书》并据此版，仅随文括注页码。

音韵天成"。上引四位诗人的创作，平仄相对，符合后来人心目中的律句标准。这便是"暗与理合，匪由思至"。这里强调的"理"就是声韵之学，"灵均以来，此秘未睹"。前代诗人虽然声调和谐，那也是"暗与理合"。只有到了沈约所处的南齐永明年间，"世之知音者，有以得之"。沈约自诩《宋书·谢灵运传论》便是知音之作，也是其最重要的理论贡献。

在对先秦至刘宋时期文学发展线索描述的同时，沈约不失时机地就文学发展的几个基本理论问题提出自己的看法。

第一，他认为文学的发展变化，有其合理性与必然性。他说："自汉至魏，四百余年，辞人才子，文体三变。"所谓"三变"，以司马相如为代表的诗赋创作，体物写志，劝百讽一，是对屈原、宋玉开创的辞赋传统，既有继承，更有发展，这是一变。司马相如以来的创作，注重摹写事物情状，虚张异类，托有于无。西汉后期到东汉前期，以班彪、班固为代表的诗赋创作，更多地注入情理成分，纵情尚意，这是二变。而以曹植、王粲为代表的诗赋创作，崇尚天然，慷慨激昂，遒劲有力，这是三变。这一看法，与左思、皇甫谧的辞赋发展观有所不同。他们认为司马相如与班固等，同系一体，并无区别。沈约则将他们分开，认为代表了不同时代的特色。尽管不同，这些作品皆"源其飙流所始，莫不同祖《风》《骚》"，《风》是十五"国风"，《骚》为《离骚》，这是中国文学的两大源头。所不同的，只是赏好异情，各有偏好而已。所谓"意制相诡"，即制作各有不同。诡，变化。他并没有厚古薄今，也没有厚今薄古，而是"标能擅美，独映当时"，事实上也就承认一代有一代的文学。这是沈约及时代很多文人比较普遍的看法。

第二，文学应以情为中心，文学批评亦以情为标准。他认为，贾谊、司马相如之后，"情志愈广"，张衡作品"文以情变"，曹氏父子"以情纬文"，说明他认识到文学所具有的抒情特质。他列举曹植、王粲等人的佳句，指出他们"直举胸情，非傍诗史"。他自己的创作，如《早行逢故人》《早发定山》《别范安成》等，不仅对仗精整、音律考究，而且情辞恳切，感人至深，已初具唐人风味。

第三，文学的情感应在一定的艺术形式下展开。首先要文采艳发、咸蓄盛藻。其次要遒劲有力、文质彬彬。当然还要有声韵之美。他常常运用音乐方面的例证进行文学批评。譬如他的《答陆厥书》："譬由子野操曲,安得忽有阐缓失调之声?"他从语音现象中发现,文学语言具有一定的音乐性。如果把这些规律总结出来,并自觉地运用于诗文写作,可以调节作品的音调,使轻重短长、高下疾徐能够协调变化。在沈约看来,"阐缓失调",就是节奏舒缓,旋律繁复,与节奏急促、音调高亢相对,他更欣赏后者。两汉辞赋多阐缓,建安文学更高亢。文以气为主,气之清浊有体,不可力强而致。清气激越飞翔,浊气舒缓沉靡。同样使气,徐幹阐缓,刘桢激越。作为音乐术语,阐缓被引申到文学批评中,就变成一种负面的评价。前引萧子显《南齐书·文学传论》就认为谢灵运体的弊病在于"疏慢阐缓",萧纲《与湘东王书》亦云:"比见京师文体,懦钝殊常,竞学浮疏,急为阐缓。"这大约是曹丕之后至南朝文坛的主流看法。

　　沈约《宋书》问世后,很快就得到比较广泛的关注。《南齐书》载陆厥作《与沈约书》,针对沈约提出的若干声律理论,自以为"骚人以来,此秘未睹"的自负提出批评。他说:"夫思有合离,前哲同所不免,文有开塞,即事不得无之。"(898页)又说:"意者亦质文时异,古今好殊,将急在情物,而缓于章句。情物,文之所急,美恶犹且相半;章句,意之所缓,故合为而谬多。义兼于斯,必非不知明矣。"(899页)又说:"一人之思,迟速天悬;一家之文,工拙壤隔。何独宫商律吕,必责其如一邪?论者乃可言未穷其致,不得言曾无先觉也。"(899页)言下之意,古人早知分别宫商之说,所以有不合者,乃是其未尽其工而已,非不知也。从文学发展的实际情况来看,陆厥的观点,自有其合理的一面。《南齐书》本传谓其"好属文,五言诗体甚新变"。原有集十卷,初唐时已有亡佚,《隋书·经籍志》著录仅八卷。而今存诗仅十首,多系乐府诗。无论如何,他在当时也是擅长"新变"的诗人,深谙文学之妙。他对于沈约过于自负的批评是对的,但对永明声病理论主张的进步意义,似乎并没有深刻的认识,这是他的时代局限。

《文史知识》2016年第11、12期

# 我研读《文选》的体会

## ——《〈文选〉学丛稿》后记

## 一 初步接触《文选》

初步接触《文选》，是从阅读《文心雕龙》开始的。

四十多年前，我在南开大学中文系读书时，深受王达津先生、罗宗强先生的影响，对汉魏六朝到唐代文学思想史的研究非常向往。我们知道，魏晋南北朝是中国文学批评史上的黄金时代，钟嵘《诗品》、刘勰《文心雕龙》又是那个时代文学批评史上的双子星座。所以，我的习作就以这两部书作为讨论对象，尝试撰写了学年论文《陶钧文思，贵在虚静——读〈文心雕龙·神思篇〉札记》和毕业论文《论钟嵘〈诗品〉的"自然英旨"说》，前者得到罗宗强先生指导，后者得到王达津先生指导。有两位老师的鼓励，我坚定了从事汉魏六朝文学及中国文学思想史研究的信心。我由此知道，研究《文心雕龙》离不开《文选》。那时读书不多，对《文选》虽有了解，只是翻阅过，并无通读。后来我负笈南下，随姜亮夫先生、郭在贻先生学习中国古典文献学，暂时告别文学研究。我的硕士论文是关于《水经注》文献整理的讨论，依然与这段文学研究相关。

1986年，我硕士研究生毕业，重新回到清华大学中文系任教。那时，中华书局傅璇琮先生在清华大学任兼职教授，他热情地推荐我拜访了中古文学研究大家曹道衡先生、沈玉成先生，这让我有机会重新回到汉魏六朝文学研究领域，开始系统关注沈约，关注永明文学，关注南北朝文学，自然也就逐渐接近《文选》。

在这期间，我撰写了《门阀士族与永明文学》《中古文学文献学》《玉台新咏研究》等专著，还与曹道衡先生合著《南北朝文学编年史》等。其中《门阀士族与永明文学》与《文选》研究比较密切。这部著作将南齐永明文学作为研讨重点，论述了当时的辨音问题。陈寅恪先生有《四声三问》一文，认为四声的辨析缘于佛教转读。反切、八病（平头、上尾、蜂腰、鹤膝、大韵、小韵、旁纽、正纽）等问题，国际汉学界也有深入研究，我撰写的《八病四问》（《辽宁大学学报》1991年第6期）、《别求新声于异邦——介绍近年永明声病理论研究的重要进展》（《文学遗产》1999年第4期）等文，根据《德国所藏敦煌吐鲁番出土梵文文献》等文献资料，认为八病的缘起，或与佛教文化相关。围绕着南北分裂时期文化交流问题，我又撰写了《六朝僧侣：文化交流的特殊使者》（《中国社会科学》2004年第5期），认为六朝僧侣作为文化交流的特殊使者，纵横南北，往来东西，在传播佛教文化的同时，也在传递着其他丰富的文化信息。其影响所及，不仅渗透到当时社会各个阶层，而且在很大程度上改变了中国文化的发展方向。

我们知道，古诗有法。诗法的缘起，近体诗的发展，就是在"永明体"推动下完成的。近体诗的基本特征是五言、七言句式、平仄、用韵等。罗常培、周祖谟、王力等人提出，汉魏六朝时期韵部有四十余部。这个时期的诗歌押韵相对较宽，押平声韵为多，押本韵很严，至于通韵，很多已接近唐人。当然，"粘"的观点尚未形成，整体上丝丝相扣的律诗结构还没有建立起来。这些问题，与《文选》编纂没有直接关系，却是那个时代普遍关心的话题。刘勰《文心雕龙》、钟嵘《诗品》等，都涉及这个问题。《文选》的产生也不例外，与特定时代的氛围相关，与齐梁文学的发展相关。

## 二 尝试研读《文选》

认真通读《文选》，最初是为了撰写学术会议论文。

经过杭州大学的熏陶，我对传统朴学极有兴趣，终日沉浸在汉唐学术、乾嘉学派、章黄传承等学术著述中。黄侃说，他最推崇的中国古代经典著作主要有八部，即《毛诗》《左传》《周礼》《说文》《广韵》《史记》《汉书》《文选》，其中集部独推《文选》。

1993年，曹道衡、沈玉成两位先生引荐我参加在长春召开的第二届"文选学"国际学术研讨会。为此，我集中精力，通读《文选》，并浏览黄侃的《〈文选〉平点》，骆鸿凯的《〈文选〉学》，以及曹道衡、沈玉成先生整理的高步瀛《〈文选〉李注义疏》等，虽多一知半解，确也略知《文选》的重要性，在此基础上撰写了第一篇《选》学论文《昭明太子与梁代中期文学复古思潮》，着重探讨《文选》编纂与梁代中期文学复古思潮的关系。这篇论文，后来被收录到《中外学者〈文选〉学论集》（中华书局1998年版）中，这对我是莫大鼓励。在曹先生的指导下，我又从文献学角度研究《文选》，发表了《从〈洛神赋〉李善注看尤刻〈文选〉的版本系统》（《文学遗产》1994年第4期），论证尤袤本《文选》的版本，所依据的不是北宋本，也不是六臣本，而是唐代以来流传的另一版本系统。这是我初步涉猎《文选》的开始。

20世纪90年代初，我留在文学研究所工作，曹道衡先生、沈玉成先生交给我第一项学术任务，就是编撰《中古文学文献学》。两位先生给我明确指导，认为全书应以《文选》研究作为开篇。这是因为，汉魏六朝文学研究，其资料来源主要是不同时期所编的文学总集和类书。《隋书·经籍志》四"总集后叙"认为挚虞《文章流别集》四十一卷等开风气之先，谢混《文章流别本》十二卷、刘义庆《集林》一百八十一卷、孔逭《文苑》一百卷等踵事增华，变本加厉。此外，杜预有《善文》五十卷，李充有《翰林论》三卷，张湛有《古今箴铭集》十四卷，谢灵运有《诗集》五十卷、《赋集》九十二卷等，说明总集的正式编撰始于晋代，这是文章发展的必然要求。《文选》的编撰，很可能是在既有选本基础上重新筛选编成的。随着时间的流逝，包括《历代赋》《文章流别集》在内的许多总集渐渐亡佚，而《文选》的影响却越来越大。

在搜集资料过程中，我发现《文选》的文献研究主要涉及四个方面的重要问题：一是《文选》的编者、成书年代及文体分类；二是《文选》的注释；三是《文选》的版本；四是《文选》学的成立。为此，我对相关问题作了梳理、筛选，并作了必要的考辨，初步完成两位老师交给我的写作任务。从此，我开始密切跟踪《文选》学的进展，同时也在积极寻求《文选》研究的新途径。

《文选》编者根据当时的文学观念，将先秦以迄齐梁时期的七百多篇文学作品，按文体分为三十七种，分类收录。唐代李善又为之作注，征引大量先唐古书。这些古书后来大多亡佚。因此，《文选》及李善注不仅反映了当时文学观念的巨大变化，更是研究先秦到齐梁间文学发展演变的最直接、最原始的文献宝库。这让我明白，《文选》是先唐文学的窗口。研究《文选》学就不能局限于萧统生活的南北朝时期，还应上溯魏晋，乃至先秦两汉。

20世纪80年代中期撰写的《门阀士族与永明文学》和90年代前期撰写的《〈玉台新咏〉研究》其实只是涉猎到南朝文学，范围很窄。这两部著作虽然获得一定好评，但我知道还有很多遗憾。第一，从纵向上说，对于这个时期的文化渊源，及先秦两汉魏晋文学，我并未作系统研究。第二，从横向上说，对南北文化的异同与交流，我也缺乏全面了解。事实上，我曾试图联系北朝文学进行研究，甚至还想对隋唐之际中古门阀士族的文学走向作一延伸性考察，但是很快就发现，由于功夫不到，很多问题说不清道不明，结果事倍功半，或者似是而非。

## 三　系统关注《文选》

研究实践表明，研究《文选》，必须关注《文选》所收录的所有作家与作品，必须关注《文选》编纂之前的文学发展的历史。1995年底，与曹道衡先生合作完成《南北朝文学编年史》后，我就开始把研究工作重心转向秦汉文学，因枝振叶，沿波讨源，希望能够站在一个比较广阔的历史背景下，整体观照中古文学发展的内在脉络。

《文选》收录先秦四家：卜子夏、屈原、宋玉、荆轲；秦汉四十余家：无名氏（古乐府、古诗十九首）、刘邦、刘彻、贾谊、淮南小山、韦孟、枚乘、邹阳、司马相如、东方朔、司马迁、李陵、苏武、孔安国、杨恽、王褒、扬雄、刘歆、班婕妤、班彪、朱浮、班固、傅毅、张衡、崔瑗、马融、史岑、王延寿、蔡邕、孔融、祢衡、阮瑀、刘桢、荀勖、陈琳、应玚、杨修、王粲、繁钦、班昭等。研究《文选》，绕不开这些作家，还有他们所处的时代。

中国文学史上有所谓"文必秦汉、诗必盛唐"之说。唐诗研究，成果丰硕，秦汉文学研究，相对薄弱。近代以来，我们依据西洋观念，将中国文学分为诗歌、戏曲、小说、散文四类。秦汉文学，尤其是文章，多为应用文体，被认为不是纯文学，故多所忽略。事实上，秦汉文章，最能体现中华礼乐文明的特点。为此，我从三个方面入手。首先是收集和整理资料，与曹道衡先生合著《先秦两汉文学史料学》（中华书局2005年版，我负责收集整理两汉文学史料）。其次是考订秦汉文学的时间线索，编纂《秦汉文学编年史》（商务印书馆2006年版）。最后是考察秦汉文学的空间布局，撰写《秦汉文学地理与文人分布》（中国社会科学出版社2012年版）。以上述研究为基础，做专题研究，形成若干论文，结集《秦汉文学论丛》（凤凰出版社2008年版）。

综上所论，我主要在下列几个方面作了有益探索。

一是从广义上界定文学家：有诗作或辞赋等文学作品存世者，有文学批评著作存世者，虽无作品传世而据传文或史志记其能文而生平可考者，传统记载中以之为文人者，异域人以汉文从事与文学有关活动者。到目前为止，我的著作收录秦汉文学家相对较全，总共有六百多位。在从事这些资料研究过程中，我最深的感受是，与魏晋南北朝文学研究相比，研究秦汉文学的难点不是资料的整理，而是研究对象的确定。比如，秦汉文学史料的内涵和外延是什么？哪些内容应该进入文学史？哪些历史人物可以视为文学家？哪些作品属于文学创作？运用什么样的标准来评价这些作家和作品？这些问题，看似清楚，深入考察就会发现并非如此简单。这就涉及一些基本的文学理论问题，促使我进一步思考。

二是运用数字统计方法，对秦汉文学作地毯式的清理。依据的材料，有《汉书·儒林传》所列200位学者，《汉书·艺文志》所列184种著作，《后汉书·儒林传》所列56位学者，《后汉书·文苑传》所列27位学者，《隋书·经籍志》所列297种著作。得出如下结论：西汉时期，文化中心在齐鲁地区，荆楚地区为另一文化中心。东汉则转到河洛地区，三辅文人则上升为第二位。为什么秦汉时期的文化发展多集中在黄淮流域和江淮流域？不同时期，这些地区又发生了哪些变化？其变化的缘由又在哪里？这就需要我们做深入研究来回答。

三是将秦汉文学分为八个不同区域，具体考察其兴衰变迁。我在杭州大学读书期间，听陈桥驿先生讲《水经注》，对历史地理学产生浓厚兴趣，硕士论文以《水经注》为对象，讨论相关文献整理问题。注意时间与空间的维度，将精神层面的文学，落实到具体的历史现场中，这是我研究秦汉文学可能略有新意的地方。譬如《吕氏春秋》的成书与秦代文化政策的选择及国运的关系，注意到长沙马王堆出土文献与贾谊升降进退的关系等，都提出了与以往不同的见解，得到学术界初步认可。《秦汉文学地理与文人分布》获得第二届全球华人国学成果奖和第四届思勉原创奖。这是学界同人对我的鼓励。

研究秦汉文学，让我看到了《文选》的历史价值。鲁迅称魏晋南北朝是文学的自觉时代。这种文学自觉体现在哪些方面？有什么特征？《文选》如何体现这种自觉意识？这种文学意识在今天还有什么理论意义？回答这些问题，需要站在先秦到齐梁文学发展史的高度，对《文选》及其相关问题作系统的研究，才比较切实可信。譬如文体分类，从现存资料来看，蔡邕《独断》很值得注意。该书卷上论官文书四体曰："凡群臣上书于天子者有四名：一曰章，二曰奏，三曰表，四曰驳议。"蔡邕的主张，揭开了文体学研究的序幕。此后，略晚于蔡邕的曹丕著《典论·论文》称："夫文本同而末异。盖奏议宜雅，书论宜理，铭诔尚实，诗赋欲丽。"略举四科八种文体，以为"此四科不同，故能之者偏也，唯通才能备其体"。西晋初年陆机著《文赋》又标举十体，并对各种文体的特征有所界说："诗缘情而绮靡，赋体物而浏亮，碑披文以相质，诔缠绵而凄怆，铭博约而温润，箴顿挫而清壮，颂优游以彬蔚，论精微而朗畅，奏平彻以闲雅，说炜晔而谲诳。"此外，像挚虞的《文章流别论》，李充的《翰林论》，直至任昉的《文章缘起》，刘勰的《文心雕龙》等均有或详或略的文体概论，条分缕析，探赜索隐，奠定了中国文体学的理论基础。在此基础上，萧统广采博收，去芜取精，将先秦至梁代的七百多篇优秀作品分成三十七类加以编录，成为影响极为久远的一代名著。从蔡邕《独断》到萧统《文选》，前后绵延三百多年，中国文体学最终得以确立。中国古代典籍的四部分类，其中集部，就是在这个时期独立出来的，中国文学史上的"自觉时代"说也据此而提出。

在从事秦汉文学研究的同时，我并没有忽略对魏晋南北朝文学的研究，一直在思考如何改变过去相对浮泛的研究状况。世纪之交，随着互联网的普及，电子图书异军突起，迅速占领市场。而今，读书已非难事。但在知识爆炸的时代，我们被大量信息所包围，很少有消化吸收的机会。我们的古代文学研究界，论文数量呈几何态势增长，令人目不暇接，但总让人感觉研究还不到位，时有隔膜之感。在这样的背景下，我有意识地选读了经书各家注及《朱子语类》《鲁迅全集》等著作，还有中国文学史上的名家巨著，常常想到经典重读问题。

《管锥编·全上古三代秦汉三国六朝文》第 201 则说："词章中一书而得为学，堪比经之有《易》学、《诗》学等或《说文解字》之蔚成许学者，惟《选》学与《红》学耳。"结合自己感兴趣的汉魏六朝文学研究，我把《文选》学作为主攻的前沿阵地，希望借此夯实学术基础。

## 四　编纂《〈文选〉旧注辑存》

2012 年，我在《秦汉文学地理与文人分布》后记中这样写道："回顾十五年来的工作，不论是系年的纵向研究，还是系地的横向研究，主要是围绕着秦汉文学领域作外围攻坚，还缺乏深入名篇佳作内部的细节探讨。目前，我正全力从事《〈文选〉旧注辑存》的编纂工作，希望能够对此一缺憾有所弥补。"

如何进入"《文选》学"领域，我还颇费思量。学问的高低，不仅要比谁掌握了更多的新资料，更难的是在寻常材料中发现新问题。这需要学术功力。清代著名学者阮元组织学者校订十三经的同时，还提出另外一种设想，即通过一种胪列众说的方式，把清朝学术成果具体而微地保存下来。清朝经学著作，阮元已编有《皇清经解》，王先谦编有《续皇清经解》，具有丛书性质。像阮元设想的这种大规模集成性质的文献研究著作，尚不多见，值得尝试。游国恩先生整理《楚辞》文献，即采用这种方法，读者称便。我编纂《〈文选〉旧注辑存》，也是想通过逐句罗列旧注的方式，将新发现的重要资料汇为一编，为自己也为他人的深入研读，提供便利。事实证明，这种体例的确有助于我们辨章学术，考镜源流，激发探索的兴趣。

这项工作占去了将近十年的时光，初步达到两个目的：一是充分吸收旧注优长，汇为一编，重要版本异同一目了然，重要学术见解尽收眼底。二是找到一种集成研究经典的有效途径，不仅汇总各家旧注，更重要的是，通过这样的文献整理，我们可以对历代重要研究成果，多所披览，充分借鉴，并看到前人的不足，增加学术信心。

在底本和校本的选择上，按照校勘学的要求，底本首选古本、完本、善本。《〈文选〉旧注辑存》正文及李善注以中国国家图书馆藏宋淳熙八年（1181）池阳郡斋刻本为底本，实际依据的是中华书局1974年影印本。此本也有字迹模糊、整句脱文的情况，我们就据他本校补。五臣注以台湾"国立中央图书馆"藏南宋绍兴三十一年（1161）建阳崇化书坊陈八郎宅刊本为底本。此外，《辑存》的旧注排列分别附以《文选集注》所辑李善注、五臣注、《〈文选〉钞》、《〈文选〉音决》、陆善经注，敦煌本李善注、北宋本李善注、日古抄本五臣注、敦煌本佚名注，以及宋刻黄善夫本《史记》三家注、《汉书》颜师古等注、《后汉书》李贤注、百衲本《三国志》裴松之注等。

校本与参校本主要分作四类：一是正文，依敦煌写本《文选》、日古抄九条本、室町本、上野本，宋刻文集、碑帖等校对；二是李善注，主要以敦煌写本、《文选集注》本、北宋本、奎章阁本为主；三是五臣注，主要以《文选集注》本、日古抄本、朝鲜正德本、奎章阁本为主；四是重要异文亦参考前人考订成果，在按语中简略说明。

由于有了上述资料作支撑，《〈文选〉旧注辑存》的最大特色体现在版本方面，援引写本、抄本、刻本、印本，数量众多，且多为珍稀本。这些版本，除尤袤本外，清代《文选》学家多数未曾披览。通过这次校订，可以在很大程度上弥补清代《文选》研究的不足。本书通过异文排列，可以凸显诸本的正误优劣，可以推寻六臣注成书之前李善注和五臣注各自的传承系统和整体面貌，还可以对前人的校理起到证实和证伪的作用。为此，本书在文字方面尽量保存原貌，大量的异体字、俗体字均照样移录，只有少数字作了统改。在音注方面努力钩沉辑佚，李善、五臣音注外，集注本的《〈文选〉音决》全部收录，日抄本的旁记音、敦煌本《〈文选〉音》《〈楚辞〉音》也多所补录，以资参考。在训诂方面多方释惑析疑，针对前人不明训诂而误解、不知通假而妄说、不识讹字而曲说的情况加以简要的辨析。

《〈文选〉旧注辑存》还附有四套索引，即《文选》著者索引、篇目索引、引书索引、人名索引，还有《〈文选〉旧注辑存》参校本叙录、参考文献等，与正文配套使用，起到工具书作用。

在编纂《〈文选〉旧注辑存》过程中，确实遇到很多困难。

首先是文字校录问题。

因时代变迁、版本繁杂，各本中存在大量的异体字、俗体字、避讳字等，如何处理，颇费心思。现在的做法是存旧如旧，尽量保存各自版本的原貌，然亦对少量不影响文义的手写体、异体字，如有的是局部连笔，有的是局部形变，也有的是笔画略有增减的，基本上都按照规范字写法予以统改。各本讹误处，原则上保持原貌，不作删改。集注本、九条本等手写本的明显误字，凡不涉及版本问题，则径改。原文叠字下作重文符、省略符等，今并恢复作原字。写本抄本中的俗体字，也基本保留原貌。避讳字的缺笔字，在按语末尾处予以说明。解决这些问题，占去了大量的时间、精力。通过对大量资料的补录、通读、汇勘，我们还发现一些以前没有注意到的问题，譬如原以为1974年中华书局影印尤袤本即为宋刻原貌，但在校勘中，通过与再造善本尤袤本的逐字比对，发现影印本间有描改而导致的异文现象，如"纽"描改作"细"（干宝《晋纪总论》）、"族"描改作"旌"（鲍照《数名诗》）等；又如奎章阁本六家注《文选》起初统一用韩国正文社影印本作为参校本，后来发现，此本与日本东京大学东洋文化研究所藏本、日本河合弘民博士旧藏本（京都大学附属图书馆藏），三者虽属同一系统，亦多有异文，盖修版所致；又如上海古籍出版社影印《文选集注》，有些字句不清晰，可以据京都大学影印本校补。诸如此类的差异，此前注意不够。这也告诫我们，在校勘过程中，确实应谨慎地对待底本和参校本，盲从和妄改都不可取。

其次是版本系统的问题。

在长期流传过程中，《文选》经过若干次系统整理，有过较大调整，形成不同版本系列，有写本、抄本、刻印本等，有李善注，有五臣注，有六臣注；六臣注里还分李善五臣注和五臣李善注等。各个不同的版本系统，差异颇多；即使同一系统，异文亦复不少。《〈文选〉旧注辑存》没有对现存各种六臣注本如明州本、赣州本、建阳本等作比对，只是在必要的时候加以参校。我重点关注的是各自的版本系统及其注释问题，并非对《文选》做集校集注工作。关于明州本、赣州本问题，我正在指导研究生作专题研究，希望能看到成果。

至于宋元以来的校释成果，举凡涉及原文异同、字音训释及相关评论，或对李善注中的史实及典章制度的辨析，成果众多，内容丰富。不可否认，有些考订引申发挥，辗转求证，背离《文选》主旨。对此，按语中略有说明辨析，引而不发，存而不论，为将来开展这方面的研究工作提供一些线索。对那些纠缠不清的问题，或者只是一家之说的判断，我没有做烦琐征引。历代有关《文选》的评点、序跋、综论等，赵俊玲辑著《〈文选〉汇评》、刘志伟等编《〈文选〉资料汇编》，提供了重要的参考。至于大规模的《文选》汇校汇注工作，王立群教授正在组织力量开展工作，值得期待。

在编纂《〈文选〉旧注辑存》的过程中，我逐渐理解了《文选》的经典意义。

一是文章学的意义。《文选》的编选，体现出当朝的文化理念，是一定政治文化背景下的产物。《文选》学的成立，也与科举制度的建立密切相关。唐代科举考试分试律诗和试策文两大类，《文选》所收作品也可以分为诗赋和文章两类，很多篇章用典，多可以从《文选》中找到源头。唐人读《文选》，多半是从中学习诗赋骈文的写作技巧。宋代以后，《文选》作为文章典范，成为历代读书人的案头读物。20世纪初叶，在"选学妖孽，桐城谬种"的舆论高压下，《文选》面临窘境，中国的文章传统也由此中断。如何吸取《文选》所收文章写作的精华，历代学者下过很多功夫。譬如近代刘师培精研《文选》，他的《汉魏六朝专家文研究》以《文选》作品为主，讨论文章的各种做法，或涉及一个时代的文学，或论及某一作家，或旁及某一文体，更多的是文章的具体修辞写作的方法，与文学理论方面的一些基本问题，譬如神似与形似问题、文质与显晦问题，还有如何处理简洁与完整的关系等问题，不仅是中国古代文话、诗话每每论及的话题，也是现代文学理论常常要触及的问题。今天我们研究《文选》，或许可以从中汲取有益的启示。

二是学术史的意义。《文选》是经典，前人研究成果比较多。清代学者在经史研究之外，多关注《文选》。段玉裁、王念孙、顾千里、阮元等，就被视为清代"《选》学四君子"，成就显赫。如果我们对《文选》没有深入研究，就很难理解前人的业绩，只能盲目崇拜。譬如从事版本研究，没有看到新的东西很难推进。顾千里是校勘学大家，因为所见版本有限，其"理校"式的推断常常失误。接续前辈学者的工作，并不意味着亦步亦趋，而是要根据新的资料，对以往的研究成果有所突破。

三是形式上的意义。过去，我们总是过于强调思想内容，而忽略了形式的重要性。事实上，任何一种文化，必须依托于某种形式之中。没有形式的内容是不存在的。因此，在文化的创造方面，过去一段时间被贬斥的文章形式研究应当给予重新估量。而今，文化世俗化大有泛滥趋势，认真总结六朝时期精英文化创造的经验教训，依然有着积极的现实意义。

## 五 研读《文选》的体会

《〈文选〉旧注辑存》的完成，只是深入研究《文选》的开始。旧注文献的汇总，为我们研读《文选》提供极大便利。近年，我把主要经历放在作品细读上，或按类别，或按作者，分析作品，并记下读后体会。这类读书笔记已有成稿四十余篇，有机会整理出来。本书第二辑所收就是部分公开发表的成果。目前，我正从事十六国北魏至隋代的文学文献研究，涉及《文选》在北方的传播及"《文选》学"的确立等问题，相关成果亦将陆续发表。

协助我编纂《〈文选〉旧注辑存》工作的年轻学者，在学术实践中得到锻炼。他们继续拓展研究课题，先后完成《历代〈选〉学书录》（徐华）、《近现代〈文选〉研究论著分类目录索引》（王玮）、《〈文选〉音注辑考》（马燕鑫）、《〈文选〉李善注引书研究》（赵建成）、《〈文选〉目录标注》（崔洁）、《〈文选〉诗类题解辑考》（宋展云）、《〈文选〉应用文体叙说》（黄燕平）等文献考订著述，举要提纲，比类成编，也将陆续出版。

以《文选》为中心，我又与孙少华、刘明、南江涛等编纂《汉魏六朝集部珍本丛刊》一百册（另附《提要》一册，国家图书馆出版社2019年版），收录汉魏六朝集部文献255种，其中总集21种，别集123家219种，诗文评15种，在兼顾系统性的基础上，特别突出珍稀版本、名家抄本、批校本或后世重要研究著述的收录。可以预料，这些著作的出版，必将极大地促进汉魏六朝文学研究的开展，也有助于《文选》研究的深入。

一个世纪来，出土文献、域外文献以及电子文献，为传统文献学研究平添了许多新的内容。同时我也强烈地感到，一味强调新材料，忽略传统的学术方法，也很难真正认识到新资料的价值。如何在新资料与旧传统之间寻找学术生机，这就涉及学术观念问题，需要我们用心去思考，用功去实践。用功是前提、是基础，用心是关键，只有用心，才能找到一种适合自己的学术道路。孔子说，学而不思则罔，思而不学则殆，讲的就是这个道理。我们要充分学习、广泛吸收前辈的研究经验，又要根据时代的要求，学术的发展和自身的条件，开展创造性研究。

总结前辈学者的成功经验，至少有下列四条值得铭记。

第一，严耕望先生在《治史三书》（上海人民出版社2008年版）中说，读书治学有三个步骤，一是耐心阅读原典，二是精细处理材料，三是充实而有光辉的综合研究。

第二，研究文学必须走出文学，更多地关注政治制度史、社会思潮史，真正把文学视为社会生活的反映，深入社会生活的方方面面，建立在这样基础上的研究，才会有历史感和现实感。

第三，成功的学者都有自己的学术品牌，有自己的学术代表作。王国维先生在所涉猎的领域均有开创性成果，陈寅恪先生提出关陇集团命题、田余庆先生提出东晋门阀士族命题，陈垣先生《励耘书屋丛刻》等，都已成为时代标杆。

第四，发现与发明并重。王国维、顾颉刚等先生，都主张发现新资料，解决新问题。陈寅恪先生《敦煌劫余录序》说："一时代之学术，必有其新材料与新问题。取用此材料，以研求问题，则为此时代学术之新潮流。治学之士得预于此流者，谓之预流。其未得预者，谓之未入流。"黄侃先生则主张熟读经典，贵在发明经典中蕴含的义理。其实，两者相互依存，缺一不可。对此，已故年轻学者张晖在《量守庐学记续编》（三联书店2006年版）的后记中有精当论述，很有启发意义。

经典永远是经典。

2020年3月8日拟于京城爱吾庐